【中国古典名著补续系列】

后西游记

明·无名氏◎著

远方出版社

图书在版编目(CIP)数据

后西游记/（明）无名氏著.—呼和浩特：远方出版社，
2014.1（2022.8重印）
ISBN 978-7-5555-0083-4

Ⅰ.①后… Ⅱ.①无… Ⅲ.①章回小说—中国—明代 Ⅳ.①I242.4

中国版本图书馆CIP数据核字(2013)第302106号

后西游记
HOU XIYOUJI

作　　者　（明）无名氏
责任编辑　刘洪洋
封面题图　马东原
版式设计　韩　芳
出版发行　远方出版社
社　　址　呼和浩特市乌兰察布东路666号　邮编010010
　　　　　（0471）2236473总编室　2236460发行部
经　　销　新华书店
印　　刷　内蒙古爱信达教育印务有限责任公司
开　　本　787毫米×1092毫米　1/16
字　　数　370千
印　　张　22
版　　次　2014年2月第1版
印　　次　2022年8月第5次印刷
标准书号　ISBN 978-7-5555-0083-4
定　　价　56.00元

目录

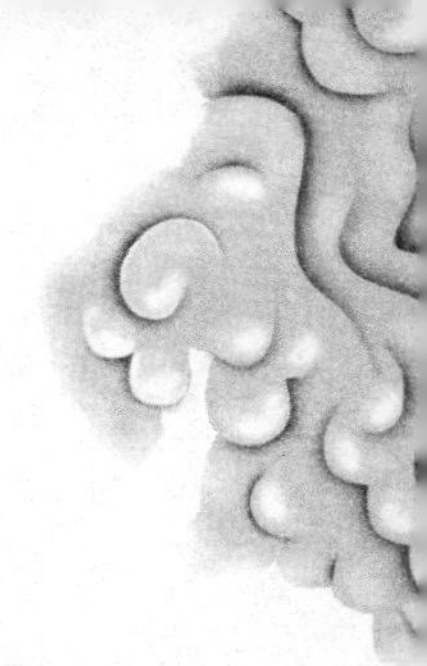

目录

序

盖闻天何言哉，而广长有舌，久矣嚼破虚空；心方寸耳，而芥子能容，悠然遍满法界。造有造无，三藏灵文，由兹演出；观空观色，百千妙义，如是得来。耳之稀有，谛听若雷；目所未曾，静观如镜。故花吐拈香，泠泠般若之音；月呈指影，滴滴菩提之味。悟入我闻，万缘解脱；猛登彼岸，千佛证盟。无如聋聩渺茫，失之觌面；遂至痴嗔固结，误也当身。己饥而贪割他人，鹰虎縻我佛之躯；获罪而幸求自免，苦难费观音之力。佛心清静而庄严假相，倿入迷途；性体光明而扑灭慧灯，锢居暗室。净莲出口，障作藤烟；乱棘丛心，诧为花雨。施开妄想，首祸究及慈悲；果炫诳言，下根因之堕落。诸佛菩萨，唤醒我无过梦幻须臾，鬼判阎罗，吓杀人也只死生苦恼。岂知去也如来恒性，显金刚于不坏；观之自在灵光，妙舍利于常明。匪我招愆，深悯有生之失教；是谁作俑，追尤无始之立言。盖津水甚深，无济半沉半浮之浅渡；法门至正，难供百出百入之旁求。袖观不忍，于焉苦沥婆心；直口谁听，无已戏拈公案。曲借麻姑指爪，遍搔俗肠之痛痒；高悬秦台业镜，细消矮腹之猜疑。悲世道古今盲毒，加天眼之针；忧灵根旦暮死硬，着佛头之粪。聚魔炼圣，笔端弄水火神通；挟兽骄人，言外现去存航筏。以敬信而益坚敬信，善缘永不入于轮回；就沉沦而超拔沉沦，恶趣早同归于极乐。活机触窍，木石生情；冷妙刺心，虚无出血。听有声，观有色，虽犹然嘻笑怒骂之文章；精不思，妙不议，实已参感应圆通之道法。大事因缘，谓不信请质灵山；真诚造就，如涉诬愿沉阿鼻。

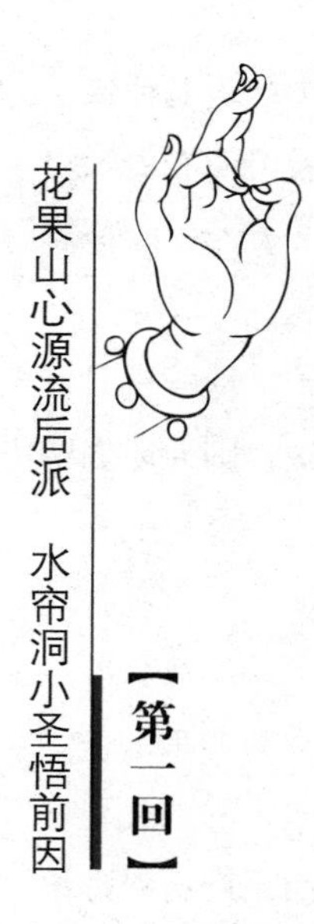

【第一回】花果山心源流后派　水帘洞小圣悟前因

歌曰：

我有一躯佛，世人皆不识。
不塑亦不装，不雕亦不刻。
无一滴灰泥，无一点彩色。
人画画不成，贼偷偷不得。
体相本自然，清静非拂拭。
虽然是一躯，分身千百亿。

诗曰：

混沌既分天地立，阴阳递禅成呼吸。

识知未剖大道生，文字忽传鬼神泣。
五行并用多战争，三教同堂有出入。
好求真解解真经，人天大厄一时释。

所闻元会运世中，天开于子，地辟于丑，人生于寅，其蕴既已悉之前书矣，兹不再赘。若夫乾坤既立，万物既生，则天地之精华，阴阳之灵秀，自养成心源一派，而生人生物于不穷矣。真是：

未了先天又后天，东生西没逝长川。
谁人不具真元性，几个如来几个仙。

话说东胜神州傲来国花果山天产石猴孙悟空，自保唐僧西天取经成佛之后，已高登极乐世界，无影无形的去逍遥自在，将这花果山生身之地，遂弃为敝屣而不居矣。不知人心虽有弃取，而天地阴阳却无兴废。这座山又阅历过许多岁月，依旧清峰挺黛、绿岳参天，原是个仙寰福地。水帘洞里那些遗下的猿猴，生子生孙，成群逐队，何止万万千千，整日在山前寻花觅果的玩耍。一日忽见正当中山顶上，霞光万道，瑞霭千条，结成奇彩。众猴见了，俱惊惊喜喜，以为怪异，你来我去的争看，如此者七七四十九日。

这日，正是冬至子之半，一阳初复之时，忽然闻得空中一声响亮，就象雷鸣一般。吓得众猴子东躲西藏，躲了一会不见动静，又渐渐伸头缩脑出来张望。只见山顶上的霞光瑞霭，被两道金光尽皆冲散。内中有几个胆大的猴子，忍不住，竟爬到山顶上去观看，看见正当中那块大仙石中间，裂了一缝，缝中迸出一个石卵来。那石卵随风向日转个不休。转够多时，忽又一声响，迸作两半，内中迸出一个石猴来，五官俱备，四肢皆全，不知不觉早已会行会走，那两道金光却是他目中闪出来的。众猴看了，又惊又喜道："怎么？一块死石头，又无气无血，却会长出一个活猴子来！大奇大奇！"遂将那小石猴牵牵引引领下山来，在乱草坡前将松花细果与他饮食，早有几个好事的猴子跳入洞中，将此奇事报之通臂仙。你道这通臂仙却是何人？原来当初只是一个通臂猿。因他灵性乖觉，时常在孙大圣面前献些计策，效些殷勤，故孙大圣宠用他。大闹天宫时，偷来的御酒仙桃尽他受用，故得长生不死。自孙大圣成佛去后，洞中唯他独尊，又知些古往今来的世事，故众猴以仙称之。这通臂仙自得了道，便不好动，只好静，每日但坐在洞中调养。这日闻知其事，因大惊喜道：“这果奇了！当时成佛的老大圣，原是天生地育，借石成胎，但此事渊源已远，如何又流出嫡派？待我去看来。”遂走出洞到山前，只见一群猿猕围着一个小石猴在那里嬉笑。你看那小石猴怎生模样？但见：

形分火嘴之灵，体夺水参之秀。金其睛而火其眼，原为有种之胚胎，尖其嘴而缩其腮，不是无根之骨血。禀灵台方寸之精华，受斜月三星之长养。虽裸露皮毛，而行止呈一派天机；倘沐袭衣冠，必举动备十分人相。堕落去为妖为鬼，修到时成佛成仙。

通臂仙将那小石猴细细看了一会，见他跳来跃去，纯是灵性天机，不胜欢喜道：“这花果山水帘洞又有主了。”因吩咐众猴道：“他此时虽不知不识，然灵光内蕴，有些根器，可任他率性而行，以扩充大道。若槁伤本来，参入人欲，便搅乱乾坤难于收拾了。”众猴听说，似信不信，皆欢欢喜喜，听他顽耍。故这小石猴得以自由自在，独往独来，在山中长养。每日间不是寻花便是觅果，也无忧愁烦恼，也不知春夏秋冬。

真是时光迅速，倏忽之间，不觉过了几个年头，他的知识渐开，精神强壮，使思量要吃好东西，要占好地方。遇了个晴明天气，满山顽耍，便不胜欢喜；逢着个大风苦雨，躲在洞中，便无限愁烦；偶然被同类欺侮，便要争强赌胜；倘然间受了些亏苦，便也知感叹悲伤。这正是：

物有七情，喜怒哀乐。
触之自生，不假雕凿。

忽然一日，一个同类的老猴子死了，小石猴看见，不禁悲恸。因问众猴道：“他昨日还与我们同饮食行走，今日为何便漠然无知，动弹不得了？”众猴道：“他过的岁月多，年纪大，精血枯，故此就死了。”小石猴道：“这等说，我们大家过些时也都要死了，岂不枉了一世？”众猴道：“这个自然，何消说得。”小石猴从此以后便惨然不乐，每每问众猴道："我们可有个不死的法儿？"众猴道："若要不死，除非是修成了仙道，便可长生。"小石猴道："既修仙可以不死，何故不去修仙？"众猴笑道："'修仙'二字，岂是容易讲的？"小石猴道："何故讲不得？"众猴道："修仙要生来有修仙之根器，又要命里带得修仙之福分，又要求遇仙师，又要讲明仙道，不知有许多难哩！若是容易修时，人人皆神仙矣。"小石猴听了，虽不再言语，心下却存了一个修仙的念头，便暗暗的访问。

忽一日，风雨满天，到不得山上去游乐，但蹲在洞中打瞌睡。蹲到午间，忽闻得后洞中有吟咏声。那小石猴真是心灵性巧，便悄悄走了去窃听，只听得吟咏道：

头顶乾兮脚踏坤，万千秋又万千春。
自餐御酒仙桃味，留得长生不老身。

小石猴细听，却是通臂仙睡在石床上长吟见志，因心下暗想道："人既叫他做通臂仙，定然有些仙意，况吟咏之词颇有仙机。我思量遍处去求仙，谁知转有个神仙在自家屋里。"又不敢轻易惊动他，便悄悄的走了出来。挨到天晴，往各山上去采了许多奇异花果，堆了一盘，双手捧到后洞来献与通臂仙，跪下说道："愚孙奉敬老祖。"那通臂仙见是小石猴，满心欢喜，因说道："原来是你！你一向任性顽皮，今日为何晓得寻源头、认宗派？"小石猴道："顽皮也要顽皮，结果也须结果，伏乞老祖垂慈。"通臂仙连连点首道："我原看你有些根器，今果然发此超群之想，但我自我，你自你，你来求我却也无益。"小石猴道："我闻得神仙往往传道，佛菩萨要度尽众生，怎说个无益？"通臂仙道："是你也不知道，凡做神仙也有几等。有一等最上的：悟彻菩提，灵通造化，道法参天并地，就是玉帝也不敢以势位加他，我佛也不敢以神通压他，此等之仙方可度人度世；其次一等：修成金石，呼吸五行，朝游北海，暮宿苍梧，内可超凡入圣，外可点铁成金，此等之仙方有道可传，有教可设；象我辈下一等的神仙，不过窃药偷桃，保全性命，养山中草木之年而已，哪里有妙丹秘旨，白日飞升的手段可以传人？所以说个求我无益。"小石猴道："老祖虽说是下等神仙，然窃药偷桃也要有些手段。"通臂仙道："就是窃药偷桃也有几等。若说是扳倒老君的炉灶，摘残王母的灵苗，这便要通天彻地，换斗移星；若我辈啖宠幸之余桃，舐鸡犬之剩药，不过侥天之幸，碌碌因人成事，要什么手段？"小石猴道："老祖怎么说这些没志气的话？天地间只怕没有修仙的径路，便没奈何了。若是老君果然有药，王母果然有桃，不怕没本事偷他些吃吃。”通臂仙嘻嘻笑道：“当时取经成佛的老大圣原说，天地精灵不竭，迟几百年自有异人续我灵根一派。今日你有这样大志，足见老大圣之言不谬矣。”小石猴道：“请问老祖，当时取经成佛的老大圣却是何人？”通臂仙道：“这话说起来甚长，也不是一时轻易说的。你且去把那顽皮消尽，野性收回，然后好对你细说。”那小石猴听了，欢欢喜喜的答应道：“老祖说得是。”遂走了出来，依旧到各山去顽耍；虽然顽耍。却心怀大道，看那月来日往，未免惊心，花落鸟鸣，不禁动念。真个是：

野马未尝无辔，心猿亦有定时。
既是有天有地，难言何虑何思。

小石猴终日思想修仙消息，又怕性急缠恼了通臂仙，只得按纳定气儿忍耐。

这一日，见天气晴明，风和日暖，花果满山，红红绿绿，景致甚是可爱。他忍不住又到后洞来跪着通臂仙说道：“今日前山风日甚美，敢请老祖游赏片时何如？”通臂仙见了大笑道：“好个有心的猴子，我去，我去。”遂毫不作难，带了小石猴一径走出洞来，竟到正当中山顶上一块石上坐下。小石猴又攀枝绕树，摘了许多鲜果来供献。通臂仙吃了几个果子，因开口道：“你可知道，你这身子从何处来的？”小石猴答道：“愚孙生来愚蠢，久昧前因，也不知身从何处来，只时常听众弟兄说，我就是这块石头里迸出来，我不信。这一块顽石头，又无父精母血，我如何在内里安身立命？要求老祖慈悲指示。”通臂仙道：“此乃因缘大事，你既有心，我也不能闭口不言了。天地有四大部洲：东曰东胜神洲，西曰西牛贺洲，南曰南瞻部洲，北曰北俱芦洲。我们这地界乃是东胜神洲，我们这国叫做傲来国，我们这座山叫做花果山。这花果山乃十洲之祖脉，三岛之来龙，自清浊开时而立，鸿濛判后而成。这一块仙石，按周天三百六十五度，故高三丈六尺五寸；按政历二十四气，故围圆二丈四尺；按九宫，故有九窍；按八卦，故有八孔。内蕴天地之灵秀，外受日月之精华，故能毓成仙胎，产出灵种。”小石猴听了，不胜欢喜道：“不信石胎有许多妙处，莫非老祖哄我！”通臂仙道：“不是哄你，只因取经成佛的老大圣原也是这块仙石里出身，我因此知道。”小石猴欣欣问道：“原来这块石头已曾先产过一个老大圣来。敢问老祖，那老大圣初时怎生修道？后来怎生成佛？万望指示孙儿知道。”通管仙道：“那老大圣初生时，也似你一般一个小猴儿，只因他心灵性巧，有本事穷源测流，寻了这一个水帘洞与众族眷安身，故众猴即奉他为主。他在这山中朝欢暮乐，十分快活。只因他根器不凡，忽一日想到无常，迅速发一个大愤，去四海求仙。求了二三十年，不知在哪里遇了真师，修成大道，便会腾云驾雾，一个筋斗直去十万八千里远；又学成七十二般变化，雄霸此山，四境的妖魔尽皆拱伏；又走到水晶宫，问龙王讨了盔甲兵器；又打入森罗殿内，将猿猴眷属尽皆除名。因此惊动了玉皇大帝，遣十万天兵围绕此山，要擒拿老大圣。老大圣手持一条铁棒，将十万天兵打得东逃西窜，奔走回天。”说到此处，喜得个小石猴抓耳揉腮道：“好本事，好本事！快活，快活！老大圣似这般英雄，后来却为何又肯做和尚去取经？”通臂仙道：“老大圣自打退了天兵，玉皇大帝无法奈何，只得遣太白金星来招安。初一次封为弼马温，他嫌官小，反下天宫；后一次封做齐天大圣，方才意足，却又不安其位，偷吃蟠桃御酒，搅乱王母娘娘的胜会，又带了许多蟠桃御酒到洞中来受享。我因蒙老大圣欢喜，与我许多吃，故此至今不死。后来玉帝闻知大怒，调二郎小圣带领梅山七弟兄，布天罗地网来捉拿，玉皇大帝御驾亲至南天门观战。老大圣倚着铁棒威风，杀得天昏地惨，日月无光，他却全然不怕。不料，暗暗的被李老君抛下个金刚琢来，将老大圣打了一跌，方被二郎小圣捉住。拥到斩妖台下，刀砍斧剁俱不能死，雷打火烧亦不能伤；李老君带到八卦炉中锻炼了七七四十九日，启炉之时又被他走了。玉帝无法，只得求请我佛如来，将五指化作金、木、水、火、土五行山，把老大圣压住。一压直压了五百年，老大圣方才悔消恶业，重立善根；又感得观音菩萨劝化，做了旃檀功德佛的徒弟，往西天求取真经。一路上降妖伏怪，建立了万千功行，方才成了正果，证了金身，做个斗战胜佛，如今在西方极乐世界好不逍遥自在。此虽是老大圣法力洪深，却也赖花果山这块仙石钟毓之灵。不期这仙石的精灵不尽，今日又生出你来，你就是老大圣的嫡派了。”小石猴道：“此山精灵，当时已被老大圣发泄尽了，今日孙儿再出，亦是赘疣，恐不灵了。”通臂仙道：“你不晓得，天有后先，道无不继。老大圣得了先天灵气，故生于千百年之前；你今得了后天灵气，故生于千百年之下。”小石猴听了，满心快活道：“据老祖说来，我既是老大圣嫡派子孙，老大圣姓甚名谁，也须知道。”通臂仙道：“老大圣姓孙名悟空，取经时又有个通俗之号叫做行者，又自称齐天大圣。”小石猴道：“老大圣既姓孙，我也只得姓孙了。老大圣叫做孙悟空，我想

'悟空'二字乃是灵慧之称，我一个顽蠢之人，如何敢希灵慧？只好在真实地上做功夫，莫若叫做个孙履真罢了。我又不做和尚去取经，这通俗之号也用他不着，不必起了。老大圣既自称齐天大圣，我怎敢与老大圣比并，只好降一等叫做'齐天小圣'如何？"通臂仙听了，哈哈笑道："自起的姓名，倒也有些意思，只是此皆外面的皮毛，老大圣的性命作用，也须细心理会，方有真际。"小石猴道："欲赤须近朱，欲黑须近墨，若要步伍老大圣的芳规，必须亲炙老大圣的风范。老大圣既成仙成佛，自在天地间，敢求老祖指示一个居止，待愚孙好去寻访。"通臂仙道："老大圣已证菩提，岂复与凡夫接见！"小石猴道："仙佛若不与人接见，便与死了的一般，修他何用？"通臂仙道："仙佛也不是不与人接见，只恨凡夫的根器浅，见他不得。你既有心要见老大圣，也是你返本还原的好念头，只是一时因缘未到。且教你看一件东西，虽然不见老大圣，却与亲见老大圣也相去不远了。"小石猴听了欢喜不尽，跪在通臂仙面前拜了又拜道："万望老祖速速垂慈！"那通臂仙言无数句，话不一席，引得这小石猴：

棒影当头，喝声震耳。

不知毕竟看什么东西，有什么话说，且听下回分解。

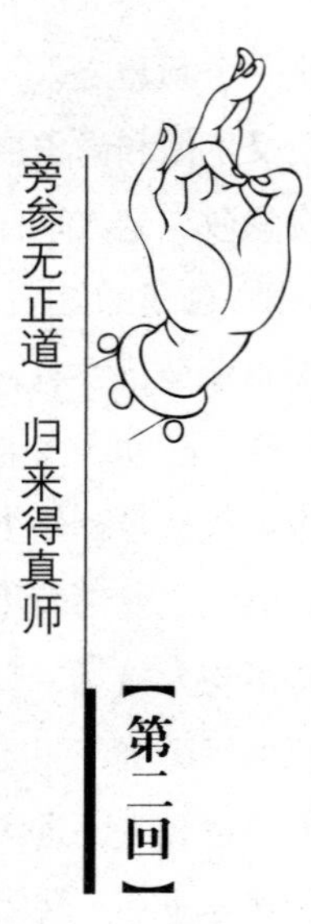

【第二回】旁参无正道　归来得真师

诗曰：

是非憎爱世偏多，仔细思量奈我何？
觅却肚肠须忍辱，豁开心地任从他。
若逢知己须依分，总遇冤家也共和。
若能了却心头事，自然证得六波罗。

又曰：

着意寻春不见春，芒鞋踏遍岭头云。
归来笑折梅花嗅，春色枝头已十分。

话说小石猴苦缠住通臂仙，要访问老大圣消息，通臂仙见他立意真诚，只得指引他道："老大圣初时大闹天宫，与后来西方路上降妖伏怪，全仗一条如意金箍棒显威风，逞本事。自从成佛之后，乱不作，妖不生，用他不着，遂留在洞后山上，以为镇山之宝。又留下四句偈子，说道：

道法得力，铁棒再出。

铁棒成功，实即是空。

"此中似有玄机妙解，你既有志要见老大圣，我领你去拜拜这金箍铁棒，岂不就与见老大圣一般。"小石猴道："既有老大圣的遗物法旨，何不早言，使孙儿欢喜？"通臂仙道："只要你肯尽心努力，此时也未晚。"遂起身领了小石猴转到洞后山上来。原来洞后山上不甚高大，虽四面有路可通，却隐隐包藏腹内，不许人容易窥见。

这日，小石猴跟着通臂仙走到山下，才望见一条铁棒，如石柱一股壁立直竖在山顶当中，约有二丈长短，碗口粗细，光彩罩定。知是仙佛神物，不敢怠慢，忙跪下磕了许多头，方才爬起来细细观看。看了一会，不住口的赞扬道："好一件宝贝，不知有多少重哩？"通臂仙道："当初老大圣使这条棒，只象使灯草一般，是以上天下地无人敢敌。今日你既要学老大圣的威风，须要有使金箍棒的气力才好。"那小石猴不知好歹，竟走近前，将金箍棒用双手抱定一摇，指望移动移动。谁知使尽平生之力，挣得满面通红，莫想移动分毫！慌得他朝着铁棒只是磕头道："难难难，这神仙做不成！"通臂仙看着笑道："你这小猴头忒也性急，当初老大圣修炼多年，方具神力，你一个才出胎的柔筋嫩骨，怎就想当此大任！你也不要这般卤莽，你也不可怠惰，好去潜心修炼，因缘到日，或者有个机关。"小石猴听了连连点首道："老祖说得是。"自此之后，小石猴便无心到各处顽耍，每日只守定这条铁棒操演气力，铁棒莫想弄得动，只好将几块大顽石拨来拨去。过了些时，自觉力量有限，苦上心来，便没情没绪，恹恹倦倦，象个睡不醒的模样。通臂仙看见，因喝道："小小猴儿便如此懒惰！"小石猴忙跪下道："愚孙不是懒惰，只因有力没处用，要用又没力气，故此闲行也。"通臂仙道："你岂不闻儒教圣人孔仲尼说得好，有能一日用其力，我未见力不足者。"小石猴听了默然道："老祖说得是。"口里虽然答应，心里却无主张，无法奈何，只得又走到铁棒下抚摩想象，忽然大悟道："是了是了，这条铁棒乃是天地间的宝贝！老大圣也是成仙之后方能运用，我一个凡人如何便想施为？我想，临渊羡鱼，不如退而结网。为今之计，莫若也学老大圣四海去求成仙道，那时定有妙用。"主意定了，遂到后洞来辞别通臂仙道："愚孙要别老祖去求仙了。"通臂仙笑道："求仙好事我不阻，你但出门，便有千歧万径，须要认真正道，不可走差了路头。"小石猴道："我只信步行将去，想也不差。"通臂仙道："信步行将去固好，还要认得回来。"小石猴道："有去路自有来路，不消老祖费心，但不知尘世中哪几等人方有仙术？"通臂仙道："世上有三教，曰儒，曰释，曰道。儒教虽是孔仲尼治世的道法，但立论有些迂阔。他说天地间人物有生必有死，人当顺受，其证仙佛，求长生不死，皆是逆天；衣冠礼乐颇有可观，只是其人习学诗书，专会咬文嚼字，外虽仁义，内实奸贪，此辈之人决无成仙之理，不必求他。要求，还是释、道二教，常生异人。"小石猴听了，满心欢喜道："老祖说得是。"谢了出来，也就学老大圣的故事，将木头编成一个筏子，用竹为篙，央几个相好的猿猴同扛到海中。又带了许多果子干粮，拜别了通臂仙与众猿猴，竟摇摇摆摆走上筏子坐下，随风而往。不期东南风大，不数月早飘到北俱芦洲。

这芦洲极是苦寒地面，人少兽多，就是极贵的人王帝主，也看是禽形兽状，与魍魉魑魅相同。小石猴到了其处，也不知叫甚地方，将筏子拽到海滩之上，竟走上岸去访问。走了一二十里，并无城郭人民，偶然见几个蠢物，也不知是人，也不知是鬼，与他说话却又言语不通。小石猴走了几处皆同，心下想道："这等禽兽地方，如何得有仙佛？是我来差了！再别处去吧。"因复到海边，找着了筏子，依旧走在上面，恰遇着东北风，直吹到西牛贺洲。

这贺洲地方，使衣冠文物有如中国。小石猴弃筏登岸去观看，见人烟凑集，景致繁华，满心欢喜："这个所在定有神仙。"遂东西访问，访了许久，忽有人指点道："此去西南六十里，有一座青龙山，山上有一个白虎洞，洞中有一个参同观，观中有一位悟真祖师，道法高妙，乃当代神仙。你要学仙，除非到那里寻求。"小石猴听了，满心欢喜道："造化，造化！被我访着了。"遂一径的走了六十里路，远远望去，果然有一座山，峰峦回合，树木苍苍，俨然象一条青龙蜷曲。走到山上往下一观，又见一片白石，一头高一头低，就似一只白虎蹲伏。小石猴想道："此中定是白虎洞了。"从山上走下来，到白石前一看，果然有个洞门包藏在内。走进洞门，早已望见一座观宇，飞甍画栋，甚是庄严。但见：

殿阁峥嵘，山门曲折。殿阁峥嵘，上下高低浮紫气；山门曲折，东西左右绕青松。祸福昭昭，炉火常明东岳殿；威灵赫赫，香烟不断玉皇楼。三清上供太乙天尊，四将旁分温关马赵，不知灵明修炼如何，先见道貌威仪整肃。

小石猴走到观前一看，只见上横着"参同观"三个大字，心上喜道："我来得不差了。"两扇观门虽然大开着，却不好轻易进去，只得存身等待。等了许久，不见一个人出来，遂悄悄挨身入去。到了二山门，见贴着一副对道：

日月守丹灶，
乾坤入药炉。

心下想道："口气虽大，却只是烧炼功夫。"正踌躇间，忽正殿上走出一个道士来，怎生打扮：

头戴玄冠，身穿道服。黄丝绦飘漾仙风，白玉环端凝法相。体清骨秀，望中识瑶岛仪容；气静神闲，行处显蓬莱气象。

那道士看见小石猴在二门立着，因问道："你是什么人，到此何干？"小石猴忙向前打躬道："我是学仙的弟子，因闻得悟真祖师乃当代神仙，道高天下，所以不远万里而来，要拜在门下修仙了道。"那道士听说，又将小石猴上下估了两眼，道："凡修仙之人，必要鼎器灵明。你虽然人相，尚未脱兽形，怎么思量此事？"小石猴道："人兽之形虽说有异，然方寸灵明却未尝有二，怎么思量不得？敢求领见悟真祖师，自有话说。"那道士笑道："哪里来的野种？这等性急！祖师在菩提阁上明心养性，就是国王三番两次的恳求，或者许他一见。你就有求道之心，也要个入门渐次。"小石猴道："渐次却是怎生？"道士说道："凡求仙之辈，初入门时，先要在定心堂把心定了；然后移到养气堂去调息，心定气调；然后驱龙驾虎，从丹田灵府直透尾关，再冲过夹脊关、醍醐顶，方可相见。此时如何便生妄想？”小石猴就道：“立地成仙便好，既不能够，便慢慢做去也罢。但不知定心堂在何处？就烦仙师领我去定心。”道士说道：“既要去，随我来。”遂转身领了小石猴入去。小石猴只道是廊房偏屋，不料却是大殿，正中间灵台之上，八宝砌成，好似瑶宫金阙。道士走上前把门开了，道：“进去，进去。”小石猴见庄严华丽，不管好歹，竟将身钻了进去。才钻进去，道士早把门关了。小石猴进到内里，指望有窗有户，见天见日。不期这堂中孔窍全无，黑暗暗不辨东西南北，四周一摸尽是墙壁，气闷不过；欲待走了出来，却又没处寻门。乱了一会，没法奈何，坐在地下想道：“堂名‘定心’，却又如此黑暗，正是弄人意思。我既要定心，便当一念不生，一尘不染，管什么黑不黑，亮不亮。”便以心观心，在内中存想。过了许久，只觉灵机天趣，流盎满前。再睁眼看时，忽一室生明，须眉俱见。喜得个小石猴抓耳揉腮，却原来定心中有如许光明。古语云：‘虚室生白。’信不诬矣。起初还只是光明，又约略坐了几日，只觉光明中别有一种灵慧之气，使人彻首彻尾的都照见。

小石猴正在欣欣得意之时，忽一声响，两扇堂门开了。道士在外面叫道：“修仙的，闷得慌么？”小石猴从从容容的走将出来答道：“倒好耍子，不闷不闷。”道士道：“里面黑么？”小石猴道：“本性光明，不黑不黑。”道士道：“既定了心，随我到养气堂去。”小石猴道：“去去去。”跟着道士就走。原来这养气堂不在观中，转在山上，却只是间屋儿。走将进去，也不知有几多层数，委委曲曲，竟没处寻入路。急回身看时，那道士已将大门紧紧闭上，惟门上左右两个大孔，可以出入。小石猴已得了定心之妙，便安安静静坐在里面，看那阴阳，就似穿梭一般的出出入入。到了子、午、卯、酉四时，真觉阴阳往来中，上气下降，下气上升，津津有味。坐到那无间断时，不觉满身松快，举体皆轻。坐了些时，正想着要往内里去看看，只见道士又开了门，叫道：“那养气的，出来吧。”小石猴笑嘻嘻走出来道：“养气正好快活，为何要出来？”道士说：“七七四十九日，养足则气自能调，不必养矣。”小石猴道：“既如此，便该驱龙驾虎了，求仙师指引。”那道士初时，只指望将定心、养气两件事难倒小石猴。定心心定，养气气调，便有些妒忌起来。因问道：“你来了许久，并不曾问你是何处人，姓甚名谁？”小石猴道：“我是东胜神洲傲来国花果山人氏，姓孙名履真。当年大闹天宫的齐天大圣孙悟空，便是我嫡派祖宗。我祖道行高，今已证果成了斗战胜佛。我恐怕败坏家风，故出来修仙了道，要做个世家。”道士听了愈加妒忌，说道："你人虽丑陋，却是个有来历的，须得祖师亲传道法方妙。但祖师正要产育婴儿，不肯见人。你须耐心守候，自有好处。"小石猴道："既有好处，甘心守候。"自此之后，何住在观中，虽不能够面见祖师，而祖师动静却时时得以察听。

一日，在山巅上顽耍，望见观后园中一个老婆子，引着几个少年女子在那里看花耍子，个个穿红着绿，打扮得袅娜娉婷，十分俏丽。小石猴看了，心下惊讶道："出家人如何有此？"因从后山转到后园门外来窥看，只见一个小道童在溪边洗菜。小石猴因挨上前，问道："小师兄，这园中许多女子，是谁家宅眷？"小道童笑道："孙师兄，你既学修仙，这些事也还不知道？"小石猴道："我是个初学，实不知道，望师兄指教。"小道童道："修仙家要产婴儿，少不得用黄婆、姹女。那一个老婆子，便是黄婆；那几个后生女子，便是姹女。这就是祖师的鼎炉药器。"说罢，竟提着洗的菜进后园去了。小石猴暗想道："这祖师不肯见人，又养着这些少艾，定是个邪道了，我且偷看他一看。"到了夜深黑暗，拿出他的猿猴旧手段，轻轻的从前殿屋上直爬到后殿菩提阁边，从窗眼里往内一张，只见两支红烛点得雪亮。一个皮黄肌瘦的老道士，拥着三四个粉白黛绿的少年女子在那里饮酒作乐，又一个黄衣老妇在中间插科打诨道："老祖师少吃些酒，且请一碗人参肉桂汤壮壮阳，好产婴儿。"小石猴听了，忙爬了出来，叹口气道："果然是个邪道，可惜空费了许多工夫。"到第二日天明，也不辞道士，竟自下山去了。一路上想道："这祖师享如此大名，却是假的，其余料也有限，不如到别处去吧。"依旧走到海边，又编了个筏子坐在上面，顺着西北风，直吹到南瞻部洲地界。他在参同观虽未得真诠，却亏了定心养气的功夫，只觉心性灵慧了许多，精神强健了数倍，不象前番迟钝。每日欢欢喜喜，穿州过县的求真访道。

原来这南瞻部洲虽然是儒祖孔圣人君臣礼乐治教的地方，怎奈人心好异，却崇信佛法。凡是名山胜境，皆有佛寺，缁流法侣，遍满四方，或是讲经，或是开会。不过借焚修名色，各处募化钱粮，以长旺山门，并无一位高僧善识，究及身心性命。小石猴访求了许久，见处处皆然，心下想道："求来求去，无非是旁门外道，有何利益？前日定心养气中，自家转觉有些光景，与其在外面千山万水的流荡，莫若回头归去，到方寸地上做些功夫，或有实际也未可知。"算计定了，遂走到海上编个筏子，乘着西南风，依旧飘回东胜神洲。

四海求仙不见仙，口皮问破脚跟穿。

谁知道法无枝蔓，一个人心一个天。

小石猴舍了筏子上了岸，欣欣然走回花果山来，看见本地风光，满心欢喜。正思量另寻个存身所在，早被众猴看见，迎着问道：“你回来了，求的仙如何？”小石猴竟不答应，只是走。一头走一头想道：“这洞里嘈杂，如何修得道？倒是后山无漏洞好。”竟不进洞，往后山无漏洞走去。原来这无漏洞正是花果山的灵窍，上面只一个小口，下面黑魆魆的，也不知有多少深，从来没一个人敢下去。此时，小石猴进道之心勇猛，走到洞口住下一张，道：“妙，妙！”也不思想进去怎生出来，竟涌身跳了下来。那些跟着看的猴子见了，惊的惊，喜的喜，都以为奇事，来报知通臂仙。通臂仙道：“由他由他，自有妙处。”众猴散去不题。

且说小石猴跳到底下，只说乱砖碎石，定是高低不平。谁想茸茸细草，就象锦茵绣褥一般，十分温软。小石猴坐在上面，甚是快活。虽然黑暗，他却不以为事，原照定心堂旧例，放下众缘，存想了一周时，忽灵光透露，照得洞中雪亮。再存想了几日，只见灵光闪闪烁烁，若有形象；存想到七七四十九日，只见灵光中隐隐约约现出一个火眼金睛、尖嘴缩腮的老猴子，手提着根如意金箍棒，将口对着他耳朵边，默传了许多仙机秘旨，真如甘露洒心，醍醐灌顶，霎时间早已超凡入圣。急欲再问时，那老猴子早逼近身，合而为一矣。小石猴大悟道：“原来自己心性中原有真师，特人不知求耳！”一霎时，便觉举体皆轻，神力充足，七十二般变化，俱朗朗心头。心中犹恐不真，暗想道：“且出去试试金箍棒，看是如何？”将身轻轻一纵，早已飞出洞外。正是：

踏破铁鞋无觅处，得来全不费工夫。

不知出来使得动这条金箍棒否，且听下回分解。

【第三回】 力降龙虎 道伏鬼神

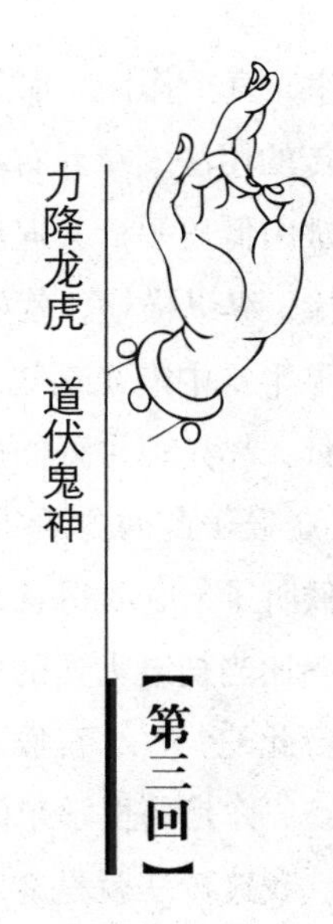

词曰：

试看洋洋为盛，须知木旺金强。
惊天动地播馨香，终是粗疏伎俩。

一点慧灯无上，两间气塞洪荒。
主人白日吐灵光，不怕火灯不让。

——右调《西江月》

话说小石猴在无漏洞中得了自心中的真师传授，便一时卖弄神通，跳出洞外，要试试金箍铁棒。此时恰好天明，红日初升。他走到铁棒跟前，将两袖卷起，口里祝诵道："老大圣有灵有圣，助你子孙一臂之力，好与你重展花果山威风，再整水帘洞事业。”说罢，用双手将铁棒一举，真个作怪，那条铁棒早已轻轻随手而起，喜得个小石猴心花都开了，便暗依着心传的用法，左五右六丢开架子，施逞起来。初时犹觉生疏，舞了一回，渐渐熟滑，便嫌山低碍手，又捏着腾云诀法，将脚一顿，叫声：“起去！”早已起在半空，放开铁棒，纵纵横横，就如一条游龙在天际盘旋。满山的猴子不知是小石猴成了仙舞棒，但见半空中霞光瑞气，滚作一团，以为奇事，忙报知通臂仙，都走到山前观看。看了半日，都只鄙作野仙过。小石猴从上看下，转看得分明，遂渐渐按落云头，舞到面前。众猴子此时方看得明白，一齐嚷道：“原来是孙小圣舞金箍棒，大奇大奇！”小石猴听了，欣欣得意，因停住手将铁棒竖在山前，向通臂仙下拜道：“老祖看愚孙舞的棒比当初老大圣的何如？”通臂仙慌忙扶起道：“你如今已成了仙，得了道，如何还行此礼？”小石猴道：“就是成仙得道，也亏老祖指点之功，如何敢忘！”通臂仙道：“你是哪里学来的棒法？与老大圣一般无二。”小石猴嘻嘻的笑道：“老祖好眼力，我这棒法就是老大圣传的，怎不一般！”通臂仙道：“此山自老大圣成佛之后，无主久矣，众子孙多没些规矩。你既传了老大圣的道，你就是此山之主了。”小石猴道：“老祖在上，愚孙怎敢僭妄？”通臂仙道：“你知我是一个世外闲散之人，不必过谦。”遂令满山众猴子都来参见新大王。众猴子看见小圣半空中舞棒，何等神通，谁敢不伏！遂分班依次行君臣之礼。礼毕，各各去采仙桃、摘异果，备酒与大王贺喜，唯通臂仙以宾礼相陪。饮到半酣之际，通臂仙说道：“大王，这条铁棒使得趁手么？”小石猴道：“好倒好使，只嫌他郎伉，不便收拾。”通臂仙道：“大王原来不知，这条铁棒原是大禹王的天河定底神珍铁，又叫做如意金箍捧，要大就大，要小就小。当初老大圣只变做个绣花针藏在耳朵里面，怎么不便收拾？”小石猴听了不信，道：“哪有此说？”通臂仙道：“大王不信，请试试看。”小石猴真个走到山前，将铁棒拿在手中，叫道：“我要小些！”忽然就小了许多。连连叫道：“小小小！”到绣花针一般才住，放在耳朵里面恰恰正好。拿出来叫声：“大大大！”依旧是一条金箍棒，喜得个小石猴满心痒不知摸处，连连朝着通臂仙谢道：“多蒙指教。”自此之后，山中无事，便提着条铁捧到各处试法。

一日，游到东海上，看见波涛汹涌，鱼龙出没，心下忽道：“我闻佛家将龙放在钵盂中畜养，名曰豢龙。又有一种英雄豪杰力能屠龙，将龙肝充作八珍之味。我今得了道法，也不耐烦取来钵中豢养，也不伤生害命去屠他。今闲行无事，且钓他一个起来耍耍。”遂取出金箍棒叫声：“变！”变做一根钓竿，万丈丝纶，纶上挂一个钩子。又拔下一根毫毛，吹口仙气，变做一颗斗大的明珠，挂在钩上，轻轻投在水中。那颗明珠到了水里，光彩陆离，引得部些小龙子龙孙都争来吞夺。吓得那巡水夜叉慌忙跑到水晶宫，报与老龙王道："大王，祸事到了！"老龙王惊问道："何事？"巡水夜叉道："海岸上不知何处走了一个仙人来，雷公嘴、火眼金睛，好似当年借兵器的孙大圣一般模样，只是年纪小些，手拿着约竿丝纶，以明珠为饵，在那里钓龙哩！我王的大殿下、小殿下，都七八被他钓去了。"老龙王听了，大惊失色道："这却如何是好？"鳌丞相奏道："何不令鲤将军带领虾兵蟹将，兴波作浪去杀了他？"老龙王道："别个犹可，若说象雷公嘴、火眼金睛的孙大圣，这却惹他不得，莫若出去看光景，还是求他为上。"遂领了许多水兵，半云半雾、半波半浪的逼近岸边，近着问道："何处上仙？请留尊名。"小石猴看见老龙王领着兵将来问他，因嘻嘻笑道："我不说你也不知，我是当年东胜神洲傲来国花果山水帘洞，大闹天宫，玉帝亲降旨封弼马温，后加齐天大圣，今证果斗战胜佛孙悟空嫡派子孙，新成道法，尚未受职，承家德自称齐天小圣孙履真是也！"老龙王又问道："既是齐天孙大圣的令嗣，当初老大圣与小龙薄有一面之交，小龙曾送他一块天河定底神珍铁，又叫做如意金箍棒，上仙既系他一体，老大圣成佛之后，这件宝贝不知如今却在何处？"小石猴笑道："贤鳞长也太多心，莫非疑我假冒宗支，要个证据么？这也不难。"将钓竿丝纶提起，仍旧复做一条金箍捧拿在手中。先丢开解数，舞得天昏地暗，后照老龙王劈头打来，道："贤鳞长，请细看看这条铁棒是也不是？"吓得个老龙王诺诺倒退，连连打躬道："正是，正是！不要动手，且请到小宫献茶。"小石猴道："正要造宅奉拜，只是莫嫌残步。"老龙王道："不敢，不敢！"忙叫分开水路。此时，鲤将军与虾兵蟹将已吓得屁滚尿流，听叫开路，都战战兢兢往前奔驰。小石猴手执着铁棒，竟摇摇摆摆步入水晶宫来，老龙王忙叫备酒相留。不一时，珍味满前，音乐并奏，又邀了西南北三海龙王都来相陪。饮酒中间，这个龙王说道："当初，老大圣与小龙实系故旧，还求青目。"那个龙王又说道："小龙既与小大圣忝在通家，要甚么宝贝只管来取。"你求情，我称颂，奉承得小石猴满心欢喜道："既系通家故旧，又承高情降伏于我，只要你长远为我镇压虎势，我也再不来聒噪你了。"说罢，竟提着铁棒跳出海外，径回花果山去了。众龙王都惊惊喜喜，老龙王道："早是不曾听鳌丞相之言，若兴兵与他厮杀，此时弄出大祸来了。"遂商议时时进贡些珍宝，以图安静不题。正是：

少自微微老自强，兴云作雨不寻常。

慢言九五飞天去，若遇潜时只合藏。

小石猴既降伏了龙王，又想道："海中既以龙为王，山中必以虎为君了。龙乃真阳，有些灵性，还认得我小孙是个好人，百般结识我，这也放得他过。那虎是个残暴的蠢物，逢人便思量嚼他，况且住在山中，这山中又是我子孙出入的所在，若不整治他一番，他必定以我子孙为鱼肉，岂不损了威风，坏了体面？"算计已定，便拖着铁捧到西山来寻虎打。谁知老虎就象恶人一般，虽不知礼义，吃人无厌，却也只是欺负良善软弱。倘撞见专搏虎的冯妇与惯射虎的李广，他却也害怕。

这日，巡山的饿虎听得有人走动声响，满心欢喜道："今日造化，又有饱食了。"忙伏在树林丛中窥看，看见孙小圣雄纠纠、气昂昂，拿着金箍捧走进山来，东张西望。那大虫虽然顽蠢，然贪生怕死也是一般，看见势头有些古怪，便不敢现身，悄悄走回穴中，报与众虎道："有个人进山来了。"众虎嚷道："你这呆种，既有人进山，何不白白吃了他！又来报甚么？"那大虫摇着尾道："我看那人尖嘴缩腮，定然鄙吝，不象个肯把人白吃的。"众虎道："纵然鄙吝，遇着我们这班凶神，却也饶他不得。"七八只猛虎一齐咆咆哮哮跑了出来，竞奔前山。孙小圣远远望见，欢喜道："孽畜来得好！我正要寻你。"抡着铁棒，照头就打。那七八只虎却也猛恶，一齐张牙舞爪，四面窜扑将上来。孙小圣见了道："好孽畜，不知死活！我也顾不得伤生了。"把铁棒紧攥一把，一个鹞子翻身，那条铁棒随身似风车一般，一个旋转，众虎躲闪不及，牙荡着牙碎，爪遇了爪伤，骨磕着骨断，皮抓着皮开，尽皆负痛，东西逃命。独有一只老黄虎，后腿被铁棒扫了一下，跌倒在地，动弹不得。孙小圣赶向前又要打下，只见那黄虎伏在地下连连点首，似有求饶之意。孙小圣因停了铁棒，喝道："孽畜！你也知道要性命么？"那虎只是点头。孙小圣道："你既怕死，我也不忍伤生。我花果山右山有个空缺，常常被人偷果，今带你去看守吧。"遂拔下一根毫毛，变作一条铁索，将虎头缚了，就如牵羊一般牵了回来。另换一条铁链，锁在一块有孔的大石头上，叫他看守门户。那虎服服帖帖听他使唤。真是：

金刚雄且壮，终日守山门。

我佛慈悲相，端居称世尊。
微妙无一寸，丈六现昆仑。
始知无上理，是谓天地根。

那小石猴自龙驱虎伏，殊觉独尊，十分快活。因谓通臂仙道：“我赖祖传道法，横行直撞，做了个神仙。然做神仙要洞达阴阳，通透五行，我却全然不懂。明日会着那上八洞、中八洞、下八洞众圣群仙，讲生死，论善恶，一时答应不来，岂不被人看做叉路货，受他轻薄。”通臂仙笑道：“大王又来谬谦了。俗语说得好，一法通，万法通，天下无有不明道理的神仙。大王既有此等通天彻地的手段，自有测往知来的见识，莫要说谎哄我。”小石猴道：“我与老祖一家人，怎敢说谎哄你！若论变化，说腾挪，刁钻小巧，不敢欺，般般皆会，件件皆能，愈出愈奇。至于成已成物，尽性至命的大道理，其实糊糊涂涂不会讲究。”通臂仙道：“糊涂倒也行得去，只恐背前面后终有人指搠。大王既要做个古今不朽的正气神仙，这些生生死死善善恶恶的道理，还须细着讲究。”小石猴道：“我也情愿如此，但不知寻谁可以讲究。”通臂仙道：“这个不难，木有本，水有源，要知善恶生死，须问阎罗天子。”小石猴听了，欢喜道：“老祖说得是，我就去问。”遂取出铁棒，存神属想，一个筋斗直打入幽冥地府来。早遭几个不知事的少年夜叉看见，忙上前拦挡道：“什么厉鬼？敢如此行凶！”孙小圣笑骂道：“把你个不晓事的魍魉！我是厉鬼，你难道转叫做个善人？不要走，吃我一棒！”将棒稍略拨一拨，早惊倒无数小鬼叫苦连天，却惊动几个老夜叉、老小鬼出来张望。看见孙小圣的模样，忙跑入森罗殿，报与十殿阎君道：“祸事，祸事！数千年前的那个雷公嘴、火眼金睛的恶神道又打来了。”秦广王道：“胡说！雷公嘴、火眼金晴是孙悟空了，我闻他已成正果，登了佛位，如何肯行凶又作少年恶状，莫非错看了？”老夜叉、老小鬼齐声道：“是他是他，不错不错。”十王惊疑不定，只得整衣迎出殿来。

孙小圣早已走至阶前，十王请到殿上分宾主坐下。秦广王先开言问道：“上仙尊颜好似齐天孙大圣一般，久闻大圣已享西方极乐，今日有何贵干，又到此幽冥下界？”孙小圣道：“贤王好眼力，看得不差。成佛的齐天大圣乃是家祖，在下晚辈，贱名履真，自愧不能亲承祖训，又恐怕堕落了家声，勉强自作聪明，修习些皮毛粗道，聊以保全性命。但愧无师无友，茅塞胸中，故竭诚奉拜，恳求列位贤王看家祖薄面，指教一二。”。十王齐道：“上仙差了，大道玄机乃造化所秘，从来仙圣，俱未发明。即我佛拈花微笑，亦是捕风捉影，何况我辈冥王根识浅薄，不过奉簿书从事，焉有高论以效刍荛。”孙小圣道：“列位贤王不谓过谦，俗语说得好，耕问仆，织问婢。他事不敢苦求，但生死一案，乃列位贤王之执掌。善恶两途，乃列位贤王所分别。且请问：颜回寿夭，盗跖长年，这个生死善恶却怎生判断？”秦广王道：“上仙不耻下问，敢不竭愚。概论其常，则寿夭本于善恶；分言其变，则寿夭万万不齐。有资禀弱强之寿夭，有作丧保养之寿夭，有天眷天罚之寿夭。若颜回、盗跖之寿夭，乃资禀强弱之任其夭也。有流芳遗臭之善恶，有享福受祸之善恶，有应运应劫之善恶。若颜回、盗跖之善恶，乃流芳遗臭之显其名也。故阴司判断不敢执一。”孙小圣道：“贤王常、变二论，最是明白。变者既万万不齐，且莫去管他，只说本于善恶。常人之寿夭，还是贤王临时斟酌其善恶，使他或寿或夭，还是预先知其善恶，而注定其寿或夭？”秦广王道：“凡人之生，南斗注生，北斗注死。阴司不过按其年月日时，勾摄奉行，片刻不敢差移，岂容临时斟酌？”孙小圣道：“若是这等说，人之生死皆有定数，这不叫做寿夭本于善恶，转是善恶本于寿夭了。若果如此，则善人不足敬，恶人不足惩。阴司生死之案，只消一个精明之吏，照簿勾销足矣！何必十位贤王这等费心判断？就是十位贤王也不消苦用极刑，擅作报应之威福也。”十王听了，面面相觑，无言可答。因赞叹道：“上仙高论，发古今所未发，不独使我等抱惭，亦可想见上帝立法之未尽善也。”孙小圣道：“这不干列位贤王之事，也罢了！但阳世官贪吏弊，故设阴司，不知阴司判书亦有弊否？”十王道：“我等忝居王位，焉敢徇私？但恐才力不及，为鬼判蒙蔽，今前案俱在，求上仙慧眼照察，倘有弊端，乞为检举，以便改正。”孙小圣也不推辞，道：“既蒙列位贤王见委，敢不代庖，以效一得之愚。”十王听了，俱各大喜，齐起身拱他居中坐下。十王列坐两旁，遂命鬼判将前后各种文簿俱呈于案上。

孙小圣却不从头看起，信手在半中间抽出一本来看，却是水族生死诘告簿。又信手在半中间拽过一张来看，却是大唐贞观十三年泾河老龙告唐太宗许救反杀一案，后审单写得明白道：

> 审得老龙擅改天时，克减雨数，其罪合诛。虽唐太宗梦中许救，而人曹官魏徵实奉帝命，运神施刑，此阴阳灵用，唐主人王实出不知，安得以反杀

坐之？及查老龙王生死簿，南斗未注其生，而北斗已先注其合死人曹之手，则其受兹戮也，不亦宜乎！罪辜已伏，速押转生，无令妄告。唐太宗不知不坐。免罚还阳。

孙小圣道："此宗卷案，列位贤王判断可称允合情理矣！但有一事，不足服人。"十王道："何事不足服人？"孙小圣道："我闻善恶皆因心造，这龙王未生时，善恶尚未见端，为什么北斗星君先注其合死人曹官之手？既先注定了，则老龙擅改天时克减雨数这段恶业，皆北斗星君制定，他不得不犯了！上帝好生，北斗何心，独驱老龙于死地？吾所不服。"十王皆茫然半晌道："或者老龙前世有冤孽，故北斗星君报于今世。"孙小圣道："若说今世无罪遭刑，足以报前世之冤孽，则善恶之理何以能明？若今世仍使其犯罪致戮，以彰善恶之不爽，则前世之冤愆终消不尽。况前世又有前世，后世又有后世，似这等前后牵连，致使贤子孙终身受恶祖父之遗殃，恶子孙举世享贤祖父之福庇，则是在上之善恶昭然不爽，在下之善恶有屈无伸矣！恐是是非非如此游移不定，不只足开舞文玩法之端乎？"十王齐拱手称扬道："上仙金玉之论，几令我辈搁笔不敢判断矣！"孙小圣笑道："这总是混沌留余，实非列位贤王之罪。"说罢，又信手抽出一本来看，却是万国帝王天禄总簿。又信手揭起一张来看，却是南赡部洲大唐太宗李世民，下注着享国三十三年。孙小圣问道："这唐太宗可就是差唐三藏法师同我老大圣往西天去取经那个皇帝么？"十王答道："正是他。"孙小圣道："他贞观政治太平，也要算个有道的帝王了，享国三十三年也不为多。"再细看时，只见两个"三"字不是一样的。下一个"三"字，三画停匀；上一个"三"字，三画皆促在上面，心下有些疑惑，复留心一看，又见上二笔墨色浓于下一笔，因指出付与十王看道："此'三'字似乎有弊。"十王看了，俱各大惊道："果然是添改。"因叫众判官查问是谁。众判官尽推不知。秦广王道："此事岂容推却！"叫抬过业镜来照，照出是判官崔珏作弊，崔判官方伏地请罪。十王大怒道："唐家国运，通共该二百八十九年，今太宗名下添了二十年，却不凑成三百零九年了？违悖天数，不独汝辈死不足尽辜，即我辈十王俱获罪不小。只得解你到上帝处，请旨定夺。"崔判官只是磕头。孙小圣因问道："崔判官你为何作弊？"崔判官道："唐太宗实判官故主，又有人曹官魏徵书来，故一时徇情。"孙小圣劝十王道："事已既往，不可追矣！且权在列位贤王，解到上帝，未免多事。今幸尚是唐家天下，莫若挪前减后，扯平他的运数便了。”十王道：“上仙吩咐，敢不领命！但不知怎生扯平？”孙小圣道：“可查唐家后代，该到何宗？”十王道：“此后该到宪宗了。”孙小圣道：“可查宪宗该多少年寿？”十王道：“该享国三十五年，享年六十三岁。”孙小圣道：“何不改注他享国十五年，享年四十三岁，便扯平了。”十王闻言大喜道：“又蒙检举，又蒙周旋，感德不浅。但宪宗彼时四十三岁，精力未衰，如何便得晏驾？”孙小圣道：“这有何难，近日皇帝多好神仙，爱行房术。崔判官既私延太宗之寿，何不即将他罚作方士献丹药，以明促宪宗之寿。承行作弊，本该正法典刑，姑念尽忠故主，合令杖杀，以了此一段公案。”十王齐拱手称道：“昔年老大圣判断公事，只凭铁棒，威则有余，理实不足。令上仙针芥对喝，过于用棒，可称跨灶。”遂立罚崔判官投股山人柳家，取名柳泌，俟孽案完，再来服役。

孙小圣断罢，又信手抽出一本来，却是普天下百姓生死簿。又信手揭起一张来看，却是铜台府地灵县善士寇洪，只见墨笔注着阳寿六十四岁。又见朱笔将“六十四”三字涂抹，改作“七十六”。孙小圣看了诧异，又付与十王道：“此何说也？”十王道：“此人本寿只该六十四岁，幽冥教主地藏王菩萨因念他生平好善，加他一纪，故改注了七十六。”孙小圣大笑道：“这等说起来，生死为赏罚之私囊，则北斗非春秋之铁笔矣！阴司道理，如斯而已，看他何用？”将簿书一推，立起身道：“承教，承教！”向十王道：“莫怪，莫怪！”遂走下殿来。忽见殿柱上贴着一副对联，道：

是是非非地，
明明白白天。

孙小圣又微微笑道：“这等一座大殿，五字对联忒觉少了，我替你添上几个字何如？”十王齐道：“最妙！”孙小圣将案上大笔提起，蘸得墨浓，在“是是非非地”底下添上六字，又在“明明白白天”底下也添了六字。道：

是是非非地，毕竟谁是谁非？
明明白白天，到底不明不白。

添写毕，丢下笔哈哈大笑，仍提着铁棒，一路打筋斗云，竟回花果山去了。正是：

道高龙虎伏，德重鬼神钦。

不知孙小圣又作何状，且听下回分解。

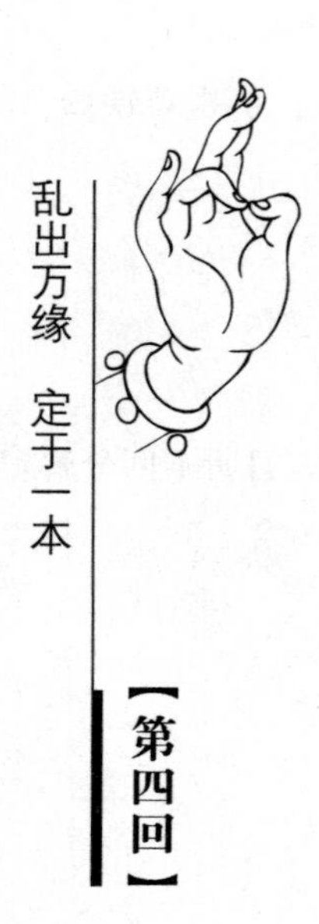

【第四回】 乱出万缘 定于一本

诗曰：

耳目能昭动，心思不耐闲。
收来无半点，放出有千般。
犯拙因伤巧，伏辜为恃蛮。
顺帆常遇逆，直道每多弯。
但见风吹火，安能水变山。
两家成一室，门户不须开。

话说孙小圣在阴司中讲究生死善恶之理，折服倒十王，然后一个筋斗云复打回花果山来。通臂仙率领众猿猴迎着，问道："大王回来了。我看尊颜欣欣然有色，莫非阴司中将生死善恶之理讲究得通透了么？"孙小圣道："'通透'二字甚是难言，但一团活泼泼的道理，凭我横说竖说，遂将十殿阎君都辩驳倒了。”通臂仙道：“这等看来，大王之学，竟是生知了？”孙小圣笑道：“我也不晓得是不是生知，但觉这些鬼王确确乎都是死知。”通臂仙道：“鬼王终属下界，我闻理参无上，若求造物始终，必达帝天，方无声臭。”孙小圣道：“我正思量要到天上去玩耍玩耍，今承老祖指教，岂不是机缘到了？我明日就去游游。”众猿猴听见孙小圣要上天去，都一齐跪下说道：“当时老大王上天时，倚着神通广大，手段高强，归来或是仙酒，或是仙桃，或是仙丹，定然带些来赏赐我们。今大王神通手段不弱于老大王，到天宫必有仙洒、仙桃、仙丹受享，万望带些回来，赏赐赏赐，也是大王重兴恩典。”孙小圣欣然允诺：“我带来，我带来。”众猿猴见孙小圣许了，各各欢喜，都自去采新鲜果品，倾宿酿酒浆，与孙小圣饯行。正是：

饮食尚要求人，左右先思得我。
有欲焉能得刚，无信不知其可。
大都妄想易生，毕竟心猿难锁。
若思截铁斩钉，为木不如为火。

到了次日，孙小圣辞别通臂仙与众猿猴，纵筋斗云起至半空。初次上天，不知天门何处，欲要问路，又没个过来人。心下想道：“吾闻帝王当阳正门，自在南方。”遂纵云光一路向南找寻而来，一时不得其门而人，满心焦躁。又想道：“语云，只有天在上，定然还在上面。想是我出身卑，进步低，故寻不见。”因将身一纵，直至九霄。再抬头一看时，早望见金阙瑶宫，巍然焕然，北斗悬于左右，三台列文昌之上，二十八宿四面环绕，甚是威仪。再走近前，南天门豁然大开。孙小圣十分欢喜，不管好歹，竟住内走。早有增长天王领着庞、刘、荀、毕、邓、辛、张、陶一路大力天丁枪、刀、剑、戟挡住道：“什么怪物？人不象人，兽不象兽，敢大胆擅闯天门！”孙小圣道：“海阔凭鱼跃，天高任鸟飞。上帝好生，巴不得收放心，你们这班恶神道，为甚恃强阻人入道之路？”增长天王道：“你这门外蠢汉，一生不知天上的法度。此乃天宫，万善之地，你有何善缘敢思量人去？”孙小圣笑道：“我今虽暂做门外汉，一入门便是主人公了。你这班毛神狠杀，只好看门。”众神听了大怒，枪、刀、剑、戟一时齐上。孙小圣慌忙退避回来，心下想道：“头一次上天，便不顺溜。”又想道："天下事只怕无门，既有了门，何愁不能入！"正算计变化，忽远远望见一群天马放青回来。但见：

骅骝逐队嘶风至，骐骥成群逐电来。
滚滚红光奔赤兔，翻翻灵气走龙媒。
金环沐喷天花雨，玉勒蹄惊空谷雷。
不是九霄闲踏去，琪花瑶草放青回。

孙小圣看见许多放青的天马赶进天门，他乘着机会就摇身一变，变做匹黄骠马，杂在群马之中，奔进南天门。不但管门的大力天丁识辨不出，就是那些管马的力士，却也一时不及稽查，一径赶到御马监，各各分归厩枥。孙小圣恐怕看出，遂现了原身走到监堂中坐下，早有监中人役看见，忙报知新任弼马温道："不知哪里走了个毛脸雷公嘴的客人，坐在堂上不言不语，东张西望。"新任弼马温惊问道："却是何人，你们可有认得的么？"有几个旧役禀道："这个嘴脸有些象前任孙大圣的模样，莫非倚着前后同僚分上来打秋风？"新弼马温挨了一会，无可奈何，只得出来接见道："老先生莫非是前任孙大圣寅翁的贵族么？"孙小圣道："孙大圣正是家祖，老监尊为何知道？"新弼马温道："看尊颜有些相似，故此猜着。但不知今日到此有何贵干？"孙小圣道："也无甚干，只因下界闲居无事，故到上天游行耍子，遇便特来相访。"新弼马温道："既系前任同官通家子侄，又承垂顾，本该尽些薄情，只恨官卑禄薄，无以表敬，奈何，奈何！"孙小圣道："若说货财便俗了，决不敢分老监尊之俸，只是仙酒、仙桃、仙丹，求些充充饥渴便了。"新弼马温笑道："监中所有，不过水草之类，寅兄若不弃，尚可奉承。至于仙酒、仙桃、仙丹，此乃上仙上圣享用之物，我等下役，监中如何能有？"孙小圣道："既是没有，我老祖在任之日，为何时常带到洞中与子孙受用？"新弼马温道："此是后任齐天大圣的事，与本监无干。"孙小圣道："何以得知？"新弼马温道："齐天大圣府建立在蟠桃园右首，后又闻得令祖曾代管蟠桃园事，故此知之。"孙小圣道："蟠桃园在何处？"新弼马温道："离此不远，往东南上去十余里，望见树木丛杂便是了。"孙小圣道："你既没有仙酒、仙桃、仙丹，在此无益，不如去了吧。"说毕，竟走下堂来，将身一纵，早已不见了。新弼马温见了着惊道："这人大有本事！确是孙大圣嫡派子孙。且喜他心性直，明道理，肯听人说话。若是糊糊涂涂坐定在此要仙酒、仙桃、仙丹，却不被他累杀，大造化就去了。”这里庆幸不题。

却说孙小圣将身向东南一纵，早到了齐天大圣的府，只见厅堂倒塌，门径荒芜。原来此府特为孙大圣而设，自孙大圣去后便无人修整，故此荒凉。孙小圣观看了一回，叹息道：“富贵繁华不耐久长，大都如此。”无心观看，又将身一纵到蟠桃园来。前后一看，只见三千余树，尽皆枯枝。莫说半个桃子也无，就是一花一叶也不见有，心下惊讶道：“这是为何？莫非走错了不是！”这里正沉吟间，忽被看园土地与锄树、运水、修桃、打扫众力士看见，只认做是老孙大圣，忙都出来磕头道：“一向不见大圣，今日为何有暇至此？”孙小圣知道他错认了，便将错就错，说道：“正是。一向在西天顽耍，因屈搅了几位古佛，思量摘几个蟠桃与他答礼，故到此间。为甚树上一个也没有？”土地说道：“这蟠桃最小的要三千年一熟，中中的要六千年一熟，极大的要九千年方一熟，这是大圣知道的。自大圣高兴偷吃多了，又闹了蟠桃大会，后来王母娘娘恼了，尽数采去，至今尚未千年，叶还未长，花尚不生，如何得有桃子？”孙小圣道：“这是我晓得的，但是摘下来岂没有几个收藏？”土地道：“此乃仙果，如何收藏？就是有收藏，也都在圣母娘娘处。”孙小圣听了，欢喜道：“这也说得是，我正要寻王母讨仙酒吃，就顺便问他要桃子，不怕他不请我吃个醉饱。但不知瑶池却在何处？”土地笑道：“大圣莫非取笑，这瑶池，大圣日日要子，如何忘了！那正西上望去，有瑶台宝阙的不是？”孙小圣笑道：“我怎的忘得？你们要子，我去也。”将身一纵，早已到了瑶池之上。那王母的仙宫十分华丽。但见：

> 金门高耸，玉陛深沉。双阙浮一天瑞霭，九重绕五色祥云。画栋雕梁，珠玑错落；丹甍绣柱，金碧辉煌。复道斜横银汉，回廊旋绕瑶台。笼中鹦鹉时唤飞琼，阶下梅花常开萼绿。龙翔凤舞，是王母天境繁华；斗压星垂，岂帝王人间富贵！

孙小圣看了，欢喜道：“好所在，好所在！此处受享受享，也不枉了为人一世。”往里竟走。早有守门仙吏拦住道：“此乃王母娘娘瑶池仙府，你是何处不知礼法的野仙？擅敢闯入！”孙小圣笑道：“一样做神仙，谁是家？谁是野？我有事，特来要见王母娘娘，怎不容我入去！”大踏步又往里走，众仙吏哪里拦挡得住！孙小圣走到宫中，正当中坐下说道："快去报知娘娘。"众仙吏道："就是寻常官府人家也有个规矩，况娘娘尊为王母，琼楼玉宇，深深沉沉，谁敢轻易乱传！"孙小圣道："与你文讲你不听，只得与你武讲了。"就在耳朵里取出个绣花针来，迎风一晃，变做条金箍铁棒立在手中，说道："我要打你两下，明日玉帝知道，不说你这些豪奴靠家大刁难宾客，只说我上门欺负他寡妇。你还是报也不报？"众仙吏看见，吓得魂飞魄散，连连说道："报报报！"慌忙跑入后穿堂，将玉磬乱击。早有仙娥在后堂问道："有甚事这等慌张？"众仙吏传说道："外面有一个毛脸雷公嘴的恶神仙，闯到殿上，要见娘娘。我等不肯通报，他就拿出一条大铁棒要打，好生厉害！故不敢不报。"仙娥传言入内。不多时，又出来说道："娘娘有懿旨，叫问这位神仙是何名姓？到此有何事要见娘娘？"仙吏领命，只得战兢兢出来，跪下说道："娘娘有懿旨，请问上仙尊名大号，到此有何说话？"孙小圣听了，回嗔作喜道："这才象个宾主的体统，你去说，我是大闹天宫孙大圣的后人孙小圣，久闻娘娘处仙酒、仙桃、仙丹甚美，今因闲居无事，特来拜望，求一醉饱，足感娘娘之盛情矣！"仙吏传语入去，又传命出来道："奉娘娘懿旨说，既承小圣光顾，自当备些仙桃、仙酒奉饮，只是来得不遇时，此时桃未生花，酒才下米，实实无以为情。请小圣台驾暂回，容改日酿成桃熟，再来相请吧。"孙小圣道："既无酒又无桃，可多取些仙丹来，当茶吃了去吧。"仙吏又禀道："仙丹乃三十三天离恨天兜率宫太上老君所炼之至宝，此处如何得有？"孙小圣道："样样皆无，也忒觉慢客。就是我肯空回，这条铁棒也不肯空回。"遂拿着铁棒，东边指指，西边捌捌，吓得仙吏慌忙说道："小圣且慢动手，容我再去禀知娘娘。""这孙小圣是个贪嘴小人，又十分粗鲁，拿着铁棒在宫殿中敲敲打打，只嚷要吃。我想此殿皆琼瑶建造，荡着铁棒，不破碎也要损伤。可禀知娘娘，不管甚东西，与他些吃吃去罢。"仙娥一一报知王母。王母暗想道："这孙小圣，既说是孙大圣一家，必定也是个灵顽之辈。当年只为孙大圣闹了蟠桃会，一时小不忍，后来动了许多刀兵，亏了佛祖大法力方才压倒。今日若为此饮食小事惹起大祸，反见我上天度量不宽了。"遂传懿旨，叫厨下备了四品仙肴，一壶仙酒，又是一盘晒干的仙桃，捧到前宫，铺开玉案，请小圣受享。孙小圣看见笑道："虽不成礼，倒也脱套。我是个不速之客，这也不计较了。"遂放开量雄饮大啖。不一时，肴核俱尽，杯盘狼藉。因对厨役说道："肴不消了，酒须再得一壶。"厨役不敢违拗，只得又送上一壶。孙小圣又吃尽了，微觉有些醉意。因说道："闷酒易醉，我闻得娘娘侍御的众仙娥内中，有一位董双成娘子，佳音绝妙，又闻有一位许飞琼娘子，步虚词甚美，何不叫他出来唱一曲，与我小圣听听，也显得娘娘好客的高情。”众仙吏见他疯疯癫癫，言语涉邪，却不敢答应。早有人入内报知王母娘娘，王母娘娘大怒道：“何物妖猴？敢如此无礼！”遂叫人飞云奏知玉帝。玉帝闻奏，亦大怒道：“当年孙大圣虽然无礼强横，就是偷桃偷酒，尚是盗贼所为；这小猴子能有多大神通？敢藐视天母，坐索仙酒、仙桃，以居大宾之位。”降敕命上、中、下三界灵神，并金、木、水、火、土五行星官，火速率领天兵至瑶池擒捉妖猴，护卫王母。这里点兵不题。

却说孙小圣坐在瑶池仙府全然不知，尚擎桃索酒，诮诮不休。众仙吏禀道：“小圣初来，原说要一醉饱。今醉饱了，也该回府。”孙小圣道：“不瞒你们说，我来时曾许下洞中众子孙，带仙桃、仙酒分赐他们。我虽醉饱，却空手回去不得。你去禀知娘娘，多寡再与我些，带回派散派散，我方出门。若说没有，我死也不去。”众仙吏无法，苦禀王母娘娘，只得又发了两瓶仙酒、一盘仙桃出来，与他带回。孙小圣看见，方才欢喜。正打算收拾走路，忽听得金鼓喧天，杀声震地，三界灵神与五行星官兵已到了，围住瑶池仙府，只叫：“拿出妖猴来。”孙小圣听了，微微笑道：“你们将酒食款住我，却叫天兵来拿我。计策虽高，只怕拿我不住。”因拔下两根毫毛，变做两个小猴子，一个叫他携着仙酒，一个叫他捧定仙桃，道：“跟我回去。”又回头对仙吏道：“多多拜上娘娘，聒噪了。”遂手提铁棒大踏步走出瑶池。只见三界灵神与五行星官布开阵势，耀武扬威拦住道：“妖猴逆天犯上，罪该万死！快快受缚，免得刀剑伤残。”孙小圣道：“我来拜望王母娘娘，承娘娘美情，留我小酌，此乃宾主礼之常也！怎叫做逆天犯上？要你这班毛神来大惊小怪？我多饮了几杯仙酒，有些醉意，要思量睡了。快快分开路，排班送我回去。”众神听说大怒，遂枪、刀、剑、戟一齐攒将上来。孙小圣用铁棒逼住道：“你们且报名来，看是哪一路毛神？若有些来往，我好棍下留情。”众神道：“下方泼物是也不知，吾乃上、中、下三界灵神与金、木、水、火、土五行星官！”孙小圣听了，哈哈大笑道：“我孙小圣已超出三界外，不在五行中，要你这些毛神也无处用，都打杀了吧。”遂抡开铁棒照众神打来，众神并力抵敌。孙小圣那条铁棒象泰山一般打将下来，众神兵器轻薄，如何支架得起。斗不上十余合，早已东西闪开，让孙小圣独自在当中，左五左六的施展。孙小圣舞了一回，看见众神退避，又哈哈笑道：“这等畏刀避剑，也要叫做天神，岂不羞死！我此时归兴甚浓，也不耐烦寻你了。”遂招呼两个小猴子，一路云光竟奔南天门来。众神看见孙小圣去后，又复聚神兵，虚张声势随后赶来。

孙小圣到了南天门，早惊动增长天王与庞、刘、苟、毕、邓、辛、张、陶一班天丁，又来拦住道："你这贼妖猴，不知几时，被你偷走了进来，但你来便来了，只好送死！莫想又要出去。"孙小圣道："你这班恶神道真也惫赖。初时我要进来，你又刁难，如今我要出去，你又刁难。终不然坦坦天道因你掯勒生事，遂使人天断绝往来。"众天丁道："泼猴休胡说！此乃玉帝禁门，我等奉旨守护，怎叫做掯勒？"孙小圣道："既是这等说，看玉帝面上且不打你。"将铁棒左右一逼，众天丁齐齐分开。孙小圣早驾云带着两个小猴子奔出南天门，竟回花果山去了。众天丁正在慌张，三界灵神与五行里官俱已赶到。大家商议欲要追赶，又想：就赶上也捉他不住，只得一同到灵霄宝殿启奏玉帝道："孙小圣神通广大，比当年孙大圣更加十倍。我等兵微将寡，阻拦不住，被他走出南天门去了。特来领罪，请旨定夺。"玉帝大惊道："似此奈何？"因降敕命托塔李天王、哪吒三太子，与二十八宿九曜星官，带领十万天兵，去擒拿孙小圣。李天王与众星官闻命，只得出班奏道："天帝有命，敢不奉行！但当年孙大圣大闹天宫时，微臣与众神苦力血战，未曾捉获。今闻孙小圣神通本事又在孙大圣之上，恐捉拿不住，有损天威，故敢奏闻。"玉帝道："卿奏甚是有理。记得当年收伏孙大圣，亏了我佛如来，今天将既不能成功，须仍到西天请我佛。"正打点差人去请，只见班部中闪出太白金星奏道："不必又去惊动老佛，臣举一人，可以收服妖猴。"玉帝问道："卿举保何人？"金星道："这孙小圣口称是孙大圣后人，看他生的嘴脸与用的铁棒，确系嫡派。木本木源，自能相制。若降敕请斗战胜佛孙悟空去降妖，定然成功。"玉帝闻奏大喜道："卿言甚是有理！就着卿赍敕去请。"金星领了敕旨，就出宫驾云而往。

原来孙大圣自成佛之后，就在西方造了一座永安宫居住。每日无事，只与旃檀功德佛唐玄奘讲无上大法。这日，闻报太白金星赍玉帝敕旨而来，只得迎接到宫。因问金星道："不知上帝有何事故，又劳星君降临？"金星道："只因斗战尊者旧居花果山，仙石受天地精华，又生出一位小大圣来，自称尊者后人，神通广大，与尊者昔年一般。昨日闯入天门，直至王母瑶池，坐索酒食。玉帝命三界五行诸神擒拿，都被他打伤，走了回去。玉帝欲遣天将征剿，诸将皆推避不敢往。玉帝愁烦，计无所出。小星想，他既称尊者后人，自然敬服尊者。是以奏知玉帝奉敕敢请尊者，上解玉帝之忧，下免刀兵之祸。"孙大圣道："灵根不死，妄念自生。既承老星君举荐，又蒙玉帝敕命，敢不效劳。”遂同金星驾一片祥云，竟住花果山而来。

且说孙小圣战败天兵，携了桃、酒回来，正在洞中分散众猿猴，夸奖手段。通臂仙道：“这等说来，又是大闹天宫了，只怕早晚有兵戈之祸。”孙小圣道：“老祖放心，那些天兵天将的手段我已看见，就是倾天而来，何足惧哉！”正说不了，忽听得洞外有人叫道：“孙小圣，快出来迎接佛祖。”孙小圣听了惊讶，忙走出洞来观看。只见一个老儿，仙风道骨，在那里叫唤。因问道：“你是什么人？叫我迎接佛祖？”金星道：“吾乃太白金星。因你犯了逆天大罪，上帝欲遣天兵剿戮，是老汉劝免，又恐你野心不定，因降敕请了你成佛的老大圣，特来训教你皈依正道。”孙小圣道：“成佛的老大圣在哪里？”金星用手指道：“那云端里不是？”孙小圣道：“待我看来。”将身纵至云中，只见那成佛的祖大圣：

> 容虽毛脸，已露慈悲之相；眼尚金睛，却含智慧之光。雷公嘴，仗佛力渐次长平；猴子腮，弄神通依稀补满。合眼低眉，全不以力；关唇闭口，似不能言。善痕可掬，疑不是出身山洞；恶气尽除，若未曾闹过天宫。

孙小圣看了又看，狐疑道：“我闻老大圣英雄无敌，怎么这样温柔？莫非是假货？且试他一试。”因耳中取出金箍棒，拿在手中舞弄一回，道：“老佛既是我祖大圣，这条铁棒便是故物，今日还拿得动么？”孙大圣微笑笑，也不开言，只用手一招，那条铁棒早不知不觉从小圣手中飞到孙大圣手中，渐变做个绣花针，飞入孙大圣耳中矣。孙小圣见了，吓得魂胆俱无，急忙跪在云中，连连叩首道：“真佛祖，真佛祖！恕愚孙粗蠢。”孙大圣方开言说道：“你恃着这条铁棒，辄敢妄为。今日没了金箍棒，还敢妄为否？”孙小圣又连连叩首道：“没了金箍棒，我倒不敢妄为，只怕他人欺负我，没了金箍棒又要妄为了！恳求佛祖还了我，以为保守山洞之用。”孙大圣笑道：“还了你，只怕又要妄为了。”孙小圣又连连道：“再不敢妄为，再不敢妄为。”孙大圣道：“既要我还你金箍棒，我还有一个金箍儿，一发与了你罢。”遂在袖中取出来，劈头丢去。孙小圣忙用手接时，那箍儿早已套在头上。孙小圣尚不知金箍儿的厉害，欢欢喜喜谢道：“多蒙佛祖厚赐，但不知此箍儿有何好处？”孙大圣道：“这箍大有好处，昔年是我的功臣，今日是你的魔头。他来寻你，便是你入道之时。安心静养，我去也！”孙小圣听见说去，忙向前扯住衣襟道：”既得相逢，如何又去？万望慈悲，还我铁棒，并求指示。”孙大圣道：“我有偈言四句，你可牢记。”说道：

顽力有阻，慧勇无边。

不成正果，终属野仙。

孙小圣道：“既要修心，于何努力？”孙大圣道：“我之前车，即汝之后辙。因缘到日，自有招邀，此时未可泄也！”孙小圣又求铁棒，孙大圣笑道：“原在你耳中，叫我把甚还你？”说罢，已与金星同驾祥云，见玉帝复旨去矣！正是：

曾经沧海难为水，除却巫山不是云。

不知金箍棒果在孙小圣耳中否，且听下回分解。

【第五回】 唐三藏悲世堕邪魔 如来佛欲人得真解

诗曰：

大道何曾有曲斜，奈何走得路儿差。
南波北浪称登岸，东客西宾认到家。
盲棒无声焉有喝，皮囊已烂岂昭光。
若教走透真消息，影影风风何处拿？

话说孙小圣受孙大圣指点，不觉妄心忽尽，邪念顿消。但招去铁棒，失了护身之宝，未免慌张。又听得孙大圣临行说“原在你耳中”。似信不信，急向耳中摸索，只见一个绣花针端然在内，又恐怕不真，取出来迎风一晃，依旧是一条金箍铁棒，喜得个孙小圣满心松快道：“祖大圣神通广大如此，我佛如来又不知如何微妙？我倚着这条铁棒便打到天宫，真取祸之道也。”又思量道：“祖大圣说，不修正果，终属野仙，又说，他之前车，即我之后辙。莫非我之正果也要取经？”又想道：“与我戴这个金箍儿却是为何？且取下来看看。”用手去除，就似生根一般，莫想得动！心下着惊道：“祖大圣说是我的魔头，我想这箍儿定然是个宝贝，后来必有应验，今日且由他。”自此之后，已上天下地，各处游行，却乱念不生，安心在洞府修养不题。

且说孙大圣同金星奏复玉帝敕旨，自回永安宫，遂将花果山又生石猴孙小圣、铁捧复兴之事报与佛师唐三藏知道。唐三藏大惊道：“自我佛慈悲造了大乘妙法真经，命我历万水千山求取到中国，宣扬善果，以正空门。经今已是二百余年，自应人天胥化，无声无臭，不识不知。为何令此顽石不点头而又生心？若使世愆不尽，未免归罪于佛法无灵，岂不辜负昔年功行！”孙大圣道：“传经固我佛之慈悲，堕落自众生之孽障，世间种种不消，故天地心心相续。”唐三藏道：“迷人失路，盖缘指点差池；白雪成冰，终是洪炉不旺。我与你莫贪极乐，须念沉沦，且上长安一探真经度世的消息何如？”孙悟空道：“足见佛师慈悲，但不知怎样去好？”唐三藏道：“当年观世音菩萨临长安寻求取经人时，皆变作疥癞僧人，我与你要去也须如法。”孙悟空道：“佛师所见不差，须往一探。”二人遂驾云直至南瞻部洲大唐国界，将云头按落一看，却是凤翔地方。二人摇身一变，变作两个疥癞僧人，仍作师徒称呼：唐三藏假称大壮师父，孙悟空唤做吾心侍者。二人变化停当，遂撞入城内各处观看。原来唐朝自贞观年间求取大藏真经回来之后，人情便崇信佛法，处处创立寺宇，家家诵念经文，皆谓舍财可以获福，布施得能增寿。遂将先王治世的君臣父子、仁义礼乐都看得冷冷淡淡，不甚亲切。此时，乃唐宪宗元和十四年，那唐宪宗刚明果断，先用高崇文擒了蜀中刘辟，后又用裴度、李愬削平淮蔡，擒了吴元济。威令复振，也算做唐朝一代英主。只是听信奸佞，既好神仙，又崇佛教。崇佛教，又不识那清净无为、善世度民之妙理，却只以祸福果报聚敛施财，庄严外相，耸惑愚民。使举世之人希图来世，妄想他生，不贪即嗔，却将眼前力田行孝的正道都看得轻了。所以有识大臣、维风君子往往指斥佛法为异端，髡缁为邪道。这也有以自取，不要怪他。正是：

源水常清净，流来渐渐浑。
贪多心久佞，想妄性成昏。
开罪在梁武，归愆到世尊。
自从来白马，满地是非门。

却说唐三藏与孙悟空进了凤翔门各处观看，果然是中华大国，人物繁华，货财茂盛，市井中十分闹热，到处皆有庵观。访知法门寺是个大丛林，二人遂一径寻来。到了寺前一看，只见山门上横着“敕建法门禅寺”六个金字，真个繁华。只见：

山门雄壮，两行松桧列龙虬；大殿巍峨，千尺奂轮张日月。仙坛法座，俨然白玉为台；丹陛云墀，疑是黄金布地。钟鼓楼高，殿角动春雷之响；浮屠塔峻，天际飘仙梵之音。佛案前祈求夹杂，男女之簪履相加；讲堂中议论纷纭，贤愚之耳目共接。士夫之车马喧阗，虽不清幽；僧众之袈裟鲜丽，果然富贵。

唐三藏与孙悟空走进山门，将到大殿，早有知客看见他二人疥癞行藏，忙迎住问道：“你二人何来？”孙悟空答道：“我师徒行脚到此。”知客道：“想是要投斋了。”唐三藏道：“斋倒不消。”知客道：“你既不投斋，到此何干？”唐三藏道：“一路行来，因见宝刹丛林茂盛，法侣众多，不知有甚高僧在此主教，得能如此兴旺，故特来访问。”知客道：“你虽远方僧人，倒也有些见识。果然我这大寺里大法师原有大来历，与众不同。”唐三藏道：“佛法平等，有甚大来历与众不同？”知客道：“我说与你知道，你才信我。我这大唐开国的太宗皇帝曾死去还魂，因见冥司善恶报应，修建水陆大会超度幽魂，十分信心。感得观世音菩萨亲临法坛，指点道：‘这小乘教法，超度不得幽魂。我佛如来有大乘妙法真经三藏，如有德行高僧求取回来，方可度得亡者升天。’太宗皇帝大喜，因命高僧陈玄奘法师历万水千山，去了十四年，果然求得三藏真经回来，流传中国，所以佛法日盛一日。”唐三藏听了，与孙悟空微笑道：“这唐玄奘法师后来怎么了？”知客道：“这陈玄奘法师因功行洪深，证了佛果，后来就坐化在我这法门寺，遗下佛骨佛牙，至今尚藏塔中。每三十年一开，开时则时和年丰，君民康泰。今又正当三十年之期，蒙今上宪宗皇帝要遣官迎至长安禁内观看。旨已下了，只候择日便要迎去。”唐三藏叹息道：“这唐玄奘我认得他，何曾坐化？哪有佛骨、佛牙在此塔中？是谁造此妄言诬民惑世？”知客道：“陈玄奘法师去今二百余年，说认得他，岂不是妄言！这塔中的佛骨、佛牙，历历有据可验，怎为惑世诬民？你远方僧人说些大话，只好穷乡下邑哄骗村愚之辈，怎到我们大丛林大法师跟前捣鬼？”唐三藏道：“这也罢了！且问你这大法师伟号什么？有甚法力？”知客道：“我这大法师讳无中，道号生有，就传的是陈玄奘第六代衣钵，求来的三藏真经无一不通。每每登坛说法，说得天花乱坠，地涌金莲，五侯尽皆下拜，天子连连点头。故钱财山积，米谷川来，金玉异宝，视如粪土，绫罗锦绣，只作寻常，若非道高德重，安能致此？”唐三藏道：“生有法师登坛讲些什么经典？”知客道：“他不讲小乘，就讲的是求来的三藏真经。”唐三藏道：“几时方得登坛？”知客道：“明日恰是讲期，你不信，也夹在人中听一听，自然明白。”唐三藏道：“如此甚妙！”送别了知客出来，与孙悟空叹息说道：“我与你一番求经度世的苦功，倒做了他们造孽的公案，这却如何？”孙悟空道：“这当家俗僧或不知佛法，故就世情夸奖。且到明日，看那生有法师登坛讲些什么，再做道理。”唐三藏点头，遂借一个小庵住下。

到次日，依旧到法门寺来观看。只见讲堂中钟磬喧阗，香烟缭绕，许多僧众诵经功课。正当中早已搭起一个讲坛，坛上设了法座，十分齐整。不一时，那些听讲的挨挤而来，何止百百千千。也有乡绅学士，也有公子王孙，也有豪富财主，也有商贾农工，也有深闺女子，也有藩妇村姑。不分男女，都夹杂一堂，守候登坛。只候到日色将午，方见幢幡宝盖，鼓钹音乐，簇拥着生有法师出来，高登法座。唐三藏将那法师上下一看，只见他生得：

> 流月为容，孤云成像。六根朗朗，未必无尘；双耳垂垂，足征有福。身穿八宝袈裟，色相庄严；手执九环锡杖，威仪端肃。头顶上毗卢帽，四六方，方方光艳；颈项中菩提珠，百八颗，颗颗明圆。香花灯烛迎来，俨然尊者；宝盖幢幡送上，果是法师！

那生有法师高坐法坛之上，先诵持了一回神咒，然后将法华经宣念一段，先念，又逐字儿诠释一遍，便算做讲经了。讲完，又叙述余文道：“要知前世因，今生受者是；要知来世因，今生作者是。佛经中千言万语，总要人为善修行。人世上为祸为福，皆自作自取，如何叫做为善？布施乃为善之根，如何叫做修行？信佛乃修行之本。若有善男信女，诚能布施信佛，自能为官为宰，多福多寿；今之贫穷祸夭，皆不知信佛布施之过也。况六亲眷属总是冤愆，富贵功名如同泡影。大众急宜猛省，无常迅速，莫待临时手忙脚乱。”说罢，令大众回向念佛，下了台，依旧幢幡宝盖，鼓钹音乐，众僧簇拥送入后堂去了。那些听讲的贤贤愚愚，贵贵贱贱，无一人不赞叹道：“好法师！讲得明白！”都留银钱、写缘簿，欢欢喜喜而去。正是：

道化贤良释化愚，无穷聋聩几真儒。
一朝堕入慈悲障，万古贪嗔不得除。

唐三藏与孙悟空听完了讲经出来，不觉叹息道：“我佛一片度世慈悲，却被愚僧如此败坏，则我求取此经来不是度世，转是害世了！必须现身说法，痛扫邪魔，方不失本来之念。”孙悟空道：“这法门寺虽是个大丛林，终属外郡。或者帝王都会自有高僧，且到长安看看光景，便知的确。”唐三藏依言，遂同驾祥云，不一时到了长安大国。

他二人且不人朝，竟走到洪福寺来。原来这洪福寺自从唐三藏成佛升天之后，相传出过活佛，便为有名古刹，士夫游赏不断，当家师父十分兴头。这日，唐三藏二人进到殿上，只见许多僧人领着许多工匠，在那里收拾：墙阶倒塌，重新修砌；壁泥剥落，重加灰粉；梁色湮浅，再加彩画；佛金浅谈，复为装裹。闹哄哄做一团，竟无人招接他二人。他二人看了半晌，不知何故。忽见一个老和尚立着闲看，因上前打一个问讯问道：“老师父，殿上修整为甚这般要紧？”那老和尚答道：“二位想是远方来的，不知中国之事。当今宪宗皇帝深好佛法。凤翔法门寺有陈玄奘祖师遗下佛骨、佛牙，藏在塔中，每三十年一开，时和年丰。今又正当三十年，例应开看。宪宗皇帝有旨，叫文武百官领众迎来入禁瞻礼。这陈玄奘祖师原是本寺出身，迎来时先要在本寺住劄，故预先收拾齐整。”唐三藏道：“当今皇帝既好佛法，当修正道，为何没一个高僧指点，使他堕入邪魔？”老和尚听了惊讶道：“皇上敬迎佛骨，是佛门中第一件善事，怎么说是邪魔？早是老僧听见，若对他人说，必惹大祸！你二人身带残疾，又出言不慎，快往别处去吧！在此不当稳便。”唐三藏见如此光景，便不再问，竟同孙悟空走了出来，商量道：“求经原是奉我佛法旨，今善缘变做恶迹，岂是如来之意！须再上灵山访问我佛，当作何救度，庶不致流祸后世。”孙悟空道：“佛师所言不差。”师徒遂现了原相，复驾云往灵山去问世尊。正是：

天何言哉地何言，三藏经文无乃繁。
有字何如无字好，木穷根本水穷源。

唐三藏同孙悟空，驾云径上灵山。唐三藏原是我佛弟子，今虽成佛，仍不时在座下听讲，往来惯的，不用传报。故这日径到我佛莲座前，合掌礼拜道："昔年弟子历万水千山求取真经，送上东土指望消愆灭罪，不期众生贪嗔痴诈，转借真经，妄设佛骨、佛牙之名，上愚帝主，下惑臣民，使我佛造经慈悲与弟子求经辛苦，都为狡僧骗诈之用。故孔门有识之士，往往指为异端，岂不令佛门败坏！望我佛慈悲，如何救度？"世尊答道："我这三藏真经，义理微妙，一时愚蒙不识，必得真解，方有会悟，得免冤愆。可惜昔年传经时，因合藏数，时日迫促，不及令汝将真解一并流传，故以讹传讹，渐渐失真，这也是东土众生造孽深重，以致如此。"唐三藏又合掌礼拜道："世尊既有真解，何不传与弟子？待弟子依旧传送到长安，以完前番取经的善果。"如来道："东土人心多疑少信，易于沉沦，难于开导。若将真解轻轻送去，他必薄为不真，反不能解了。必须仍如求经故事，访一善信，叫他钦奉帝旨，苦历千山，劳经万水，复到我处求取真解，永传东土，以解真经，使邪魔外道一归于正。这个福缘应高于山，这个善果直深于海矣！昔年求经，亏观世音菩萨寻取你来。今你既有心要求真解度世，也须到东土寻取个求解善信，方可完成胜事。"唐三藏道："弟子虽不才，既蒙我佛慈悲，敢不努力！但不知此去可有因缘？"如来道："若无因缘，汝为何来？因缘若无，汝为何去？"唐三藏闻言大悟，又合掌礼拜道："谨领金旨。"临行又跪求道："前番之行，观世音菩萨神通广大，随事指点，皆合我佛之心。弟子法力有限，此去茫然，尚望我佛慈悲，吩咐一二。"如来道："来之程途，汝所经历自然知道，不须再记。但要叮咛那求解人：求解与求经不同。求经，文字牵缠，故生多难；求解，须直截痛快，不可迟疑，又添挂碍。前观世音上长安时，我有五件法宝与他：一件是锦斓袈裟，一件是九环锡杖，虽受持者免堕轮回，不遭毒害，然尚是庄严外饰；又有金、紧、禁三个箍儿，收伏妖魔未免近术。今日俱用他不着，但有木棒一条，遇着邪魔野狐，只消一喝便不敢现形。"因命阿傩、伽叶取出来，付与唐三藏。果然好一条木棒：

檀凝为体，规削成形。比之拄杖而短不过头，较之挥尘而长不齐眉。喝来无口，善听者聪；打去随心，不当目瞎。讲得通，宛小龙女几朵天花；答不出，实大和尚一条光棍。

唐三藏领了木棒，命孙悟空执着，又合掌礼佛三匝，而后退去。才走离宝殿不远，后面阿傩、伽叶赶来说道："你前番取经，你说不知道规矩，不曾带得人事，只送我一个紫金钵盂，轻贱取去，所以度不得世，救不得人。今番求取真解人来，须先与他说明，多带些人事来送我，方有真解与他；若不带来，莫怪临时措勒。"唐三藏道："遵旨。但恐路远，不便携带。"送别了出来，走到山脚下，金顶大仙接住道："闻得旃檀尊者奉旨上长安寻取求解之人，倘寻着须叫他快些来，不要又似尊者前番叫我守候十余年。"唐三藏道："佛旨紧急，不敢久稽。"遂别了，同孙悟空驾祥云依旧向长安而来。正是：

不知自宝还珠椟，又向天涯踏铁鞋。

不知唐三藏此去访得着求解人否，且听下回分解。

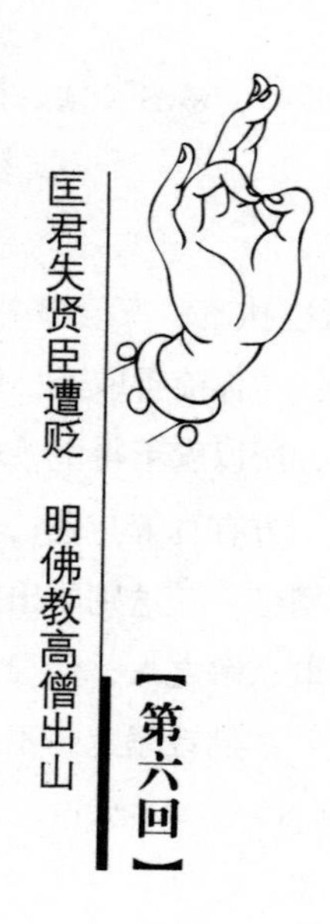

【第六回】

匿君失贤臣遭贬　明佛教高僧出山

诗曰：

治世为君要圣明，圣明原赖道相成。
贤愚莫辨招灾乱，邪正无分失太平。
佞佛但知希保命，求仙也只望长生。
长生保佑何曾见，但见君亡与国倾。

却说唐三藏奉了佛旨，再上长安寻取求解之人，不敢怠慢，因与孙悟空商量道："世道日邪，人心愈伪，不识从何处寻起？"孙悟空道："佛门广大，虽邪魔外道堕落者多，然一灯不昧，自有真修。我们须细细访求，何愁不遇！"唐三藏点头称善，遂仍变作两个疥癞僧人，师称大壮法师，徒号吾心侍者，终日在长安市上访求。

一日，走到正阳门，忽见朝门上大张皇榜，许多人民争看。他师徒也杂在丛中观看，只见皇榜上写道：

为尊崇释教，敬迎佛骨，御内瞻仰，以弘大法，祈保国泰民安事：窃惟圣王御宇，虽赖治道精明，天下和宁，必仰佛恩保佑。昔太宗皇帝信心佛宝，求取真经，阐扬大道，故历世享太平之福。朕承大统十四年于兹，时和年丰，皆仗我佛慈悲。兹当凤翔法门寺三十年启塔之期，万民有幸，特遣文武百官率领僧众人等，于四月八日躬诣塔下，谨奉三藏佛祖法龛遗留宝玉，迎入御内，朕亲瞻仰，以展皈依之诚，上祈国泰，下保民安。

尔文武百官其敬承朕命毋忽。

元和十四年二月　　　　吉旦

唐三藏与孙悟空看了，恐怕露相，不敢十分嗟叹，只随众到各寺观看。只见那些和尚倚着皇帝好佛，遂各各逞弄佛法，以诓骗民财。也有将香焚顶的，也有浇油燃指的，也有妄言断臂的，也有虚说脔身的，也有诵经拜忏的，也有装佛造像的。这一攒数十为群，那一簇几百作队，哄得那些男男女女、老老小小，这个散金钱，那个解簪珥，这个舍米麦，那个施布帛，全不顾父母饥寒、妻儿冻馁，满肚皮以为今日施财，明日便可获福，谁知都为这些游僧口腹私囊之用，有何功德？唐三藏看了愈觉怃然道："怎么偌大长安，寻不出个清净无为的和尚来！"到了迎佛骨这日，天子免朝，早带了六宫嫔妃、才女，坐于端门楼上，看文武百官俱奉旨去迎请，阖城黎庶，这日买也不买，卖也不卖，尽皆香花灯烛夹路聚观。到了辰巳时，只见幢幡招展，宝盖纷纭，仙乐平吹，御音齐举，簇拥着八宝装成的佛龛，逶逶迤迤而来，十分齐整。但见：

都会皆成选佛场，旃檀烟接御炉香。
连天鼓钹惊仙仗，绕地幢幡近御床。
万佛袈裟朝北阙，百官冠盖接四方。
但知夷狄多灵鬼，不识中华有帝王。

佛骨迎到阙下，竟大开了正阳门，让众僧口诵经文，手敲鼓钹，一齐拥入，直穿着龙楼凤阁，往来旋绕。宪宗在端门楼上与嫔妃观看，以为一时胜事。旋绕多时，随传命将佛骨仙龛高供在宝殿之上，敕众僧退出，独留生有法师伺候，又自临殿上以礼开视，视毕大加赞叹，仍纳入龛中供养。因问生有法师道："既成佛，为何有死？既已死，为何留骨？"生有法师答道："佛原无死，涅槃者示尽也，骨何必留？留骨者表异也！今日万岁因骨生信，因信起敬，因敬信而致永祚延年，佛之垂慈广大矣！"宪宗大悦，命使殿赐斋，又赐许多合绮，然后命出。生有法师才退出朝门，早有文武百官围绕礼拜。布施的衣帛、米谷，堆山塞海。离了朝门，便是阖城百姓，香花灯烛，鼓钹喧天，簇拥着直送至洪福寺中，又诵经拜忏，做法事、功德，有如鼎沸，烧香礼拜的男女拥挤不开。真是：

舍身不已又舍财，指望抛砖引玉来。
佛法何尝全在此？贪愚堕落实堪哀！

唐三藏与孙悟空看了这些光景，不胜叹息道："君王果是好道，只可惜被这些愚僧鼓惑，以致好道不明，行此妖妄之事，并我佛度世慈悲，救人善念，都成愆孽矣！"孙悟空道："邪魔成极，决无不衰之理，佛师且耐心守之，自然有变。"

果然激动了一位大臣。这位大臣是邓州南阳人，姓韩名愈，表字退之，别号昌黎，官拜刑部侍郎，为人忠直敢言，立身行己，但以圣贤自待。常对人说："世上若无孔子，我不当在弟子之列。"今日见了宪宗迎请佛骨入大内，不胜感愤道："孔子斥异端，孟子辟邪说。此非异端邪说而何？吾不斥之辟之，再有何人？"因恳恳切切上一疏道：

刑部侍郎臣韩愈为请毁佛骨事：伏以佛者，夷狄之一法耳，自后汉时流入中国，上古未尝有也。昔者黄帝在位百年，年百一十岁；少昊在位八十年，年百岁；颛顼在位七十九年，年九十八岁；帝喾在位七十年，年百五岁；帝尧在位九十八年，年百一十八岁；帝舜及禹年皆百岁。此时，天下太平，百姓安乐寿考，然而中国未有佛也。其后殷汤亦年百岁，汤孙太戊在位七十五年，武丁在位五十九年，书史不言其年寿所极，推其年数，盖亦俱不减百岁；周文王年九十七岁，武王年九十三岁，穆王在位百年。此时，佛法亦未入中国，非因事佛而致然也。汉明帝时，始有佛法。明帝在位才十八年耳，其后乱亡相继，运祚不长。宋、齐、梁、陈、元魏以下，事佛渐谨、年代尤促。惟梁武帝在位四十八年，前后三度舍身施佛。宗庙之祭不用牲牢，昼日一食止于菜果，其后竟为侯景所逼，饿死台城，国亦寻灭。事佛求福而更得祸，由此观之，佛不足事，亦可知矣。

高祖始受隋禅，则议除之。当时群臣才识不远，不能深知先王之道，古今之谊，推阐圣明，以救斯弊，其事遂止，臣常恨焉。伏惟睿圣文武皇帝陛下，神圣英武，数千百年以来未有伦比，即位之初，即不许度人为僧尼、道士，又不许创立寺观。臣常以为高祖之志必行于陛下之手。今纵未能即行，岂可恣之转令盛也?

今闻陛下令群僧迎佛骨于凤翔，御楼以观，舁入大内，又令诸寺递迎供养。臣虽至愚，必知陛下不惑于佛，作此崇奉，以祈福祥也。直以年丰人乐，徇人之心，为京都士庶设诡异之观，戏玩之具耳。安有圣明若此，而肯信此等事哉。然百姓愚冥，易惑难晓，苟见陛下如此，将谓真心事佛，皆云，天子大圣，犹一心敬信，百姓何人，岂合更惜身命?焚顶烧指，百十为群，解衣散钱，自朝至暮，转相仿效，惟恐后时，老少奔波，弃其业次。若不即加禁遏，更历诸寺，必有断臂脔身以为供养者，伤风败俗，传笑四方，非细事也。夫佛本夷狄之人，与中国言语不通，衣服殊制，口不言先王之法言，身不服先王之法服，不知君臣之义、父子之情，假如其身至今尚在，奉其国命来朝京师，陛下容而接之，不过宣政一见，礼宾一设，赐衣一袭，卫而出之于境，不令惑众也。况其身死已久，枯朽之骨，凶秽之余，岂宜令入宫禁?孔子曰：敬鬼神而远之。古之诸侯行吊于其国，尚令巫祝先以桃茢祓除不祥，然后进吊。今无故取朽秽之物，亲临观之，巫祝不先，桃茢不用，群臣不言其非，御史不举其失，臣实耻之。乞以此骨付之有司，投诸水火，永绝根本。断天下之疑，绝后代之惑，使天下之人知大圣人之所作为，出于寻常万万也！岂不盛哉！岂不快哉！

佛如有灵，能作祸患，凡有殃咎，宜加臣身。上天鉴临，臣不怨悔；无任感激，恳悃之至。谨奉表以闻。

宪宗看了此表，勃然大怒道："韩愈这厮毁佛谤圣，就该万死！"就要批旨加罪，方得文武百官一齐保奏道："韩愈乃本朝好学贤臣，虽不明佛道，触犯圣怒，然推原其心，实是为国。尚望陛下开恩赦免，以辟进言之路。"宪宗道："本内说好佛伤风败俗，这也罢了，怎说好佛便致短祚，岂非谤君？"百官又苦苦劝谏，宪宗方才依允，降旨将韩愈贬做潮州刺史，即日上任。群臣谢恩而出。韩愈闻命大叹道："臣之一官一身何足惜？只可惜尧舜禹汤相传的礼乐江山，都被这些妖僧鼓惑，弄做个髡缁世界，成何体统？"但天子的圣旨已下，无处申诉，只得怅怅去潮州上任。正是：

君耳若不听，臣心徒自苦。
一日虽无功，千秋终有补。

且说唐三藏闻知此事，与孙悟空说道："我佛万善法门，不过要救世度人，实与孔子道德仁义相表里，何尝定在施舍？又何尝有甚佛骨轰传天下，使举国奔走若狂？今日韩愈这一道佛骨表文，虽天子不听，遭贬而去，然言言有理，垂之史策，岂非梁武之后，又是我佛门一重罪案。"孙悟空道："愚僧造孽，原于佛法无损，韩愈此表，转是求真解之机，且慢慢寻访，自有缘法。"按下二人寻访不题。

且说韩愈被贬到潮州，深怪佛法，他也不见和尚，和尚也不敢求见他。一日，因有公务到海上去祭神，天色晚了，离城五六十里地回来不及，要寻人家寄住。那山中人家都是茅檐草舍，恐亵官体，不便去住，只有一个小庵甚是幽雅。众役禀知韩愈，韩愈道："偶然寄住，就是庵中也罢。"抬到庵前，韩愈下了轿，举头一看，只见门上横着一匾，上写"净因庵"三字，疏疏落落，大有古意。走进去，并无佛家庄严体貌，到了佛堂中，见上面供着一尊古佛。佛面前只挂着一盏琉璃，琉璃中一灯焰焰。供案上一个香炉，香炉中檀烟馥馥。其余钟磬经文之类全然不见。东边设着一张禅床，西边铺一个蒲团，蒲团上坐着个半老僧人。那个僧人怎生模样？但见：

形如槁木，而槁木含活泼泼之容；心似寒灰，而寒灰现暖融融之气。穿一领破衲衣，晔晔珠光；戴一顶破僧帽，团团月朗。不闻念佛，而佛声洋洋在耳；未见参禅，而禅机勃勃当身。僧腊已多，而真性存存不老；世缘虽在，而凡情寂寂不生。智灭慧生，观内蕴方知万善法师；头尖顶秃，看外相但见一个和尚。

那僧人看见韩愈入来，忙起身迎入佛堂，打个问讯道："大人何来？山僧失于迎接。"韩愈道："因祀神海上，归城不及，要借宝庵下榻，故尔到此。"那僧人道："只恐草榻非宰官所栖，荒厨无伊蒲之供，未免亵尊。"因吩咐侍者备斋。斋罢，遂送韩愈在东边禅床上安歇，自家却在西边蒲团上打坐。

韩愈因受佛骨之累，未免迁怒和尚，不甚接谈。这日，在禅床上坐了半晌，见那僧人默然打坐，全不动念，心下暗想道："吾阅僧人多矣，不是趋承惯势，便是指佛骗人，这个僧人二者俱无，颇有道气，不可以其为僧而失之。"复又走下禅床到琉璃前闲步。那僧看见，也就立起身来陪侍。韩愈因问道："老师大号？"那僧答道："法名大颠！"韩愈微笑道："老师大定，何转名大颠？"大颠道："窃见世之颠者，往往自以为定，则小僧之大定以为大颠，不亦宜乎？"韩愈听了惊讶道："高论所未闻也。"因又问道："颠师既为佛家弟子，为何经文不设，钟磬寂然？"大颠道："欲鸣钟磬，恐惹外尘。不设经文，为存古佛。"韩愈听了大喜道："师言甚妙，佛旨了然，使天下尊宿尽如老师，我韩愈佛骨一表，亦可不上矣！"大颠听见说出"韩愈"二字，亦惊问道："莫非就是昌黎大人么？"韩愈道："正是韩愈。老师深山高衲，俗吏姓名如何亦挂齿颊？"大颠道："韩大人山斗重望，孔孟真传，方今海内一人耳。小僧虽寄迹方外，实潜心大道之中。一代伟人，敢不倾慕！但韩大人官居八座，为何远刺一州？又所说佛骨，却是为何？"韩愈道："此乃败坏佛门之事，本不当闻之老师。然老师主持正教，决不庇护邪魔，就说也无妨。凤翔法门寺，妄传昔年陈玄奘法师坐化其中，遗佛骨、佛牙藏在塔中，每三十年一开，时和年丰。前日，法门寺住持生有和尚奏说，今又正当三十年开塔之期，请圣驾临观。今上宪宗皇帝信以为然，敕文武百官躬至凤翔，将佛骨迎入大内供养观瞻，引得这些愚僧燃指焚顶，男女布施，不惜身命资财，伤风败俗，竟令帝主体统扫地。我韩愈看不过，因上佛骨一表，细陈弊端。圣上大怒，欲加典刑。赖朝臣保奏，故贬官至此。"大颠听了道："大人此表，不独为朝廷立名教，实为佛门扫邪魔矣！今虽未听，而千秋之后，使焚修不复侵政治之权者，必大人此表之力也！"韩愈道："此表之为功为罪，俱可勿论，只可惜涂首泥足耕种之米麦，风餐水宿商贩之资财，不孝养父母、惠爱宗支，俱掷于无父无君、不耕不织之口腹，以妄希不可知之福，岂不愚哉！"大颠道："大人慈悲之心，可谓至矣！但堕落者深，一时提拔不起，沉迷者久，一时叫唤不醒。枉费大人之力。”韩愈道：“正为如此，老师何以教我？”大颠说道：“老僧窃以为以水沃火，而爱火者必罪水之残，不如以火之静，制火之动，而火自就于炉而无延烧之害矣！”韩愈听了，忽然有悟道：“颠师法言微妙，愚解未详，愿明教之。”大颠道：“大人儒者也，以儒攻佛，而佞佛者必以为谤，群起而重其焰。若以佛之清净，而规正佛之贪嗔，则好佛者虽愚，亦不能为左右袒而不思所自矣！”韩愈拱手道：“老师法言殊有条理，只是当今佛法尽是贪嗔，若求清净，舍老师而谁？”大颠道：“老僧叨庇平安，不焚不诵，山中禅定久矣。今既举世邪魔，使我佛为有识所诮，则老僧义又不容不出矣。”韩愈大喜道：“得老师慈悲，功德无量矣。”大颠道：“老僧虽出，亦未必有济，但尽我心耳。”二人讲得投机，彼此爱敬，当夜各各就宿。

到次日早起，韩愈盥栉罢，大颠命侍者奉上斋来。斋毕，韩愈欲起身回城，因执大颠手说道：“老师，昨夜之言，不可忘了。”大颠道：“言出于心，心即是佛，焉敢诳言？”韩愈大喜道：“老师不诳，足征我佛有灵。我学生到州中，即遣人来迎。”大颠许诺，各各珍重而别。正是：

真儒了不异真僧，一样光明火即灯。

门隔人天多少路，此心到底不分层。

韩愈到了州中，放不下此事，随即遣人具车马将大颠法师迎请到州，朝夕与他讲论佛法。大颠所说，皆有微妙之义，甚合韩愈之心。遂留连了月余，方才送他起身。这一去，有分教：

不响惊雷能震世，回光白日善窥人。

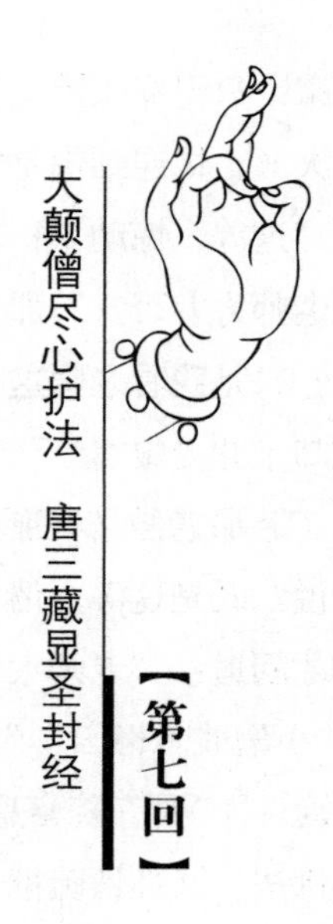

【第七回】大颠僧尽心护法 唐三藏显圣封经

诗曰：

圣人何事欲无言，盖恐因言失本源。
清净禅心非月指，糊涂佛法是风幡。
但谈果报何其妄，止望施财岂不冤。
万派千流徒浩渺，曹溪一滴是真源。

话说大颠师欲明佛法，别了韩愈，竟上长安，不一日到了，要寻个庵儿歇脚。此时，长安佛教正盛，各庵观寺院巴不得有个老僧在内居住，或是讲经，或是说法，皆可兴旺山门。见了大颠人物奇古，言语清爽，皆殷勤接待，留他居住。大颠师看见繁华闹热，全没僧家气味，转不肯住，却寻至城西，见一个小庵上写“半偈庵”三字，门前一湾流水，几株松树，甚是幽僻，因步了入去。荒荒凉凉佛堂中，竟不见一人。立了一会，又不见有人出来，只得穿入佛堂后面，叫一声："有人么？"只见香积厨走出一个老和尚来，看见大颠，忙迎到佛堂中问讯道："老师何来？贫衲因厨下炊爨，有失迎接。"大颠道："这等，惊动了！贫僧从潮州远来，尚无栖止，欲借宝庵一蒲团地为挂衲之所，不识老师肯容否？"那老僧笑道："佛门庵院，凡是佛家弟子都有分可住，怎说个容不容？只是我看老师这等道貌，自是禅林尊宿，何不到洪福寺、化生寺这些大丛林安享，却来此受寂寞？"大颠道："寂寞正僧家之习，安享非佛门所宜，故不敢去而愿来此。"那老僧又笑道："这乃是小僧疏懒人的念头，怎么老师不远千里而来，也是这般说？既是这等，请里面坐。"遂邀大颠到他房里，忙去取了茶来吃。茶罢，那老僧方才问道："老师大号？"大颠道："小僧法名大颠。就问老师大号？"那老僧道："小僧贱号懒云。"大颠道："长安寺院尽皆富盛，老师宝庵何独冷静如此？"懒云道："要寺院富盛，须得主师会讲经募化。不瞒老师说，小僧虽做和尚，其实不通佛法。又性情疏懒，又不会募化，又不会讲经，故此淡薄。"大颠道："当今法师不知推尊何人？"懒云道："第一要算法门寺生有法师。他人物生得齐整，又口舌利便，问一答十，今上宪宗皇帝十分宠爱。前日因迎佛骨入大内，僧俗混杂，不成朝廷体统，恼了一位大臣叫做韩愈，上疏极谏，甚言崇佛之非。宪宗大怒，将韩愈贬为潮州刺史。生有法师因奏道：'韩愈毁谤佛法者，皆缘天下人之不明佛法也；天下不明佛法者，皆缘不曾闻得我佛求来的这三藏大乘经文。也乞陛下敕天下寺院，皆敦请有道法师开坛讲解，使天下佛法大明，则在朝自无异议之人也。'宪宗信以为然，遂降旨着天下寺院皆延法师讲解，如今，长安城中大小寺院皆要立坛讲经，此皆生有法师请的旨意有功，佛门所以推崇他为第一。"大颠道："可知几时讲起？"懒云道："闻说明年元旦讲起。"大颠道："原来如此。"自此，遂在半偈庵住下，心下想道："佛教今已盛极，若再令天下讲经，这些俗讲师定以果报施财为正解，岂不令我佛万善妙法转为朝廷治世之蠹？我既出山，岂容坐视！"恐怕不确，又到各处去访问，人人皆如此说，方知是真。遂写了一道表文，亲自到朝门烦黄门官转奏。

此时，天子正然信佛，黄门见是和尚，不敢拦阻，遂接了，传达进御。宪宗皇帝只道又是讲经说法之事，忙展开一看，只见上写着：

潮州府净因庵臣僧大颠，谨奉表奏为请正佛法事：窃闻，我佛之教，盖以清净为本，度世为宗。清净则宜无为，度世则宜爱众。即太宗皇帝求来三藏经文，恐亦是清净度世之意。近日，僧人贪愚者多，不识我佛清净之心，惟以庄严外相为尊荣。奉佛信士，又不知我佛度世之理，惟以施财焚诵为信心；登坛说法，都又不达经文微妙之旨，又惟以延年获福为引诱。流行既久，讹以传讹，几令我佛为贪财好佞之魁首，岂不冤哉！

仰见陛下，心心是佛，念念慈悲。但惜庸僧不能静宣德意，默沛皇仁，遍启丛林，致令清净法门装成喧阗戏局，甚非正道。今又闻降旨令天下讲经，固陛下阐扬佛教盛心，但恐讲解不明妙义，终以延年获福为词，则三藏大乘真经又演作小乘之法矣！谅我佛造经，与太宗皇帝求经流传中国之意，当不如是。伏乞收回成命，渐谢外缘，使我佛正教与陛下圣道同耀中天，则天下幸甚！倘必欲讲明大法，亦须敕使访求智慧高僧，若耳目前俗习之徒，臣僧大颠未见其可也！

宪宗看了一遍，又看一遍，心下沉吟道："朕兴佛教，凡是和尚皆交口赞扬，怎么这个和尚转劝朕清净？"然细思其言，亦似有理。欲待批准，又念数年崇佛，岂可因一言而废；欲待罪他，又念他也是为正佛教，一时狐疑不定。一面令黄门官传旨令大颠暂退候旨，一面遣中使召生有法师入见。大颠得旨，自回半偈庵不题。

却说生有法师承召入见，宪宗即命赐坐。随说道："今日有一僧上本，劝朕以清净奉佛，不知是何意见，特宣法师商酌。"就将大颠的表文付与生有观看。生有才看得两行便颜色改变，及看完了，早不觉红了脸皮，怒说道："此佛门之败类也，陛下不可听信。"宪宗道："何以见其败类？"生有道："齐梁异代奉佛之事，远且莫论，只就本朝太宗皇帝到今二百余年，谁不以焚修庄严为奉佛之善。彼独欲以清净反其道，非败类而何？窥其意必有所图。"因又将表文细看，忽看见"潮州府"三字，复谓宪宗道："陛下看出么？"宪宗道："朕未看出。"生有道："此僧潮州人，韩愈为佛骨新贬潮州。此僧突然而来，二人朋比为奸可知矣！"宪宗低头想了半晌道："韩愈儒臣，此僧释子，道不同也，焉肯朋比他人而自毁其教？法师还须原谅。"生有道："若非朋比韩愈为奸，必是见臣等遭际圣思，欲反其说以为进身之阶。"宪宗点首道："此或有之，待朕加察，法师且退。"生有辞出。宪宗遂叫了一个老成内臣吩咐道："你可细细去访察那个大颠和尚的行藏来奏我。"内臣领旨去访察不题。

且说生有法师回到洪福寺，深恨大颠破他佛教，欲要暗暗害他，又怕皇帝精明，不敢动手，只得悄悄吩咐几个心腹徒子法孙，去引诱他那些贪嗔淫欲之事，并察他破绽。

却说自大颠上表之后，满长安皆轰传其事，以为奇谈。有一等佞佛指望庇祐的，笑骂以为胡说；有一等正直光明的士夫，皆惊异道："如何佛教昌炽之时，忽有此不染高僧却来拜访，又见他沉静寡欲，尽皆钦敬。"一日，忽有两三个少年沙弥，一个叫做慧眼，一个叫做聪耳，一个叫做广舌，都生得俊秀非常，来拜见大颠道："弟子辈闻老师道高德重，为圣天子钦敬，愿侍法座，早晚受教。"大颠道："子自有佛，何必来求老僧？老僧有何道德，敢为子之师？"广舌道："闻得皇上深信老师之言，不日就要拜老师为天下大都纲。总统释教，富贵过于王候。弟子若蒙老师收留座下，便可少分宠荣。"大颠闻言大笑道："此言一发差了！为僧既入空门，且无一身，何有官职？况乎富贵？况乎宠荣？"广舌又道："老师虽以清净为宗，不慕富贵，似这样只身萧寺，独不畏寂寞乎？"大颠笑道："老僧清净中开眼见圣，合眼见佛，天地万物尽现吾心，应接不暇，何为寂寞？"三沙弥无言可说，再拜而去。

一日，忽又有两三个和尚，一个叫做传虚，一个叫做了言，一个叫做玄言，来见大颠，慌忙报道："老师，祸事来了！法门寺生有法师奏称老师毁谤佛法，阻挠善事，朋比韩愈，讥刺天子。皇上听信其言，早晚间将加大罚于老师。弟子辈念老师孤立于此，特来通知老师，须早为之计。"大颠又笑道："死生梦幻一视久矣，三师独不闻乎？"传虚道："闻是闻的，但思老师孤云野鹤，何不早早遁去，斩断葛藤。"大颠笑道："老僧若遁去，岂不令我佛为逋逃主耶？"三和尚恐吓他不动，只得去了。又有化生等寺俱来迎请他，说道："这小庵非老师驻锡之处，还须到大丛林去有体面。"大颠笑道："同一佛地，有何大小？"决不肯去。又有送他袈裟、衣帽的，都拒绝不受。这些光景，那内臣都打听的确，一一奏报宪宗。宪宗暗羡道："这方是真正佛门弟子。"就要批准他的表文，当不得左右近侍都与生有法师相好，忙将此信报知生有。生有着了忙，遂邀各寺有名讲师共有数十人，又求了六七个宠用大臣，一齐到殿上恳求道："佛法虽以清净为宗，若皈依佛法者也一味清净，何以见阐扬佛教之意？必须焚修庄严，方祈求我佛慈悲，延年永祚。就是讲经未必尽臻微妙，毕竟令天下讲解互相发明，方斯有悟人。倘置之高阁，不讲不解，岂不令我佛真经竟成无用之物乎？况圣上从前许多善果，倘我佛鉴知，定降福寿，岂可因一人妄言，尽弃前功！伏望圣慈垂察。"宪宗听奏，沉吟不语。众大臣又代为委请道："讲经之旨，已颁行天下，天下善信已倾耳久矣。今若反汗，未免失崇佛信心之望。”宪宗心下虽尚踌躇，却撇不过众人面皮，只得批旨道：“讲经仍遵前旨，但敕大颠任意各寺纠听，有不合佛旨者拈出，奏闻改正，以全善果。”生有并众僧得旨，方谢恩退出。心下一喜又还一忧，喜的仍旧讲经，忧的是大颠纠察，不题。正是：

好佛本来求定性，为僧何苦反劳心？
总然讲出西来意，终带长安名利音。

却说唐三藏与孙悟空正在长安城中寻访求真解之人，忽闻知大颠上表，又讲经纠察之事，不胜惊喜道：“这和尚哪里来的？倒有些意思。”访知在城西半偈庵挂衲，遂仍旧变做两个疥癞和尚，到庵中来观看。此时大颠正在庵中合眼打坐，唐三藏与孙悟空入来。看见他：

头顶中露一点佛光，面皮上现十分道气。体结青莲，骨横白法。两眉分灵慧之色，双耳垂大智之容。布纳尘中，虽尚是中国僧伽；蒲团物外，已知是西方佛器。

唐三藏与孙悟空看见大颠有些根器，十分欢喜。又见他合眼默坐，因上前大喝道：“如来将为人嚼死，这和尚好忍心，不去纠听，却躲在此处打瞌睡！”大颠听了就如惊雷一般，急开眼看时，只见两个疥癞僧人立在面前，心知有异，忙起身礼拜道：“小僧何敢忍心打瞌睡？正在此代世尊敲牙拔舌，不期二位佛师降临，有失迎候。”唐三藏与孙悟空相顾而笑道：“好好好！虽敲拔不尽，也要算你救主之功了。”大颠道：“敢问二位法师大号？有何因缘飞锡于此？”孙悟空道：“此位家师，号大壮，弟子乃吾心侍者。若问到此因缘，却是特来寻你。”说罢，又与三藏相顾而笑。大颠见二人言语俱有妙旨，知是异人，因再拜道：“弟子虽有志佛门，却托身远土，未遇明师；尚淹肉体，未具神通。幸遇二位佛师，望发慈悲。”三藏又笑道：“要我发慈悲，不如还是你自家努力。”大颠道：“敢不努力！但努力无路，所以求二师慈悲。”三藏道：“有路，有路！只是到临期不要推诿。”说罢，遂同孙悟空大笑而去。大颠急要留时，已去远不可追矣！正是：

语有机兮言有锋，相逢一笑已成宗。
若从字句求灵慧，尚隔千重与万重。

却说唐三藏见了大颠有些道行，可充求解之人，满心欢喜。与孙悟空商量道："求解之人倒有了，只是当今讲经正盛，尽自道微妙，谁肯回头去求真解？"悟空道："这不难，待他临讲之时，我与佛祖同现旧日原形，显个神通，将他经卷封起，使他欲讲无经。然后，将我佛木棒一喝，不怕他不回心去求真解。"唐三藏大喜道："必须如此方妙。"不几时，到了元和十五年元旦之期，各寺俱奉讲经之旨，搭起法坛，皆延有名法师，互相争胜。惟洪福寺乃生有法师亲身登坛，常恐天子临幸，百官听讲，故比他寺更加兴头。阖寺僧先在大殿上诵过经文，做过法事。将到巳时，方幢幡鼓乐迎送生有法师登坛。坛下听讲僧俗诸人，挨挤不开。生有法师正要开谈，忽人丛中有人叫道："那和尚休得胡讲，污辱了我佛大乘妙法真经，辜负了我师徒求经善念。"生有听见，着了一惊，忙低头看时，却是两个疥癞僧人，手执木棒在坛下吆喝，因怒答道："我奉圣旨讲经，你是何处狂僧敢来毁谤？"唐三藏道："你既奉旨讲经，我且问你，经是何物？为甚要讲？"生有道："经乃我佛灵文，不讲何以宣扬善果？"唐三藏又问道："善果必待讲经宣扬，则未讲之先与既讲之后，经何在？善果又何在？且三藏经文从哪里讲起？若说一言可赅，则经何须三藏？倘必三藏尽宣，则今日之讲无乃挂漏？"生有一时答应不来。唐三藏因大喝一声道："妖妄野狐！还不下来？"将手一举，那条木棒虽未离手，早不知不觉照生有劈头一下，打得生有魂胆俱无，忙滚身下坛，拜伏于地，连称："不敢，不敢！"许多徒子法孙看见生有如此不成模样，忙来扯他道："法师请尊重。"生有才待爬起，被孙悟空又喝一声，依然伏地道："不敢，不敢！"众僧无法，只得飞奏宪宗道："法师正登坛讲经，不知哪里走了两个疥癞僧人来，手拿着一根木棒将法师乱打，搅乱讲席，欺灭圣旨，特特奏闻。"宪宗大怒道："何物妖僧敢如此大胆？着锦衣卫火速拿来。"许多校尉领旨，忙同众僧作眼来拿。到了洪福寺，看见两个疥癞僧人，欲待上前拿他，不知何故，只是不能近身。因说道："奉圣旨拿你二人，快去见驾。"唐三藏道："我二人奉佛旨也正要见驾。"遂大踏步走入朝来，众校尉但远远围绕。

到了殿前，看见宪宗，唐三藏合掌当胸，将身一控道："贫僧问讯了。"宪宗大怒道："你是哪里来的两个野僧？如此大胆！"唐三藏道："我们是西方极乐世界来的。”宪宗道：“若是西方佛地来的，必知礼法，怎么见朕不拜？”唐三藏道：“若论为僧，见驾自当礼拜，但贫僧与陛下不同。”宪宗道：“有甚不同？”唐三藏道：“贫僧曾蒙先朝太宗皇帝赐为御弟，又有求取真经之功，今又忝在西方我佛会下，故乞陛下优容。”宪宗笑道：“野僧一味胡说，朕闻得赐御弟及求经乃陈玄奘法师之事，今已二百余年，坐化成佛久矣！你两个疥癞僧人怎敢妄扯为己事来蒙蔽联躬？况陈玄奘法师的圣像，我太宗皇帝俱有画下的，藏在御苑。”随命，“取来一对，叫他两个死而无怨。”唐三藏笑道：“真金不怕火，就取来对一对何妨！”宪宗道：“这经就真是你求来，今日联在此命高僧讲解，也是成全前人善果，你为何倒来搅乱？”唐三藏道：“我佛造经与太宗命我求经，皆度世婆心。只因经到之日，限于藏数，要缴还金旨，不及讲解，故世上止有真经，并不识真解，以致后来这些愚僧胡言乱语，将我佛大乘妙法弄做个骗诈良方，哄得天下愚民焚顶燃指，不惜身命。不独将佛门败坏，且令陛下的国体损伤。故我佛慈悲，命我贫僧将这一条木棒打尽天下邪魔，一张封皮封起三藏经文，免得众生渐渐堕落。”宪宗听了，耸然道：“经文遍满天下，如何封得？”唐三藏道：“待贫僧封与陛下看。”正说不了，几个内臣已在御苑捧了唐三藏的画像来，悬于殿上。宪宗手指道：“法师遗像，你二人可自看一看，象也不象？”唐三藏道：“怎么不象？陛下请看。”口里一面说，身子早与孙悟空已现原形。唐三藏，毗卢帽，锦襕袈裟，脚踏莲花起在半空；孙悟空火眼金睛，手执木棒侍于左侧。宪宗与满朝文武看见，尽皆惊喜非常，忙走下龙座来瞻仰。唐三藏从从容容于袖中取出一张金字封皮，付与孙悟空道：“快去，将天下经文尽皆封了。”孙悟空接了，将身一纵，早已不知去向。宪宗忙举手向天道：“俗僧讲经固非传经之意，佛师封经不讲又恐非求经之心，还求佛师开一线人天之路。”唐三藏道：“既陛下心心在道，不消求我，只须再遣一人，如贫僧昔年故事，历万水千山，重到灵山去求真解来，那时再解真经，自保陛下国泰民安也。”方说间，孙悟空早已飞至唐三藏面前复命道：“奉旨，天下经文俱已封闭。”宪宗君臣看见这般灵显，俱倒身下拜道：“愿求真解。”唐三藏合掌道：“陛下保重，贫僧要缴金旨去了。”说罢，一朵祥云冉冉腾空而去。正是：

若非佛祖呈慈相，哪得凡夫肯信心。

不知宪宗果遣人上灵山求真解否，且听下回分解。

【第八回】 大颠僧承恩求解 唐祖师传咒收心

诗曰：

雾雾云云烟复烟，谁知头上有青天。
忽然一阵香风送，毕照须眉日月前。

又曰：

尺绳入鼻好牵牛，曳得鳌来是钓钩。
度世有仁仁有术，金刚见佛自低头。

话说唐宪宗皇帝同满朝文武亲看见唐三藏与孙悟空现出佛身，亲吩咐求解，想后冉冉腾空而去，不胜惊喜，始悔从前好佛之误，就打点要出榜招求真解之人。

却说生有法师被打，正惊惧昏聩，忽侍者报："唐三藏已驾云去了。"方回转来，自觉没趣，只得定定神又入朝奏道："遣人求解，自是善缘，然奉旨讲经，实非邪道。臣于洪福寺讲坛既已亲承佛旨，不敢开讲矣。但天下及长安城中各寺，奉旨已久，又正值讲时，恐停止不及。乞圣恩令其遵旨讲完，讲完后再行停止。庶不致违悖圣旨。"宪宗道："既停止不及，听其讲完可也。"正说不了，只见各寺讲师都纷纷入朝启奏道："众僧正遵旨登坛讲经，忽半空中降下一个火眼金睛、尖嘴缩腮的神圣，手持一张金字封皮，在经文上一晃道：'奉佛旨封经。'说罢就不见了。臣等再展经时，那经文就象粘成一片的，再揭不开，不知是何缘故，特来请旨定夺。"寺寺皆是如此说，宪宗听了满心欢喜道："佛法有灵如此，敢不信心求解！"因召生有法师上殿道："昔年太宗皇帝求经，亏得陈玄奘佛师应诏，太宗感激，赐为御弟。今朕欲求真解，必得亲信之人，方可代行。朕之亲信，无如法师，法师若不辞辛苦代朕一行，朕亦与法师结为兄弟，不识法师意下何如？"生有听了，惊得满身汗如雨下，战兢兢半晌方答道："臣蒙圣恩，安敢辞劳？但念臣生于长安，长于长安，从未曾出长安一步，外面径路全然不识，如何历得千山万水？"宪宗笑道："法师既不识路，何以指迷？"生有答道："人各有能有不能，臣虽不能远求真解，若是佛前焚修，祈保圣寿无疆，则臣不敢多让。"宪宗笑道："法师若能祈祷，又胜似求解多矣。"因问丹墀下众僧道："生有法师已失朕之望矣，不知汝众僧中有能出类拔萃，不辞辛苦，以成朕志者否？"众僧听了，就似泥塑木雕，无一人敢答应，宪宗默然不悦。生有只得又奏道："求解远赴灵山，臣僧尚不能应诏，众僧安能承命？臣保举一人，定然去得。"宪宗道："法师保举何人？"生有答道："就是前日请正佛法，今奉命纠察讲经的大颠和尚。"宪宗道："法师如何知他去得？"生有道："他表上原说，若要讲解，必求智慧之人。今日着他求解，正是他的本念。况他是潮州僧人，既可从潮州到此，便可由此前往灵山，臣僧所以保他去得。"宪宗听奏沉吟道："此僧或者去得也未可知，但朕曾查考旧事，闻得这里到灵山有十万八千里程途，且一路妖魔甚多，生死相关，若不十分忠爱于朕，岂肯受此跋涉？就是朕以威势强之而去，他到半路，心生退悔，又安能成功？这大颠和尚自潮州偌远而来，到此上表，请正佛法，其志可嘉；又因法师苦请讲经，令他守候许久，竟未降旨；昨虽有纠讲之命，今又无讲可纠。皇恩毫未沾被，忽命他历此艰险之途，恐非人情之愿，莫若还是出榜招求。他果有志，自慨然请行；他若无心，强之何益？"生有不敢再言，只得率领众僧退出。正是：

从来木朽蠹方生，谗佞何曾乱圣明，
若要西天求佛法，先须中国顺人情。
一言抢白羞于挞，满脸通红罪似黥，
静夜问心无愧怍，不俶不深有余荣。

宪宗退朝，即命大臣议出榜文，招求真解之人，不数日，天下各寺纷纷奏报封经之事，都说有个火眼金睛神道降坛。宪宗闻知，愈加敬信，连旨催出榜文，挂于皇城之外。那榜文写得明白，道：

为招访高僧西游求解事：盖闻，佛法既今古常明，高僧自后先递出。昔我太宗皇帝垂慈，远取真经，虽已流传，昨蒙陈玄奘法师显示，我佛真解尚存灵鹫，未及颁来。朕思真经必须真解方足宣扬。朕虽凉薄，安敢隳弃前功？今发大愿，访求高僧如玄奘法师者，远上灵山祈求真解东来，以完胜事。倘有志行尊者，慨然愿行，朕当如玄奘法师故事，赐为御弟。竭诚恭奉，决不食言。须至榜者。

元和十五年正月　日

这边张挂榜文不题。

却说大颠自奉了纠听讲经之旨，生有法师便要请他同登台上。他道："旨意是各寺任意纠听。"不肯定在一处上台，只杂在众人中窃听。这日，正在洪福寺默察生有动，因见唐、孙二佛师显灵封经，要访人求解，就打算上疏请行。今见榜文挂出，因走到榜下对守榜太监说道："西天求解，贫僧愿奉圣命西往，伏乞列位老公公奏闻皇上。"众太监看见，尽皆欢喜，忙扯住问道："老师大号？"大颠说道："贫僧即奉圣旨纠察讲经的大颠。"。众太监听了，忙入宫奏知。宪宗大喜道："毕竟还是这和尚，信乎根器自有真也。"即命召入。大颠承命，趋拜金阶。拜毕，宪宗召入殿上赐坐，因先开口问道："前日法师请正佛法一表，朕十分感悟，即欲降旨从事，不意又为左右众僧所惑，苦请讲经。朕故敕法师纠察，待有所失然后罪之，彼无说也。今幸我佛有灵，感得陈玄奘法师临坛显示，亲说求解因缘，然后知法师前表之深明佛法也。正欲起创丛林，供奉法师，以张正教，且得时聆微妙之法。不意西天求解之役，法师又慨然请行，足见至人真修，与俗习外缘相去天渊也。”大颠奏道：“佛门弟子理合奉行佛教，前之请正，今之请行，原非二事。”宪宗道：“法师心心是佛，固不辞劳，但万水千山只身而往，其中不无险阻，法师亦何所恃而不恐？”大颠道：“佛法无边，因缘自在。贫僧一无所恃，就是贫僧的所恃了。”宪宗连连点头道：“法师妙论已空一切，定不负朕之所望。”遂命赐斋。斋罢，宪宗又说道：“朕榜文有言，倘有尊宿肯行，朕愿照玄奘法师故事，赐为御弟。今法师慨然愿行，朕当择日于佛前定盟。”大颠奏道：“此虽圣恩，然天尊地卑，君臣大伦，臣僧安可乱也！若乱大伦，是先犯佛门贪妄之戒，何敢远见世尊？望陛下荣臣僧以义，不当宠臣僧以罪。”宪宗听了，叹息不已道：“真佛种，真佛种！倒是朕失言也！但何以为情？”因命近臣敕洪福寺阖寺僧人速具香花灯烛，幢幡宝盖，奉迎颠大师归寺暂住，以待择日启行。大颠忙奏道：”佛门以清净为宗，臣僧正欲以清净之旨正己正人。若喧阗迎送，移入大寺，便堕落邪魔，则求真解无路矣！”宪宗大悦道：“朕从前好佛之误，闻法师高论，已悔八九矣！但法师既不欲移住大寺，今却归于何处？”大颠道：“巨僧原住半偈庵。”宪宗因问近侍道：“半偈庵在何处？”近侍奏道：“半偈乃小庵，在城西僻地。”宪宗笑道：“法师不住大寺，而住半偈小庵，可谓心持半偈万缘空矣！”即赐号半偈法师。大颠谢恩退出，竟独自步回半偈庵而去。正是：

一心清后一心净，方法空时万法通。
慢道寸丝俱不挂，寸丝不挂妙无穷。

却说大颠自宪宗赐号半偈，人都称他做唐半偈。唐半偈回到庵中，懒云闻知此事接着说道：“西天求解是个苦差，大寺里那些和尚每日受朝廷供养，美衣美食，何不叫他去，老师却揽在身上？”唐半偈道：“真经失旨，求解解经，正佛门大事。我既为佛门弟子，安敢推诿他人，自不努力？”懒云道：“我不是叫老师推诿。老师是远方人，不知这求解厉害。”半偈道：“有甚厉害？”懒云道：“我们生长长安城中，常听得老人家说起，求经这条路有十万八千里之遥，一路有千妖百怪。当时玄奘法师去求时，亏了观世音菩萨点化他，收了三个徒弟。大徒弟叫做孙行者，二徒弟叫做猪八戒，三徒弟叫做沙和尚。这三个徒弟都是降龙伏虎的神通，斩怪降妖的手段，方才到得灵山求得真经回来。老师你一个人，手无寸铁，如何去得？”半偈道：“西天有路，货僧有路走一步是一步，怎么去不得？就是玄奘法师出门时，三个徒弟在哪里？若说千妖百怪，吾心自有一佛，怕他怎的！”懒云道：“老师说的都是迂阔套头话儿，只恐到临时有许多难哩！”半偈道：“天下最难之事，无过一死。贫僧有死无二，有甚难处？”正说不了，忽见前日那两个疥癞僧人又走进庵来，大叫道：“好和尚，不可畏难。这求解之事乃天大的福缘，海深的善果，须要努力。就要徒弟也不难，我包管你三个。”唐半偈看见知是唐玄奘、孙悟空的变像，忙伏地拜求道：“蒙佛祖勉策努力，已承求解，不敢推诿矣。但恐一身一心，难历这万水千山，尚望二佛祖慈悲，若有徒弟，赐得一个帮扶帮扶也好。”唐三藏道：“有有有！你起来，我有一篇咒语传你。这原是我佛的定心真言，你可牢记读熟，每日三时默诵，自然先有一个神通广大的徒弟来，助你上西天。”唐半偈闻言大喜，忙跪于唐三藏膝前拜受真言。唐三藏附耳传了真言，又叫孙悟空将木棒付与他道：“这一条木棒，也是我佛的法宝，今付与汝。若遇邪魔外道，只消持此一喝，定当潜归于正。”唐半偈再拜而受，欲要再问时，唐三藏与孙悟空已起在半空中，说道：“只要你信心努力，成就我的前志，若到危急之时，我自来救你。”说罢，渐入云中不见了。唐半偈伏地礼拜不已。懒云看了，吓得只是磕头道：“活菩萨，活菩萨！这等显灵，颠老师只管放心前去，小僧再不敢多嘴了。”唐半偈起身作谢道：“老师阻劝，皆是善言，深感不尽。”自此之后，每日早中晚三时，必将定心真言默诵十数遍。这里默念真言不题。

不知这真言果有些妙处，又不见动广长之舌，又不闻出仙梵之声，又没处寻圆通之耳，不觉一音一响，早已从南瞻部洲长安城中，直贯到东胜神洲花果山水帘洞孙小圣头脑中来。正是：

相关痛痒无千里，缚束头颅没半丝。
若说人天多失误，此心端的不差池。

却说孙小至自受祖大圣之教，每日只在洞中修心养性，以待进求正果。因他外虑不生，内里却十分快活。不期一日清晨起来，头里有些疼痛，疼痛了半晌方才得定；到了午间，忽然又痛起来，又痛了半晌方定；到了晚上，忽然又痛。一连三五日，日日俱是这等。用手去头上一摸，却是那金箍儿束得疼痛，因想道："前日，祖大圣原说这箍儿是我的魔头。这几日头痛，莫非就是这箍来魔我？"又想道："我戴了许久为甚不痛？这几日为何忽痛起来？"日日痛不过，只得来问通臂仙。通臂仙道："我闻得当初老大圣头上也有个金箍儿，乃是观世音菩萨教唐三藏收束老大圣的法术。老大圣但不受教，唐三藏便念起咒来，老大圣便头痛欲裂。今日，大王这等头痛，想是有人念咒。"孙小圣道："若果如此，却怎生解救？"通臂仙道："必须觅念咒人，求他不念，方可解救。"孙小圣道："念咒的知是哪个？到哪里去寻他？"通臂仙道："有痛处便有来处，有来处便有寻处。"孙小圣忽大悟道："有理，有理。"清晨起来，将近痛时，他先一个独坐，一心紧对着金箍儿上，果然有些奇异，不多时，头额痛起，渐渐痛到两边。心下想道："从当头痛起，这念咒人定在南方。"又疑惑头痛定从当头起，到了午间，他便侧过身子向西而坐，真也作怪，忽一点痛又从东半边头上起，他犹不信。到了晚间，他又侧身向东而坐，果然不差一点，痛又从西半边头上起。孙小圣验准了，心下方喜道："这个念咒的定在南方无疑了。"挨到次日，遂一路筋斗云向南而去。不多时，早到了南瞻部洲，按下云头一看，乃是大唐国界。再将头验一验，这痛却不在南方，又转到西方了，只得压着云头徐徐往西寻来，直寻到长安城中，这默痛又在北方了；寻到北，这默痛又在东方；寻到东这默痛又在西方。寻来寻去，直寻了两日，方寻到城西半偈庵。

此时还是辰巳之时，他头尚未痛，庵门前坐了一会，见没动静，便起身走入庵中，东张西望。渐渐交到午时，只见内里走出一个半老不老的和尚来，双跏趺着脚儿打坐于佛座之前，口虽不开，却象默默念经的一般。那和尚才坐下一刻，这孙小圣头上早已岑岑痛矣！欲要就上前问他，又恐错了，只得忍着头痛在窗外偷看。正疼到极处，忽又见一个和尚，双手捧了一杯茶送与那打坐的和尚道："老师父请用一杯茶。"那打坐的和尚忙立起身来接道："多谢老师。"那里二人说话，这里孙小圣头早不痛了。不一时，吃完了茶，收了盅去，那和尚依旧坐下，照前象念经的一般，这孙小圣的头不知不觉又痛起来。孙小圣方认得真了，再忍不住，忙走进佛堂，双膝跪在唐半偈面前道："老师父，我与你前世无冤，今世无仇，你为何在此咒我？"唐半偈忙抬头一看，只见一个尖嘴缩腮猢狲般的人，双手抱头跪在地下说话，因答道："贫僧自持定心真言，何尝咒你？"孙小圣道："你不咒我，为何你念咒我便头痛？"唐半偈道："哪有此说！我不信。"孙小圣道："你不信，试再念念看。"唐半偈依言，又默默念将起来。才念动，孙小圣的头早痛将起来，连叫道："老师父，莫念，莫念！"唐半偈心知是真言有灵，徒弟来助，要借此收服他，便默念不住口。痛得小圣抓耳揉腮，满地打滚道："老师父好狠心，弟子不惮数万里寻声而来，求老师救苦，叫你莫念，为何转念得狠了？"唐半偈方住口道："你是什么人？从何处来？怎生知道是我咒你？可实实说来，我就不念。"孙小圣因唐半偈住了口，他便头不痛了，忙爬了起来，仍跪在半偈面前，说道："老师父面前，我不说谎。我乃东胜神洲傲来国花果山仙石中生身，姓孙名履真，别号小圣，因修成道法，撞入王母瑶池，坐索仙桃、仙酒，玉帝得知，命三界五行诸神捉我，被我一顿棒打得东倒西歪，又打出南天门，无人抵敌。玉帝无法，访知我老祖在西天为佛，只得苦苦请了我老祖调停。我因受老祖之命，故这几年在山中修心养性，不敢生事。我老祖怕我野心不定，临行又将这金箍儿套在我头上，说道：'这虽是你的魔头，你的正果却也在这个箍儿上。'一向安然无事。这几日，忽然束得痛起来，想是我的魔头到了，又想是我的正果该到了，故从花果山直寻到此间，才得遇见老师。老师念咒咒我，眼见得是我魔头了，但正果也要在老师身上。"唐半偈道："且问你老祖是谁？"孙小圣道："我老祖乃昔年唐三藏佛师的徒弟孙大圣，今已证果为斗战胜佛。"半偈听了，满心欢喜道："我佛有灵！我佛有灵！"只管点头。小圣看见，因问道："老师连连点头称'佛有灵'，其中定有缘故。且请问这咒语是谁传的？为何一向不念？老师父是何法号？并求指示。"半偈微微笑道："我说与你听。"正是：

雪隐鹭鸶飞始见，柳藏鹦鹉语方知。

未知唐半偈与孙小圣如何说法，且听下回分解。

【第九回】 心猿求意马 东土望西天

诗曰：

圈儿跳不出，索子自牵来。
始信无为法，为之何有哉？

又曰：

茫茫一团气，幻出东西天。
天且为地限，于人何有焉？

话说孙小圣，为头痛直寻见了唐半偈，说出真情，转问唐半偈是何法号，咒语是谁人传授，唐半偈因说道："我法名大颠，今上皇帝赐号半偈。原是潮州人，只因见佛教沦入邪魔，上表请正。前因未蒙圣旨，故居此庵待命；近因各寺奉讲经之命，感得唐玄奘佛祖与你老祖亲临法坛，显示神通，将三藏真经都封了，又明说，我佛真经必须求我佛真解，方得宣明度世。故今上皇帝十分信心，命老僧亲往灵山拜求真解，即日要行。又感得唐玄奘佛祖与你老祖怜我只身难行，授此定心真言，叫我三时默诵，自有大神通的徒弟来帮助上西天。老僧奉旨，才念得数日，早化得你来，一字不爽，岂非我佛有灵乎？”孙小圣听了欢喜道：“原来却是我老祖做成的圈套。他原说：‘不成正果，终属野仙。’他又说，他之前车，即我之后辙。今日求解，岂不与他求经一般，又是我的魔头，又是我的正果。罢罢罢！只得要帮扶老师父西天去走一遭了。”唐半偈道：“你果真心帮扶我西天求得真解来，这段功行却也不小。”孙小圣道：“人皆赞说，心如金石，我的心是石头里生出来的，怎么不真？我是个急性人，就此拜了师父吧。”随趴在地下磕了八个头，又说道：“既拜为师徒，就是一家人了，那个真言却是再不可念。”唐半偈道：“你既肯尽心奉佛，我念他作甚？但你既入我佛门，拜我为师，便是我佛家弟子，我当与你摩顶受戒，喜得你头发不甚多，也不须披剃。你名孙履真，这‘履真’二字倒也合我佛门机旨，只是名字外人不便呼唤，我再与你起个僧家的俗号何如？”孙小圣道：“我原也有个俗号。”唐半偈道：“俗号什么？”孙小圣道：“我老祖当年闹天宫时，曾封齐天大圣，我欲继其志，故又叫做齐天小圣。”唐半偈道：“此等狂妄之号，非我僧家所宜。你老祖当时归佛教时，也有个俗号叫做孙行者，你既是他一派，以后只以小行者称你何如？”孙小圣大喜道：“好好好！当时通臂仙原叫我起个俗号，我说，我又不求经，起他做甚？今既跟师父去西天求解，师父叫我做小行者，又不忘老祖，又不僭老祖，甚是合宜。”唐半偈见他说话爽直，也是喜欢，因问道：“佛家第一戒是打诳语，你方才说从东胜神洲花果山来，这东胜神洲到南瞻部洲相去半天，你怎么来得这等快？莫非是打诳语！”小行者笑道：“那下八洞神仙尚夸嘴说：‘朝游北海，暮宿苍梧。’这几步路儿打什么紧，还要打诳语？”唐半偈听了似信不信，又说道：“明日圣旨下了，就要起身去，你还有甚牵挂么？”小行者笑道：“老师父也忒婆子气，既做了你的徒弟，便死心塌地跟你，要去就去，还有什么牵挂？”唐半偈闻言大喜，引他进去过了一夜。

到次日，宪宗差内臣赍了许多衣帽鞋袜、干粮食物之类来赐他，又是中书写的一路通关文碟、与如来求解表文并一路地方程途的册子，又着太仆寺选了一匹良马，又在洪福寺选了两个精壮僧人，以为随从，又命钦天监选了吉日启行。唐半偈谢了恩，将衣帽鞋袜带得的受了一两件，两个随从僧人退还，道："昨日已收了一个徒弟了。拜佛求解本该步行，但恐山遥水远，这匹马是要用的。"就叫小行者去收管。一面托内臣回奏，依吉期即行，内臣去了。小行者将马牵到唐半偈面前，说道："这样马有甚用处？如何走得许多路到得西天？"唐半偈道："方才太仆官说是选来的良马，怎说没用？"小行者将手在马脊上轻轻地一揿，那匹马早伏倒在地，爬不起来。唐半偈着惊道："似此如何去得？只得再奏皇上，叫太仆另换。"小行者道："凡间之马，不过如此，就换也无用。"唐半偈忽想起来道："我闻得八部天龙因变马驮旃檀佛，求经有功，故后得归真证果。这等看起来，这些凡马果是去不得，又好拚着步行了。"小行者道："老师父你虽存佛性，尚未具神通，如何走得这许多路？"唐半偈道："我也自知难走，但世间哪有龙马？"一面说早不觉双眉紧蹙。小行者道："老师父且莫愁，要龙马也不打紧。"唐半偈道："就是长安豪侠以千金买骏，一时也不能有，何况龙马？怎说不打紧！"小行者道："若在他人果是甚难，只因四海龙王都与我相好，等我去问他有多的龙讨一条来，变匹马与师父乘坐，就当我拜师父的贽见礼可好么？"唐半偈变了脸道："此乃拜佛求解的大事，又是帝王敕命，你怎敢说此戏话取笑！"小行者道："我履真志志诚诚为师父算计，怎么说是戏话？师父不信，等我去讨了来，方见我老实。"说罢，将身一纵，早已不知去向。唐半偈看见，又惊又喜。正是：

> 秋水难言海，冰虫但语寒。
> 不知天上士，犹作世人看。

却说小行者将身一纵，竟至东海。他是熟路，捏着避水诀竟分波逐浪而来，看见巡海夜叉，大叫道："快去通报！说我齐天小圣孙履真来拜望你大王。"巡海夜叉听了，忙跑入水晶宫禀知老龙王敖广道："大王，不好了！那尖嘴毛脸的孙小圣又来到宫门外了，要见大王。"老龙王着惊道："他又来做什么？"忙迎入宫中坐下，因问道："一向闻得小圣受了老大圣之教，收心在山中静养，不知今日为何有闲情到此？"小行者笑道："我收心静养，老鳞长为何也知道？"老龙王道："忝在邻比，怎不知道？"小行者道："正为收心，收出不好来了。"老龙王笑道："小圣又来取笑了。收放心乃圣贤美事，怎么倒不好？”小行者道：“一向心未收时，要上天便上天，要入地便入地，无拘无束，好不自在。自受了老大圣之教，要成什么正果，如今倒弄得有管头了。”老龙王道：“要成正果，有了管头，莫非也象老大圣取经的故事么？”小行者道：“老鳞长忒也聪明，一猜就猜着了。只因我老大圣与唐佛师求来的三藏真经被世人解差了，堕入邪魔。唐佛师不胜愤恨，近已现身显灵将经封了。说我佛尚有真解，必要遣人求得真解来，方许解真经。故宪宗皇帝特差唐半偈师父去求，我老大圣又愁他独身难行，故用术法将我小孙送与他做个徒弟，所以说有管头。”老龙王道：“这等说来，小圣恭喜！入了佛教有师父了。既有师父，就该随师西行，为何有闲工夫到我这东海来耍子？”小行者道：“哪有闲工夫来耍子？只因灵山路远，师父徒步难行，必须要个脚力。你想，国中凡马如何到得灵山？故特特来求老鳞长，有好马借一匹与我师父骑，上灵山求了真解回来，即当送还，决不食言。”老龙王道：“小圣差矣！马乃陆产之物，如何到我海中来要？”小行者道：“因为陆产之马无用，故到海中来要。”老龙王道：“海中哪得有马？”小行者道：“老鳞长怎又不聪明了？马虽没有，龙却是有的。有多余的龙，只消借我一条，叫他变做马就是了。”老龙王道：“小圣又差了！就是一个人，稍有志气便要为善，不肯堕落去变驴变马，难道我的龙种反不如人，叫他去变马与人骑坐！”小行者笑道：“老鳞长莫要怪我，此乃你们自己做坏的例子。”老龙王惊问道：“怎么是我们自己做坏的例子？”小行者又笑道：“直要我说出来，当年驮唐佛师西天求经的那匹白马，岂不是你北海龙王敖顺的儿子么？”老龙王道：“那是他纵火烧坏了殿上明珠，被父亲告了忤逆，玉帝吊在空中要诛他，亏得观世音菩萨救了性命，故罚他变马驮经，以消罪孽。我的龙子龙孙尽皆孝顺，又不犯法，怎么教他去变马？”小行者笑道：“这叫不好的带累了好的。既有了变马驮经的例子，管他孝顺不孝顺，忤逆不忤逆，随便于子侄中捡一条与我去便罢。”老龙玉道：“亲生子侄，岂是容易舍得的？”小行者道：“既舍不得子侄，便请老鳞长自去走一遭，以成全胜事。”老龙王道：“我忝为八河都总管司雨大龙神，就是玉帝敕命差遣，也没个叫我变马之理。”小行者道：“好好求你不肯去，只得告过罪要动粗了。”一头说，一头在耳朵中取出金箍棒来，指着老龙玉说道：“我欲待奉承你一棒，怎奈这条棒原是你的故物，我不忍以夫子之道反害夫子。也罢，留些情只锁了你去吧！”叫声：“变！”遂将金箍棒变了一条大铁索，豁喇一声竟套在老龙王颈项之上，吓得老龙王魂胆俱无，忙恳求道：“小圣请息怒！

凡事从容商量。”小行者道：“要从容还可用情，若要商量却无甚商量。”老龙王摆布不开，只得叫虾将鳖帅忙撞钟擂鼓，聚集南海龙王敖钦、西海龙王效闰、北海龙王敖顺来救应。

不一时，三龙王齐至，看见老龙王被锁，惊问其故。老龙王忙将要龙变马之事细说一遍。三龙王俱面面相觑道：“这个实难从命。”小行者听见说实难从命，便不管好歹，扯着老龙王就往外走。慌得三龙王齐声劝道：“小圣来意不过是要一匹龙马，何必这等凌辱家兄，等我们商量一匹送你。”小行者道：“不是我凌辱他，是他自取凌辱耳。我来时再三求他，他只是不肯，若肯早说送我一匹，我去久矣，谁耐烦与他拉拉扯扯！”南海龙王对老龙王说道：“事到如此，吝惜不得了。”老龙王道：“哪个吝惜？若要宝贝，便送他些值什么。他要龙子龙孙去变马，岂不坏尽了龙宫的体面。”敖钦道：“不消自家子孙去变，何不将伏羲时负河图出水的那匹龙马送了他吧。”老龙王听了欢喜道：“我倒忘了。这匹马只因有功圣门，不忍骑坐，白白的养了这几千年，今日，将他来救我性命，也可准折了。只是他是个开儒教的功臣，至今颂赞又明都指龙马负图为证据。今为我贪生怕死，将他去驮和尚，陷入异端，未免做个坏教的罪人。”西海龙王敖闰说道：“贤兄，你又来迂阔了！近日的文人墨士哪一个不磕头拜礼去奉承和尚？何况畜生！”敖钦、敖顺都赞道：“说得是。”遂一齐对小行者说道：“有一匹龙马送你了，请快放了家兄。”小行者道：“既有马，快牵来便罢。”将手一抖，那条铁索早已变做个绣花针，藏入耳朵中去了。

老龙王脱了身体，便吩咐管海苑的鳊大使牵了那匹负河图的龙马出来。不一时牵到面前。小行者定睛一看，果然好匹龙马。但见：

和銮安节体雍容，鞭影何劳在后从。
竹耳铁蹄虽是马，金鳞玉翼宛然龙。
长嘶犹吐文明气，远驾还留太昊踪。
道丧久无图可贺，流归佛法上灵峰。

小行者看见，十分欢喜道：“早牵出来，岂不省了许多气力！马倒罢了，只是少副鞍辔，一发并求见惠。”老龙王道：“马既送了，何惜鞍辔。但只是我们海中波涛往来，从不骑马，哪有鞍辔？”小行者笑道：“老贤王太不径直，起初说海中无马，若是果然无马，我倒也罢了，如今既有了马，再说没有鞍辔，我如何肯信？”南海龙王敖钦说道：“小圣不必动怒，小龙有一副上好的送与小圣吧。”小行者笑道：“何如，怎么又存了？”老龙王惊问道：“贤弟，你是哪里来的？”敖钦道：“此乃周时昭王南征，被楚人诈献膠舟将昭王溺死，连这匹御马俱沉于江汉，御马便死了。巡海夜叉捡得这副鞍辔，知是御物贵美，不敢藏匿，献上于我，故此得有。”小行者道：“不消闲文，快取出来。”敖钦忙命去取了来，送与小行者。果然好副鞍辔，怎见得？但见：

双镫珠镶玉嵌，一鞍银缕金雕。
层层衬屉软随腰，绣带绒绳奇巧。

环嚼彩光艳艳，障泥锦色飘飘。
丝缰滴滴紫蒲桃，真个是驾驭龙驹至宝。

——右调《西江月》

小行者看了甚喜，一一备在马上，恰似特特做的一般，愈加欢喜，方拱手道：“蒙四位贤王照顾，我师父有了脚力了。容取解归来，送还龙马，再来相谢。”说罢，竟将龙马牵出水晶宫外，四海龙王殷勤相送。小行者跨上龙马，道一声：“去也！”马能行水，人会腾云，只听得呼呼风响，早分开波浪，踏碎乱云。不一时到了长安，竟奔半偈庵来。

唐半偈因小行者说不明白，竟自去了，心下疑疑惑惑，不知是真是假，正在庵前张望，忽见小行者骑着匹马飞也似奔来。看见唐半偈，慌忙跳下来说道：“师父，你看，这才是一匹龙马，方驮得师父上灵山见佛！”唐半偈细看那马，蹄高腕蹩，气吐虹霓，与那些凡马迥然不同。满心欢喜道：“徒弟，你去不多时，哪里就寻这匹好马来？”小行者道：“师父面前，怎敢戏言？实实是问四海龙王要的。”唐半偈道：“龙宫俱系水族，如何有此良马？”小行者道：“说起来话长，此马实非等闲，乃伏羲时负河图出孟河开文字之始的一匹龙马。因他有功圣门，闲养在龙宫。老龙被我摆布急了，无可奈何，只得牵出来相送。”唐半偈又细细一看道：“既是上古龙马，又不与人骑坐，如何有此人间精巧华丽的鞍辔？”小行者点点头笑道：“师父倒也有眼力识货，这鞍辔真不是一处来的，乃是周昭王南征，被楚人膠舟淹死，连御马都沉在江中，故龙王收得这副鞍辔，果是人间帝王之物。”唐半偈听见是真，忙倒身向天拜谢道：“大颠一介凡僧，怎敢乘坐大圣人的龙马、古帝王的鞍辔？只因奉旨上灵山拜求真解，道路遥远，凡马不能驱驰，不得已受龙王之惠，实非本心。望上天鉴赦我僭妄之罪。”小行者在旁笑道：“马乃畜生，骑马若是有罪，要人抬轿一发该死了。”唐半偈道：“不是这等说。六道虽有人兽之别，一心却无彼此之分。”小行者又笑道：“依老师父这等说来，我佛就不该坐狮坐象了。”唐半偈道：“佛坐狮象，狮象沾佛惠也；我骑龙马，龙马为我劳耳。”小行者听了，方赞叹道：“师父言言俱是真解，何必又上西天去求佛祖？”唐半偈叹息道：“汝为此言，正东土之为东土，而西天我佛不可不往求也。”小行者道：“既是这等，我们早些去吧，不要又耽搁了。”唐半偈听了欢喜道：“徒弟呀，似你这般猛勇精进，真是我佛门之器。”一面收拾行李，小行者看见木棒，又问道：“这东西要他做甚？”唐半偈道：“此木棒不可轻视，乃是我佛之宝。若遇邪魔外道，只消一喝便退。”小行者笑道：“我说这东西打人不痛，只好喝鬼。”一面进朝拜辞宪宗。宪宗要御驾饯行，又要敕文武百官并各寺僧人香花远送。唐半偈俱一概辞以并非佛门清净之道，宪宗感悦其言而止。他师徒二人回庵，别了懒云。小行者扶唐半偈上了龙马，自己挑着一肩行李，踽踽凉凉出了长安城，往西而进。正是：

未闻我佛真如解，先见高僧清净风。

师徒二人此去不知又作何状，且听下回分解。

【第十回】 心明清净法 棒喝野狐禅

诗曰：

瑶台皎皎一片月，玉宇棱棱千尺冰。
冷淡家风清净理，如斯方不愧为僧。

又曰：

隔花犬吠大和尚，夹岸藤缠小法师。
白昼野狐灯日盛，不知何处可无为。

话说唐半偈与小行者辞别了唐王，出离长安大国，往西前进。此犹是中华地界，一路平安。不几日，过了巩州地方，行到一处，天色晚了，见路旁一个小庵，小行者扶唐半偈下马，就将行李放在马上，牵了进去借宿。这庵儿虽小，却十分精严富丽。二人将走到佛堂，早有一个少年和尚出来迎问道："二位老师何来？"唐半偈忙问讯道："贫僧奉唐天子敕命，往西天大雷音寺拜见我佛，求取真解，路过宝方。因天色晚了，不识地名，敢求宝庵借宿一宵，明日早行。"那和尚道："我这地方虽犹是唐朝河州卫地方，却因西番哈泌土地辽阔，已不属他管了。老师既奉天子敕命，乃是天使大法师，怎么没有护卫跟随？却教二位师父落落而来？"唐半偈道："佛家清净为本，淡薄为宗，怎敢称天使，怎敢劳护卫？"那僧惊讶道："老师怎么转如此说。"一面邀入禅堂，施礼分主客坐下，一面吩咐备斋，一面就问："二位老师大号？"唐半偈道："贫僧法名大颠，蒙唐天子赐号半偈。这是小徒，俗号小行者。敢问院主法号？"那僧道："小僧贱号慧音，乃天花寺点石大法师第二辈法孙。"唐半偈因问道："这等说来，令师祖点石大法师定是一位有道行、有辩才的善知识了。"慧音道："家师祖是西域人，道行辩才一时也说不尽，只法座下的徒子法孙，以'定、静、慧'三字排来，每一字足有上千。这河州地界城里城外，似小僧这样的庵儿约有千余，无一庵不是他的下院。"唐半偈道："为何这等富盛？"慧音道："不瞒老师说，这哈泌地方，不论官宦军民，皆好佛法，又最喜听讲经。我这家师祖口舌圆活，讲起那因果报应来，耸动得男男女女磕头礼拜，以为活佛，无不信心。那钱财米粮就如山水一般涌塞而来，故如此富盛。"正说完，侍者备上斋来，请他师徒二人用过。慧音复问道："老师父方才说，奉天子敕命见我佛求解，不知果是真么？"唐半偈道："现有敕书，怎敢打诳语！"慧音道："若果是真，这是惊天动地的大佛事了，何不广为播扬，使善信尊崇，为我佛门荣幸？"唐半偈道："清净无为，佛教之正也；庄严奢侈，佛教之魔也。贫僧今日奉旨求解，正欲驱魔归正，安敢复为播扬以益其罪戾。"慧音微哂道："老师又来取笑了，播扬正是奉佛，怎么转是罪戾？小僧学微识薄，不敢诘辩。且请安置吧，待明日家师祖再细细请教。"遂送师徒二人到客房安歇。正是：

至人欲扫魔归正，邪道思依正作魔，
佛法坦然平似水，黑风一阵忽生波。

原来这天花寺的点石法师是个西域人，性极贪淫，专以讲经说法哄骗愚人。不料，今岁正聚众讲时，忽被孙大圣显形封了，揭不开，没得经讲，一时不知其故，十分没趣，只推有病下台，约改期再讲。过了许久，只揭经不开，讲解无时，弄得各寺清冷，布施全无。师徒们正无法奈何，这慧音忽见唐半偈说奉敕到西天求解，似有缘故，只得连夜报知点石。点石想道："当今讲解正盛，为何又要求解？莫非唐朝中有甚变头！明日可请他来见一见，就问他这经揭不开的缘故，或者他知道些因由。"慧音道："这个唐半偈，为人一味清净冷落，全不象个和尚。虽于佛法有功，却于大众无益，若使他苦修得志，我佛门弟子都要饿死矣！老师祖还要与子孙做主。"点石道："他既以苦修为宗，我偏以极乐为教。明日等他来时，可传众子孙一时齐集，都要色相庄严，看他动心不动心！"慧音大喜，传出法旨，各各整备，然后归庵歇息。正是：

> 佛原不自佛，魔岂为他魔。
> 一念微分别，天渊隔已多。

到次日天明，唐半偈与小行者起来，吃了早饭，就收拾行李要走。慧音忙止住道："我这河州外卫，虽与唐天子命令不甚相通，却犹是唐朝地界。老师父既奉天子敕命胜此，家师祖也是佛门一位尊宿，岂可不会一面？"唐半偈道："会一面固好，但急于西行，不敢久稽。"慧音道："家师祖住的天花寺去此不远，且是顺路，一会即行，也无耽搁。"唐半偈道："既是顺路，就去。"遂不上马，叫小行者牵着，自同慧音步行。果不多路，不一时到了天花寺前。定睛一看，果然好一座齐整寺宇。但见：

> 层层殿宇，一望去金碧辉煌，分不出谁楼谁阁；叠叠阶墀，细看来精光璀璨，又何知为玉为珠。钟鼓相应，闻不了仙梵经声；土木雕镂，瞻不尽庄容佛相。僧房曲折，何止千间，真是大丛林；初地周遭，足围数里，可称小佛国。

唐半偈看见十分富丽，便不欲进去。当不得慧音再三拱请，只得步了入去。到了二山门，唐半偈看见内中十分洁净，就叫小行者同马住下，先自到大殿上拜了佛。

早有一班知客迎请到客堂中去坐，一面献茶，一面叙问来意。唐半偈因说道："贫僧奉唐天子敕命，往西天求真解。路过宝庵，蒙慧音师兄道及点石大法师，道行辩才为当今善知识，不敢径过，特求瞻仰。"众知客道："原来如此。家师祖在禅房静养，不轻易见客。老师既是天使大法师，慧音进去禀知，自然出堂相见。"一面说，一面就摆上许多果品、点心来吃茶，坐了足有一个时辰，方听得大殿上法鼓发擂。众知客就对唐半偈道："殿上擂鼓，家师祖将出堂了。"鼓擂三通，然后，一派仙乐隐隐约约，渐次吹近堂来。唐半偈将眼往堂外一看，只见仙乐间着一队队幢幡宝盖与那香灯净水，簇拥而来，何止有百十队。到了堂外，都八字分开，独点石和尚带着一二十个小和尚走入堂来。唐半偈看那点石和尚怎生打扮：

毗卢帽方方绣佛，锦偏衫缝缝垂珠。容肥如满月，大亏美食之功；身静若高松，深得安闲之力。头圆颈直，外相宛然罗汉；性忍心贪，内才实是魔王。

点石进到堂中，看见唐半偈，因问众知客道："这位可就是唐朝天使法师？"众知客道："正是。"点石方殷勤施礼。唐半偈见点石和尚百般做作，心下不喜，然既到此，只得上前施礼。二人礼毕，分宾主坐下。点石就问道："侍者传言不清，不知老师奉命实是何往？"唐半偈道："贫僧实奉唐天子敕命，往西天大雷音寺见我佛如来，拜求真解，以解真经。"点石道："这三藏真经已流传天下久矣，天下高僧已讲解明矣，哪里还有真解？何必更求！此中必有缘故。老师远来，定知其详，伏乞明示。"唐半偈道："真经虽流传天下，然未得真诠，将我佛万善法门，度世慈悲，俱流入讲经说法，果报小因，厉民害道。故我佛不胜怜悯，特遣旃檀功德佛陈玄奘法师亲临长安，现形天子朝堂，大显神通，命斗战胜佛孙悟空将天下经文尽皆封了，致经一卷一张也揭不开。又明说我佛有真解未传，要天子如昔年求经故事，再遣人去求，求得真解来解真经，方得度世度人的利益，故唐天子特命贫僧前往。只此便是实情，并无他故。"点石听了，心下方知经揭不开是这个缘故，又想道："我这法会下有三四千人，皆靠着讲经说法穿衣吃饭，若依他这等说，我们的教法就要坏了。"因说道："据老师说来，句句皆有原委，据小僧听来，句句皆是荒唐。"唐半偈道："怎见得是荒唐？"点石道："若说连这三藏真经都是假的，别有真解，却还说得去。既说三藏俱是真经，经义已了然明白，解来佛法尊崇天下利益，转又说是差的，置而不讲，且说别有真解，又要去求。此实好事妖僧欲败坏佛门，故为此舍近求远之计，以愚惑天子，非荒唐而何？”唐半偈道：“陈玄奘法师临坛封经，万目所见，岂是荒唐？”点石道：“我闻陈玄奘法师已坐化法门寺久矣，尚有佛骨、佛牙在塔中可据，如何又临坛封经？临坛封经不过妖僧幻术耳！老师不可深信。去还历千山万水，莫若回朝，将贫僧之言奏知天子，重兴讲解，自然国祚绵长，万民康泰。”唐半偈笑道：“正谓妖为妖，妖即谓正为妖，理固然也。此真经之必求真解也。不然，口舌是非何所底止？小僧奉王命求解，惟有西行，不知其他。”就起身告辞。点石道：“远行无急步。此去灵山，路程遥远，老师忙也不在一时。既蒙降临，岂可无一斋之敬？”唐半偈道：“早斋已在令徒孙宝斋扰过，况有小徒在二山门控马立待。”点石道：“既有令高徒在外，何不请进来一同用斋？”因吩咐侍者去请。小行者听见请他，就将马拴在二山门树上。行李、木棒随身挑了入来，竟向客堂放下。唐半偈命参见点石。小行者不知怎生参见，只朝着点石唱了一个“喏”，就在旁边椅子上坐下。

那点石将小行者细细一看，忽想起那日讲经时，封经的正是这等一个毛脸雷公嘴。因暗想道：“原来封经一案就是这和尚弄的幻术！今既相逢识破，如何放得他过！”一面摆设盛斋款待他师徒二人，一面就齐集了二三千徒子法孙，只候他师徒斋罢，遂一齐涌入法堂来见唐半偈，要求他开经。人多语乱，唐半偈一时听不明白，因问点石道：“众位高徒要开什么经？”点石道：“不瞒老师说，小僧这地方虽还是唐朝河州卫地界，却不奉朝命，今已属西番哈泌国管了。这地方官宦军民皆信心奉佛，最喜听讲经。我法座下三四千弟子皆以讲经为业，不意老师忽创新意，要求真解，显神通将天下经文封了。但老师封经求解，不过为唐朝起见，我这哈泌国却不在唐朝数内，为何也一例封了，绝我教衣食之计？故众子孙特求老师开恩，揭去封皮，使他们得照常讲解，便两不相碍。若老师执意不肯，恐他众人也不肯甘休。”唐半偈听了着惊道：“封经乃我佛如来之事，与贫增何干？贫僧安能擅揭！”点石道：“老师不要隐情了。那日封经时，小僧亲眼见这位令高徒手执封皮来封的。怎么与老师无干？”小行者听见，笑说道：“再认认看，是我不是我？不要错认了人。”点石道：“不错，不错！这个毛脸雷公嘴切切记得。”小行者笑道：“毛脸雷公嘴虽然记得不差，只怕老少也略差些！”点石又将小行者看了一眼道：“前日封经的果象老些。”小行者笑道：“却原来！实对你说吧，前日封经的乃是我成佛的家祖孙大圣，怎么就赖我？”点石道：“祖孙总是一般，只开了吧！”唐半偈接说道：“莫说不是小徒，就是小徒，亦不过奉我佛之命。我佛封经，你一个佛门弟子怎敢要强开？”点石道：“我佛既造经流传天下，岂有个又封之理！此不过妖僧弄幻术耳。”唐半偈大怒道：“我佛三藏真经乃灵文至宝，何妖僧幻术之敢擅封？指佛为妖，真佛门之妖也！”点石听见说他是妖，不觉满脸通红，也发怒道：“我若为妖，天下无不妖之佛矣。”众僧见点石发怒，便一齐嚷将起来道：“封经开经，姑置勿论，且先辨明了哪个是妖？”一面说，一面只管涌将上来。

唐半偈心虽不动，却看见涌得人多，又七嘴八舌，也觉没法。小行者看见师父着急，欲要动粗，又见都是些凡僧，料禁当不起。忽见行李中那条木棒跃跃欲动，琅琅有声，因想起道：“此物欲显灵也！”因取出，双手奉与唐半偈道：“师父，邪魔外道甚盛，请试试佛宝如何？”唐半偈看见，豁然大悟，因接在手，指着点石与众僧大喝一声道：“众野狐休得无礼！将谓我佛法不灵乎？”唐半偈这一喝，声气也不甚高，不知怎么，就象雷鸣一般，直若惊天动地。那条木棒，虽不离唐半偈手中，早已在点石与那众僧头上，各各打了一下，吓得点石与众僧一时妄心尽息，邪念全消，满口伶牙俐齿，寂然不敢再辩一字，俱痴痴呆呆拜伏于地道：“请受老师教诲。”唐半偈看见棒喝有灵，众僧皈命，满心欢喜。因扶起点石道：“一念贪嗔，即属邪魔外道；寸心悔过，便成贤衲高僧。老僧有何教诲？只要大众回头努力，收拾繁华，归于清净耳。”点石定了性，请问道：“老师一味清净，则瞻礼焚修俱可废矣！”唐半偈道：“瞻礼焚修何可废？只有存此心为朝廷惜体、为天下惜财、为大众惜福，便清净矣！不然则我佛立教，非度世而祸世矣！”点石又道：“瞻礼焚修既不必废，则讲经独可废乎？”唐半偈道：“讲经何可废？不得其解而讲则可废。”点石无语。众僧因请道：“老师高论，自是佛门正旨，然大众数千人若不讲经，衣食何来？”唐半偈道：“施于无意，饱食为安，募自多方，不能无罪，况佛力广大，自有因缘，大众何须虑得？”众僧方欢喜退立。点石因又问道：“老师这条木棒为何这等厉害？”唐半偈道：“也无甚厉害，不过仗佛力辨邪正耳。”点石道：“既能辨邪正，不知可能除妖？”唐半偈因未试过，便不答应。小行者因接说道：“怎么不能除妖？”点石道：“妖有神通，恐不畏此木棒。”小行者道：“不畏木棒，须畏铁棒！”点石道：“唐老师，不见有什么铁棒？”小行者道：“你要见么？”点石道：“如有，乞借一观。”小行者说得高兴，因走出外堂来道：“要看铁棒，这里来。”点石与众僧俱随涌出来，看他有甚铁棒。

小行者直走阶下，将手向耳中取出一个绣花针儿，叫声："大！"随变做碗口大二丈多长的一条金箍铁棒，拿在手中舞弄道："你们看，这条铁棒可降得妖么？"点石与众僧方肃然起敬，重向唐半偈作礼道："原来老师徒皆是活佛，弟子等肉眼不识，唐突多矣！"唐半偈也不知小行者有如此手段，忽然看见，暗暗欢喜。因说道："贫僧远行，假此护法。"点石道："护法一事，正不容易，弟子因无护法，近日失了一个大丛林。"唐半偈问道："失了什么大丛林？"点石道："不瞒老师说，此地向西三百里，有一座山，叫做五行余气山，原是两界山来的龙脉。山上有一座佛化寺，十分富盛，一向也是小僧在内焚修。近日，忽然来了一个妖怪，生得长嘴猪形，丑恶异常，说是新受佛法要来出家，等什么师父！小僧不肯容留，便使起蛮法，气力又大，将寺门前一根铁幡拔起来，横七竖八的打入。寺中虽有千余和尚，皆近他不得，都被他打得东逃西散。如今止剩他一人在内，存贮的米粮尽他受用，无人敢去动他一毫，将一座万善丛林弄做一个猪窠了。若有老师令高徒这等大法力，便不怕他了。"小行者听了，哈哈大笑道："这样蠢东西，也算不得妖怪。既在西边，我们是顺路，你可叫人跟我去寻，我赶了他去，还你这个丛林好么？"点石道："若是赶得他去，便另招别僧焚修，不至污秽佛地，小僧也是情愿。"小行者道："这不打紧，快去，快去！"遂收了铁棒，一面又取了行李、木棒，去备马。点石与众僧还要苦留过夜，好拣选精勇肥大的和尚跟去。唐半偈求解心急，哪里肯住，因说道："我们先去，你们随后赶来可也。"点石无奈，只得与众僧一同送出寺门，小行者扶持上马而去。正是：

尊佛岂在多言，驱邪惟有一正。
理屈难免辞穷，道高自然人敬。
度世方见慈悲，施财邪魔谄佞。
从来不染高僧，只是身心清净。

唐半偈与小行者此去不知驱得怪否？且听下回分解。

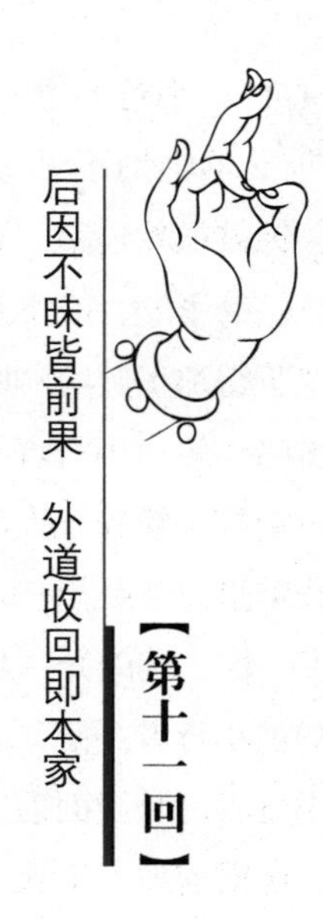

【第十一回】

后因不昧皆前果　外道收回即本家

诗曰：

皮毛只合辨雌雄，真性真修隐在中。
美玉噗开疑怪石，瑶琴景下认焦桐。
有星拱处皆朝北，无水流来不向东。
莫道奇奇还怪怪，从来异异见同同。

话说唐半偈与小行者，棒喝了野狐禅，一路清清净净望西而行。点石又选了一二十个猛勇僧人赶来护送，就要求他除佛化寺的妖怪，行了三四日方到得五行余气山脚下。众僧指点道："转过山嘴，一直上去二三里便望得见佛化寺了。"小行者恐怕妖怪惊了师父，就叫众僧在山脚下寻个农户人家，请唐半偈下了马，说道："师父请在此少坐片时，待我上山去看看是个什么妖怪，好歹结果了他，好请师父过去。"

唐半偈道："徒弟呀，须要小心！"小行者道："不打紧。"遂取出金箍棒提在手中，一步步奔上山来。到了寺前，静悄悄不见一人，山门内外，青草已长了尺余深浅。小行者直走到大殿上一着，钟鼓虽然还在，香烟却是少有，十分荒凉冷落。又走到禅堂、僧房各处招寻，并不见一毫影响，心下想道："这妖怪想是哪里去，不在寺中了？"又走到香积厨看看，忽听得那里哼哼唧唧打鼾声。四下一看，却又不见，再听一听，鼾声一发大了，就象雷鸣一般。小行者寻不着头脑，一时性急起来，提起铁棒，将一只大水缸"豁喇"一声响打得粉碎，大叫道："贼妖怪躲在哪里？还不快出来纳命！"叫声未绝，灶下草柴堆里忽然跳出一个长嘴大耳的妖怪来，懵懵懂懂往外乱跑。小行者蓦然看见，倒吃了一惊，转闪开一步让他跑了出来。

原来那怪正在草中睡熟，却被小行者吓醒，心下十分火怒，气吽吽跑到大殿前，拖了一根铁幡杆来打小行者。小行者已赶至面前，将铁棒相迎。两人都不言语，只恶狠狠的对打。铁棒与幡杆甚长，佛殿前地方窄狭，二人打得不爽快，那妖怪性急了，便纵云头跳在空中。小行者看见笑道："原来这泼怪也晓得些风云气色，不与你一个辣手，你也不怕。"因一跳赶到空中，举铁棒劈头打来，那妖怪用幡杆抵敌相还，真是一场好杀。但见：

> 一条金箍棒忽上忽下，夭矫犹龙；一条铁幡杆或左或右，来回似蟒。一个长嘴大耳，长嘴叫得惨惨天低，大耳招得呼呼风响；一个火眼金睛，金睛迸得落落风寒，火眼照得晶晶日耀。一个是天蓬后胤，自有天威；一个是仙石遗胎，无穷仙力。原是旧同气，相逢已是再来；今成新对头，不打不成相识。

小行者与那怪斗了二十余合，那怪的幡杆乃是世间顽铁，哪当得金箍棒是天河神铁，正斗到局中，忽一声响，金箍棒将铁幡杆打做两截。那怪没了兵器，慌了手脚，拖着半截断幡杆化风往西遁去。小行者大喝道："泼怪哪里走！"纵云随后赶来。小行者的云快，渐渐赶上，那怪急了，只得折回，将半截断幡杆支架道："你这恶魔头，我与你往日无仇，近日无冤，为何苦苦来逼我？"小行者道："你这泼怪，强占了佛化寺，将一寺僧人都逼走了倒不怪自家，转怪我来逼你！"那怪道："哪个逼他？他自怕我走了。我出家修行人，不过借住几日就去，谁占他的？"小行者笑道："好个出家人！看嘴脸不知是哪山里走出来的野猪在此成精作怪，怎敢说'修行'二字玷污佛门。"那怪道："你打扮虽象个和尚，却原来是个门外汉，一毫佛法也不知道，岂不闻狗子皆有佛性，莫说我是佛祖的后人，就是野猪，你也限我修行不得。"小行者又笑道："好泼怪！你这佛家的套子话只好哄骗初入门的凡僧，怎在我天人面前捣鬼！我且问你，你是哪个佛祖的后人？若说得有些根因，还好商量，若是一味说谎，我就一顿棒超度你再去投胎。"那怪道："我儿子会说谎，倒只怕说来你这门外汉不认得。"小行者道："任是三十三天神圣、西方诸佛菩萨与那名山胜地仙人、幽冥地府鬼怪，我俱认得。快快说来，略说差了，我便拿你去对会。"那怪道："莫要说嘴，我就考你一考。你可认得一位净坛使者么？"小行者笑个不住道："我说你这泼怪是个野畜生！你说佛祖后人，佛祖除了我佛如来，便是释迦佛、燃灯佛、定光佛、弥勒佛、药师佛，虽一时数不了，却不见有甚净坛使者称为佛祖！"那怪又笑道："是你也不知，俗语说得好：人有几等人，佛有几等佛。也有过去佛，也有现在佛，也有未来佛，这净坛使者乃是近年新成佛的，你如何晓得？"小行者道："就是新成的佛，毕竟也有个佛号，为甚只叫做使者？"那怪又笑道："佛不过是个总名，其中尚有称菩萨的，也有称尊者的，也有称罗汉的，也有称祖师的，何必定要叫做佛？既但知佛号，你认得旃檀功德佛与斗战胜佛么？"小行者笑道："若是第二个，也被你问倒了。这两位佛是我一家人，我怎么不认得！"那怪笑了又笑道："是人说谎还有影子，不似你信口胡说。这两位佛既是一家人，你晓得他姓什么？号什么？怎生出身？"小行者道："好泼怪，倒要考起我来，我就说与你听。这旃檀功德佛是唐太宗钦赐的御弟，叫做玄奘法师。这斗战胜佛就是陈玄奘法师的大徒弟孙悟空，又别号孙行者，因取真经故证佛果，是也不是？"那怪听了又惊又喜道："原来果然认得。你既认得孙行者是旃檀功德佛大徒弟，就该认得净坛使者猪八戒是他二徒弟了。"小行者就随口答应道："我怎的不认得？看你老实不老实。你且说，你与猪八戒有甚相干？"那怪道："我不说，你只道我骗你。我直说与你吧，猪八戒是我父亲。"小行者又笑道："莫胡说！他是佛，你是妖，怎成父子？"那怪道："有个缘故。我父亲猪八戒未取经时，曾在前面高家庄上做女婿，不料去取经后，我母亲高翠兰已怀我在腹。我父亲取经去了十四年，我母亲直怀了我十四年，直等我父亲取了经来，证了佛果，我方破母腹而生。赖佛力，神通变化不愧前人，只恨胚胎难换，种类天成，生出来原是个猪形嘴脸，人都叫做妖怪，尽思量要打死我，亏我有些手段，留得性命至今，岂不是佛祖后人？”小行者道：“你既是个有根器之人，为何做此没程途之事？”那怪道：“我再不说谎，一向杀生害命是有的。自从受了佛祖之教，做了和尚，实实不敢妄为。就是佛化寺借住，也只为等师父。”小行者道：“你受谁的教？等哪个师父？”那怪道：“前日，在黑风河，因肚里饥吃了个把野人，不料被旃檀佛玄奘法师撞见，问起根因，知是猪八戒后人，怜我堕落，指点我皈依沸教。说且今唐朝又遣了个唐半偈师父往西天去求真解，叫我与他做个徒弟，我所以在此等他。你是哪里来的恶魔头？抵死赶我！倘然错过了，岂不误我正果！”小行者听得分明，满心欢喜，连忙收回铁棒，笑说道：“原来你是等我。”那怪道：“你这个恶魔头，我等你做什么？”小行者道：“我正是求解人的徒弟，快跟我去见师父。”那怪道：“师父在哪里？”小行者道：“师父现在寺前山下。”那怪道：“你骗我，我不信，哪有这等凑巧！”小行者道：“果是真的，我不骗你。”那怪道：“既是真的，你可不要赶我。等我先到寺前去看看，若果有师父在那里，方信你。”一面即折转云头，仍到寺中来寻问根源。正是：

根有为根枝有枝，一缘一会不差池。
果然月到天心处，正是风来水面时。

却说护送唐半偈的众僧人，在山脚下望见空中小行者打败了妖怪赶往西去，便请唐半偈上山，到寺中大殿上坐了，等候回来。众僧俱在山前观望，不多时，忽一阵风，那怪提着下半截铁幡杆跑到面前，吓得众僧魂不附体，东逃西躲。躲不及的，早被那怪捉住一个，道：“你不要慌，我问你，方才与我相杀的那个和尚是哪里来的？”那僧人吓慌了道：“大王爷，他是个过路的和尚，不知死活，与大王相杀，实与我寺中无干。”那怪道：“他还说有个师父，在哪里？”僧人道：“师父是有一个，却也是他同来的，也与寺中无干。”那怪道：“他说是唐朝遣来往西天见活佛求真解的，可是么？”僧人道：“正是，正是。”那怪道：“如今在哪里？”僧人道：“在大殿上坐着哩！”那怪道：“果是真么？”僧人道：“怎敢说谎！”那怪遂放了僧人，一直跑到大殿上，果看见一个老和尚，垂眉合目，坐在殿上。他方丢了幡杆，忙上前跪下，叩头道：“唐老师父，我弟子猪守拙在此志诚等候。”唐半偈抬头一看，见他长嘴大耳，十分丑恶，着了一惊，因说道：“你是何处妖魔，莫非要来迷我？我老僧倚仗佛力却也不畏。”那怪道：“弟子不是妖魔，是来与老师父做徒弟的。”正说未了，小行者已赶到面前，将前后因果细细说了一遍，唐半偈方大喜，起身到佛前再拜道：“感蒙我佛慈悲，屡赐徒侣，敢不努力西行以求真解，报答佛恩！”拜毕，因回身对猪守拙道：“你既不昧前因，拜我为师，要成正果，此去灵山尚有千山万水，你须猛勇精进，休辞劳苦。求得真解回来，自然金身可证。”猪守拙道：“弟子外虽丑恶，内实真诚，止有一心，并无二念，老师父再不消多虑。”唐半偈听他说话直截，甚喜道：“好好好！倒是个入道之器。你名守拙，大师兄名履真，俱是实地功夫，倒也甚好。只是外人不便称呼，我与你再起一个别号何如？”猪守拙道：“但凭师父。”唐半偈道：“你大师兄因老祖号孙行者，故叫他小行者；你父亲号猪八戒，盖取五荤三厌之义。”猪守拙道：“我小猪性情愚蠢，不知什么叫做五荤，什么叫做三厌，只求老师父直脱些为妙。”唐半偈道：“既是这等说，连贪嗔色相一切戒了，竟叫做猪一戒何如？猪守拙欢喜道：“好好好！省得零零碎碎的挂念。”此时众僧人窃听明白，知道他做了徒弟，要跟去求解，俱各欢喜，渐渐走了出来。小行者因说道：“他是我一家人，你们不消害怕了。可着几个快去报知你老师父，叫他重整山门；可着几个取香烛来，待我师父与他披剃。”众僧人即着两个去报信，其余的慌忙打扫。

不一时，佛前香烛重列，钟鼓依然。唐半偈与他摩顶受戒。猪一戒先对佛拜道：“老佛祖，我猪守拙虽蒙唐师父收入教门，但我是个众生，邋邋遢遢，凡事要老佛另眼看顾，千万不要与我一般见识。”拜罢，又对唐半偈拜道：“弟子虽做和尚，也要讲过，只好做个名色和尚。要讲经说法又拙口苯腮，要募缘化斋又碍口识羞，要焚修功课又贪懒好睡，要省吃俭用又食肠宽大，只好执鞭随镫，挑行李、做夯工，随师父上西天去求真解罢了。”唐半偈道：“若能跟我到得西天，求得真解，便是上乘功夫，还要讲经功课做什么？”猪一戒道：“好师父，好师父！这样师父方是我的真师父。”然后向小行者唱了一个大喏道：“师兄与我两世弟兄，一路上有不到处，要师兄提调提调，带挈带挈。”小行者道：“这个不消说。”唐半偈又叫众僧烧些汤，与他洗去满身污秽，又叫众僧寻两件旧僧衣与他换了。众僧又备斋来请他三人受用。唐半偈吃了斋，还打算要行，众僧留住道：“今已下午，前去不及了。”又打扫禅堂，请他三人安歇，以便明日早行。

此时，天色尚早，三人坐在禅堂中闲话。唐半偈因问小行者道：“你这两日用的那条铁棒，甚是长大，你收在哪里，怎行李中再不看见？”小行者笑道：“师父，我这条铁棒不要看轻了，乃是我老大圣的宝贝。原是大禹王治水时定海的神珍铁，被我老大圣问龙王要了，大闹天宫无一神敢抵。后来老大圣成了佛，留镇旧山，故今被我得了。此乃阴阳至宝，要大就大，要小就小，不用时，只做个绣花针藏在耳朵里，故师父看不见。”唐半偈闻说，十分欢喜赞叹。猪一戒道：“我父亲也有一件宝贝。”唐半偈问道：“是甚宝贝？”猪一戒道：“是一柄九齿钉耙。我父亲在道上降妖伏怪，全靠此耙。我父亲成佛时，我方初生，不知人事。我外祖高老家又一门死尽，没处查考，竟不知此耙流落何处。前日有急没得用，只得将寺门前的铁幡杆胡乱用用，今又被师兄打做两截，弄得我赤手空拳。若有父亲的这柄九齿钉耙在此，可帮助师兄一路去除妖伏怪。”小行者笑道：“只怕你父亲当时没有这柄钉耙，若果有时，就是你父亲死了，我有本事走到幽冥地府，问阎王要你父亲的灵魂，问他个明白。况你父亲已证了佛果，现在天上，何愁没处找寻？寻着了你父亲，钉耙便有下落。”猪一戒道：“说便是这等说，天大大的，佛多多的，我又人生面不熟，叫我哪里去寻访？”小行者道：“这不难，今日天色尚早，请师父在此坐坐，等我同你去寻寻看，包管一寻就着。”唐半偈道：“若果寻得着，也是一件美事。况今日已是不行，我自在此打坐不妨，只要你兄弟们快去快来。”小行者与猪一戒得了师命，便同走出寺来。

猪一戒仰天一看，道：“往哪里寻起？”小行者道：“你不要忙，待我问个信儿好寻。”猪一戒道：“师兄不要扯空头，这天上又没人往来，却问哪个？”小行者道：“包管有人来。”因在耳中取出金箍棒，在山前从东直打到西，又从西直打到东，口中吆喝道：“我师徒奉唐天子圣旨，上西天拜活佛求取真解，这是天大的善缘。经过地方，神祇皆当拥护，这五行余气山什么毛神，这等大胆！不来迎接。”正吆喝不了，只见山旁闪出两个老儿，战战兢兢跪在地下道：“迎接来迟，望小圣恕罪。”小行者因收住铁棒问道：“你是什么神道？”两个老儿说道：“一个是山神，一个是土地。”小行者道：“既是山神、土地，地方有事也该照管。”山神、土地道：“怎敢不照管！”小行者道：“既照管，为何不来迎接我们？”山神、土地道：“不瞒小圣说，小神一向住在佛化寺前，过往佛菩萨容易打听，近被猪小天蓬占了，只得搬在山里，远了一步。方才得知猪小天蓬亏小圣指引，已拜唐长老为师做徒弟，往西天求解，正打算出来拜贺，不料来迟，已蒙小圣督责，故特来请罪。”小行者道：“既是这等，说明了也不罪你，起来吧。我且问你，我这师弟猪一戒，你怎么叫他做猪小天蓬？”山神、土地道：“原来小圣还不知道，他本是天河水神猪天蓬元帅的遗腹儿子。”小行者道：“他说净坛使者是他父亲，怎么又有个天蓬元帅？”山神、土地笑道：“净坛使者就是猪天蓬证果的佛号，不是两个。”小行者听了大喜。猪一戒因说道：“你这两个毛神也忒惫懒！怎么专会揭挑人？早是我猪家世代修行，若有些来历不正气，也被你说坏了。”小行者道：“人的名儿，树的影儿，怎遮瞒得？兄弟莫要怪他。”因又问道：“这净坛使者，你既知他来历，必然知他住处。我如今要去寻他，却住在何处？”山神、土地道：“你到家里去寻他，无用。”小行者道：“怎么无用。”山神、土地道：“猪天蓬求经有功，该证佛果。因见他食肠宽大，故升为净坛使者，叫他受享这四大部洲的供献。近日好神佛的人家多，供献朝夕不断，他日日在外面吃白食，忙个不了，哪有工夫住在家里？”小行者听了愁烦道：“据你这等说，不得见他了。”山神、土地道：“小圣不必愁倾，天下事要难就难，要易就易。小神指小圣一条路，包管一寻就着。”小行者听了大喜道：“既有寻处，可快说来。若寻见了，我明日见佛注你第一功。”山神、土地只得细细说出。正是：

要知山下路，须问去来人。

不知山神、土地毕竟说出甚话来，且听下回分解。

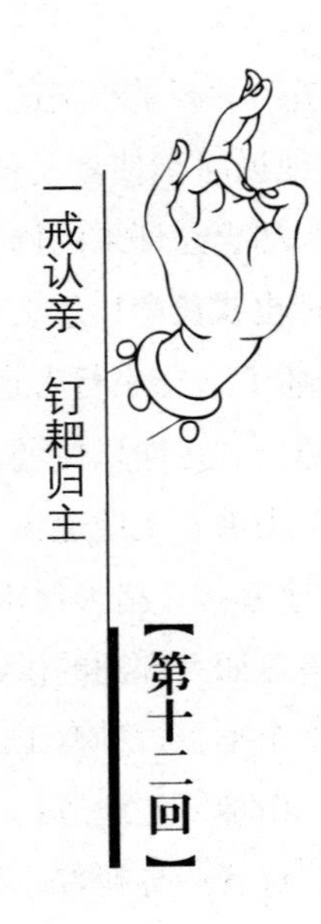

【第十二回】一戒认亲 钉耙归主

诗曰：

一心归后万缘随，气合岂容形暂离。
西虎既于金有约，东龙漫道木无期。
苦寻踪迹常常误，只论因缘每每奇。
莫怪老僧饶谎舌，荒唐妙理胜圆夷。

话说五行余气山的山神、土地因小行者与猪一戒要寻见净坛使者，只得指引说道：“此去西北，只有十里就是哈泌国，今夜哈泌国王在无量寺大修佛事，净坛使者定在那里。小圣与小天蓬要见，只消那里去寻。”小行者听了大喜道：“既在那里，你二神回避吧。”山神、土地退去。小行者遂同猪一戒向西北而来。不多时，望见一座城池，知是哈泌国，因按落云头，找到无量寺，果然有许多和尚在那里诵经拜忏，做功德，香灯供养，十分齐整，只是法筵上诸佛菩萨却无一个。因悄悄对猪一戒商量道："你父亲此时不来，想又赴他坛矣。"猪一戒道："此间斋供如此丰盛，岂有不来之理！想是还早，我们且到寺前略等一等再看。"小行者道："也说得是。"遂踏云在半空中四边观望。

不片时，只见西北上一驾乱云滚滚而来。小行者定睛一看，因对猪一戒道："这来的象是了。"猪一戒道："你怎见得？或是别位佛菩萨临坛也未可知。"小行者道："若是佛菩萨的云头，定有些祥光瑞气，这来的云头，虽也霭霭有晖，终觉莽莽无慈和之象。"说不了，那驾云渐渐逼近，小行者因迎上前观看，只见那云中来的神圣十分奇异：

> 功成行满，法力无边，虽已显现佛容；木本水源，胚胎有种，尚未脱离本相。一张长嘴，高证莲蓬之果；两轮大耳，广扬蒲扇之风。溯其功行，宛然见渡水登山；挹其威风，千古仰降妖伏怪！

小行者看见形容有些厮象，因拦住云头高声问道："来者莫非净坛猪师叔么？"那云中果是净坛使者，因问道："你是何处符官？有甚法筵请我赴坛？又非亲故，怎称我为师叔？"小行者道："我也不是符官，也无法筵请师叔去赴，只因家祖斗战胜佛与师叔同在我佛会下，故特来拜见。"净坛使者道："原来就是孙师侄。前日你老祖曾对我说，昔年求来的真经被愚僧讲解差了，诬人误世，今访圣僧往西天求解，要我老弟兄三人各寻个替代，以完前边功行。他喜得了贤侄代往，可放心矣。我虽有个遗腹之子，只因我证果西方，与他人天隔绝，不知流落何处，难于寻访，正恐误了佛缘，日日焦心。贤师侄今日来见我，想为求解要人同行么？"小行者道："师叔不必焦心，师叔的贤郎已寻在此了。"因叫猪一戒道："快过来见你父亲！"猪一戒忙上前扯着净坛使者的衣襟，拜伏云中道："佛祖大人！不肖遗腹子猪守拙，今日方识亲颜。"猪八戒见了，又惊又喜道："你既是我的儿子，你须知祖居何处，母亲何人？"猪一戒道："儿怎不知！祖居是云栈洞，母亲是高翠兰。"猪八戒听说是真，满心大喜道："我儿！这等是真的了。你一向在何处？怎生得与你师兄在一处？"猪一戒遂将从前之事细细说了一遍。猪八戒听完，愈加欢喜道："好好好！你既归正教，有了师父，又得师兄提挈，你须努力保师西行，求取真解，完我未了之案。"猪一戒道："我如今不去了。"猪八戒道："你既许了师父去，为何又不去了？"猪一戒道："我前日只因没处寻父亲，一时肚饥吃人，被旃檀功德佛看见，再三劝戒，叫我皈依正教，跟随师父上西天，包管我有饭吃，故不得已而从之。今既得见父亲，父亲又天下净坛日日受享，儿子何不跟父亲各处去吃些现成茶饭，快活快活！又远迢迢去求解做什么？"猪八戒道："这就差了！俗语说得好：公修公德，婆修婆德。我往西天受了许多辛苦，今日方才受享，你一日功行也无，如何便想坐食？况且各坛供献皆是馨香之气，惟成佛后方知受享此味。你如今尚是凡胎，那些空香虚气，如何得能解馋？要贪饱食，还须人间谷食。休生退悔，求解功成，管你受用不尽。"猪一戒听见说受用空香虚气，便不言语。小行者因说道："师弟此来，原非为嘴。只因西方路上多妖，手无寸铁，难以西行。闻师叔九齿钉耙久在西方路上驰名，今已证果，要他无用，何不传于师弟去保护师父，一以显师叔世代威风，一以全师叔未完功行，岂不美哉！"猪八戒听了追悔道："钉耙是有一柄，只恨你来迟，如今不在身边了。"小行者道："利器乃修身之本，为甚不在身边？"猪八戒道："只为朝夕净坛，用他不着，已被自利和尚借去种佛田了。"猪一戒道："借与他不过暂用，何不讨来？"猪八戒道："要讨也不难，只是我没闲工夫去寻他。"小行者道："他在何处？种甚佛田？只要师叔说得对帐，等我同令郎去寻他讨，不怕他不还。"猪八戒道："这佛田虽说广大，其实只有方寸之地，若是会种的，只消一瓜一豆培植，善根长成善果，终身受用不尽，连我这钉耙也用不着。不料，这自利和尚志大心贪，不肯在这方寸地上做工夫，却思量天下去开垦，全仗利齿动人，故借我钉耙去行事。莫说地方广大难寻，就是寻见他，他也不肯还你。"小行者道："师叔说哪里话！物各有主，难道怕他赖了不成？天下虽大，毕竟有个住处。"猪八戒道："贤师侄既有本事去讨，我就指点你去。他一向住在西方清净土，近闻他又在正南万缘山下造了一座众济寺，十分兴头。那和尚喜入怕出，你去讨耙时，须看风色。"小行者道："这个不消吩咐。"猪八戒说完就要别去，猪一戒扯住不放道："生不见亲，才能识面，怎么就要去了？"猪八戒道："你既归正道，相见有时，我已成佛，岂肯以凡情留恋！"猪一戒道："纵不留恋，有何法语也须吩咐几句。"猪八戒道："我虽以功行证果，却不知佛法，也没甚吩咐。只要你努力向前，不要呆头呆脑象我懒惰就是了。"说罢，驾云赴坛去矣。小行者与猪一戒商量道："要寻自利和尚，今夜迟了，去不及，且回去见过师父，明日求他再住一日去寻方妥。"猪一戒道："师兄说得是。"随各驾云竟回佛化寺来。此时，唐半偈尚打坐未睡，二人同到面前叫道："师父，我二人回来了。"唐半偈道："你二人如何这时候才回来？曾见净坛使者？讨的钉耙怎样了？"小行者道："他父亲虽然寻见，钉耙却讨不来。"唐半偈道："为何讨不来？莫非他父亲舍不得钉耙么？"小行者道："为因无用，借与别个自利和尚去种佛田了。"唐半偈道："就是借去，也还讨得。"小行者道："正为要去讨，恐怕师父记挂，只得回来禀知，求师父再住一日，明日好去讨来。"唐半偈道："若是讨得来，便再住一日也无妨。"说罢，大家睡了。

到次日，天才微明，小行者就与师父说知，竟同猪一戒驾云往正南上一路找寻而来。不多时，果见一座高山拦路，心中暗忖道："这想是万缘山了。"因细细观看。这座山虽然高大，却上不贴天，下不着地，只活泼泼虚悬在半空之中。周围足有数千余里，一望人烟凑集，看山中回抱着一座大寺。二人走到寺门前一看，只见那额上题着"万缘山众济寺"六个大字。二人欢喜道："凑巧，一寻就着。"遂同走进寺来，撞见个香火道人，问道："你二人何来？"小行者道："我二人特来要见自利老师父。"香火道："来见老师父，莫非有甚布施送来？老师父出门去了，有布施就交与我吧。"小行者道："布施虽然有些，要亲自送与师父，还有话说。且问你，老师父出门为何这等早？"香火道："五更天就出门催布施了。你二人就要见老师父，可山前山后各处顽要顽要，他也就回来吃早饭。"小行者与猪一戒听了，遂各处闲看。

先走到大殿上，中间虽供着三尊大佛，炉中也不见香，台上也不见烛。再走到禅堂里，两边虽铺着许多禅床，却并无一人安歇。复走至两廊及后院，只见处处皆有仓廪，仓廪中的米麦尽皆堆满。猪一戒看见，因说道："这寺里怎么这等富盛？"小行者道："想是佛田丰熟，故收成茂盛。"猪一戒道："若是佛田丰熟，钉耙有功矣！佛田不知在何处，我们去看看。"因问道人，道人指点道："就在此山正当中。"二人团团走去，只见那一块佛田隐隐在内，虽不甚大，却坦坦平平，无一痕偏曲。小行者道："这佛田果然膏腴，怎不见有一人在上面耕种？"二人复走近前观看，猪一戒道："不但无人耕种，连稻禾也不见有一条，稻种也不见有一粒，竟都荒废了，却是为何？"小行者也惊疑道："若象这等荒芜，这些米麦却是哪里来的？"因复走回大殿要问人，忽见自利和尚引着许多人载了无数粮米回来，或是人挑，或是车载，或是驴驮，拥挤一阶。自利和尚叫管事僧或上仓或入廪，都一一收拾停当，打发了众人。小行者与猪一戒方才上前施礼道："老师父，问讯了。"自利和尚只认做送布施的，忙答礼笑说道："二位何来？不知是要开缘簿，还是勾销布施？"小行者笑道："我们也不要开缘簿，也无甚布施勾销，却是来讨故物的。"自利和尚听见说讨故物，便登时变了面孔道："我这万缘山众济寺，一草一木皆我手植，一颗一粒皆佛田所种，有甚故物是你的？却来冒讨！"小行者道："老师父不必着急，若没有怎好来讨？若有时却也赖不得。"自利和尚道："且莫说东西，连你二人我也认不得。"小行者道："我二人你虽认不得，净坛使者猪八戒你岂认不得？"自利和尚道："净坛使者认是认得。若说别个还不可知，若说那猪八戒，他倚着做了净坛使者，每日只张着嘴吃别人，再有何物肯放在我处，叫你二人来讨？"小行者道："净坛使者别物有无，我也不知，是他这柄九齿钉耙，在西方路上降妖伏怪，谁人不知？难道他是无的！"自利和尚道："他钉耙虽是有的，却与我有甚相干？"小行者道："他说已借与你，怎说没有了？"自利和尚道："是哪个说的？"小行者道："就是净坛使者自家说的。"自利和尚道："既是他自己说的，何不叫他自家来讨，却要你二人出力？"小行者指着猪一戒道："他也不是外人，就是净坛使者猪八戒的嫡亲儿子，叫做猪一戒，因重要到西天见佛拜求真解，故此来讨。"自利和尚道："我从不听见说净坛使者有儿子！如何假冒？"猪一戒听见说他是假冒便急了！赶上前，一把扯着自利和尚，笑道："你这老和尚忒也惫懒！借了钉耙不肯还人，转说我是假冒。钉耙事小，假冒事大，我且与你同去对会对会，看是假冒不是假冒！"自利和尚道："谁管你假冒不假冒，只是他一个降妖伏怪的钉耙，我又不去求经，借他何用？"猪一戒道："我父亲亲口说是借与你种拂田，为何欺心说没有？"自利和尚道："若要借种佛田，一发荒唐了！莫说我这佛田是个名色，不过引人布施的意思，原不曾十分耕种，就是十分耕种，我闻他那钉耙有五千四百斤重，哪个有这些力气去使他！你们想一想就明白了。"小行者看见老和尚白赖，因改口说道："老师父说得明白，我们也是人传说的，既不在老师处，我们去吧。"猪一戒还要争执，小行者道："呆兄弟，老师父这等一个大宝刹，难道赖你一柄钉耙不成！想是我们误听了。"自利和尚听见小行者如此说，方欢喜道："还是这位师兄通情达理，请坐奉茶。"小行者道："不消了。"遂扯了猪一戒同出寺来。到了寺外，猪一戒埋怨小行者道："明明是这和尚藏起，如何不问他要？"小行者道："这和尚既起欺心，又无对证，任你坐逼，怎肯又拿出来？莫若你躲在外边，等我变化进去，打探着钉耙下落，再问他要，他便赖不得了。"猪一戒听了欢喜道："有理，有理。"遂将身躲入林中。

小行者转身回来，看见米仓里许多米虫飞来飞去，他摇身一变，也变了一个米虫儿，竟飞入寺内。只见自利和尚正在那里叫徒弟把钉耙藏好。徒弟道："钉耙藏倒容易，只怕净坛使者自家来讨，却怎生回他？"自利和尚道："猪八戒若自来，我只躲开了不见他，他净坛忙不过，哪有工夫等我。"徒弟道："我们这佛田又不种，就是种，这钉耙又重，没人使得动，要他也无用，何不还了他？"自利和尚道："你原来全然不晓得，我们做和尚的全靠有'佛田'二字耸动天下，怎么不种？如今荒芜了也是没法。"徒弟道："师父要种就种，怎么没法？"自利和尚道："种佛田与种人间之田不同。"徒弟道："有甚不同？"自利和尚道："这佛田土地最坚最厚，地方看来虽不过方寸，肯种时却又无量无边，且恶草蔓蔓，非有此降妖伏怪的大钉耙来，哪可种得！"徒弟道："既有了钉耙，为何连年又不种？"自利和尚道："钉耙虽有，还少一个大力气之人，所以暂止。闻说广募山有一个苦禅和尚，甚有力气，大可种得，我屡屡托人寄信去请他，他已许了来，尚未见到。他一来就佛田开垦起来，则我们这众济寺一发又兴起了。"徒弟道："就请他来一个人，能种得多少？"自利和尚笑道："还亏你要做和尚，怎这等痴呆！佛田中事不过有些影响，只要有人在田上略锄锄耘耘，便是苗而不秀，秀而不实，也要算做广种了。"

小行者听了忙飞出寺来，现了原身，与猪一戒将前话说了，大家欢喜，因算计自变作苦禅和尚，叫猪一戒变做一个鹗化道人，同摇摇摆摆走进寺来。香火看见问道："二位师父何来？"小行者道："快去通报，说是苦禅师父同鹗化道人来拜望。"香火进去报知，自利和尚大喜，忙走出来，迎入禅堂坐下。因问道："哪位是苦老师？"小行者道："小僧就是。这位是敝同道鹗化道者。"自利和尚道："久仰苦老师德望，无由相见，屡寄声拜恳，日望降临，今方得会，不胜欣幸，又蒙鹗师同临，更感不胜。"苦禅和尚道："本不当轻造，因承屡命，只得奉偈，不知有何见教？"白利和尚道："也无别事，只因荒山有几亩薄田，甚是膏腴，为天下闻名。不期名虽闻于天下，其实荒芜久矣。"苦禅和尚问道："既成膏腴，为何转至荒芜？"自利和尚道："有个缘故，只为这佛田土地坚硬，寻常农夫种他不得，必得一两个大力量之人方才可当此役，屡屡访求，并无一人。只闻得苦老师愿行洪深，力量又大，故斗胆奉恳。若蒙慨然身任其事，将佛田种熟，这个功德却也不小，不识二位台意允否？"苦禅和尚道："广种佛田正是我僧道之事，又蒙老师相招，怎敢推托！佛田在哪里？我们就去看看。"自利和尚见二人允了，满心大喜道："二位远来，且请用过斋看。”一面叫徒弟备上盛斋，饱餐一顿，然后领到后面佛田上去观看。

苦禅和尚看了道：“这等膏腴田地，我等尽力种将起来，怕不收他千箱万廪！但此田坚厚有力，不知可有趁手的田器？”自利和尚遂叫众杂工去搬了许多锄头、镐、犁耙之类堆在他前，叫他二人观看。二人看了笑道：“这样脆薄东西，如何种得佛田？”因拿起来，长的撅做两截，短的裂做两半，其余大大小小均撅得粉碎！自利和尚看了大喜道：“二位老师法力甚大，方是耕种佛田的罗汉，果然名不虚传！幸我老僧收藏得一件绝顶大大宝物在此。”苦禅和尚佯问道：“是件什么宝物？”自利和尚道：“老师休问，待我叫人抬出来与二位看，包管中意。”因吩咐徒弟们，叫七八十个杂工进去，绳索杠棒，吆天喝地的将钉耙抬了出来，放在地下，只见霞光万道，瑞霭千条。猪一戒看见，满心欢喜，忍不住跑到跟前，两只手提将起来掂一掂道：“正趁手好使。”遂丢开架子，左五右六的舞将起来。舞到妙处，众人一齐喝彩。猪一戒然后现了本相，对自利和尚道：“你说不曾借钉耙，这是哪里来的？”自利和尚看见是猪一戒，又羞又气，又夺他不来，只得扯着小行者道：“苦老师，你怎么叫他变鹦化道人来骗我？”小行者笑一笑，将脸一抹，也现了原形道：“你再细看看，我可是苦老师？”自利和尚看见，气得目瞪口呆，话也说不出。小行者将手一撒，把自利和尚推跌在半边，遂同猪一戒驾云而起，道：“扰斋了！这钉耙等我们去西天求解回来，再借与你种佛田吧。”自利和尚忙爬起来看时，二人已冉冉腾云而去。正是：

空里得来，巧中取去。

不知此后如何，且听下回分解。

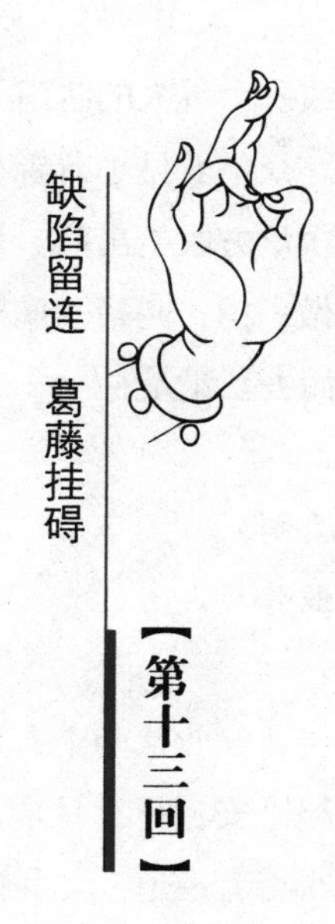

【第十三回】

缺陷留连　葛藤挂碍

语云：

恶恶恶，真惨虐，若要除之须痛割，倘放松时祸乱作。不是被他磨，定是受他缚，一到缠身摆不脱。所以髋髀施斧凿，软款仁柔用不着。四夷之屏恩不薄，杀戮蚩尤诚圣略。寄语当权应揣度，千里毫厘不可错。

话说小行者与猪一戒用智赚得钉耙到手，哪管自利和尚死活，竟自驾云回佛化寺来。到得寺中，唐半偈方用午斋，看见猪一戒担着钉耙同小行者欢欢喜喜回来，因问道："那自利师父倒也忠厚，就肯还你。"一戒道："那和尚最不忠厚，见我们说起讨钉耙，他只是一味胡赖。亏师兄算计，变化了进去，方才赚得回来。"就将前事细说一遍。唐半偈听了，叹息道："如此没心，种那佛田何用！"小行者道："他佛田虽有，何尝真种？不过借佛田名色骗人布施而已。"唐半偈又叹息道："佛教本自慈悲，被这些恶僧败坏，竟弄成一个坑人的法门了，此真解不可不速求也。我们事已完，快收拾去吧。”就要起身。众僧看见小行者有此神通，又收了猪一戒，将唐半偈敬如活佛，又苦留了半日，到次早方收拾出门。众僧还要留住等点石来拜谢，唐半偈哪里肯住。小行者将行李结束做一担，叫猪一戒挑了，然后扶唐半偈上马。唐半偈辞了众僧，同两个徒弟欣然向西而去。正是：

一心知有佛，见佛取真解。
作速往西去，心忙不敢停。

唐半偈奉旨取解，菩萨护持，又收伏两个有神通的徒弟同行帮扶，心下无挂碍，放下诸念，安然前进。幸喜一路平安，行有月余，不是山顶观云就是岭头望月，师徒们毫不觉得辛苦。唐半偈因对小行者说道：“我闻得观世音菩萨曾踏勘长安到灵山，说有十万八千里之遥，若以一日百里算来，也只消三四个年头便走到了，为何当日玄奘佛师就去了十四年？”小行者道：“闻他一路上妖妖魔魔苦历了八十一难方才行满，所以耽搁了。”唐半偈道：“我想天下哪有妖魔，不过邪心妄念自生妖魔耳！我与你正性而行，死生听之可也。”小行者道：“师父说得是。”正说不了，只见坦平大路忽裂了一条大缝陷倒马脚，将唐半偈翻筋斗跌了下来，慌得小行者连忙上前搀了起来，说道：“怎么平地被跌？”猪一戒看见，也放下行李，扯起马脚道：“原来地下有条裂缝，师父怎不看看走！”唐半偈也只道地下有裂缝，不曾留心看得，所以被跌。及自爬起来，抖抖衣服再细看时，地下依旧坦坦平平，哪里有甚裂缝。师徒三人看了俱大惊道：“这真作怪了！”想了一会没处看头，只得又扶唐半偈上马前行。此时，小行者恐防有失，便紧贴着唐半偈的马身而行。行不上一里多路，忽马前又现出一个大坑，连人带马都要跌了下去，幸得小行者手眼快，一把将唐半偈抓住，未曾跌入去。若是跌入去，虽不死也要伤残，又亏马是龙驹，一跃而起，不致损伤。师徒三人忙忙收拾好了，那陷坑又不见了。三人十分惊疑，唐半偈遂不敢上马，因同着小行者、猪一戒步行。

此时，日已平西，小行者因跳在空中一看，见路左一带林子里有人家，遂落下来与唐半偈说道：“这条路有些古怪，今日天也不早了，这林子里有人家，我们且去借宿了问个明白，明日再走不迟。”唐半偈道：“徒弟说得有理。”因弯弯曲曲转入林子里来。那林子里果是一村子人家。但见：

> 三家临水，五舍沿山。临水的杨柳风来门径绿，沿山的松茑云绕户庭幽。有几家驱牧牛羊自成村落，有几家闲驯鸟雀飞啄阶除。小巷里趁日色渔人晒网，大田内乘雨水农父张犁。花深处布帘悬影卖酒人家，石坳中铁斧飞声采薪樵客，谁家豚栅正对鸡栖，何处禽喧不闻犬吠。乳臭小儿鼓腹而肆嬉游，伛偻丈人倚树而谈经济。虽不到上世高风，也要算人间乐地。

他师徒到得村中，不见寺院，就在一个大庄院门首，小行者牵住了马，猪一戒歇下了担。唐半偈下了马，正打算入去借宿，只见对庄松树下两个老者在那里下象棋。一个老者忽看见他师徒三人在庄前立住，因起身走来问道："三位师父何事到此？"唐半偈看见，忙回身打个问讯道："老居士，贫僧稽首了。"那老者慌忙答礼道："老师父，不象是我近处人。"唐半偈道："贫僧乃东土大唐天子遣往西天，见活佛拜求真解的。今路过宝方，因天色晚了，又寻不见寺院，欲借贵庄暂宿一宵，明日早行。敢求老居士方便。"那老者听见说是唐朝的，且不答应他肯借宿不肯借宿，先将他身上估了一回，又将马也看看，因说道："三位不象远来的。"唐半偈道："实是远来的，为何不象？"那老者道："既是远来，为何一路来人马并无损伤？"唐半偈道："一路来跌是跌了两次，幸有小徒护持，不致损伤。贫僧此来虽为借宿，正要问被跌之故。"那老者才笑嘻嘻说道："既跌过也就是了，请里面去好说。"一面拱唐半偈三人入去，一面又招那下棋的老儿道："这三位是唐朝来的高僧，也来会会。"那老儿遂欢欢喜喜同唐半偈一齐走进庄来。

到客堂中各各施礼，分宾主坐下，奉过茶，主位的老者因问道："三位老师大号？"唐半偈答道："贫僧法名大颠，蒙唐天子又赐号半偈。"因指着小行者两个道："这是大顽徒孙小行者，这是二顽徒猪一戒。"随问："二位老居士高姓大号？"主位的老者答道："在下姓葛，贱名叫做葛根。"因指着那个老儿道："这就是敝亲家，他姓滕，尊讳叫做滕本。我东边这村叫做葛村，往西去二十里那个村叫做滕村。这两村中虽不少有上万人家，却都是葛、滕两姓，并无一个杂姓人家。几遇婚姻，不是滕家嫁与葛家，就是葛家为滕家娶去。所以牵牵缠缠，是是非非，竟成了千古的葛藤了。"唐半偈道："这等说来，二位老居士俱是世族了。但不知贫僧一路来为何明明坦道忽裂成坑堑，使人遭跌，这是为何？”葛根见问，沉吟不语。滕本道：“唐老师既要西行，少不得要进献大王，就通知他也不妨。”葛根方说道：“只因葛、滕两姓人多了，便生出许多不肖子孙来。他不耕不种，弄得穷了，或是有夫无妻，或是有衣无食，过活不得。也不抱怨自家懒惰，看见人家夫妻完聚，衣食饱暖，他就怨天恨地，只说天道不均，鬼神偏护；若是良善之家偶遭祸患，他便欢欢喜喜以为快意。不期一传两，两传三，这葛、滕两姓倒有一大半俱是此类；又不期这一片葛、滕乖戾之气，竟塞满山川，忽化生出一个妖怪来，神通广大，据住了正西上一座不满山，自称缺陷大王。初起时，人家不知他的威灵，他就显神通将两村人家弄得颠颠倒倒。”唐半偈道：“怎生颠颠倒倒？”葛根道：“若是富贵人家有穿有吃，正好子子孙孙受用，不是弄绝他的后嗣，就是使你身带残疾，安享不得。若是穷苦人家衣食不敷，他偏叫你生上许多儿女，不怕你不累死。夫妻和好的定要将他拆开，弟兄为难的决不使你分拆。后来，知是大王显灵，故合了两村上人家同到山上去拜求，许下了年年月月猪羊赛会的大愿，故如今方得安居。若是哪个违了限期或是牛羊不丰，他就连人都拿去吃了，故我这两村人家无一个不凛凛信教。若是远方过客不知他的神通，不去供献祈祷，他将好路上弄得七坑八缺，使人一步步跌得头破血出，不怕你不去求他；若遇着不信邪的硬好汉不去求他，他到临了现一个万丈的深坑，将你跌下去，登时长平，叫你永世不得翻身。你道厉害不厉害！唐老师既要西行，这供献之事也须打点。”唐半偈听了，低头不语。小行者接问道：“若要供献，须得什么东西？”葛根道：“猪羊是不必说了，还有一言，恐怕见怪，不敢在三位面前说。”小行者道：“但说何妨。”葛根道：“那大王最恼的是和尚，故我这葛、滕两村并无一个庵观寺院。”小行者道：“可知那大王为甚恼和尚？”葛根道：“他说和尚往往自家不长进，单会指称佛菩萨说大话骗人。”小行者笑道：“这句话可真么？老葛不要说谎，我明日拿那缺陷大王来，要当面对会哩。”葛根听见小行者叫他老葛，因睁着眼看小行者道：“这位孙师父倒也托熟，我老人家一把年纪，说的是正经话，你却当取笑。那缺陷大王正坐在那里等你去拿哩，怪不得那大王恼和尚会说大话。”小行者又笑道：“据你说，只道我拿他不来？”因对唐半偈道：“师父，既有贤主人相留，你可安心歇下过夜，等我去看看是什么妖怪！若是不打紧，拿将来打杀了，明日好走路，也省得他不住的陷人。”唐半偈道：“去看看固好，须要仔细。”小行者道：“不打紧。”猪一戒道：“我帮师兄去。”小行者道：“不消你去。你须看好师父在家。”滕本听见他师徒们商量要去看看，忍不住插说道：“这位孙小师父想是痴子，此处到不满山足有七八百里路，怎说看看就来，明日好走？”小行者又笑道：“老葛、老滕，你二老者乃天下之小老也，晓得什么？”说一声：“我去也！”早已跳在空中不见他踪迹，吓得葛、滕两个老儿面面相觑道：“原来是会飞升的罗汉，我等凡夫俗眼如何认得？”因向唐半偈再三谢罪，忙备盛斋相款不题。

却说小行者将身略纵一纵，早已看见一座大山当面。细看那山虽然高大，却凸凸凹凹，七空八缺，暗想道：“此定是不满山了。”落下云头到山上一看，只见半山中一座庙宇甚是齐整，庙门上题着七个大金字道：“缺陷大王威灵庙。”走进庙去，只见两廊并阶下无数猪羊，俱捆缚在地，大殿上静悄悄不见一人。原来，这些祭献的人家都是早晨结聚了百数十人，方敢到庙中来还愿，就是进庙，也只是在阶下放了猪羊便走，也不敢求见大王之面。此时天已傍晚，故不见人。小行者看了一回不见动静，遂穿出庙后上山来。只见当顶上一块大石，石上坐着一个妖怪，生得虎眼豺口，猛恶异常。旁边围绕着三五十小妖，将生猪、生羊杀倒了，血淋淋的在那里大嚼。小行者看见大怒，忙向耳中取出金箍捧，大叫一声道：“泼魔，好受用！你只知弄人的缺陷，谁知你今日自家的缺陷到了！”双手举铁棒劈头就打。那妖怪忽抬头，看见小行者来得勇猛，急将手往下一指，只见小行者脚下忽现一个千万丈的大深坑，几乎将小行者跌了下去。亏得小行者灵便，急将身一纵，早已跳在空中，笑骂：“这贼泼魔好跌法，指望陷你孙祖宗哩！你会跌，我会打！不要走，且吃我一棒！”举棒又照头打来。那妖怪见陷他不得，又见一条铁棒打来，只因手中没有兵器，着了急就将身往下一钻，竟钻了进去。许多小怪看见大王钻入地中，一个个也都钻了入去。小行者提着铁棒没处寻觅入路，因将妖怪坐的那块大石头一棒打得粉碎，大叫着骂道：“泼妖怪！你既要在西方路上做大王，显灵哄骗血食，也须硬着头挨你孙祖宗一两棒才算好汉，怎么手也不交，就畏刀避剑躲了入去？这等脓包，怎做得妖怪？怎做得大王？再躲了不出来，我一顿棒将你庙宇打翻，看你明日有甚嘴脸见人！”那妖怪伏在地下听见，果然不好意思，只得拿了牛筋藤缠就的两条木鞭，从后山转了出来，大骂道：“你是哪里走来的野和尚？这等大胆！敢在我大王面前放肆。”小行者道：“我不说你也不知，我乃当年大闹天宫孙大圣的后人孙小行者，今保唐师父奉钦命往西天见佛求解，可是野和尚？”妖怪道：“你既奉钦差，是个过路和尚，为何不走你的路，却来我这里寻死？”小行者道：“我佛门慈悲，巴不得举世团圆，你为何以缺陷立教，弄得世人不是鳏寡便是孤独？”妖怪笑道：“你佛教果是异端，不知天道，岂不闻天不满东南，地不满西北。缺陷乃天道当然，我不过替天行道，你怎么怨我？”小行者道：“这也罢了！你怎么弄玄虚跌我师父？”妖怪道：“不但跌你师父，还要吃你师父哩！”小行者听见说“吃师父”三字，满心大怒，举起铁棒就打。那妖怪用双鞭急架相还，在山顶上一场好杀。但见：

一根铁棒当头打，两柄藤鞭左右遮。铁棒打来云惨惨，木鞭遮去雾腾腾。铁棒重，显小行者威风；藤鞭利，逞泼魔王手段。动地喊声，山川摇撼；漫天杀气，日月无光。和尚恨妖魔妄生缺陷，思斩其首以填平；妖魔怪和尚擅起风波，欲捉其人而抵住。妖自妖，僧自僧，本水火无交，不知有甚冤愆，忽作性命之对头；邪恶正，正恶邪，又相逢狭路，纵无丝毫仇恨，自是死生之敌国。

小行者与那妖怪战不上一二十合，那妖怪的藤鞭如何架得住铁棒，着了急将身一闪，又钻入地中去了。小行者没处寻人，又骂了一回，妖怪只做不听见。小行者没法，又见天色渐晚，只得踏云回到葛家。

此时，葛、滕两个老儿尚陪着唐半偈说闲话，忽见小行者从天上落下来，忙起身跪接道：“孙老爷回来了。”小行者忙挽起来，笑说道：“二位老居士何前倨而后恭也！”两老道：“村庄老朽，肉眼凡胎，不知是飞升罗汉，万望恕罪。”小行者道：“贤主人，哪个罪你？”唐半偈因问道：“你看得怎么样了？”小行者道：“不满山上果有一个妖怪。他见了我，将地下一指，忽现出一个大深坑，他指望跌我入去，不期我手脚快，跳在空中举铁棒就打，他急了，遂将身钻入地下去了。被我在山上百般辱骂，他忍气不过，只得拿了两条藤鞭从后山转出来与我抵敌，战不到十余合，我的棒重，他支架不来，正要拿他，他却乖觉，将身一闪，又钻入地中去了。我又百般辱骂，他只不出来，连我也没法。又见天晚，恐师父记挂，只得且回来说声，明日再算计拿他。”葛、滕两老听说，俱伸舌头道：“我的爷爷，缺陷大王这等凶恶倒被孙老爷打得躲了不敢出来，真是罗汉！”小行者道：“打，值什么！明日少不得拿住他，与你阖村看看。”唐半偈道：“似他这等钻入地去，却怎生拿他？”小行者道：“吾看此妖怪手段甚低，只是这一钻倒有些费手。”猪一戒道：“会钻地的妖怪本事有限，料不过是狐兔之类，虽然乱钻，定有个巢穴在那里。明日，等我同师兄去寻着他的巢穴，一顿钉耙包管断根。”小行者道：“兄弟这一想甚是有理，纵非狐兔，定是木妖。木能克土，所以见土即钻入去。我想：金能克木，只消与太白金星商量，定有法治他。”葛、滕两老道：“太白金星乃天宫星宿，孙老爷怎么与他商量？”小行者笑道：“天宫乃是我们的娘家，怎么去不得？”两老听了愈加钦敬。

不一时，天色傍晚，葛根供上晚斋请他师徒受用。吃完了，小行者走到堂外一看，天上晚日已落，太白已挂西天。因对唐半偈道：“师父请安寝，我趁此良夜去与金星商量商量就来。”唐半偈道：“你自去，我或寝或坐，自有二位老居士相陪，你不须牵挂。”小行者得了师命，一个筋斗云竟闯至西天门外。只见金星正同水星扬光吐彩，羽仪象纬，因上前高叫道：“老太白好华彩耶！”金星看见是小行者，因问道：“闻你已遵祖训，皈依佛教，与唐半偈做徒弟上西天求真解了，为何又有闲工夫到此？”小行者道：“正为与唐长老做徒弟上西天，没闲工夫，所以忙忙急急乘夜到此。”金星道：“为着何事？”小行者道：“向蒙高情劝善，又蒙老祖家教，所以入于佛门远上西天也。只道西天路上好走，不期才出门便有许多兜搭，故特来求教。”金星道：“有甚兜搭？可说与我知道。”小行者道：“待我细说。”正是：

说明委曲，指田平山。

不知说些什么话来，且听下回分解。

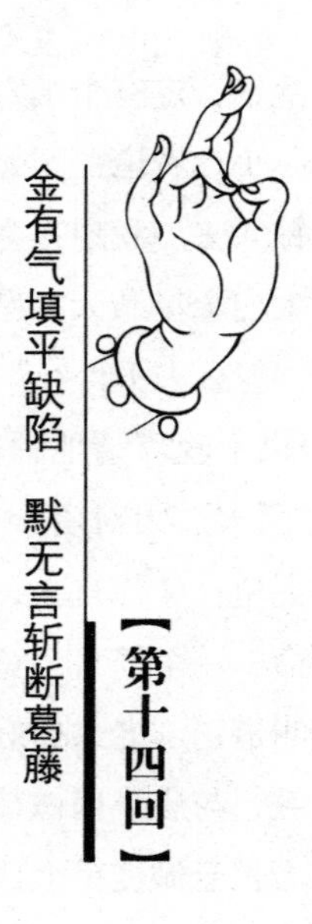

【第十四回】

金有气填平缺陷　默无言斩断葛藤

语云：

莫怨莫怨，人世从来多缺陷。祖宗难得见儿孙，富贵终须要贫贱。此乃天运之循环，不许强梁长久占。若思永永又绵绵，惟有存心与积善。

话说孙小行者，在西天门上与金星商量，金星细问其缘故，小行者因细细说道："我跟唐师父往西天求解，才走到葛、滕村，忽遇一个妖怪，自称是缺陷大王，专门在平地上弄陷阱跌人。找老师父行不上三五里路，就被他跌了几跤。不是我们有些手段扶持，已遭毒手矣！后在村中访问，方知是他作祟。我因寻到山中与他赌斗，他斗我不过，竟钻入地中躲了，任你百般辱骂，只是不出来。老师父又过去不得，无法奈何。因思他惯会钻地，定是个木妖。木妖惟金可以克之，故特来相烦老星设个法儿，同我去拿住他，好让我师父过去。"金星道："我闻木虽能克土，而土地毕竟载华岳而不重，振河海而不泄者，博也！厚也！惟其博厚，所以受木之克而不受木之害。盖土又能生金，金又能克木。目今葛、滕村妖怪能钻在地中，弄陷坑跌人，想亦只是那方土地博厚不能生金以克木，故使妖怪得以钻进钻出。今小圣前来相顾，本该从命，奈公务在身，又未奉敕旨，怎好擅离职守去拿他？又不好叫小圣空回。我有一粒金母借与小圣，拿去埋在西北乾方土内，不消一时三刻，这金气自充满大地。若果是妖怪，任有神通，也不能存身再弄缺陷。他走出来，小圣便可拿他了。”小行者道：“这个法儿，老星可曾试验过，有甚见效？”金星道：“若没效验，我佛用黄金布地做什么？”小行者连连点头道：“有理有理。既是这等，快求见赐。”金星笑道：“要别人的东西，却这等着急！”小行者道：“哪个要你的？我只拿住妖怪就送来还你。快取来！莫要小家子，惹人笑话。”金星就在衣袖中取出一粒金母，付与小行者道：“此乃生金至宝，我是大人情借与你，不要看轻了。”小行者接在手中一看，只好豆大一粒，却不是黄金乃是黄土，因笑说道：“我只道是件宝贝，却原来只一点点土儿。”金星笑道：“土能生金，正是宝贝，小圣岂不知道？”小行者意会道：“承教承教。”金星道：“便说与你，不要学仙家拿去点外丹。”小行者道：“我岂是贪财之辈。”遂将金母藏在身边，谢了金星，一个筋斗云依旧回到葛家来。

此时，唐半偈尚同葛、滕二老坐着闲话，并未曾睡。小行者走到面前，叫声：“师父，我来了。”唐半偈看见，忙问道：“徒弟，你来得快。不知曾见长庚星可有什么计较？”小行者道：“金星说，妖精弄人缺陷者，只因这方地土薄，所以被他钻来钻去。他送了我一粒金母，叫我埋在地下，化成阴汁将地土培厚，任是妖精也钻他不动了。妖精钻不动，缺陷自然渐渐填平。”唐半偈道：“论理最是，但不知可果然灵验？”猪一戒道：“自然灵验。”唐半偈道：“你如何定得？”猪一戒道：“如今的世界，有了金银，哪里还有什么缺陷！”唐半偈点头道：“虽非正论，意亦可取。”葛、滕两老在旁听了，欢喜不尽。小行者道：“师父睡了吧，明日好起早干事。”长老依言，遂辞了到寝房安寝。小行者有事在心，偏睡不着，到得五更就叫醒猪一戒道：“我们早去干办停当，好拿妖怪。”猪一戒连忙一骨碌爬起来道：“哪里去？”小行者道：“你莫管，只拿了钉耙跟我来，不要惊动师父。”猪一戒真个悄悄拿了钉耙，跟着小行者驾云往不满山而来。到了山边，就按八卦方位，在西北乾方一块光洁土上，叫猪一戒道：“兄弟，快动手！”猪一戒听了，不管好歹，举起钉耙就筑，只一耙就筑了一个大深坑。因说道：“果然地土甚松。”小行者随取出金母放在里面，依旧叫猪一戒将土扒在上面盖平。立了一会，因想念道：“此宝要一时三刻方有应验，我们且回去打发师父起来安稳，再去寻他不迟。”遂踏云回到葛家。略歇了一会，早已天色微明。唐半偈正睡醒，连忙起身穿衣。看见小行者与猪一戒侍立，因问道：“你说绝早要去干事，为何此时还立在此？”小行者道：“我们的事已干办完了，只等师父起来说明，着猪一戒护守，我就去拿妖怪了。”唐半偈道：“那妖怪既能钻来钻去，弄人的缺陷，定也有些手段。你一人恐拿他不倒，莫若叫猪守拙帮你去。”小行者道：“猪师弟同去也好，只怕师父有失。”唐半偈道：“我自在此坐，谅也无妨。”小行者奉了师命，遂同猪一戒复到不满山来。

此时天已大亮，金母之气已遍满大地。地下那些妖精被金气侵凌，渐渐皮肉受伤，如何存得身牢，只得钻了出来。不一时，满山满野俱是妖怪。小行者看见大喜道：“果然金气有灵，妖怪都出来了。”因目视猪一戒道：“兄弟，此时不动手，等待何时！”猪一戒听见叫动手，便举起钉耙笑嘻嘻祷祝道：“阿弥陀佛！今日钉耙发利市了。”遂不管好歹，只望妖精多处一路筑来。那些小妖看见钉耙筑得凶猛，要钻入地中躲避。不期地皮坚硬似铁，头皮擂破也钻不进去，急急四散逃生，逃不及的，多被猪一戒筑死。筑死的妖精无数，现了本相，却原来都是些狗獾变的。小行者看了笑道：“怪道会打地洞，弄人的缺陷！”二人将妖精打尽，只不见老妖，二人分头各处找寻。

却说老妖躲在地中，指望挨得小行者去了，再出来作怪。不期金气大发，满身逼来，东边躲到西边，西边也是一样；北边躲到南边，南边也是一般。渐觉冷阴阴的，伤皮砭骨，存身不得，心中暗想道：“从来此地最松最薄，任我钻出钻入，以缺害人，今日为何忽坚硬起来？定是那个西天去求解的和尚弄的神通。这和尚昨日既闹绝了我的香火，今日又弄金气逼我，十分可恨。欲要与他相持，却又杀他不过。他说奉师父上西天，这师父决是当年唐僧一流人！莫若乘便将他师父拿去吃了，以报此仇。但不知他师父在哪里！”心虽思想，当不得金气满身乱攻，没奈何提了双鞭钻出地来，恰正撞见猪一戒拿着钉耙赶杀众妖，杀得众妖尸横遍野，心下大怒道：“哪里又走出这个长嘴大耳的和尚来了！”因气狠狠的举鞭就打。猪一戒看见，笑道：“好妖怪！你躲在地洞里逃死罢了，为何又出来纳命？想是你的缺陷倒躲不过了。”举耙将鞭一隔，就随手照头筑来，妖怪撒鞭抵还。二人交上手便斗有十数余合，妖怪正有些招架不来，忽又听得小行者寻将来大叫道：“兄弟用心，不要走了妖精。”那怪愈加着忙，只得虚晃一鞭败下阵去。猪一戒如何肯放，紧紧追来。那妖怪急了，往地下乱钻，一连撞了几头，将头皮撞得生疼，莫想钻入分毫，欲回身再战，又见小行者赶到，十分着急，只得弄了一阵狂风向东南逃走。不期葛、滕村正在东南，唐半偈等不见两个徒弟回来，刚与葛、滕二老同到门前来盼望。恰遇妖怪逃来，忽见了一个和尚，暗想道："这地方从无和尚，这和尚定是他两个的师父了。相逢窄路，不拿他去更待何时。"遂乘便伸下手来，一把将唐半偈抓住，竟一阵风去了，吓得两个老儿跌倒在地，魂胆俱无。不一刻，小行者与猪一戒一同赶到，见两个老儿在地下爬，因问道："为何如此？"两个老儿慌张道："不好了！唐老爷被妖怪拿去了！"小行者听了，十分焦躁道："我原要叫一戒守护的，师父不听，果然有失。"猪一戒道："埋怨也无用。那怪会吃猪羊，定会吃人，我们快去找寻，不可迟了。"小行者道："地方得了金气，缺陷已将填满，妖怪料钻不入。毕竟还有个巢穴在那里，须问个根脚，方好去找寻。"因看着葛、滕两老道："你们地方上的土地庙在哪里？"葛根道："我们这地方没有土地。"小行者道："有土必有人，有人便有郊社之礼，哪有没土地神之理？"滕本接说道："闻得当先原有土地，只因缺陷大王来后，遂不在了。"正说不了，只见一个白须矮老儿，头戴破帽，身穿破衣，急忙忙走来，跪在小行者面前，口称："葛滕土地叩见，拜谢小圣。"小行者道："我方才问，说是这地方没有土地，你却是哪里来的？"那土地老儿禀道："既有地土，自有土神，但土神必须地土宁静，方得安居显灵。这葛、滕两村地土原薄，就是妖怪未来，已被葛藤缠绕不了。今又来了这妖魔，每日领了许多子子孙孙钻来钻去，将一块地土竟弄得粉碎，生长不得万物，故小神不敢虚受两村香火，地方所以说没有。今蒙小圣法力，借得金母入地，一时缺陷尽平；小天蓬又将群妖打死，老妖怪再也不敢来了，就来也没处安身，故小神仍得守职，特来叩见，拜谢小圣。但仓卒到任，衣冠褴褛，不成威仪，望小圣恕罪。"小行者道："据你这等说，是我来替你地方填平缺陷。今将师父失去，倒自弄个缺陷了。你且起来，我问你，你虽一向不管事，我看你说话倒象是个有心人，这妖怪的来踪去迹，你定然知道，今不知摄了我师父在何处？"土地道："小神虽不知详细，但闻得昔日这葛、滕两姓牵缠，是非不了，一种樛结之气，遂在东南十里外无定岭上，长了无数葛藤，枝交叶接，缠绵数十里，再没人走得过去。这葛藤老根下有一洞，洞中甚是深奥，这妖怪想在那里面存身。因这无定岭是葛、滕两村的来脉，岭上生的葛藤破了两村风水，故这妖走来村中，弄人的缺陷、受享猪羊祭赛。今既被小圣与小天蓬打败，定摄了唐师父仍躲到旧洞去了。小圣要访根脚，须到那里去寻。”小行者道：“两村无数人家，既知是岭上葛藤破风水，何不叫人将刀割断？”土地道：“这些俗人议论纷纷，又无慧剑，又不猛勇，如何斩得他断？还望小圣垂慈。”小行者道：“既是这等，待我斩断葛藤，拿住妖怪，叫地方替你立庙。你去吧。”说罢，那个白须矮老儿忽然不见，惊得葛根、滕本连连合掌道：“孙老爷真是德重鬼神钦。”小行者道：“不消闲话，好好看守马匹、行李，我同师弟去救师父、拿妖怪就来。”一面说，一面兄弟二人驾云往东南而来。不片时，到了无定岭。果然望见无数葛藤缠做一片。

却说那妖怪摄了唐半偈躲入洞中，将唐半偈摔在地下道：“好和尚呀，叫你徒弟来拿我！你今被我拿来，有何理说？”唐半偈在地下将身正一正，盘膝坐下，并不答应。妖怪看了转笑道：“好和尚，我拿你来是要吃你，不是请你来看经念佛。你这等端端正正坐着，假充佛菩萨体面，难道我就饶了你不成！”唐半偈只不做声。妖怪本意拿来就要吃他，见他元神聚而不散，难以动手，因想道：“待我细细将佛法盘问，他若说差，先打得魂飞魄散，便好吃了。”手提着藤鞭，指定唐半偈喝道：“你既做和尚，就是佛门弟子，佛家的事自然知道。我且问你，还是有佛还是无佛？答应得来便罢，答应不来只是一鞭！”唐半偈只不答应。妖怪道：“这种事，你这游方和尚料不知道，且饶你打。再问你，你们和尚开口便念南无佛，既是南边无佛，为何观世音菩萨又住在南海？”唐半偈只不答应。妖怪又问道：“佛既清虚不染，为何《华严经》又盛夸其八宝庄严，思衣得衣，思食得食？”唐半偈只不答应。妖怪又问道：“吞针开好色之门，割肉取舍身之祸。佛家种种异端，有什么好处？”唐半偈只不答应。妖怪见不答应，因说道：“你这和尚想是半路出家的，故这些古典全不晓得。你既要往西天去求真解，当年唐三藏取经之事，自然晓得的了。既行方便，若有真经，就叫孙行者、猪八戒、沙和尚三个徒弟去求未尝不可，为何定要唐三藏历这十万八千里远途，究竟为何？佛法又说慈悲，若果慈悲，就叫唐僧一路平安的往西方，为何叫他受苦？也不见十分慈悲。”唐半偈听了他的言语，便合眼默然，全不答应。妖怪问得口干舌枯，当不得唐半偈默不开口。正在无法奈何，忽听洞外面吆吆喝喝叫拿妖怪，吓得个妖怪躲在洞中声也不敢张，气也不敢吐。

却说小行者与猪一戒寻到岭头上，看见一片葛藤，知道妖怪的洞穴在里面。小行者便用铁捧去打，猪一戒便用钉耙去筑。怎奈那葛藤是软的，棒打到上面便随棒打倒，急掣起棒时，那葛藤依旧牵缠如故；耙筑到上面又不痛不痒，欲收耙时，九个耙齿转被葛藤纠住，收不回来，急得个呆子暴躁如雷，大嚷大骂道："妖怪，弄你娘的软脚索在此绊我！"尽力将葛藤扯断，急欲再筑，又被绊住。小行者看见道："兄弟，不是这等筑，且住手，与你商议。"猪一戒果然住了道："哥呀，有甚商量？"小行者道："我闻得是硬难煞软，我们的铁捧、钉耙俱是硬的，他这葛藤枝叶是软的，如何弄得他过！我们只寻着他的硬根一顿斫，斫倒硬根，这软枝条便无用了。又闻得：一落言语，便惹葛藤。我与你这等吆吆喝喝，葛藤一发多了。我们如今只闭着嘴，使葛藤缠我们不着，包管一砍就断了。"猪一戒听了道："闭着嘴固高，只是气闷得慌！但不知硬根在何处？"小行者道："只拣枝干粗处一路寻去，自然寻着。"猪一戒依言，将嘴紧紧闭了，跟着小行者，只拣大枝干随弯就曲一路寻来，直寻了半里多路，方寻着一个大盘根，足有丈把多大，上面横条曲干缠结一团。小行者知道是根在此，忙用铁棒将上面的枝叶拨倒在半边，因向着猪一戒努努嘴。猪一戒会意，也不言语，举起钉耙来，不管好歹，照着盘根尽力往下一筑，掣出钉耙来，那根早已半边离土，再复加两筑，那根边豁喇一声已被筑断，倒在半边，根下面早露出一个大洞来。小行者看见欢喜，因吩咐猪一戒道："你好生在洞口把守，待我跳入洞去看看。若是妖怪逃出来，定要捉住，不可放走。"猪一戒道："这个自然。"小行者因将身一纵，跳入洞中。只见唐半偈低眉合眼，端端正正盘着双膝坐在地下，却不见妖怪。因叫一声道："师父，我来了！那妖怪在何处？"唐半偈听见是小行者声音，方开眼道："妖怪想是躲往后洞去了。"小行者提着铁棒赶进后洞去。

原来那妖怪听见小行者二人寻将来，吓得心惊胆战，初还倚着葛藤缠紧寻不进来，后听见葛藤斩断，慌得手脚无措，只得躲到后洞，现了獾子的原形，没命的往地下乱钻。谁想地下得了金气，十分坚硬，再钻不进去。钻来钻去，只钻了一个深坑，将身伏在里面。小行者赶到后洞来寻妖怪，不期后洞黑暗看不见，只将铁棒东西上下乱捣，恰好一棒正撅着妖怪。那妖怪忍痛不过，大叫一声，往前洞就跑，小行者随后紧赶。妖怪急了，要逃性命，又看见洞口大亮，葛藤尽倒，只得负痛往洞外一跳。谁知猪一戒紧紧守着洞口，看见一只獾子跳出来，知是妖怪，举起耙来将头一筑，急掣耙看时，早已九孔流血，呜呼死矣！小行者忙到洞口问道："妖怪可曾拿住？"猪一戒道："拿便拿住，只是不活的了，不知师父可在里面？"小行者道："在里面。"猪一戒道："既在里面，妖怪已死了，何不快请他出来？"小行者道："师父在里面打坐哩，怎好惊动他！”唐半偈听了忙起身笑道：“不是打坐，乃以正伏邪，以无言制有为耳！”小行者听了欢喜，忙扶唐半偈出洞，又叫猪一戒到岭下人家讨一个火种来，聚些乱草败叶，放一把火将一带葛藤烧个干净。小行者叫猪一戒拖着死妖怪，自扶持唐师父一同驾云而回。正是：

土逢金固体，木遇火烧身。

不知师徒回葛、滕村去如何，且听下回分解。

【第十五回】

假沙弥水面陷师　小天蓬河底捉怪

诗曰：

佛也人兮妖也人，却从何处辨虚真？
须眉耳目皆成面，手足肩腰总是身。
养血弄形形弄影，积精生气气生神。
欲知邪正何差别，好向灵台去问津。

话说唐半偈师徒三人，斩断葛藤，倒拖着死獾子妖怪，驾云回葛家来。此时，葛根、滕本两个老儿正在那里疑疑惑惑，不知他二人可有手段救得唐师父。忽见半空中师徒三人落下云头，竟到草堂。猪一戒将死妖怪掼在阶下，两个老儿又惊又喜道："救得唐师父回来便是万幸，怎么当真的把妖怪都打死拖了来！真活佛！真罗汉！"小行者道："我们佛家专要救苦救难，难道现放着一个妖怪在此害人，不打死他还留他不成？”两个老儿道：“可知要打死他哩！只是这妖怪凶恶异常，二位老爷怎么寻得他着？又怎么就打死了？”小行者细将前事说了一遍道：“如今不过打死了妖怪，替你填平缺陷，又将无定岭上的葛藤都烧尽了，包管你这两村中平平安安，再无是非了。”两个老儿听了大喜，遂传知阖村百姓都来拜谢。这家要请去吃斋，那家要请去供养。唐半偈急欲西行，不肯耽搁，一概辞了。又吩咐葛、滕两老将不满山的缺陷庙拆毁，改造土地神祠，随叫猪一戒收拾行李起身。正是：

若要保全身，但须存佛性。
莫怨苦生魔，魔消实功行。

唐半偈师徒三人辞别了葛、滕两老，欣然上路，一路上坦坦平平，并无挂碍。唐半偈因说道：“葛、滕村这场功行，实亏了你两个贤徒之力。真是世无佛不尊，佛无卫不显。”师徒们在路上谈心论性，不知不觉又走了几日程途。

忽一日，耳边隐隐闻得水声汹涌，唐半偈问道：“徒弟呀，哪里波浪之声？莫非前面有江河阻路？”小行者道：“等我去看看。”遂跳在空中往前一望，果然浩浩渺渺一派洪水，正拦住去路。再细细推测远近，却无边无岸，将有千里。近远一带，又绝无一个人家村落，心下踌躇不定，只得跳下来报与唐半偈道：“师父，前面果是一条大河拦路。”唐半偈道：“这条河不知有多远？”小行者道：“远着哩！总无一千也有七八百里。”唐半偈道：“我们也来了数千里，并无大水，莫非就是水程所载的流沙河么？”小行者道：“想正是他，不然哪里又有这等大河？”唐半偈道：“是不是可寻一个土人问问？”小行者道：“一望绝无人烟，哪里去问？”唐半偈道：“问不问也罢了，只是没有人烟却哪里去寻船只渡过去？”小行者道：“老师父不必心焦。俗语说得好：除了死法，少不得又有活法。且等我去寻个所在，落了脚再算计。”复跳在空中，沿河一带踏勘，不但没人家，连树木也无一棵，只得踅回东望，忽见一个横土墩上小小一个庙儿。心下欢喜，遂跳下来说道：“师父，我们有安身之处了！”唐半偈道：“哪里安身？”小行者用手指着小庙道：“那不是！”师徒看见，甚是欢喜，忙挑担牵马到小庙里来。只见那小庙：

不木不金，砌造全凭土石；蔽风蔽雨，周遭但有墙垣。不供佛，不供仙，正中间并无神座；不开堂，不接众，两旁边却少廊房。冷清清不见厨灶，直突突未有门窗。但见香炉含佛意，方知古庙绝尘心。

师徒三人才到庙门，正打算入去，只见庙里走了一个死眉瞪眼、枯枯焦焦的和尚出来，迎着唐半偈问道："老师父，莫非是东土大唐差往西天见活佛求真解的唐半偈么？"唐半偈听了，又惊又喜道："我正是，我正是。师兄何以得知？"那和尚道："既果是唐师父，且请到庙中安歇下行李、马匹，待弟子拜见细说。"唐半偈依言同入庙内，那庙内空落落无一件器用。那和尚移一块石又请唐半偈坐下，方说道："我乃金身罗汉的徒弟沙弥，奉唐三藏佛师法旨，说他当年拜求来的真经，被俗僧解坏了，坑害世人，故又寻请老师父去求真解。又虑老师父路上只身难行，原要三位旧徒弟各自寻个替身，护持前去，以完昔年功行。而今孙斗战胜佛已有了一位小圣，净坛使者已有了一位小天蓬，独本师罗汉未曾遗得后人，故遣弟子沙弥追随左右，故在此守候，因此得知。"唐半偈听了不胜感激道："佛师如此垂慈，使我贫僧何以报答？惟有努力西行而已。"因又问道："你既在此守候，定知前面这派大水是什么所在。"沙弥道："这就是本师出身的流沙河了。因本师皈依唐佛师，后来证了金身罗汉之果，故土人立此香火之庙，以识圣踪，因年代久远，止存空庙。"唐半偈道："原来果是流沙河。但我闻此河径过有八百里，今又无舟楫，如何得能过去？"那沙弥道："老师父请放心。本师叫弟子在此侍候者，正为本师昔年久住于此，深识此河水性，故传了弟子，叫弟子渡老师父过去，也可算作往西天去的一功。"唐半偈听了大喜，因又问道："虽如此说，你却也是个空身，又无宝筏，又无津梁，怎生渡我？"那沙弥道："老师父原来不知道，这河旧有碑记：'八百流沙界，三千弱水深'，如此广远，如何设得津梁？又说：'鹅毛飘不起，芦花定底沉'，如此柔弱，如何容得宝筏？"唐半偈道："似此却如何渡我？"沙弥道："不难。本师传弟子一个御风行水之法，只消走到上面，随波逐流便轻轻过去了，若使气任性，便有些繁难。"唐半偈听了，沉吟不语。沙弥道："老师父莫要狐疑，若不信请到河边，待弟子走与老师父看。"唐半偈因西行念急，便欣然带着小行者走出庙来，同到河边一望。只见那河：

无边无岸，直欲并包四海；有纳有容，殆将吞吐五湖。往来自成巨浪，不待风兴；激礴便作狂澜，何须气鼓？汪洋浩渺，疑为天一所生；澎湃崩腾，不似尾闾能泄。波面上之龙作鱼游，浪头中之蛟如虾戏。漫言渔父不敢望洋，纵有长年也难利涉。

唐半偈看见河势浩渺，因问沙弥道："你看，如此风波，如何可行？"沙弥道："怎么行不得？"一面说，一面就跳在水上，如登平地一般，又如扯篷一般飞也似往前去了。唐半偈看了大喜道："果然佛法无边，不愁渡此河矣！"小行者道："师父且不要欢喜，还须斟酌。"唐半偈道："有甚斟酌？"小行者道："大凡佛菩萨行动，必有祥光瑞霭，其次者亦必带温和之气。你看这和尚一团阴气，惨惨凄凄，不象是个好人。"唐半偈道："他是沙罗汉遣来侍者，怎么不是好人？"小行者道："知是遣来不是遣来？"唐半偈道："若不是遣来，如何得知详细。"小行者道："如今的邪魔，最会掉经儿讨口气，哪里定得？"唐半偈道："徒弟呀，如此疑人，则寸步也难行了，如何到得灵山！"小行者道："保得性命，自然到得灵山。"唐半偈道："岂不知我命在天乎！"说不了，那沙弥在水面上就似风车儿一般飞走回来，到得岸边，跳将上来，鞋袜并无一点水气，因对唐半偈道："老师父，弟子不说谎么！快请同行，不消一个时辰便可高登彼岸。"唐半偈道："你虽不说谎，但此御风行水之法从来未闻，恐属外道。我实有些胆怯。"沙弥道："达摩祖师西来，一苇渡江，哪个不知道？老师父怎说个外道未闻，还要胆怯。"唐半偈听了，连连点头道："正是，正是。"沙弥又道："达摩祖师当日渡江时，因江边有芦苇，故随手折一枝作筏，今此河沙地不生芦苇，故弟子履水而行，总是一般。既是老师父胆怯，我有一个旧蒲团在庙中，待我取来与老师父踏脚，便可放胆西渡。"唐半偈道："如此更妙，快去取来。"沙弥忙走到庙中，果然拿了一个破蒲团来，抛在水面上，请唐半偈上去。唐半偈道："这小小一个蒲团，只好容我一人，他弟兄二人与行李、马匹怎么过去？"沙弥道："两个师兄自会驾云，不必说了。若虑行李、马匹，等我送了老师父过去，再来载去也不打紧。"小行者道："行李、马匹我们自管，倒不要你费心，但只是师父的干系大，你既要担当在身上，我就交付与你。只要到西岸还我一个好好的师父，倘若有差迟，我却不肯轻轻便罢。"沙弥笑道："大师兄哪里话！我奉本师法旨而来，不过要立功累行，怎么说个差迟？"唐半偈道："不须斗口，只要大家努力。"因奋身走上蒲团道："仗佛力向前，速登西岸，誓不回头。"小行者提省道："师父不要偏执，须知回头是岸。"唐半偈似听不听。沙弥恐怕一时觉悟，忙跳到水上，一手搀住唐半偈道："老师父快往生西方去吧，不须饶舌了！"将脚一登，那蒲团就如飞一般往前去了。

小行者看见光景跷蹊，忙对猪一戒说道："那和尚多分不怀好意，你且守着行李、马匹，待我赶上去看看，莫要被他弄了虚头！"猪一戒道："这和尚行径实是有些古怪，你快去！我在此专等。"小行者贴着水一路赶来，早已不知去向，赶到河中并无踪迹。心下着慌，复跳到空中四下找寻，哪里有些影响？急得他暴躁如雷，回到东岸与猪一戒说道："怎么青天白日睁着眼被鬼迷了！"猪一戒道："急也无用，快去找寻。"小行者道："没有踪影，哪里去找寻？"猪一戒道："这和尚会在水上行走，又且才在水上就不见了，定然是水中邪祟。"小行者道："兄弟你想倒想得最是，但此河阔大，知他躲在哪里？"猪一戒道："河虽阔大，也必定有个聚会潜藏之处以为巢穴。我猪一戒托庇在天蓬水神荫下，这水里的威风也还有些。你倒看着行李、马匹，等我下去找寻一个消息，再作区处。"小行者道："好兄弟，你若找寻着了师父，就算你西天求解的第一功。"猪一戒道："只要寻着师父，脱离此难，便大家造化，什么功不功！"因脱去衣服，手提钉耙跳入河中，分开水路，直入波涛深处，四下找寻踪迹。未入水时，只道妖精既有神通，定有巢穴，容易找寻。不期到了水中，水势洪深广阔，竟没处摸个头脑，寻了半晌，毫无踪迹。欲要回到岸上，又因在小行者面前说了大话，不好意思，心下一时焦躁起来，口中恨恨之声一路嚷骂道："好孽畜，怎敢变和尚来拐骗我师父？若有个知事的晓得我小天蓬手段，快快送我师父出来，便是你们的大造化。倘执迷不悟，我一顿钉耙将你这些孽畜的种类都打死，若留半个也不算好汉！"一面说，一面将钉耙从东边直打到西边，从南边又直打到北边。

原来，流沙河是条生金养圣之河，并无舟船来往，长育的那些鼋、鼍、蛟龙，成群作队的游戏。忽被猪一戒将钉耙四下乱打，一时躲避不及，荡着钉耙的不是鳞损就是壳伤。顷刻间，把那些水族打得落花流水，满河鼎沸。早有巡河夜叉报与河神。河神着惊，慌忙带领兵将迎上前来，高声叫道："何处上仙？请留大名。有何事动怒？乞见教明白，不必动手。"呆子听见有人兜揽答话，心下想道："我不打，他也不出来。"一发摇头摆脑，仗钉耙施逞威风。河神急了，只得又叫道："上仙有话好讲，为何只管动粗？"猪一戒方才缩住手，问道："你是什么毛神，敢来多嘴问我？"河神道："小神就是本河河神，因见上仙怒打水族，不知何故，因此动问。此乃本神职守，实非多嘴。"猪一戒道："你既是河神，就该知道掌管天河的天蓬元帅了。”河神道：“猪天蓬元帅乃天上河神，小神乃地下河神，虽尊卑不同，却同是管河之职，怎么不知！”猪一戒道：“既晓得猪天蓬元帅，为何叫这些孽畜来欺侮我小天蓬？”河神道：“原来上仙是猪天蓬遗胤，故钉耙这等厉害，不差不差！但不知是谁欺侮你？”猪一戒道：“不知河中什么孽畜变做一个和尚，谎说能御风行水，骗我师父渡河，渡到中间，忽然弄虚头不见了。你既在此河为神，这事必定知道。快去与他说明，叫他好好将我师父送了出来，万事全休。若躲避不出，我一顿钉耙叫他都是死。”河神听了沉吟道：“小天蓬，这事还须细察，不要冤屈了人。我这河里，数百年前或者还有些不学好的水族。自从沙罗汉皈依佛教，往西天拜佛求经，证了金身正果之后，这条河遂为生金养圣之地，凡生长的鼋、鼍、蛟龙，皆含佛性，并不生事害人，哪有变和尚拐骗你师父的道理？”猪一戒大怒道：“胡说！眼见一个和尚骗我师父到河中就不见了，怎么白赖没有？定是你与他一伙，故为他遮盖。从来官府拷贼不打不招，我只是蛮筑，包管你筑了出来。”又要举钉耙乱筑。河神忙止住道：“小天蓬不要动手，容我细想。莫非这和尚的模样有些死眉瞪眼，白寥寥没血色的么？”猪一戒道：“正是他，正是他！你方才说没有，如何又有了？”河神道：“这和尚实不是水族成精。”猪一戒道：“不是水族，却是什么成的精怪？”河神道：“乃是九个骷髅头作祟。”猪一戒道：“骷髅头乃死朽之物，为何得能作祟？”河神道：“当年沙罗汉未皈依时，日日在河中吃人，吃残的骸骨都沉水底，独有九个骷髅头再也不沉。沙罗汉将来穿作一串，象数珠一般挂在项下。后来皈依佛教，蒙观音菩萨叫他取下来，并一个葫芦儿结作法船，载旃檀功德佛西去。既载了过去，沙罗汉一心皈正，就将这九个骷髅头遗在水面上，不曾收拾。这九个骷髅头沾了佛力，就能聚能散，在河中修炼，如今竟成了人形，取名媚阴和尚。若说作祟拐骗你师父，除非是他。”猪一戒道：“你既为河神，这样邪祟怎不驱除，却留他在此害人？”河神道：“因他是沙罗汉的遗物，小神不敢驱逐，况他一向在河中往往来来，并无甚害人之事。不知今日为甚却来捉你师父。”猪一戒道：“既是他，不消闲话，快叫他还我师父。”河神道：“这媚阴和尚虽然是枯骨作祟，因借佛法之灵，却也有些手段，小神一时间也制他不得。”猪一戒道：“你制他不得，他在哪里？快领我去。”河神道：“他一向在河中流荡，近来有些气候，就在河底下将那些抛弃的残骸残骨俱寻将来，堆砌成一个庵儿，起个美名叫做‘窀穸庵’，以为焚修之处。常闻其中有钟鼓之音，只是进去不得。”猪一戒道：“又来胡说！既有庵如何进去不得？”河神道：“小天蓬不知，这庵既是白骨盖造，这和尚又是骷髅修成，一团阴气，昏惨惨，冷凄凄，周遭旋绕。不独鱼龙水族不敢侵犯，就是小神，若走近他的地界，便如冰雪布体，铁石加身，任是热心热血，到此亦僵如死灰矣！所以进去不得。”猪一戒道：“这两日天气甚暖，我老猪又因行李重，挑得热燥，正要到他庵里去乘凉，快走快走！”河神拦挡不住，只得叫兵将开路，将猪一戒直领到极北之处，将手指着道：“前边望去白漫漫黑茫茫的便是了。请小天蓬自往，吾神阳气薄，只好在此奉候，不敢去了。”猪一戒也不答应，提着钉耙往前直撞。

却说那媚阴和尚，原是骷髅，因沾佛法，修炼成形，只因枯焦已久，没有阳血，不能生肉。虽也害了几个人，将热血涂在身上，怎奈都是凡夫俗子，不能有益。近日沙罗汉遣沙弥在河岸守候唐半偈，他闻知唐半偈是个圣僧，乃纯阳之血，自能生骨长肉。他就哄骗道：“当年唐佛师渡河时，虽将我九个骷髅结成筏子，实亏了观音菩萨一个葫芦在中间，以阳长阴，故能载人载马，同登彼岸，若纯靠我恐亦不济。”沙弥信以为真，恐临期误事，遂复本师请向观音拜求葫芦。不期沙弥才去，适值唐半偈就到。他就假冒沙弥哄骗唐半偈御风行水，复弄手段将唐半偈直摄入窀穸庵中放下，将一条白骨架成个杌子，请唐半偈坐下，又取出一把风快的尖刀放在面前，说道：“唐老师，不是弟子得罪，因弟子原系枯骨修行，不得圣僧纯阳之血，万劫也不能生肉，遍处访求，并无一个圣僧。惟老师禀真元之气，导纯阳之血，敢求效我佛割肉之慈悲，以活残躯，故万不得已相求。今既到此，伏望慨然。”唐半偈已知被骗，惟瞑目不言，忽闻此言，因开眼答说道：“你枯骨能修，因是佛门善事。若说要老僧之血以生肉，在我老僧死生如一，原无不可，只恐怕你妄想之肉未必能生，而修成之骨转要成齑粉矣！”媚阴和尚听了着惊道：“这是为何？”唐半偈道：“你但知我唐半偈落你陷阱，为釜中之鱼，几上之肉也。须念我两个徒弟是何等神通，岂肯轻轻饶你！故老僧劝你，莫若留了自家本来面目渐次修去，或者佛法无边，还有个商量。若要损人利己，以我之死易汝之生，恐佛门中无此修法！”媚阴和尚正踌躇未决，忽听得庵外猪一戒喊声如雷道：“好妖怪，快还我师父来！”正是：

福还未受，祸早临门。

不知猪一戒寻将来毕竟如何，且听下回分解。

【第十六回】

弄阴风热心欲死　洒圣血枯骨回春

诗曰：

阴能死兮阳能生，阴阳生死岂容情。
百骸不属原无气，一窍相通使有声。
到底妖邪难胜正，从来奇怪不如平。
慢言诡计多机巧，毕竟真修待佛成。

话说媚阴和尚摄了唐半偈，在窀穸庵逼他杀血生阳，被唐半偈说出许多厉害，正在踌躇，忽听得猪一戒叫喊来讨师父，心下想道："唐半偈之言不差，果然就寻来了。但事已至此，住手不得，待我将阴风阴气先结果了他，慢慢再来处他不迟。"因开了庵门往外一望，只见猪一戒精赤着身体，手提着钉耙向庵前打来，满身冷雾寒烟他俱不怕。媚阴着忙道："好狠和尚！若容他近庵，这些朽骨墙垣禁他钉耙几筑？"

遂上前叫道："猪师兄，这是什么所在？你却来寻死！"猪一戒道："寻死寻死，你九个骷髅头正好配我九齿钉耙。不要多讲，快伸出头来！"举耙就筑。媚阴和尚见来得勇猛，忙劈头一口阴气吹来。这阴气十分厉害：

冷飕飕，寒渗渗，幽气结团团，阴风吹阵阵。创人肤不异雪刀，浸入骨直如冰窖。触一触，体不动而自摇；荡一荡，身不寒而亦噤。绝无磷火生焰，哪有死灰庇荫？从来最惨是孽风，未有如斯之已甚！

猪一戒被媚阴和尚一口阴风劈面吹来，一连打了几个寒噤；又一口吹来，便立脚不住，只是寒战；再一口吹来，便冷透心窝，两手俱僵，连钉耙也提不起。着了忙，只得倒拖着钉耙奔了回来。直奔回二三里远，就浑身抖个不住道："好厉害，好厉害！真是寒冰地狱！"又奔回二三里，河神迎着道："小天蓬要到庵里去乘凉，为何就回来了？"猪一戒连连摇手道："宁可热杀，这个凉乘不得！"一面说一面分开水路，飞也似奔回东岸。小行者看见，迎着问道："寻得师父怎么了？"猪一戒也不答应，将衣服穿上，缩做一团，犹有寒栗之色。小行者又问道："呆子怎么这般模样？"猪一戒缩了半晌，回过气来方说道："几乎冻杀，几乎冻杀！"小行者道："胡说！这样暖天怎么冻杀？"猪一戒说道："说与你不信，我寻到水底，只认做水面妖怪，被我一顿钉耙打出个水神来。他说不干他事，是九个骷髅头变和尚成精。引我到他庵边去寻，已觉有些阴气袭人，及被我嚷骂出和尚来，忽被他劈面吹了两口阴气，登时就如冰雪沃心，寒噤个不住。不是我跑得快，此时已冻死，不得见你了！"小行者道："你便跑来了，可知师父如何？"猪一戒道："我在庵外尚如此寒冷，师父拿在庵中，定是冻死了。"小行者道："师父元阳充足，冻是冻不死，却也要作速去救。"猪一戒道："我身体弱，近又吃了素，又怕冷冻不起。这样鬼所在，万万再去不得！只靠哥哥法力大，或者有本事去救师父。"小行者道："连一个人怕起鬼来，可是长进的！且将行李、马匹牵挑到小庙中歇下，你看守着，等我去寻他，看我冻也不冻？"猪一戒道："哥哥，这个嘴也难说。"小行者牵马，猪一戒挑行李，同回庙来。

刚到庙前，只见庙中走出一个黑黪黪的和尚来，将小行者与猪一戒估了一估道："二位莫非东土大唐来往西天求解的师兄么？"猪一戒听了就乱嚷道："好活鬼！你才掉经儿骗了我师父去，怎么又来弄虚头骗我？”那和尚说道：“你这野和尚忒惫懒，我与你才见面，怎骗你师父，就开口骂人！”猪一戒道：“你才弄阴风吹我，不是我走得快，几乎冷死了，莫说骂，打死你也是该的。”就掣出钉耙劈头筑来。那黑和尚忙取出一柄禅杖来架住道：“野和尚休得无礼！不是我怕你，我看你这钉耙似有些来历。”小行者因取铁棒分开道：“不要动手，且问个明白！你是什么人？怎知我们是东土大唐来的？”那和尚道：“我乃金身罗汉弟子沙弥，奉本师法旨来护持唐半偈圣僧往西天求解。说他有两个徒弟，今见你二人厮象，故此动问。怎么这野和尚不管青红皂白就动起粗来！别人怕你，我沙弥这条禅杖专要除妖捉怪，却不怕你。”小行者道：“我且问你，这金身罗汉有几个沙弥？”那沙弥笑道：“我沙弥一人顶天立地，岂容有两个？”小行者道：“既无两个，为何早间有一个白寥寥、死眉瞪眼睛的和尚也说是沙弥，将师父骗入水去？”沙弥道：“我不信又有一个。”猪一戒道：“师兄莫要听他。早间是个白沙弥，如今变做个黑沙弥。他只道改头换面，人认他不得，须瞒我不过，我却认得。你变来变去，无非是九个骷髅头。”沙弥听见说出九个骷髅头，吃惊道：“莫非媚阴和尚去走了叉路？”因问道：“这几个骷髅头，师兄何以得知？”猪一戒道：“现今将我师父摄在窀穸庵，怎么不知？”沙弥道：“唐师父有二位师兄护持，怎么得落他手？”小行者道：“他也似你一般，说是金身罗汉遣来随侍的。沙弥又说会御风行水，顷刻可渡此河。老师父西行心急，信以为然。他又将一个旧蒲团抛在水中作筏，请老师父上去西行。行到河中，我见不是光景，慌忙赶去，早已被他摄入河中矣！”沙弥听了大怒道：“这尸灵怎敢假我名号哄骗圣僧？罪不容于死矣！”猪一戒道：“师兄莫要听他！你既是真沙弥，奉沙师叔法旨来护持唐师父，就该在此等候，却走到哪里去了？却叫这骷髅头来假名托姓骗我师父。”沙弥道：“师兄驳得极是，连我一时昏也被他骗了。”小行者道：“你怎么被他骗？”沙弥道：“这九个骷髅头原是我本师项下之珠，自渡了唐佛师西去，有功佛门，又修了这一二百年，故成了人形。昨日，因探知我奉本师法旨来护持唐师父西行，他就起了个邪念，骗我道当日渡唐佛师西去虽是他九个骷髅，却赖观世音菩萨一个葫芦方能共济，须去求来，方不误事。我信以为真，去请师命。不期唐师父与二位师兄恰恰走来，他就不怀好意，竟假充沙弥，又犯此该死之罪。”猪一戒道：“罪不罪、死不死且慢论，只恐怕师父此时已冻得呜呼了！”小行者道：“你若果是真沙弥，不干你事。你可看好行李、马匹，等我去救出师父来再做道理。”沙弥道：“我奉本师之命来渡唐师父过河，今失陷唐师父，皆我之罪。二位师兄不须费力，等我去拿这死尸，叫他送还唐师父上岸，听凭二位师兄发落。”猪一戒道：“你若果拿得那和尚，救得我师父，我方信你是真沙弥。”沙弥道：“这不难，这不难！”遂在袖中取出一幅金身罗汉的小像来，走到水边一照，不一时只见一道金光，如烈火一般直射入水底，将窀穸庵的阴气忽然销铄殆尽。媚阴和尚几乎身体俱裂，只得伏在唐半偈膝前连连叩头道：“老师父救命！”唐半偈问道：“你方才还倚强要杀我，怎么如今又求我救命？”媚阴和尚道：“事到如今，瞒不得老师父了。起先因真沙弥回去，故得假冒沙弥哄骗老师父。今真沙弥寻将来，知道此事，放真火烧我，我一个枯骨怎禁当得起？故求老师父庇佑。”唐半偈道：“真火烧你，我怎生救得？”媚阴和尚道：“老师父圣水充足，真火虽烈，不敢相犯。若肯容我躲在老师父法座下，便可救命矣。”唐半偈道：“我身边既可躲，我自救你，只是我身堕重渊，你也要思量送我出去。”媚阴和尚道：“送老师父出去不难，只怕送出去，二位高徒不肯饶我。虽我枯骨仍做了枯骨，原也不失本来面目。只可惜苦修了这一二百年，已得成形，又自堕落为可悲耳！”唐半偈道：“你快皈依，送我出去，我自救你，不消畏惧。”媚阴和尚听了欢喜道：“圣僧慈悲，决不误我。”因负着唐半偈从金光影里直奔上东岸来。

小行者与猪一戒迎着道：“好了，师父出来了！那妖和尚也出来了！”沙弥方收了小像上前拜见道：“弟子沙弥，奉本师命来随侍师父，因被这厮愚了，回请师命。不料这厮陡生邪念，转将师父陷入河中，罪恶深重，万死无辞。今放佛光烧死他，情理当然，怎么师父转又庇护他？”唐半偈道：“我佛慈悲！我非庇护他，为佛广慈悲也！况万劫难修，一败涂地，岂可不开自新之路？”沙弥道：“老师父如此慈悲，只是造化了这孽障！还不快过来谢了师父。”猪一戒道：“我受了他的冷气，几乎冻死！师父虽慈悲他，我却饶他不过！”唐半偈道：“徒弟呀，他一枯骨也不容易修至此，岂可因你一冻便坏他前程？”猪一戒道：“师父虽念他的前程，他却不念师父的前程。”唐半偈道：“他不念我，正是他的前程；我念他，却是我的前程；你须于二者之中寻你的前程，怎么舍已从人效起尤来？”猪一戒听了方不敢再言。媚阴和尚伏在唐半偈膝前只是磕头。沙弥道：“孽障不要假小心，快现原身结作法船，渡师父过去！”媚阴和尚不敢违拗，因跳在水上，一阵风，仍变做九个骷髅头，周围结作一只大法船。沙弥又持禅杖壁立直竖在中间，挂起金身岁汉小像来，就是桅篷一般，请唐长老上船。小行者与猪一戒忙到小庙中牵马挑担，同上法船。正值微微东风，波浪不生，师徒四人稳渡中流，不消一个时辰，早已高登西岸。师徒们大喜，沙弥因收了禅杖、小像，那骷髅筏子仍旧变了媚阴和尚，并无一毫伤损。唐半偈因说道："今日渡此流沙，虽感沙罗汉佛恩遣沙弥护持之力，却也亏媚阴现身作筏渡载众人，其功实也不小。且你既造罪招愆，要我热血生阳、生血。我虽不能杀身为你，却也辜负你来意不得。"媚阴和尚忙跪在膝前说道："罪人该死！已蒙老师父慈悲不究，保全枯骨，已出万幸，怎敢复生他想？"唐半偈道："妄想固自招愆，真修从来不昧。我如今不究你的妄想，但念你的真修。"因用左手抚摸他的光顶，却将右手无名指一口咬破，沥出几点血来，洒在他顶门中间，祝颂道：

茎草能成体，莲花善结胎。
愿将一滴血，充满百肢骸。

唐半偈祝罢，媚阴和尚只觉顶门中一道热气，直贯至丹田。一霎时，散入四肢百骸，忽然满面阳和，通身血色，喜得他手舞足蹈，只是磕头道："多感圣师骨肉洪恩，真万劫不能补报。"唐半偈也自欢喜道："成身易，修心难，不可再甘堕落。去吧！"媚阴和尚领命，再三拜谢，又拜谢了小行者三人，然后一阵风飞入河中去了。

唐半偈方问沙弥道："沙罗汉遣你来，还是护我渡河的，还是保我直到西天？"沙弥道："本师因求经功行未完，故遣弟子拜在师父法座下，直随两位师兄到灵山见我佛，求得真解回来，方可补完从前功行。"唐半偈大喜道："昔年唐玄奘佛师西行，全仗三个徒弟护持。我受唐天子钦命以来，已拚只身独往。不期未出长安，蒙佛师指点，收了孙履真，又得履真讨了龙马，一师一徒已出万幸。何意五行余气山净坛后人猪守拙又奉佛教来归。今又蒙沙罗汉遣侍者沙弥相从，俨然与玄奘佛师规模相似。此虽是四位尊者愿力洪深，却也是我大颠一时遭际，佛恩不浅也！吾誓当努力西行，以完胜果。"小行者道："来路各别，虽若遭际，若论道理，实是自然。"唐半偈道："怎见得自然？"小行者道："譬如，自有一身，自有一心，一手一足，配合成功，岂非自然？"唐半偈连连点首道："你也论得是。"因又问沙弥道："你曾有法名么？"沙弥道："弟子已叫做沙弥了，哪有什么法名。"唐半偈道："你大师兄法名孙履真，二师兄法名猪守拙，你既没有法名，我也与你起一个，叫个沙致和吧。"沙弥听了大喜道："好好好！我一生最怕与人拗气，谢师父教诲。"又拜了四拜。小行者道："致和虽好，也要和而不流。"猪一戒道："流沙河已过，再流些什么？"唐半偈道："休得野狐禅！各奔前程去吧。"小行者遂牵马请师父骑了。猪一戒收拾行李，沙弥忙说道："这行李该我挑了。"猪一戒道："怎好叫你独挑！我与你分做两担何如？"沙弥道："听凭师兄。"小行者道："分开零星难照管，莫若轮流替换挑挑吧。"猪一戒道："依你依你！今日就是我挑起。"小行者将唐半偈的马领上大路，师徒四人欢喜而行。正是：

古佛终年远，真修何日成。
师徒求妙解，依旧又前行。

此时正值春夏之交，一路上绿暗红稀，甚有景致。师徒们或谈些佛法，或论些往事，不知不觉又行了许多程途。忽一日，黛烟扑面，岚气蒸人，一座高山阻路。怎见得？但见：

烟云绕地，峰峦接天。烟云绕地，度一度不知几千百里；峰峦接天，量一量足有亿万丈高。冈陵远树木牵连，洞壑深猿猴出没。峭石排牙开合处，势欲吞人；陡崖断壁隔别中，形难过鸟。岭上云化作游龙，竟由脚下飞去；洞中水溅成细雨，直从头上喷来。左一弯，右一曲，道路难穷；前千寻，后万丈，阶梯不尽。不见樵人，已知山有虎；难逢采药，自是地无仙。日照黛烟，浓过瘴气；云凝岩雪，冷作阴风。惨雾腾腾，一望去只觉多凶；愁云霭霭，行将来定然少吉。

唐半偈在马上看见前山险峻，因说道："一路来高山虽有，不似这山陡峻。徒弟呵，你们须当小心，不可大胆！"小行者道："小心也要过去，大胆也要过去，信着脚走便罢，小心些什么？"唐半偈道："不是故要小心，只恐怕山中有甚妖魔！"小行者道："有妖魔也要过去，没妖魔也要过去，管他有无做甚？师父只管大着胆跟我来。"因取出金箍铁棒，吆吆喝喝在前领路。唐半偈见小行者慷慨前行，十分欢喜，也自策马而进。真是：

一心猛勇，百体追随。

却说这山叫做解脱山，山中果有一个妖怪，自称解脱大王。在山中聚集了千余小妖，逢人杀人，逢兽杀兽。将山前山后的人与山上山下的兽几几乎都杀尽了，故山中绝无人声。虽四山口也有许多巡山的妖精各处巡绰，却常常无事，都只在草坡上或是睡觉，或是顽耍。这日，因小行者使棒过山，吆吆喝喝，被巡山小妖听见，道："这又是奇事了！甚人敢如此大胆？"因走上山头树里张看。见他师徒四众欣然前往，又见小行者提一条铁棒在前边开路。众小妖骇怕，不敢轻易出来，只得跑回山洞报与解脱大王道："巡东山口小妖禀事。"解脱大王道："禀甚事？"小妖道："禀奇事。"解脱大王道："禀甚么奇事？"小妖道："自从大王逢人便杀，这山中并无一人敢走，就是不得已要走，也是或五更或半夜悄悄偷走。今日不知是哪里来的四个和尚，竟吆吆喝喝过山，岂不是奇事！小的们看见，特来报知大王。"解脱大王听了道："果是奇事！但既只得四个和尚，你们许多人，何不去拿了他来见我！又空身来报我做甚？"小妖道："若是拿得来，自然拿来了。因为看他光景有些难拿，故来报知大王。"解脱大王道："那四个和尚如何形状，怎见得难拿？"小妖道："四个和尚，一个骑马的，生得白白净净好个仪表，若要拿他，我看他忠厚老实，也还容易。一个长嘴大耳的，生得面似猪形，挑着担行李，摇头摆脑的走路，又一个黑黪黪晦气脸，拿着一条禅杖，跟定马走。这两个生得十分凶恶，不象个肯轻易与人拿的。还有一个雷公嘴的和尚，更觉厉害，使一条铁棒在前边开路，口里吆吆喝喝的，要寻人厮打。他那条铁棒长又长，粗又粗，也不知有多少斤重，他拿着使得飕飕风响，躲着他还是造化，谁敢去拿他！"解脱大王听了大怒道："咄！胡说。我这解脱山有三十六坑、七十二堑，任是神仙也不敢走！什么和尚如此大胆？都是你们这些没用的奴才轻事重报。谁敢与我去拿这四个和尚来？"说不了，只见众妖中闪出一个妖精来，连声应道："我去拿来，我去拿来！"正是：

蛇思吞象，螳欲挡车。

不知这妖怪是谁，果能拿得四个和尚否，且听下回分解。

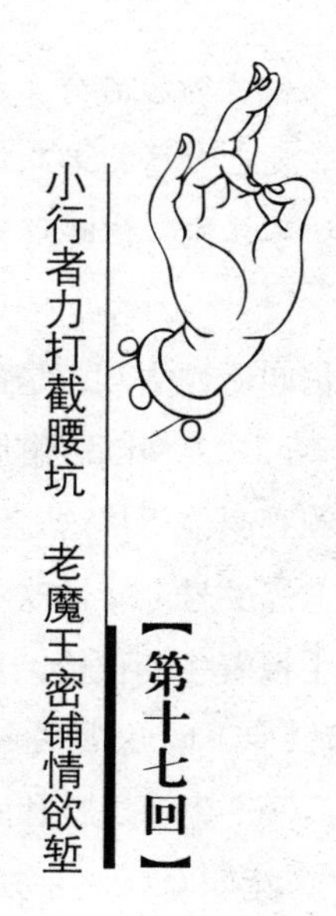

【第十七回】

小行者力打截腰坑　老魔王密铺情欲堑

诗曰：

漫言天地渺无涯，缚束英雄只寸丝。
爱恶难消何况欲，贪心不尽又加痴。
虽然来处原无也，怎奈归时已有之。
莫倚金刀能解脱，碎尸万段未曾离。

话说解脱大王闻知四个和尚公然过山，心中大怒，问："谁人与我拿来？"说不了，只见众妖中闪出一个妖精来，大声叫道："待我去拿来，待我去拿来！"你道那妖精怎生模样？但见：

矗直尖头快如钢钻，环圆暴眼突似铜铃。长又长，瘦又瘦，自夸其顶天立地；粗不粗，细不细，人畏其彻后通前。左摇右曳，活泼如梨花乱点；上撩下拨，轻松似玉蟒翻飞。处己无情，名高浑铁；为人有力，利断硕金。率其性，从不生有好生之天；尽其能，但晓得为送死之地。

解脱老怪看见，认得这妖精叫做蛇丈八，是截腰坑的将领，满心欢喜，因说道："好好好！得你与我拿来，但不可一刀两断就解脱造化了他，须活活拿将来，细问他是哪里来的和尚，敢这等大胆？必叫他历尽这三十六坑、七十二堑之苦，方许他受享我法门之福。"这蛇丈八得了老怪的号令，忙欢欢喜喜答应道："要活的也容易。"便领了他截腰坑的一队小妖，手提着一柄长枪，竟往东山要路中间邀截。果然见一个雷公嘴的和尚，拿着一条金箍铁棒，吆吆喝喝一路打来。后面又一个白面和尚骑着马，又一个猪形和尚挑着行李，又一个晦气脸和尚手持禅杖，簇拥而行。

蛇丈八看见，也不知好歹，竟叫众妖一字摆开，自挺枪当面拦住道："送死的和尚慢来，大王要活的！快丢了兵器一齐下马受缚，免得我动手有些伤残，违了大王的号令。"小行者听见，哈哈大笑道："要活的不打紧，我们这四个和尚一万年也不会死，但请放心，决不违你大王的号令。只是我孙老爷的号令，你们这一班初世为妖的孽障却也违拗我不得！"蛇丈八道："你这野和尚说的话却也好笑。我解脱大王乃此山之主，故有号令；你一个流落半路的和尚，一身尚且无依，却有什么号令？快说与我听。"小行者道："你们的号令是要活的，我老爷的号令是要死的。你的号令我慨从你，我的号令不怕你不依。快从大至小，从老至幼，从尊至卑，一个个排齐了受死！"蛇丈八闻言尚未及回答，众小妖听了，胆小的、力怯的、心慌的，早东张西望乱窜的要跑。蛇丈八看见忙止住道："这是和尚们说大话，怎就信他？待我拿与你看。"遂挺长枪望小行者劈面刺来道："我大王虽要拿活的，只怕你是个注定的短命鬼，要活也活不成。"小行者举铁棒相还道："好妖精！莫要不知死活，且吃我一棒。"两人接上手，枪来棒去，棒去枪迎，便斗了有六七合。小行者见妖精的手段低微，因用棒架住他的长枪道："我且问你，此处叫做什么山，你是个什么妖精？快说明了，我好下手，莫要一时棒下无情打杀了，糊糊涂涂，不好到我师父面前去报功记账。"那妖精笑道："你这和尚死在面前还要问我姓名做什么？你既问我，想是你要做个精细鬼了。我就说与你，叫你死得甘心。这山叫做解脱山，周围八百里，山上有三十六坑、山下有七十二堑。莫说凡人不敢走，便是神仙也飞不过去。"小行者笑道："莫要胡说！自古有山便有路，有路便有人行，怎么走不过去！"妖精道："你原来不知，我这解脱山天生了一个解脱大王，曾对天发下宏誓大愿，要解脱尽天下众生，方成佛道，故今守定北山，逢人便杀。这等厉害，谁人敢走！"小行者道："他既会杀人，人难道就不会杀他！"妖精道："我这解脱大王身长体壮，两臂有万斤力气，使一把无情宝刀。斫筋砍骨，如摧枯之易。又据着三十六坑、七十二堑的天险，任是英雄好汉，走到此山也要骨软筋酥，心昏意乱，只好延颈听我大王斩戮，哪有本事杀我大王！"小行者道："你大王据坑堑之险作本事，我已晓得了。且说这山上的三十六坑与山下的七十二堑，有甚险处可以据得！"妖精道："这坑堑之险，莫说身不敢到，我只将坑堑之名念与你听，只怕你站也站不住了。"小行者道："你就念与我听，看是如何？"那妖精真个屈着指头念与小行者听道："这三十六坑：

第一斩头坑　第二沥血坑
第三刖足坑　第四劓鼻坑
第五剥皮坑　第六剔骨坑
第七腐身坑　第八裂肤坑
第九剜眼坑　第十烧眉坑
第十一截腰坑　第十二断臂坑
第十三刎颈坑　第十四吮脑坑
第十五吸髓坑　第十六刳心坑
第十七屠肠坑　第十八割肚坑
第十九剖腹坑　第二十刺喉坑
第二十一破胆坑　第二十二穴胸坑
第二十三折胁坑　第二十四犁舌坑
第二十五敲牙坑　第二十六噬脐坑
第二十七射影坑　第二十八抽筋坑
第二十九抠睛坑　第三十分尸坑
第三十一钳口坑　第三十二鞭背坑
第三十三抉目坑　第三十四灭趾坑
第三十五刲肝坑　第三十六磔肉坑

这三十六坑满山皆是，若是堕入此坑，便万劫也不得人身了。还有七十二堑比这三十六坑更险，我再念与你听。”小行者道：“不要念了。我师徒要往西天去的心急，哪有工夫听你说闲话。但只报你自己名字，是个什么妖精便罢了。”妖精道：“我乃管截腰坑的头领蛇丈八先锋。”小行者道：“你既管截腰坑，我就与你截了腰吧。”提起铁棒便拦腰打去，那妖精忙用枪遮架。才遮架得开，小行者第二捧又来了。妖精见铁棒重，招架不住，思量折转身要走，当不得小行者力大手快，又拦腰打来。妖精躲不及，早喀嚓一声拦腰打做两截，倒在地下。小行者笑道：“好个蛇丈八，如今打做两个九尺了。”众小妖先已要走，今看见打死了蛇先锋，大家没命的一哄都跑去了。有几个头目走不开，只得进洞去忙报与老怪道：“大王，不好了！蛇先锋打死了。”老怪道：“我吩咐拿活的，为何就打死了他？是这和尚不禁打就死了？”小妖道：“和尚倒禁得打。”老怪道：“和尚既禁得打，为何就打死了？”小妖道：“和尚不曾打死。”老怪大怒道：“和尚既不曾打死，为何轻事重报，说是蛇先锋打死了？”小妖道：“小的报的是蛇先锋被和尚打死了。”那老怪不听便罢，听见说蛇先锋被和尚打死了，急得他怒目横眉，满口獠牙都嚼得吱吱的响，因大叫道：“气杀我也！哪里来的和尚敢如此大胆！快抬我的刀来，待我亲去杀这和尚。”众妖不敢违拗，忙忙抬过刀来。老怪提刀在手，又吩咐：“三十五坑头领都跟我来，但我拿住的，你们斩头的斩头，剥皮的剥皮，抽筋的抽筋，刳心的刳心，好与蛇丈八报仇。”众妖得令，一齐刀枪剑戟簇拥老怪飞奔而来。此时，小行者领着唐师父，四众欢欢喜喜已走到半山，忽听得喊声如雷，山坳中拥出一阵妖精来。为头一个老怪生得：

大头阔嘴，直眼连眉。颔下乱髭半黄半赤，腮边怪色又紫又蓝。两臂粗筋，缠藤作骨；一身横肉，裹铁为皮。喊一声山崩地裂，行过处日惨云昏。手内大刀，杀尽世人还道少；胸中恶念，冲翻天地不能平。假名解脱，曾解脱何人？布满堑坑，实堑坑自己。

那老怪气吽吽跑出来，看见小行者欣欣舞棒而来，一见怒气冲天，也不问长短，举起大刀照头就砍。小行者举铁棒架住道：“好泼魔，休得无礼！且问你个明白。你莫非就是什么解脱大王么？”老怪道：“你这该死的和尚，既闻知我的大名，就该转身受死！怎敢将我蛇先锋打死？不要走，且吃我一刀，与蛇先锋偿命。”因又举刀斫来。小行者呵呵大笑道：“你既称解脱大王，我只说是个有些佛性、通些教典的妖魔，却原来是个假窃美名、私行恶念的邪妖野怪。今日大造化，遇着我孙老爷与你一棒，你方识真正解脱之妙。”因撤回棒念一声：“阿弥陀佛，与我作证，这一棒是与他造福，却不是伤生害命。”便照头打来。那老怪举刀劈面相还，一场好杀：

一个是水帘洞天生狠和尚，一个是解脱山地产泼妖魔。和尚狠，具本来性命，性命生无穷法力；妖魔泼，窃外道神通，神通逞不尽威风。法力大，铁棒不离头上下；威风猛，钢刀只在项东西。斗深时有千般恶念，刀过去，恨不夹耳连腮分脑袋；杀急了无半点慈悲，棒到来，只愿连肩卸背破心胸。正是：性除外障，不灭邪魔难见佛；盗恶主人，愿留正法不为妖。

二人狠斗了三四十合，那老怪使尽平生本事，讨不得半点便宜，一团怒气渐渐不张。那小行者拿着金箍棒，前三后四，左五右六，只当顽要一般。那老怪见不是势头，忙回手一招，只见三十五坑的头领刀枪剑戟一拥齐上，将小行者围在当中。小行者嘻嘻笑道：“来得好，来得好！人多些凑热闹，休教我这棒落空。”放开金箍棒横冲直撞，全不在意。老怪见有众妖助势，便又发起狠来，举刀乱劈。猪一戒与沙弥初次见老怪战小行者不过，便安心保护师父。战了半刻，忽见三十五坑众妖一裹齐上，二人因对唐半偈说道：“他们有帮手，我们为何叫师兄独自出力！师父你请在马上坐好，等我二人也去助一功。”唐半偈道：“甚好，甚好！此虽是弟兄患难相扶，也见得各人努力。你们快去，我自立马在此观望不妨。”

二人得了师命，猪一戒撤出钉耙，沙僧展开禅杖，叫一声：“我来了。”只见九齿钉耙现万道霞光，一条禅杖荡千重瑞霭，两般兵器，一对莽僧，双双杀入阵中。众妖虽说是多，只好远远的围着小行者，替老怪助些声势，原不敢上前厮杀。怎当得猪一戒与沙弥钉耙、禅杖如追风掣电而来，杀得众妖东倒西歪，不敢抵敌。老怪战小行者久已力乏，又见猪一戒、沙弥恶狠狠杀入，料敌不住，只得拖着刀败下阵来。众妖见老怪退去，谁敢恋战？喊一声，大家走个干净。猪一戒筑到兴头处，提着钉耙还要打杀，小行者忙拦住道：“兄弟，兵法说：穷寇勿追。赶早过山是我们正事。他既败去，我们又赶杀他做甚？”沙弥道：“大师兄说得是，我们快保师父过山为上。”三人打退群魔，欢欢喜喜。猪一戒依先挑了行李，大家保护唐长老过山不题。

却说解脱大王领着残兵败将回到洞中，忙忙查点，三十六坑兵将早又死了剥皮、剜眼、屠肠、穴胸、抽筋、分尸六坑头领，其余二十九坑倒一大半带伤，急得他暴躁如雷道：“我自据此山要解脱众生，逢人便杀，从不曾放过一人，是哪里来了这三个恶和尚？竟坏我教法，倚强过山，又打杀七个坑将，其余小妖还不算账。怎生饶得他过！”正在无法，只见旁边转出一个妖精，高声说道：“大王不要烦恼！我有一计，可以捉拿和尚，报此大仇。”老怪忙看，却是钳口坑先锋闭不住，因问道：“闭先锋，你平素钳口不言，为何今日破例献计？”闭不住道：“我闻主忧臣辱，主辱臣死。今日和尚猖獗，大王兵败。这些坑将斩头的不能斩头，沥血的不能沥血，我钳口的再钳而不言，却叫谁与大王分忧？”老怪听了，拍掌大喜道：“好个忠心赤胆的贤臣！你且说，欲报此仇，计将安出？”闭不住道：“我闻强不能胜，便当弱取。那三个使铁棒、使钉耙、使禅杖的和尚虽十分狠恶，我看那骑马的白脸和尚却有些懦弱。那三个苦苦的厮杀，他坐在马上端然不动，定是个贵重之人。我们只拿了他正主僧人，那三个跟随和尚狠在哪里去！俗语说得好，捉住菩萨，不怕金刚不服。”老怪听了，喜得眉开眼笑的道：“好算计，好算计！但只是我三十六坑将领已被他打死了七坑，其余又皆带伤。就是再出去争斗，也只好敌住那三个狠和尚，却叫谁去拿那马上僧人？”闭先锋道：“大王怎说没人！你那七十二堑的将军要他做什么？”老怪道：“我这三十六坑斩头沥血的上将尚不能成功，这七十二堑将领不过是小聪明、歪摆布、假悲伤、虚撮脚，唬吓威风，狐媚伎俩，怎能认真会拿人下马！”闭不住道：“大王有所不知，从来刚不能制刚，惟柔能制刚。这些小聪明、歪摆布、假悲伤、虚撮脚也不知陷害了多少英雄，岂在这一个游方和尚怕他不落圈套！大王只消原领这二十九坑妖将，诱他远远的围着厮杀，却叫这七十二堑的魔君从背后冲将出去。莫说一个斯文和尚，就有几十个也不怕他走了。此是调虎离山之计，百发百中。”老怪听了，连声道好。一面就火速传令，将七十二堑将军都调来听用。你道是哪七十二堑？

第一喜堑　　第二怒堑
第三哀堑　　第四乐堑
第五酒堑　　第六色堑

第七财堑　第八气堑

第九悲堑　第十痛堑

第十一伤堑　第十二嗟堑

第十三爱堑　第十四惜堑

第十五叹堑　第十六悔堑

第十七愁堑　第十八苦堑

第十九怨堑　第二十恨堑

第二十一怜堑　第二十二念堑

第二十三思堑　第二十四想堑

第二十五惭堑　第二十六愧堑

第二十七笑堑　第二十八骂堑

第二十九咀堑　第三十咒堑

第三十一仇堑　第三十二谤堑

第三十三疑堑　第三十四虑堑

第三十五昏堑　第三十六迷堑

第三十七贪堑　第三十八嗔堑

第三十九狂堑　第四十妄堑

第四十一邪堑　第四十二淫堑

第四十三蛊堑　第四十四惑堑

第四十五谄堑　第四十六佞堑

第四十七媚堑　第四十八诞堑

第四十九暴堑　第五十虐堑

第五十一残堑　第五十二忍堑

第五十三骗堑　第五十四诈堑

第五十五陷堑　第五十六害堑

第五十七骄堑　第五十八傲堑

第五十九矜堑　第六十夸堑

第六十一惊堑　第六十二慌堑

第六十三和堑　第六十四诡堑

第六十五惨堑　第六十六刻堑
第六十七毁堑　第六十八誉堑
第六十九酷堑　第七十恼堑
第七十一欲堑　第七十二梦堑

不一时，各堑将军俱一齐调到。老妖吩咐道："养军千日，用在一朝。我这解脱山虽有你们七十二堑将军助我为王，但我雄据此山，逢人便杀，杀得路绝人稀，全然用你们不着。今日，不料来了四个古怪和尚，内中有三个狠和尚十分厉害。我大王自领三十六坑上将去抵敌，单剩下一个白脸纯善和尚，斯斯文文坐在马上压阵。我如今去调开那三个狠和尚赌斗，你众妖可从山脊后突出，与我将那白脸和尚拿来，便算你开山大功。"众妖都欣然答应，独有疑堑、虑堑两个妖精上前说道："那和尚若是一味无用，却怎生压伏那三个狠和尚？只怕他也有些手段。"老怪道："他手无寸铁，有何手段？不过是性命上功夫，怕他怎的！"众妖道："若单是性命功夫，我们众兄弟七情六欲一齐攻击，自然要拿他下马。"遂领了老妖将令，蜂蜂拥拥先转到山脊后去埋伏。

未知以后如何埋伏，且听下回分解。

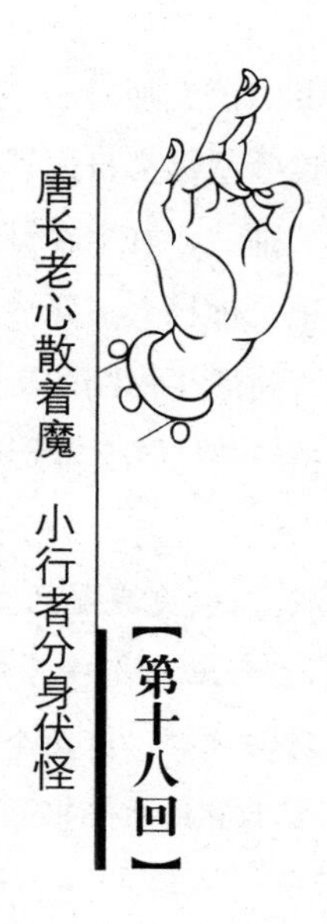

【第十八回】唐长老心散着魔　小行者分身伏怪

诗曰：

不生不死只虚空，色相烟云声气风。
日月往来磨莫破，古今推测渺难穷。
一元酝酿浑无意，万化氤氲却有功。
若觅如来真佛性，清清净净在其中。

话说解脱老怪与钳口妖精算计定要捉唐长老，只得抖擞精神，带领二十九坑妖精重复到前山来邀截。老怪与众妖败过一阵，虽说猛勇向前，终有三分胆怯，望见小行者开路而来，早远远的吆天喝地。小行者看见光景是虚张声势，便挺着铁棒一路打来。老怪勉强拦住赌斗，然脚步渐渐退将下来。众妖惟一味吆喝，却无半个人敢出力相帮。杀了半晌，小行者早赶过一二里远，沙弥看见，与猪一戒说道："这妖精又要厮杀，又渐渐退去，莫非有计要引诱大师兄么？”猪一戒道：“这不打紧，我与你大家赶上，一顿钉耙、禅杖，将这些孽怪都打死了完账，看他引诱些什么！”沙弥道：“有理。”因对唐长老说道：“师父，好生在马上略坐一坐，我们去打死了这些妖怪就来。”大喝一声，早掣出钉耙、禅杖，飞风一般赶去了。二人方才赶上，山坳中忽闪出七十二堑妖魔，一个簸箕阵将唐半偈团团围住道：“好了，着手了。”唐长老在马上将众妖一看，只见那些妖精虽然一阵，却形象各别：

有几个掩着嘴嬉嬉而来，嗤笑我早已落他圈套；有几个攒着眉暗暗而愁，似愁他不能灭我威风。有几个气吽吽挥拳要打，有几个恶狠狠怒目相加；有几个千秃驴万秃狗骂不住口，有几个老师父老菩萨誉不绝声；有几个偎偎依依曲致爱慕之情，有几个指指搠搠直逞骄矜之意。有几个面赤如惭，头低似悔；有几个无言若怒，不语成迷。看将来意态多端，总不出七情六欲。

唐半偈看见众妖围绕，知是魔来，因定一定元神，澄一澄本性，坐在马上竟似不睹不闻的一般。这些妖精跳一回，舞一回，吵一阵，嚷一阵，软一声，硬一声。一个道：“拖他下马来。”一个道：“绑他去见大王。”众妖百般算计，只是不能近身。乱了半晌，无可奈何，只得抢了行李，牵的牵，赶的赶，连马连人都拥到洞中去了。正是：

一点灵台万丈魔，等闲半步也难过。
慢言见怪还无怪，没奈何时没奈何。

唐半偈被众妖围绕着拥入洞中，下了马默然而坐。虽说不慌不乱，怎奈小行者众徒弟一时不在面前，自觉一身无主，又被众妖唬吓的唬吓，撺哄的撺哄，你来我去，絮聒不了，弄得个长老如醉如痴，不言不语，就象泥塑木雕的一般。众妖一面围住不放，一面着人悄悄报与老怪。老怪正支持小行者与猪一戒、沙弥二人不来，忽听得小妖报信，说拿了骑马的和尚在洞中。他满心欢喜，便虚晃一刀，领着各坑妖将败入山，僻小路转回洞中去了。小行者看见妖怪败去，因对猪一戒、沙弥说道：“这妖怪刀法，初战时一味蛮狠，战了数合便渐渐散了，就有众妖帮助他也战我不过，怎禁得再添你二人来相杀，他自然要走了。”猪一戒道：“沙三弟见他只管渐渐退远，恐怕有诱兵之计，故同来相帮。不料这等没手段，只轻轻两三耙就逃走了。”沙弥道：“他这番败走，料必不敢再来，我们且保师父过山要紧。”小行者道：“沙弟言之有理，快去请师父过山。”三人一同踅身回来，一路找寻，哪里见个师父的影儿！沙弥道：“师父不见，想是等得不耐烦，骑着马别处要子去了。”猪一戒指定一块石头道：“我们的行李明明放在此处，怎么如今不见了？难道行李也会要子？”小行者道：“不消说是我们中他计了。”猪一戒道：“怎的中计？”小行者道：“这叫做调虎离山计。他明知战我们不过，却勉强支撑诱我赌斗，且败且走，步步引远。又叫众妖摇旗呐喊，诱你二人来相帮，他却暗伏人马在山僻处，将师父劫去，非计而何？”沙弥道：“师兄说来一些不差，如今却怎生区处？”小行者道：“无甚区处。他既将师父劫去，定有个窝巢安顿。我们趁早分头去寻，寻着了妖怪窝巢，便有师父下落。”猪一戒道：“师兄说得是，我往前赶去。”遂提着钉耙照老妖去的路上赶来。沙弥道：“我往后兜来。”却横着禅杖往山后小路追去。小行者见二人分头去赶，他却跳在空中四下张望不题。

且说老怪急急领众奔回洞中，问众妖道：“拿着骑马的和尚在哪里？快绑来见我。”众妖道：“骑马的和尚虽说拿来，也只是围圈在洞后，实未曾绑缚。”老怪道：“怎不绑缚？”众妖道：“这七十二堑将军虽有伎俩，实无刀剑相加。况那和尚尚倚着佛门慧力，轻易近他不得，故未曾绑缚，须得大王自到后洞发落。”老怪听了大怒道：“这四个和尚真也作怪。那三个恶的不消说了，怎这一个善的也如此繁难。”遂手提钢刀竟往洞后来道：“待我亲手与他解脱。”到了洞后，只见众妖精围绕着，一个白脸和尚端端正正坐在当中。老怪心下原打算一刀两断，忽见他有些异相，不觉骇然，因分开众妖上前大喝道：“你是哪里来的妖僧？快报名来好受死。”唐半偈先原合眼而坐，听见老怪问他，因开眼合掌道：“阿弥陀佛！贫僧法名大颠，自大唐国而来。”老怪道：“那三个狠和尚叫甚名字，是你甚人？”唐半偈道：“一个是我大徒弟叫做孙履真，又号小行者；一个是我二徒弟叫做猪守拙，又号猪一戒；一个是我三徒弟叫做沙致和，又号沙弥。”老怪道：“我闻你那大唐国冤衍孽重，无底无边，信好藏身，却不惮万里之遥到我这解脱山来做什么？莫非要求我大王的宝刀替你解脱么！”唐半偈道：“贫僧此来，只因先年大唐太宗皇帝一心好佛，复差圣僧陈玄奘到我佛灵山求了三藏真经，指望度世。不期未得真解，被后世愚僧讲入小乘，误了众生。今幸遇宪宗皇帝又一心好佛，复差贫僧远诣灵山，见我佛如来拜求真解，以解真经，故贫僧不远跋涉，奉命而来。不期经过宝山，又蒙大王邀截到此，欲为贫僧解脱。解脱诚僧家第一义，但不知大王怎生为老僧解脱？”老怪听了大笑道：“你要解脱不难，我这解脱法儿甚是捷径，只消一刀，包管你万缘皆尽。”唐半偈道：“如斯解脱，愈入牵缠，此大王所以万劫为妖也。”老怪大怒道：“贼秃，怎敢骂我为妖！”唐半偈道：“贫僧非敢骂大王为妖。但大王所说解脱之义，与我佛所说解脱之义大相悬绝。佛既为佛，则大王自未免为妖也。贫僧不敢打诳语，故直言有触大王之怒，望大王真正解脱，赦贫僧之罪。”老怪道：“你且说佛的解脱又是怎么？”唐半偈道：“佛的解脱比大王的解脱更捷径。大王只消回过心来，将宝刀放下，不独这三十六坑、七十二堑一时消失，即大王万劫牵缠缚束，亦回头尽解矣！”老怪哪里肯信，因说道：“你这和尚一味胡言！你既叫我放下宝刀便能解脱，怎不叫你那三个狠徒弟将铁棒、钉耙、禅杖一齐放下？”唐半偈道：“他们为佛除妖，不放下正是放下；大王以妖灭佛，即便放下还恐未曾放下，安可一例同观。”老怪连连摇头道：“胡说，胡说！这些套子话野狐禅，谁信你！”唐半偈道：“大王既不信贫僧之言，留贫僧在此也无益，莫若放贫僧去早早见佛，便算大王之真解脱矣！”老怪听了，沉吟不语。旁边转过钳口先锋闭不住道：“这和尚一味花言，大王切不可听他。他佛家既自有解脱之义，大王也不消杀他，只将他绑缚在此，他若能自家解脱而去，我方信他佛家法力广大；若是解脱不去，这样油嘴和尚岂可容他惑众！”老怪听了大喜道：“还是闭先锋有见识，说得合理。”因叫众坑将一齐动手，用一条粗绳将唐半偈横拖倒拽，四马攒蹄缚束起来，吊在洞后一块高石之上。老怪将唐半偈吊完，因问道：“和尚，你佛家解脱之义云何？”唐半偈虽然被缚，心性洒然，因应声答道：

解脱云何？缚束因魔。
魔消缚解，妙义无多。

老怪闻言，还要问难，忽几个小妖慌慌张张来报道：“大王，不好了！那三个狠和尚寻上门来了。”老怪大惊道：“我这洞府深远，他如何寻得着？”小妖道：“只因厮杀时，打伤的小妖躲在山当中走不动，被他捉住，故领了来。”老怪听了着忙，因看着钳口妖道："闭先锋，你说捉住菩萨不怕金刚不服，如今菩萨虽然捉了，这金刚却如何得服？"闭不住道："大王不要害怕，他虽狠，只得三个和尚。大王点起阖洞兵来尚有千余，一齐围杀，何患拿他不住！大王却这等有慌。"老怪听了，又大起胆来道："闭先锋说得是。"因传令将阖洞妖精都点来山前厮杀。自家仍抖擞精神，手提大刀，带领众坑将拥出洞来，大声吆喝道："你这三个和尚全不知死活！我因一时身子不耐烦，要静养静养，不来拿你，让你过去，便是你天大的造化！怎倒寻上我门来？"小行者道："好泼魔！你既要躲死，却怎么弄这调虎离山之计将我师父骗来？引我阎罗王上门，这是你该死的妖精招灾揽祸，却非我孙老爷狠心定要来绝你性命。你若是有些灵性，见景生情，急急将我师父送过山去，我便与你讲明，各奔前程。我们自去证我们的佛果，你自做你的妖情；若是迷而不悟，妄想逞强，只消一棒便叫你断根了帐。"老怪道："你这和尚专会赖人。我在前山与你厮杀，那两个和尚自不小心，在后山不见了师父，却与我何干？"猪一戒与沙弥见说他两个不小心，急得暴躁，忙举钉耙、禅杖，劈头劈脸乱筑乱打道："我们怎不小心！只打死了你这泼魔，包管师父出来。"老怪只得举刀抵敌。不上三五合，老怪如何抵敌得他二人过，忙用手招呼众妖一齐涌上。小行者见众怪齐上，恐二人有失，抡起金箍捧上前相助道："两贤弟休慌，我来也！"猪一戒与沙弥看见小行者动手，越发精神，钉耙就似雨点一般筑来，禅杖就象穿梭一般打去。老怪虽有千余妖精，二三十坑将，却都是野兽变成的，能有多大本事，怎挡得三人三般兵器横冲直撞？直杀得众妖东倒西歪。老怪看见势头不好，乘着人多热闹，闪一闪就逃入洞中。

钳口妖原跟定老怪，见老怪逃走，也就随屁股溜了。众妖不看风色，还舍死苦战，怎挡得他弟兄三人三般兵器上上下下，十分厉害，把些妖精直打得落花流水。再看看阵上已不见了老怪，遂大家心慌，哄一声惧败回洞中，将洞门紧闭，任小行者三人在外打骂，只是不开。老怪埋怨钳口妖道："拿得好懦弱和尚，如今却惹出狠恶和尚来了，却怎生区处？"闭不住道："大王雄据此山，以解脱为名，逢人便杀，原是发过誓愿，要解脱尽天下众生。今遇着三个和尚，败了两阵，怎便生起退悔心来，转埋怨我！"老怪道："不是退悔，凡事也要看势头。我发的誓愿是要解脱他人逞自己的威风。今遇着这三个狠和尚，且莫说那钉耙九齿就似狼牙，一柄禅杖就似铁杆，只看他那条铁棒，也不知有多少斤重，打下来就象倒了泰山一般，用宝刀架隔一遍，真叫人骨软筋酥。方才不是我见机走了，这条性命已被他先解脱了，还有什么誓愿？

什么退悔？是你起的祸根，怎怪得我埋怨。”闭不住道：“据大王说来，这是只要性命不顾体面了。”老怪道：“怎不要顾体面？只是事已到此，顾不得了。”闭不住道：“大王若不顾体面，只消放了骑马的和尚，开了洞门送还他，自认个不是，赔个小心，他自然也去了，何须这样埋怨小将？只是这和尚放了，我看大王怎生做人！”老怪听说，满脸通红道：“这也太觉出了丑，闭先锋还有别计么？”闭不住道：“计是还有一条，却可两全。说来好不好，大王不要又埋怨。”老怪笑道：“我在事急头上，言语唐突，闭先锋不要怪我。有甚两全之计须快快说来！”闭不住道：“如今杀又杀他不过，送还他又丑，莫若叫一个会说话的出去与他讲和，叫他去了兵器，一个个自进来解他。若是有本事、有手段，不堕情欲能解了去，便算他造化，与他去了，大王不损了体面。倘或他根器浅，见了这七十二堑温柔兵将着了迷，大王只消高坐在后洞中，多备绳索，来一个捆一个，倘若四个都捆倒了，大王那时重整解脱威风，岂不美哉！”老怪听了大喜道：“闭先锋此计太妙！我就备绳索到后洞去等候。只是出去讲和，这洞中兵将都是些拙口钝腮，没一个会说话，还须闭先锋亲自一行才妥。”闭不住知道推辞不得，只得壮着胆开了门，走出洞来高声大叫道：“三位神僧不消动手！小将奉本山大王之命特来讲和。”小行者正在洞外打骂，忽见妖精出来讲和，因问道：“你待怎生讲和？可快快讲来。”闭不住道：“这座山在西方路上从来平坦，不碍人行，后来生人生物过多，渐渐牵缠孽障。我大王见了不忍，因发宏誓大愿，逢人杀人，逢兽杀兽，将这些孽障解脱，以还出此山的清净面目。因将此山改名解脱山，自称解脱大王，日日在此解脱。不期今日遇了四位神僧过此，大王只认凡僧，误将令师拿了，绑吊在后洞石上，要一例与他解脱。今见三位神僧法力高强，方知不是寻常之辈，故遣小将出来与三位神僧讲和。两家俱不许用兵器，只请一位神师空手进洞。若有本事解脱出来，我大王情愿将白马、行李一并交还，听凭西行，再不敢阻滞。若是解脱不开，又自取缚束，却莫怪我大王无情。”小行者道：“我只要解还我师父并行李、白马，往西方走路，管你甚解脱不解脱！待我进去，解了师父出来。”沙弥拦住道：“大师兄不可轻易进去！恐怕这些妖精不怀好意。待兄弟进去，倘或有些差池，师兄们一顿棒打死了这些妖精来救我不迟。”小行者道：“你空身进洞，洞里妖精多，恐不济事。”猪一戒道：“你二人不必多虑，待我老猪进去解了出来就是，怕些什么！”一面说一面放下钉耙，跳入洞去。闭不住也就要跟了进去，被小行者上前一把抓住道：“你去不得，留在此做个当头。”闭不住挣不脱，只得站下。

猪一戒走进洞中，乱嚷乱叫道："我师父在哪里？快引我去解！"众小妖看见，慌慌的都要躲开，早被猪一戒捉住一个，领到后洞。原来后洞中七十二堑妖精挤满，猪一戒不管好歹，一路分开，竟到里面。只见唐长老果然高高吊在一块石头上。猪一戒忙跑上前，高叫一声："师父，我来也！"那长老吊得痴痴迷迷，侧着耳朵就象不曾听见，睁着眼睛就象不曾看见，全不答应。猪一戒着忙道："我师父从来精细，今日为何一吊便这等模样？"忙要上前去解，早被众妖赶来扯住道："老师父莫非是猪老爷么？"猪一戒听见欢喜道："你怎么认得我？"众妖道："猪老爷两耳如迎风之蒲叶，一嘴似出水之莲房，望而即知为空大之星精，怎么认不得？"猪一戒听了愈加欢喜道："你们既识我的尊容，又知我的大名，我的钉耙厉害自然也晓得了。"众妖道："这是相杀时人人害怕的，一发不消说了。"猪一戒道："你们既害怕，快解唐老爷下来，送出洞去，省得我猪老爷动手。"众妖道："解放唐老爷不打紧，猪老爷不须性急，既到我洞中，真是千载难逢，且请安心坐坐。我这洞中有的是上好美酒，请老爷用一杯解解辛苦；有的是美妇人，叫他来陪一陪，豁豁凡情；有的是金银财宝，取些去用用，也省得路上抄化。"猪一戒道："既承你众位美情，本不该辞，但只是酒、色、财三件乃是我僧家第一戒，决不敢破，倒是素斋扰你一顿吧。"众妖道："素斋一发容易，就去备来，但请猪老爷宽坐等等。"猪一戒道："我宽坐等等不妨，可将师父唐老爷解下来同享。"众妖口虽答应，只不动身去解。忽一个道："猪老爷好个性儿，真是慈悲。"又一个道："猪老爷大有威风，人人畏惧。"又一个道："猪老爷好个异相，真是佛器。"左一句、右一句，奉承得猪一戒满心奇痒，软瘫做一团。老怪在上面看见他着迷，因暗暗传令道："此时不下手，更待何时？"早有怒堑、气堑、暴堑、惨堑、刻堑、仇堑众妖一齐拥上，揪头的揪头，扯脚的扯脚，将猪一戒捉住。老怪忙用一条粗麻索捆倒道："送死的野和尚，你想吃素斋，且吃些麻绳糖何如？"猪一戒欲待动手，不期被凡情缠扰，摆脱不开，只得听他绑缚了，与唐长老一齐吊起不题。

且说小行者与沙弥在洞外等了半晌，不见一毫动静。小行者疑心道："解放师父什么难事，去了半晌还不见出来。"沙弥道："我原疑心妖精不怀好意，二师兄多分着他手了。待我进去帮他一帮。"提着禅杖往里就走，闭不住慌忙拦住道："沙老爷不须性急，两下既已好意讲和，说过不许用兵器，为何又带进去？"沙弥道："既是好意讲和，为何猪老爷进去不见出来？"闭不住道："多管是大王留斋，想是猪老爷食量大，一时吃不饱，不肯起身。”沙弥大怒道：“胡说！难道我们做和尚的这样贪嘴！”将钳口妖一手推开，竟往里走。到了洞中，不见一人，心下疑惑道：“莫非师父与师兄真个留在那里吃斋？我提着禅杖莽莽撞撞闯进去，岂不倒被妖怪看小了。”因将禅杖倚在门外，悄悄走到洞后来，东张西望。不期七十二堑群妖因拿了猪一戒，十分快活，正在那里说说笑笑。忽见沙弥在外面张望，遂跑出来拉的拉、扯的扯道：“好了，又一位来了！快请进去。”沙弥竟认真了是请他吃斋，连连往外倒退道：“不消，多谢！不消，多谢！”那些妖精哪里肯放，死命的往里推。才推进后洞，老怪早一条麻索劈头套上，众妖就借势掀翻倒了，用粗绳捆起。沙弥道：“斋僧善事，快快的，领盛情也不迟，如何这等恶请？”众妖笑道：“不是也不敢恶请，只怕令师与令兄等久了。”一面说一面已抬入后洞，与猪一戒一齐吊起。沙弥看得分明，心中省悟着魔力，狠狠的大叫一声道：“好妖怪！我沙老爷从来乖巧，怎敢以吃斋哄骗老爷。”老怪笑道：“任你乖巧，已被我哄骗到手，死在头上，还说甚嘴？”沙弥道：“我二人虽被你哄骗，我那大师兄孙老爷你却哄骗他不得。他若知道我二人被骗，他只将金箍棒往山上撳一撳，包管你连山连人俱成齑粉！你且不要空欢喜。”老怪听了，不觉打一个寒噤，暗想道：“这和尚却也说得有理。雷公嘴和尚那条铁棒真是厉害！”又沉吟半晌，忽想道：“他说是被吃斋哄骗，想是和尚家最贪的是吃斋，莫若还以吃斋去骗他。”因吩咐几个能事的小妖道：“你去如此如此。”众小妖领命，忙走出洞门一齐跪下道：“本洞大王因得罪列位老爷，谨备一顿素斋奉请，唐老爷、猪老爷、沙老爷俱已坐齐，单等孙老爷去同享。”小行者道：“既要请我，你大王怎不自来？”小妖道：“大王原要自来，因唐老爷三位没人陪敬，特遣小的们代请。”钳口妖又在旁帮衬道：“这是本洞大王的诚心，孙老爷虽不希罕，也须进去见个意儿，不可辜负。”小行者心下暗想道：“这妖精若是实意，我不进去，师父如何得出来？若弄虚头，他两个已入圈套，止我一人在外，倘再着手，叫谁来救应？”又想一想道：“有主意了。”遂满口答应道：“我去，我去。你们一齐先走领路。”哄得众妖一齐背过身去，他却悄悄用手指着洞门前一块大石头叫：“变！”竟变做他一般模样，自己却变一个苍蝇儿叮在头上，跟了进去。

老怪看见小行者空着手，摇摇摆摆进来，满心以为中计，忙迎将出来，一路拱请进去。才进得后洞，老怪狠的一声，早有阖洞妖精一齐拥上，将小行者捉住，用麻绳横三竖四的相缚起来。小行者全不动手，让他捆缚。猪一戒与沙弥吊在石上，远远望见，报与师父。师父又痴痴迷迷，全然不懂，只暗暗叫苦。老怪见捆缚定了，满心欢喜，因对钳口妖说道："闭先锋好计，果然都被捉了。"遂吩咐众妖："与我抬进去一起吊起，待我细细的解脱他，好重整威风。"众妖得令，扛的扛、抬的抬，却莫想移动一步。小行者看得明白，暗喜道："早是我有算计，不着他手。"因一翅飞到唐长老怀中，叫一声："师父，我来也！"那长老正在沉迷之际，得小行者一声叫，就象惊雷一般，忽然醒转来道："徒弟，你来了么？"再睁眼看时，才见猪一戒与沙弥俱吊着，遂问道："你二人几时也吊在此？"猪一戒道："我二人被吊时，连叫师父，你难道就不看见，就不听得？"唐长老道："这些时想是心不在焉，故视而不见，听而不闻。才听得你大师兄叫我，方有知觉。"小行者听了，暗暗欢喜道："我这两日离了师父，只觉得虚飘飘身无着落。不想师父离了我，竟成了一个钝汉，真是一缘一会。"就要现原身解放师父，又想道："若先解放师父，这妖精看见未免又来争夺，不如先拿了妖精，再解师父不迟。"又一翅飞到前边，只见那些小妖还在那里闹吵吵，扛抬假小行者。老妖看见众妖左来右去，只是弄不动，心下焦躁，指着众妖骂道："妖夯货！却怎么这样一个鳖小和尚能有多重，这等难得紧。等我自拿到后洞，吊起与你们看。"因走上前弯着腰侧身去拖。小行者看见，就趁着他弯腰侧身，怪叫一声："退！"那老怪拖着假小行者才待直起腰来，不料那小行者已仍旧变成一块千万斤的石头压在身上，哪里挣挫得起来！钳口妖看见，忙上前用力抬石。小行者看见，忙现了原身，耳中取出金箍棒，照闭不住头上一棒道："谁叫你开口！"再看时，已开口不得了。复转身指定老妖道："你捆得孙老爷好么？不要忙，且压着。等我去放了唐老爷，再来与你说话。"忙走进去，亲手解放三人下来。唐半偈既脱了魔，正正性向小行者称谢道："非贤徒救护，几令佛法无光。"猪一戒与沙弥俱在旁称赞道："大师兄法力真不可思议。"小行者道："徒弟有甚法力，不过因魔之魔以伏魔耳！"猪一戒道："闲话休提，且去看看这老怪怎样了？"乃走到石头边看时，老怪已被顽石压断了腰，早已呜呼哀哉，解脱去了。再寻那三十六坑并七十二堑妖精已无影无踪，不知哪里去了。正是：

> 心生种种魔生，心灭种种魔灭。

师徒们见此山一时清净，就在洞中宿了一夜。到次日，搜寻些山粮野菜，饱食一顿，又找出钉耙、禅杖、白马、行李，然后从洞口抄上大路，向西而行。正是：

无意自舒真解脱，有心展转大沉沦。

不知此去有何所遇，且听下回分解。

【第十九回】

唐长老坐困火云楼　小行者大闹五庄观

诗曰：

平平道理没低高，就是灵山也不遥。
既已有人应有鬼，须知无佛便无妖。
死生祸福凭谁造，苦乐悲欢实自招。
若识此中真妙义，求经求解亦徒劳。

话说唐半偈与小行者师徒四众自分身解脱而来，一路上无挂无碍，好不快活，又不知不觉行了数千里路，忽又一座高山阻路。唐半偈在马上看见，便问小行者道："前面怎么又有高山了？"小行者道："从大唐国到灵山，算起程途来有十万八千里之遥，似这般高山峻岭也不计其数，只好看做平平大道，坦坦而行，方容易得到。我们出门才过不上三五处，怎么就惊讶起来？"唐半偈道："不是惊讶，只恐其中又有妖魔。”小行者道：“山岳乃灵秀聚藏之处，断没有个空处生设之理，不为妖魔窃据，定有仙佛留踪。我看此山虽然高峻，却祥光瑞气，郁郁苍苍，多分是个圣贤所居。师父放胆前行，不须害怕。”唐长老闻言，再抬头又将那座山一看。只见：

龙蟠空际，青巍巍高插云霄。虎踞寰中，碧沉沉下临泉壤。方隅广阔，从东而望，莽荡荡未知哪一面为西；道路修长，自南而观，远迢迢不识哪一条是北。苍烟影里，围不转，抱不合，尽是千年老树；岚气光中，攀不着，跻不上，无非万丈危峰。日色正晴，而细细半空飞雨，大都石触流泉；风声不作，而隐隐四境闻香，无非涧冲瀑布。松梢白鹤成群，装点出丘壑清幽；岭上玄猿作队，描画得几峦灵异。红不是花，丹不是叶，赤不是霞，绛雪满山光灼灼；秀不是草，灵不是药，滑不是苔，紫芝遍地色离离。烂玉充饥，不羡胡麻之服；露珠解渴，何烦琼杵之浆。日月至明，常不见烟云殊幻；山川肤寸，忽然生气候不齐。四山岩穴高深，九夏不能消背阴之冷霜；绝顶观瞻最远，半夜可以见沧海之出日。上碧落而下黄泉，真堪顶踵两间；宗灵鹫而祖须弥，足以儿孙五岳。

唐半偈在马上细细观看，见山中烟云皆有温和之气，树上鸟雀毫无怪异之声，因赞叹道：“履真，你看得果明，论得最当，但不知是甚地方？我们须赶入山去，寻个人家问问，方知端的。”小行者道：“师父说得是。”因将龙马加上一鞭，大家追随着赶进山去。又行了三五里，早望见两山回合处，高耸出许多兽头屋脊，心知非寺即观。因随着径路转到山门前看时，见果是一所仙观，忙将马勒住，跳将下来。等小行者三人走到，遂将马交与沙弥牵着，然后一齐走入观来。正不知是甚么所在，到了二山门，忽见立着一片石，石上两行字写得分明道：

万寿山洞天，五庄观福地。

唐半偈看了，忽然省悟道：“原来就是此处，果然是圣贤所居。履真所见不差。”猪一戒笑道：“师父原来是走过的？”唐半偈道：“我何曾走过？”猪一戒道：“既未曾走过，为何晓得？”唐半偈道：“曾闻得有人传说，此山乃镇元大仙修真之处。昔日唐玄奘佛师往西天求经时，曾在此处经过。不期你祖大圣一时鲁莽，将他观内草还丹人参果树打倒，镇元大仙不肯甘休，两家大伤和气，后来亏了观世音菩萨医活了果树，方才解了此结，我所以得知。就是水程上也开载有万寿山名目。今日既有缘到此，我们进去瞻仰一番，也不为空过。”小行者听了欢喜道：“原来我祖大圣与他是旧相识，该进去拜望拜望。”四众一面说一面往里走。将走到大殿，只见殿内走出两个道童来相迎，忽看见他师徒四人模样，只管估上估下吃惊打怪，不敢开口。唐半偈便问道：“二位小师兄见了我们，为何这等惊讶？”两道童方应道：“我看四位老师父又象认得，又象不认得，故此惊疑，不敢轻易动问。”小行者笑道：“好胡说！既认得就认得，若是不认得就不认得，为甚又认得又不认得，说这样跷蹊话儿？”两道童道：“不是俺们说活跷蹊，只因二三百年前曾有一位唐三藏师父带着三个徒弟，俨然与四位老师父一般嘴脸，故疑疑惑惑说个认得；今细看四位老师父面貌虽同，而言语老少又有些略不同处，故疑疑惑惑说个不认得。”唐半偈听了笑说道：“二位小师兄眼力果然不差，莫非就是明月、清风二位么？”两道童道：“我二人正是，老师父为何也得知？”唐半偈道：“因你说起，我故揣知。昔年那四位求经的师父今已成佛了，我们四众乃新奉大唐天子之命重往灵山去的，虽则是同源共派，却已后先异体，怪不得你二人疑惑。”明月、清风道：“既不是旧相知，另是新客，且请问：昔年唐师父既已请了经去，便已完了善果，今日老师父又到灵山见世尊做什么？”唐长老道：“只因唐佛师求来的真经，世人不得其解，渐渐入魔，故唐天子命我贫僧又往灵山去求真解。”明月、清风笑道：“大道谁人不具，哪个不知，连经也是多的，何况既有经，经即是解，又求些什么？中国人怎这等愚蠢！又要老师父奔波劳碌。象我们这里，无经也过了日子。”猪一戒听了怒说道：“你这两个童儿也忒惫懒，客来全不知款待，只管说长道短，你道家怎知我僧家之事？”明月、清风见猪一戒发作，只瞪着眼看。唐半偈忙喝住猪一戒不许多嘴，又向明月、清风道：“此所谓道不同不相为谋，不消论到。但贫僧久闻镇元大仙乃地仙之祖，道法高妙，今幸便路过此，愿求瞻仰，敢烦二位小师兄通报一声。”明月、清风道：“既要见家师，且殿内请坐。但家师近日在火云楼养静，不喜见客。前日元始天尊到来也未曾会面。只怕未肯出来。”唐半偈道：“大仙见与不见，安敢相强？只求二位小师兄通报一声。”两道童道：“这个使得。”说完，明月便邀唐半偈殿上去坐。

清风便入内去禀知镇元大仙道：“外面来了四个和尚，说是大唐国王差他去西域见佛求解的，路过此山，要求见祖师。一个是师父，三个是徒弟，行藏模样就与那年求经的一般无二。”镇元大仙道：“那年，那唐三藏乃金蝉子转世，与我是旧识，那孙行者后来又与我八拜为交，故殷勤款待他。今日这四个和尚，知他有来历没来历？我怎轻易去见他！你只回了吧。若念同是善门，留他一茶一饭足矣！”清风领命，出到殿上回复唐长老道：“家师近日养静，概不见客。若要相会，候老师父西天求解回来吧。若是路上未曾吃饭，请坐坐，便斋用了去。”唐半偈听了，却也默默无言。旁边小行者早不忿道：“你这师父忒也妄自尊大！我们又不是专一游方化斋的，今日偶便过此，我老师父要会一会，也是一团恭敬之心，怎么躲在里面装模作样不肯出来？”清风笑道：“这位师父说话倒也好笑，你们是释教，我们是道教，又素不相识，偶然到此，又不是特特为家师来的，见也罢，不见也罢，有什么统属相关，上门怪人！”小行者道：“既是释教与道教无统属相关，为何当年唐佛师与孙佛师到此，留他住了许久，又做人参果会请他，今日却这等薄待我们？”清风道：“这话说得一发好笑，各人有各人的情分，你哪里管得许多！”小行者道：“他们有甚情分？”清风道：“你不知，那唐三藏前身原是金蝉子，曾在佛前亲手传茶与我师父吃，是个旧交；孙行者初也无缘，行凶罗唣，被我本师拿住，捆了鞭打，又拿他下油锅，因爱他会腾挪，有手段，又有大体面能请观世音来医活人参果树，两下打成相识，故与他八拜结为弟兄。有此因缘，故留住许久。你们没一些来历，怎么争得！”小行者笑道：“若是这等说来，我与你师父就是真真的通家了。”清风笑道：“又来说谎！且问你：游方和尚家在哪里？就是有家，不过空门，也不能有欲以观俺玄门之窍，却从哪里通起？莫要信口骗人。”小行者道：“不骗你！我与你实说罢，我就是孙大圣的嫡派子孙。孙大圣既与你师父为八拜之交，我岂不是通家？”清风道：“这是冒不得的！那孙大圣好大有手段，使一条金箍棒有万斤轻重，被我师父拿住又走了。你既要充他子孙，也要有二三分本事。”明月接说道：“不但孙行者有本事，就是二徒弟猪八戒那柄钉耙与三徒弟沙和尚那条禅杖，也甚是厉害。”小行者笑道：“原来你们只奉承狠的。我祖大圣既有金箍铁棒，我难道就没有？”就在耳朵中取出绣花针变做金箍铁捧，走出殿外舞了一回，竖在月台上道：“你看这是什么？终不成也是假冒！”猪一戒与沙弥见小行者卖弄，也撇出钉耙、禅杖放在台边，道：“请看看，比当年的可差不多。”两个道童看见也着惊道：“原来四位师父也不是凡人，既有来历，不须着急。”清风因看着明月说道：“你可快备斋，请四位老师父暂且用些，等我进去再禀知师父，或者出来相见也未可知。”唐半偈忙称谢道：“如此多感。”说罢，明月就邀唐长老四众到客堂去吃斋，清风依旧走到火云楼见镇元大仙，将前情细细说了一遍。大仙道：“我方才静观，这些来因已知道了。若论孙斗战与我有交，他的子孙就是我子侄一般，理该和气待他。但他倚着后天之强，不识先天之妙，若不叫他费些气力，我仙家作用他也不知。”因吩咐清风道：“且去单请他师父来见，我自有处。”清风领命走到客堂，等他师徒们吃完了斋方说道：“家师闻知俱是知交，就该出见，因一向养静，不敢破例，命我先请唐老师父进去一会吧。”猪一戒道：“难道我们就进去不得？”清风道：“先师后徒，礼也！不要性急，少不得一个个都要请的。”猪一戒还要发话，早被唐半偈喝住道：“大仙肯容我谒见，已是天大的情分，你怎敢胡争！”猪一戒方不敢开口。

清风遂领着唐半偈，竟到火云楼来。到得楼下，早又有一个小童撑开帘子，请唐半偈入去。唐半偈入到楼中，望见镇元大仙高坐在上面，就合掌膜拜道：“贫僧大颠，谨参见祖师。”那大仙看见，忙降座搀住道：“我与你释、道分途，礼当宾主，怎么如此谦恭？”唐半偈道：“大仙乃当代祖师，大颠不过一介凡僧，今得仰瞻圆范，实出万幸，敢不顶礼，以展微诚！”大仙道：“体力虽别，圣凡性道实无高下。颠师既肯努力灵山，自是佛门法器，不应过为分别，还是宾主为宜。”唐半偈哪里肯依，逊让了多时，毕竟以弟子礼参拜大仙。参拜完，大仙让坐，命童子传茶。茶毕，大仙便问道：“当年唐旃檀努力求经，盖有前因，故历多魔，以彰佛罚。今颠师既无前因，只在家修持，未尝不可证果，何故又承命西行？”唐半偈道：“努力必待前因，则惟佛成佛，而凡夫万劫不出凡夫矣！贫僧此行，岂敢妄希佛果，但愿舍此凡夫耳！”大仙点头道：“圣凡疆界，颠师一言尽撤，佛器，佛器！”又命童子摆出许多仙家果品，留唐长老在楼下茶话不题。

却说小行者弟兄三人在外面等了半晌不见出来，心下焦躁道：“今日尚早，这样好天气，斋又吃了，不走路，只管在里面讲些什么？”又等了一会，不见动静，小行者对着明月道：“央你进去催催我们老师父出来吧，只管耽搁，恐怕误了前程。”明月答应道：“待我进去说。”去了半晌方出来回说道：“家师说西方路上妖魔最多，料想到不得灵山，枉送了一条性命，不如在火云楼跟家师修行，或者还有个出头日子。唐师父悔悟过来，情愿在此修行，不去了，故着我传言，叫你们去了吧。”小行者听了大怒道：“胡说！哪有此事？”明月道：“你不信，你自家进去见你师父就明白了。”小行者道：“待我进去问。”跟着明月走到火云楼下，只听得唐长老在内，与大仙攀今吊古的谈论，忍不住在帘外高声叫道：“师父，既见过，去了吧！我闻大道无言，只管讲什么！”唐半偈未及答应，大仙早问道：“什么人到此喧嚷？”唐半偈忙起身赔罪道：“是愚徒孙履真催贫僧早去，村野不知礼法，多有唐突，望祖师恕之。”大仙道：“既是高徒，可叫他进来，我对他说。”明月遂掀开帘子，让小行者进去。小行者走到楼下，望着大仙也不为礼，只睁着眼看。大仙问道：“你是什么人？”小行者道：“我已对童儿讲明，你昔年八拜为交的孙大圣就是家祖。他是什么人，我就是什么人。”大仙道：“既是佛家支派，也该习些规矩。”小行者道：“规矩都是些虚文套子，习他只好哄鬼。”大仙道：“这也罢了！只是你师父德行虽高，却终是凡胎，西方路上千魔百怪，怎生去得？我故留他在此修行，保全性命。你们可各寻头路，不必在此守候。”小行者道：“镇元老先，你虽说有三分仙气，却一毫德行也无。我师父奉大唐天子之命，往灵山拜佛求解，你却在半路上邀截他修行！我不知道你这样歪心肝贼肚肠修出什么行来？倒不如将这五庄观一把火烧光了，转随我师父到西天去，见世尊忏悔忏悔！纵不能够证果，还不失本来干净面目；若只管撑持这些旁门架子，究竟何益？”大仙道：“你既要你师父西去，我也不强留，只恐怕你没甚本事，保他不去。”小行者笑道：“不是夸口说，托赖祖大圣家传这条金箍铁棒，若是西方路上有几千几万个的妖精，也还不够打哩！况我二师弟猪一戒一柄钉耙、三师弟沙弥一条禅杖也是不怕鬼神的！先生你不要替古人担忧。”大仙笑道：“你们若果有这样手段便也去得，只怕说得出，行不得。”小行者道：“你若不信，请到楼外来，试试我的金箍铁棒看何如？”大仙又笑道：“这些苍蝇舞灯草的伎俩，试他做甚？只与你讲过，我留你师父坐在此楼下，我又不动手，只要你请了师父出去，便算你有些手段，我便也象昔年，做人参果会请你。若是请不出去，带累他有些灾难，我叫你这小贼猴活不成！那时却莫对孙斗战说我无情。”小行者笑道：“先生不要说谎，等我去叫了两个兄弟来做个证见。”大仙点头道：“你去叫来也好。”小行者慌忙走到客堂，与猪一戒、沙弥细细将前言说了一遍。猪一戒大喜道：“我正想这观里的人参果不知是个甚味儿。大家去搀了师父出来，不怕他不请我们尝尝，快去快去。”遂一齐走到火云楼下，再抬头看时，只见那座楼：

炭为梁柱，火作门窗。四壁墙垣皆烈焰，三层檐阁尽金蛇。一脊游蜿蜒红龙，双角耸蹲飞赤兽。画栋雕甍，无非列炬；珠帘玉幕，疑是燃灯。腾烘有如妖庙，连烧不减咸阳。补之不灭，势欲燎原；举而愈扬，状如烽燧。张南离之威，擅丙丁之用。莫认做暴客无明，须识取仙家三昧。

小行者忽然看见，吓得魂不附体道："罢了，罢了！师父定然烧死了！"欲要捏着避火诀闯进去，只觉这火与凡火不同，远远立着如炙饼似的，只是不敢近前。回过头来，忽见明月掩着嘴笑。小行者忙上前扯着问道："这火是谁放的！我师父与大仙躲到哪里去了？"明月笑道："好好的楼房谁肯放火？"小行者道："不是放火，为何一时就烧将起来？"明月道："你不听得这楼原叫做火云楼！自有此楼便有此火，何须又放？你师父与我大仙正在里面谈道，躲些什么？"小行者听了，似信不信。因与猪一戒、沙弥商量道："这事却如何处置？只怕师父有些灾晦！"猪一戒道："那大仙既与你赌斗，不放师父，这火自然是他弄的了，师父断然不妨。只要有甚法儿灭了此火，不但可救师父，还有人参果吃哩！"沙弥道："要灭火也不难，岂不闻水能克火，只消借两副担桶挑些水来，泼在火上怕他不灭！"小行者听了，大喜道："沙弟说得有理。也不消挑水费力，待我唤将龙王来，叫他下一场大雨，何愁此火不灭。"猪一戒道："下雨比挑水更妙，我二人在此看着，你须快去唤龙王来救师父。"小行者急急跳入空中，掐一个"唵"字诀，念念有词。早有西海龙王来到，向小行者施礼道："不知小圣呼唤小龙有何使令？"小行者忙答礼道："无事不敢奉请，今因五庄观道士恃强，将我师父关在火云楼里不放，却四面放火烧他。我一时解救不得，故请你来烦你下一场大雨，泼灭了火焰，好救师父。"龙王道："下雨不难，只是不曾会得风伯、雷神，无以助威。"小行者道："有雷恐惊吓了师父，有风倘延烧开一发难灭，都不消得。只要雨大些，灭了火便是你的功劳。"正说处，东海龙王也来了。二龙奉令，将云头低下，直罩在火云楼上，真是龙能兴云，云能致雨。不一时乌云布满，大雨倾盆。真是：

忽油忽沛忽滂沱，倒峡嫌微又泻河。
若使仙家无蓄泄，火云楼下已生波。

小行者看见大雨如注，满心欢喜道："这等大雨，任是天火也定然灭了，莫说这一间楼子。”便向二龙王道：“雨够了，请住吧。再多时恐怕湿了我们的行李。”龙王闻言，遂停云罢雨，起在半空。小行者道：“多劳了，请回吧，容改日奉谢，我好去救师父了。”龙王作礼别去不题。

小行者只道火已灭尽，竟直从火云楼顶上落将下来。不期火云楼烈焰腾腾如故，落下来急了，一时收煞不住，竟落入火中，烧得满身疼满，叫一声“啊呀”，忙忙跳将出去，一身毫毛烧得精光。幸亏猪一戒与沙弥扶住，替他将身上的余火掸去，因埋怨道：“这样大火，你难道不看见？却跳将入去。”小行者道：“这样大雨，我只道火已灭了，谁知还是如此。这雨都下到哪里去了？”猪一戒道：“雨落到火上，就似浇油一般，愈下愈烈，一毫也无用。”沙弥道：“此火不为水灭，自是仙家妙用。但火无体，以木为体，我们一顿钉耙、禅杖，将这间烧酥的楼子打倒了，火无依附，自然要灭。”猪一戒道：“打倒楼子，倘压伤师父却怎么处？”沙弥道：“似这般畏首畏尾，这火如何得消？”猪一戒道：“这火又消不得，他躲在火里又不出来，莫若以火攻火，转自放一把，将他前后观宇都烧将起来，不怕他不出来救火。待他出来捉住，便好救师父。”小行者沉吟了半晌，忽想道：“兵法云：知彼知己，百战百胜；不知己不知彼，百战百败。这大仙既与我祖大圣打成相识，则他的道法自与我祖大圣相敌。初时，原是我差了，不该与他角口，惹他动起火来。他既动了火，我又动起火来，不知烧到几时，岂不误了师父正事！当初，我祖大圣原说凡有急难相救，莫若寻他，求他一个面情，与大仙讲讲。那时大家散了火撒开，岂不妙哉！”猪一戒道：“寻着你祖大圣可知好哩！只怕你祖大圣出入无时，莫知其乡，哪里去寻？”小行者道：“他与我既属一体，便上天下地总不出方寸中，我有寻处。”沙弥道：“快去快来！恐师父受苦。”小行者道：“我去去就来。”因跳在空中，以心问心，竟驾云往西找去。真是水乳针芥毫不争差，早望见一座佛宫十分庄雅。但见：

树树优婆放碧花，层层楼阁护丹霞，
琉璃墙绕黄金路，不是仙家是佛家。

小行者看见佛宫，不胜欢喜，也不管是与不是，就象自家屋里熟路一般，竟往里走。走到宫中，抬头一望，果见祖大圣端端正正高坐在灵台之上，喜得个小猢狲抓耳挠腮道：“原来是条直路，一线也不差。”因拜伏在地道：“孙儿履真，谨参见佛祖。”斗战佛看见，问道：“你既已皈依，为何不努力奉师西行，却转回头见我？”小行者道：“孙儿因遵佛祖前车后辙之训，奉唐师父重往西天求解，不期路过五庄观，被镇元大仙将师父留住在火云楼不放。孙儿与他争论，他竟放了一把火将楼子罩住，不能进去。孙儿无法，只得召龙王来降雨灭火，谁知雨到火上，转添烈焰。孙儿打算用金箍铁棒打坍了他的楼子，断绝六根；又打算以火攻火，一发烧光他的观宇。又恐怕耽搁工夫，损伤师父，只得忍耐。因闻他曾与佛祖八拜为交，故特来求佛祖，或是施些法力灭他的火，或是讲个人情放出师父来，解了此结，以便西行，庶可完佛祖从前愿力。”斗战佛道：“那镇元大仙乃地仙之祖，法力甚大，就是南海观世音菩萨说起来也要让他三分，你怎么去惹他？他那火云楼乃是他性中三昧炼成，岂雨水所能克？我若用法力以天一真水去沃他，亦可消灭，又恐怕冲动他的无明火，不肯服输，又要别生枝叶。我去讲人情，倘他装腔做势，未免损伤体面。莫若指你一条路，还到南海普陀山去求观世音菩萨。他佛力无边，自有解救。”小行者道：“求观世音菩萨固好，只是孙儿从未识面，如何突然好去？就去，他人生面不熟，怎肯用情？”斗战佛道：“菩萨慈悲，闻声尚且救苦，岂论识与不识？他若推辞，你就说出唐佛师与我求经求解这段因缘，他自生怜悯。”小行者救师心急，领了祖大圣法旨，不敢停留，忙遂拜辞出宫，又驾云望南海而来。不多时，早望见普陀胜境，真是：

乾转坤旋吸与呼，凭虚一望海天孤，
波涛隐见潮音洞，谁说南无南不无？

小行者看见，落下云头，正要找寻岩洞，忽见前面紫竹林中走出黑熊大神拦住问道：“来者莫非就是孙斗战后人孙履真么？”小行者听见叫他名字，十分惊讶，因连连声喏道：“弟子正是孙履真，要求见菩萨有事相恳，敢烦引见。”黑熊大神又问道：“你此来，可是要求菩萨替你灭火云楼心火救师父么？”小行者连连点头道：“正是，正是。”黑熊大神道：“既为此来，不消见菩萨了，菩萨已有法旨。”因取出五六寸长的一条柳枝，枝上含吸着两三点水珠，递与小行者道：“菩萨叫你将此柳枝上甘露水滴在火云楼上，那火自然消灭。”小行者接在手中一看，心下甚是狐疑，因暗想道：“那样大雨也不能灭火，这点点水儿济得甚事？”又不敢明说，只道：“我借远而来，还须见见菩萨问个明白。”黑熊大神道：“菩萨吩咐说，你若耽搁去迟，恐伤了师父。若要见菩萨时，叫你灭了火救了师父，来缴还柳枝再见吧。”小行者见菩萨事事前知，安敢违拗，只得谢了黑熊大神，又忙驾云奔到五庄观，只见火云楼正烈焰腾腾。小行者手拿着柳枝，只管寻思道：“我方才又不曾面见菩萨，多分被这黑熊神要了。然而来也来了，无可奈何，且试试看。”因轻轻洒下一滴，谁知那一滴洒在火上，早霏霏微微散作一阵，把个火焰霎时之间就熄了一半。小行者看见，满心欢喜，急急的又洒下一滴，不刻半刻工夫，火已全然无光。小行者遂将枝上的尽力都洒将下来，再看时，哪里还有一点火气！依旧明窗净户，现出一座火云楼来。

猪一戒与沙弥看见，喜得只是打跌。忽见小行者从空落下来，便一齐问道：“大师兄，什么法儿熄得这等干净？”小行者道：“一时说不了，且救出师父来再与你细讲。”三人遂不管好歹，竟推开帘子闯将入来，但见师父高坐着端然无恙，大家欢喜。猪一戒因指着大仙道：“先生赌输了！怎么说？”大仙见小行者灭了他的三昧真火，也自欢喜。因扯着小行者的手儿问道：“你这小猴儿倒也有三分鬼画符！还不辱没了你老祖。你既要请你师父西行，须实对我说，方才是央谁人来助你？”小行者就夸讲说道：“我自家的一身本事用不了，这点点火种儿打什么紧！却要央人？”大仙道：“你这小猴儿不要瞒我，你纵有本事也灭我真火不得，断有缘故！你若不实说，我再放一把火，将火云楼围住，叫你也走不出去！”小行者恐怕仙家又有法术，因笑说道：“老先生不要性急，待我说与你听。我实不去央人，人闻我的大名，却乐从来助我。”大仙道：“你且说是谁来助你？”小行者道：“不是别人，就是我祖大圣昔年请来的观世音菩萨。他适才在此经过，看见我弟兄三人要将铁棒、钉耙、禅杖打坍你的楼子，菩萨因与你相好，再三劝住，遂将几点甘露灭了你的无明。哪个肯去央人？”大仙点头道：“我说无人，原来还是菩萨慈悲。既是菩萨解纷，只得放你们去吧。”唐半偈听见，忙躬身称谢道：“蒙祖师垂宥，永注洪恩。”就起身要行。猪一戒拦住道：“师父去不得！先生赌输了，原许请我们吃人参果，先生正人君子，断不失信。师父略坐一坐，吃一个壮壮神好走路。”大仙笑道：“也是一缘一会。请你，请你。”随叫清风、明月取出五个人参果来，请他四人各吃一个，自陪了半个，将半个分与众仙童。师徒们方欢欢喜喜谢别了大仙，挑着行李，牵着龙马，走上大路。小行者叫猪一戒、沙弥保护唐长老慢行，自却又驾云复到南海来见观世音菩萨，缴还柳枝，即问菩萨道：“龙王大雨不能灭火，怎么菩萨只三两滴甘露却令火灭无余？”菩萨道：“雨虽猛勇，不如甘露慈悲故耳。”小行者言下感悟，连连拜谢而出，一筋斗赶上师父，将菩萨言语宣说一遍。大家叹息，自此愈加精神努力西行。正是：

火长青莲花，露湿菩提树。

师徒此去，不知又有何所遇，且听下回分解。

【第二十回】黑风吹鬼国　狭路遇冤家

诗曰：

莫认身心都是空，空中原有去来踪。
气如蛇怒生炎火，盱作龙飞起黑风。
一念稍邪沦鬼城，寸心才正入天宫。
要知仙佛真消息，不在乾坤在此中。

又云：

天无边际地无涯，南北东西道路赊。
过去只如萍泛海，再来何异浪淘沙。
谁知缘孽疏难漏，岂料循环定不差。

多少大恩都莫报，偏于狭路遇冤家。

话说唐半偈师徒四众亏观音菩萨甘露慈悲解厄，脱离火坑，依旧往西而行。大家在路上称羡一回大仙的法力，又赞叹一回菩萨的慈悲，又不觉行了几个月程途。此时，正值残冬，天气甚短，师徒们行了数十里，忽然阴晦辨不出早晚。唐长老在马上叫唤道："徒弟呀！你看四野昏昏黄黄，就象晚了一般，须要早寻一个安身之处方好。"小行者道："此乃荒郊野外，哪里有个人家？要寻宿处除非赶向前去。"唐长老道："这也说得是。"就要策马前进，忽回头看见猪一戒与沙弥落在后面，因催促说道："你们走路也要看看天色，如今已渐渐昏黑，怎么还在后迟延？"猪一戒道："师父，你也甚不体恤人！你骑着匹马，师兄空着双手，自然走得快。我们两人挑着这担行李，俗语说得好，远路无轻担，好不沉重，莫说天晚，就是夜了，也只好慢慢而行。"唐长老道："我催你向前，不过要你努力，怎么转埋怨起来？"小行者道："各人的前程。我们骑马、空手走得快，只管走；他既懒惰，师父不要管他，凭他来不来。"便将手在马屁股上打了一下，那马就如飞一般往前去了，他放开脚步紧紧跟随。

行不上十数里，忽被一条大河拦路。唐半偈忙将龙马勒住道："履真，前面有大河阻路，却怎生过去？"小行者道："陆行车马、水行舟楫，从来如此。前面既有河阻路，除了寻船渡去，再无别法。"唐长老道："可知要船哩！只恐此处不是大路，又无人烟，哪里去讨渡船？"小行者道："师父莫慌，待我到河边去看看来。"即走到河边，四下一望，原来那条河也不是直直长行的，也不是对面径过的，却四通八达，竟不知何处是彼岸。正寻思间，忽看见一只小船在中流流荡，忙招手大叫道："那船快摇拢来！"连叫数声，并无人答应。心下恐师父着急，只得将身略纵一纵，跳到那船上。再看时，才晓得原是一只空船，又无橹无篙无桨无舵，只挂着一个席篷，随风吹来吹去，此时无风，故在中流荡漾。小行者就取出耳中金箍棒来，将船撑到河边，招呼唐长老道："师父，有船了，快来，快来！"唐半偈远远听见，忙自牵了龙马走到河边。正打算上船，只见猪一戒与沙弥挑着行李，没命的赶将来，走得气喘吁吁。看见唐长老已在船上，小行者正牵马上船，一戒心下着恼道："你们好公道心肠！竟自牵马上船，想是不顾我们了。"唐长老似听不听，全不答应。小行者也不则声，只是嘻着嘴笑。沙弥看见船要开，忙将行李挑上船来，猪一戒也只得跟了上船，也不下舱，就在船头上努起嘴来坐着。小行者遂将铁棒往岸上一点，那只船早悠悠荡荡淌入中流。不期中流水深，铁棒打不到底，那船又无橹舵，便只在中流团团而转。唐长老甚是着急，小行者与沙弥忙用铁棒、禅杖在水上划拨。独有猪一戒努着嘴絮聒道："天晚了，赶得好快，何不打着马跑，却在这里打磨磨转耍子！"唐半偈正在无法之时，又听得猪一戒讥诮他，不觉大怒，喝一声："没规矩的野畜生！"只这一声还未曾骂完，空中豁喇喇忽生一阵黑风，扬沙走石，将天地都罩得乌暗。那只船席篷上得了风，其去如飞！也不辨是南是北，只听得耳边呼呼风响，一霎时就象过了几千里程途一般。唐半偈虽说心无畏惧，然风波陡作，也未免慌做一团。幸喜小行者、沙弥两边护持定了，方合眼而坐。那猪一戒在船头上，被船一颠一簸，坐不稳，竟跌下舱来，吓得满口只念"救苦救难观世音菩萨"。

不多时，风息了，大家开眼看时，那只船早已泊在岸边，却不是原泊之处。唐长老定了定神，问道："此处不知是什么所在，又不知可是西行大路，须问个明白方好。"小行者道："此时昏天黑地，天又晚了，哪里去问？只好且上岸去，寻个人家住下，再细细访问不迟。"唐长老依言，大家一齐登岸，扶师父上马，离却河口。上大路四下一望，却不见有人烟，再在前看隐隐似有城郭，但觉糊糊涂涂不甚明白。大家只得向前又行了半里多路，忽远远看见一驾牛车，载着许多人在前面行走，大家欢喜道："有人问路了。"唐长老忙加鞭策马，将及赶到面前，那驾牛车忽然不见。唐长老着惊，回头问那三个徒弟道："你们方才曾看见么？"小行者道："怎么不看见！为何一闪就不见了？真也古怪。"猪一戒道："莫非我们见鬼？"正说不了，沙弥忽又指着道："那前边的不又是么！"大家再看时，果然那一驾牛车又远远在前面行走，急急赶到前面，又不见了。大家惊惊疑疑，忽已走近人烟之处，再细细观看，果然是一座城池。但那城虽也高大，却荒荒凉凉，不甚齐整。城下两扇门，半开半掩，虽有几个人民出入，却生得古古怪怪，痴痴蠢蠢，不象个知世务的，便不去问他。师徒四众牵马挑担，一齐涌进城来。到得城中，便有三街六市，做买做卖，人烟凑集，与城外不同，但只是气象阴阴晦晦，不十分开爽。正要寻人访问，早有许多人看见他师徒们雄赳赳气昂昂走入城来，便都围拢来问道："你们是哪里的和尚，这等大胆！辄敢到我国中来。"小行者道："天下路容天下人走，怎么我们不敢来！"有几个问道："你们四个和尚象是活的。"小行者道："这朋友说话却也好笑，不是活的怎生走来？"又有几个问道："既是活的，到我这里来做什么？"小行者道："我们也不是特特要来，因一时船上暴风起，吹到此处，天色又晚了，前去不及，故入城来，要寻个寺院借歇一宵，明日就行。你们此处哪里有寺院，可指引指引？”又有几个道：“我们这国中，又不生，又不死，也无仙，也无佛，哪有寺院！只有一座刹女行宫在慈恩街上，你们要借宿，只好到那里权住一夜吧。”小行者道：“既有住处就够了。”又有几个说道：“住便住，只怕小人多，见你外方人，要来罗唣，须大胆些，不要害怕。”小行者笑道：“若论胆子，也还略略看得过。”猪一戒道：“只有我的小些。”二人说说笑笑，竟簇拥师父往慈恩街来。到了慈恩街，果见一座宫殿十分幽丽。怎见得？但见：

> 一带红墙，围绕着几株松树；三间丹陛，尽种着五色昙花。当中惟巍峨正殿，并无外户旁门；最后起轮奂高楼，亦有雕栏曲槛。左钟右鼓，知是焚修之地；前幢后幡，应为善信之场。山门前不列金刚，自非佛寺；大殿上竟无老子，岂是玄门？阴气腾腾，显现出魔王世界；祥云霭霭，独存此刹女行宫。

师徒四众走到行宫前，见天色晚了，也不管他是佛寺，是道宫，竟一齐牵马挑担走将进去，竟不见一人。走到殿上打算参拜，却无三世佛像，止有一个龛子里面供着一尊女像。唐长老看见，不知是甚么出身，便不下拜，只合掌打了一个问讯，便领着徒弟走入殿后来，方看见一个老道婆坐在一条矮凳上，嘴里喃喃的不知是念经念咒。看见他四众人来，似惊似喜，立起身来，迎着问道：“四位老师父从何处来？”唐长老忙答道：“贫僧乃大唐国差往西天去见佛求解的，因大风迷失了路，漂泊至此，没有宿处，敢借宝宫暂住一宵，明日清晨就要西行。”那老道婆微笑道：“我就估你们不象是本国人。我的佛爷！你们怎么到这个所在来借住？既来了，我怎好不留老爷们！既从中国远来，又往佛祖处去，定有些道行，想也不妨。但我这行宫里并无零星房屋，只好就在后楼上打个铺吧。”唐长老道：“只要一席地，可以容身便够了。”老道婆遂指引四人往楼上去。猪一戒走到楼下，看见那楼梯高陡，使说道：“这样高楼，这点点窄胡梯，我的身子又郎伉，怕人子，我不上去了，就在楼下寻些草打个铺儿睡吧，又好看马。”唐长老道：“上下总是一般，随你随你。”说罢就要上楼。老道婆留住道：“老爷们失路远来，想是还未曾吃饭，待我煮些薄粥，与老爷们充充饥再上去睡吧。”唐长老合掌称谢，就在楼下坐等。那老道婆到厨下去了半晌，方才捧了一钵头粥，放在桌上说道：“老爷们请粥。”上有四碗四箸，小菜也无一些。沙弥忙盛了一碗奉与唐长老。长老接了，念一声：“阿弥陀佛！”就举箸而食。小行者与沙弥也各盛了一碗自吃。惟猪一戒盛了粥拿在手中，啯啯哝哝道：“这等一个大寺观，既肯斋僧，连素菜也没一碗，这样轻薄人。”道婆道：“怎敢轻薄老爷们，但这行宫乃是九幽真修之地，怎能有人间那些伊蒲供养？就是这几粒米也还是山上带来的，只好将就充饥罢了。”猪一戒道：“我方才一路来，看见那些店上有多少点心素食，怎说没有？”老道婆道：“老爷呀，那些鬼食岂是你们吃的！”猪一戒道：“怎么吃不得？就是不美口，也还强似吃这碗淡粥。”唐长老听了，大骂道：“馋嘴畜生！多感这女老菩萨，煮这样好粥斋僧，已是莫大功德，你怎敢争长竞短！”猪一戒方不敢言语，看见他三人都吃完不吃了，就连钵拿起来，就着嘴一口气吃个干净，说道：“真好粥！就象饮汤。”那老道婆笑一笑，收了碗箸往厨下去了。唐长老就方便了上楼去。楼上是三间，中间供着一个女仙龛子，龛前挂着一盏琉璃灯。沙弥打开行李，就要摊铺在东一间与唐长老睡。唐长老道：“这楼房中又无禅床，席地而眠起坐不便，莫若将蒲团铺在中间琉璃下，待我打坐，你二人自去睡吧。”沙弥应诺，随拿了蒲团放在楼中上面。唐长老抖抖衣服，竟向南端端正正盘膝坐下，小行者与沙弥自到东一间房里去睡不题。

却说猪一戒自走到厨下，向老道婆讨了一把草，拿些喂了马，余下的就铺在楼下靠壁。正打算睡觉，忽然肚痛要出起恭来。忙走出行宫门外，寻个空地出了恭，站起身来。此时才晚，只见街市上灯火荧煌，遂走到市口上一望，只见那些茶坊酒肆中，吃茶吃酒的人出出入入，比日里更加热闹。看了半晌，肚里已有几分垂涎，又走得几步，只见一家子热气腾腾，围着许多人，忙走近前张看，却是才蒸熟的出笼馒头在那里卖。众人也有买了去的，也有买了就在那里吃的。猪一戒看得馋唾直流，忍不住也随着众人叫道：“化我两个。”那卖的人听见说“化我两个”，只当做替他买，便拿两个递与他。他接在手里，也不管好歹，竟三两口吃在肚里。吃完了，就象不曾吃的一般，忍不住又伸手说道：“再化我两个。”卖的人又递两个与他。他接到手，不两三口又吃完了，肚里只觉不饱，又走近柜边。卖的人看见，只道他来还钱，因问道：“馒头好么？”猪一戒道：“好是好，只觉有些土气息泥滋味。”卖的人道：“你这和尚想是不生胃口的！这样好香甜馒头，怎说土泥滋味？”猪一戒道：“方才因肚饥吃得忙了些，不曾嚼出味来。你既有心布施，索性再化我两个。”卖的人道：“师父不要取笑，我这些馒头是卖钱的，怎说布施与化起来？”猪一戒道：“檀越不要取笑，我们做和尚的从来是化，怎么说要起钱来？”卖的人听了，着急道：“我在此开店多年，从不曾见你这惫懒和尚！骗了人家的馒头吃在肚里，怎说什么布施！你岂不知国王的法度厉害！若是骗诈财物，拿去打了还要问罪哩。”猪一戒道：“我们出家人，就见皇帝也要化他布施，莫说你们国王！况我又不是你国中人，你国王管我不着。”卖的人听了，愈加着急道：“你原来不是我国中人。”遂跳出柜来，一把扯住道：“快还我钱来！”猪一戒道：“我若有钱买馒头吃，就不做和尚了。”卖的人道：“凭你做和尚不做和尚，馒头钱是要的。”猪一戒道：“若是定然要钱，我吃得不饱，率性再赊两个与我吃，我明日一总还你罢。”卖的人道：“你又不是我国中人，赊与你哪里来讨？”猪一戒道：“我就住在转弯刹女行宫内，明日来讨就是。”卖的人道：“你方才说做和尚的没有钱，明日讨难道就有了？若明日有，何不今日与我？”猪一戒道：“你不知，一路上遇着善人家斋僧，有些现钱都是师父收着，故许明日讨还你。”卖的人哪里肯信，只是扯着不放。猪一戒被扯急了，将手一摆，本意只要挣脱走路，不期力气大，将那卖的人一个筋斗直跌去有丈余多路。那卖的人被跌重了，爬不起来，只坐在地下屈天屈地的叫喊，众人看见忙来搀扶。猪一戒乘着人乱，竟一道烟溜回刹女行宫，铺开草睡去了。

卖的人正坐在地下叫喊，恰恰撞见国王的黑孩儿太子带了许多跟随，打着灯笼火把出来游戏，忽看见有人在地下叫喊，便问道：“你为何叫喊？”卖的人道：“小人靠卖馒头为生，忽有一个不知姓名的和尚走来，骗了四个吃在肚里，竟不还钱。小人向他讨钱，他钱倒不还，倒把小人打伤在此。”太子道：“你就该说国王法度厉害。”卖的人道：“小人也曾说过，他说他不是国中人，国王管他不得。”太子听了大怒道：“既到我国中，就是我的治下了，怎么管他不着！他如今住在哪里？”卖的人道：“他就住在刹女行宫。”太子就吩咐手下跟随道：“快到行宫里，与我将那骗馒头吃的和尚拿来，可带这人去作眼。”跟随得了言语，就有十数人拿着火把，帮着卖的人一齐跑到行宫里来。殿上不见，就往后楼寻来。刚到楼下，就听得鼾呼之声，众人将灯火一照，卖的人早已看见猪一戒在壁边草里，抱着头，曲着腰，象狗一般睡着，便叫一声道：“在这里了。”众人听见，不管好歹，跑到草铺前，扯头的扯头，扯脚的扯脚，正望扯他起来。不料猪一戒身子郎伉粗重，几个人哪里扯得他动，只是东推西搡。原来猪一戒吃了四个馒头，心中一时迷闷起来，放倒头就睡着了。正沉沉好睡，忽被众人推来搡去，将他弄醒了，心下焦躁，不觉将腰一伸，脚一登，早把那些人登得跌跌倒倒，滚做一团。再竖起头来，把两只蒲扇耳朵一顿摇，那些人爬起来看见又吓得屁滚尿流，大家往外乱跑，连灯火都撞灭了，因悄悄的逃了出去。猪一戒再睁眼看时，一个人也不见了，乃连声道："啐啐啐！我只道着鬼，原来是做梦。"走到阶前撒了一泡尿，依旧去睡了。

众人跑了出来，忙报与黑孩儿太子道："那和尚生得十分丑恶，象一个野猪精，身子又郎伉，任你扯拉也扯拉不动，扯拉急了，他坐起一顿摇头摆脑，小人们若是胆子小些，已被他吓死了。"太子道："胡说！待我自进去看。"众人道："小大王不要进去吧，那和尚又丑恶又粗鲁，恐被他惊吓了，回宫时娘娘要怪小的们不禀知。"太子道："既是这等，不要声张，待我悄悄进去看一看，便有处治。"众人不敢违拗，只得悄悄随太子进行宫来。到得楼下，早听得猪一戒又打鼾呼。太子轻轻走到面前一看，见猪一戒睡得沉沉，因低低吩咐众人道："可取两条粗麻索来，乘他睡熟捆起来，便不怕他了。"众人领命，果然取了两条绳索来，俱打了活结，一条从头套在上半截，一条从脚套在下半截，渐渐收拢来，连手都缚住了，然后横三竖四满身都捆起来。猪一戒竟不知不觉，只是齁齁的打呼。太子看了道："这和尚怎如此泼皮？"又吩咐众人可取绳杠来抬了，回宫去慢慢的摆布他。

众人见将他绑得紧紧的，料想不能挣脱，遂大着胆用四条扁担着八个人，竟抬了回宫去。太子也就跟了回来，坐在潜龙殿，叫将这和尚抬到阶下。再看时，昏昏沉沉，尚还未醒。太子叫人取出牛皮鞭来，照着他屁股乱打，打了七八下才痛醒了，说道："是哪个？不要取笑。"太子也不答应，只叫再打。又打了五六下，打得有些辣豁豁的，方要用手去摸，一时手撤不动，急开眼看时，才知被人捆绑。又看见太子坐在上面，便喊道："你这小哥儿，我又不认得你，你为何将我捆起来恶取笑？"太子道："你这野和尚是哪里来的？怎敢在我国中骗人馒头吃？"猪一戒道："做和尚全靠化斋度日，那馒头是我向他化吃的，怎说是骗？"太子道："馒头也还事小，你怎说我国王管你不着？"猪一戒道："我们出家人超出三界外，不在五行中，从来无拘无束，就是天上神仙也管我们不得，莫说你这阴山背后的国王！"太子道："你这游方和尚原来不知，我这国王不比凡间国王，乃大功修来，一怒而天下惧，好不厉害！"猪一戒道："纵厉害也只好吓鬼，却管我不得。"太子听见说出"吓鬼"二字，便满心大怒道："这和尚怎敢恶语伤人？你说管你不着，且打你一顿出出气。"遂叫左右将大棒夹头夹脑乱打。猪一戒被打急了，要用力迸断绳索，怎奈绳索粗，又横捆竖缚不是一条，一时挣不脱，只挣断了头上的两根，露出头来大声吆喝道："你是什么人？怎敢在家关着门儿打和尚！"太子听了愈怒，叫人更加毒打。呆子打急了，一发吆喝，早惊动了国妃玉面娘娘，问宫娥道："这时候皇宫中是甚人叫喊？"宫娥禀道："是犁骍殿下拿了一个和尚，在潜龙殿拷打，因此叫喊。"玉面娘娘道："王爷最恼的是和尚，这是哪里来的？待我去看来。"便叫宫娥打着两对宫灯，轻移莲步，自走到潜龙殿来。太子看见，慌忙起身迎接，让妃娘坐下。娘娘先开口说道："这和尚因甚事得罪，拿他来拷打？"太子道："娘娘不知，这和尚甚是无礼。他诓骗民间的馒头吃已有罪了，又毁骂国王只好'吓鬼'，所以孩儿拿他来拷打。"娘娘道："如此无知，自然不是国中和尚，本该重处。但看仙佛面上，饶恕些也罢了。且问他是哪里来的？"宫娥得旨，因走下来问道："你这和尚，娘娘问你哪里来的？"猪一戒听见说娘娘问他，便卖起俏来，低声柔气的说道："我这和尚外貌看来象个游方行脚的模样，若仔细体认却实实有些来历。我家父乃西方净坛活佛，家师乃东土大禅师，师兄乃花果山天乙后代，师弟乃流沙河罗汉门人。今奉大唐天子命令，往灵山拜求如来经文，一路上逢着仙乡佛地，皆尽心供养，以求福庇。你们何等之人，辄敢肆行拷打，获罪招愆？"娘娘听见说出来"求经"二字，便不觉变了颜色，走了起来道："待我亲看一看。"众宫娥忙移宫灯，引娘娘到檐前来看。

此时，阶下火把照得雪亮，猪一戒见娘娘来看，认做好意，忙竖起头来，摇着两只蒲扇耳朵叫道："娘娘慈悲，救度了我和尚吧！我和尚实实熬不过了。"娘娘抬头看见这般嘴脸，吓得倒退了几步，若无宫娥搀扶，几乎跌倒，问道："你这和尚姓什么？"猪一戒道："姓猪。"娘娘道："莫非就是猪八戒么？"猪一戒只道是好意，便冒认道："我正是猪八戒。"那娘娘听见说是猪八戒，一霎时柳眉倒竖，星眼圆睁，大恨一声道："一般也有今日。"随吩咐左右道："快加上一条绳索，紧紧绑了，莫要疏虞被他逃去！"太子忙问道："娘娘为何认得这和尚，有甚深仇，这等恼他？"娘娘见问，不觉大哭起来道："我儿你年纪小不知，当初我在积雪山摩云洞初招你父王之时，大享人间之乐。不期有个唐僧，路阻火焰山，不能过去，要求你父王的扇子去灭火，你父王不肯借他，与他大徒弟孙行者日日赌斗不归。这猪八戒乘着我家无人，就带领了许多阴兵杀到我家。我仓卒间不曾防备，竟被这厮一钉耙伤了性命，以致我在泉下受了数十年沉沦之苦。后来，亏你大母妃修成了仙道，你父王感佛恩登了王位，我方能脱离苦境，重入王宫。此一等仇恨，终心不忘。今幸狭路相逢，安能饶恕！明日禀过父王，将这厮碎尸万段，以报此仇。”

猪一戒在阶下听得明明白白，才知道冒认错了，忙分辩道：“娘娘不须动怒，我又不是猪八戒。”娘娘道：“你方才亲口招称是猪八戒，怎么又赖？况你那一张长嘴，两只大耳朵，我切切记得，还要赖到哪里去！”猪一戒道：“娘娘性急，不曾听完了，我说我是猪八戒的儿子猪一戒。长嘴大耳，虽然种类相似，但我猪一戒年纪小，比我老父亲俏丽许多哩！娘娘若不信，求高抬贵眼，再看一看便知端的了。”娘娘道：“你既是他儿子，俗语说，父债子还，却也饶你不得。”猪一戒再三哀求，娘娘绝不开口，便着了急发话道：“你母子一个是妇人家，一个是孩子家，全不晓事。莫说乘我睡着了捆绑将来，便欣欣得意，要算计我。我虽落你套中，须知我大师兄孙小行者乃孙大圣的子孙，他那一条铁棒一路打得鬼哭神号，何况你些些小国。他若知道我被你们拿来，他只消将金箍棒略动一动，包管你一国人都要断根绝命了。”娘娘听了，半晌低头不语。太子宽慰道：“娘娘不要害怕，这是和尚说大话。”娘娘道：“虽是他说大话，我还记得那孙行者尖嘴缩腮，果有本事，你父王何等猛勇，还杀他不过。他师兄若果是孙行者子孙，便要防他。”太子道：“娘娘不必忧心，孩儿自有处置。”娘娘道：“怎生处置？”太子道：“他们今夜睡在刹女行宫，到半夜后乘他睡熟，待孩儿差些有手段的阴兵，去将他们师徒们迷倒，一并捆来杀了，岂不美哉！”娘娘听了大喜道：“吾儿此计大妙，快去行事。”正是：

无穷旧恨添新恨，不了前仇接后仇。

不知太子遣甚阴兵，怎生迷惑，且听下回分解。

【第二十一回】

域中夜黑乱魔生潭　底日红阴怪灭

诗曰：

> 空中观色见丹霞，色里寻空悟月华。
> 身外功名真小草，眼前儿女实空花。
> 阴阳赋性终无损，血肉成躯到底差。
> 可奈世人看不破，偏从假处结冤家。

话说黑孩儿太子因知猪一戒是玉面娘娘冤家，要杀他报仇，恐怕留下孙小行者师徒终成祸患，故算计要点些阴兵连夜去害他。又恐怕小行者有本事，轻易害他不倒，只得禀知娘娘，悄悄将父王的鬼兵符偷了出来，亲到营中挑选一队魔兵，叫他前到刹女行宫捉拿三个和尚，又叫他人尽衔枚，不可吆天喝地使国王得知。众魔兵奉令，遂一阵阴风都拥到刹女行宫来。原来这魔兵虽是一队，却原有一个队长作总领，管着众魔。到了行宫，总魔就吩咐众魔道："我闻得内里的和尚虽只三个，却是从东土来的，定然有些道行，不可轻易去撩拨他，使他做了准备。"因先叫出两个精细魔来吩咐道："你可悄悄进去，打探那三个和尚如今在里面做什么。"精细魔得了令，就轻轻走到后楼，见无人在楼下，又轻轻走上楼来。到了楼上一张，只见琉璃灯下端端正正一个和尚，盘膝裹脚在那里打坐哩！满面佛光，映着玻璃灯光，照得满楼雪亮。二魔不敢上前，躲在旁边偷看，那和尚虽端然不动，却隐隐有些可畏。看了半晌，不见那两个，只得又踅到东一间来寻看，只见一头一个都睡在那里面。欲要上前细细观看，当不得他神气充足，逼得人不敢近身，远远看见相貌古怪，有些害怕。只得悄悄走下楼来，报与总魔道："果有三个和尚，一个打坐，两个睡觉。那打坐的虽有道行，十分可畏，还生得纯眉善眼。那两个睡觉的形容甚是古怪，只睡着了，远远望去还令人害怕，若打醒他，动起粗来便了当不得，决不可恶取，只好弄法儿迷乱他的真性，方可下手。"总魔道："这说得是，就依你。先以美色戏弄他，次以怪异唬吓他，再以威武屈伏他。等他心神一散，便好捉拿了。"遂吩咐众魔扎住在大殿上，却一起一起的依计而行。

却说唐长老，眼观鼻，鼻观心，正坐到定生静、静生慧之时，忽见二魔窸窸窣窣在旁窥看他，就知有魔来了，愈把性儿拿定。不一时，忽见几个美妇人走到面前，十分标致。怎见得？但见：

樱桃口，杨柳腰，引将春色上眉梢。腮痕分浅杏，脸色借深桃，豆蔻芳香何足并，梨花浅淡不能描，看来还比牡丹娇。

那几个美妇人笑嘻嘻看着唐长老问道："老师父是哪寺里来的，法号什么？这样寒天不去睡，却冷清清独坐在此处，我姊妹们却看不过意。"唐长老低着头，垂着眼，就象不曾听见的一般。那美人又说道："这楼上空落落的，只管坐着做什么？我下面有的是暖烘烘的房儿，华丽丽的床儿，香喷喷的被儿，软温温的褥儿，长荡荡的枕儿，何不甜蜜蜜睡他一觉儿，却痴呆呆坐在此处？就立地成佛也要算做吃亏了，何况从来做和尚的一千个倒有九百九十九个是落地狱的！你还是个解人儿，怎不回头？"唐长老任他花言巧语，只不开口答应。那美妇人你一言我一语说了半晌，见唐长老只当耳边风，便恼羞变成怒，带骂带嚷道："这和尚原来不中抬举，不识好，我姊妹们这样苦劝只是不理，只怕我们去了，你独坐在此还要惹出祸来哩！”大家口里喃喃的贼秃长、贼秃短，一路骂下楼去了。

不一时，只听见楼梯响，又走出几个来。细看这几个，却与前边美妇人大不相同。怎见得？但见：

一个个形容怪恶，或高扬青脸，或乱列獠牙；又有几个相貌稀奇，或直冲赤发，或倒卷黄须。铜铃样豹眼，睁起看人寒凛凛；铁锤般拳头，指来相对冷阴阴。肚皮大，臂膊粗，走了来一团暴戾；耳朵尖，鼻梁塌，望将去满面歪斜。攒着眉，如啼如哭，果然难看；开着嘴，似嗔似骂，其实怕人。指为鬼怪，而鬼怪不如斯之奇丑；认是禽兽，而禽兽岂若是之多媸。

闻人传说，未免吃惊；狭路相逢，定须吓杀！

这一班恶人走到面前，便跳的跳，舞的舞，乱指乱搠道：“好大胆的和尚！自古入国问禁，既到我国中，怎不朝王，却纵容徒弟诓骗饮食？你那长嘴大耳的徒弟已被拿去，明日要杀！快走起来，我带你去请罪，或者可救。”唐长老坐着，心下明明听见，却似泥塑木雕，全不动念。那一班恶鬼又指着骂道：“好贼秃！你推聋装哑不言语，难道就饶了！你快扯他起来，绑了去见小大王。”众人口里虽恶言恶语，要拿要捉，跑来跑去，只是不敢近身。唐长老见此光景，一发正定了心性，毫不理他。众鬼乱了许久，没法奈何，只得渐渐散去。

不多时，忽又听得楼梯边汹汹人声，早拥挤了一楼的兵将，或刀或枪，皆拿着利器，要斫要杀的乱个不了。唐长老初犹正性却邪，听见只做不听见，看见只做不看见，后来性正了，竟实实不睹不闻。众魔耀武扬威缠了半夜，绝没入头处。看看天亮，总魔心慌，只得大叫一声道：“贼和尚！你倚着阳人，说我阴兵奈何你不得，待我禀过国王，差正兵来拿你去，叫你死无葬身之地。”群魔见总魔怒叫，也就齐喊一声助威。不期这一声喊叫，早把个小行者惊醒，一骨碌爬将起来道：“甚人吆喝！”急走出房来，只见许多兵将挤满一楼。但见：

人人仗剑，个个持刀。仗剑的咬牙切齿，持刀的怒目横眉。这个叫快拿来碎尸万段，那个叫绑将去沥血斩头。你跑过东，无非做唬吓之势；我跑过西，只要扬杀伐之威。指的指，捌的捌，何曾歇手？骂的骂，嚷的嚷，绝不住声。冷飕飕，寒凛凛，无非鬼国英雄；黑沉沉，乌惨惨，信是魔王世界。

小行者看见许多兵将，不知是人是鬼，俱围着唐长老作恶，心下大骇，急扯出金箍铁棒大叫一声道："什么泼魔？敢恃众倚强侵犯吾师！不要走，且吃我一棒！"众魔急回头，看见小行者铁棒打来，势头甚猛，哄的一声都往楼下跑个干净。小行者忙看师父，却端坐无恙。众魔跑散，便也不来追赶。沙弥听见小行者声唤，也连忙提禅杖赶出房来。唐长老看见徒弟出来，众魔散去，因问道："徒弟呀！此乃城郭之中，又非山野幽僻之处，为何有此魔怪？"小行者道："我正想不出，莫非老师父心邪惹了出来的？"唐半偈笑道："若是我心邪惹来，必为邪心惑去，安能端坐无虞？"沙弥道："这个真亏师父有手段！"唐长老道："我有甚手段？不过以正却邪耳！"

师徒正说处，不觉窗外生白。唐长老看见，忙起身说道："天已明了，此处似非善地，我们起早收拾去罢。"小行者道："师父所见不差。沙弟你收拾行李，我同师父先下楼去，叫起呆子来。"沙弥答应了，小行者就同师父下楼来。到了楼下，四处找寻猪一戒，只见壁边铺着一地草，龙马系在廊下柱上，却不见猪一戒。心下猜疑道："定是外面出恭去了。"寻了一歇，沙弥行李已收拾下来，只不见猪一戒进来。遂走出行宫门外，各空地与粪坑找寻，哪里有个影儿？又等了半晌，绝不见人。小行者着急道："这又作怪，难道逃走了？"沙弥道："逃走未必，多管是瞒着我们去买嘴吃了。"唐半偈忽想起来，着惊道："不好了！猪守拙果被人拿去了。"小行者道："师父怎么得知？"唐长老道："夜间那些魔怪，曾说我纵容徒弟诈骗饮食，被人拿去，明早要杀。我只认是魔鬼唬吓之言，今找寻不见，必是真个被人拿去了。"小行者道："那呆子好不有蛮力，哪个轻易捉得他倒？就是被人算计捆缚了，他要吆喝几声，岂有悄悄与他拿去的道理。"大家正在疑疑惑惑，忽老道婆走出来说话："老爷们怎起得这等早？"唐半偈道："急于西行，故此起早。"老道婆道："既是要去，待我再煮些粥儿与老爷们吃了好走路。"说罢，就要撤回身往厨下去。小行者拦住道："粥倒不消吃，我且问你，你这里是个什么国度？国王却是何人？为何夜间有邪祟迷人？"老道婆听了微笑道："老爷，你们是过路师父，吃了粥快走，脱离此地便是了。国王、风俗，问他做甚？"小行者道："不是也不问，因昨夜那长嘴大耳的师父如今不见了。有人传说，因买饮食被人捉去，故此动问。"老道婆听了大惊道："佛爷呀！你们昨晚到来，我见你是中国活人，为何走到此处，就有些替你们担忧，今果然弄出事来却怎么处？"小行者道："有甚事，你不须大惊小怪，只对我说明白了就不打紧。"老道婆道："如今不得不说了。我这国叫做罗刹鬼国，国王叫做大力鬼子。这一国的百姓，虽做买做卖、穿衣吃饭与世上一般，若以轮回六道论来，却实实不是人。老爷们从中国远方来，自然是胎生谷长的圣人，怎么与此辈看做一类？故老身昨夜单煮些薄粥供养佛爷们，因知那些鬼食不是你们吃的。那位长嘴老爷昨晚嫌粥薄，咕咕哝哝，想是吃不饱，又去吃鬼食，故被众人暗算了。"小行者道："这不消说，一定是如此了。还问你，我师父昨夜不曾睡，在楼上打坐，忽有许多魔怪来侵犯戏侮，幸我老师父道高德重，侵犯不得去了，却是哪里来的？"老道婆道："老爷你不知，我这国王有一个黑孩儿太子，乃是国王爱妃所生，十分宠爱。这太子却性好游荡，每日带着许多随从，专门寻吵闹，作戏耍。昨日老爷们入城，想是有人看见，传报他得知，故夜里遣魔兵来调戏。"小行者道："你怎知定是太子遣来？"老道婆道："这些魔怪皆是营中兵将，不奉主命，等闲不敢乱出。国王乃一国之主，岂有遣魔兵戏人之理？他人又遣不动，以此推想，故知是太子弄的虚头。"小行者道："这都是了，只是你在此居住，端的还是人是鬼？"老道婆道："老身是人。"小行者道："你既是人，哪些儿贪恋，却住在此鬼国？"老道婆道："老爷问得不差，老身住此，实实有个缘故。此去东南千里，有个翠云山，山中有个女仙，名唤罗刹。俗云：一子出家，九子升天。因罗刹成仙，故他丈夫大力王遂在此间开了个鬼国，做了个鬼王。这国王因感罗刹仙成全之德，故造这所刹女行宫以报其德。罗刹仙因嫌这些鬼人奉侍不恭，特遣老身在此焚修，故老身不得不在此住。就是昨晚煮粥的粮米，都是翠云山带来的。"

小行者听了道："原来有这些委曲，不打紧。沙弟可好生护持师父，等我去问国王要人。"唐长老道："他虽为鬼王，却也是一国之主，不可轻觑。"小行者道："师父不必多虑，一个鬼王也要放在心上？我去了就来。"遂走出行宫，访知国王的宫阙在正北，因提了铁棒一径寻将来，远远的望见：

宫殿巍峨，御街宽敞。重门朱户，俨然帝阙规模；碧瓦黄墙，大有皇家气象。慢言鬼国，却无马面牛头；虽是冥王，亦有龙骧虎卫。但晓色阴阴，仙掌乍开，若无红日照；曙光隐隐，旌旗初动，不见彩云生。御炉内非香烟而氤氲不散，疑乎别是一天；丹墀下亦衣冠而济楚如常，谁知其为九地。

小行者走到朝门，见许多官员正在那里早朝，他不管好歹，将铁棒指定阙门大声高叫道："好泼鬼！黑夜里盗拐了佛家弟子，却躲在这里称孤道寡。早早出来纳命，免得我孙老爷动手。"那些早朝的鬼官，看见小行者形容甚怪，声势甚凶，都吓得跌跌倒倒，东西跑散，只有黄门鬼与镇殿将军不敢逃躲，只得上前问道："你是何处野人？全不知礼法！这是国王宫阙，就有冤苦，也须细细说明。待我等与你奏知大王，听候发落，怎敢吆天喝地自取罪戾！"小行者道："既是国王，为何遣魔兵半夜迷人？又乘机盗拐我师弟猪一戒，藏在何处？快早早送出来还我，还是造化；若稍迟延，我这铁棒无情，叫你一国人死了又活，活了又死！"黄门鬼听了，吓得魂胆俱无，只得叫镇殿将军拦住宫门，自己慌忙跑入丹墀，战兢兢的奏道："我王祸事，我王祸事！"大力鬼王在宝座上看见黄门鬼这般光景，问道："有甚祸事？可细细奏明，怎这等惊慌？"黄门鬼定了神方奏道："朝门外，不知哪里来了一个楂耳朵、尖嘴缩腮的恶和尚，说大王半夜里盗拐了他的师弟来了，手拿一条铁棒，在那里打着要人哩！"大力王道："好胡说！我为一国之主，出入皆有警跸护卫，怎肯半夜来拐他一个和尚！莫非走错了？叫他别处去寻。"黄门鬼领了王命，只得大着胆出来，回复道："大王有旨，说大王乃一国之主，岂肯盗拐和尚？想是走差了，叫你别处去寻。"小行者想一想道："是你国王也未必得知，只叫他去问黑孩儿太子，便自然晓得了。"黄门鬼只得又禀知大力王，大力王听了，沉吟想道："这或有之。"遂大怒传旨，立宣犁骍太子上殿。

去了半晌，太子不见来，早有两个宫娥来奏道："娘娘在后殿请大王议事。"大力王道："议何事？"因起身到后殿来。才走进殿，早见玉面娘娘满面上如梨花带雨，哭拜于地道："望大王与妾报仇！"大力王大惊，连忙搀起道："爱妃与谁有仇要我报复？可快快说明，我自当出力。"娘娘道："不是别人，就是昔年害我性命的猪八戒，今日狭路相逢，被黑孩儿捉倒，望大王与妾断骨刳心，以报前仇，断不可听信人言，放了他去！"大力王道："爱妃莫非错了！那猪八戒因求经有功，已证果为净坛使者，每遇人家施食，我往往见他净坛，岂有被孩儿捉住之理？"娘娘道："虽不是猪八戒正身，却也是他子孙。报他子孙，就如报他一样。"大力王道："爱妃何以知是他子孙？"娘娘道："不但是他自家供称，只那一张莲蓬嘴，两只蒲扇耳，便是确据了。”大力王道：“若果是他子孙，自然不肯轻放。但他有个师兄，在宫门外罗唣要人，却如何回他？”娘娘又哭奏道：“当时大王山居尚有威风，为了一柄扇子，与孙行者百般赌斗，不肯借他。今已登王位，转这等怕人，不肯为妾报此深仇。大王昔日威风哪里去了？”大力王被玉面娘娘激了几句，满脸通红，只得说道：“爱妃不消着急，等我去问他就是。”仍走出大殿，吩咐黄门鬼道：“你快去回那和尚，只说我大王再三细查，并无人拿你的师弟，你可到别处去找寻。”黄门鬼又出来回复。小行者哪里肯信，说道：“要寻须先从你宫里寻起。”一面说一面提着铁棒往里就走，众镇殿将军一齐用兵器拦住道：“和尚不要寻死！这是什么所在，敢如此撒野？”小行者看了看道：“我要打你们几下，你们又禁不起；不打你们，你们又不怕。也罢！且打个样子与你看看。”遂举捧在宫墙上只一捣，早豁喇一声响倒了半边，慌得众鬼官都乱纷纷报上殿来道：“大王，不好了！那野和尚用铁棒将宫墙都打塌了。”大力王听了大怒，欲要自动手出来，却身居王位，恐失了体，只得吩咐众官，一面善言款住，一面飞发兵符，调阖营兵将来捉拿和尚。

众鬼官领旨，齐出来对小行者说道：“老师父，请息怒少待，我王又差人各处去查了，查着了即送上，决不敢稽留。”小行者道：“快去查！不要耽搁工夫，误了我们的路程。”众官道：“不敢误，不敢误，等我们再去催。”大家跑出跑进，延挨了半晌，早听见金鼓喧天，各营的鬼兵鬼将各部，枪刀剑戟，一齐拥至阙下，将小行者围在当中，大声叫道：“好大胆的野和尚！偌大乾坤，哪里不去逃生，却来此处寻死？快早延颈纳命，省得众人动手。”小行者看了笑道：“多少天神天将，见了我这条金箍棒都魂飞魄散，不敢抵挡，你这一班地狱阴魂，能有多大本领，敢说大话，莫非倚着你们是鬼不怕死？只恐荡着铁棒，又要做鬼中之鬼哩！”众鬼兵嘈嘈杂杂，哪里听得分明。又无队伍，又不成行列，俱乱滚滚卷将上来。小行者笑道：“我老孙这两日想是月令不佳，时辰不利，怎么一班小鬼欺人？”遂将铁棒丢开，左边使个黄龙摆尾，右边使个白虎翻身。一霎时，但听得神号鬼哭，连金鼓都不闻了。

此时，黑孩儿太子也在营里，看见众鬼兵被小行者打得不象模样，因吐一口气，弄起一阵阴风来，刮刮杂杂吹得沙灰弥漫，顷刻天昏地黑，对面俱不见人，耳根头只闻得吆喝连天。小行者在阵中，虽赖铁棒周旋并无刀剑加身，却黑沉沉不辨东西南北，没处着力。欲要暂回行宫去报知师父，又不见路径，心下焦躁，便将身一纵，离地有百十丈高，方才重见天日，心下想道：“忽然昏暗，虽是鬼弄虚头，无故韬光，未免太阳有弊，待我去问个明白。”遂一个筋斗云赶上昴星道：“老星君，乞暂住红轮，有事相商。”那昴星回转头，只看见是小行者，便道：“小星按度行天，不敢少歇。不知小圣有何事见教？”小行者道：“窃闻日无私照，世有同明，为何罗刹国中一时昏暗，有如长夜，莫非星君为他藏拙？”昴星道：“小圣差矣！岂不闻日月虽明，不照覆盆之下。那罗刹乃幽冥鬼国，实太阳不照之方！小星纵有精光，何能透入地底？昏暗之事，须问之鬼王，小星阳神，如何得知？职事在身，不能奉陪，多得罪了。”说罢，竟随着金乌向西飞奔去了。小行者呆想了半晌道：“他虽推辞，却也说得是。这鬼国昏暗之事，我现放着阎罗老子不去问他，却去问谁？”那幽冥地府是他的熟路。遂一筋斗竟闯入酆都，慌得那些夜叉小鬼飞报十王道：“大王，大王！前番那个检举弊端的孙小圣又来了。”十王道：“他来必有事故。”一齐迎出殿来。恰好小行者已走到殿前，秦广王拱进殿内坐定，问道：“闻知小圣已恭喜皈依释教，又往西行，为何得有闲工夫到此？”小行者道：“果然没闲工夫，只因有事请教，故不得不来。”秦广王道：“小圣学贯天人，愚蒙皆赖开豁，怎么转要下问？”小行者道：“别事不敢奉渎，只因前日渡河，一时不曾防备，忽然一阵黑风，吹入罗刹国中。不期这国中有个黑孩儿太子，竟将我师弟猪一戒迷倒盗去。我次日访知，问他国王要人，那国王恃蛮，不但不还我人，又遣许多魔兵阴将将我围住厮杀。”秦广王笑道：“那罗刹国的大力王，他是个豪杰出身，怎不知进退！那些魔兵阴将可是小圣的对手？”小行者道：“果然杀我不过，我略将铁捧展得一展，却已鬼哭神号。只可恨他被打急了，众阴兵搅做一团，弄得阴风惨惨，黑雾漫漫，霎时间竟对面不见一人，却叫我没法，只得纵云头走了。我想那罗刹国的大力王虽称国王，终在鬼簿，毕竟属列位贤王管辖，故特来相求助一臂之力。”秦广王道：“小圣吩咐，敢不领教。但那罗刹国的大力王虽名为鬼国，却不生不死，已近半仙。”小行者道：“仙则仙，鬼则鬼，怎么相近？定有缘故。”秦广王道：“说起来，只怕小圣也知道。那大力王就是当初的牛魔王，与你老大圣结拜七弟兄。他在翠云山中兴妖作怪，也算一霸。只因火焰山不惜扇子，恼了老大圣，奏请哪吒太子拿了他见佛，性命几乎已登鬼录，幸亏其妻罗刹女修成仙道，欲要拔他同升。因他恶孽甚重，决无登仙之理，欲要听他堕落，又不见仙家之妙，故上帝仁慈，将他封为罗刹鬼王，不生不死，自开一国，与我这酆都分毫不相干涉，故不能相助。”小行者道：“列位贤王不要这等推托的干净。虽说不相涉，毕竟同一鬼字，声息相通。我来相求一番，纵不肯出力，有路也指引一条。”秦广王道：“我辈冥王识见浅薄，哪能指路？除非请问幽冥教主。”小行者道：“正是，我倒忘了！就烦列位贤王领我去请教。”正说不完，早有一个童子捧了一张简帖，是地藏王菩萨送与孙小圣的。小行者接了，大惊道：“好灵菩萨！怎么就未卜先知？”展开来一看，只见上写着四句偈子道：

迷却自在心，黑风吹鬼国。
念彼观音力，黑风自消灭。

小行者看了两遍，心下疑惑，因送与十王看道：“鬼王作祟，怎么叫我念起观音经来？”十王道：“教主既示微文，定有妙义，小圣只须遵行。”小行者方欢喜，叫童子致谢菩萨。遂别了十王，依旧纵身回罗刹国来。

此时，一心已注念观音经，早觉国中的黑气不甚障眼。因寻着刹女行宫，走进去报与师父道：“快念观音经。”那时唐长老正望不见小行者回来，在那里暗想前番火云楼亏了观世音菩萨救难。忽听见小行者叫念观音经，合着机会，便合掌高声道：“南无救苦救难观世音菩萨！”才念得三五声，只见一朵红云，直从半空中落到刹女行宫顶上，照得罗刹国中雪亮，那些阴风黑气早已消散无余，逼得许多魔兵东西逃窜。黑孩儿无处存身，只得逃回潜龙宫去躲藏。不期猪一戒正被绑缚在柱上，忽一阵红光缭绕，满身的绳索俱寸寸断了。一时手脚轻松，满心欢喜，抖抖衣服就夺路往外而奔。正没处寻门，忽见黑孩儿慌慌张张跑了进来，撞个满怀。他顺手一把拿住道：“好小哥，捆打得我好！恰好冤家路窄，一般也撞在我手里。”黑孩儿被捉，吓得魂飞魄散，要走又挣不脱，只得大着胆装腔道：“野和尚休得无礼！我是国王太子。”猪一戒道：“太子，太子，打得你吃屎。”遂提将起来，要往御阶上掼。黑孩儿慌了，极口的乱叫道：“猪老爷饶命！”猪一戒听了大笑道：“你方才认得我猪老爷！既要饶命，快送我到行宫去见师父。”太子道：“情愿送去，只求猪老爷放了手好走。”猪一戒摇着头道：“放不得，放不得！放了你跑进去，深宫内院哪里寻你？”随将断绳子长的捡了几条接起来，将黑孩儿颈项拴了，用左手牵狗一般牵着，右手却在殿旁将前番打他的木棒拿了一条，赶着太子道：“快走，快走！”太子没法，只得领着他走出宫来。宫里虽有近侍，看见猪一戒势头凶恶，谁敢上前！

此时，小行者知是菩萨显灵，见阴气散尽，正提着铁捧走出行宫，要问国王讨人，恰遇猪一戒牵着太子走来，又惊又喜，忙问道："兄弟来了么？师父着实牵挂你哩！快去，快去。这个小哥是谁，牵他来做甚？"猪一戒听见说师父牵挂他，不及答应，忙走入行宫，叫一声："师父，我来也！"唐长老正在那里对着红光拜谢，忽见猪一戒走来，满心欢喜，走起身来问道："你毕竟是谁陷你？"猪一戒牵过太子来道："就是这个坏人。"唐长老道："他是甚人？"猪一戒道："他是国王的太子。"唐长老听见说是太子，连忙走近前扶住太子道："既是国王的殿下，还不快些放了！"猪一戒道："放不得！他虽是太子，却是我的仇人。"唐长老道："有甚深仇？无非是一时游戏起的衅端。"猪一戒道："他孩子家不知事倒也还可恕，只是他的娘，妇人心最毒，说我父亲曾将他打死，今日要杀我报仇。"唐长老道："既有前仇，则报不为过，况报又未成，如何复结后怨？冤家宜解不宜结。还不快放了，稍释前愆，好打点走路。"猪一戒拗不过师父，只得将绳索解了道："我老猪被你拿去，不知打了多少？我拿你来便轻轻放了，好造化，好造化！"黑孩儿感唐长老解放，再三拜谢不题。

却说黑孩儿被猪一戒牵来，早有近侍报知，玉面娘娘吓得魂不附体，啼啼哭哭，与大力王商议要救太子。大力王道："他一个过路和尚，拿他来做甚？就是拿来，昨日他师兄来寻，还了他也可免祸。你却苦苦要报什么旧仇，抵死不还，今日却惹出这等大祸来，皆是自取，怪不得他人。"娘娘道："做过的事，埋怨也无用。只是如今怎生方救得他出来？"大力王道："我当初为妖魔的时节，好逞英雄撒泼，今日既为一国之主，当存一国之体。况这几个和尚又大有来历，遣兵与他厮杀，他本事高强，又杀他不过；弄阴霾迷他，他有红光护卫，却又迷他不倒。并无他策，惟有伏罪软求，或者尚可挽回。只是我为国王，怎肯下气？"玉面娘娘又撒娇撒痴大哭道："你不肯下气，岂不害了我孩儿性命！"大力王道："爱妃不必心焦，事已到此，也顾不得体面了。"随吩咐备法驾，同娘娘一齐亲自到刹女行宫来见求解的和尚请罪。车驾将到行宫，只见黑孩儿太子早已放了出来。大力王与娘娘看见，细细问故，方知是唐半偈劝勉。王、后二人不胜感激道："原来这唐长老竟是活佛。"遂下了辇，步行入宫来拜谢，唐长老慌忙迎接答拜。国王要请唐长老到朝里去款待，唐长老西行心急，立刻叫猪一戒、沙弥牵马挑担起身。大力王知留不住，即命法驾亲送出西城方回。他师徒们到了城外，见天色依旧阴阴晦晦，正不知去向，忽见那朵红云又飞在前边领路。师徒们跟定红云，倏忽之间早已脱离鬼国，竟上西方大路。正是：

收回菩提心，赖有观音力。

师徒四众此去不知又有何所遇，且听下回分解。

【第二十二回】唐长老逢迂儒绝粮　小行者假韦驮献供

诗曰：

毕竟人心何所从，喜新厌旧乱哄哄。
东天尽道西行好，及到西天又想东。
洪福享完思净土，枯禅坐尽望丰隆。
谁知两处俱无着，色色空空递始终。

话说唐半偈师徒亏观世音菩萨遣红孩儿领路，脱离鬼国，一时迷而得悟，依旧并胆同心，欢欢喜喜往西前进。喜得一路平安，又行了二三千里，忽到一个乡村，唐长老对着小行者道："徒弟呀！行了半日，腹中觉有些空虚。此处象是一个乡村，你看有好善人家去化些斋来充饥，方可前行。"小行者道："西方路上家家好善，要化斋不打紧。师父请在这村口树下略坐一坐，等我去化。若遇着个大户人家，只怕还要请了去吃哩！”猪一戒听了道：“哥呀！倘有好人家，连我也说在里头，等我也去吃些。”小行者道：“这不消说得，包管你一饱。”说罢，拿了钵盂就要走。唐长老叫住道：“化斋乃是以他人之斋粮济我之饥渴，这是道途不得已之求，原非应该之事。他须喜舍，我当善求，万万不可卤莽，坏我清净教门。”小行者领诺，竟走入村来。才走不多路，忽撞见一个人，正要问他一声，那人将他看一眼，便吐一口唾沫，远远的走开了。又走不得几步，又撞见一个人，又想要问他，那人又将他看一眼，吐一口唾沫，远远的走开了。心下疑惑道：“想是连日天气热，我走路辛苦，不曾洗浴，身上有些汗酸臭。”再走几步，撞见的人人如此，心下又疑惑道：“这些人若是洁洁净净，便是嫌我秽污。你看他腌腌臜臜，比我更加秽污，怎倒嫌我？”正思想不出，忽见路旁一个人家，心里想道：“莫管他，且进去化斋，干我的正经事。”遂走将进去，叫一声：“有人么？过路僧人化斋。”只见里面走出一个后生来道：“什么人叫唤？”忽看见小行者是个和尚，因笑一笑骂说道：“哪里走来这个秃货？倒要算一件罕物。”小行者听见，笑答道：“没头发的秃货天下也不少，若要连腊梨算还多哩！何罕之有？小哥想是整日躲在毛里过日子，故见闻不广。”那后生道：“别处或者还有，我们这地方却未曾多见，请再去问问人，我不与你斗口。”小行者道：“这都罢了，但我几众过路僧人，一时行路辛苦，腹中饥了，化你一顿饱斋，结个善缘。”那后生惊讶道：“这又是奇闻了。”小行者道：“化斋怎么是奇闻？”那后生道：“化斋想是要饭吃了！饭乃粮米所为，粮米乃耕种所出，耕种乃精力所成。一家老小费尽精力，赖此度日，怎么无缘无故轻易斋人？岂不是奇闻！”小行者道：“我们从大唐国走到宝方，差不多有二万里路。哪一处不化斋，哪一日不化斋？化的斋粮只愁肚中吃不下。若依你这等说，我师徒们饿死久矣！你小哥家不知世事，快进去叫一个大人出来说与他，他自然请我们饱餐了。”那后生道：“我家没有大人，我小哥家果不知事，请去别家化化，自然明白。”说罢，竟走了进去，全然不睬。

小行者要行凶，又恐怕违了师父之言，只得忍着气走了出来，又往前行。忽又见一个大户人家门前立着一个老院公，忙上前叫一声：“老官儿，过路僧人行路饥饿，要化一顿饱斋。”那老院公抬头看见是个和尚，先吐了一口唾沫，道声晦气，方答道：“我这地方并不容留和尚，你们是哪里来的？”小行者道：“我们是大唐国钦差，往西天雷音寺见如来佛拜求真解的。”那老院公道：“我就说你是远方来的。你既敢远来，必定也通些世务。古语说：入国问禁，入里问俗。你问也不问一声，为何就大胆走到这里来？”小行者道：“我们过路僧人不过化一顿斋，吃了走路，又不在这里过世，问你民风土俗做什么？”那老院公道：“问不问由你，只要你忍着饥走得过去，便是造化了！要吃斋是莫想。”小行者道：“一顿斋能值几何？莫说我佛家弟子占三教之尊，为天下所重，就是一个求讨乞儿，也有人矜怜赍助，怎么说个莫想？”老院公笑道：“各乡风俗不同，我故叫你问一声。我这地方，转是乞儿有人收养，收养乞儿叫做施仁；若是施舍了和尚一粒米、一寸布，便叫做干名犯义、伤风败俗，就为乡人鄙贱，不许入正人之列。故人蓦地撞见和尚，就要算做遭瘟晦气。我老人家今日活遭瘟，精晦气，撞见你说了这半日活，明日人知道，还不知怎样轻薄我哩！请你快去了罢，免得贻害地方。”小行者听了惊讶道：“一个和尚又不犯法，怎么布施了就干名犯义？怎么撞见了就遭瘟晦气？我不信有这等事，还是你老人家舍不得斋僧，故造此妄言骗我，我只是不信。”老院公道：“你不信我，再去问问人就知道了。”小行者暗想道：“方才我入村来，撞见人皆吐残唾走开，想就是这个缘故了。”又对着这老院公问道：“你这地方为何这等恼和尚？必有缘故，可说个明白。”老院公道：“风俗如此，我们粗蠢之人，哪里晓得是甚缘故？你要知明白，西去十里有一村，叫做弦歌村，村里尽皆读书君子，人人知礼，个个能文，你到那里一问，便晓得是甚缘故了。”小行者道：“去问也不打紧，只是我师父肚饥了等斋吃，可有法儿多寡化些与我？”老院公摇着头，连连说道：“这个没法，这个没法！”小行者道：“若是没法，我师父不饿死了！”老院公道：“若要执迷往西，饿死是不必说了，倒不如依我说回过头来，原到东土，那边人贪痴心重，往往以实转虚，以真易假，你们这教说些鬼话哄他哄，便有生机了。”小行者道：“我们是奉圣旨往西天见佛祖求真解的，怎好退回？”老院公道：“我说的倒是真解，你不退回，请直走到天尽头，妙妙妙！说了这一会，连我老人家肚里也饥了，不得奉陪。”举举手，撤回身往里就走。小行者暗想道：“这些闲话且莫听他，只是我在师父面前说得化斋容易，如今无斋回去，怎生见他？”又想道：“明化不如暗化。”遂弄个隐身法儿，竟跟了老院公进去。

老院公走到厨下，此时午饭正煮熟在锅里，管厨人还在那里整治下饭。老院公等不得，先揭开锅盖，自盛了一大碗拿到房里去吃。因是寡饭，又撤身往厨下去寻小菜。小行者跟着看见，随隐身进房，将他一大碗饭倒在钵盂内，恰恰有一钵盂。正待走路，只见老院公又拿了一碗酱瓜、酱茄小菜来，又一双筷子，正打算进房吃饭，看那碗中的饭已不见了，吓呆了，半晌方叹口气道："人说撞见和尚晦气，我今日撞见这和尚，真也作怪，怎明明盛在碗里的饭，转转身就不见了！莫非是哪个藏过要我老人家？"走出房来东张西望。小行者得便，又将瓜、茄小菜倒在钵盂饭上。老院公再进房来，连小菜都没了，一发慌张道："不好了，有鬼了！"厨下众人听见，俱跑来问他。小行者乘着乱，便托着钵盂一径走出村来。

此时唐长老等得不耐烦，正在那里要叫猪一戒来迎。猪一戒道："西方路上好善斋僧的人家多，哪里去迎他？况他猴头猴脑，知道躲在哪家受用？他不吃得撑肠拄肚也不回来，却把个师父饿在这里。"唐长老似信不信，也不开口。猪一戒还打算要说什么，忽小行者走到面前道："师父，斋在此，请将就用些，前途再化吧。"唐长老道："你怎生去这半日？"小行者道："不期此地人不好善，不肯施舍，故此耽搁了工夫。"猪一戒道："你方才说西方路上家家好善，化斋容易，还许连我也是一饱，为何这会又转嘴说难化了？想是你自家吃得快活，替他遮瞒了。"小行者道："呆子休胡说，我老孙岂是贪嘴之人！"唐长老道："此方人既不肯施舍，这钵盂饭又是哪里来的？"小行者道："这村人家，若说他恶，又立心本善；若说他善，行事又近恶。故好好化他断然不肯与；行凶化他，又怕违了师父之戒。万不得已，只得隐身进去取了一钵盂来，请师父权且充饥，到前途再作区处。"唐长老听了摇头道："吾闻君子不饮盗泉之水，这斋隐身取来，又甚于盗泉矣！我佛家弟子犯了盗戒，怎敢去见如来？宁可饿死，不敢吃此盗食，你还该拿去还他。"小行者听了，便不敢言语。猪一戒听见师父说要还他，着了急说道："师父，莫要固执。一碗饭，又不是金银器物，在我口边，便是我的食禄，有什么盗不盗？若是这等推求起来，就是神仙餐霞吸露，也要算做盗窃了。我们一路来，口渴时，溪水涧水就不该吃了！"唐长老道："你虽也说得是，但天地自然之生与人力造作所成微有分别。我只是不吃。"猪一戒道："师父既不吃，等我来吃了，入肚无赃，好与师兄消。"一边说一边早拿起来，三扒两咽都吃在肚里。吃完收了钵盂，挑起行李道："师父趁早上马，赶到前村，等我化斋还你。"唐长老无法，只得叫小行者扶他上马而行。一路观看村中风景，因说道："我看此地方风俗也还不恶，为甚就无一个善人？"小行者道："不是没善人，是风俗怪和尚。"唐长老道："怪和尚定有个缘故，你也该问个明白，好劝他回头。"小行者道："我也曾问过，这些村人都不知道。但指引我到前面弦歌村，那里都是读书人，去问方知详细。"正说不了，忽到一村。只见：

桃红带露，沿路呈佳人之貌；柳绿含烟，满街垂美女之腰。未睹其人，先见高峻门墙；才履其地，早识坦平道路。东一条清风拂拂，尽道是贤人里；西一带淑气温温，皆言是君子村。小桥流水，掩映着卖酒人家；曲径斜阳，回照着读书门巷。歌韵悠扬，恍临孔席；弦声断续，疑入杏坛。

唐长老走入村中，忽闻得四境都是读书之声，因唤小行者道：“徒弟，你看此地甚是文雅，所说的弦歌村想就是此处了。”小行者道：“不消说是了。”猪一戒道：“既是村落，师父请下马来略坐坐，等我去化斋来还你。”唐长老阻挡道：“你去不得，现今传说这地方恼和尚，你又粗杂恶貌，必定惹出祸来。”小行者道：“还是我去。”唐长老道：“你已去过一次，也有些不王道。莫若待我自去，看光景可化则化，不可化则已。”说罢，跳下马来，抖抖衣裳，拿了钵盂，竟往人家稠密处走来。到了一家，走将进去，只听见书房中有人在内抱膝长吟。唐长老不敢唐突，立在窗前窃听，听得那人吟咏道：

唐虞孝弟是真传，周道之兴在力田。
一自金人阑入梦，异端贻害已千年。
焉能扫尽诸天佛，安得焚完三藏篇。
幸喜文明逢圣主，重扶尧日到中天。

唐长老在窗下听得分明，知是要与和尚做对头，不敢做一声，因悄悄走了出来。只得远行数步，又走进一家，只听见那一家也有人在内吟诗见志道：

不耕而食是贼民，不织而衣是盗人。
眼前君父既不认，陌路相逢谁肯亲？
满口前言都是假，一心贪妄却为真。
幸然痛扫妖魔尽，快睹山河大地新。

唐长老听了，又暗自嗟叹道：“不对，不对！”没奈何复走了出来。又转过一条巷去，走到一家门首，只听得里面琴声正美，不觉一步步走将进去。将走到客座前，里面琴声刚刚弹完。唐长老忍不住高叫一声道："过往僧人化斋！"原来此处乃是一个士学的学堂，内中一个老先生领着十余个小学生在那里教书。此时午后，正功课已完，先生无事，弹琴作乐，忽听见有人声唤，因叫一个学生去看。那个学生跑出来看见唐长老，吃了一惊，慌忙跑了进去。先生问道："何人哉？"学生道："非人也！"先生道："既非人，无乃鬼乎？"学生道："人则人，而有异乎人者，故不敢谓之人。"先生道："何异乎？"学生道："弟子奉先生之教，闻人头之有发，犹山陵之有草木也！而此人，远望之，口耳鼻舌，俨然丈夫，得不谓之人乎？乃迫视之而头无寸毛，光光乎若日月照其顶，岂有人而若是者哉？衣冠之谓何？弟子少而未见未闻，是以骇然而返，请先生教之。"先生听了沉吟道："噫嘻，异哉！以子之见，证吾所闻，无乃和尚乎？"学生道："和尚，人乎？鬼乎？"先生道："人也有鬼道焉！"学生道："何谓也？"先生道："西方有教主，誉之者谓之佛，毁之者谓之夷鬼。和尚亦禀父精母血而受生，岂非人乎？乃舍其所以为人，而髡首以奉佛。佛不可见而类乎鬼，岂非有鬼道乎？自我天王之开文教也，斥此辈为异端，屏诸中国不与同西土久矣！今日胡为而至此哉！予将亲出视之。"因拂琴而起，走将出来。看见唐长老立在阶下，因叹息道："秃哉，秃哉，果和尚也！何世道不幸也欤？"唐长老不知就里，因上前打一个问讯道："老居士，贫僧稽首了。"先生忙摇手道："不消，不消！吾闻道不同不相为谋，无论稽首，即叩头流血，予亦不受。"唐长老道："人将礼乐为先，贫僧稽首是致礼于老居士，为何老居士一味拒绝如此？"先生笑道："何子言之不自揣耶？夫礼尚往来者，言乎平施也。予，文士也。子异端也，以进贤之冠而与不毛之顶同垂，不亦辱朝廷而羞士子哉！非予拒绝，礼当拒绝，尊天王之教也。"数语说得唐长老满面通红，立了半晌，因腹中饥饿，只得又说道："佛法深微，众生愚蠢，一时实难分辨。只是贫僧奉大唐天子之命，往西天雷音寺见我佛求真解，路过宝方，行路辛苦，一时腹馁，求老居士有便斋布施一餐，足感仁慈之惠。"先生又笑道："子虽异端，亦有知者，岂不闻食以报功，鸡司晨，犬司吠，驴马司劳，故食之。子异域之人也，不耕不种，又遑遑求异域之空文，何功于予土？而予竭养亲资生之稻粮，以饱子无厌之腹，予不若是之愚也！子慎毋妄言。"唐长老道："西方久称佛国，贫僧一路西来，皆仰仗佛力，众姓慈悲。虽食之有愧，却也幸免饥寒。不知老居士何故独轻贱僧家如此？"先生道："此有说焉，吾将语子。昔天王之未开此山也，万姓尽贫嗔痴蠢，往往为佛法所愚，妄以为舍财布施可获来生之报，以致伤父母之遗体，破素守之产业，究竟废灭人道，斩绝宗嗣，总归乌有，岂不哀哉！幸天王之怜念此土，忽开文明之教，痛扫异端，大彰圣教，故至今弦歌满邑而文物一新，无一人不欣欣向化，以乐其生。虽挞之佞佛而亦不愿矣！子诚闻言悔过，逃释归儒，予之上宾也；若执迷不悟，莫若速速遁去之为安。倘贪口腹而濡滞此土，予恐其不获免耳。良言尽此，请熟思之。予不敢久立以自取污辱也。”说罢，竟踱了进去。唐长老见没人瞅睬，只得走了出来，欲待再往一家，想来也不过如此，便不觉垂头丧气复走回来。

小行者与猪一戒迎着问道：“看师父这般光景，多分不曾化得斋到口？”唐长老道：“斋化不出，事情甚小，何足为念。只可笑一个教书先生，高榜斯文，满口咬文嚼字，一味毁僧谤佛，几将佛门面皮都剥尽，却是奈何？”小行者道：“要他回心敬佛斋僧，甚不打紧。”唐长老摇头道：“我看这班书呆沉迷入骨，要唤回甚不容易。徒弟呀，你怎说个不打紧？”小行者道：“实是不打紧，只怕做将来，师父又要怪我不王道。”唐长老道：“莫非你要动粗么？”小行者道：“此辈不过是些迂儒蠢汉，又非妖精魔怪，何消动粗？不过仰仗佛威，使之起敬耳！”唐长老道：“既不动粗，又能觉悟其愚，使之起敬，正佛法之妙，又何乐而不为？”猪一戒道：“师父莫听师兄说谎！他起初说化斋容易，去了半日，也只偷得一钵盂饭来。如今便怎能够使他人人回心？”小行者道：“呆兄弟，你不知道！起初，师父不晓得这般光景，定嫌我弄鬼弄怪。如今，这地方民风土俗师父都已深知，故不妨显些手段大家看看。”一面说一面就走进村来。因在腿膀上拔下一把毫毛，放在口中嚼得粉碎，喷出来叫声：“变！”遂变做百千万亿个韦驮尊者，头戴金盔，身穿金甲，手执降魔宝杵，每家分散一个，立在堂中高声大叫道：“活佛过，快备香花灯烛与素斋迎接，如若迟延，不诚心供奉，我将降魔杵一筑，叫你全家都成齑粉。”吓得众百姓人家磕头礼拜，满口应承备斋。小行者却自己也变了一尊韦驮菩萨，寻到学堂里来，将先生一把捉住，提到当街心里叫他跪下，又用降魔杵压在他头上，说道：“你幺么小子，读得几句死书，不过坐井观天，辄敢毁僧谤佛，当得何罪？且押到阿鼻地狱，先拔舌，后敲牙，叫你万劫不得翻身。”先生忽然被捉，吓得魂不附体，连连叩头道：“天王欺予哉。非予之敢于毁谤也！乞尊神恕之，使吾舌幸存而牙获免，则我佛之慈悲有灵，不吓碎人心也哉！誓将移奉天王之诚以奉佛。不识尊神肯容改悔否？”小行者道：“既改悔，且饶你一次，可快去速备香花供养，迎接活佛。如不虔诚丰洁，二罪俱罚。”说罢，将宝杵提起。先生得了性命，爬起身来往馆中飞跑。七八个学生子见先生提去，吓得魂胆俱无。及见放了回来，慌忙接住问道：“自先生之被捉，弟子以为适足杀其躯而已矣！不意邀祖宗之灵，得保首领而归，不知神圣宽恩释放乎？抑先生有能得以自返乎？抑亦有别说乎？”先生道：“予不暇细谈也，速速备斋以供养活佛，不然则韦驮之杵何可当也？”学生听说，忙忙去备斋不题。

且说小行者见事已做妥，忙回到村口，又拔四根毫毛变做四大金刚前面领路。又将数根变做许多童子，手执幢幡宝盖，香花灯烛，鼓钹音乐，两边分列引路。然后请师父上马，自与猪一戒左右簇拥而行。一路上香烟缭绕，幡幢悠扬，鼓钹喧阗，经声聒耳。才行入村来，早有无数人民，老老小小、男男女女，皆手执香灯并各种斋供，拜倒路旁，求观活佛。那先生也儒巾儒服，头顶香炉，并一班学生捧着斋供，杂在众人中献将上来，口称活佛，请祷不已。唐长老看见，甚不过意，连声叫道：“不消如此。”众百姓早你馒头、我蒸饼，这个汤、那个饭，精洁素食如雨点一般，都拥至马前，送到手里，只求唐长老开口。唐长老吃一口，推辞一口，已不觉吃得饱不可言。无可奈何，只得叫猪一戒与沙弥替吃。猪一戒正中下怀，张开莲蓬嘴，哪管酸甜苦辣，一概齐吞。怎奈来得多，连猪一戒也吃得撑肠拄肚吃不下了，只把头摇。小行者看见他师徒们吃得尽够了，再只管耽搁，恐生别事。因用手一指，将众人禁住，方不能挤拥上来。然后请师父策马加鞭，向西而去。猪一戒吃得快活，挑着行李飞跑。师徒四人走出了村口，小行者将身一抖，收了法相，众百姓再欲赶时，已去得远了。大家惊惊讶讶，或以为佛法有灵，或以为僧家幻术，议论纷纷不一。正是：

尊儒儒不尊，灭佛佛不灭，
到底佛与儒，妙义不可说。

未知以后如何，且听下回分解。

第二十三回 文笔压人 金钱捉将

语云：

花花花，有根芽，种豆还得豆，种瓜不成麻，儒释从来各一家。儒有儒之正，儒有儒之邪；释有释之得，释有释之差。大家各不掩瑜瑕。你也莫毁我，我也莫誉他；你认你的娘，我认我的爷；为儒尊孔孟，为僧奉释迦，各人血肉各精华。我若学你龙作蛇，你要学我凤成鸦，劝君须把舵牢拿，风光本地浩无涯。

话说唐长老亏小行者弄神通显示法相，惊醒愚民，皈依佛法，得以饱餐一顿，策马前行，一路上叹息道："我佛慈悲清净，自有感通，何尝在此？今在道途中不得已，作此伎俩，实于心有愧。"小行者道："金人入梦，便已开象教之门，此不过一时显示威灵，使愚蒙信心，虽近浮云，实于太虚无碍。"唐长老道："虽如此说，然可一而不可再，戒之，戒之！”师徒们在路上谈些佛法，欣欣向前而行。真是路上行人口似碑，弦歌村里这番举动，早已哄传到前村，说后面活佛来了，大家都要尽心供养，以祈保平安。唐长老马到时，未曾化斋，先有献斋的在那里伺候；未曾借宿，先已有人打点下住处。一传两，两传三，早沸沸扬扬传到文明天王之耳。原来这文明天王本出身中国，生得方面大耳，甚有福相。当头长一个金锭，浑身上下布满金钱。所到之处，时和年丰；所居之地，民安国泰。只因国中遭了劫运，不该太平。这文明天王出非其时，故横死于樵夫之手。他一灵不散，又托生到西土来。也生得方面大耳，当头金锭，满身金钱，宛然如旧，只手中多了一管文笔，故生下来就识字能文。又喜得这枝笔是个文武器，要长就似一杆枪，他又生得有些膂力，使开这杆枪真有万夫不当之勇。又能将身上的金钱取下来，作金刨打人。遂自号文明天王，雄据着这座玉架山，大兴文明之教。这山前山后，山左山右，凡到千里之内者，皆服他的教化。这地方从来好佛，僧家最多，自文明天王在此，专与佛教作对头，故毁庵拆寺，不容许留一个和尚居住。故数百年来僧家绝迹，就间或有一两个和尚到此，民风土俗已沦入文明之化，并无一人瞅睬。这日忽闻得人传说，有四个和尚在弦歌村用四金刚开路，百千万亿韦驮显灵，引诱得这些文章礼乐的书生与孝弟力田的百姓，依旧贪嗔好佛。气得这文明天王暴躁如雷道：“哪里来的贼秃？怎敢逞弄妖术，败坏我文明之教！”因吩咐石、黑二将军道：“今有四个和尚西来，他一路上专以释教欺压我儒教。你二人可把住要路，待他到时与我捉来，碎尸万段，以消我这口不平之气。”石、黑二将军领了天王之令，忙带领许多兵将把守在玉架山前，守候捉拿和尚。

守了两日，果然远远见四个和尚，一个骑马，一个挑担，两个前后拥护行来。石将军道：“来了，来了！”黑将军慌忙将阵势摆开，手挺着方天画戟，大声吆喝道：“妖僧快下马受缚！”小行者看见，忙叫沙弥将唐长老的马头带住，耳中取出金箍铁棒在手，迎将上来道：“你是什么人？怎敢青天白日在此短路？”黑将军道：“我乃文明天王驾前先锋黑将军！奉天王命令，拿你和尚去受死。怎说短路？”小行者道：“你做你的天王，我做我的和尚，我过路和尚又不犯你天王之法，为何拿我去受死？”黑将军道：“你既是过路和尚，就该悄悄过去。为甚逞邪术弄金刚开路，韦驮显灵，哄骗愚民斋供，以乱文明之化？你还说不犯法无罪！”小行者道：“金刚、韦驮原是我佛门护法，怎为邪术？斋供是众善人喜舍，何为哄骗？我大唐中华大国，历代礼乐文章，尚不敢上希文治，还要仰仗我佛门庇佑。你大王不知是哪洞里的妖精，学得几句之乎也者，辄敢擅称天王，自号文明，霸占此山，蛊惑百姓，又毁访我佛。我不与他计较便是他的造化了，他为何转来寻我？”黑将军听说，默默无言。石将军在旁看见，忙叫道：“莫要听这奸僧胡说，只拿他去见天王明正其罪。”一面说一面挺着一柄月牙铲，照小行者劈面铲来。黑将军见了，也挺画戟戳来。小行者笑道：“你若倚着文明之教从容讲理，还可左右支吾，迟你数日之命；若要动武厮杀，只怕目下就要身亡了。”遂将金箍棒逼开铲、戟，趁手相还。两个恶将军，一个狠和尚，在山前一场好杀。但见：

铲去棒来，棒来戟去。铲去棒来，好似明月半轮撑玉柱；棒来戟去，犹如犁星双角驾金虹。两个恶将军，前一铲，后一戟，紧紧夹攻狠和尚；一个狠和尚，左一棍，右一捧，轻轻抵住恶将军。将军口说文明，满腔恶毒气未见文明；和尚言虽慈善，一片杀人心何曾慈善。搅做一场，天昏地暗；喊成一片，地动山摇。不知哪世冤家，亡生赌斗；大都今生孽障，舍死相持。横斜两处，战成三足香炉；粗细中间，杀出一条扁担。

三个人杀了半晌，虽也未见输赢，只觉金箍棒重，铲、戟招架不来。石、黑二将军渐渐有几分败阵之意，早有跟来兵将飞报与文明天王道：“来的和尚甚是厉害！使一条金箍铁棒飕飕风响，石、黑二将军齐出夹攻，杀他不过，将要败阵了。求天王发兵救应。”天王听了叹息道：“释教未尝无人，只可惜走的路头差了，待我来细细教训他！”因叫鞴马。左右忙牵过一匹马骓马来，这马原是楚霸王骑的，虽同楚霸王死在乌江，而精灵不散，仍成良马。文明天王自雄据此山，没有乘坐，遣人天下求马。虽有穆王的八骏，然止好备和銮饰文明之象，却非英雄临阵之物。故遂选了这匹乌骓马乘坐。这日，马卒牵到，文明天王先在架上取了那枝文笔在手，然后飞身上马，马前打着一对龙旗，旗上写着两行金字道：

大展文明以报圣人知我，
痛除仙佛使知至教无他。

又一对凤旗，旗上也写着两行金字道：

身困野中隐显呈天地之祥，
名标阁上生死绝春秋之笔。

又带领着许多兵将，一齐涌出山前。

此时，石、黑二将军已支持不住，渐渐退到山脚下。听见天王自引兵来，又重新耀武扬威，复杀过来。小行者看见，嘻嘻的笑起来道："你这两个软东西，才战得几合，已似鼻涕一般，想是哪里去搓了一阵，又硬起来。不要走，吃吾一棒！看你还是硬还是软？"举棒劈头就打。石、黑二将军忙用铲、戟架住道："和尚不得无礼！我文明天王的御驾已到了。你这几个和尚的死期将近，还要说甚寡嘴？"小行者还打算答他，早金鼓齐鸣，绣旗开处，文明天王一骑马早已冲出阵前。石、黑二将军看见，就乘机从两旁退去。小行者知是文明天王，便横着铁棒大叫道："那骑马的！我看你文绉绉、气昂昂，装模做样，莫非就是甚么文明妖精么？"文明大王听见大笑道："好野和尚！你既能弄金刚开路，韦驮显灵，又能用这条哭丧棒抵敌石、黑二将军，也要算做个有用之才，为何身陷异端？殊为可惜！今既有幸得遇我文明天王，便该弃邪归正。如何不思追悔，尚逞强梁，反叫我是妖精？"小行者道："野妖精，你既冒文明之名，也须知文明之实。当时尧舜称文明者，身穿衮服，头戴冕旒，谓之衣冠，伯夷秩叙，百夔治音，谓之礼乐；河出图，洛出书，谓之文章；天下雍雍熙熙，谓之文明，方不有愧。你今躲在山坳里，上无宫室，下无官僚，连字不知你识与不识，文明在哪里？你看我这条铁棒将邪魔打尽，独标我佛的清净，方是真文明。"文明天王笑道："你拿着这根铁棒，便以为英雄豪杰，不知这正是你取死之物也。我若用刀剑与你对敌，拿了你也不为希罕。我只将手中这枝笔儿与你斗三合，你若斗得我过便饶你过去；倘或被我捉住，那时细细割切，你却莫要反悔。"小行者道："这个自当奉承，且看你的手段如何？"说罢，又举棒当头打来。文明天王将手中这枝笔扯长做一条枪，轻轻拨开棒，就照脸回刺一枪来。小行者也用铁棒抵挡。只斗得三合，文明天王就拨马而回，小行者随后追来。

文明天王因在身上取下一个金钱刨来，扭转身躯照小行者劈头就打。小行者眼明手快，急将金箍棒一隔，恰恰打在金箍捧上，当的一声响，早已迸在地下。说不了又是一刨打来，小行者又是一棒隔去。文明天王看见惊讶道："这和尚看他不出，倒也有三分手脚。”遂将浑身的金钱刨雨点一般打来。小行者将棒团团使开，就象一道寒光在地下滚，并不见人，那金钱就像寒星一般当当的进了满地。文明天王看见无数金钱刨并无一个打在小行者身上，倒转欢喜道：“好个精细和尚！”因拨转马头问道：“我且问你，你这和尚叫甚名字？哪里修行？几时得道？可细细说来。”小行者唤道：“我的儿，你只道我孙老爷是贪财的和尚？指望将这些金钱刨打倒我？怎知我彻底澄清，一丝不染，笑你枉用心机，有何用处？这也不怪你，总是你不知我的出处，听我说与你：

东南有山名花果，天地灵苗石一朵。
先天曾产佛祖宗，后派儿孙又生我。
幸喜家传大道成，下地上天无不可。
白虎拿来守石门，苍龙拿住镇山左。
千山妖怪尽投降，十殿阎王没处躲。
瑶池宫里醉蟠桃，玉帝门前落金锁。
孙家铁棒久知闻，履真小圣声名播。
自从仙祖劝皈依，方把放心收拾妥。
奉师西行见如来，拜求真解救偏颇。
只道西天有善人，何期撞着你一伙。
假以文明辟异端，实欲杀人并放火。
恶人恶满要消除，偏要招灾与揽祸。
施我金钱不爱财，文笔如花空袅娜。
斩平邪教作慈悲，只要天王头一颗。

天王听了，呵呵大笑道：“你原来是东胜神洲花果山天产石猴孙行者的子孙！你那老猴子当初大造化，值我未曾开教，被他侥幸成功去了。你这小猴子今日却晦气撞见我，万万不能侥幸了。若是有些灵性，师徒们快去商量，弃去邪魔，逃归正教，早早养起头发做我的良民，尚可保全残喘，以度余生。倘执迷不悟，我也不用刀剑杀你，只将文笔书你作妖僧，写你作外道，几个字儿压得你万世也不能翻身。”小行者笑道：“说也没用，请试压压看，且看压得倒压不倒，再作商量。”文明天王道：

“我怜你是个有用之才，不肯轻易加害，你倒自家要寻死。既要我压，有何难哉！”遂将手中文笔往空一掷道：“着！”那枝笔早飞飞舞舞向小行者头上落来。小行者见了，若要用铁棒去挡，也未必就被他压倒，因看见这小小一枝笔儿能有多重，转将头往上一迎，让他落在头上，毫不歪斜，壁立直的竖着，就象一座文笔峰，虽也觉有千万斤重，只因小行者有力量，顶在头上毫不吃力，便摇头摆脑说道：“一个秃和尚弄成做尖钻了，倒好耍子！”文明天王看见压他不倒，大叫一声道：“至圣先师道通天地，文昌帝主才贯古今，岂可容异端作横，不显威灵？”叫声未绝，只见那枝笔在小行者头上就是泰山一般压将下来。小行者便觉支持不住，再将铁棒去拨时，就如生成，哪里拨得他动！不一时压得力软筋麻，竟挫倒在地。文明天王大笑道：“小猴子，你的英雄何在？”遂喝一声：“绑了！”旁边兵将就一齐拥上，你绳我索将他手脚都缚倒。猪一戒与沙弥初时看见小行者战败石、黑二将军，又见文明天王的金钱刨打他不倒，俱赞叹道：“大师兄果有法力！”到此时，忽见被文明压倒，众妖精捆缚，二人急了，只得一个掣出钉耙，一个展开禅杖，也不顾师父、行李，大叫道：“妖精休得犯我师兄，我来也！”遂两路杀来。石将军看见，忙用铲抵住猪一戒；黑将军看见，忙用戟接住沙弥。两对儿战有十余合，文明天王看见没有输赢，便取下两个金钱，照二人头上打来。二人都不曾防备，沙弥恰被打在头上，当不得一跤跌倒，早被黑将军捉住；猪一戒闪得快，把头躲过，不料长嘴撤不及，打着金钱，连牙齿都打去两个，大叫一声：“不好了！”丢了钉耙，掩着嘴只是哼。石将军看见，赶上前一把掀翻，也叫兵将捆了。

唐长老在马上，看见三个徒弟皆被捆缚，自知不免，转策马上前向文明天王道：“从来三教并行。天王自行文教，贫僧自尊佛法，各不相碍。天王何苦定要灭我善门？”文明天王道：“盘古开天，未尝有佛，何况妖僧？快与我拿下！”兵将得令，又将唐长老横拖倒曳扯下马来，也用索子绑了。文明天王一眼看见那匹龙马，便惊问道：“你这和尚怎么倒有这匹好马？”唐长老道：“此马果非凡马，实乃昔年负河图出孟河的那匹龙马。因贫僧上西天无脚力，故小徒向龙王借来。”文明天王听了大喜道：“我一向要寻一匹龙马，再无称意的，只得权用这匹乌骓，谁知你这妖僧却骑一匹龙马！此马既负河图，乃文明之马，正合驮我文明之主。你这妖僧怎强占乘坐？是异端而辱圣门，罪不容于死矣！”说罢，遂下了乌骓，跨上龙马，十分得意。命众兵将绑缚着四个和尚，并钉耙、禅杖、行李，鸣锣掌号，打得胜鼓回山。

原来这玉架山天生成一间大石屋，文明天王又叫人锥凿一番，竟成了一间石殿。文明天王回到殿上坐下，石、黑二将军押过四个捆绑的和尚放在殿前。文明天王因捉了四个和尚，又得了一匹龙马，心下快活，且不发落，就叫排宴来吃。宴来时，大觥大爵，满斟满饮，不一时吃得醺然大醉，就要进后殿去睡。石、黑二将军忙禀道："四个和尚尚未发落。"文明天王道："且绑在后洞，待我明日细细审问定罪。"二将军又禀道："天王的文笔尚在和尚头上，恐怕后洞过夜损伤。"文明天王道："那小猴子捆得紧么？"二将军道："捆得紧。"文明天王道："既捆得紧，可再加上一条粗绳，将文笔取来还我。"二将军领命，又用一条粗绳加捆在小行者身上，然后去取那枝文笔，谁知那枝小小文笔就有万斤之重，莫想拿得动。上前禀道："小将力薄，取那文笔不动。"文明天王大笑道："你二人虽也曾沾些墨水，止能亲近文人，自却一窍不通，怎生拿得动。"因走到殿前，轻轻在小行者头上将文笔取将下来，又吩咐小心看守门户，竟进后殿去睡了。石、黑二将军领了天王之命，遂叫兵将将四人抬入后洞最深之处，重又捆在柱上，方各自散去。

却说唐长老见四人绑在一处，不觉叹息道："死生梦幻，固不足惜，只可惜一场大愿未能完成。"小行者道："师父的道心怎这等不坚，小小折挫便嗟叹起来？"唐长老道："不是嗟叹，以你这等本事，还被他轻轻压倒，文人之笔真可畏也！"小行者道："文人之笔虽然可畏，也只一时，却也作准他不得。"唐长老道："怎么做准他不得？"小行者道："象方才压在我头上挪移不动，便是铁笔，几乎将我压杀！你看他这一会为贪几杯酒，擅自移动，我又可以自由自在矣！"唐长老道："徒弟呀！笔虽移去，你看这些索绳，大结小结，就有千手也难解脱，怎说个自由自在？"小行者道："师父全不知道，结无大小，只要会解。不会解千劫犹存，会解时片言可脱。师父不消着急，到夜里包管你解开走路。"唐长老听了似信不信，便不言语。猪一戒乱嚷道："你这话只好宽师父的心罢了！你既捆着手会解这些绳索，为何散着手倒被他一枝笔儿压倒了？"小行者道："兄弟，你有所不知，我虽凭着自性中的灵明参通了天地的道理，做了个真仙，然从小儿却不曾读书，那些诗云子曰弄笔头舞文的买卖实是弄不来，故一压就被他压倒了。如今笔既移去，这些绳索不过吹灰之力，愁他怎的？"猪一戒忽然想起道："师兄说的虽是大话，却也有些影子。"沙弥问道："有甚影子？"猪一戒道："我前日在鬼国被黑孩儿绑缚得紧紧的，忽然一齐断了，莫非就是这个道理？"小行者道："那虽是念彼观音力，却也正是这个道理。兄弟，你还做得和尚，有些悟头。”大家说着，早已天晚入夜。猪一戒性急道：“捆了这半日，眼中已散过花了，快些解结罢。”小行者道：“兄弟莫言语，不要走了风。”一面说一面将身一小，早已脱出绳来道：“兄弟，如何？”猪一戒见小行者散手散脚在面前说话，忙叫道：“好哥哥！快救我一救。我捆得紧些，这会手脚都麻了。”小行者道：“莫要慌，且解了师父看。”摸到唐长老面前，在绳索上吹了一口仙气，那些绳索就象刀割的一般都散开了。解脱了唐长老，再复回身来解猪一戒，不料洞中黑暗，转先摸着沙弥，就顺便解了沙弥。猪一戒听见先解沙弥，急得乱嚷道：“这猴子忒也惫懒，我手脚捆麻了，叫你先解，倒把我丢在后头，真不是人。”小行者道：“求我解转要骂我，我偏不解，看你怎样？”猪一戒听见说不解他急了，忙叫道：“好哥哥！我是个蠢人，不要与我一般见识，我骂你正是求你。”唐长者听不过，叫声：“履真，也与他解了罢。”小行者道：“造化了这呆蠢才！不是师父说，一千年也不解你。”也就照他身上吹了一口气，把绳索脱去。那呆子一时手脚轻松，满心欢喜道：“哥哥呀，象你这样装腔作势勒措人，真也可恼，若看起你这解法来，实是亏你，就是用刀割也要半日。”唐长老道：“解虽解得好，只是黑洞里人生路不熟，怎生出去？”小行者道：“师父你们且莫动，待我去看明方向，寻个灯火照路，方好来领你。”遂悄悄走了出来。

洞虽深，一路却无人看守，到了前殿也空落落的。再走到宫门一看，方见有许多兵将鸣锣击鼓的在那里巡守，灯火点得雪亮。小行者摇身一变，变做个一般的兵将，走到灯火多处，提了一个就走。众兵问道：“你拿灯哪里去？”小行者道：“洞后无人把守，我拿去照照看。”众兵笑道：“洞后无门，照他做甚？”小行者道：“洞后可知无门！大王临睡还吩咐我，洞后绑着四个和尚，要好生看守。我拿灯去照照差了什么。”众兵将道：“小心些好，由你，由你！”小行者提着灯笼往里就走。走到殿上，只因天王酒后要睡，不曾发放，钉耙、禅杖、行李还丢在殿后。小行者看在眼里，又往后走。走到着后四下一看，果然无后门，只有一带山冈略觉低些，可以爬过。小行者看定了，因趱身回到后洞中，叫猪一戒与沙弥二人走到前殿，将行李、兵器收拾了，拿到后边山冈下，又走到洞里领了唐长老出来，说道：“你们三人在此老等，待我找寻了龙马来好走路。”唐长老道：“徒弟小心！切不要惊动了天王方好。”小行者道：“师父但放心，若要做好人便繁难，只学做这撬摸贼儿也还容易。”忙提着灯儿找寻到厩中，只见龙马与那匹乌骓同拴在一槽。小行者走到厩中，轻轻将龙马的缰索解开，牵了出来，才牵到后面山冈边，不料那乌骓马见龙马去了失了伴儿，忽然长嘶起来，将这文明天王惊醒，便问道："为何半夜马嘶？莫非今日得来的那匹龙马踣蹶乌骓？可快去看来。"众近侍慌忙爬起来取灯去看，看了来报道："大王，不好了！厩中只有乌骓嘶鸣，那匹龙马不见了。"文明天王听了大惊，慌忙爬了起来道："龙马走了，这四个捆绑的和尚莫非逃脱了？"快传令众人去看。只因这一番，有分教：

儒自归儒，释还从释。

不知唐长老师徒逃得脱否，且听下回分解。

【第二十四回】

走漏出无心　收回因有主

语云：

道道道，有真窍，窥见其门委实妙。有欲也灵通，无欲更深奥，信手拈来无不肖。难将蠡测海，莫以管窥豹，下士从来只会笑，岂识圜中颠与倒？荒荒唐唐是真传，游游戏戏乃至教。自古真人不露形，所以取人不如豹。何不卮言猎大名？何不卮言收速效？已知富贵不可求，莫若从吾之所好。

却说小行者偷牵了龙马，到后洞山冈边扶唐长老骑上，加上一鞭跳出山冈，又撮了行李到山冈外，叫猪一戒挑着，然后与沙弥纵身跳出，赶上唐长老，护持而行。才走不上一里多路，后面文明天王因寻不着四个和尚，早点了兵将，跨上乌骓，锣鼓喧天，灯火耀目，飞风一般赶将来。小行者叫猪一戒、沙弥保护着师父前行，自家却踅回身来，用铁棒挡住道："泼妖精，赶人不可赶上。我们昨日让你赢一阵燥燥皮，今日可知趣，悄悄回避，你也算是十分体面够了！怎又不知死活来赶我们做甚？”文明天王赶得气喘吁吁，大骂道：“你这个压不死的贼猴头！既被我拿住捆绑，就是我的囚犯，怎敢弄邪术割断绳索，盗马逃走？真死有余辜！快快自缚请罪，还有可原。若恃蛮不伏，我只一笔压倒，叫你粉骨碎身。”小行者道：“我昨日是试试你的手段，让你压一遭游戏游戏，怎就认真？你看今日再能压我么？”因举金箍棒劈头打来。文明天王以文笔枪急架相还，这一场赌斗与昨日大不相同：

一个要报压身捆绑之仇，恨不一棒将头颅打成稀屎烂；一个要正盗马逃脱之罪，只愿一枪将胸脯穿个透心明。一个怪异端坏教，打点安放玉笼擒彩凤；一个辨真心拜佛，只思顿开金锁走蛟龙。去的心忙，棒似飞雷留不住；捉的性急，枪如骤雨拨难开。枪到处焰焰辉辉，疑有文光飞万丈；棒来时沉沉重重，果然佛力广无边。昨日狭路相逢，既难轻放；今朝腾云起上，岂肯容情。不见输赢，正是棋逢对手；难分强弱，果然将遇良才。

二人斗了半日，不分胜负。文明天王暗算道：“这泼猴棒法精纯，难以取胜，莫若还是压他为妙。”把手中枪虚晃一晃，撤转身连发几个金钱刨，哄得小行者用棒去隔刨。他却把枪仍缩成一枝文笔，望空中掷去，要照小行者当头压来。小行者原有心防他，一眼见文笔抛起，也不等他落下来，便先拨开金刨，一个筋斗早跳在半空之上，及文笔落下时他已走了。文明天王看见，仍接住文笔大笑道：“好个贼猴子，任你走罢！我且拿住那三个，看你走到哪里去？”将那乌骓马一拎，如风一般从后赶来。猪一戒与沙弥虽然保护唐长老前行，却记挂着小行者，不住回头观看，尚走不远。忽见文明天王一骑马赶来。那一戒、沙弥昨日被金刨打怕，绑缚难挨，先慌了手脚，也顾不得师父，竟自驾云走了。文明天王赶上唐长老，一手抓住提过马来，等后面兵将赶到，方摔下马来道：“绑了！”又吩咐牵了龙马，然后回山。到了殿上，就叫押过唐长老来跪下，问道：“我昨日因一时醉了，未曾审问定罪，怎敢擅自脱逃？我且问你，是哪里妖僧，叫甚名字？那走了的三个又是何人？实实供招，免我动刑。”唐长老道：“贫僧法名大颠，道号半偈，乃南瞻部洲大唐国潮洲人氏。奉大唐天子钦差，往西天雷音寺见我佛如来，拜求真解。昨日路过宝山，并无干犯，不知大王有何罪责苦苦见擒？”文明天王道：“你不为良民，而为妖僧，一罪也；逞弄幻术，诈骗饮食，二罪也；既被捉来，自应听审领罪，怎擅自逃走？三罪也！怎说并无干犯？你且说那三个是你甚人？”唐长老道：“一个叫做孙履真，是我大徒弟；一个叫做猪一戒，是我二徒弟；一个叫做沙致和，是我三徒弟。”文明天王道：“他三个既是你徒弟，为何不顾你竟自走了？”唐长老道：“此不过暂避大王之锋耳，岂有不顾之理？况他三人颇能变化，或者此时原变化了暗暗在此保护，也未可知。”文明天王道：“什么变化？不过是些邪术。我且问你，昨夜捆绑甚牢，却用什么妖术得以脱去？”唐长老道：“我那大徒弟乃石中天产，心上家传，有七十二般神通，要解昨夜那样捆绑绳索，只消用吹灰之力。此乃佛法无边，怎说妖僧幻术？”文明天王笑道：“他既有这等本事，为何昨日被我一枝笔儿几乎压死，今日见我文笔影儿又走得无影无踪？”唐长老道：“道足驱魔，魔亦有时而障道；魔虽害道，道终有力以除魔。大王虽得意于前，未必不失意于后。”文明天王道：“好硬嘴和尚，身已被擒，早晚受戮，还争口舌之利，此佛法所以乱天下也。我文明正教也不与你斗口。我昨日只道你四个和尚身心安静，故但将你束缚在此，谁知你还是一群野马，被你弄虚头走了。我如今也不用绳索捆绑，只用这枝文笔放在你头上，你师徒若有本事再逃了去，我便信你佛法无边。若是逃不去，那时领死，再有何辞？”吩咐松绑。众兵将得令，遂将唐长老扯起来，将绳索解去。唐长老身体既松，便不复跪，竟扭转身盘膝而坐。文明天王恐怕他弄手脚，忙将文笔直竖在他顶上。唐长老虽是和尚，幼年间却读过几本儒书，今又参观经典，故顶着那枝文笔尚不十分觉重，转动得以自如。石、黑二将军看见，忙禀文明天王道：“那和尚顶着文笔不见十分吃力，恐怕他又要弄虚头！大王，还须捆绑起来。”文明天王道：“捆绑昨既无用，今复何为？若要过虑，莫若加上一个金锭。”因走下殿来，将文笔拿起，先把自己头上金锭取下来，放在唐长老头顶当中，再用文笔压在金锭之上，就象砌宝塔的一般，唐长老一时便觉转动繁难。文明天王看了方鼓掌大笑道：“似这等处置，便是活佛亦不能逃矣！”遂发放了众兵将，自家走入内殿不题。

却说小行者一时着急，跳在空中，后见师父复被众兵将拿去，就是落下来解救，又恐怕被他文笔压倒，只得忍住。不一时，猪一戒与沙弥也寻将来，会在一处，大家商量道：“师父拿去，定然捆缚，日间料难下手，还是夜间稳便。”小行者道：“下手定要夜间，但今日尚早，待我变化了，下去探听个消息。打点停当，便好下手，省得临时那夜里黑魆魆去摸。”沙弥道：“有理，有理！”小行者收了金箍铁棒，按落云头，摇身一变，变作一个蜜蜂儿飞进宫来。才飞进殿前，早看见唐长老头顶着文笔，在那里打坐哩！遂飞到唐长老耳朵边，低低叫声："师父！"唐长老认得声音，知是小行者，便悄悄答道："徒弟快来救我，这文笔甚重，我实难顶戴。"小行者道："日里人多，须要夜间动手，你须忍耐。"说罢，仍飞了出来，现了原身，到空中报与二人道："师父倒幸喜未曾捆绑，只是顶着那枝毛锥在头上，有些吃力。"猪一戒道："我看他那枝笔儿也不见甚么厉害！怎昨日你就被他压倒？"小行者道："不瞒贤弟说，若论我这个头儿，就是泰山也还顶得一两座起。不知有甚缘故，那些些竹管、几根根羊毛到了头上，就压得骨软筋酥，莫想支撑得起，连我也不明白。"沙弥道："师兄，连你昨日也顶不起，如今在师父头上这一日，不要压死了？须早些作计较去救他方妙。"小行者踌躇道："正在思量，没甚计较。"猪一戒道："若是金刨打来其实难当，我不信那点点笔儿就会压杀人。等到夜间，我包管替师父拿去就是了。"大家左思右想，不觉天晚入夜。沙弥道："此时好去了。"大家弄神通，不从正门入去，就低一低云头竟落下殿前。细听着妖精没一个，只听得师父坐在地下，无聊无赖，吟诗见志哩。

诗曰：

自存佛性入空门，不向虚无挂一痕。
万劫皮毛惟认我，大千世界已忘言。
久知未造诗书孽，何得牵缠文字冤？
任尔铁锋摩顶踵，此中到底不留根。

小行者听了，暗暗不胜赞羡道："好和尚！方做得佛家弟子。"因上前叫一声道："师父不须嗟叹，我三人来也！"唐长老道："来了固好，只是怎生救我？"猪一戒道："不打紧，待我移开笔就是了。"唐长老道："徒弟呀，莫要太看容易了，这文笔想来有些难移。"猪一戒道："狠杀不过是管笔，师父怎见得难移？"唐长老道："若果是董狐之笔，定不加在我大颠头上；今既无过加我，定是管害人之笔。你想，那害人之笔岂容轻移？"猪一戒道："虽如此说，毕竟也有个公道，终不成单凭他一人拿起放倒！"因摸到唐长老头上，摸着了那枝笔，见长不过数寸，圆不过一指，便不放在心上，就随手要拿他起来。谁想摸着便小，及要拿起他来，就是生根一般，莫想动一动，方大惊道："这真个作怪了！"小行者道："呆子，快放了手再商量，不要生扭得师父不自在。"猪一戒因放了手道："这笔若在地下，便一钉耙打得粉碎！就不打碎，拿把小锯子，锯也锯断他了，就不锯断，点把火烧也烧光了。如今竖在个师父头上，打又打不得，锯又锯不得，烧又烧不得，真教人没法奈何他。"唐长老听了愈加烦恼道："我平生痛扫语言文字，今日却将一枝文笔顶在头上，莫说压死，羞也要羞死了。"沙弥道："师父莫急，待我也来摸一摸，看这枝笔还是在头皮内，还是在头皮外？若在头皮内，就难处了。倘在头皮外，只消大家一齐动手将师父推倒，那枝笔便自然一跌开交了。"便用手在唐长老头皮上一摸，却未曾摸着文笔，先摸着一个金锭，因吃惊道："这又是什么东西？"唐长老道："那文笔初上头时，因我幼参经典，略可支持；大王见了，恐怕压我不倒，又加上这锭金子，故一发转动不得了。"沙弥道："这大王真恶！既以文笔压人，又以财压人，一个不识字的穷和尚，如何当得起？师父一定是死了，再无别计较，只好细访他与谁人是至亲密友相好，去讨一封书来，求他笔下超生救他罢了。"小行者道："你们不要胡说！好生看守，等我悄悄进去打探个消息来。"遂走入后殿，只见后殿中还有灯火，文明天王正吃得大醉，拥着几个宫娥在御床上酣寝。小行者见没处入头，就使个幻法揭起睡魔，在他梦中现出三千诸佛菩萨，将他围住，又使韦驮尊者将降魔杵压在他头上道："你这泼魔！怎将文笔压我佛家弟子？若不快快取去，送他西行，我只一杵，先断送你性命。"文明天王梦中恍恍惚惚，未及答应，那韦驮尊者早又提起宝杵劈头打来，吓得文明天王魂不附体，不觉大叫一声："打杀我也！"忽然惊醒，出了一身冷汗。众宫娥慌忙抱住道："大王为何惊跳？想是梦魇。"文明天王此时惊得酒已醒了，定定神说道："这都是四个和尚弄的幻术。"宫娥们道："大王梦魇，怎么说是和尚弄幻术？"文明天王道："我方才睡去，梦见三千诸佛叫韦驮将降魔杵当头打我，故将我吓醒。我想，这和尚前日在弦歌村弄韦驮显灵，骗诈饭吃，也是此种伎俩，故晓得是他。"宫娥道："这和尚既有这样手段，也要算做有本事了。大王拿着他，何不就处死了，也完一件事，却将文笔与金锭压着他，倘或他弄神通走了，岂不连文笔与金锭都被拐去了！这叫做无梁不成反输一帖。"文明天王笑道："你哪里知道，我拿这四个和尚，原非与他有仇定要害他性命，不过要兴我文教，灭他释教，若轻轻杀了他，谁人得知？何处传名？故我将文笔压住他，使他用尽佛法，受尽苦楚，不能脱去，方显我儒家文笔之妙。"宫娥道："大王算计虽好，只恐小小一枝文笔有多少斤两？况他三个徒弟都有蛮力，一时拿动，却怎个区处？”文明天王道：“这个只管放心，从来文武不同途。他三个徒弟纵有蛮力，只好使枪弄棒。这枝文笔夺天地之秀气，吐山川之精华，他粗手夯脚怎生拿得动？”宫娥道：“他虽拿不动，倘或去拜求一个有名的文人来拿，却将如何？”文明天王道：“文人越有名，越是假的，怎拿得动？”宫娥道：“以天下之大，难道就无一个真正文人？”文明天王道：“就有，也是孤寒之士，必非富家。我所以又得一个金锭压着，他就拿得动文笔，也拿不动金锭。”宫娥道：“我闻他佛家中三藏真经，难道就算不得文章？”文明天王道：“佛家经典虽说奥妙，文词却夯而且拙，又雷同，又艰涩，只好代宣他的异语，怎算得文章？”宫娥道：“这等说起来，这枝文笔，除了大王再无人拿了？”文明天王道：“若要拿此笔，除非天上星辰；若在人间去求，除了我，就走遍万国九洲也不能够。”宫娥道：“既是这等，大王高枕无忧，请安寝了罢。”文明天王说了一会，依旧安然睡去。

小行者伏在殿外，听了这些话，满心欢喜，慌忙走出来对唐长老说道：“师父不消愁烦，有门路了。”唐长老忙说道：“有甚门路？”小行者道：“他自供说，若要拿他文笔，除非天上星辰。我想，天上星辰惟文昌菩萨梓潼帝君是专管文章之事，即去求他，自然有个分晓。”唐长老道：“既有这条门路，须快去快来。”小行者吩咐猪一戒、沙弥陪伴师父，就纵云头直上九霄，来至紫微垣外，北斗高头，自下台、中台，直走到上台，方寻着文昌帝主的宫阙，只见祥云缥缈，甚是辉煌。小行者也无心观景，竟至宫门，高声叫唤。早有天聋、地哑出来问道：“你是什么人，在此吆喝？”小行者道：“快去通报，说齐天小圣孙履真来拜。”天聋、地哑将小行者看了又看道：“我帝君乃文章司命，往来出入皆是文章之士，你这人尖嘴缩腮，头上又秃又稀稀有几根短毛，不僧不俗，又非儒士，怎敢来拜我帝君？不便传报。”小行者道：“你这两个残疾人，聋的聋，哑的哑，真不晓事。玉帝家里尚凭我直出直入，何况你家！再不通报，我就直走进去了。”天聋、地哑见他说的话大，没奈何，只得进去见帝君禀道：“外面有一个楂耳朵，雷公嘴的和尚，自称孙小圣，要拜见帝君，不敢不禀。”梓潼帝君道：“孙小圣想是孙大圣的子孙了？但他是释教，我是儒宗，两不相干，来拜我做甚？莫非要我替他做疏头化缘？”心下疑疑惑惑，只得叫请进来。小行者见请，就走到殿上与帝君相见。见毕，分宾主坐下。帝君先问道：“我闻小圣皈依佛教，身心清净，不事语言文字，今不知有何事垂顾？”小行者道：“不瞒帝君说，学生做和尚果是身心清净。只是老帝君既为文章司命，职掌天下文枢，自当片纸只字不轻易假人，怎么妄将文笔轻付匪人，以致颠倒是非，压人致死！老帝君未免也有漏失疏虞之罪了。”帝君听了惊讶道：“小圣差矣！小星职司笔墨，所有文字，尽可稽查。现今奎壁皆存，璇玑不失，怎说妄将文笔轻付于人？这文笔何在？匪人为谁？小圣既来说是非，这是非毕竟要个明白。”小行者道：“老帝君不要着忙，若没有文笔匪人，我也不来了。老帝君可细细思量，曾将文笔与谁便知道了。”帝君道：“小星从不以文笔与人，没处去想。小圣必须说明。”小行者道：“定要我说，我就说也不妨。玉架山文明天王这枝笔好不厉害！若非老星君与他，再有何人？”帝君道：“小圣一发差了！我晓得什么玉架山？又认得什么文明天王？我家的朱衣笔、点额笔、研朱笔、生花笔、天山笔、倚马笔，即相如的题桥笔、张敞的画眉笔，并萧何的刀笔，枝枝皆在。我又有什么笔与人？”小行者道：“老帝君不必着急，既有簿记，可叫人细细再查。”帝君道：“这些笔日日用的，就查也没有。”小行者道：“有与无，再查查看何妨？”帝君只得又叫天聋、地哑去查。天聋、地哑查了半晌，回来复道：“有，是还有一枝笔失落在外。”帝君大惊道：“还有何笔失落在外？”天聋、地哑道：“还有枝春秋笔，是帝主未管事之先就被人窃去。因世情反复，一向用他不着，故因循下来不曾找寻。今日孙小圣所见的，想就是他了。”小行者听了笑说道：“老帝君斩钉截铁说没有，如何又有了？”帝君甚是没趣，叫天聋、地哑再查，是何人遗下，又是何人窃去。天聋、地哑又去查来，说道：“这枝笔是列国时大圣人孔仲尼著春秋之笔，著到鲁昭公十四年西狩时，忽生出一个麒麟来，以为孔仲尼著书之瑞，不期樵夫不识，认做怪物竟打死了。孔仲尼看见，大哭了一场，知道生不遇时，遂将这著春秋之笔止写了‘西狩获麟’一句，就投在地下不著了，故至今传以为孔子春秋之绝笔。不料这麒麟死后，阴魂不散，就托生为文明天王。这枝春秋笔因孔子投在地下无人收拾，他就窃取了，在西方玉架山大兴文明之教，不知何故得罪孙小圣，今日来查。”帝君就向小行者致谢道：“小星失于检点，多有得罪，但其事在小星受职之前，尚有可原，乞小圣谅之。”小行者道：“这都罢了，只是他如今将这枝文笔压在我师父头上，不能移动。我想，牵牛要牧童，这枝文笔我们粗人与他不对，还请老帝君替我去拿拿。”帝君道：“这不打紧。”遂吩咐天聋、地哑到斗柄上唤魁星。二人领命，不多时唤了魁星到来。只见那魁星生得：

头不冠，乱堆着几撮赤毛；脚不履，直露出两条精腿。蓝面蓝身，似从靛缸内染过；黑筋黑骨，如在铁窑里烧成。走将来只是跳，全没些斯文体面；见了人不作揖，何曾有诗礼规模？两只空手忽上忽下，好似打拳；一张破斗踢来踢去，宛如卖米。今侥幸列之天上，假名号威威风风自矜曰星；倘失意降到人间，看皮相丑丑陋陋只好算鬼。

那魁星跳到面前，也不拱手，也不作揖，也不言语，只睁着两只铜铃大的眼睛看着帝君。帝君道："当时孔圣人有一枝春秋笔，被麒麟妖窃去，在玉架山为王，今将此笔压在唐长老头上，不能转动，你可去与我取来？那麒麟虽然得罪小圣，但念他是人间瑞兽，曾为大圣人呈祥，名著春秋，今在玉架山也只兴我文明之教，并未失本来，不可伤他性命，只取了文笔叫他隐去，以待圣人之生。"魁星领命，就跳着要去。小行者道："且慢！那枝文笔既有来历，必要个有来历之人方才拿得。我看此兄嘴脸行状，也与小孙差不多，不象个文章之士。他若拿得动，我小孙早早拿去了。还是烦老帝君亲自走走吧。"帝君笑道："凡人不可看貌相，海水不可用斗量，他乃天下第一文星，小圣不可轻觑。"小行者道："我前日打从中国来，看见那些秀才们一个个都是白面孔，尖尖手，长指甲，头带飘飘巾，身穿花花服，走路摇摇摆摆，自然是个文人。若说此兄是第一文星，我小孙也要算做第二了。"帝君道："小圣有所不知，那些人外面虽文，内中其实没有。魁星外面虽然奇怪，内实满腹文章，小圣快同去取了文笔，救你师父西行，不可耽搁误了程期。"小行者见帝君再三说明，方才谢了，同魁星驾云到玉架山来。此时尚未天明，二人落到殿前。殿中原是黑暗，不道魁星一到，满身金光灿烂，直照得殿中雪亮，早看见唐长老头上顶着一枝文笔，盘膝而坐，旁边猪一戒、沙弥守护。魁星想道："就是这枝笔了。"走近前去，再细细观看，只见那枝笔：

尖如锥，硬如铁，柔健齐圆不可说，入手似能言，落纸如有舌。不独中书尽臣节，小而博得一时名，大而成就千秋业。点处泠泠彩色飞，挥时艳艳霞光掣。一字千钧不可移，方知大圣春秋绝。

魁星看了又看，点头再四，知是一枝名笔，便满心欢喜。他且不拿，先在殿中东边跳到西边，西边又跳到东边，直舞得文光从斗中射出，然后趁势用右手将文笔一把轻轻抓起，忽见文笔下面又有一个金锭，他就顺便用左手取起，在殿中跳舞个不住。

唐长老此时头上就象去了泰山的一般，十分松快，忙抖抖衣服，爬起身来，向魁星合掌称谢。那魁星只是跳舞，全然不睬。猪一戒与沙弥看见，忙走到后洞寻了行李出来，又走入厩中牵出龙马，对小行者道："此时不走，更待何时？"小行者道："为人行止，必须明白。岂有个来不参去不辞之理？"因取出铁棒拿在手中，走到后殿门前大叫一声道："麒麟儿快起来！我们拿了文笔，取了金锭，要去了。"文明天王在睡梦中听见有人叫麒麟儿，早吓得他魂不附体。一骨碌爬起来，穿上衣服，开了门跑到前殿。早看见魁星左手拿着金锭，右手拿着文笔，在殿上跳舞，便捶胸跌脚的指着小行者大骂道："好贼猴头！我数百年的辛苦开山，被你一旦毁坏了，真可痛恨！"小行者笑道："我的儿，且不要恨，若论起律法，作盗窃圣人春秋铁笔私立文明，就该死罪。因文昌帝君念你是个瑞兽，不忍加刑，叫你早早隐去，以待圣人之生，故我饶了你，是你的大造化！理该谢我，怎还要骂我？倘再不识好，我就一铁棒叫你再去投胎。"数语说得文明天王闭口无言，果然退入后殿，收拾归隐去了。小行者方谢别魁星，扶师父上马，同猪一戒、沙弥挑行李西行。魁星又跳舞了一回，见唐僧师徒去了，方拿着笔、锭回见帝君缴旨。帝君就将二物赐与魁星，故魁星手中至今常持二物。正是：

非其所有终乌有，虽说虚无安得无。

毕竟不知唐长老西行还有灾难否，且听下回分解。

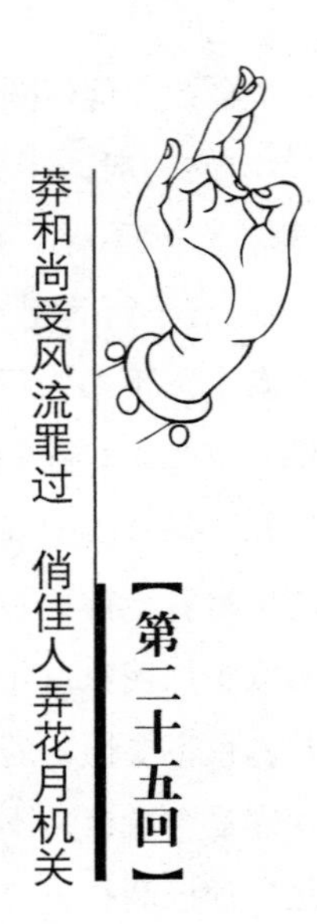

【第二十五回】

莽和尚受风流罪过　俏佳人弄花月机关

诗曰：

> 慢言才与色知音，还是情痴道不深。
> 清酒止能迷醉汉，黄金也只动贪心。
> 尘埃野马休持我，古庙香炉谁诲淫？
> 不信请从空里看，不沾不染到而今。

话说唐长老亏小行者请了魁星来拿去文笔，得脱魔压之苦，又复西行。一路上春风吹马，晓月随人，历尽艰辛。忽一日，行到一个半山半水之处：山不甚高，却滟滟如笑；水不甚深，却溶溶生波。又间着疏疏的树木，又遇着温和的天气，又行的是坦坦的程途。师徒们甚是欢喜，放马前行。又行了数里，忽有一阵风来，吹得满鼻馨香。唐长老在马上问道："怎这阵风这等馨香？"小行者道："我记得诗上说：风从花里过来香。想是前边有甚花草馨香，故吹来的风也馨香。”唐长老道：“这一说最近情理。”猪一戒道：“师兄的时运好，说来的话不论有理无理，师父就信。”小行者道：“好呆子，我说的哪句话没理，是师父偏听了，你就讲。”猪一戒道：“你方才说，这风香是花草香，似乎有理，也要想想，此时春已深了，梅花开过，不过是桃花、李花、杏花、梨花，哪能香得如此浓艳？就是最香的幽兰也不能到这个田地。”小行者道：“既不是花香，你就说是什么香？”猪一戒道：“据我想来，或者是人家做佛事烧檀香。”小行者道：“胡说！这荒郊野外，又没个人家，谁做佛事？”猪一戒道：“若非烧檀香，就是麝香。”唐长老在马上听了道：“这一会香得一发浓了。猪守拙说是麝香，倒也不为无据。古人诗曾说：麝过春山草木香。”沙弥道：“大家不须争论，天色将晚，快快走，一路看去便见明白了。”小行者道：“这话说得是。”就将马加上一鞭，大家相赶着一路看来，哪里有一朵花儿？莫说没人家烧檀香，也不见一个香麝过。只是那风吹来愈觉香了，大家惊以为奇。沙弥道：“这闲事，且去丢开。渐渐天晚，速寻个人家借宿要紧。”大家又行了几里，忽望见正西上，斜阳影里，垂柳阴中，露出一带画楼，甚是精丽。小行者道：“有宿处了。”遂忙忙赶入柳阴中，望画楼前来，到了楼前一看，自见垂柳深处，一块白石上铺着红毡，毡上坐着一个美人，在那里焚香啜茗，赏玩春色。旁边立着三个侍儿，一个穿红，一个穿绿，一个穿黄，俱有风采。原来一路的香气，都是那美人身上一阵阵吹来。目看那美人，生得：

> 瓠齿樱唇白雪肤，春山黛绿晚云乌，
> 忽闻巧笑忽留盼，任是无情骨也酥。

唐长老师徒正欲上前借宿，看见是个标致的美妇人，却就缩住脚，不好开口，便思量另寻人家。怎奈此地虽有几家，却四远散住，不便又去。挨了一会，天渐黑了，月色早明。唐长老不得已，只得叫徒弟：“你们哪个去借宿？”小行者不开口，沙弥也不做声，猪一戒看见道：“都似你们这等装聋作哑，难道叫师父在露天过夜？作我老猪不着，待我去。”便放了行李，抖抖衣裳，走上前朝着那美人打个问讯道：“女菩萨，和尚问讯了。”那美人也不起身，也不还礼，叫侍儿问道：“长老有甚话说？”猪一戒道：“家师乃大唐钦差，往西天拜佛求解的。今日路过宝方，因天色已晚，赶不上宿头，欲求借尊府权住一宵，明早即行，万望女菩萨慈悲。”那美人听了方自说道：“借宿倒有旁屋，只是我女流家怎好留你们男僧在家宿歇？”猪一戒道：“虽然不便，只是天黑了没处去，事出无奈，求女菩萨从个权罢。况我家师俱是受戒高僧，我们三个徒弟皆是蠢汉，又人物丑陋，女菩萨也信心得过。”那美人道：“既是这等说，只得从权了。可请过来相见，但不可罗唣。”猪一戒见美人肯了，慌忙跑到唐长老面前请功道：“那女菩萨说女流家不便，再三不肯留，亏我伶牙俐齿，方说肯了，快过去相见。大家须要老实些。”唐长老听了，就走到石边深深问讯道：“贫僧失路，多蒙女菩萨方便，功德无量！”那美人道：“借宿小事，何劳致谢。”立起身来，袅袅婷婷如花枝一般走了进楼，然后叫侍儿请他师徒四众进去。唐长老走到楼下一看，只见那座楼画栋雕梁，十分华丽。怎见得？但见：

金铺文石，玉裹香楠。房栊前，掩映着扶疏花木；几案上，堆积着幽雅琴书。雕栏曲楹，左一转，右一折，委宛留春；复道回廊，东几层，西几面，逶迤待月。奇峰怪石，拼拼补补，堆作假山；小沼流泉，凿凿穿穿，引成活水。帐底梅花，香一阵，冷一阵，清清伴我；檐前鹦鹉，高一声，低一声，悄悄呼人。明月来时，似曾相识直窥绣户；春风到处，许多软款护惜残花。玉阶前，茸茸细草，如有意衬帖闲行；妆台畔，曲曲屏风，恐无聊暂供依倚。锦堂上坐一坐，尚要销魂；绣阁中荡一荡，岂能逃死？

那美人请他师徒四众到堂中坐下，又重新入去，换了一套华丽衣服，装束得如天仙一般，再到堂中与他师徒们见礼道：“寒家女流，不敢轻易留人。适闻这位师父说是往西天见活佛求解的，定是高僧，故此冒嫌相款。但不知四位老师父大号，果是往西天去的么？”唐长老合掌答道：“贫僧法名大颠，蒙唐天子又赐号半偈，实是奉旨往西天见佛求解，怎敢打诳语？”就指着他三人道：“这是大小徒孙小行者，这是二小徒猪一戒，这是三小徒沙弥。本不当擅造女菩萨潭府，只因天晚无处栖身，万不得已，使小徒唐突。但求外厢廊下草宿一夜足矣，怎敢深入华堂？如此郑重，造福不浅矣！”那美人道：“既果系圣僧，理当供养，又何嫌何疑。”因命侍儿先备上茶来。不一时，新奇果品，异样点心，堆列满案。侍儿又奉上香喷喷的新茶，请他师徒四众受用。美人虽不同吃，却也不进去，就坐在旁边相陪。唐长老见皆是贵重佳味，不敢多吃。小行者也只略略见意，沙弥还假斯文，惟有那呆子尝着滋味，便不管好歹任意乱嚼。唐长老不住以眼看他，他只推看不见，吃个尽情。

须臾茶罢，收去候斋，大家闲坐。此时堂中并不焚香，只觉异香满室。唐长老因问道："请问女菩萨，宝方不知是何地名，尊府贵姓，还是父母在堂，还是夫主远出？"美人答道："妾家姓鹿。这地方原叫做温柔村，只因父母生妾之后，远近皆闻有异香出自妾家，故今改做生香村。不幸父母未曾为妾择婿就亡过了。故今贱妾犹是寡女独处。"唐长老道："令先尊令先堂既已仙游，女菩萨得以自主，何不择配高门，以广宗祀？"美人道："不瞒师父说，只贱妾不幸骨中带了这种香气，往往遗祸于人，故不愿嫁。"唐长老道："香乃天地芳烈之气，神佛皆享，为何祸人？"美人道："老师父有所不知，妾这种香气，但是闻着的便要销魂。更有奇处，销魂死后闻着的，又能返魂。"唐长老道："既能销又能返，总是他情生情灭，自为销返，实与女菩萨无干，这也不妨。"美人道："虽如此说，大都销者多，而返者少，故妾自誓，虽不敢削发为尼，却也是个在家出家。今幸蒙四位圣僧降临，故不避嫌疑，愿求超度。"正说不了，只见侍儿们已高烧银烛，又备上斋来。也说不尽那斋之丰盛，但见：

> 鸳鸯鹤鹿，先列飨糖；方胜金钱，后堆茶食。野芹家苋，小盘高压大盘；雪藕胡桃，干果连接水果。圆馒头，一层层，高堆宝塔；长蒸卷，一路路横搭仙桥。春笋荐佳人之指，尖尖可食；红樱献美女之唇，的的堪餐。折葵作饷，逊谢清斋；采菲劝餐，尚惭微物。石上之花，既香且脆；木头之耳，虽瘦能肥。莼菜尽秋湖之美，蕨薇占首阳之高。薄又薄，白又白，认粉面卷成春饼；精又精，洁又洁，疑瓠犀煮作香羹。清淡沃心，似绝不经一毫烟火；咸酸适口，不知费尽多少盐梅。

斋排完了，请唐长老上坐，小行者三人打横，美人却自下陪。先叫侍儿送酒，唐长老因辞道："蒙女菩萨盛意，但酒乃僧家第一戒，况贫僧素不能饮，决不敢领。"美人道："妾久知佛家戒饮，妾焉敢献。但此酒与凡酒不同，乃仙露酿成，淡泊如水，绝无醇醪之味，求老师少饮一杯，聊表妾一片敬心。"又叫侍儿送上。唐长老道："酒味虽或不同，酒名则一，贫僧断断不敢领饮。"美人道："老师父西行，原欲拜求真解。妾闻真解者实际也，今怎居实际而畏虚名？还是请一杯为妙。”又叫侍儿奉上。唐长老道：“非独畏名，畏名中有实耳，求女菩萨原谅。”美人道：“老师父苦苦谨守，想尚未参明游戏，若再相强，只道妾以邪乱正。老师父既不能饮，难道三位令高徒就无一人能具江海神通者，少饮一杯为妾遮羞？”唐长老见美人发急，因说道：“你三人哪个吃得的，略吃一杯以尽主人之意。”美人道：“这才见老师父通融。”便叫三个侍儿各奉一杯。穿红的奉与小行者；穿绿的奉与猪一戒；穿黄的奉与沙弥。小行者道：“不瞒娘子说，我小孙自从在王母娘娘宫里多吃了两壶，醉后说了几句戏话，惹出一场祸来，故此老祖大圣替我戒了，至今点滴不闻。”沙弥就接说道：“我是天性不饮。”惟猪一戒不开口。美人道：“猪长老不言，想是戒而不戒，方是个真人。”唐长老道：“你若未戒，权吃一杯罢。”猪一戒道：“怎么不戒！戒是戒的，只是蒙这位女菩萨一团盛意，师父、师兄、师弟又不吃，若我再不饮一杯，辜负这样好心，也过意不去。”原来那呆子听见那美人说话娇滴滴，就似柳内莺声，笼中鹦舌，已自把持不定。又见酒筛在面前，香气直钻入鼻中，十分难忍。今见师父出口，就拿起杯来一竖。美人看见，笑道：“还是这位猪长老脱直。”又亲手斟了一大金杯，叫侍儿送去。猪一戒见那酒又香又甜，竟不推辞，又吃在肚里。吃了又斟，斟了又吃，不觉一连就是十数杯。不期那酒上口香甜，吃在肚里那却大有气力，一时发作起来，摇头摇脑，说也有，笑也有，只管涎着脸看那穿绿的侍儿。那穿绿的侍儿偏又偎偎倚倚，在他面前卖弄风流。唐长老看见不象模样，忙说道：“酒够了，求饭罢。”美人道：“猪长老量如沧海，请再用一杯不妨。”小行者道：“我们这师弟有些呆气，只管吃，吃醉了，明日有得罪处，却莫要怪我。”美人道：“既是这等，取饭来。”不一时饭到，大家吃了。唐长老就起身致谢道：“多蒙布施！但不知贫僧在何处安担？”美人道：“老师父自有住处，不须着急，且请再用一杯清茶。”须臾又是一壶佳茗，大家吃了，方叫侍儿打两对红纱灯笼，送入后堂。唐长老是正中间一间上房，小行者三人是三间偏房。内中俱是锦裀、绣帐，鸳枕、牙床，软温温席儿，香喷喷被儿，十分富丽。美人亲到上房，与唐长老道了安置方才退去。又叫三个侍儿一人送一位长老到房，看了安寝，方才出来。

唐长老看见堂中富丽，不敢安寝，便起来打坐。小行者与沙弥也觉得和尚家睡此床帐甚不相宜，只得连衣服半眠半坐。惟有猪一戒，从出娘胎也不曾见这样所在。今日吃得醉醺醺，也不顾性命，竟将衣服脱得精光，钻进被去，鼾呼大睡，竟不知人事。小行者略睡一睡就醒了，心中暗想："这女子，若说他是个妖精，却举止动静全无妖气，动用食物俱非妖物。若说是人，世间哪有这等精灵女子？毕竟还是久修灵兽，已成人道，要盗师父的元阳，故如此殷勤。且等我去打探个消息。"遂变了一个扑灯蛾儿，钻将出来，竟飞到前边美人阁上，躲在窗格眼上探听。只见美人正卸了浓妆，在那里与侍儿说道："我们的行藏，任他乖巧也看不破；我们的圈套，任他伶俐也跳不出。这和尚的元阳定要被我采了。"侍儿道："这却十拿九稳，只是闻得人传说，温柔国王要脐香合春药，差了许多猎户，张罗置网，到生香村来捉拿我们。若是确信，便不凑巧了。"美人道："就是确信，也未必明日就来。过了明日，成了婚，就有猎户来，我们也好连他带去躲避了。"小行者听了，心下明白，但不曾说出是甚圈套。又暗想道："且看他怎生下手，再作区处。"遂飞回原处。又存息不多一会，早已天明，忙开了房门，走到上房看师父，师父也起身小解了，遂同走到前堂。那美人早浓妆艳抹，收拾得齐齐整整在堂前伺候，见唐长老与小行者出来，上前迎着说道："天色尚早，老师父再安寝安寝何妨。"唐长老先谢了昨夜扰斋，方说道："贫僧西行心急，安敢贪眠？只此就行，不敢又惊女菩萨之寝。"美人道："还有小斋。"说不了，沙弥也出来了，美人就邀入中堂吃早斋。

斋已齐了，只不见猪一戒出来，美人问道："那位猪长老为何不见？"唐长老尚未回答，沙弥接说道："想是昨夜多了几杯，醉还未醒。"美人便叫侍儿去请。侍儿去了一会，复走来说道："房门紧紧关着，不知何故，敲也不开。"大家惊讶，遂各起身去看。到了房门前，果然里面扣着不开。小行者走上前用手一指，只听得当的一声，扣儿落地。众人推门进去，忽见那穿绿的侍儿云鬓歪斜，披着衣服从帐中突然走出。大家吃了一惊，不敢放声。那侍儿早看着美人大哭道："主母害我！昨日叫我来看这和尚安置，不期这和尚贪淫无礼，竟将婢子抱入帐中，剥衣同寝，若非打开了门，尚扯住不放。这都是主母害我。"说罢又哭。那美人听了，登时变了面孔，大怒道："我只道是拜佛圣僧，诚心供奉，谁知是一伙邪淫和尚，强奸幼女，败坏门风，当得何罪？"唐长老看见，吓得哑口无言。沙弥听说，连脸都羞红了。惟小行者笑嘻嘻说道："和尚打奸情倒好耍子，娘子不必着急，且等我捉起这个奸夫来，好同去问罪。"遂走到床前揭开被，一把将呆子扯了起来。那呆子还懵懵懂懂的道："酒尚未醒，不要顽！这软软被儿，让我再快活睡一会儿好走路。"小行者大骂道："该死的夯货！你犯了奸情！快起来，拿到官府衙门里去受罪。"那呆子听了，慌忙一骨碌爬起来，披上衣服道："我犯了什么奸情？到哪里去受罪？"小行者指着待儿与他看道："他昨夜来打发你睡，是主人一团好意，你怎么将他拿到床上强奸？"猪一戒道："是哪个冤我？"小行者道："今日叫你不起，师父同众人打开房门，都亲眼看见这女子从你床上走下来，怎说冤你？"猪一戒听了着了急，慌忙跪在地下，连连朝天磕头道："阿弥陀佛！我猪守拙若有此事，永坠阿鼻地狱，万劫不得翻身。"美人听了愈怒道："好个铁嘴和尚！明明人赃现获，还要赖到哪里去？"喝叫几个粗妇人，将一条大红绫子的长汗巾，将猪一戒与待儿双双拴了，扯到前堂，要去送官。唐长老初时见侍儿从床上下来，已信为实。后见猪一戒发誓，便就疑信相半，忙上前分辩道："这事虽可疑，其中或别有隐情，还望女菩萨悲慈细察。"美人道："若要细察，他昨日在席上吃了几杯酒，便左顾右盼，已露不端之萌，只此便是隐情，叫我也无处慈悲。"小行者道："师父不必护短，捉奸捉双，如今现成两个，这事也难辨了。只是打官司也须从长商量，就到府里、县里，奸情事不过是打一顿板子，枷号几月，却无死罪。若要打，莫说几十，就打一千，我这蠢货也不在他心上；若说枷，又不疼不痛，一发只当耍子。但恐官府不察情，连你家这位小娘子也枷了出来，叫他娇滴滴的身子如何经得起？也与府上体面不好看。"美人道："依你说，这妮子难道白白被他玷污就罢了！后来叫他怎生嫁人？"小行者道："也不就罢，听凭娘子自家处治他一番，也是一样。"美人道："是你说的，打他又不痛，骂他又不羞，叫我怎生处治？"小行者道："刑法不过示辱而已，但凭娘子如何发落！"美人道："若依我处治，我不独处治他一个，连你三个也都要处治。"小行者道："俗语说得好：一人有罪一人当。怎么连我三个都要处治起来？"美人道："你师父纵容徒弟奸骗幼女，该处治不该处治？你二人连房，知情不行举首，该处治不该处治？"小行者道："该处治，该处治！且说怎样处治。"美人说到此处，转叹一口气道："若说处治，转是造化了你们。"小行者道："处治，不是打就是骂，怎见得造化？"美人道："我想这妮子已被他奸骗了，门风已被你们玷辱了，就有黄河也洗不清，如今只好将错就错，转将这妮子嫁与他，尚可救得一半。但是我昨夜也曾亲到你师父房中，那两个妮子也曾到你二人房里，一房行此奸淫之事，谁肯信我三房不为此奸淫之事？今事已到此，顾不得羞耻，只得连我也嫁与你师父，那两个妮子也嫁与你二人，庶可掩人耳目。你四人也莫想做和尚去求解，我四个也不必做寡女守贞节。大家团圆过日子，岂不转是造化你们！快去商量，若是依得，便万事全休；若是依不得，便告你们同伙强奸幼女，败坏门风，不怕不问成个死罪。”

唐长老听了大怒道：“若是这等说来，是你们以美人局骗害我师徒们了。贫僧心如铁石，宁甘一死，决不落入圈套。”美人笑道：“以贱妾姿容，若要以美人局骗人，难道天下就再无一个豪华公子、俊俏郎君去局骗他，却恰恰在此等候你四个过路化斋的和尚来局骗？况又无半丝红线，人物一发不消说起，怎不自揣，在此狂言！我此举也是污秽难堪不得已之思，怎为局骗？”小行者笑道：“若打官司，就是对头，不妨角口；既要议婚，便是亲家，只须好讲。依我说，且解放了你女婿，大家吃了早斋再处。”美人道：“撒手不为奸，斋是请吃，只是解放不得。”小行者道：“娘子十分老到，是个惯家，便拴着吃不妨。”大家吃完了，美人道：“斋已吃完了，还是怎么讲。”小行者道：“没得讲，我细想来，哪有个既做了和尚，又重新替人家做女婿的道理。就曲扭着做成了也要惹人笑话。你莫若另选高门，还让我们去拜佛求解吧。”美人听了大怒道：“好惫懒和尚！你说我以美人局骗你，尚未曾骗你分毫，你倒以和尚局先骗了我的斋吃。吃完了，却又说此无情无义之话。你想是以我寡女家好欺负，故放刁撒赖，且看你去得去不得！”便叫人先将前后门关得铁桶相似。美人与这粗妇人将汗巾解开，放了侍儿。将他师徒四人送到一间土库楼下，封锁起来道：“你这些游方铁嘴野和尚，我也没工夫出丑狼藉与你打官司。只将你关闭在此做几日，饿死了出我这口恶气吧。你若回心转意，便另有商量。”唐长老坐在里面，声也不做。美人见无人回答，又带嚷带骂的乱了一回去了。

唐长老默坐了半晌，见外面人去了，方埋怨猪一戒道：“佛家弟子，怎做此丑事！”猪一戒又指天发誓道：“我若有此事，天雷打杀！这都是那淫妇骚精要嫁师父，故捉弄我做个由头。”唐长老道：“就无此事，他却借此为名将我们关锁在此，却怎生得能出去。”猪一戒道：“他不过是几个妇人，这门又不是铁叶打成，铜汁封锢，我们弟兄三个人动起手来，便轻轻打开去了，值个什么。”唐长老道：“这女子昨夜备那样的盛斋款待我们，又铺设那样床帐请我们歇宿，你又顶着此污秽之名，他一时之气，将我们关锁在此，也不为过。你还要行凶打开了门去。如此设心，明日怎到得灵山见得我佛？”沙弥道：“师父说得极是，只是又不打门，又不就亲，却怎生能够出去？”小行者道：“你们不要性急，且略坐坐，等我去弄个手脚，包管他自来开门，请我们走路。”唐长老道：“徒弟呀，任你如何做为，只是不可伤人。”小行者听了点头道：“这方是慈悲。”遂将身一变，遁了出来，跳到空中，拔下一把毫毛，在口中嚼碎，吐将出来，叫声："变！"就变成了一群猎户，三五百人在生香村口鸣锣击鼓，呐喊摇旗，声张是奉国王之命要捉拿麝鹿，割取脐香，去合春药。美人与众侍儿闻了此信，吓得魂不附体，欲要往后村去躲，又听得众猎户四处围得水泄不通，逃走不出。大家慌了手脚，只得聚在一处，相抱痛哭。小行者见他如此光景，因落下来走到面前说道："娘子们，也不必悲伤，也不须着急，这事我小孙救得你，只要你开了门，放我师父出来，好好送他西行，那些圈套的闲话再不必提起。"美人听了，忙率众侍儿一齐跪下道："若是孙老爷果有本事救得我家这一场大难，情愿送老爷们西行，断不敢再萌邪念。"小行者道："既已说明，快去开门，请出我师父、师弟来。"美人生怕猎户逼入村来，忙将土库门开了道："唐老爷、猪老爷、沙老爷，快请出来，不可误了西行。"唐长老师徒三人摸不着头路，也不敢回言，只得走了出来。小行者就叫猪一戒去挑行李，沙弥去牵马，大家都走出门外，扶了师父上马就要走路，美人慌忙跪下道："孙老爷原许救我们的大难，万万不可食言。"小行者将身一抖，把毫毛收上身来，便道："我怎肯食言，那些猎户我已打发他去了。你快起来，照旧去安居乐业。"美人犹沉吟不语。小行者道："你若不信，叫人去打听打听就知道了。"美人忙叫人四下去打听，俱回来说道："初时，无数猎户摇旗擂鼓；如今，一霎时影也不见了。"美人与众侍儿听了方大喜道："原来四位俱是活佛，一时妄想，罪过，罪过！"小行者道："你等久已修成，若再能悔过，把那香气收敛些，我保你永不逢此难。慎之，慎之！"美人与侍儿再三拜谢而别，师徒们方放马西行。正是：

戏将朝暮四三术，点破冤家欢喜心。

唐长老此去不知又何所遇，且听下回分解。

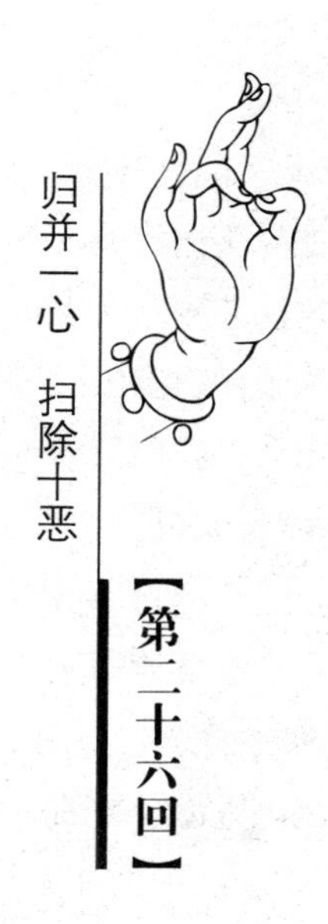

【第二十六回】

归并一心 扫除十恶

诗曰：

> 提到人情总大差，尽皆厌臭把香夸。
> 谁知百亩田中粪，力胜三春园里花。

又云：

> 薰香固是老天生，莸草何非地长成？
> 若是人心偏爱恶，断然天地有私情。

话说小行者用猎户之计惊退一群麝妖，扶唐长老上马西行。唐长老满心欢喜道：“你怎知他怕猎户？”小行者就将去窃听，是他自说出做圈套图赖猪一戒，并温柔国王要遣猎户捉拿脐香之事说了一遍。猪一戒道："阿弥陀佛！这会儿方才明白，我猪一戒是个坐怀不乱的高僧。"大家说说笑笑，又行了无数程途。唐长老在马上忽闻得一阵臭气劈面冲来，忙用袖就鼻头掩住道："徒弟呀，是哪里这等恶臭？"猪一戒道："果然臭得难当！想是人家淘茅厕。"小行者道："你们一心作主，只辨走路便好，怎容鼻头这等生事？前日为爱闻香惹出一场祸来！今日却又嫌臭，又不知要臭出些什么事来哩！"唐长老道："非是我们惹事，其实这恶臭难闻。"小行者道："既是难闻，就不去闻他罢了。"唐长老道："谁去闻他？他自生闻耳。"小行者道："生灭由他生灭，谓之不闻不见。"唐长老道："徒弟也说得是，既如此，不消掩鼻，只要掩心了。"小行者道："心要掩便掩不住，莫若以不掩为掩。"大家讲论些佛法，又行了一程，当不得恶臭叠来。小行者道："怪不得师父！果然这种气味甚恶。"说不了，再望见一座黑沉沉昏惨惨的凶山阻路。怎见得那山凶恶，但见：

峰似狼牙，石如鬼脸。狼牙峰密匝匝高排，浑似虎豹蛟龙张大口；鬼脸石乱丛丛堆列，犹如魍魉魑魅现真形。树未尝不苍，木未尝不翠，只觉苍翠中间横戾气；日未尝不温，风未尝不和，奈何温和内里带阴光。半山中乱踪踪，时突出一群怪兽；深林里寒飕飕，忽卷起几阵狂风。浓雾漫天，乌云罩地，望将来昏惨惨真个怕人；险磴梯空，危桥履涧，行入去滑塌塌直惊破胆。大一峰，小一峦，数一数起有万山；远百寻，近百丈，量一量何止千里？大不容小，细细流泉尽作江海奔腾之势；恶能变善，嘤嘤小鸟皆为鸱枭凶恶之鸣。相地居人，尽道是虎狼窟穴；以强欺弱，竟做了妖怪窠巢。

唐长老看见山形凶恶，便叫："履真，你看前面那座山，张牙舞爪象个怪兽一般，此中决非佳境，入去须要小心。"小行者道："这山果然诧异！师父请下马，路旁略歇一歇，待我去打听打听，看是何如。"沙弥听了，忙扶唐长老下马，坐于道旁。小行者遂走到山前，四下一望，并不见有一个人家，无处问讯。遂捏一个"唵"字诀，叫声："土地何在？"叫犹未了，只见旁边闪出一个白须老儿，跪在地下道："本山土地在，不知小圣有何吩咐？"小行者大喝道："好毛神！你既为一方土地，就该管一方之事。我与唐圣僧入境，就该远接，怎直待呼唤方来，该得何罪？"土地道："此非小神之罪。闻知唐圣僧居心清净，不喜役神。值日功曹与丁甲诸神并不曾差遣，故一路来山神、土地恐惊动圣僧，不敢迎接，惟在暗中保护，有事呼唤方敢现形。处处如此，小圣为何独责小神？”小行者道：“既说得明白，不罪你了。只问你前面这座山叫做什么山？怎形象这等凶恶？内中有多少妖精？妖精叫甚名字？有多大本事？还是久占此中的，还是近日才有的？须细细说来。若有一字差错，取罪不便。”土地道：“这座山禀天地阴阳之气，草木生之，禽兽居之，宝藏兴焉，未尝无功于天地。只因得气粗浮，生得古怪希奇，弄成此恶形，故取名的只观形不察理，就叫他做个恶山。山既负此恶名，仙佛善人谁肯来住！仙佛善人不肯来住，故来住的都是些恶妖恶怪。初时止不过一两个，如今以恶招恶，竟来了十个，故这山又添叫做十恶山。山中自有了这十个恶妖怪，不是这个捉人来蒸，便是那个拿人来煮。故这十恶山方圆数十里内，都弄得人烟断绝，连小神的住居也无处。小圣保唐圣僧过去，也须仔细。”小行者道：“只得十个妖精，就是恶杀也有限，怎这等替他夸张！”土地道：“不是夸张他！为首最恶的妖精虽只得十个，他收来的恶禽恶兽，几几乎天下之恶皆归焉，何止上万！小圣也不可看轻了。”小行者道：“不打紧，你且说他这十个恶妖精叫甚名字？”土地道：“一个叫做篡恶大王，一个叫做逆恶大王，一个叫做反恶大王，一个叫做叛恶大王，一个叫做劫恶大王，一个叫做杀恶大王，一个叫做残恶大王，一个叫做忍恶大王，一个叫做暴恶大王，一个叫做虐恶大王。”小行者道：“他这十恶还是同在一处，还是各自住开？可有大小？”土地道：“这十恶并无大小，虽在同一山，却东西南北，左右前后，各占洞窟，你不服我，我不服你，常常自相吞并。莫说他手段高强，只他们每日在山中播扬的这些恶臭，触着的便要冲死。”小行者听完了发放道：“知道了。待我扫除了十恶，还你地方受用。你且回避。”土地领命退去。小行者方走回来，报与唐长老道：“山中妖怪虽有十数个头领，上万个小妖，却都是些乌合之众，不知兵法，未经操练的，不打紧，师父放心，容易过去。”唐长老吃惊道：“妖怪一个也难当，怎十数个头领、上万个小妖转说不打紧？”小行者道：“他妖精虽多，却一妖一心，心多势必乱。我闻三人同心，其力断金，何况我们四条心并做一条心，怕他怎的？师父快上马，随我来。”唐长老听了方欢喜道：“贤徒果论得妙，只是四心并一心，也要有个并法。一戒与沙弥恐一时不解，也须与他说明。”小行者道：“也没甚说，只要大家以心贴心，互相照顾些便是了。”遂取出铁棒拿在手里，扶师父上马，竟进山来。正是：

万心何似一心坚，恶业应难敌善缘，
好向此中问消息，流芳遗臭并千年。

却说这十个恶妖，性凶心毒，杀人无厌，因杀得多了，竟杀得路绝人稀。没得杀了，每日俱在山前林里四处巡绰，若寻不着，便自相残杀，杀死的便拖了去吃。这日东山口的杀恶大王领了三妖精正在山头观望，忽看见有四个和尚远远走入山来，一个骑马，一个挑行李，两个俱是空走，满心欢喜道："今日大家有一顿饱餐了。"忙带了一群妖怪，提着刀赶出山来。迎着他师徒四人，也不管好歹，竟一个圈盘阵将他四人围在中间。众妖且不说厮杀，先这个嚷道："马上的白净细嫩，好蒸了吃。"那个乱道："长嘴大耳的肥胖，有肉头，有油水，煮了吃好。"又一个指着沙弥道："这个黑皮黑骨，须腌一腌方有味。"又一个指着小行者道："这个人一团筋，一把骨，全没肉采，只好剁碎了，连筋带骨炒起来下酒。"小行者听了笑说道："好妖精，你想要吃我们哩！吃倒好吃，只怕有些杠牙。"猪一戒听了，满心大怒，哪里还忍得住，便放了行李，掣出钉耙，先照着指他说的那个妖精劈头一筑，就筑了个九孔流脓，骂声："好妖精，你要煮我！倒不如趁新鲜，自家去煮了吃吧。"那杀恶大王看见，急得暴跳如雷，大声喊道："好秃驴，我大王尚未伤你，你转伤我士卒，世界反了！不要走，吃我一刀。"遂举刀照猪一戒顶梁骨砍下来。猪一戒用钉耙架住道："你倚着你是个恶大王这般狠么？谁知你恶贯满盈，却晦气撞死在我善和尚手里。"那杀恶大王听了，一发怒气冲天，咬牙切齿道："我不拿你这说嘴的秃驴碎尸万段，誓不在十恶山为王。"复举刀又砍。猪一戒道："莫怪了。"遂举耙相还。两个人搭上手，扭做一团，搅做一处，一来一往就斗有二十余合。杀恶妖见杀了半晌讨不得便宜，便回过头来一点，要招呼众妖齐上。小行者恐怕众妖上来呆子有失，忙持铁棒转到杀恶妖身后，去邀截群妖。杀恶妖看见小行者在身后一影，只道去暗算他，忙回过身来照顾，不防猪一戒抬身一耙，就筑个从头至脚。众小妖正往前帮，忽看见大王被一戒筑倒，吓得魂飞魄散，屁滚尿流，喊一声："不好了！"没命的都往山里奔去。一时无主，便分跑到各恶大王名下报道："祸事了！山前来了四个狠和尚，一个使一条金箍铁棒，一个使一柄九齿钉耙，十分厉害！杀恶大王与他杀不得几合，早被他一钉耙筑得稀烂。"那九个恶大王听了，俱不肯信道："哪有此事！"众小妖道："那四个和尚现在山前，大王不信，请去一看便见明白。"众恶妖听了，俱要来看。惟有劫恶大王与残恶大王、忍恶大王的巢穴在这山东南上近些，先带领众妖一齐俱到山前，早望见三个步行和尚，拥护着一个骑马和尚，正兴兴头头策马进山。三妖商量道："这等四个和尚能有多大本事，就把杀恶大王筑死？我想还是杀恶大王一人欺敌，被他暗算了。如今我们三人须一同出去，不要与他搭话，只是刀枪剑戟一时齐上，包管他支持不来，落在我们手里，大家分去受用。"三妖算计停当，遂鸣锣击鼓，呐喊摇旗，拥出山来，竟望着他师徒四人杀来。

劫恶大王使一杆长枪，恶狠狠照小行者当胸刺来，小行者看见，忙用铁棒抵住。残恶大王使一柄宣花斧，急忙忙照猪一戒劈头砍来，猪一戒看见，忙用钉耙相迎。忍恶大王使两把龙虎宝剑，雄赳赳向唐长老杀来，沙弥看见，只得放下行李，掣出降妖禅杖交锋。一霎时，三个恶妖魔，三个狠和尚，在山前赌斗，真个一场好杀。但见：

三对敌头，六般兵器。三对敌头，对对逞英雄豪杰；六般兵器，般般显利刃强锋。恶以恶为强，将欲杀尽善人方遂志；善以善为宝，誓言尽除恶党始成功。故铁捧当头，钉耙劈面，禅杖拦腰，不曰杀人而曰慈悲；宝剑交飞，钺斧横施，长枪直刺，不曰行凶而曰应劫。只道食人之肉以生已肉，了不动心；谁知未杀人之身先自杀其身，直在转眼。战不容情，当我锋者尽是冤家；杀难论理，血吾刃者谁非屈鬼？不后不前，恰恰相逢狭路；或生或死，断断不得开交。

六人三对，舍死忘生杀了半日，直杀得尘土蔽天，烟云障日，并不见输赢，又斗了几合，毕竟小行者手段高强，斗到深妙处，忽卖个破绽，将身一撤，那劫恶妖不知是计，慌忙赶来一枪。不期小行者扭转身来一让，让过枪头，就趋势当头一棒，正打个着，只打得脑浆迸万颗桃花，牙齿飞一堆碎玉，早已呜呼！残恶、忍恶二大王看见，惊得手脚无措，只得虚晃一斧，假挥双剑，败下阵来，往山中逃去。逃到山中，二人商量，忍恶妖道："这三个和尚力气又大，兵器又凶，难以力取，必须以计拿他方妙。"残恶妖道："有何妙计？"忍恶妖道："我想，山外拿他，空旷旷的，必须赌斗。莫若偃旗息鼓让他进山，待他走入夹壁峰时，你一个在前，将石块塞断他的前路，我一个在后，用石块阻住他的后路，使他前进无门，后退无路，不消数日，不怕不饿死在夹壁峰内。你道此计好么？"残恶听了，鼓掌大喜道："妙计，妙计！"遂一面吩咐众妖俱躲在山坳里，搬下石头，伺候断路不题。

却说初时猪一戒已筑死了杀恶大王，小行者今又打死了劫恶大王，弟兄们志气扬扬，竟扶唐长老上马进入山来。唐长老终是小心，叫道："徒弟呀，你们有本事打死了两个妖精，固为可喜，只怕他山中妖怪还多，必须留心提防为妙。"小行者道："提防是不消说的，但想这些妖怪听见我们铁棒、钉耙厉害，只怕也不敢出来了。师父只管放胆前行。"唐长老见小行者说得容易，便也欣然策马而行。不一时，进了山口。初时在山外远望，还只觉山形有些怪恶，及走入山来，不但山形怪恶，只觉阴风寒气吹得人肌骨惨栗。初起在山外虽闻臭恶之气，却还是一阵阵，及走入山中，便如入鲍鱼之肆，竟连身体都熏臭了。唐长老无法奈何，只得忍耐而行。却喜得走了二三里，并无一个妖精，心下暗想道："小行者之言不虚。"又行不得半里，忽见两边峭峰壁立，就似夹成的一条长巷。因勒住马道："此中岩崖陡峻，蹊径全无，莫非不是路？"小行者道："师父，只管信步行去，自有前程，是路不是路，无非是路。问他怎的？"因将马加上一鞭，早已师徒相赶着奔入夹壁峰来。

才走不上一箭多路，忽闻得后面喊声如雷。急回头看时，只见无数妖精挑泥运石，一霎时已将后路塞断了。唐长老吃惊道："我就说这条路却有些古怪，今果然中了妖精之计，竟将后路塞断，却怎么处？"小行者道："我们又不生退心回去，任他塞断，与我何干？我们好歹只努力前行，包管有出头日子。"唐长老没法奈何，只得策马又行了七八里路。到了夹壁峰出口的所在，早已乱石堆砌得水泄不通。猪一戒道："师兄只管叫走，如今走了个尽头路了，却如何处？"小行者道："行到水穷，自然云起，贤弟不消慌得。"唐长老道："徒弟呀，莫怪他慌，这夹壁中前后塞断，莫说无处栖身，就饿也要饿死了。"沙弥道："饿是饿不死，若要栖身也还容易。一路来看见那夹壁中树木广有，野菜甚多。斫些树木，塔个篷儿，就可栖身；挑些野菜，煮做菜羹，便可充饥。愁他怎的？"唐长老怒道："大家在困苦中须商量正事，怎说此油谈？"猪一戒道："正路俱已塞断了，筑开石块，定也有人把守，莫若开个旁门转出去吧。"小行者道："一走旁门，便非大道。"猪一戒道："旁门走不得，不如大家用力在地下挖个狗洞钻出去吧。"小行者道："和尚钻狗洞，一发使不得！"猪一戒道："旁门又走不得，狗洞又钻不得，除非借他一张上天的长梯子爬了出去方好。"小行者道："好倒好，只是世间哪有上天梯？"猪一戒道："这不好，那不好，依你却怎处？"小行者道："吾闻以我攻恶，不如以恶攻恶。依我算计，师父请宽心坐坐，以逸待劳，等我掉三寸不烂之舌游说各妖，使他自相吞并，杀得一个是一个，杀得两个是一双，倘能尽杀完了，搬开石块走路，也省我们许多力气。”唐长老道：“这些妖精定是同恶相济，如何肯自相摧残？”小行者道：“师父有所不知，凡恶不足便求相济。这些妖精恶已盈了，必妒忌相吞。”唐长老听了点头道：“徒弟呀，你虽说得有理，只是此去你以一身而入众妖巢穴，我未免挂怀，须要仔细。”小行者道：“不打紧，师父只管放心。”又吩咐猪一戒、沙弥道：“倘师父饿了，可将带的干粮取些涧水充饥。我去去就来。”将身一纵，早跳出夹壁峰头。向前一望，只见残恶大王领着一群众妖，在夹壁峰口密密匝匝围得铁桶相似，只等里面饿死方好下手。小行者看得分明，便不惊动他，只望臭气浓处而来，却是妖精巢穴，便落到穴前，叫道：“里面有人么？”早跑出四五个小妖来，看见小行者是个和尚，便你扯我拽的道：“你这和尚，怎敢在我大王洞府门前大呼小叫？”小行者道：“你们不要扯拽！我是来献美食与你大王受享的，快去通报。你若报迟了，我就到别洞去献了。”小妖将小行者估一估道：“我看你尖嘴缩腮，猴头猴脑，皮肉也粗糙，又瘦怯怯的，也只好随常将就吃罢了，怎叫做美食敢来献与大王？”小行者道：“我是出样儿吃不得的，还有绝美的未曾献来。”小妖道：“这就是了。”因忙忙进去报知反恶大王道：“外面有一个和尚，来献什么美食！”反恶大王道：“方才有人报说有四个和尚入山，先用钉耙筑死了杀恶大王，后又用铁棒打杀了劫恶大王，说得十分凶狠。我正想要去拿他，为何又有和尚来献美食？快叫他进来，待我细问。”小妖慌忙出来，叫了小行者入去。

反恶大王一见了小行者就问道：“你是哪里来的和尚？献什么美食？”小行者假作慌张道：“小和尚有个师父，叫做唐大颠，他是中国人，生得又肥又白，又细又软。人传他是佛祖转世，大有报器，吸他一点血延生万载，吃他一块肉寿享千年。今奉唐天子之命，差遣他往西天拜佛求解，路过宝山。倚着他徒弟猪一戒、沙弥有些本事，过山时，竟行凶打杀了两个大王，只说打死了两个无人报仇，就好快活过山。不期这山中大王多，又恼了一个残恶大王，一个忍恶大王，商量了一条计，就将我师父、徒弟都引入夹壁峰中，用石块将前后路俱塞断，弄做个釜中之鱼，砧上之肉，眼见是残恶、忍恶二位大王口中之食了。这二位大王既得了唐僧这样美食到手也够了，却又贪心不足，还要将我们徒弟都吃尽，故此小和尚不服，爬山越岭的逃走出来，报与大王。大王既与残、忍二大王同为此山之主，岂可让他二人独享？也该去求他分些，延年益寿，只要大王饶了我小和尚之命。”反恶大王听了大怒道：“好泼魔！既有此美食到山，就该大家分吃，你二人有甚本事，就思量困倒和尚瞒着我自吃？”就要领兵去与他厮杀。小行者道：“若领兵与他厮杀，便要费力。莫若只带几个心腹走去，只说帮他围守，求他分些余惠，他自然不疑，大王取便将他一刀杀了，岂不省事！”反恶大王听了大喜道：“你这和尚倒也中用，有些算计，待我杀了他二人，就留你贴身伏侍吧。”小行者道：“多谢大王。”反恶大王说罢，就提了一把短刀，带了十数个能事的心腹小妖，竟往夹壁峰来。闯入营中，看着残恶大王笑说道：“好同山朋友，有此美食，怎不通知众人一声？”残恶大王道：“方才困住，尚未捉到，捉到自然相请。”反恶大王道：“不消请，特来相帮去捉，捉到了方好分食。”残恶大王不防他，有心任他走近面前，不期走到面前就顺手一刀，早已连肩卸臂跌倒在地。众小妖吓得魂胆全消，跪在地下只是磕头求饶。反恶大王道：“与你们无干，我不杀你，只要你围好了夹壁峰口，不许乱传。”众小妖领命，紧紧围着。反恶大王大喜道：“这美食眼见是我与忍恶大王分吃了。”小行者道：“此时忍恶大王尚未知道，何不也如此结果了，便是大王独享。”反恶大王道：“有理。”忙又转到夹壁峰后来哄那忍恶大王道：“适蒙残恶大王相招说困倒了和尚，请我来同享，又恐怕前边捉急了，往后路突出，故又浼我来相帮。”忍恶妖道：“突是突不出，帮也不消帮，但你既知风来了，多寡也要请你吃些，断无空还之理。若要一样同享，却无此理。”反恶大王道：“谁指望与你同分，但恐怕山中诸王闻知都要来分。”忍恶大王道：“你们如何得知？”反恶妖用手一指道：“你看那边来的岂不是他们？”哄得忍恶妖回头看时，反恶妖就乘势一刀，也将忍恶结果了，便对众小妖道：“有不服者，以忍恶大王为例。”众妖只是磕头，谁敢不服！反恶大王满心欢喜，因对小行者道：“亏你有算计，这夹壁峰中的美食让我独享了。”小行者道：“是便是了，却还有三分不稳。”反恶大王道：“怎生不稳？”小行者道：“这夹壁峰中的和尚，要等他饿死，快杀也有两三日。这两三日中，倘或山中各恶大王得知了风声，都走了来争，纵不全与他，多寡也要分些去。大王指望独吃，我所以说个不稳。”反恶妖听了踌躇道：“这却如何处置？你可还有什么好算计？”小行者道：“算计是有，只怕大王名虽为恶，还是虚名，未必有那第一种的毒心、最凶残的辣手！”反恶大王笑道：“象这等吃人不皱眉，杀人不眨眼，也要算惟我独尊了。”小行者道：“既是独尊，为何这山不叫做独恶山，却叫做十恶山？这山中为何不是大王一人独住，却瓜分与十个大王？”反恶大王听了，羞得满面通红道：“这等看起来，我一生为恶，尚未出人头地，真要羞死。”小行者道：“大王不要羞，这不是大王没有恶心恶力，只是大王恶算计差了些。”反恶大王道：“有甚恶算计？扶持我做了第一个恶大王，我便封你做个助恶大功臣，食半山之俸，标名在凌烟阁上。”小行者道：“俸也不指望，我小和尚也只图个恶名儿，遗臭万年罢了。大王若依我算计，趁此时众大王尚未知此消息，可遣能事小妖分头去请众大王，只说困倒了南来的求解圣僧，在夹壁峰请众大王去分食。众大王闻知必欢喜而来。等他来一个，大王就杀一个；来两个，大王就杀两个。杀完了这五个大王，不但此美食是大王安然独享，就连此山也是大王巍然独占了，岂不快哉！”反恶妖听了喜得只是乱跳，叫道：“好和尚，好和尚！我反恶大王做了半生的恶妖精，也不似你善和尚这等恶得尽情，就依你行。”遂叫了五个能事小妖分头去请。临行时，小行者又吩咐道：“你可说这圣僧是罕物，只好大王自享，不能分散众人，叫少带人来。”小妖会意去请。

原来这座山周围足有千里，众恶妖你东我西，各据一方，有近有远，虽同时去请，却不能一时同来。也有听见说吃圣僧肉延寿的，恐怕迟了，随着请的人就来。也有听见说和尚困在夹壁峰，未曾困倒，恐怕来早了要等，因装腔慢慢来的。惟叛恶大王与反恶住得近些，故请不多时就早早来了。刚刚走到面前，话还不曾说得一句，早被反恶妖一刀断送了性命，跟来的小妖都被拿下，捆入洞口，一面将尸首移开。正收拾得完，恰好暴恶大王也来了。反恶妖此时已连杀三恶，手儿滑了，看得杀人甚是容易，迎得暴恶人来，让他先走，就身后赶上一刀。那暴恶妖恶了一世，到此跳也不曾跳得一跳，早已被人暗算了。反恶妖一面又叫人照前收拾过。不多时，虐恶妖也到，也是如此结果了。

反恶妖一连除了五妖，满心欢喜，对小行者说道：“你这和尚真好，算计七个已除了五个，只剩两个，不过吹灰之力了。”正说不完，忽报篡恶大王与逆恶大王两个会齐一同来了。反恶妖听了大惊道：“一同来如何下手？”小行者道：“不打紧，大王只消先叫人报说，和尚在后山筑石要走，哄开了一个，这一个便好下手。”反恶妖喜道：“有理，有理！”不多时，篡恶、逆恶二妖到了，反恶妖接住。逆恶妖先说道：“大王费心捉了和尚，我们无功怎好来同享？”反恶妖道：“若是等闲凡人也不敢相邀，只因这和尚是圣僧转世，肉能延寿，故不敢独吃。”正说不完，只见几个小妖来报道：“夹壁峰的和尚已死了一个，那三个急了，晓得前山有人把守，后山无人，如今在那里用钉耙、铁棒筑石块哩。”反恶妖假慌道：“前山要紧，我要在此守护，却怎生好？”篡恶大王道：“正愧无功不好受禄，待我去看看，助你一臂之力。”反恶妖假喜道：“妙是极妙，只是怎好劳客？”逆恶妖道：“待我去效劳吧。”篡恶妖道：“你在此相帮也是一般。”说罢就抽身去了。反恶妖见篡恶妖去了。赶逆恶妖一个眼错，就拦腰一刀，斩做两断。恐怕人多泄漏，连忙提刀赶上篡恶妖叫道：“众大王都来了，前山有人照管，后山路远，还是我去吧。”篡恶妖道：“便同去走走何妨！”反恶妖道：“既同去，等我同走。”篡恶妖不知是计，更不回头，只立住脚等。不期反恶妖赶到背后，照颈项一刀，早已人头落地。

反恶妖既除了众恶，满心快活，一路哈哈大笑回来，对小行者道：“这些算计，实实都是你的功劳。我不负你，如今我既为一山之主，就封你为党凶助逆万恶大和尚好么？快快谢恩！”小行者道：“谢恩且慢，还有话说。”反恶妖道：“还有甚说？”小行者道：“我想这许多恶大王被大王哄骗杀了，自然要到阴司阎王处告理。大王虽不怕他，他们缠缠搅搅终不能安。莫若趁他们初死，待我小和尚与你忏悔出他们的罪过来，使他们死而无怨，大王也得安享了。”反恶妖听了大笑道：“你这和尚真有些妙处！又会叫我杀人，又会替我忏悔。但不知忏悔是怎样的？”小行者道：“大王只朝天跪下，待我忏梅与你听。”反恶妖道：“我一个大王怎肯下跪？”小行者道：“莫说是王，就是皇帝，敬天也要跪哩！”反恶妖道：“既该跪我就跪，且看你怎生忏悔。”遂老老实实跪下。小行者因取出金箍铁捧，指着天祝赞道：“篡恶不忠该杀，大王杀得是，无罪。逆恶不孝该杀，大王杀得是，无罪。暴恶、虐恶不仁该杀，大王杀得是，无罪。残恶、忍恶不慈该杀，大王杀得是，无罪。叛恶不义该杀，大王杀得是，无罪。反恶与叛恶同科，该杀，求上天赦了吧！上天有旨：十恶不赦。着孙履真打杀吧！”反恶妖听见说“着孙履真打杀吧”，慌忙跳起来要逃，早被小行者提起金箍铁棒照头一下，打成肉酱。众小妖看见，吓得四散要跑。小行者拦住道：“我不打你，只快快开路。”众小妖无法，只得上前搬去石块。猪一戒与沙弥听见外面石块响，也就从里面筑出。不一时，内外夹攻，依旧现出一条大路。大家相见，小行者就将前事细说一遍，唐长老赞羡不已。正打算上马走路，忽山旁闪出土地来拜谢道：“这等十恶，非小圣大力万万不能扫除。”小行者道：“我既已扫除，你须时时斩削，不可使恶念复萌。”土地领命，他师徒方策马出山，望西而行。正是：

一心能向道，万恶自消除。

不知唐长老此去又是如何，且听下回分解。

【第二十七回】

唐长老真屈真消　野狐精假遭假骗

诗曰：

秦州牛吃草，益州马腹胀。
天下觅医人，炙猪左臂上。

续曰：

哑人偏会说，聋人偏会听。
何况不聋哑，几时得清净？

又曰：

农夫独耕田，天下人吃饭。

民力久已忘，帝力又何憾！

唐长老与小行者、猪一戒、沙弥四人归并了一心，遂扫除去十恶，一时功业几同于上天之无臭，大家欢欢喜喜，依旧西行。一路上检点程途，早已行过了一半，十分得意，便不觉有餐风宿水之劳。又行了月余，忽望见一座城池。唐长老道："前面城池高大，想是帝王都会，比不得山野之处，进去须要小心谨慎，先问明他的国名、禁约，好去倒换关文。"大家应诺。不一时到了城下，细细访问，这国叫做上善国，虽在西土，实乃衣冠文物之邦，况又君明臣贤，治得国泰民安，十分丰庶。唐长老听得欢喜，遂策马入城。寻问着馆驿就入去借住。驿官出来迎着，看见唐长老模样便大惊，问道："老佛何来？"唐长老道："贫僧从东土大唐国来，奉旨往西天拜活佛求真解，今到贵国，不敢径过，要见国王倒换关文，敢借贵驿少息。"驿官听了，又将唐长老细细一看，便道："老佛果是从东土来的么？只怕还是在西方久住的！"唐长老道："现有关文，明早要入朝倒换，怎敢妄言！"驿官道："既是远来，且请馆后素斋。"一面邀唐长老师徒四众进馆后坐定，便道："请四位安坐，就备斋来，小官有些薄事，不得奉陪，万望恕罪。"唐长老道："既有公冗，但请尊便，我们自坐不妨。"说罢，驿官就出去了。不多时，就有三四个穿青衣的人走来，只说寻驿官讨夫马，又将唐长老估相了一回。去了不多时，又有一位官长走进来，对着唐长老拱拱手道："老师父从何处来？"唐长老忙起身问讯道："贫僧从东土来。"那官长又将唐长老看了两眼，因摇摇头道："为何转从东土来？未必，未必。"说完又去了。小行者道："这些来的人都将师父估计，定有缘故。"猪一戒道："有甚缘故？不过认认真，好请去吃斋。"小行者道："不象个请吃斋的光景，只怕凶多吉少。"沙弥道："这又不是山野中恐怕有甚妖精，此乃帝王辇毂之下，法度森严，我们又不是盗贼歹人，有甚凶事？"弟兄们正说不完，忽听得馆驿外锣鼓喧天，人声汹汹。早有两个文官、两个武将带领着二十四个锦衣花帽的校尉，一齐拥入，也不问缘由，竟将唐长老捉下，用粗绳紧紧绑了。唐长老忙向道："贫僧初到贵国，又不曾犯罪，为何绑我？"那两个文官道："好活佛，你做的事你难道不知，还要假辨些什么？"唐长老道："贫僧乃东土往西天过路的僧人，才到宝方，曾做何事？实是冤屈。"那两个武将道："明明是你这妖僧，怎为冤屈？"唐长老道："天下僧人颇多，何以见得就是贫僧？”那文官又道：“你道没有证据么？”叫人役取过一幅图像来，上面画着一个和尚，就与唐长老一般模样。因指着与唐长老看道：“你且自看看，是你不是？你还要赖到哪里去！”唐长老看见，吓得哑口无言，点头叹息道：“冤家，冤家！真屈杀贫僧也。”小行者看见图画相同，忙上前说道：“既有图画相对，师父就辨也无用。只请问四位大人，如今绑缚家师到哪里去审？”文武四个官齐道：“好小事情，哪个衙门敢审？只要带到御前候万岁爷爷亲问哩！”小行者道：“师父，既是入朝见驾，我们少不得要倒换关文，就顺便去走一遭也罢。”唐长老道：“入朝见驾是免不得的，但不知是什么冤屈事情，恐难分辨。”小行者道：“虚则虚，实则实，有什么难辨！等我随师父去就是了。”唐长老无法，只得听从众校尉绑缚了，簇拥着入朝。

原来这上善国王是个少年天子，才十八岁，为人至孝，又甚英明。只因皇太后好佛，在后宫造了一座佛楼，叫做待度楼，供养着三世诸佛，日日在内香花灯烛念经拜忏，以为必要成佛，如此数年。忽一日，白昼现出一尊佛来，自称古佛，因鉴太后焚修心诚，故来度他。自此之后，时时见形，随人瞻仰。有时说些祸福，又甚灵验。有时显些神通，又甚奇异，哄得太后信以为真，每日痴痴迷迷，只指望成佛。上善国王心知其非，每每泣谏太后，只是不听。忽一日，古佛到了楼上，命太后斥退了众宫人，闭上楼门，亲自说法。上善国王闻知，急走来看时，忽下了一场花雨，又起了一阵香风。上善国王急急走入楼中，已不知太后被那古佛摄到哪里去了。慌忙命有司点了兵将，画影图形，四境搜访，并无踪迹。上善国王思想母后，连朝也不设，每日价空在待度楼中痛哭，已将一月。这日，忽内臣来报道：“那假佛的那个妖僧已被文武缉捕人等捉获着了。”上善国王问道：“如今在哪里？”内臣道：“现在朝门外，候万岁爷去亲审哩！”那上善国王听了，又惊又疑，立时就亲御便殿，命将妖僧解了进来。

此时，大小臣僚皆来随驾。不一时，二十四个校尉将唐长老绑缚着，直带到丹墀之上。国王睁睛一看，连连点头道：“正是他，正是他！”遂喝问道：“你这妖僧实叫何名？怎敢擅变古佛，鼓惑太后！今又将太后摄藏何处？实实招来，免动刑法。”唐长老大叫道：“贫僧法名大颠，乃南瞻部洲大唐国潮州府人氏，自幼为僧，秉持正教。今奉大唐天子敕命，前往西天大天竺国雷音寺拜求我佛真解，以解真经。路过宝方，正有通关文牒要见陛下倒换了，以便西行。行李方才到得馆驿，坐尚未暖，饭尚未吃，晓得什么古佛？什么太后？这些人役不由分说，竟将贫僧绑缚来见陛下。陛下明鉴万里，贫僧实系无辜，恳求加察。”国王道：“朕在待度楼亲见你说法谈禅，又非他人指称，还要加察些什么？”唐长老道：“外貌虽同，其中实异。这是非同异，若不加察，何以得明？”国王道：“要加察就先察你。你若果系妖僧，变幻佛容，鼓惑太后，这太后自然要在你身上送还。你若果系东土大唐僧人，偶以面貌相同误投罗网，朕闻大唐与我上善国相距有五六万里程途，一路上魔怪不少，若非有德行、有手段的高僧，焉能到此？你若果系有德行、有手段的高僧，只消替我查出太后的消息下落，你的心迹不辨自明了。今你与他面貌既已相同，他适去，你适来，时候又刚刚凑巧，若只以口舌鸣冤，谁肯信你？”唐长老未及回答，小行者遂上前一步，接说道：“陛下果然是个英明之主，说得十分有理。但只是陛下既要我们替你找寻太后，须将那妖精的来踪去迹说个明白，便好去拿来与陛下正罪。”国王正与唐长老问话，忽见小行者钻出来对答，又见他生得雷公嘴，长耳朵，猴子一般，不觉吃了一惊道：“朕审问妖僧，你是何人敢出来多嘴？”小行者道：“小和尚叫做孙小行者，就是他的徒弟。因见陛下问及德行、手段，不瞒陛下说，家师实有些德行，小和尚颇有些手段，若非多嘴，陛下何以得知？”国王听了大喜道：“原来你有些手段？”小行者道：“陛下已先说的，若没有本事拿不得妖精，也不能到此处了。”国主道：“你虽会拿妖精，只是妖精也有几等，你却怎生去拿？”小行者道：“只要陛下说个影响。若是鬼妖去问阎王拿，若是仙妖去问老君拿，若是佛妖去问如来拿，若是上界星妖、神妖去问玉帝拿。”国王见他说话荒唐，便含怒道：“你这和尚莫非有些疯病么？”小行者道：“小和尚从来不晓得害病。”国王道：“既非疯病，为何说些疯话？”小行者道：“是疯话不是疯话且莫管，陛下只说那妖精怎生来骗太后，说个始末根由，等我去拿他来，便晓得我不是疯病者。”国王半疑半信，细细将太后好佛造楼，并妖怪变佛现形，又下花雨把太后摄去的事情说了一遍。小行者听了道：“这也不是什么鬼妖、仙妖、佛妖、星妖、神妖，都是太后妄想成佛，动了贪心，起了邪念，故近山中妖兽闻知，假变佛形来鼓惑、摄去，皆小小幻术耳！不足为奇。等我去拿他来与陛下细审，看是也不是？”国王道：“你若果有手段拿倒妖精，救回太后，朕当倾国重谢，决不食言。”小行者道：“我们和尚家要什么谢？只要陛下松了师父的绑，请他吃些斋饭就够了。”国王道：“莫说吃斋饭，就是筵宴也容易。只是松了绑，恐他一时又下起花雨来走了，却如何处？”小行者笑道：“陛下，只道你这一条绳子绑着我师父便以为牢固监守？不知此皆我师父有德行，尊贤王的法度，甘心忍受。若果要走去，有何难哉！”遂用手将唐长老身上一指，喝声：“断。”只见那些横捆竖缚的麻绳早已象刀割的一般，皆寸寸脱了下来。那二十四个校尉看见，恐怕走了，忙要上前捉拿。小行者又将手一指，道声：“慢来！”那二十四个校尉就象泥塑的，呆呆立住，动也动不得一动。国王看见方大惊道：“原来贤师徒果系神圣之僧，愧朕肉眼不能早识，多有唐突！”急命近侍扶唐圣僧上殿。唐长老见近侍来扶，方定了性，抖抖衣服走上殿来，重新朝拜。拜毕，国王命取锦墩赐坐，然后问道：“孙高徒既具此广大神通，老罗汉定有无边法力，万望大发慈悲，使我母子团圆，胜于灵山拜佛。”唐长老道：“贫僧惟有一心，道无才善，至于找寻太后，只好小徒效力。”小行者道：“陛下既要叫我老孙去找寻，闲话不要说了，快差人到馆驿里唤了我两个师弟来保护师父，我好去行事。”国王大喜道：“圣僧果肯慈悲，且请用过斋再商量。”一面传旨光禄寺备斋，一面遣内臣去馆驿迎请二位圣僧同入朝吃斋。

不多时，猪一戒、沙弥都已来了，看了师父坐在殿中锦墩上，暗笑道：“这国王也是个虎头蛇尾，起先那样绑缚拿来，好不凶恶，不知听了我师兄捣了些什么鬼，如今却又锦墩赐坐。”内臣忙引他二人丹陛中立着，上前奏道：“奉旨请的二位圣僧见驾。”一面回头叫他行礼。那呆子与沙弥朝上作个揖道：“猪一戒、沙弥朝见陛下。”国王看见，二人比小行者人物又丑又恶，不觉神色有异。唐长老忙上前启奏道：“小徒皆是山野粗蠢之人，只晓得担负驱驰，并不识朝廷礼度，望陛下赦之。”国王道：“不知礼法也不罪他，但唐圣僧法容怎这般慈善，三位高徒为何愈出愈奇？”唐长老道：“三个小徒貌虽丑陋，性实真诚。”正说不完，光禄寺报融泄殿斋已备齐了。国王就亲起身同到殿中去吃斋。不一时吃完，国王就说道：“方才已蒙孙圣僧许拿妖僧，但今无踪无影，不知是甚样拿法？”小行者道：“拿法甚多，一时也说不了。只问陛下，这国中左右前后有甚出名的高山大川？”国王命宣宰相来问。宰相奏道：“国门之外，左右前后虽有爱日山、忘忧洞、萱草岩许多名胜，然是一丘一壑，止好供游人四时玩赏，并无深邃之地可以隐藏，惟此去西南一百余里，有一座九尾山甚是奇怪。这座山原从九嶷山发源，一路逶迤蜿蜒而来，到此结了九条龙脉，但不见头，故称为九尾山。这山上有美人峰、妆镜峰、画眉峰、点唇峰、折腰峰、并肩峰，又有罗汉峰、仙人峰、古佛峰、罗刹峰，又有鸳鸯交颈、石龙女、合欢松，奇奇怪怪，不一而足。除了此处，再没有出名的山了。”小行者听了道：“不消说，是此处了。”便对唐长老说道：“师父请安心在此坐坐，等我去找寻个消息来。”一面说一筋斗早已跳在空中，不知去向。国王看见又惊又喜道："原来孙圣僧会腾云。"猪一戒笑道："孙圣僧会腾云，哪一个又不会腾云！陛下正所谓坐井观天也。"国王大喜道："这等说来，连三位也是腾云驾雾的神僧了。"唐长老忙回道："三个小徒实能在空中来往，似贫僧步步实地还虑难行。"国王听了一发起敬，即留在融泄殿闲话不题。

却说小行者驾云向西南一路而来，早已望见一带高山十分奇怪。怎见得？但见：

虎踞半天，吞吐低昂，识其面而莫测其背；龙来万里，迢迢起伏，见其尾而不见其头。自卑升高，下一峰，上一峰，峰峰见奇峭之形；从远至近，前一岭，后一岭，岭岭作迂回之势。长松老干，蟠结做夭矫之虬；乔木横枝，摇摆做飞腾之凤。日照晴空，雷响山中瀑布；云生阴洞，雨喷石上流泉。秀气所钟，遍地灵芝瑞草；灵光不散，满山异兽珍禽。云霞缥缈，模糊望去但见一座高山；岩岫分明，仔细看来实是九条龙尾。

小行者到得山上，见那山形盘一条，拖一条，曲一条，直一条，横一条，竖一条，倒一条，顺一条，交一条，宛然九尾，知是此山，便前前后后各处找寻。怎奈山身宽大，洞穴甚多，并无踪影，只得跳在空中细细观看。忽闻得一个山坳里隐隐有钟鼓之音，及落下来察听，又不见一些踪迹，遂沿着一带溪水信步走来。忽远远望见前面溪口有座大亭子，亭下边有几个妇女在那里说话。欲要走近前问他，又恐怕惊走了，遂摇身一变，变做个苍蝇儿，一翅飞到面前。只见那几个妇女虽剃得光光头儿，象个佛家弟子，却又一身绫锦宫妆打扮，都在那里洗摘素菜哩！就飞到一个年老的头上停住，听他说道："明日佛爷与佛母成了大欢喜缘，你们这些小欢喜只怕要变做烦恼哩！"一个年少的答道："我们却未必烦恼，只怕太后不肯做佛母，佛爷还要大烦恼哩！"又一个道："我看太后的光景象个断然不肯的。"又一个道："既已落入圈套，肯不肯怎由得他！"又一个道："我们不要替古人担忧，且等百日道场完了，肯不肯便知端的。里面好吃午斋了，我们摘洗了素菜快去吧。"大家遂将各色素菜一种种都收拾在篮内提着，一齐去了。小行者因要探他的洞穴，便停在头上不动，跟了他去。

原来这个洞最是深邃，在那夹山中走了个三回九曲，方才看见洞门。洞门上题着小小的八个古篆字是“九尾仙山千变佛洞”。初走进洞，黑魆魆竟摸不着径路，左一弯，右一转，足有三五箭路方才明亮。又走有一里多路，方才看见厅堂楼阁，虽举头不见天日，却自窍中射进光来，就与看见天日的一般。几个妇女竟往香积厨去了，小行者方一翅飞下来，竟到大殿上来看，只见殿上供养着过去、未来、现在三尊大佛，下边是二十四个和尚在那里念经拜忏，满殿幢幡空盖，香花灯烛，钟鼓音乐，十分庄严富丽。左半边另设一张法座，坐着一个白白净净的和尚，容貌果与唐长老相似，头垂缨络，身挂珠衣，面前也列着幢幡宝盖，香花灯烛，俨然也象一尊古佛。右半边也设着一张法座，面前也设着幢幡宝盖，香花灯烛，只是座上却无人坐。小行者暗想道：“这装佛的和尚定是这个妖精了。这一座定是太后坐的，这太后不肯出来同坐，想是还有些烈性，且看他后半截如何。”便停在佛头上不动。不多时，众僧经忏念完，要午斋斋供，那妖精便叫十二个官妆的佛女去请太后佛母来同献供。佛女领命，就到后殿去请。小行者又飞一翅赶上跟了进去，看见太后坐在后殿上，正凝思垂泪。小行者看那太后年纪只好三十五六，果然生得齐整。正是：

金嫩珠香白璧温，盘龙宝髻腻烟痕。
虽然百种风流态，凤眼鸾眉体自尊。

那十二个官妆佛女看着太后齐齐跪奏道：“佛爷在大殿上，请佛母娘娘同去献供。”太后听了大怒道：“什么佛爷？谁是佛母？快快送我回去还有商量，若逼我至死，我上善国王访着消息，安肯与你甘休！”众佛女又奏道：“这道场乃是大欢喜缘，佛生佛灭，皆不外此。佛母，既来之则安之，何必发怒。”太后心知落套，悔恨无及，又听见这些闲言散语，不胜愤怒，也不回言，竟起身往殿后房中去了。众佛女不敢苦请，只得出去回复佛爷。小行者便飞下来，随着太后入去。太后到得房中捶胸痛哭道：

痴心好佛却成魔，应是前生孽障多。
花雨落成平地狱，香风吹入奈人河。
九重望母愁如海，三窟思儿泪似波。
啮血写成生死信，请谁传达凤鸾坡。

小行者听了，忍不住轻轻飞到他耳边说道："太后娘娘不用悲伤，你若有信，我小孙与你传去就是了。"太后忽听得说话，又不见人，惊得香汗直流，满身抖战道："我也是一国母后，怎时运不好，既已逢魔，却又遇鬼？"小行者道："我不是鬼，是你上善国王请来找寻救太后的。"太后听见说是国王请来救他，便顾不得害怕，大着胆子问道："你既是请来救我，为何不现人形？"小行者道："我若现形恐被人看见，便不好行事。"太后随起身将房门闭上道："我这房中无人，你自现形不妨。"小行者遂飞离了太后耳边，现出原形。太后忽然看见是一个尖嘴缩腮的和尚，心中十分害怕，然在急难中无可奈何，只得问道："你是甚人？国王怎生请你？"小行者道："我姓孙，俗号小行者，乃东土大唐来的，跟随家师往西天见佛求解，路过你国。你国王为失了太后四下找寻，见我师父的面貌与这妖怪相同，故遣校尉拿住我师父。是我与你国王讲明白，又见我有些手段，央求我来找寻。是你的造化，亏我一寻就寻着了。"太后听了，又惊又喜又愁道："既蒙圣僧来救我，只是这妖怪变化多端，又党羽甚众，你只一人，却怎生敌得他过。"小行者道："妖怪党羽多，能变化，都不打紧，只是这洞中又弯又曲，又深又远，一时难得出去，须设个法儿哄出洞外便好。"太后道："他将我紧紧藏在洞中，还怕人泄漏，怎生哄得出去？"小行者道："有个法儿。"太后道："有甚法儿？"小行者道："他若再着人来请你去同献供，你便慨然出去。"太后道："出去便怎么？"小行者道："他上面供养着三尊泥佛，他若逼你结欢喜缘，你便说：只要问这三尊佛，他说该结便结，他说不该结便死也不从。他若果然问时，我自有处。"正说不完，只见那十二个佛女又在房门外叫唤。小行者忙又变做个苍蝇儿叮在头上。太后依了小行者言语，便开了门问道："你们又来做什么？"十二个佛女齐道："佛爷吩咐奏上娘娘：这道场非同小可，不是人间私事，乃是大欢喜缘，升天成佛皆从此出，毕竟要请佛母娘娘与佛爷同去献供。"太后道："既如此，我就去，自有话说。"众佛女听见太后肯去，俱各欢喜，忙在前面引路，后面跟随，簇拥到大殿上来。

那佛妖看见，忙起身笑迎着说道："娘娘肯来一同献供，真是欢喜有缘，眼见得同成佛道不难矣！"太后道："献供与谁？"佛妖将手指着三尊佛道："献供与此三世佛。"太后道："你既是佛，这三尊止不过也是佛，为何献供与他？"佛妖笑道："他是已成之佛，我与你是待成之佛。今日我们以欢喜成佛，献供与他，异日又有以欢喜成佛的，少不得也要献供与你我。”太后道：“这三尊佛既是过来人，我只问他，他若说果然如此，我便凡事依你；若不答应，你却休怪休想。”佛妖着惊道：“这使不得！他虽具佛性，却无佛舌，怎会答应？”太后道：“若果欢喜有缘，他答应也不可知，待我问问看。”就走到三尊大佛前打一个问讯道：“弟子虽系女流，然虔心奉佛多年，只因一念贪嗔，生出许多魔障，若果前生冤债，今世当偿，乞我佛明示，便不敢爱此皮囊，复深罪戾；倘两无缘孽，妄起邪心，理应堕落，何得逼人？亦望我佛慈悲，消灾消障。”佛妖暗想道：“泥上佛怎会说话？倒被他使乖了。”正想不了，忽听见中间那尊如来佛开口说道：“上善太后，你不必苦辞，这段欢喜姻缘，皆是你们前世有宗公案。”太后道：“请问前世有何公案？”如来道：“你前世乃是一个开堂讲经说法的和尚，胸中全不知清净真宗，只以口舌利便讲得天花乱坠，迷惑得世人颠颠倒倒。故今世罚你变做女身，仍以佛法目迷，应该堕入他野狐之缠，自当欢喜领受。”原来佛妖正是一个九尾狐狸，因修炼多年，巧能变化，故变做佛容来哄骗太后，就是设此佛像皆是借假修真。不期泥佛忽然说起话来，吓得心惊肉战，只道果是活佛临坛，又听见说出“野狐”二字，道着自家心病，不觉心胆俱碎，身子立不住，便扑通的跪倒了。如来又说道：“九尾儿不消着忙，这也不干你事，都是他罪孽所招，但你也有一段公案。你前生原是一只猛虎，因吃的狐狸多，故今世狐狸变虎，虎变狐狸，填还前孽。幸你信心向佛，修炼成功，又有此一段欢喜大缘，故我佛大发慈悲，已命山神将猛虎爪牙找去，使他有报冤之名，而无报冤之实，方见上天与我佛门善恶报应之不爽。这两重公案既已说明，这道场也不必完了，明早但听得洞门口隐隐雷声，便是你填孽之时，你可悄悄到结果峰前断根树下，见有一只没牙齿恹恹待毙的病虎，便是你的冤家。你须现了原形挨入虎口，与他略啖一啖，应过你的前愆，然后仍幻成假像，迎入洞中，共结大欢喜缘，以完上善太后的罪案。此后倘能合意精修，自能共成佛道。若不依言行事，或推脱，或强为，便是违天逆佛，永堕轮回。”佛妖听了，连连点头：“活佛爷！活佛爷所说，一一听从。”太后心下明白，假恨一声道：“谁知是前生冤孽！罢罢，拼今生了此孽障。”说罢，竟自回后殿房中去了。小行者仍变苍蝇飞进房去，在太后耳边道：“事已说妥，我且回去报与你国王知道，明日好备法驾来迎。”太后道：“我身落陷阱之中，如坐针毡，千万望圣僧救我。倘能回国与国王说知，决不敢忘大恩。”小行者道：“娘娘放心，明日准来。”说罢，仍飞到大殿上来，只见佛妖尚在那里对佛磕头祷告哩！小行者也不去睬他，竟飞出洞中，纵云头回到国中融泄殿上。只见国王正与唐长老闲谈，忽见小行者从空落下，国王忙起身谢道："多累圣僧！找寻的消息何如？"小行者就将怎生遇见、怎生入洞、怎生寻觅太后、怎生假做佛言之事细细说了一遍，喜得个国王如死去复生，也不顾帝王体统，忙倒身下拜道："圣僧之功，真同再造矣！"小行者连忙扶起道："陛下不必如此，观瞻不雅，且快去打点明日之事。"国王起来问道："明日要打点何事？"小行者道："若是他人，我小孙一驾云头就带了回来。太后乃一国之母，云中往来，未免近亵，须用法驾迎回，方成体统。陛下可速命有司早备鸾车凤辇，连夜到九尾山伺候。"国王听了又拱手作谢道："圣僧做事直如此周到，真大恩人也！"忙敕有司去备法驾，又敕太监、宫女连夜去同迎不题。

不多时，光禄寺供上斋筵，国王来陪吃了，就留他四众在殿中宿了。到次早，小行者起来叫猪一戒道："你连日吃国王的饱斋，也不好无功而受禄，可帮我去拿那妖精来。"猪一戒道："做和尚的吃碗闲饭也不为过，哥哥怎妒忌起来？你既开口，不依你，你定要寻事怪我。"便提着钉耙道："便依你，同去走走吧。"唐长老听见欢喜道："守拙，你同去相帮甚好，省得独叫你师兄出力。"小行者又吩咐沙弥保护师父，遂同猪一戒驾着云头往九尾山来。到了山上，叫猪一戒将钉耙藏在草里，变做一只没牙齿的病虎，没气没力的睡在树下。"只等妖精出来，现了原形到你口中，你须一口咬住不可放他。"猪一戒道："这个不消吩咐，食在口头哪有轻放之理。"小行者吩咐停当，便起在空中，先向天吞了一口气，然后落下来朝着洞门一吐。那洞中原是弯弯曲曲的，受了这一口气，一霎时空谷传声，就似雷鸣一般。佛妖听见，又惊慌，又欢喜。惊慌是怕入虎口，恐有差池；欢喜是姻缘将到，终身受用。暗想："那活佛决不误我。"只得大着胆独自走上山来。到了结果峰前断根树下，果见有一只伶伶仃仃的病虎睡在那里，七七八八要死。遂走上前用脚一踢，那虎动也不动一动，只把眼睁。再看一看，果然口里没有牙齿。深信我佛有灵，便不害怕，将身一摇，现出九尾原形，挨近虎口。猪一戒看见，便呜的一声一口噙住，果然没牙齿咬得不痛，狐妖越发放心，任他咬嚼。猪一戒咬了半晌，毫不能伤他，心中着急，想道："我虎口虽无齿，钉耙却有齿。"遂将狐妖衔到藏钉耙的草边，急急现了原身，取出钉耙。那妖狐看见不是虎是人，吓得心惊胆战，急要变化走时，已被猪一戒一耙筑个九孔透明。小行者赶来，看见猪一戒筑死妖狐，满心欢喜，方走至山前，招呼那些宫女、太监、銮舆到洞门口迎请出太后来，上了銮舆先行，然后同猪一戒复到洞中来扫除。此时，群妖闻信已走得干干净净。猪一戒又放了一把火，索性把宫殿烧光，方才提着死狐狸驾云回来。

到了殿中，猪一戒将那死狐狸摔在阶下道："这不是摄太后的古佛，怎冤我师父？"国王看见，连连谢罪。只等到晚，太后方才驾到。国王迎入殿中，母子抱头大哭了一回，方才倒身拜谢他师徒四人。太后深悔好佛之非，请唐长老到待度楼上去忏悔。唐长老道："好佛不须忏悔，要忏悔只须忏悔此待度之心。佛即是心，心即是佛，要待谁度？一待度，先失本来，而野狐窜入矣！这待度楼贫僧与你改做自度楼，便立地成佛矣！"太后闻言感悟，拜谢不已。国王、太后将出许多金银珠宝相送，唐长老分毫不受。又苦留多住些时，唐长老坚执要行。到了次日，国王无奈，只得倒换关文，备法驾，国王、太后亲送上西行大路。正是：

早知心是佛，哪有野狐缠。

未知唐长老此去不知又何所遇，且听下回分解。

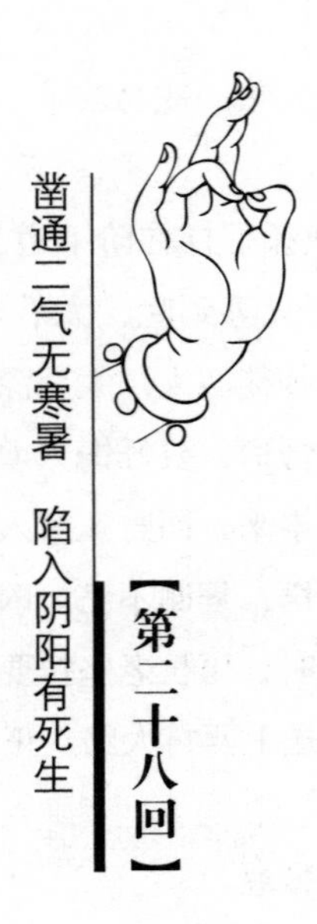

【第二十八回】

凿通二气无寒暑　陷入阴阳有死生

诗曰：

闲从万化想天工，玄奥深微不可穷。
顽石无端能出火，虚空何事忽生风。
大奇日月来还去，最妙冬春始复终。
谁赞谁参都是谎，阴阳二气有全功。

话说小行者为上善国王打死野狐，迎回太后，方辨明了唐长老不白之冤，倒换关文，辞了国王、太后，依旧西行。唐长老在马上欢喜道："这一场是非，我虽受些苦楚，却喜迎回太后，成此大功，倒结了莫大的善缘。履真呀，实实亏你有此辨才。"小行者笑道："什么辨才！不过他以假佛弄太后，我即以假佛弄他，儒者谓之出乎尔者反乎尔，佛家谓之自作自受耳。"大家说说笑笑，又走了许多程途。忽一日，又远远望见有山阻路。唐长老屡在山中受累，未免有些惊恐，叫声："徒弟呀，你看前面又有山了，未知夷险如何？"小行者道："这条路径虽也曾走过，却是云中往来，实不曾留心细看。是夷是险，连我也不知道，走到前面寻个人问问，方知端的。"唐长老点头道："是。"慢慢的策马前进。又走过一带小冈，看见山坳里一个樵子在那里斫柴，唐长老勒住马，叫小行者上前去问。小行者上前去看时，但见那樵子：

扁担沉沉斧不停，须臾砍破满山青。
若非赖此薪传去，人世将无绝少形。

小行者看见果是个樵子，便高声叫道："老樵，问路。"那樵子回过头来，看见小行者形容古怪，便道："你是什么人？要问往哪里去的路？"小行者道："我是东西南北人，要问你西行的路平也不平？"那樵子随口答道：

你要问西行，西行路儿也平也不平。
我们容易走，我看你们有些去不成。

小行者听了笑道："你这樵子说话好糊涂！总是一条路，平就平，不平就不平，你们既容易走，我们怎生就去不成？"那樵子道："你去走走自然知道。"小行者道："若是走过，方才不消问你了。"樵子见小行者问话兜搭，便不答应，将斧插在腰间，挑起柴来就要走。小行者也不扯他，只将手一指，那担柴就重有千斤，将那樵子压跌了一跤。樵子爬起来再要挑时，莫想挑得起，睁起眼睛看着小行者。小行者笑道："看我怎么？你说你们容易走，怎不走了去！"那樵子道："看你这和尚不出，倒会使戏法儿捉弄人，不要取笑，快放我回去！"小行者道："你只说明了路怎生就平，怎生就不平？他人怎生容易走，我们怎生就去不成？说得老老实实，我就放你去了；你若不说或说得糊涂，便莫想挑这担柴了。"那樵子没法，只得说道："前面这座山东边叫做阳山，西边叫做阴山，合将来总名叫做阴阳二气山。阳山上有个阳大王，为人甚是春风和气。阴山上有个阴大王，为人最是冷落无情。他二人每和合一处，在天地间游行，若遇着喜时便能生人，撞着他怒时便能杀人。我这本地人民知他的性格，百事依顺，故路平容易走。我看你们形容古怪，情性楼搜，定要与他违拗，故说个路不平去不成。”小行者道：“这等说来，也还赖得过。”樵子道：“既赖得过，放我去吧。”小行者道：“还要问你，这阴、阳二大王有什么本事？”樵子道：“他的本事大哩！阳大王说天是他一家，阴大王说地是他一族，万物皆是他生的子孙。”小行者道：“我又不与他攀亲，谁问他的家族子孙？只问他有多大力气，用甚兵器。”樵子道：“若说他们的力气，一发怕人。他能钻天入地，搅海翻江；又能使红轮不敢暂驻，白月不敢常圆。阳大王使一条三刃火尖枪，刺将来莽匝匝如一团烈火；阴大王使一条梨花白雪枪，舞开去冷森森似万丈寒冰。哪个当得起？你们要过此山，除非以礼拜求，随时顺去；若要倚强恃顽与他违拗，便万万不能过去。只此便是实话，放我去吧。”小行者听了点点头道：“虽替他说些大话，也只是你这里人胆小，不怪你，去吧。”又将手一指，那樵子便轻轻的将柴挑去了。小行者走回来对唐长老道：“山中妖怪是有两个，说起来也只平常，不要怕他，我们只走我们的路。”唐长老见小行者如此说，便也放心前进。

原来此山甚阔，东西两条路都走得。此时正是八九月时节，唐长老策马就往东路而行。行不上数里，只觉有些炎热，又走得半里多路，那炎热之气一发难当。唐长老道：“一路来黄花满地，白云满天，象是个深秋光景，怎么这山前如此炎热？虽酷暑天亦不过如此！”又走不得几步，猪一戒与沙弥挑着行李，走得满身臭汗如雨，忙歇下担子，解开怀只是喘，喘了半晌，口里乱嚷道：“去不成，去不成！再走几步就要热死哩！”唐长老勒住马也说道：“果然烦躁难行！”小行者心下疑惑，回头向西一看，只见那边天上有些阴云，便将唐长老的马牵转来道：“我们走那边去。”猪一戒又嚷道：“总是一般的路，还禁得转来转去多走哩！”只坐在地下不动身。沙弥见唐长老的马已牵过西路，只得挑起行李也跟将过去。不期到了西路，清风飒飒，吹得心骨皆凉，忙招手叫猪一戒道：“这边不热，快来，快来！”猪一戒听了，只认做要他，也不答应，被沙弥叫不过，方慢慢走来。才走到早已遍体生凉，十分快活，急急往前赶道：“果然凉爽好走。放下行李，待我来挑。”跑不上几步，渐渐冷气直冲，忙将衣带结好，又走不上几步，一阵阴风直吹得毛骨耸然，再要上前，不觉浑身抖起来。没奈何只得立住脚看时，只见沙弥已歇下担子，小行者牵着唐长老的马已急急的奔回来了。奔到面前看时，唐长老面上已冻得白了了的没些人色。

大家直退走回五七里方才定了。唐长老大惊，说道：“怎么一座山东半边这样热，西半边这样冷？真厉害怕人，不知是何缘故。”小行者道：“我方才问来，这山叫做阴阳二气山。东半边属阳故热，西半边属阴故冷。”唐长老道：“热又走不得，冷又走不得，却如之奈何？”小行者道：“师父不必心焦，我想一山冷热不齐，定是山泽不能通气之故，我们只消在山腰里通他一个窍儿，包管冷热就均了。”唐长老道：“论理虽是如此，只是这等一座大山岂容易通将过去！”小行者道：“师父只不要护短，叫猪一戒帮我去通，包管通将过去。”猪一戒听了道：“师兄说的话连人气儿也没些。这山是天地生成的，哪里有个人能通得过去的？”小行者道：“呆兄弟，岂不闻昔时五丁开山。今你的钉耙九个齿钉，比他还多四个，怎倒通不得一个窍儿！”猪一戒笑得打跌道：“师兄原来是个假斯文，五丁是五个力士，怎比起钉耙之钉来？好教书先生！也不怕人听见害羞。”小行者也笑道：“呆子你晓得什么？既是五个力士，怎又叫做五丁力士？焉知那五个力士开山不用钉耙！”猪一戒道：“赖是让你赖，只是文理欠通，这也罢了。只是这等一座大山，从东头直筑到西头，莫说万无筑通的道理，就是筑得通，我替你两个人，一条棒，一柄耙，连夜不歇工，从小通到头白，还不知可通得一半哩！师父到何日方能通去？莫要听他说鬼话。”唐长老听了，沉吟半晌道：“守拙之言，似乎有理。”小行者道：“我原叫师父不要护短，今手还不曾动，就先护起短，怎做得事来？”唐长老道：“履真呀，我不是护短，但如此大山要凿通他，我想来其实费力。”小行者道：“师父有所不知，凡是山川，外虽具重浊之形，实内包天地精明之气，哪有个不生灵窍之理？只消审形察势，寻着他的窍脉，一筑便通了，何须苦费气力？”唐长老听了连连点头。猪一戒方不敢再言，掣出钉耙道：“既是这等，快去，快去！”小行者又寻一个稳便处，叫沙弥保护唐长老坐着，方与猪一戒算计道：“我们若要照旧走去，又恐触他冷热之气，莫若跳在空中看定他的窾窍，再下去动手。”猪一戒道：“有理，有理。”二人一同跳在半空中山顶上细细观看，只见那座山周围旋转，就象一幅太极图儿，左边一带白，直从右边勾入中心；右边一带黑，直从左边勾入腹内。小行者看得分明，因对猪一戒道：“你看此山两边黑白交锁，我想，他的窍脉不在当中，就在东西两旁。”猪一戒道：“这山东边热，西边冷，想是东边的气通不到西边，西边的气通不到东边。若要东西相通，你与我还须挖两旁才好。”小行者道：“兄弟说得是，就先从东边挖挖看。”二人随落下东边，细细观看，见那正东中间一围土色红荡荡，与别处土色不同，便对猪一戒道：“你看此处有些占怪。”猪一戒也看了看道：“果然有些古怪，等我试试看。”就取钉耙照着红土筑去。筑了半晌，筑去有三五尺深。再看时，果然是个石窍，筑下来的土都蒸蒸有热气。小行者看了道："一发是了。"遂叫猪一戒停了耙，却自将铁棒伸入窍中去捣，捣松的土又叫猪一戒用钉耙挖出，耙完又捣，捣不多时，早捣了一个空，再用棒进去一搅，却空落落的竟没土了。猪一戒见了大喜道："果然有个窍脉，想是通了，待我钻进去看看。"正说不完，只见里面一股热气就似火一般冲将出来，十分厉害。猪一戒忙闪开身子，吐舌道："早是不曾钻进去，若是钻了进去，一时退不及，岂不被他烧死了。"小行者道："一味热还是纯阳，这气还未曾通，想是西头塞紧了。"猪一戒道："我们就到西头去筑。"二人又跳在空中，转到西边落下来观看，果然正西中间也有一团聊乌黑的土。猪一戒看见知道是了，便也不问，竟提起钉耙去筑，也筑有三五尺深，就叫小行者用棒去捣，捣进去，果也是个石窍，石窍中耙出来的土都冷阴阴就似冰铁。小行者用棒往窍中搅不多时，忽一阵冷气冲出来，冲得人毛发直竖。猪一戒道："窍已挖开，原是东边热，西边冷，照旧气不相通，却也没法。"小行者道："想是正当中还有些阻隔，我与你再去看看。"二人复跳在空中，落到山顶上细细再看，只见正当中黑白交结之处，直立着一个石碑，碑上写着句道：

左山右泽，于焉闭塞。
亿万千年，阴阳各得。

小行者看了，对一戒道："你看见么？此下是了，还不动手！"猪一戒道："这样大石碑，怎生弄得他动！"小行者道："只消将半边土筑松了，他自然会倒，谁要你去动？"猪一戒道："既是这等不打紧。"遂将钉耙把碑下的土筑去半边，那碑脚下早半边虚了，小行者忙将金箍铁捧在碑顶上用力一推，那碑脚下的土已是虚的了，早已豁喇一声仆倒在地。忙叫猪一戒用钉耙将碑下的土泥一顿拨开，忽露出一个大洞来。二人在洞口向下张望，不见动静。小行者正打算要变化了下去审察，忽一声响亮，先暖烘烘冲出一股热气来。热气正未散，忽又一声响，后又寒森森冲起一股冷气来。二气交在一处，忽氤氤氲氲散作一天灵雨。雨过后，便不冷不热，竟成了一种温和气象。猪一戒满心欢喜道："哥哥，我想这样大山既有灵窍，便何止万万千千，怎我们只通得这一个，便阴阳二气已透？"小行者道："你岂不闻一窍通时万窍通。"二人大喜，便一个从东，一个从西，分路走回来，便不觉十分大冷大热。将这些事报与唐长老知道。唐长老大喜，依旧上马进山而来。正是：

天心久自人心出，二气原从一气分，
早向鸿濛开混沌，声无可听臭无闻。

却说这二气山的阳大王虽然好动，却为人慈善；阴大王虽为人惨刻，却是好静，每日在洞中只运神功，为化为育。这一日，阳大王只觉满身冷气冲来，阴大王也觉满身热气冲来，俱各大异，因同到山头来察访。忽见镇山碑推倒在地，尽吃一惊道："什么人有此力量擅通我山泽之气？"吩咐群妖四处去查访。忽几个来报道："四山俱无影响，只有东南山脚下有四个和尚，生得古古怪怪，一个白面的骑马，一个长嘴大耳的挑行李，一个尖嘴缩腮的，一个晦气脸的，前后簇拥而行，如今渐渐进山来了。"阴大王道："这四个和尚既生得古怪，不消说一定是他了。"阳大王道："若果是他，须要拿来问罪。"就打算叫人去拿。那几个报事的小妖又禀道："小的见那个尖嘴缩腮的和尚手里拿着一条棍棒，又长又大，口中吆吆喝喝，象是个不服善的强遭瘟，众人恐拿他不来，挫了锐气，还须二位大王自行为妙。"阴、阳二大王尚未答应，旁边早恼犯了孤阴、独阳二位将军，出来道："三四和尚打什么紧？待末将去擒来就是了，怎要二位大王费力。"阴、阳二大王欢喜道："快去擒来，等你成功。"二将得令，孤阴忙提刀，独阳忙绰枪，赶出山前，恰恰望见四个和尚远远而来，同赶上前一步拦住，大叫道："你是哪里来的大胆和尚？怎敢私自推我镇山碑，擅通山泽之气，以致阴阳混杂，该得何罪？快快下马受死，免我老爷们动手。"小行者看见，忙叫猪一戒、沙弥护住唐长老，却自迎上前道："你们二人，想是阴阳山差来迎接我唐佛师过山的了？还不跪接，却这等大呼小叫！"孤阴、独阳听了一发大怒道："好大胆和尚！我奉二位大王之令而来，恐怕错杀了你，你既不知死活，敢说此大话，这推碑通气一定是你无疑了！"小行者笑道："人生天地间宜一团和气，岂容你一窍不通擅作此炎凉之态？你二人早早回去，叫他速速改过自新，尚可原情轻恕。倘恃顽不改，岂但推碑通气，连这座山都要掀翻，叫他无处栖身。"孤阴、独阳听了，气得暴跳如雷，便不管好歹，刀枪一齐上。小行者用棒架住道："你二人就要死也不须如此着急，且说你是甚人？倘无名小子，不要辱了我的金箍铁棒！"孤阴道："我说来你不要害怕，我乃孤阴将军，他乃独阳将军，今日阴阳夹攻，你这和尚怕也不怕？"小行者道："我闻孤阴不生，独阳不长，留你这种贼气在天地间也无用，倒不如待我扫除了吧。"便举起铁棒劈面打来。二人刀枪并举，急架相还，三人在山脚下一场好杀。但见：

孤阴专杀不辜，刀刃欲加和尚颈；独阳存心最毒，枪尖要刺恶僧胸。恶僧果恶，隔过枪尖还铁棒；和尚不和，拨开刀刃答金箍。妖怪占便宜，两个同心杀一个；僧家真大胆，一人独力战双人。三般兵器，你砍我，我架你，只闻得铮铮铁响；双半能人，你奔来，我跃去，但看见莽莽云飞。和尚以慈善劝人，偏遇着狠妖精专欺慈善；妖精以阴阳害道，恰相逢真和尚不信阴阳。会弄神，会弄鬼，妖精逞二气良能；不怕天，不怕地，和尚恃一心作主。

两个妖精只道和尚是善门，好欺负，故夸嘴来拿，不期撞见小行者这恶和尚，两个杀一个，杀了半日，直杀到满口生烟，浑身似雨，遮架不住，心下暗暗懊悔道："早知做和尚的这等恶，不来惹他也罢了。"甚难支架，当不得小行者那条金箍铁棒就似飞龙一般，只在两人头上盘旋。妖精撑持不住，只得一个拖刀，一个曳枪，败下阵来。小行者笑道："这样货也要到西方路上来做妖怪？饶你去，快快叫阴阳山主来迎接，倘迟了不恭，连你这山都捣成齑粉。"孤阴、独阳慌慌张张跑回山来，报与阴、阳二大王道："果有四个和尚，那三个不曾交手，只有一个雷公嘴、猴子腮的，与他杀了半日，他使一条金箍铁棒，也不知有几万斤重，十分厉害！二将实是挡他不住。"阴大王听了大怒道："两个人拿一个和尚也拿不来，还要替他说大活，长他人之威风，快推出去斩了。"阳大王止住道："且问他推碑通气可是这和尚？"孤阴道："正是这和尚，他还说不但推碑，还要叫二位大王去迎接，若迎接不恭，连山都要掀翻哩！"阳大王想了想，对着阴大王道："这和尚既能推碑，又能战败二将，自然也是个磨牙的主子，只可智取，不可力求。"阴大王道："怎生智取？"阳大王道："阴阳二气已被他穿通了，料热他不死，冻他不坏，莫若将阴阳将士就山形排成八卦，引他陷入坎中捉住，岂不省了许多战斗！"阴大王听了，大喜道："此计甚妙！就依计而行。"因号令阖山大小兵将，照乾、坎、艮、震、巽、离、坤、兑分做八队，以应八卦之数，七处俱依山带岭虚设一旗，使他疑畏。惟西南方死门挖下一个大陷坑，上面铺得平平，象条大路，四边埋伏兵将，准备捉人。阴、阳二大王却自领些老弱兵将拥出山来，迎着他师徒四人道："来者是何处僧人？快通姓名。"小行者忙上前答应道："吾师乃东土大唐国差往西天雷音寺见活佛求真解的唐半偈佛师。我乃他大徒弟孙小圣，那挑担的是二徒弟猪一戒，那牵马的是三徒弟沙弥。我们一路来仗佛力专要降妖伏怪，与地方除害。你二人想是阴阳山的魔头了。今日来见我，还是要逞强寻死？还是要改过自新？快说明白了，我好与你处分。"阴、阳二大王道："象你这野和尚，不知高低犯上，又擅自推倒镇山碑，又唐突我将士，就该拿你去处死。但僧来看佛面，既是佛家弟子，我也不与你一般见识，饶你过去吧。"说完，就领众妖一齐退入山中去了。

猪一戒见群妖退去，挑起行李就要走，沙弥道："二师兄且慢！我看这妖精说话未必老实，莫非弄下什么圈套哄我们入去！"唐长老便勒住马问小行者道："致和说话殊觉有理，你怎么讲？"小行者道："我也是这等想，但是任他有甚圈套，却没个站着不走之理。我们只须分做三队，叫猪一戒在前开路做前队，沙弥挑行李跟定师父做中队，我压后做后队。倘妖精有甚动静，我们首尾相顾，便不怕他了。"大家说道："这个有理。"猪一戒就放下行李，掣出钉耙，一路吆吆喝喝先去开路；沙弥就挑起担子，跟定着师父的马缓缓而行，作中队；小行者自持金箍铁棒在后头断路，一齐奔入山来。猪一戒提着钉耙在前，也不知什么卦不卦，只拣大路就走。幸喜造化，竟撞入巽方生门。本该一直走出兑方惊门，却看见这方排列着许多旗帜，路又狭小不平，疑他有人把守，又看见西南上一条大路，甚是宽坦。遂不管好歹，竟望坤方死门而来。沙弥看见猪一戒在前，只得赶着唐长老的马随后跟来。正走得兴兴头头，忽听得前面一声响亮，原来是猪一戒走得忙，踏断了陷坑板，跌入陷坑去了，左右挠钩套索一齐上。沙弥看见，吃了一惊，忙要带转唐长老的马头，忽两旁钻出阴、阳二大王，一条梨花白雪枪，一条三刃火尖枪，两下刺来。沙弥急放下行李，掣出禅杖抵挡。唐长者已被一伙妖精横拖倒曳扯下马来拿去了。沙弥急要上前去救，又被阴、阳二妖两条枪紧紧裹住，只得苦死把禅杖支撑。正难摆布，幸得小行者后队已到，看见沙弥被二妖围住，忙提捧上前大叫道："沙弟勿慌！我来也！"阴、阳二妖看见，各分头迎敌。此时，众妖已将唐长老、猪一戒、行李、马匹拿入洞中，捆缚好了，晓得二大王厮杀，遂一阵都来相助。小行者与沙弥战了半晌，看见山场窄狭，不好施展，妖精人多，恐怕失利，因虚晃一棒，大家走了。正是：

一心自恃可通神，不料阴阳会弄人。

怪道圆虚不如实，有时假处胜于真。

阴、阳二大王看见小行者与沙弥败阵走了，也不追赶，竟自回洞，坐在二气府大殿上，叫绑过唐长老与猪一戒来，跪在当面。阳大王先问道：“你们既是大唐差往西天去的过路僧人，自当走你的路，为何私自推倒镇山碑擅通山泽之气？”唐长老道：“只为大王阴阳不肯和同，以致亢阳与亢阴东西两路作灾，阻住贫僧不能前进，故小徒一时慈悲，推倒此碑，使阴阳相和，不独为地方万世之利，亦于二位大王有补救之功，不知二位大王何故反设陷阱害人！”阳大王听了大笑道：“阴阳二气乃我二人生杀之权，都似这等被你穿通和合，有生无杀，岂不叫我二人皆做无用之物了！”唐长老道：“无用正乃二位大王之大用，若必以有用显能，则不为正气而为妖气，窃为大王不取也。”阴大王听了大怒道：“好大胆和尚！不说他擅通山泽罪该万死，反花言巧语讥刺我们，这样妖僧留他何用？快将这两个和尚拿去杀了吧。”众妖听了，呐一声喊就来动手。正是：

慢道久修心似佛，谁知到此命如鸡！

不知阴、阳二大王要杀唐长老与猪一戒怎生结果，且听下回分解。

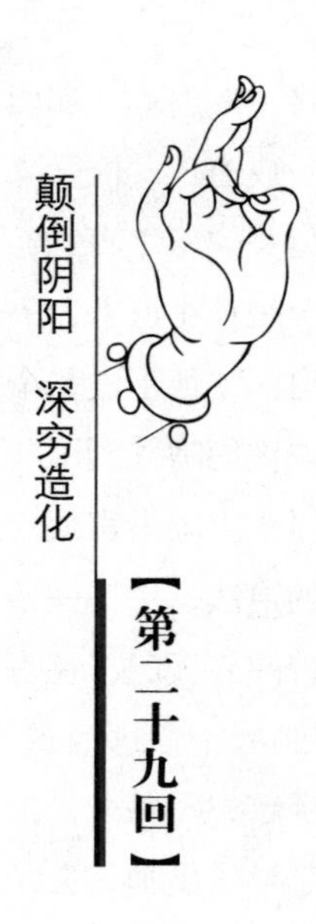

【第二十九回】

颠倒阴阳　深穷造化

诗曰：

> 阴阳虽有斡旋才，不得其平便作灾。
> 龙遇亢时多有悔，道当消处自成乖。
> 天平地正何年见？暴雨狂风终日来。
> 大抵天心人意顺，方能无盛亦无衰。

话说阴、阳二大王将唐长老与猪一戒拿到洞中审问，因唐半偈出言不逊，一时恼了，叫众妖推出去杀。众妖听了，呐一声喊就来动手，有几个去捉唐长老，有几个去拖猪一戒。猪一戒见来拖地去杀，着了急，便大叫道：“妖怪不得无礼！谁敢杀我？”阴大王听见问道：“你这厮已是几上之肉，怎么不敢杀你？”猪一戒道：“你晓得我师徒是几个？”阴大王道：“是四个。”猪一戒道：“你如今设陷坑拿着几个？”阴大王道：“两个。”猪一戒道：“那两个为何不拿了来？”阳大王道：“正要拿他，被他乖觉走了。”猪一戒道：“恰又来，你捉了我们两个，他两个走了，就是你们的晦气到了！”阴大王道：“怎生晦气？”猪一戒道：“你晓得他两个叫甚名字？”阴大王道：“他自称一个是孙小行者，一个是沙弥。”猪一戒道：“你既知他名字，可知他为人？”阴大王道：“他不过是个游方和尚，会些枪棒罢了。”猪一戒道：“你认他是游方和尚，我说你们晦气到了。”阴大王道：“他不是游方和尚，却是甚人？”猪一戒道：“他乃当年大闹天宫太乙天仙后因取经有功证果斗战胜佛孙大圣的后人孙小圣。他得了祖传的道法，手持一条金箍铁棒，又有七十二般变化，能降东海之龙，善伏西山之虎，又曾闯入天门，在王母瑶池殿上坐索酒食，玉帝遣三界五行诸神拿他，俱被他打得心惊胆战，东逃西窜。玉帝没法，再三央他老祖孙大圣劝善，方入于佛门。今从师西行求解，一路来，出类拔萃的妖精也不知打死了多少，岂在你这两个变化无奇的小怪！赶早送出师父去，求他免死，还是你们的大造化。若迟疑不决，不但此山坐不稳，连性命多分活不成了，还敢胡言乱语要杀我哩！”阴、阳二大王听了，便你看我，我看你，半晌不做声。猪一戒见他二人不言语，知道被他唬吓倒了，便一发说大话道：“且莫说我大师兄的本事，就是我三师弟沙弥也非同小可，乃是金身罗汉的侍者，他一条降魔禅杖使起来，鬼哭神号。就是我猪一戒今虽落你陷阱，我也不是无名少姓之人，我父亲乃是天蓬大元帅，曾掌管天河十万兵丁，求经证果封为净坛使者，遗与我一柄九齿钉耙，重五万四千斤，筑一耙九孔流血，筑两耙十八孔冒脓。你莫倚着暗设陷坑，我偶然不曾防备，被你绑缚在此，就以为十大功劳。不知我看你这些绳索只如蒿草，要他断，不消吹灰之力。只是我奉师父之教，故不敢轻举妄动，少不得我大师兄、三师弟只在顷刻就来取你的首级了。”阴大王道：“胡说！我这山中把守得铁桶相似，他就有本事也不敢进来。”猪一戒道：“他会变苍蝇儿、蝴蝶儿、蟭虫儿飞了进来，你如何得知？”阳大王道：“你师兄未必有此本事，皆是你过为夸张。”猪一戒道：“若没有本事，怎走将来就能推碑、通气？”阳大王听了，只管出神。阴大王看见道：“大王不须深虑，我看这和尚一张长嘴，多分会说大话，不要信他，只是拿去杀了吧。”阳大王道：“这和尚虽说的都是大话，未免也有些因由，此时杀，他只道被人暗算是屈死了，莫若且宽他今日。等我们拿了那两个，一齐同杀，使他死而无怨。”猪一戒道：“这还象句说话。”阴大王道：“迟他半日的死倒也罢了，只是他说脱此绳索不消吹灰之力，倘然缚他在此，一时照管不到，被他走了，岂不又添一敌？”猪一戒道：“我们做好汉的决不走。”阳大王道：“这不难，只消将他二人解到造化山去，锁在圈子里，他便插翅也不能飞去。”阳大王道：“此计甚妙！不可迟了。”遂差数队妖兵，将唐长老与猪一戒二人并白马、行李押解到造化山去不题。

却说小行者与沙弥因山中妖精多，一时救不得唐长老，脱身走了。走到山外，沙弥道：“亏是我们分作三队，若是一齐走，同跌入陷坑，岂不都被他捉了！”小行者道：“我二人虽未被捉，却没头没脑，不知师父的下落，怎生去救？”沙弥道：“且寻到他门前再与他见一阵，便自有下落。”小行者道：“与他见阵，不如我变化了进去，探一探消息再厮杀不迟。”沙弥道：“若探得个消息更妙。”小行者将铁棒收了，遂摇身一变，变做个黄蝴蝶儿，飞入山中四下找寻。原来这山虽有阴阳二处各自居住，正当中却有一座二气府，是二大王共同相会的所在。这日捉了唐长老、猪一戒，大家欢喜，就同在二气府饮酒作乐。小行者找寻着了，竟一翅飞进来，在酒席间忽东忽西，听他二人说话。阴大王偶然抬头看见，惊讶道：“我这府中又无花草，这黄蝴蝶儿从何处来？莫非是孙小行者变的么！”阳大王忙看着道：“这蝴蝶儿果然有些古怪！”叫众小妖快快捉了。众妖得令，便七手八脚东边跑到西，西边跑到东，乱赶乱扑。小行者见妖精动疑，又摇身一变，变做个秋苍蝇，飞来飞去。众妖一时不见了黄蝴蝶，一发大惊小怪道：“方才在此，怎就不见了？”只管仰着头东张西望，忽看见苍蝇飞，因乱嚷道：“怎么黄蝴蝶不见了，却有个苍蝇飞！”两个大王看了一发生疑，正狐疑不决，那苍蝇儿偏作怪，照着阴大王脸上一连几撞，就象铁弹子一般，撞得脸上生痛，忙放下酒杯，捂着脸大叫道：“不好了，这定是孙小行者来取首级了！”随立起身道：“我们散了吧！莫要着了他的手。”阳大王笑道：“大王怎这样胆小？这黄蝴蝶、苍蝇儿突然而来，虽有可疑，若论理，此时深秋，这二物禀我阴阳之气所生，原该有的，何足为怪？倘若是蜈蚣、蝎子毒物之类，不当有而有，便可怪了。我们须尽兴饮酒，不要理他。”阴大王听说，也就坐下。小行者见妖怪生疑害怕，听见他说着蜈蚣，就随机变做一条七寸长有翅的蜈蚣，劈面飞来。两个妖精看见，吓得魂不附体，大声叫道：“这飞蜈蚣不消说是孙小行者无疑了，快拿，快拿！拿着的算上功，重赏！”众妖得令，一时齐上，也有用刀砍的，也有用棒打的，也有用鞭子刷的，大家乱做一团。当不得那蜈蚣就象游龙一般，往来疾溜，莫想犯着他分毫。阴大王见众妖捉不住，着了急，忙自起身，提了一把剑向空乱砍。小行者恐怕决撒了，又弄一个手段，乘众妖乱滚滚一个眼错，仍变个苍蝇儿叮在中梁上不动。众妖俱睁着眼，一时看不见，都吃惊打怪道："方才明明在面前飞，怎就不见了？"阴、阳二妖看见，吓得哑口无言，只是跌脚。呆了半晌，阴大王方战抖抖的说道："罢了，罢了！我二人的首级，多分要送在这和尚手里的了。"阳大王道："事虽做得有些不妙，却也未必至此。大王还要拿出些刚气来，不要只管自馁。"阴大王道："不是我害怕、自馁，若是硬好汉，两家在山前对敌，你一刀，我一枪，便好施逞英雄。如今这和尚只变东变西，鬼一般悄悄进来，不与人看见，却叫人怎生防范？日间还好处，倘夜间睡着了被他暗算，岂不白白送了性命！不由你不害怕。"阳大王道："依你这样说来，真个有些可忧。但我想，变化一道虽九天九地，疑神疑鬼，却总是虚景，未必便能杀人！为今之计，只须防守严紧就是了，也不必十分过虑。"阴大王道："承见教极是，只是我素性多疑，终有些放心不下。"阳大王道："既大王要还宫，且别过，明日再商议吧。"阴、阳二大王遂一东一西，各自还宫。

小行者见那阴大王多疑，便轻轻飞来，光跟了他回去。阴大王回到宫中，便将阖山的群妖都点了回去，先点五十名精细能干的去山前守护、打探，如有动静，速来报知。然后每门俱加添一倍，轮班提铃喝号，彻夜守护。如有一名不到，不上心守护，俱要重责。寝宫门外更要严紧。阴大王再三吩咐了方入宫去安寝。小行者打探明白，又飞到东半边阳大王处去打听，阳大王也是一般添兵防守，只不知师父与猪一戒消息。飞出来寻见沙弥，将从前变化之事说了一遍。沙弥道："既是妖怪生疑害怕，师父与二师兄性命自然无妨，只是也要访明下落，早救出方妙。"小行者道："我想阴、阳怕懵懂，等我再去与他鬼混一场，弄得他颠颠倒倒懵懂了，不怕他不还我师父。"沙弥道："他防护妖多，你一身黑夜进去，也须仔细。"小行者道："不打紧。"仍变做个苍蝇儿，先飞入阴大王寝宫里来。不期寝宫关得紧紧，就与铁桶相似，要个针尖大的缝儿也没有。小行者没法，只得紧贴着檐瓦扒开些土儿，钻了进去。只见阴大王正叫人抬了一个大石匣，在那里算计躲入去睡哩。小行者看得分明，便依旧从瓦隙里爬了出来，又一翅飞到阳大王寝宫里来探听。只见阳大王已高卧帐中，鼾呼熟睡。小行者就弄神通，拔下两根毫毛，一根变了一把宝剑，一根变做一条丝绳，将宝剑挂在床面前正当中，弄完手脚，依旧飞了出来。踅到山前，看那五十名守护的妖精，俱敲梆摇铃走来走去的巡绰，却不知为头的叫甚名字，就心生一计，将身也变做一个妖精，手中拿着一杆令字旗，飞风一般跑来，大叫道："巡山众军，大王有令：叫你们用心巡绰，不许一人偷安，到天明平安无事，俱重重有赏。”众妖精听见，都一齐跑来答应道：“我们五十名俱在此，谁敢偷安？”小行者道：“既不偷安，为首的可报名来。”内里钻出一个来道：“是小的寒透骨为首。”小行者道：“既是你为首，众人就委你点排吧，大王立等回信，我没工夫。”说罢，撤转身飞跑去了。这里众妖依旧巡绰不题。

小行者跑了数步，又摇身一变，就变做寒透骨一般模样，又飞奔到宫门前击鼓，报道：“巡山头目寒透骨巡山有警，报知大王。”众妖听见巡山有警，谁敢迟延，登时一门门传进去，直传到寝宫门上，报知阴大王。此时，阴大王已躲在石匣中安寝，忽听见巡山有警，吃了一惊，忙爬起来，传令叫寒透骨进来。守寝宫门的妖精忙出来将假寒透骨带到宫门外，禀道：“巡山头目寒透骨已带到。”阴大王在宫内，隔着门问道：“你巡山有什么大警？敢击鼓报我！”假寒透骨道：“小的巡绰东山，忽见一个火眼金睛、雷公嘴的和尚，与一个晦气脸的和尚，在那里商议说，二位大王爷陷害他师父唐长老与师弟猪一戒，要算计杀二位大王爷替他报仇。又恐怕一时动了恶念，伤了他佛门戒行，故阳大王处止在床前挂了一口宝剑，使他悔悟，送出他师徒来，便保全他性命，若逞强不送，再杀他不难。”阳大王着惊道：“可曾说我什么？”假寒透骨道：“他说，大王比阳大王更是狡猾，这断饶恕不得。初时，已将宝剑来取大王的首级，说大王躲在石匣中，剑不能伤。如今，回去取他的金箍铁棒来，要连石匣都捣碎哩！小的伏在山下细细听，见他说得凶险，故敢大胆来报知，乞大王详察防避。”阳大王听见说躲在石匣中，吓得他魂不附体，身不摇而自战。暗想道：“我躲在石匣中，连神鬼也不知，他怎生倒晓得了？真也作怪！莫非这和尚未卜先知，他的阴阳比我们更准？”便吩咐假寒透骨道：“你快去再打听，看那和尚如今又怎么？”假寒透骨答应一声就出宫去了。走到宫外无人之处，仍摇身一变，变做个苍蝇飞入阴大王寝宫打听。只见阴大王慌做一团，忙叫人到阳大王处问床前有剑无剑。不多时，问的人去了来回复道：“阳大王一觉睡醒，忽见床面前挂着一口风快的宝剑，磨得雪亮。阳大王吓得汗下如雨，正没理会，适见小的去问，他倒转要问大王怎生得知？”阴大王听见说果然有剑挂在床前，愈加着忙，忙穿上衣服，叫人掌灯，走到二气府来，请阳大王议事。恰好阳大王要问缘故，也掌灯走来，二王会在一处。阳大王先问道：“我床前突然挂着一口利剑，连我也不知道，你却怎生便晓得，先叫人来问我？”阴大王就将巡山小妖寒透骨所报之事细细说了一遍。阳大王听了道：“天地间有如此能人，要我们这阴阳何用？”阴大王道：“阴阳有用无用且慢论，但只说眼前，他去取金箍铁棒，就要来捣石匣，却怎生回避？”阳大王道：“他事事前知，实难回避。倒不如挨到天明，点起兵来与他大战一场。杀赢了他不消说，倘或失利，惟有躲到造化山，去求小主公解厄。”阴大王道：“想来并无别策，只得如此。”二大王商量定了，又叫取酒在大殿上同吃，单等天明点兵厮杀。

小行者打探的确，随飞回来现了形，与沙弥说知前事：“他说杀输了就要逃到造化山，去求他小主公解厄。你想，二人既有主公，一定是人家的奴才了。”沙弥道：“我听见人说，文武百官俱称皇帝是主公，难道文武百官都是奴才？又听得人说，巧者拙之奴。我想，天地间惟阴阳最巧，就叫他做奴才也不为过。”小行者笑道：“他又不是你的亲，你倒会替他解释。”沙弥道：“亲不亲，解不解，都不要紧，只是师父毕竟没个下落，却如何处？”小行者道：“且待明早杀他一个害怕，师父便自然有下落了。”又挨一会，只见红轮隐隐，天色微明，早听见山中炮声震地，金鼓喧天。阴、阳二大王领了阖山兵将涌出山前，排成阵势来索战。你看阳大王怎生打扮，但见：

头上红云包裹，腰间锦带斜拖。绛袍金甲艳生波，三瓣枪尖出火。

烈烈威风难犯，蒸蒸热气谁何？生人不少杀人多，生杀之权惟我！

——《西江月》

你看阴大王怎生打扮，但见：

枪摆梨花白雪，身凝冷铁寒冰。乌云铠甲迸金星，颔下虬髯硬挺。

吞噬心同饿虎，刁钻眼类饥鹰。青天白日现幽冥，撞着断根绝命。

——《西江月》

阴、阳二大王齐到阵前大声高叫道：“东来的和尚，你果有本事要在西方路上逞英雄，就该硬着头皮领受我二大王两枪，也算是个好汉。怎只私自推碑，暗暗通气，又半夜三更装神弄鬼，搅乱我们的安寝，该得何罪？快快来受死。”小行者听了，忙跳出山前来，骂道：“我把你这大胆无知的贼害气！你既晓得说此假王道的话儿，就不该暗设陷坑捉我师父与师弟去了。你若果然阴阳有准，祸福无差，就该知道我孙老爷是你活泼泼正脉主人公，怎不安心听命，倒去别人家做奴才？”阴、阳二大王听了，勃然大怒道：“谁是奴才？你这贼和尚纵有些儿灵窍，不过一点点小猴儿，也亏我二大王培养之功，怎就忘本？不要走，且吃我一枪！”说罢，二人双枪齐举。小行者笑嘻嘻全不畏惧，忙将铁棒相还。山前这一场赌斗，与众不同。但见：

两杆长枪，一条铁棒。两杆长枪，一杆热，一杆冷，刺得白雪光中飞烈火；一条铁棒，半条风，半条雨，打得黑烟堆里滚黄尘。一个逞心上经纶，两个运阴阳作用。心上经纶，正正奇奇行不尽；阴阳作用，翻翻覆覆妙无穷。你道我擅推碑通气，屠肠剖腹，杀匪无辜；我道你设陷阱害人，沥血斩头，罪在不赦。一个望心肝，一个思五脏，俱恶狠狠不怀好意；一个追性命，一个想头颅，闹哄哄谋逞雄心。虽与你无恨无冤，白刃相加不肯放松半点；便是我有恩有义，青锋紧对何曾饶恕分毫！

三人苦战多时，不分胜败。沙弥在旁看得分明，见小行者一条棒敌住两根枪，虽不吃力，却也不能取胜，遂掣出降妖宝杖，赶上前大叫一声道：“泼妖精，你死在眼前，还要延挨些什么？一发等我沙老爷来早早断送了你吧。”那条禅杖早已从半空中劈将下来。阴、阳二大王两条枪抵小行者一条铁棒也只好杀个平手，怎禁得战了半日忽又加上一条禅杖，如何支持得来？把枪虚晃两晃，弄在风竟往西南上败去了。小行者对沙弥道：“莫要去赶他，且到山中去寻师父看。”到得二气府大殿上，众妖精壮的已逃去空了，只有几个老病的走不及，被小行者捉住，问道：“你只说两个妖精将我唐老爷拿了藏在何处？”老妖道：“二位大王恐怕孙老爷会变化进来偷了去，就是捉来的那日，已差人送到造化山去圈禁了。”小行者道：“那造化山是个什么妖精？”老妖道：“造化山不是妖精。”小行者道：“不是妖精，却是什么人？”老妖道：“他这人，说起来自有天地他就出世了，也不知有多少年纪，外貌看来却象个十三四岁的孩子，一向闻得人传说，他的乳名叫做造化小儿，近因阴、阳二大王要偷窃他的本事去弄人，故奉承他叫做小天公。”小行者道：“这小儿有些什么本事，就这样奉承他？”老妖道：“说起来，他的本事甚大，直与玉皇大帝一般哩！他比玉皇大帝性子更惫懒，又专会弄人，天下人不怕玉皇只怕他。阴、阳二大王倚着在他门下出入，故冷一阵热一阵也要弄起人来，就是设陷坑拿唐老爷也是这个根由。”小行者听了道：“原来有这些委曲。再问你，那小天公与人厮杀用甚器械？”老妖道：“他从不与人厮杀，并不用甚器械。”小行者道：“他既无器械，又不厮杀，怎生服人？”老妖道：“他只有无数圈儿，随身丢掷一个来将人圈住，任你有泼天本事，却也跳他不出，除非信心求他，方能得脱。”小行者道：“造化山往哪一方去？离此多远？”老妖道：“往西南方上，离此只有十余里路。”小行者道：“是实话么？”老妖道：“要求孙老爷饶命，怎敢说谎？”小行者道：“既不说谎，饶你去吧。”老妖得脱身，也忙忙躲去了。小行者与沙弥商量道：“听老妖之言，师父与一戒藏在造化山无疑了。”沙弥道：“师父既在造化山，两个妖精又败向西南，一定也到造化山去了。事不宜迟，我们速速赶去为妙，若迟了，恐他停留长志。”小行者道：“兄弟说得是，我们就去。”忙忙走出山前，跳在空中，略纵纵云头，早已看见一座大山，千峦万岫，十分峻秀。但见：

> 翠散千寻，活泼泼与大海同波；青浮万丈，莽苍苍与长天共色。一层层，一片片，俨天工之造就；几曲曲，几弯弯，信鬼斧之凿成。青红赤白黑，五色石似拆天而落来；东西南北中，四围山宛破地而涌出。明霞终日，昭天上之祥；灵雨及时，降人间之福。走兽是麒麟犀象，飞禽乃孔雀凤凰。山中瀑布，直接天河；石上灵芝，实通地脉。五岳虽尊，功业让此峰之独占；一山特立，造化遍天下而难齐。东扶桑，西旸谷，莫道小儿通日月；上碧落，下黄泉，果然天帝立乾坤。

小行者细看那山景，不独高峻非常，殊觉精神迥异，对着沙弥说道：“此处自然是造化山了，但不知这小儿的住居何处？”欲要问人，却又没人来往，向那山前山后细细找寻了半晌，并无踪影。小行者寻急了，遂捏着诀狠的一声道：“山神何在？”竟不见山神出来。一连叫了三声，方见一山神慌慌张张闪出来，跪在地上道：“小神迎接来迟，望小圣恕罪。”小行者大怒道：“好大胆的毛神！不叫你们迎接，是我宽恩，这也罢了，怎有事问你，直等呼唤三遍方才出来！哪有这等规矩？快伸出孤拐来，先打二十棍再讲话。”山神道：“小神迎接来迟，固该有罪，但实有苦情，不是大胆。小圣明同日月，还求详察。”小行者道：“你且说有甚苦情？”山神道：“小圣可知此山叫甚名字？”小行者道：“一定是造化山了。”山神道：“小圣既知是造化山，可知这山是谁为主？”小行者道：“无非是造化小儿罢了。”山神道：“小圣谨言。此山既属小天公为主，则小神镇守本山，例该在小天公处时刻伺候。适小圣呼唤，因要禀明，故此来迟。望小圣怜悯有此苦情，乞赐饶恕。”小行者道：“既是这等，姑免打。只问你，他一个小儿能有多大本事，你们这样害怕他？”山神道：“小天公没甚本事，只是他动一动念头，要你生就生，要你死就死，要你富就富，要你穷就穷，任你是盖世英雄，也不能拗他一拗。”小行者道：“一个人死生穷富，都是生来的，修来的，他怎么做得主？我也不信。这都不要管他，且问你，他的大门开在哪里，怎么再寻不见？”山神道：“他没有大门。”小行者道：“胡说，没有大门怎生出入？”山神道：“小天公专管着天下祸福，他说祸福无门，惟人自召；若先设一门便有私了。”小行者笑道：“祸福造于一心，哪里管有门没门，此真小儿之谈也。你去吧，我自会寻他。”正是：

造化虽张主，人心谁肯听。
不听犹自可，转要弄精灵。

山神退去，不知小行者怎生寻造化小儿救出唐长老来，且听下回分解。

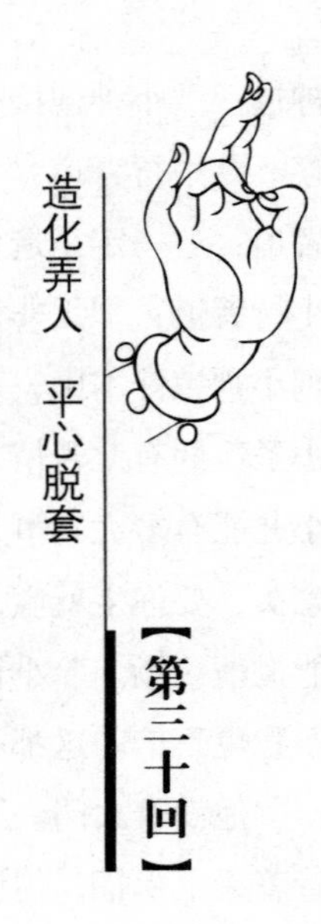

【第三十回】造化弄人　平心脱套

诗曰：

慢道天操人事权，人心谁肯便安然。
卑田乞食还谋禄，鬼箓登名尚望仙。
不到乌江夸盖世，未思黄犬肆熏天。
虽然都是贪嗔妄，又道心坚石也穿。

话说小行者与沙弥寻到造化山要救师父，听那山神说出造化小儿许多厉害，又说无门。小行者不信，喝退山神，心中想道："他说祸福无门，惟人自召。我与他无一毫相干，他怎将我师父、师弟藏在山中，便是他自开祸门了，我去寻他，却怪我不得了。"遂提着金箍铁棒同沙弥满山寻门。寻不着门，遇见大石拦路，便乒乓一棒打得粉碎。东打一块，西打一块，直打得石火如寒星，满山乱迸；石块如骤雨，满山乱滚；石声如春雷，满山乱响。吓得守四山的山神、土地心慌胆战，乱纷纷都来报与小天公知道。

却说这造化小儿自阴、阳二妖解送了唐长老与猪一戒来，他已知师徒四人是佛门证果之人，害他不得。不过要他苦历多魔，以坚道念，将那唐长老与猪一戒送在一个魔难圈里住下，每日原好好供给。过不得一两日，忽阴、阳二妖败阵逃来，哭诉于造化小儿求他帮助道："我二人虽不才，也忝居二气，参赞小主公化育，就是有时以寒热加人，也是理之当然。怎么这孙小行者倚着他有神通、能变化，竟将我镇山碑推倒，山泽凿通，致使二气混为一气，寒不成寒，热不成热，叫我二人阴阳无准，祸福皆差，怎生为人？就是前日设陷阱捉他师徒二人，亦不过要他回心伏善，怎奈这和尚十分惫懒，转半夜三更变化潜身入洞，要暗害我二人性命。若不是我二人细心提防，此时首级已被他取去了。今又被他赶杀到此，此恨深如大海，求小主公大展神功，将那小行者圈住，以报此仇，则主公之恩同再造也！"造化小儿道："这些事我已尽知，但这四个和尚与众不同。那个唐半偈，他虽无前因，却一心清净，实参佛教正宗，怎好将他魔弄？那个孙小行者，他乃天生石猴，又得了祖传大法精神，无敌变化多端，又不贪不淫，无挂无碍，又且动静随心，出入自得。你二人虽能生人、生物，却是依样葫芦，纵能代嬗四时，亦不过照常行事，怎能圈得他住？"阴、阳二妖道："据小主公这等说来，则是天地间惟有这和尚独尊，造化、阴阳俱属无用了。"造化小儿道："不是造化阴阳无用，而造化、阴阳用于不当之处，则为无用矣！不是这和尚独尊，这和尚实禀造化阴阳至精至灵之气而生，故独尊耳。"阴、阳二妖道："虽如此说，为人也要体面，难道被他凌辱一场，就轻轻罢了？"造化小儿道："等他来时，待我将圈儿奈何他一番，使他不敢轻薄你我，然后做个人情放了他去，方可保全两家体面。"正说不了，只见山神、土地纷纷来报道："孙大圣的后人孙小圣在外面，要求见小天公，因为寻不着门路，不得入来，着了急，动了气，将金箍铁棒满山乱打，将那些奇峰怪石都打得粉碎！若再打半日，连山都要打崩哩！求小天公早早处治。"造化小儿尚未开口，阴、阳二妖早耸说道："这和尚忒也大胆！怎主公门前也如此放肆，若不处他，成个什么模样？"造化小儿道："你们不必着急，待我出去奈何他一番，与你们出出气吧。若要灭他，他乃后天灵窍所钟，如何灭得？"便将身在山石嵯峨之中往上一纵，那些山石就象虚空的一般，丝毫无碍。这一纵，直纵到一个最高峰顶上，盘膝坐下，高叫道："孙小猴儿快来见我，我在这里。"

小行者正在山中乒乒乓乓打得燥皮，忽听见有人叫孙小猴儿，大怒道："谁人敢大胆无礼叫我孙老爷的名字？"收住铁棒四下观看，却不见有人。正然疑惑，忽又听得当顶上又叫一声："孙小猴儿快来！"急抬头看时，只见影影的有个人坐在万丈高的尖峰上叫唤，心中暗想道："这定是造化小儿卖弄手段，装这贼腔要惊吓我哩！我若立在地下仰面与他说话，不象模样，就是跳在空中站在云上也不为奇。"却将金箍铁棒扯，扯得与他尖峰一般长，壁直立的竖在山前，将身一纵，直纵到铁棒梢头，与他对面坐下。再看时，果然是个小儿，论年纪只有十三四岁，便问道："你这小哥想就是造化小儿了。你小小年纪，只该请个先生在学堂里去读书，怎敢结连阴、阳二妖逞凶恃恶，将我唐师父与猪师弟陷害，藏在洞中！我孙老爷寻将来问罪，就该大开洞门，请我进去，负荆请罪，怎又闭门不纳，叫我在这空山里敲石觅火，打草惊蛇。你怕打崩了这座山，却又弄虚头，坐在这峰尖上叫名叫姓的犯上。总是娃子家的见识，我也不计较你，只要你知机识窍，快快送出师父来，让我们西行，我还叫师父替你念卷长寿经，保佑你快长快大。"造化小儿听了嘻嘻笑道："小猴儿不要油嘴！莫说你才从石头里钻出来，嘴边的土腥气尚还未退，就是你老猴子如今成了佛，也还算不得我孙子的孙子哩！"小行者忍不住大笑道："天下人说大话也没有似你的，我且问你有多少年纪了？"造化小儿道："若问我的年纪，那与天同生、与地同长，久远无稽的话，说来你也不信，只就眼面前人所共知者：我在周文王列国时曾撞见孔夫子，与他论日远近，被我三言两语难倒了，到如今也有二三千年了，你这小猴子还不知在哪世里做畜生哩！"小行者道："你小儿家信口荒唐，总听不得，我也不耐烦盘驳你了。只问你，如今还是斯斯文文送出师父来，还是要我动粗？"造化小儿道："你要斯文就斯文，要动粗就动粗。"小行者道："斯文便怎样？动粗却又是怎样？"造化小儿道："斯文是以礼相求。若叫你们行那五拜三叩头君臣之礼，谅你这山野小猴儿怎生晓得。只要你跪在山前，求我小天公广好生之德饶了吧，我就叫阴、阳二大王消消气，放出师徒来还你。你若不知好歹，倚着有些蛮力气拿得动这条哭丧棒，又倚着心灵性巧，会做几个戏法儿哄骗愚人，便要动粗。若动粗时，我也没有枪刀杀你，只有一个小小圈儿将你套住，叫人牵了到城市中去跳，倒也是一桩好生意。若要你师父前往西天，这却莫想。"小行者道："我说你是小哥家，终说的是娃子话，我老孙见玉帝只唱得一个喏，怎倒来跪你？我老师父从大唐到此，上等的妖魔也见了几个，纵能作魔作梗，并不能阻他西行。你这小儿不过靠着命好，时运利，有些造化，糊糊涂涂在黑漆桶子里暗暗弄人。我老师父心即天，性即佛，怎说个西行莫想？若说要跳圈倒好耍子，但不知这个圈儿是方的，是圆的？是长的，是短的？是大的，是小的？”造化小儿道：“你这小猴儿真是初世为人，一个圈儿自然是圆的，哪有方的长的各样的？”小行者道：“我的儿，你小哥家晓得些什么？我说与你听。圆的叫做太极圈，方的叫做四维圈，长的叫做两头日月圈，短的叫做当中方寸圈，大的叫做无外圈，小的叫做针眼圈；太极圈是乾坤跳的，四维圈是东西南北跳的，无外圈是须弥山跳的，针眼圈是芥子跳的。就是圆圈内还有双圈叫做鼻孔圈，还有套图叫做连环圈，还有交圈叫做黄道赤道圈，许多名色，怎说只得一个圆圈？”造化小儿道：“圈名虽有许多，合来总是一个。但我的圈儿又与你说的不同。”小行者道：“你的圈儿又怎么不同？”造化小儿道：“我的圈儿虽只一个，分开了也有名色，叫做名圈、利圈、富圈、贵圈、贪圈、嗔圈、痴圈、爱图、酒圈、色圈、财圈、气圈，还有妄想圈、骄傲圈、好胜圈、昧心圈，种种圈儿，一时也说不了。”小行者道：“你这些圈儿都是些小节目，有甚大关系？”造化小儿道：“你说的圈儿关系虽大，要跳却容易；我的圈儿节目虽小，却一时跳不出。”小行者道：“要跳不出，除非与你一般，也是个小儿。若是个顶天立地的汉子，哪里圈得他住？”造化小儿道：“据你这等夸口，也要算做一个顶天立地的汉子了，敢与我打一个赌赛么？”小行者道：“怎样打赌赛？”造化小儿道：“你师父现今已捉在我山上，我虽念他是个好和尚，不忍加害，也没个轻轻放出之理。今却与你打一个赌赛。”就在袖中取出一个圈儿，拿在手中道：“你若有本事跳出我这个圈子，我情愿与你联盟，结成契友，送你师父西行；若是你没手段，跳不出我的圈儿，莫说师父莫想西行，连你这小猴儿真真要牵去做买卖了。”小行者道：“就打一个赌赛要耍儿也好，只是没个证见，你小儿家输了，要放羊撒赖却怎处？”造化小儿道：“你不要多疑，好人口里说的话，哪里有赖之理。”小行者道：“不是我多疑，只因你的名声坏了，哪个不说造化小儿是个无赖小儿！也罢，我老孙也不怕你赖了，就与你赌一赌。”造化小儿道：“我倒不赖，只怕你要赖也赖不得。”遂将手中一个名圈，照小行者劈头掼来。那圈儿在造化小儿手中不过数寸大小，及抛在空中，便象房子大的鸡笼一般，从头上罩将下来。小行者抬头一看，只见那圈儿果然有些妙处。怎见得，但见：

团团如一轮月镜，剖作虚离；弯弯似两座虹桥，合为太极。非金打就，光艳艳俨然一道金箍；岂竹编成，细鳞鳞宛似千层竹网。不密不稀，围转来疏而不漏；又宽又窄，钻入去绰乎能容。当头罩下，受闷气不啻蒸笼；失足其中，被拘挛浑如铁桶。非千仞高墙，孰敢踰而出走；仅一层薄壁，谁能凿而偷光？虽木不囊头，只觉上天无路；纵缧非械足，也如画地为牢。千古牢笼，不离此道；终身轮转，未有他途。

小行者看见圈儿劈头罩来，欲待飞身走了，不入他圈儿，却又说过赌斗，只得跳起身立在空中，顺手将铁棒带起往上一迎，那圈儿早套在身上。套便套在身上，却上下两头是空的，又远远不能近体。小行者暗想道："这样东西怎生弄人？莫非造化有甚微妙之处？"又将身往上一纵，直跳到半空，再看时，圈儿已不在身上，急急落将下来。

此时，造化小儿已不在峰尖，竟到山前一块大石上坐着。小行者看见，走到面前笑道："你真是个小儿，这样东西也要我孙老爷费力。"造化小儿道："我见你会说嘴，只道你有些名望，故将这名圈儿与你受用。谁知你原是个石猴儿，内无亲党之誉，外无乡曲之称，故暗暗无闻做了个游方和尚，这名圈儿如何有你的分？原是我差了。"小行者道："小哥你哪里晓得？名者实之宾也！我老孙有其实，所以无其名。这些闲话都不要说，既已赌输，快去请我老师父出来西行就是了。"造化小儿道："去是与你去，只是你这小猴儿既不为名，必然是个利徒。我有一个利圈儿，你敢再进去耍耍么？"小行者道："一个与百个同，怎么不敢进去？"造化小儿听见小行者不推辞，便取出利圈儿，照小行者当头掼来。小行者任他套来，毫不介意，等他套来却从从容容跳将出来，无挂无碍。造化小儿见了笑道："却看你这小猴子不出，竟造到名利两空了。也罢，也罢！有心结识你，一发试你一试。"便将酒、色、财、气四个圈儿一齐掼出。那小行者看见，不慌不忙，来一个跳一个，来两个跳一双，就象蛟龙出穴，鸾凤离巢，一霎时，三四个圈儿都被他跳出跳入，弄做个传舍。跳完了，哈哈的大笑道："小儿，小儿！我闻你一生造化高，今日撞见我老孙，只怕要造化低了哩！"造化小儿并不答应，又取出贪、嗔、痴、爱四个圈儿一连掼将来。小行者跳到得意之时，便道："来得好，来得好！也是我跳一场。"侧着身躯，歪着肩膀，东头跳到西头，西头又跳到东头，又象玉女穿梭一般。造化小儿看见，暗暗喝彩道："好个石猴儿！果然天地不虚生，人心着不得假。我想这猴子虽酒、色、财、气无侵，贪、嗔、痴、爱不染，你看他跳来跳去十分快活，定是个好胜之人，只消一个好胜圈儿，必然圈住。”忙忙的取出个好胜圈儿来，对小行者说道：“只这一个圈儿，你若是再能跳出，便真要算你是个好汉了，只得放你师父西行。”小行者笑道：“许多既已领过教，何在这一个？请速速套来，莫要误了我老师父的程途。”话还未曾说完，造化小儿已将圈儿抛来，套在小行者身上。小行者正说得兴兴头头，不期这个圈儿到了身上，便觉有些手慌脚忙，不象前边从容自然，怎见得那圈儿厉害？但见：

上虽无盖，而铜颅客莫敢出头；下虽无底，而铁足汉不能伸脚。紧则紧，绝不露拘挛之迹；松则松，宛然如缚束之神。有时围顶，凑成两道金箍；忽尔拦腰，又紧一条玉带。百般布摆，东到东，西到西，布摆不开，千计逋逃；左则左，右则右，逋逃莫脱。不知与我何亲，同行同止，如恩爱之难分；又不知与我何仇，相傍相随，似冤家之不离。纵然套人，非我之愿；试思好胜，是谁之心。虽天巧设之陷阱，实人自投之网罗。

小行者被圈儿套住，欲往上跳，不期那圈儿就跟着他上去；欲往下钻，不期那圈儿就跟着他往下去；欲将身子变大，那圈儿就随着他的身子也大了；欲将身子变小，那圈儿就随着他的身子也小了。周围虽稀稀透亮，及要变化去钻，却又没丝毫缝儿。欲要使金箍棒打开，却又地方窄狭，施展不开；欲要用拳头去打，却又软脓脓无处用力。急得他就似雀鸟一般，只在内团团跳转。造化小儿看见大笑道：“小猴儿怎不跳了出来？你的英雄哪里去了？”小行者听见，气得暴躁如雷，狠的一声道：“就连天也要撞通了。”双手攥着铁棒，尽力往上一跳。他一跳，带着圈儿就似弩箭一般往空中直射。不期恰遇着李老君带了两个道童儿在空里过，却不提防这小行者，套着个圈子，持着铁棒，兜裤裆里往上一撞，直撞着李老君的卵包，一时疼痛难禁，呀的一声，一个倒栽葱跌倒在空中。亏得两个童儿上前扶起，李老君爬起来一把捉住，喝道：“什么泼神，敢大胆无礼撞我一跌？”再看时，却是孙小行者套着一个圈子在空中乱跳哩，便骂道：“赋猴头！你要干那讨饭的营生，也须看看地方，敲得镗锣，叫人走开，好让你跳李三娘挑水或是关云长独行千里。怎声也不做，硬着头往人裤裆里直撞？幸是我的卵袋碰着你的头，倘或碰着你那条哭丧棒，岂不连我性命都伤了！”

小行者看见李老君跌了一跤，自知理短，连忙赔罪道：“老官儿莫怪，是我被人暗算，一时上来急了，冲撞了你老人家。”李老君道：“你这贼猴头！一生要讨人便宜，怎今日也被人暗算？你且说被哪个暗算，弄成这等一个模样。”小行者道：“不要说起，说起也羞人。我因保师父唐长老西天求解，路过阴阳二气山。阴山太冷，阳山太热，我师父走不过去，故我用手段将他阴阳凿通，便冷热均平。阴、阳二妖恼了，就暗设陷坑将师父与猪一戒捉去。我去寻他取讨，他斗我不过，又将师父与一戒送在造化山造化小儿处藏了。我寻到造化山，那小儿甚是惫懒，不与我厮杀，只将这个圈子与我打赌斗，叫我跳出他的圈儿，就送我师父西行。初时，是两个名、利圈儿，我已跳出；次后，又是酒、色、财、气四个圈儿，我也跳出；后又是贪、嗔、痴、爱四个圈儿，我又跳出。临后，他急了，遂将他娘的这个圈圈子套在我老孙头上，叫我跳进跳出，跳得满身似水，他只不肯放我。我没法奈何，只得硬着头皮往上乱撞，指望撞得出头，脱离他的孽海，不期做和尚的命苦，又撞到你老官儿的裤裆里来。也是一缘一会，千万显个神通，教我出这圈子来，足感高情。”李老君笑道：“你这个贼顽皮，天不怕地不怕，今日一般也弄倒了！那造化小儿乃天地间第一个最精细、最刁钻之人，你却寻上门去惹他，自讨此苦吃。”小行者道：“哪个去寻他？只因师父被他陷害了，不得不寻他。别的事不要你多管，只要你替我将这个圈儿除去就好了。”李老君道：“别的事都还容易，要去这个圈儿却是不能。”小行者听了吃惊道：“前面许多圈儿都被我轻轻跳出，这个圈儿就是难些，毕竟也有个脱法，怎说不能？”李老君道：“若论你这贼猴子，自家弄聪明、逞本事，就叫你糊糊涂涂在这个圈子里坐一世才好。只怕误了你师父的求解善缘，与你说明白了吧。造化小儿哪有什么圈儿套你，都是你自家的圈儿自套自。”小行者道：“这圈儿分明是他套在我身上，怎反说是我自套自？”李老君道：“圈儿虽是他的，被套的却不是他。他把名、利圈套你，你不是名利之人，自然套你不住；他把酒、色、财、气圈儿套你，你无酒、色、财、气之累，自然轻轻跳出了；他把贪、嗔、痴、爱圈儿套你，你无贪、嗔、痴、爱之心，所以一跳即出。如今这个圈儿我仔细看来，却是个好胜圈儿。你这泼猴子，拿着条铁棒，上不知有天，下不知有地，自道是个人物，一味好胜。今套入这个好胜圈儿，真是如胶似漆，莫说你会跳，就跳通了三十三天，也不能跳出。不是你自套，却是哪个套你？”小行者听了，吓得哑口无言。李老君道：“你也不必着惊，好胜不过一念耳。”小行者听了大悟，叹道：“我只道好胜人方能胜于人，今未必胜于人，转受此好胜之累。罢罢罢！如今世道，只好呆着脸皮让人一分过日子吧。”便把铁棒变小了，放在耳中，就要别了老君，下到造化山去。老君道：“你下去做什么？”小行者道：“有什么做？不过见造化小儿下个礼，求他除去圈儿，放我师父出来。”老君道：“你既转了好胜之念，又何必求他？你今再跳跳着。”小行者真个又跳一跳，早已跳出圈儿之外，喜得他抓耳揉腮，满心快活道：“原来无边解脱，只在一念，那些威风气力都用不着的。多谢老官儿指教！今日且别过，改日再造府奉谢吧。”老君笑道：“谢倒不消，只是你碰得我那卵包还有些疼，须替我呵两口才好。”小行者道：“呵倒不难，恐怕呵肿了，弄成个大气包，夹着难走路。莫若回去坐在丹房里自家揉揉吧。”李老君笑着带领两个童儿去了。正是：

人事无非跳，乾坤都是圈。
纵教圈满世，不跳也枉然。

小行者别了老君，手提着好胜圈儿落下云头，仍到山前。那造化小儿早已尽知此情，先迎着说道：“这都是老聃这贼道多嘴。虽他多嘴，也亏你心灵性巧，转念得快，既已悔过，可跟我来领你师父去吧。”小行者还打算瞒着他，说自家跳出的大话，不期他事事皆知，便不敢说慌，只说道：“你既肯放我师父西行，闲话都不必提了，圈儿还你吧。”便将圈儿往造化小儿头上掼来，造化小儿一手接住，就一手往山前一指，只见山前早现出一座洞府，重门朱户，碧瓦黄墙，宛然天宫帝阙。小行者看见笑道：“原来有这样好所在在里面，却叫我在门外与木石为伍。人都叫你做小天公，依我看来，甚不公道。”造化小儿道：“我怎么不公道？一座宫阙明明在此。但你初来，一团骄傲，没有造化，故寻不见。如今你回过心来，造化到了，故看得见。此皆你心有偏私，怎倒怨我不公道？”遂同了小行者、沙弥入去，早有许多天吏、职司两边伺候。造化小儿到了大殿上，升了宝座，阴、阳二大王俱来朝见。造化小儿道：“我与你明燮乾坤，乃是一大天，唐大颠与孙履真潜修性命，乃是一小天。名虽有大小之分，道理却是一般，岂可自相残贼？他虽擅自推碑，凿通山泽，也不过急于西行，不为大过。纵有逞强之罪，今已悔心讲明，不必再论。你二人回原山去供修职业吧。”阴、阳二大王已见造化的圈儿俱套他不倒，料争斗也无用，又见小主公这等分说，只得唯唯听命回去了。造化小儿方叫取出唐长老师徒二人并行李、马匹来，对着唐长老道：“你师徒四人精心奉佛，我代天施化，本不该圈留你在此，但从来道心必经魔难而后坚，圈留者正坚你道念耳。”唐长老闻言，合掌顶礼，再三致谢。造化小儿又叫备斋，请他师徒饱餐一顿，然后送他出山西行。正是：

乾坤虽阻绝，不碍一心行。

不知唐长老师徒此去又何所遇，且听下回分解。

【第三十一回】

扫清六贼　杀尽三尸

词曰：

> 试问谁扶性命？全凭气血相调。明中剥削暗中销，皮骨如何得老。
>
> 况助腐肠之药，又加伐性之刀。慢言大数莫能逃，多是自家送了。
>
> ——《西江月》

话说唐长老蒙造化小儿解放西行，十分感激，小行者一路上细说赌赛跳圈遇着老君指点之事，大家欢喜不尽，不觉又行了数千程途。一日，忽行到一处，因天寒日短，赶不到大乡大村，只望见野中有三四家草舍人家，师徒们没法，只得赶到人家去借宿。此时，天色昏黑，刚走到门前，小行者正待敲门，忽听得里面哭声甚哀，忙停住了手。欲待不敲，却又天晚了，没别处借宿，只得轻轻的敲了两下，那里边哭得正苦，没人听见。只得又敲几下，里面方才走出一个老苍头来问道：“这时候甚人敲门打户？”小行者应道：“是过路僧人借宿。”老苍头道：“这又不是大路，哪有过路僧人到此？莫非是歹人！”便开门出来看，见那小行者雷公嘴，楂耳朵，三分不象人，先吓了一跳，再看看门外，又见猪一戒、沙弥十分丑恶，口里就乱嚷道：“真是福无双降，祸不单行。”折转身往里就走。小行者一把扯住道：“老官儿不要慌，我们不是歹人，实是大唐国来的奉旨往西天拜活佛求真解的高僧，因天晚赶不上宿头，故来借潭府暂住一宵，明日绝早就行的。”老苍头听见说不是歹人，立住了脚，再看道：“老爷呀，既是高僧，怎这般嘴脸？”小行者道：“这叫做面恶人善。”老苍头道：“既是远路高僧，本该留宿，只是我家主母今日遭了横事，正在哀苦之时，不能接待，要借宿请到别家去吧。”小行者道：“借宿事小，且问你家主母今日遭了甚么横事，这等悲哀？不妨细细对我说了，或者我可以救他。”老苍头连连摇头道：“救不得，救不得！说也无用。”小行者道：“你且说说看，包管你救得。莫说遭了横事，就是死了人，我有本事向阎王讨了魂来还你。”老苍头又看看道：“老爷呀，不要哄我。”小行者道：“我们乃远方高僧，不打诳语，怎肯哄你！”老苍头道：“既是这等，请少待，等我进去禀过主母，再来相请。”小行者道：“快去，快去！”老苍头真个跑入中堂报与主母道：“奶奶，外面有三四个远方来的和尚，生得形容古怪，为着天晚要来借宿，他听见奶奶悲哭，说有甚苦事告诉他，他有本事救得。”那奶奶正哭得昏晕，忽然听见说有人救得，住了哭道：“我那亲儿被他盗去，此时已不知死活存亡，哪里还救得转来？他不过借此为名，要借住是实。”老苍头道：“奶奶不必狐疑，就是骗我们借住了，不过费得一顿晚斋，倘或他远来高僧有些手段亦未可知，何不请他们进来问问。”奶奶见苍头说得有理，便道：“如此，快请他们进来。”老苍头见主母允了，便走到门前，对着唐长老师徒说道：“列位老爷，请进里面来。”唐长老方敢举步进去，又吩咐猪一戒、沙弥道：“他家既有苦切之事，我们须要小心，不可罗唣。”大家一齐走到堂中，见那主母青鬓间着几根白发，已是半老佳人，看见他师徒到堂，就起身含泪相迎。唐长老忙合掌问讯道：“贫僧乃大唐差往西天拜我佛如来求取真解的，路过宝方，因天晚无处栖身，故不得已擅造潭府，又适值潭府有事，多有唐突，望女菩萨恕之。”奶奶道：“列位圣僧既是远来，没有驻锡之处，素斋草榻，请自尊便。老身家门不幸，昔自难言。”说罢，又哀哀的哭了起来。小行者道：“老菩萨，哭也无用，有甚事故，快与我说了，我与你商量。”奶奶带哭说道："老身赵氏，先夫刘种德，不幸早亡，止存下三岁一个孤子，叫做刘仁。老身忍死孀居，抚养了一十五年，受尽辛苦，今幸一十八岁才得成人，只望他嗣续先夫一脉，不期家门不幸，好端端遭了惨祸。"小行者道："莫不是暴病死了？"奶奶道："若是暴病死了，留得尸首埋葬，虽然痛心也还不惨。"小行者道："这等说来，想是山中行走被虎狼吃了。"奶奶道："老身也还薄薄有些家资，我那娇儿，日日抱在怀里还恐怕伤了，怎容他到山中遇见虎狼！"小行者道："这不是，那不是，却是为何？"那奶奶说到伤心，捶着胸、跌着脚，只是哭。那老苍头在旁边代说道："我们这地方叫做震村，离我这震村西去五百里有一座山，只因山形包包裹裹象个皮囊，故俗名就叫做皮囊山。这山上近日出了三个大王，一个叫行尸大王，一个叫做立尸大王，一个叫做眠尸大王，这三尸大王惨虐异常，专喜吃生人的血肉，有人不知，往他山前过，不论老少，拿去吃了最不消说的。他手下又养着六个妖贼，一个叫做看得明，一个叫做听得细，一个叫做嗅得清，一个叫做吮得出，一个叫做立得住，一个叫做想得到。这六个妖贼，专管替他在这山前山后数百里内外探访，人家生得清秀娇嫩的好少年子弟，便悄悄乘人家不防备，往往偷盗了献与这三尸大王去受用。我家小主人昨夜好好睡了，今早门不开，户不开，竟不见了，各处找寻，并无踪影。午间，曾有人来报说，在五十里艮村地方，撞见这六个妖贼用绳索牵着二三十个少年后生望着西去，亲眼看见小主人也在内，这一去定是献与三尸大王吃了，岂不是惨祸！"小行者道："既有人看见来报，怎不叫人赶上去追了转来。"老苍头道："那六个妖贼皆是有手段的恶人，若去赶他，只好送与他凑数，谁有本事夺得他的转来？"小行者道："既是午间有人看见在五十里上，此时不过走得一百里罢了。此处离着皮囊山五百里，料想还未曾献与三尸大王吃哩！我去替你夺了转来何如？"那奶奶听见说替他夺了回来，便不顾好歹跪在地下只是磕头道："老爷果能夺得转来，便是万代阴功！我老身情愿卖尽田园，以报大恩。"小行者笑道："些些小事，谁要你谢。"老苍头道："老爷果能肯去，赶家里的驴子恐怕走得慢，等我到前村张大户家借一匹马来，与老爷骑了去还快些。"小行者笑道："若是骑马，极快也要走一夜，岂不误事？不消，不消！我自会走。"唐长老道："履真呀，救人一命，胜造七级浮屠，你果能救得，须要连夜去方好。"小行者道："不打紧，我就去。"奶奶道："老爷要去，也须用一顿饱斋。"便连连催斋。小行者道："不消催，你收拾下，我去了来吃吧。"一面说一面将身一纵，早不知去多远了。那奶奶与老苍头看见是飞升的活佛，又惊又喜，只是磕头不题。

却说小行者略跳一跳，早已去了百余里路，在半空中睁开火眼金睛一路找寻，并不见踪影。原来那六个妖贼虽会东西打探，却只好自家一身来来去去，今牵着许多人，哪里有手段摄他们去？因众人走不动，就在八十里上一个古庙中歇下，将众人都藏在庙中，他六人却拦庙门坐下。不期小行者找寻转来，找寻到庙门口，看见六个妖贼诧诧异异，耳朵内取出金箍铁棒，大叫一声道："好六贼！怎自家的色香臭味都不去管，却来盗人家的血肉去奉承死尸！不要走，吃我一棒。"六妖贼无意中忽然看见，大家都吓得魂不附体，又因久在乡村偷盗，几个愚夫愚妇没人与他相抗，故不曾带得兵器，一时手脚无措，只影得一影，各自逃命。小行者再撤棒欲打时，六个妖贼早已逃得无影无踪。

小行者见六妖贼走了，便推开庙门往里找寻，只见长绳短索锁系着二三十个少年，都在一堆啼哭哩！遂问道："哪一个是刘种德的儿子刘仁？"只见内中一个少年连声答应道："我是刘仁，老爷是谁？为何问我？"小行者道："我乃唐朝圣僧，是你母亲赵氏请我来救你的。众妖贼已被我打走了，你可快跟我回去。"刘仁道："绳索缚得牢牢的，如何走得动？"小行者道："不打紧。"即用手一指，身上的绳索俱已尽断。刘仁身子松了，忙跟着小行者就走。众少年看见，都一齐喊叫起来道："活罗汉老爷！望一视同仁都救救吧。"小行者道："不要叫，我来救你们。"又用手一指，众人的绳索俱一时断脱在地。众少年得了性命，都围着小行者不住的磕头。小行者道："不要拜，且跟我来，带你们回去。"遂大家一齐涌出庙外。小行者叫众少年都闭了眼，望着巽地上呼了一口气，吹作一阵狂风，就地将众少年撮起，不消一刻工夫，早已到了刘家堂前天井内。二三十人一时齐落下来，挤了一阶，慌得赵氏不知头脑。刘仁早走上前扯着赵氏大哭道："母亲，孩儿得了性命回来了。"赵氏看见这一喜，真是：

灯前乍见犹疑梦，膝下牵衣始信真。

母子二人哭一回，笑一回，又重新跪着小行者只是磕头，众少年也都跪在地下，磕头如捣蒜。小行者道："不消拜了，且问你众人俱是哪里人？"众少年道："都是近村人。"小行者道："可认得回家的路么？"众少年回说："都认得的。"小行者道："既认得，都回去吧！早早回家，免得亲人记挂。"众少年又磕了许多头方一哄散去。正是：

牵去愁如入肆羊，放来喜过开笼雀。

众少年散去，刘家的斋方才备完，摆了上来，请他师徒受用。赵氏道："方才老爷们说去了来吃斋，我想来往一二百里路，只认作取笑之言，不期果然真是活佛菩萨。"猪一戒道："我这师兄原是替玉皇大帝当铺兵出身的，莫说一二百里，就是一二千里、一二万里，他也只消一会工夫。"小行者听了道："呆子莫胡说！快吃了斋去睡，明日好早走。"赵氏母子欢喜不尽。须臾斋罢，就请他师徒四人到上房里去安寝不题。

却说那六个妖贼被小行者打散得东躲西藏，不敢出头，只等小行者去了半晌，方才一个个依旧钻了出来，大家商量道："我们费了无数气力方盗得这些血食，只望献与三位大王去请功，不知哪里三不知走出这个和尚来，夺了转去，甚觉可恨。"看得明道："我看这和尚尖嘴缩腮，手里拿着一条铁棒，有些认得他，却一时想不起。"想得起道："我细细想来，莫非就是昔年我们剪径时被他打死的那个孙行者么？"看得明道："有些象他。"听得细道："若果是他，却惹他不得。"立得住道："是不是我们也该到震村去访访，若果真是他，我们虽不敢去惹他，也须报与三位大王知道。等他去寻他，我们只消坐观成败，又可见我们请功之意。"大家齐说道："有理，有理。"遂乘着夜里无人，悄悄的一阵风都来到震村打探。他们这六贼是惯打听的，不消半个时辰，都打听得明明白白。又一阵风直赶到皮囊山来见三尸大王。这三尸大王是时常受这六贼供献惯的，今夜听见说六贼要见，只道又有什么供献来了，忙叫唤他进来。六贼走到面前，行尸大王就先开口问道："你们这时候忙忙急急来做什么？"六贼齐禀道："小的们感三位大王收录门下，无以报德，连日在各乡村采取二三十个血食，上献三位大王，不期行至半路，忽被一个和尚倚强都抢夺了回去，故特来报知。"三位大王听了，俱各咬牙切齿，大怒道："什么和尚敢大胆擅夺我们口里的血食？你们可曾打听这个和尚如今在哪里？叫甚名字？好让我们去拿来，碎尸万段，以报此仇。"六贼又禀道："小的们俱细细访知，这和尚就是当年跟唐三藏往西天求经的孙行者的后人，叫做孙小行者。他如今又兜揽了一个唐僧，往西天去求解，因天晚了在刘家借宿，知道刘家的儿子是我们盗人，他倚着有些本事就出尖儿，赶到半路，将我六人一顿铁棒打走了，把众人都抢夺了回去，如今现在刘家，以为有功，诈他的饮食吃哩！”三尸大王听了大怒道：“这和尚如此可恨，定要拿他来报仇！”眠尸大王问道：“不但拿他来报仇，还有妙处。”行尸大王问道：“还有什么妙处？”眠尸大王道：“我闻得当年孙行者跟随求经的唐三藏乃十世修行的高僧，吃他一块肉，可以延寿一纪。今日孙小行者跟随求解的唐僧，虽不知修行几世，谅来必定也是一个高僧，吃他一块肉定然也能延寿，我们去一并拿来受用，岂不妙似吃那些俗人。”行尸大王与立尸大王俱欢喜道：“算计甚妙，我们就到刘家去拿人。”六贼听见说要到刘家拿人，又上前禀道：“大王不消去，我打听得他有三个徒弟，除了孙小行者，还有一个猪一戒，一个沙弥，都也有些手段，若到刘家去与他赌斗，未必尽捉得住。况这四个和尚西行求解，少不得要在山前经过，三位大王只消坐在山中设个计策，以逸待劳，管情都是三位大王口中之食。”三尸大王听了大喜道：“他既有三个徒弟，我们三个大王，一个对一个调开了与他厮杀，你们六人却乘空儿将他师父拿到洞中，等我们回来，趁新鲜受用，岂不美哉！”当时三个大王派定行尸大王做头一阵，去敌孙小行者；立尸大王做第二阵，去敌猪一戒；眠尸大王做第三阵，去敌沙弥；六贼潜伏山坳中，单捉唐长老。算计定了，各各收拾等待不题。

却说唐长老师徒在刘家安寝了一夜，次早起来就要走路，怎奈刘家母子苦苦留住，备盛斋相请。不多时，众少年的父母、亲戚都来叩谢，这家请，那家邀，唐长老苦苦推辞，也缠了三日方得出门。又走了四五日，方到得皮囊山前，小行者与猪一戒、沙弥算计道：“前日那几个毛贼虽被我一顿铁棒打得无影无踪，却未曾打死除根。从来做坏人的直要坏到底，决不肯改过自新，他见我放走了他的人，必然要结连这皮囊山的三尸妖怪来报仇，我们今日过山也须防备。”猪一戒慌张道：“怎生防备？”小行者道：“我们三个怕什么？只要防备师父莫要着了他的手。”沙弥道：“你二人专管杀妖精，我一人单管保师父就是了。”小行者道：“有理，有理！”大家算计定了，遂赶着唐长老的马竟进山来。此时，三尸大王已打听明白，等他师徒入山走到半路，那行尸大王手持钢刀，忽然从山腰中跳出来，大骂道：“贼秃驴！你有本事救他人之死，今日自家死到头上却叫谁救？不要走，且吃吾一刀。”举刀照小行者当头砍来。小行者忙将铁棒架住道：“你这妖精想是什么三尸么？”行尸大王道：“你既闻我大名，何不早早受死？”小行者道：“别个妖精不关厉害，还可饶恕，你这三尸乃道家之贼，断断饶恕不得！我的死倒未必在头上，只怕你的死到在眼前了。”举铁棒劈面就打。这一场好杀，真个厉害。但见：

一个是宝刀，一个是铁棒。宝刀闪一闪，现偃月青龙；铁棒展一展，吐钻天黑蟒。黑蟒飞来，不问是妖是怪，一例消除；青龙落去，任他为佛为僧，也都杀害。这和尚卫道心坚，欲把三尸痛戮；那妖魔吃人念切，要将五体生吞。生吞不着，空垂馋口之涎；痛戮何曾，枉放热心之火。

那妖魔与小行者才杀不上十数合，那立尸大王忽又从山头上跳下来，竟扑唐僧。猪一戒看见，忙举钉耙迎住，骂道：“瞎妖精！要寻死不到猪老爷这里来，却思量到哪里去？”立尸大王也不回言，举起钺斧劈胸就砍。这一场厮杀，却也不善。怎见得？但见：

一个是宣花钺斧，一个是九齿钉耙。钺斧晃一晃，迸万点星光；钉耙筑一筑，吐九条霞彩。霞彩九条，莫说三尸，就是千尸也筑做肉泥；星光万点，休言一戒，便是百戒也砍成血酱。你道我狠，我道你恶，两下里无半点善心；你思量要捉，我思量要拿，一霎时有千条诡计。万斧千耙，苦贪赌斗；半斤八两，未见输赢。

猪一戒与立尸大王战不上十余合，忽山嘴里又跳出一个眠尸大王，手挺长枪，直奔唐长老刺来。沙弥看见小行者与猪一戒都有对手厮杀，只得也掣出禅杖来，将长枪拨开，回手就打。

眠尸大王笑道：“我看你这和尚满脸都是晦气，快快的逃走了还得些便宜，若要勉强支持，只怕你真真的晦气上脸了。”沙弥道：“你这泼妖怪哪里知道，我沙老爷从来是个降晦气的祖师，任是英雄好汉，撞见我就晦气到了。你不信，请试试看。”复举杖照头打来，眠尸大王撤枪相迎。这一场杀更觉厉害。怎见得？但见：

一个是长枪，一个是禅杖。长枪虽丈八，刺将来只不离方寸心窝；禅杖止一条，打下去专照着三尸头上。紧一枪，慢一枪，惟我善于摧锋；虚一杖，实一杖，叫人不能躲避。打不倒妖精，未可便言惟我精神；捉不住和尚，到底不知是谁晦气。

沙弥虽与眠尸大王赌斗，却一心只记挂着师父，任眠尸妖引诱，他只不走远。斗不上十数合，隐隐听得后面人声嘈杂，忙回头一看，却见有人暗算唐长老，吃了一惊，遂虚晃一禅杖，撇了眠尸妖，跑回唐长老面前，大叫一声道："妖精休得无礼，我来了！"六贼看见唐长老独自一个，便从山坳中跳出来只望下手，不期沙弥复跑回来护持，呐声喊，一哄又走了。眠尸大王见沙弥逃回，哪里肯放，一直赶来。猪一戒听见沙弥吆喝，知道是妖精暗算师父，也撇了立尸大王，撤回身来救应，却看见眠尸妖望着沙弥只顾前赶，他就暗想道："不趁此时下手更待何时？"便悄悄驾云赶到眠尸妖背后。眠尸妖一心只想捉沙弥，不提防背后有人，沙弥对面倒看见了，转笑嘻嘻引他道："赶人不可赶上，再赶赶便有人要杀你哩！"眠尸妖大叫道："谁敢杀我？"猪一戒从背后应声道："我敢杀你！"当背心一钉耙，眠尸妖早已九孔流血，跌倒在地。立尸妖见猪一戒跑回，只认做败阵，也便随后赶来。七八赶上，忽看见眠尸大王被一戒筑死，吓得心胆俱碎，慌了手脚，转身就跑。不期小行者听见背后人乱，恐怕唐长老有失，也撇了行尸妖回来救应，恰好与立尸妖撞个满怀。立尸妖正惊得痴呆，又撞见小行者，一发慌张，乱了脚步。小行者随手一棒，也结果了性命。行尸妖随后赶来，远远望见不是势头，遂驾云化风向东走了。

小行者赶到面前，见唐长者无恙，猪一戒已打杀了眠尸妖精，大家欢喜。猪一戒道："这三个妖怪已打杀了两个，那六贼又无影无踪，料无阻碍，我们趁此时保护师父过山去吧。"沙弥就收拾行李。小行者道："且慢。"猪一戒道："师兄叫且慢，想是要等妖精来报仇哩！"小行者道："我们结了仇，不等他报了去，却叫他寻别人去报，岂是个菩萨心肠？"唐长老问道："怎寻别人报仇？"小行者道："他拿了刘家儿子，我们救了出来，又打死他两个妖精，我们又一道烟去了，他没处出气，自然要寻刘家。起初只得一个儿子受害，如今恐怕一家都要吃苦哩！"唐长老听了着惊道："徒弟，是呀！若如此论来，不是救人，转是害人了！如今却如何区处？"小行者道："不打紧。俗语说得好，斩草要除根。只将这三尸杀尽，自然大道可期。"唐长老道："三尸已杀二尸，那一尸知他躲在何处，怎生去寻他？"小行者道："他弄风往东逃走，定然到刘家去了。"猪一戒道："他若果然在刘家，我们三人同去，一个守前门，一个守后门，一个进去拿他，杀了便完。”小行者道：“我们同去拿他，倘或他知风，倒走来将师父拿去，岂不反输一帖？莫若你二人埋伏在师父左右，等我去赶了他来，他看见师父独坐在此，自然要下来捉拿，你们从旁出其不意，一耙一杖打杀，岂不省力？”沙弥道：“有理，有理！”遂请唐长老下了马，到山腰悬崖中一块大石上坐下。猪一戒与沙弥却潜身躲在两旁。小行者方提着铁棒，一筋斗云回到刘家。来到了刘家，果然见行尸大王带领着六贼，将刘家母子并阖家大小都捉了，捆绑起来，说他请了和尚来，伤了他两个大王，杀他一家偿命。刘家阖宅啼哭震天，小行者大怒，忙落下云头大喝道：“好尸灵！自家死在头上尚然不知，还要来陷害良善！不要走，吃我一棒，断了根吧！”行尸妖看见，心上着忙，也不回手，依旧化风走了。六贼正要逃走，被小行者用棒逼住，走不脱身，只得跪在地下求饶。小行者道：“毛贼不足辱我棒，我不打你，快解了刘家母子。”六贼连忙解放。解放完，小行者就将解下来的绳子，将六贼缚了，便道：“我也不打你，只要你寻还我行尸妖就放你。”六贼道：“行尸失利，定回洞中去了。”小行者又吩咐刘家母子道：“你们只管放心，我定与你将三尸杀尽，决不留祸根。”刘家母子拜谢不已。

小行者带了六贼，复到皮囊山来。且说那行尸妖果然见唐长老独坐便下来捉拿。不期猪一戒与沙弥左右突出，登时打死，已先同师父坐在山顶上矣！大家欢喜。小行者遂带过六贼来，请师父发放。猪一戒道：“这三尸之祸，皆六贼起的，也该打死消除。”唐长老道：“三尸易杀，六贼难除。”因吩咐六贼道：“我们佛法慈悲，也不杀你，只要你自知改悔，从今以后只非礼勿视，非礼勿听，非礼勿言，非礼勿动，便非六贼而一五官矣！”六贼言下感悟，拜伏于地道：“蒙圣僧开示，自当洗心，一遵教诲。”唐长老听了，大喜道：“既能改悔，何必苛求？去吧！”六贼拜谢而去。小行者方叫猪一戒挑行李，沙弥扶唐长者上马而行。正是：

遗祸莫饶人，回头须放手。

唐长老师徒此去毕竟如何，且听下回分解。

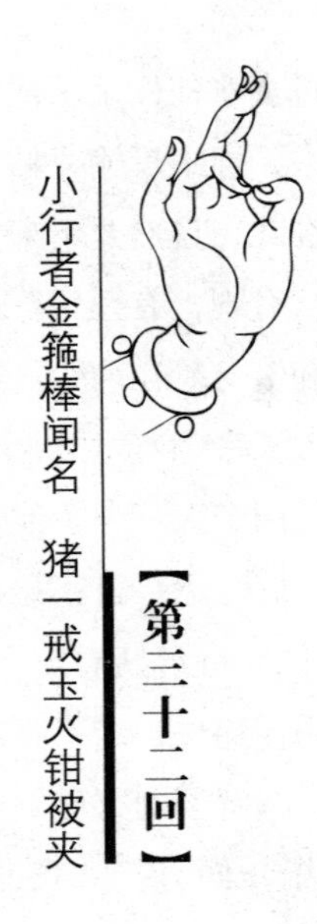

【第三十二回】

小行者金箍棒闻名　猪一戒玉火钳被夹

词曰：

海大何尝自满，天高从不多言。檐铃角铎闹喧喧，只是此中褊浅。

慢说筋能成棒，安知肉可为钳？阖开二字岂徒然，敢请世人着眼。

——《西江月》

话说唐半偈与小行者扫除六贼，杀尽三尸，救了刘家一门性命，绝了皮囊山一境祸根，欢欢喜喜又复西行。行了月余，并无阻滞。唐半偈更加欢喜道："这此时一路来甚觉太平，想是渐渐与西天相近了。"小行者笑道："西天近是近了，路上太平不太平却与西天有甚相干？"唐半偈道："西天佛地，佛法清净，故道路太平。怎不相干？"小行者道："若依师父这等说，要成佛清净，只须搬在西天居住，也不用苦修了。”唐半偈道：“虽说清净在心不在境，然毕竟山为佛居便称灵山，云为佛驾便名慈云，雨为佛施便为法雨，岂可人近西天不叨佛庇？若不如此，何以这些时独独太平？”小行者道：“师父只就那虚理模棱揣度，似乎近是，若据我实实看来，这些时路上太平，还是老师父的心上太平。你看，今日动了这个轻心重佛的念头，只怕又要不太平哩！”正说不了，忽见道旁闪出一个和尚来，将唐长老与小行者师徒四人看了几眼，也不做声，竟飞跑去了。唐半偈看见未免生疑，便叫声：“徒弟呀！你看这个和尚行径有些诧异，莫不又有什么不太平要应履真的口哩？”小行者道：“师父若怕应我的口，只须自定了师父的心。”猪一戒道：“师父不要理他。师兄这张口是终日乱嚼惯的，又不是断祸福决生死的朱雀口，又不是说一句验一句的盐酱口，又不是只报忧不报喜的乌鸦口，说来的话只好一半当做耳根边吹过去的秋风，一半当做屎孔里放出来的臭屁，师父听他做什么？”小行者笑道：“好兄弟，让你讨些便宜吧！但愿不要应我的口，只要应你的口方好。”师徒们一面说一面走，走到一个村镇上，正打算下马入去化斋问路，村里早走出一个老和尚、两三个小和尚来，拦住马头问道：“东来的四位师父，请问声可是要往西天去的么？”小行者看见，忙上前答应道：“正是要往西天去的。”那老和尚又问道：“既是往西天去的，内中可有一位会使金箍铁棒的孙师父么？”小行者听了暗惊道：“他怎知我的名儿？”便答道：“有是有一个，你问他做甚？”那老和尚听见说有一个，便欢喜道：“一般也访着了。四位老师父要知问他的缘故，且请到小庵中去坐了好讲。”小行者便应承道：“就去，就去。”唐半偈迟疑道：“知他是好意歹意，去做什么？不如我们只走我们的路吧。”老和尚道：“小僧与老师父同在佛会下，岂有歹意？若果有使铁棒的孙师父在内，便要走也走不过去，就是悄悄的走过去，得知了也要捉转来。”猪一戒听了说道：“师父，不好了！一定是这猴子幼年间不学好，不是卖弄有手段去做贼，就是倚着这条棒有气力打死人，今被人告发，行了广捕文书来捉人了。这是他自作的，等他去自受，与我们没相干，我们去做什么？倘被同捉了去，撞着个糊涂官府，不分青红皂白认做一伙，却怎生分辨？”老和尚听了道：“这位长嘴师父怎这样多心？就是要各自走路，此时日已过午，也须到小庵吃些便斋好行。”猪一戒听见吃斋便不言语。老和尚随叫两三个小和尚在前领路，自家又再三拱请，唐半偈方下了马，引着众人同老和尚步入村来。

走不上两箭路便到庵前，那庵儿虽有数间，却潦潦草草，也只好仅蔽风雨。大众到了庵中，又见过礼坐下，老和尚就吩咐收拾便斋。小行者忍不住问道：“老师父，斋吃不吃没要紧，且问你，你有什么缘故问这使金箍铁棒姓孙的师父？”老和尚道：“这话说起来甚长。我们这地方按阴数六十里一站，西去六站，六六三百六十里有一座山，叫做大剥山。山上有个老婆婆，也不知他有多少年纪，远看见满头白发，若细观时却肌肤润如美玉，颜色艳似桃花，自称是长颜姐姐、不老婆婆，人看他只道他有年纪，必定老成，谁知他风风要要还是少年心性。”小行者道：“据你说来，这婆婆果有些诧异，但不知还是个仙人？还是个妖怪？”老和尚道：“我们哪里看得他出？”小行者道：“要看出他也不难，他若道家装束，清净焚修，便是个仙人；他若装威做势，杀生害命，便是妖怪。”老和尚道：“他虽道家装束，我却不见他清静焚修；他虽威势炎炎，我却不见他杀生害命。他在山中一毫闲事都不管，每年每月每日，只是差人到天下去寻访那有本事的英雄，与他对敌取乐。”小行者道：“对敌取乐，莫不是干那闺房中没廉耻的勾当么？”老和尚摇头道：“却又不是那样勾当。”小行者道：“既不是那样勾当，却怎叫做对敌取乐？”老和尚道：“他有一把玉火钳，说是女娲氏炼五色石补天时炉火中用的，后来补完了天，这把钳火气未熄，就放在山腰背阴处晾冷，不道忘记收拾，遂失落在阴山洞里。不知几时，被这婆婆寻着了，取回来终日运精修炼，竟炼成一件贴身着肉的至宝，若遇见一个会使枪棒的好汉与他对敌一番，便觉香汗津津，满身松快，故这婆婆每日只想着寻人对敌取乐。”小行者道：“他既有人取乐，又问这使铁棒姓孙的怎么？”老和尚道：“只因他这玉火钳是天生神物，能开能阖，十分厉害，任是天下有名的兵器，荡着他的钳口便软了。莫说人间的凡器，就是天上韦驮的降魔杵，倘被他玉火钳一夹，也要夹出水来。故这婆婆从来与人对敌取乐再不能够遂心，故此到处访求。他闻得当年天生石猴孙悟空有条金箍铁棒，乃大禹王定海的神珍铁，能大能小，方是件宝贝，曾在西方经过，却又不凑巧，不曾撞着与他对敌取乐一场，故至今抱恨。新近闻得这孙悟空虽成了佛，他旧居的傲来国花果山受后天灵气，又生了一个小石猴，铁棒重兴，复要到灵山求解，路必经由此过，故命他心腹人押着老僧日夜在此打听。今日果遇着四位老师父，真可谓有缘千里，但不知哪一位是会使铁棒的孙师父？”小行者听了大笑道：“只我便是！我只道是冤家对头寻我讨命，却原来是要我要棒取乐。棒倒要要也好，但只是我如今皈依了正教，做了和尚，自当遵守佛门规矩，怎好去与一个老婆婆要棒取乐？况我这条棒颇有些斤两，荡一荡就要送了性命，未必有什么乐处。老师父倒不如瞒了他不去报知，让我们悄悄过去了，留他那条老狗命多吃两年饭，也是老师父的阴骘。”老和尚道：“这个使不得！方才小徒在路上看见四位师父，一面来报了贫僧，他心腹人一面就飞星去报不老婆婆了。他们走路俱会驾云，此时只怕已知信了，如何敢瞒？”小行者道：“你不瞒他也由你，只是我不与他要棒，却也由我。”老和尚道：“这婆婆注意师父已非一朝一夕，今日相逢，只怕由你不得。”小行者道：“不由我难道转由他？”老和尚道：“这却难说，只怕要由他哩！”猪一戒听了嚷将起来道：“这师兄倒也好笑，这老师父原说请我们吃了斋走路，今斋不见面，只管断生断死的说这些闲话做什么？”老和尚笑道：“正是，因贪说话忘记老师父们饥了。”遂自起身到厨房中去催斋。不一时，催了斋来，师徒吃完，大家遂收拾走路。老和尚看了道：“列位师父若往别处去，我贫僧就不敢放了，既是西行，留与不留总是一般，只是贫僧也要随行，一来交代明白方见贫僧不是说谎，二来前面还有一个小庵，可备师父们过夜。”小行者道：“是说谎不是说谎，且到时再看。有庵儿过夜倒是要紧的。”遂请唐长老上马，大家相扶着西行。正是：

> 东有东王公，西有西王婆。
> 无处不有道，无处不有魔。

师徒们又行了数十里路，天色晚了，果然老和尚又有一个庵儿留他师徒们过夜。过了一夜，到次早正打点收拾走路，忽见两个中年妇人仙家打扮走来，手捧着一封战书，寻着老和尚，叫他下与姓孙的师父。小行者接了拆开一看，只见上面写着：

> 大剥山长颜姐姐、不老婆婆谨致书于傲来国花果山天生圣人孙麾下：窃闻天毓英雄，未尝无对；人生宇宙，岂可孤行？风啸云吟，世不乏龙争虎斗；花香柳绿，自相应凤倒鸾颠。不逢敌手，安识谁弱谁强；必遇同心，方见或高或下。愚自愧不能窃至精之阴气而生，辛叨最秀之坤灵以立。不须大药，能驻朱颜；懒炼还丹，从他白发。平生薄技，无非擅开阖之大权；终日交锋，不过著感通之妙理。所赖入肉双钳，透心一夹，任古今圣神，未有不生于此而死于此者。故秃戟颓枪，望风远遁；铅槌镴杵，见影先奔。使予独往来而无聊，自咨嗟而有恨，从未有知己之逢，如钜鹿之战以快一时者。止

闻孙老师久具石心石骨，已成铁脑铁头。况棒出神珍，坚硬刚强有金箍之号；且用通仙法，短长大小得如意之名，可称鏖战精兵，冲锋利器，倘纵之去搏，定有可观。是以未得相亲，常形梦想；今逢当面，可谓有缘。因肃此陈情，上希电览。倘名不虚传，果称善战，请大开壁垒，以为杀伐之欢；倘真为假托，不敢交绥，可自缚山前，以纳过情之命。战书到日，乞鉴裁批示。

小行者看完了，哈哈大笑道："这老婆婆甚不知耻，怎要与人厮杀的战书，却撒娇撒痴写做偷汉的情书一般？本不该打死他污辱了我的铁棒，但他既苦苦将头就棒，若不超度他一棒，只道我和尚家不慈悲。也罢，也罢！"就向老和尚讨了笔砚，在战书后大批两笔道："既老婆婆寻死，可于过山时纳命。"批完，就将战书递与老和尚，叫他发与来人带回。那两个妇人得了回批，欢欢喜喜去了。这边小行者方叫猪一戒挑行李，沙弥牵马，伏侍唐长老西行。老和尚只不放心，犹或前或后跟随。

他师徒们又行了一日有余，方远远望见大剥山在前拦住，果然好一座山，十分秀美。有诗为证：

山山奇怪突还研，独有兹山丽且华。
眉岫淡描才子墨，髻峰高插美人花。
明霞半岭拖红袖，青霭千岩列翠纱。
慢道五阴终日剥，一阳不尽玉无瑕。

师徒们到了山边也无心观景，只准备与婆婆厮杀，却又不见出来，欲要竟进山去，又恐怕内有埋伏，只得缓缓而行。正狐疑间，忽听得山中隐隐有金鼓之声。唐半偈听得，便叫："徒弟呀，我看这个老婆婆先下战书，又不突然轻出，山中却又金鼓喧阗，举动大合兵法，你们须要仔细，不可轻敌。"小行者道："我也是这等想，师父说得最有理。"便对猪一戒、沙弥二人道："那婆婆出来，你二人须与我先去冲他一阵，待我在旁边看他有什么本事，就好策应。"二人齐应道："不打紧，等我们去。"正说不了，只见旌旗招展，金鼓齐鸣，山中先涌出一阵男兵排成阵势，然后涌出一阵女兵俱是仙家装束。女兵阵中，簇拥着一位老婆婆，手提着一柄白玉火钳直临阵前，看见唐半偈师徒四人对面而来，就高声叫道："来的四位师父，不知哪一位是会使金箍铁棒的孙老师，请上前答话。"

沙弥听见，忙提降魔禅杖上前喝骂道："哪来的老乞婆？偌大年纪，毛都白了还不知事！怎拣人布施？只问孙老爷的铁棒，难到我沙老爷的禅杖打你不死么？"老婆婆笑道："金刚般的好汉也不在我心上，何况你一个沙泥和尚，哪里问得到你？我不问你便是你天大的造化，便该悄悄躲去偷生，怎反来争？我不问，想是你倚着有这条禅杖，自以为稀奇，不知这样兵器只好将去擀面，怎敢与我玉钳作对？"沙弥道："我也不知什么玉钳，我也不知怎么作对，只一顿禅杖打死了你这老怪物，便是我上西天一段功劳。"一面说一面舞起禅杖，照老婆婆夹头夹脑打来。那婆婆果是忙家不会，会家不忙，见沙弥杖来，他不就还钳，先将身轻轻一闪躲过。沙弥见一杖不着，又复一杖打来，婆婆又一闪躲过。躲过了三杖，婆婆见禅杖来带滞夯，然后将玉火钳往空中一举，就似一条白龙直奔沙弥。沙弥初看只是一条，将到面前忽变成两片，似一张大口照着头上直直吞来。沙弥看见。慌了手脚，只得掣回禅杖来抵挡。不期刚刚直抵入他钳中，被他合拢钳只一夹，几乎夹做两段，沙弥急要掣回，哪里掣得动分毫。婆婆笑道："若是别样兵器，不夹化做铁汁也要夹扁做铁铲，你这条杖儿也要算做有些来历的，夹在钳中尚不扁不化，若要还你，你又要倚着他去生事，不如留下与丫鬟们厨房中拨火用吧！"遂将钳一提，那条禅杖早已在沙弥手中摇摆，沙弥不舍，死命攥住。不道那婆婆力大，再一提那条禅杖，早已提去，反将沙弥带了一跌，爬起来赤手空拳慌慌张张跑回来道："厉害，厉害！"

猪一戒看见，笑道："什么厉害！还是你忒不济！怎么自家的兵器都被人钳了去？待我与你去讨来。"遂跑到山前叫道："老婆婆好硬钳口，看你不出，倒会夹人，想你是个螃蟹变的。但他们的家伙又光、又圆、又滑，所以被你夹去。"遂掣出钉耙乱舞，叫道："婆婆，你看我这钉耙，牙排九齿，你也能夹去么？"不老婆婆笑道："莫说钉耙只九齿，你这和尚就遍体排牙，也夹你个不活。你这些无名的野和尚，不中用的兵器，打人又不痛，抓人又不痒，只管苦苦来缠些什么？趁早躲开！叫你那姓孙的出来会我一会，看他是真是假。"猪一戒笑道："这老婆婆好没廉耻！老也老了，还要想人，那姓孙的你便想他，他却不想你，不如权将我姓猪的应应急吧。"不老婆婆听了大怒道："好不知死活的野和尚！我倒饶你性命，你倒转油嘴滑舌来戏笑我老娘。且拿你去敲掉了牙，割去耳朵，做个光滑滑的人彘，看你应得急应不得急！”就举起玉钳劈面夹来。猪一戒已亲眼见禅杖打入钳中被他夹去，便将那钉耙只在钳外架隔，架隔开便乘空筑来。且架且筑，狠战有八九回合，当不得婆婆的玉钳飞上飞下就似游龙一般，哪里招架得住。直杀得满身臭汗，欲要败下来又不好意思，满心指望小行者来策应，不住的回头张望。不料小行者全然不睬，急得他没法，又勉强支持了三五回合，一发心慌。忽见他玉钳照头来夹钉耙，急急掣开钉耙，将头一摆。不期这一摆，一只耳朵竟摆在他玉钳内，被他一钳夹住，夹得痛不可当，慌忙丢去钉耙，双手抱住玉钳乱哼道："夹杀，夹杀！”不老婆婆微笑道："你这大胆的和尚！你自情愿出来应急的，怎又这等怕痛叫喊？”却将玉钳轻轻提回。猪一戒双手抱住玉钳，竟连人都提到面前问道："你这和尚端的是什么人？还是自己强出来与我作对的？却是谁叫你出来搪塞我的？你们这个姓孙的和尚还是个虚名？还是实有些本事的？为何躲着不敢出来？须快快实说，我便饶你性命，若有一字虚言哄我，我只消将钳紧一紧，先将你这只耳朵夹下来，炒一炒赏与军士下酒，然后再夹住你的头，夹得扁扁的，叫你做不成和尚，却莫要怪我。”猪一戒被夹慌了，满口哀求道："婆婆请息怒，我实是雇来挑担的没用的和尚，怎敢与婆婆相抗？实是被那姓孙的贼猴头要了，他虽有些本事，只好欺负平常妖怪。昨日见婆婆下了战书，晓得婆婆是久修得道的仙人，手段高强，不敢轻易出来对敌，故捉弄我二人出来挡头阵，他却躲在后面看风色。我二人若是赢了，他就出来争功，今见我二人输了，只怕要逃走也不可知。婆婆若果要见他，可快快放了我，趁他未走，等我去扯他来。”不老婆婆道："闻他有一条金箍铁棒，能大能小，十分厉害，可是有的？”猪一戒道："有是有的，却也只好与我们的钉耙、禅杖差不多，也算不得十分厉害。”不老婆婆道："你这些话可是真么？莫非说谎来哄我！”猪一戒道："我老猪是个天生成的老实人，从来不晓得说谎，况又承婆婆高情，这等耳提面命，就是平昔有些玄虚，如今也要改过了，怎敢哄骗婆婆以犯逆天之罪？”不老婆婆笑道："你既不是哄骗我，就放你去。也罢，且说你怎生扯得他来？”猪一戒道："我只说，婆婆是个有情有义的好人，要见你一见，只不过是闻你的名儿，并无恶意。你若躲了不出去，岂不丧了一生的名节？还要带累师父过不得山去。那猴子是个好胜的人，自然要出来相见，等他出来时，听凭婆婆把玉钳将他的头夹住，就夹出他的脑浆来，我们也不管闲账。”婆婆道："若果是真话，可对天赌个大咒，我就放你。”猪一戒听见肯放他，慌忙跪倒在地，指着天赌咒道："我猪一戒若有半句虚言，嘴上就生个碗大的疔疮。”婆婆听了，大笑道："既赌了咒，且放你去。要拿你也不难。”便将钳一松，呆子的耳朵早脱了出来。

呆子得脱了身，也不顾耳朵疼痛，忙在地下拾起钉耙，说一声：“婆婆我去也！就叫他来也！”不等婆婆发放，就一阵风飞跑了回来，看见小行者站在唐长老马前，就象一些不知的，口内乱嚷道：“好猴头，原来是个不怀好心的惫懒人！你哄了我二人先去挡头阵，原说过就在后策应，怎看见我被他夹了去也不来救护？若不是我会说话哄骗了出来，此时已是死了。你这样贼心肝、狗肚肠，还要与你在师父名下做弟兄哩！倒不如各人自奔前程，还有个出头的日子！”小行者笑道：“呆兄弟不要急，不是我不来救护，岂不闻兵法上说得好：朝气盛，暮气衰。这婆子初出来，坐名寻我，一团锐气正盛，我若便挺身出去，纵不怕他，毕竟难于取胜，故叫你二人出去先试他一试。他如今连赢了你二人两阵，定然心骄志满，看人不在眼里，又等了我这半日，一闭盛气自然衰了，他那玉火钳的夹法我又看得明明白白。我如今走出去，一顿金箍铁棒，不怕不打得他魂销魄散，让我们走路。”猪一戒道：“你便论什么兵法，怎知我被他夹得没法？说便是这等说，你也不要看得太容易了。那婆婆的夹法真也怕人，他张开了两片没头没脸的夹来，倘一失手被他夹住，任你好汉也拔不出来。”小行者笑道：“这呆子不说自家没用，转夸张别人的本事，你看他夹得住我么？你二人好生保护师父，待我去来。”空着双手，摇摇摆摆走出山前，厉声高叫道：“东胜神洲傲来国花果山天生圣人孙小圣在此，来的婆子既闻我大名，要识我金面，何不快快上前来参拜？”那不老婆婆听了，果走出阵前，将小行者上下细细估计了半晌，方说道：“我常听得人说闻名不如见面，见面胜似闻名，人人久传你孙大圣的名头，我只道你是他嫡派子孙，又传了金箍铁棒的道法，定然是个三头六臂的好汉，却怎生是这般尖嘴缩腮猴子般的模样？莫非是假名托姓的么？但别人手中可假，我不老婆婆手中却是假不得的，快快老实说来，免得动手时出丑。”小行者笑道：“你这婆子既有本事偷了这把玉火钳，又知访天下豪杰比试，也象个有心之人，怎只生得两只耳朵却不曾生得眼睛。”不老婆婆道：“我双眸炯炯，仰能观天，俯能察地，中能知人，你岂不看见，怎说不曾生眼？”小行者道：“眼虽是生的，却不识人，只好拣选那些搽眉画眼假风流的滞货做女婿，怎认得真正英雄豪杰？所以说个未生。”不老婆婆大笑道：“这等说起来，古今的真正英雄豪杰都是尖嘴缩腮的了？”小行者道：“古今的英雄豪杰虽不尽是尖嘴缩腮，却也定有三分奇怪面貌，出人头地一步，决不是寻常肥痴可比。”不老婆婆道：“怎见肥痴不如奇怪？”小行者道：“你这婆子一味皮相，晓得些什么？须知肥痴者肉，奇怪者筋骨，你想，干天下的大事还是肉好？还是筋骨好？”不老婆婆道：“这也罢了。且问你，闻你家传一条金箍铁棒是件宝贝，还是有是无？”小行者道：“铁棒是有一条，止不过将他护护身子，遇巧打几个害道的恶魔，陷人的妖怪，怎算得宝贝？惟不贪不淫不堕入邪障，方是我僧家的至宝。我看你这婆子虽然白发垂垂，却颜如少艾，一定是盗窃了天地间几分阴精，故装娇做媚，指望剥我真阳。哪知道我这点真阳乃天地之根，万古剥之不尽，岂容你这老婆子妄想！倒不如安心自保，虽不能纯全坤体，留些余地还可长保生机。若一味进而不退，只怕你上面山地剥人不尽，下面的地雷又来消你了。”不老婆婆听了满心大喜道：“好猴儿！果名不虚传，是个见家。既说明白，我决不害你性命，但闻名久矣，今既相逢，岂有空过之理？快取出你的金箍铁棒来，与我的玉火钳一比高下，要要便放你去。”小行者道：“你要与我要棒不难，只要你拼得三死，我便与你要一要。”不老婆婆笑道：“要我死好不难哩！你且说是哪三死？”小行者道：“待我说与你听。”正是：

欲求生快活，须下死功夫。

不知小行者说出哪三死来，且听下回分解。

【第三十三回】

冷雪方能洗欲火 情丝系不住心猿

诗曰：

天生万物物生情，慧慧痴痴各自成。
一念妄来谁惜死？两家过处只闻名。
迷中老蚌还贪合，定后灵猿扰不惊。
铁棒玉钳参得破，西天东土任横行。

话说孙小行者被不老婆婆拦住在大剥山前，定要与他使棒耍子。小行者道："要要棒你须拼得三死。"不老婆婆问他是哪三死，小行者道："第一是我这条金箍铁棒乃大禹王定海神珍铁，重十万八千斤，打将下来比泰山还重，我看你那玉火钳，虽说是女娲氏遗下的神物，在当时止不过为炉灶中烧火之用，脆薄薄两片，怎架得起我的铁棒？多分要一棒打死你，挤得拼不得？"不老婆婆笑道："我这玉火钳虽然脆薄，只怕你那铁棒到我钳中，纵不夹断也要夹扁，若要打死我，想来还早。这个拼得！”小行者道：“第二件，我这铁棒是天生神物，能大能小，可久可速，又名如意金箍棒。你那玉火钳若是果有些本事与我对得几合，尽得我的力量，我便直捣龙潭，深探虎穴，叫你痛入骨髓，痒透心窝，定要乐死你。拼得拼不得？”不老婆婆笑道：“这一发不消说了，自然拼得！但恐你没有这样手段。你且说第三件来。”小行者道：“第三件，我师徒奉旨西行，是个过路之人，一刻也停留不得，你今纵闻我铁棒之名，却两下水火无交，莫若悄悄任我过去，只当未曾识面，犹可保全性命。倘你不听好言，必欲苦缠尝着我铁棒滋味，那时放又放不下，留又留不住，只怕要想死哩！你拼得拼不得？”不老婆婆听了大笑道：“总是胡言乱语，有甚拼不得？快快取出铁棒来试试我的仙钳。”小行者道：“与你说明，你不自揣，苦苦要寻死路，却与我无干。我只得要破戒了。”就在耳中取出绣花针来，迎风一晃，变做一条金箍铁棒，约有丈二长短，碗口粗细，拿在手中指定不老婆婆道：“这不是如意金箍棒！请细细看了，也还用得过么？”不老婆婆睁眼一看，只见那棒：

既坚且硬瘦还长，知是阴阳久炼钢。
直立不挠浑玉柱，横担有力宛金梁。
捣通虎穴锋偏利，探入龙窝势莫当。
任有千魔兼百怪，闻声见影也应降。

不老婆婆看见铁棒挺然特出，满心欢喜道：“看将来果然好一条铁棒，但恐中看不中吃，且等我试他一试。”忙展开玉火钳望铁棒夹来。

小行者因猪一戒、沙弥赌斗时，玉钳出没，他在旁已看得分明，今见夹来，遂将铁棒虚虚一迎，等那婆婆认真夹时，他却早已一闪掣回，使婆婆夹一个空。婆婆见夹不着，只得收回钳去，小行者却乘他收回，遂劈头打来，不老婆婆急用钳往上架时，小行者棒又不在头上，复向腰间直捣。不老婆婆方闪开柳腰，那棒又着地一扫，若不是婆婆跳得快时，几乎将一双金莲打折。小行者见上、中、下三处都被他躲过，又用棒就两肋里夹攻。那老婆婆果是惯家，东一摇摇开，西一摆摆脱，并不容铁棒近身。小行者看见婆婆手脚活溜，也自欢喜道：“亏你，亏你！率性奉承你几棒吧。”举起铁棒攥紧了凝一凝，先点心窝，次钻骨髓，直拨得那老婆婆意乱心迷，提着条玉火钳如狂蜂觅蕊，浪蝶寻花，直随着铁棒上下高低乱滚。小行者初时用棒还恐怕落入玉钳套中被他夹住，但远远侵掠，使到后来，情生兴发，偏弄精神，越逞本事，将一条铁棒就如蜻蜓点水、燕子穿帘一般，专在他玉钳口边忽起忽落，乍来乍去，引得玉钳不敢不吞，不能不吐。不老婆婆战了二十余合，只觉铁棒与玉钳针锋相对，眼也瞬不得一瞬，手也停不得一停，精心照应只仅可支持，哪里敢一毫怠惰。又杀了几合，直杀得不老婆婆香汗如雨，喘息有声。小行者看见光景，知道婆婆又乐又苦。乐是乐铁棒耍得畅意，苦是苦铁棒厉害恐伤性命，心内想道："这婆婆神情已荡，不趁此时与他一个辣手，更待何时？"复将铁棒使圆，直捣入他玉钳口内一阵乱搅，只搅得他玉钳开时散漫，合处轻松，酸一阵，软一阵，麻一阵，木一阵，不复知是性命相搏，然后照婆婆当顶门劈下来，大叫道："老婆子！这一棒拼得拼不得？"老婆婆正战得昏昏沉沉，忽见铁棒出其不意打来，吓得魂不附体，急用钳死命招架，已被铁棒在玉钳背上打了一下，直打得火星乱迸，连虎口都震得生疼，欲要再支持几合，当不得铁棒就似雨点般打来，哪里承当得起？只得拖着玉钳败下阵来，回头说道："果然好条铁棒，正是我的对手。今日天晚，身子倦怠，暂且停止，明日再与你赌斗吧。"小行者随后赶来道："老婆婆哪里走？既是这等没用，就该躲在山中藏拙，怎大言不惭又苦苦访问我孙老爷做什么？"不老婆婆只做不听见，忙忙奔入阵中，吩咐众兵将用强弓硬弩射住阵脚，然后自回山中去歇息。歇息了一会，精神稍复，暗想道："这条铁棒体既坚强，这猴子又使得进退有法，真足遂我平生之乐，但他求经念念，拜佛心专，怎肯为我留连这一夜？"翻来覆去睡不着，忽又想道："我闻他西行是奉师而行，我如今只将他师父唐半偈拿来，藏在大剥洞中，他失了师父，自去不成。他若寻师，自然要与我赌斗，且与他钳棒盘桓两日，看光景再作区处。但他师父有三个徒弟紧紧保护，却怎生拿得他来？"又想道："这贼猴子与我战了这一日，虽被他占了上风，然他也费了许多气力，自然倦怠，也要歇息。莫若乘他黑夜不提防，暗暗一钳将他师父夹来，叫他失却本身无所依附，那时不怕他不安心向我重寻门户。"算计定了，便也不通知众将，竟悄悄取了玉钳，使一个私奔之法遁出山来。

却说小行者杀败了不老婆婆，欲要趋势就赶过山去，因见天色晚了，只得回来见师父。猪一戒与沙弥迎着道："哥哥，今日方显你的手段，果是高强。婆婆的玉钳夹我们时何等厉害，怎被你铁棒一顿捣，一顿搅，开了都合不拢来，这是何故？"小行者道："用兵之道，利钝而已矣！起先你二人与他战时，你们的钉耙、禅杖去得滞夯，他的玉钳便自然开合得以如意，要夹你的禅杖就是禅杖，要夹你的耳朵就是耳朵，你钝他利故耳。后来我与他战时，我一条铁棒就似飞龙一般，往来莫测，出入无端，先在上下左右撩拨一番，先使他救应不暇，手慌脚乱，然后再到他玉钳上捣一阵，搅一阵，他已精神恍惚，气力不加，哪里还有真本事夹我？乘他夹我不得，我复到他上下左右忽击忽刺，他自然招架不来，败下阵去，我利他钝故也。”唐半偈道：“他虽败去，我们要过山天又晚了，却在何处过这一夜？”小行者道：“要寻人家借宿此时不及了，幸喜天色晴明，只好就在这山岩边松树下权过一夜，明早便好过山。”唐半偈道：“天高地厚，露宿我自不难，只恐你们战斗辛苦，不得安眠。”小行者道：“我们一发不打紧。”遂走到一株大松树下，叫沙弥取出蒲团与长老打坐，他三人就在草坡上席地而眠。三人果然战斗辛苦，放倒头就睡着了。正是：

此外何尝逊此中，形全方可显神通。
慢言心去身疑幻，一觉华胥心也空。

却说不老婆婆悄悄奔出山前四下打探，果然见他师父唐半偈在山岩边松树下打坐，小行者三人却横一个、竖一个在草坡上鼾鼾睡觉。满心欢喜道：“果不出我之所料，须早早下手，莫待这贼猴子醒了，便要费力。”提着玉火钳转到唐半偈身背后，拦腰轻轻一夹，也不待他开口吆喝，竟弄一阵狂风走回山洞中，叫众女妖点起灯火，自坐在上面将钳一松，把唐半偈放下，又叫众女妖用绳索绑了，跪在当面。问道：“性命中自有乐地，你怎不知受用，却为他人求经求解，奔波道路，吃这样苦楚？我窥你的意思，不过要博个度人度世之名，你须想，从古到今也不知经过了多少佛菩萨，究竟度得人在哪里？度得世在哪里？何况你一个才入道的和尚！倒不如扫除了这些好善的虚名，打掉这些成佛的妄想，实寻本来的乐处，在这大剥山中造个庵儿居住，叫你孙徒弟日夕与我使棒作乐，岂不美哉！”唐半偈听了，连连叹息道：“蒙老菩萨以性命之乐见诲，深感慈悲。但性非一境，乐亦多端也，难执一而论。

譬如粪里蛆虫，未尝不融融得意，倘欲强人入而享之，人必掩鼻吐之不顾。贫僧想，人世凡情，恋之者，自夸美满，若落在佛菩萨眼中，未必不作如是观耳。贫僧之求经求解，虽不敢妄希度人度世，而性中一点本来，只觉不效此区区不能自安，实非为博虚名。望老菩萨谅之，放贫僧西行，功德无量。”不老婆婆笑道：“我自好意劝你，你反将蛆虫比我，我也不计较你。但你既乐于西行受魔难之苦，我不魔难魔难你，只道我不敬重三宝。”因吩咐几个女妖道：“可将这和尚押到大剥洞中去收藏好了。”唐半偈忙说道：“老菩萨拿我贫僧来，不知是个什么意思？若说是好意，敬重我佛法，不该押我到洞中去藏了。若说是歹意，要害我性命，性命却不在此，在此者不过一血肉之体，值些什么？”不老婆婆又笑道：“我也没甚好意，也没甚歹意，但要与你孙徒弟耍棒作乐，恐他要去，留你做个当头。”唐半偈还打算要分辩，众女妖早已推的推，扯的扯，将他押到大剥洞中去藏了。正是：

道在身与心，须臾不可离。
慢言不系身，今日为心系。

唐半偈被众女妖押到大剥洞中藏了不顾。

却说小行者虽因战斗辛苦也就睡了，却是在山中露宿，终有些不放心，一觉醒来，就爬起到松树下看看，只见一个蒲团在地下，却不见了师父。初时，还疑是出恭，等了一会不见回来，便到左近找寻，并无踪影。心中焦躁道：“只略略大意了些，决然被这老钳婆做了手脚去了。”忙走到草坡边叫他二人道：“师父不见了！还亏你们睡得着！”二人在梦中惊醒：“这师父好端端打坐，怎生得不见，莫要骗我。”一骨碌爬起来看时，果然不见师父，只见蒲团。二人方着慌道：“这空山中再无别人，一定还是这老婆子用玉火钳夹去了。”小行者道：“这个何消说得，这婆子没廉耻，被我一顿棒弄得他死不死，活不活，欲要留我，知道留我不住，故乘空将师父摄去，挟持我与他耍棒。”沙弥道：“他若果有此心，必将师父藏起，却怎生区处？”猪一戒道：“我却有一个算计。”小行者道：“你有甚算计？”猪一戒道：“这老婆子所倚的是这把玉火钳夹人，师兄又会变化，何不变化进去，偷了他的出来，使他没得夹人，自然放我们去了。”小行者连连摇头道：“别样好偷，我看这玉火钳已被老婆子炼成一气，生死不离，如何偷得他的来？若要狠狠心，一顿棒将他打死，奈他又禀了天地间一种生人生物的害气，又是绝灭不得的。依我算计，莫若只骗了师父过山便了，别的闲事不要管他。”猪一戒道：“骗得过山可知好哩！只是师父又不见面，他又死命要留你耍棒，怎生骗他？”小行者道：“骗他虽不打紧，却要在你身上。”猪一戒听了着忙道：“那婆子好不厉害，我被他一火钳夹了去，几乎伤了性命，幸亏我口儿甜哄了出来，已是虎口余生，怎教又去骗他？”小行者道：“正因为你曾被他夹去，口儿甜哄得他动，故要你去。”猪一戒道：“哄骗人只好侥幸遭把儿，怎么看做泛常只管去？倘被他看破了不是儿戏的。”小行者道：“前番你原许他扯我出去，我已出去了，你并不曾说谎。有什么被他看破？”猪一戒道：“我只是不去。”小行者道：“你不去，伸孤拐来打十棒，看怎样。”猪一戒听见说打便慌了，说道：“莫打，莫打！你既栽派我去，我也没奈何，只得拼性命去走遭。但那婆子好不老到，既将师父藏过，怎肯轻易放出来！叫我如何骗他？”小行者道：“不打紧，你只说，我们已商量停当，情愿留下孙师兄与你要棒，只要你放出师父来，还了沙弥的禅杖。等我二人保护师父西去求解，使两下干净。他必然欢喜听从，若果肯放师父过山，我脱身便不难了。”猪一戒听了点头道：“这说也通，但恐那老婆子贼滑不肯信，做我不着去说说看。”便抖抖衣裳竟进山来。早有把守山寨的兵将拦住道：“你这长嘴和尚是昨日阵前被夹饶命去的！今日大清晨又来做什么？想是你昨日不曾死得，今日又来纳命！”猪一戒道：“昨日与他对敌是他的仇人，故被他夹了一下。今日与他讲好是他的恩人，他还要谢我哩！怎说纳命？还不快引我进去相见。”众兵将见他说话大样，只得叫人押到山中来见不老婆婆。

此时，不老婆婆正结束了打点，要出山寻小行者要棒，忽听见猪一戒来见，心下想道：“这定是来找寻师父了。”喝一声：“带进来。”猪一戒走到山洞中，看见不老婆婆坐在上面，遂朝上喝个大喏道：“天生老实猪一戒参见婆婆，谢昨日不杀之罪，请今日不说谎之功。”不老婆婆道：“昨日那孙小行者果是你扯出来的么？”猪一戒道：“那猴子好不贼滑，若不是我再三扯他，他怎肯出来？”不老婆婆道：“你师兄若果是你扯出来的，便真要算你老实了。但不知你师兄昨日与我要了这一日棒，还是苦恼？还是快活？”猪一戒道：“那猴子初时倚着自家铁棒英雄，指望要打倒婆婆，奉师西行。后被婆婆动了玉火，一顿钳夹得那猴子死不死，活不活，正在难解难分之际，不知婆婆何故反走了回来，让那猴子说寡嘴，转道婆婆夹他不住。”不老婆婆道：“你那师兄棒法果然名不虚传，有些劲道，我倒甚是爱他，但不知他见我玉火钳可有几分留连之意？”猪一戒道：“那猴子最奸滑，我看他心里十分贪恋，口中碍着师父却说不出。”不老婆婆道：“你怎见得如此？”猪一戒道：“他往日与人厮杀，就是七日八夜也不见他倦怠，昨日与婆婆战不得半晌，早已骨软筋麻，神疲力倦，就沉沉在山前睡了一夜，连师父不见了他还不知道。”不老婆婆道：“你师父不见了，你们可曾思量是谁偷去？”猪一戒道：“这不消思量，自然是婆婆偷来。”不老婆婆大笑道：“好胡说的和尚，你师父在哪里，我在哪里，他不见了怎生冤我？”猪一戒道：“婆婆不消赖了，实说了，我们倒有个好商量。”不老婆婆道：“有甚好商量？你且说来。”猪一戒道：“这猴子满心要与婆婆耍棒，却碍着师父不见了，要同我们二人在此找寻，一日找寻不出师父，他一日耍棒不畅。婆婆何不说明了，放我与沙弥保护师父去求解，师父被擒得放，自然欢喜而去，便没这猴子也罢了。这猴子贪着与婆婆耍棒，自然也假脱手。放了我们去后，任你们一早一晚安心耍棒，岂不快活！”不老婆婆道：“依你说果然两便，但是那猴子疾溜得紧，倘或你们去后他有甚不得意，三不知走了，却叫我哪里去寻他？”猪一戒道：“婆婆不须多虑，那猴子被婆婆的玉火钳夹得他快心乐意，莫说逃走，就是赶他也未必肯去。婆婆若是疑心，只消讲过，叫他将铁棒付与婆婆收管，他没有铁棒，精着个光身体却往哪里去？”不老婆婆道：“收铁棒固好，但铁棒是时时要与他耍的，如何收得？”猪一戒道：“铁棒既收不得，终不成拿一条铁索将他锁起来。”不老婆婆道：“铁索也不消，我有一根柔丝儿，只须拿去系在他的颈上，便任他有上天入地的手段也逃不去。”猪一戒道：“既是这等，一发妙了。是根什么丝儿？可取出来与我看一看？”不老婆婆遂在口中吐出一根丝来，将丝头儿递与猪一戒道：“这不是！你可细看。”猪一戒用手去接时，哪里见有甚丝？捏又捏不着，看又看不见，只须睁开眼睛再三细看，方影影见一秒秒青丝儿，比头发还细。心中暗笑道：“这婆子老呆了，便真用铁索也锁那猴子不住，这点点丝儿一口气吹也吹断了，怎系得他住！”便问道：“婆婆这丝细软得有趣，定是件宝贝，是哪里出的？”不老婆婆道：“你这村和尚哪里晓得！待我说与你听。我这丝呵：

看不见，摸不着，粗如绳，紧如索。可短复可长，能厚又能薄。今古有情人，谁不遭其缚？虽非蚕口出，缠绵蚕不若。虽非藕心生，比藕牵连恶。千里未为远，万里不为阔，一萦方寸中，要死不要活。洵为多欲媒，实是有情药，铁汉与木人，谅也难摆脱。请今细系你师兄，只怕光头也要落。

猪一戒听了笑嘻嘻说道：“这丝儿既这样厉害，我就拿去拴在那猴子颈上，但师父与禅杖也须放出，大家好到山前交割。”不老婆婆道：“这不打紧。”猪一戒讲定了，就拿着丝头忙忙走出山洞，回到山前。小行者迎着问道："事情如何了？"猪一戒道："事情倒俱说妥了，只是有一根细丝儿要把你拴在此处与他耍棒，不知你心下如何？"小行者道："什么丝儿拴得我住？"猪一戒道："这丝儿据他说起来甚是厉害，只怕你没手段脱不去。"小行者道："丝在哪里？可拿与我看看。"猪一戒因将丝头儿递与小行者。小行者接在手中，细细观看道："我只道是织女的机丝、潘郎的鬓丝与五月五日的长命丝，谁知俱不是，却是这老婆子痴心妄想结成的情丝。这丝儿虽然厉害，却只好缚束那些心慌意乱的少年，如何缚得我住？你只管应承他，哄了师父，远远的先去，我自有脱身之计赶来。"猪一戒听了欢喜，便将丝头儿理齐了，拴在小行者颈上叫沙弥牵着，又自挑了行李，牵了白马，同到山前，叫众兵将报与不老婆婆，叫他放出师父与禅杖来兑换。

婆婆闻报，带了一班女子来到山前，验明这一根情丝果然拴在小行者颈上，满心欢喜，叫人到大剥洞中取出唐长老来，又叫人拿了禅杖，同到山前。猪一戒看见，忙跑上前就要请回。不老婆婆拦住道："且慢！待我将你师兄扯扯，看看他可受约束？"遂将丝头儿一收。小行者看见婆婆收丝，假意儿将身东一摇西一摆，与他扯曳，却不来挣断。扯曳半晌，却被这婆婆扯到面前，大喜道："孙师已为情丝缚束，幸安心耍棒，慎毋再生他想。"小行者假不答应。猪一戒道："师兄既为情丝缚定，已是婆婆的人了。又问他怎的？快打发我们去。"不老婆婆道："既是这等说，你二人领了师父去吧。"猪一戒遂扶唐半偈上马，沙弥忙收了禅杖，挑起行李竟走。唐半偈不知就里，见小行者被一根丝儿缚束，还打算要细问，猪一戒忙将龙马加上一鞭道："师父，各自奔前程吧！不消问了。"又回头对小行者道："我们去了，你可安心在此受用。我们求解回时，再来看你。"小行者也不答应。猪一戒又走到不老婆婆面前，悄悄吩咐道："这猴子手脚活溜，须把丝头儿拿牢，莫要放松被他走了，却埋怨我不老实。"不老婆婆笑道："既缚了我的情丝，任他活溜也脱不去，只管放心。"猪一戒道："既是婆婆拿得稳，请了。"大踏步赶上唐长老，相逐着过山去了。正是：

> 身去心犹系，如何得道成？
> 不知心所系，都是路旁情。

不老婆婆见猪一戒、沙弥已奉着唐长老往西去了，小行者又被情丝系住，料不能脱，满心欢喜，将这情丝紧紧收拢，对小行者笑说道："仙兄，你师父既已弃你去了，便当安心在此与我耍棒，不必更作求经假态。"小行者笑道："哪个师父弃我去？哪个与你耍棒？你这老婆子不要做梦！"不老婆婆道："唐长老已领了猪一戒、沙弥去了，不是弃你却是弃谁？你被情丝拴在此处，不与我耍棒却与谁耍？你想被那姓猪的长嘴和尚骗了。"小行者笑道："我倒不被他骗，只怕你这老婆子倒被他骗了。"不老婆婆道："他怎生骗我？"小行者道："他说，这山方圆广阔，知你将师父藏在何处？欲待打死你又怕伤生，欲待拿住你又怕费工夫气力，又见你贪我耍棒，故随机应变，假说留我与你耍棒，哄骗了师父与禅杖出来，安然西去，料你这个老婆子怎生留得我住！岂不是你被他骗了。"不老婆婆道："既是骗我，你怎么不去，偏偏拴系在此做甚？"小行者道："要去何难！但不忍辜负你一番仰慕之心，故假意留此奉承你一棒，以当作别。"不老婆婆笑道："乖猴子不要油嘴！你若有本事摆脱得我的情丝，也不知几时去了，还肯在此留连？快快的收起这些客话，与我同心合意的耍棒，也见得玉火钳、金箍棒，天生神物，原自有对。"小行者笑道："痴婆子不要痴了！你那情丝只好系缚凡人，我一个太上无情之人，怎一例相看？"便取出金箍棒照头打来道："你看这条棒，也不知打断了多少邪淫，可是甚有情之物？"不老婆婆看见，急用玉火钳招架时，那一条情丝早已扯得寸寸俱断矣，心下着忙道："原来情丝真个系他不住，果被猪和尚骗了怎么了？"一时没法，只得死命将玉火钳来夹。怎奈心里愈慌，手脚愈乱。小行者却看得分明，偏将铁棒或上或下，或前或后，只在他满身乱滚。不老婆婆此时情昏意乱，招架不来，满口只叫："孙老爷，棒下容情！"小行者大笑道："你如今才认得孙老爷！我孙老爷若不棒下容情，你这条老狗命不知几时断送了。"遂停住铁棒道："论你这等无耻，败坏山规，本该一顿棒捣死。但念你修炼辛勤，趁早改邪归正，不可再没廉耻。我一种天地真阳岂肯为败阴所剥？余你性命，我去也！"遂把铁棒拨开玉火钳，倒拖着棒，大踏步竟过山去。不老婆婆见那铁棒厉害，几乎伤了性命，巴不得他丢手去了。及见他去了，铁棒倒拖，淫心未改，复赶上前，乘小行者不防备，一火钳紧紧将金箍棒夹住，死命不放。小行者回转头来大笑道："好痴婆子！这样贪淫，真可谓除死方休。但我说过，不伤你性命，岂可失信！"便将铁棒往后一提，那婆子死命不放，连婆子都提近了几步，然后尽力摆了两摆，往前一送。那玉火钳夹不牢，连老婆子跌了一跤，直跌去有二三丈远。小行者也不管他死活，竟笑嘻嘻过山去赶师父了。正是：

玉火衰残钳不住，金箍解脱棒无情。

不知此去又有何所遇，且听下回分解。

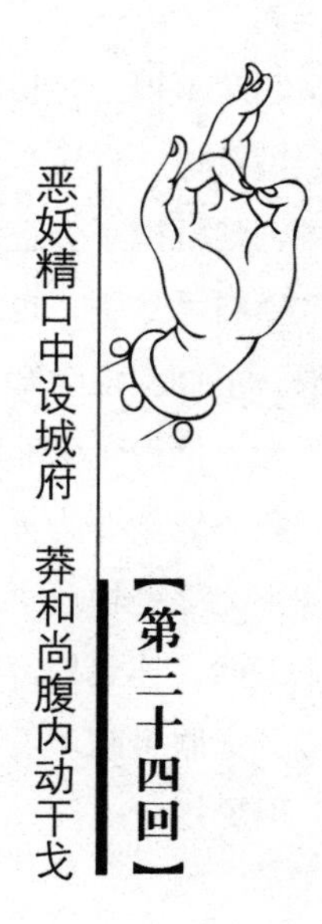

【第三十四回】

恶妖精口中设城府　莽和尚腹内动干戈

诗曰：

千重云水万重山，南北东西道路宽。
浪迹浮踪何处觅？心头痛痒自相关。

又曰：

形骸捘去偏无影，精爽通来若有形。
慢道昭昭还寂寂，须知赫赫在冥冥。

话说不老婆婆被小行者推跌了一跤，急急爬将起来看时，小行者已提着铁棒过山去了，欲要去赶，又因被小行者铁棒搅得情昏意荡，玉火的钳口散漫，料赶上也夹他不住，欲待任他去了，心下却又割舍不得，乃长叹一声道：“我不老婆婆既得了此玉火钳，这孙小行者受仙传了此金箍铁棒，自然是天生一对，就该厮伴着朝夕聚首取乐才是，奈何彼此异心，各不相顾？他既携了金箍铁棒远上灵山，皈依佛法，却叫我这玉火钳何处生活？若再别寻枝叶，料无敌手，也终不免熬煎。罢罢罢！自古有情不如无情，多欲不如无欲，惺惺抱恨，不如漠漠无知。若使孤生不乐，要此长颜何用？不老何为？莫若将此灵明仍还了天地，倒得个干净。”大叫一声，提起玉火钳照着山石上摔得粉碎道：“玉火，玉火！我不老婆婆为你累了一生，今日销除了也。罢罢罢！天地间万无剥而不复之理，拼我不老婆婆填还了理数吧。”遂照着大剥山崖上一头触去，豁喇喇一声响亮，好象共工一般，连天柱都触倒了。小行者提着铁棒正往前赶，忽听得后面响声震天，急回头睁开火眼金睛一看，只见老婆婆撞倒在石崖之下，不知何故。复转身回来，近前细看。但见：

万片冰魂飞白雪，一头热血溅桃花。

小行者看得分明，方知是不老婆婆摔碎玉火钳，自触死在山崖之下，心下好生不忍。正打算叫众兵将与他收尸埋葬，不料众兵将看见婆婆触死，小行者又来，大家无主，一霎时跑个精光。小行者没法，又打算进山去叫人，才要进去，只见山中老老小小跑出无数女子来，走到不老婆婆身边，也不管婆婆死活，大家只将摔碎的玉火钳每人拾了两片，各各四散逃生去了。小行者看见，叹息道：“婆婆虽死，这玉火钳被众女子盗去，只怕又要遗害无穷了。”看见山中无人，只得念咒唤山神、土地将婆婆尸首埋了，然后纵云来赶师父。正是：

道中还有道，情外不无情。

小行者来赶师父。这唐半偈正勒马回头观望，忽见小行者赶到，满心欢喜问道：“徒弟呀，你来了么！亏你怎生得脱他的情丝？”小行者笑道：“他的情丝如何缚得我住？”猪一戒道：“就是情丝缚你不住，玉火钳也要将你夹住，怎肯轻易放你！莫非你弄法儿不干不净不明不白逃走了来？惹他赶将来，又要带累师父哩！”小行者笑道：“是哪样没用的夯货被他将耳朵夹住，没奈何跪着赌咒，方能够与他讲得干干净净明明白白，不须逃走？我虽是逃走来的，却不消跪着人赌咒。”猪一戒羞得捂着嘴不敢开口。唐半偈道：“履真呀，你不要理他，且说你怎生脱来？”小行者细说了一遍。唐半偈听了，叹息道：“人身难得，何贪欲熏心迷而不悟遂至于此？真可怜他！”小行者道：“此乃自作自受，不必怜也。但摔碎的玉火钳又被众女子窃往四方，恐传流后世又要造无边孽障，真可怜也！”师徒们又叹息了一回，方放马往西而行。正是：

世情偏不悟，佛眼甚分明。
不到身成佛，焉知世溺情。

唐半偈师徒们又平平安安行了千里程途。忽一日，行到一层高岭之上，往前一望，只见前面远远的有无数人家，也有城池，也有楼阁，也有树木，也有宝塔，十分繁盛。唐半偈道：“望那里面人家众多，莫非与灵山相近？”小行者道：“灵山佛地，祥云缥缈，瑞霭霏微，不似这等阴阴晦晦，多分还不是。”沙弥道：“就不是灵山，你看楼台遍地，塔影凌空，必定也是个有名的所在。”猪一戒道：“一路来都是山林僻路，并无大户人家，这几日腹中半饥半饱，委实难支。前面如此热闹，就不是灵山，也定有大丛林，且去吃他一顿饱斋再处。”师徒们一面说一面走下岭来，又行了七八里路，并不见有人家，唐长老疑惑道：“分明看见偌大城池，怎么不见？”沙弥道：“方才在岭上高，故此看见。如今下了岭来是在低处，故看不见。再走几里自然到了。”师徒们又行了七八里也只不见，唐长老心下愈觉狐疑。小行者道：“师父不必狐疑，待我跳到空中看一看来回你。”唐半偈道：“你去看一看最妙，有人家没人家，我们好放心前行。”小行者得了师命，就将身一纵，跳到半空，睁开火眼金睛往前一望，只见茫茫一片都是旷野，哪里有甚城池人家？心下诧讶道：“这地方又是个作怪的了。”正低着头思量，忽当面地上吐出一股白气来，一霎时就布有百里远近，白气中忽然又现出一座城池，无数人家，市井街道，宛然一个大都会。小行者看见大惊道：“这光景不祥，定是甚妖怪弄的玄虚？他三人莫要落了他的圈套才好。”急忙忙落在原处看时，唐长者与猪一戒、沙弥并那龙马、行李俱不见踪影，连连跌脚道：“我就怕落他的圈套，今果被他骗去！却如何区处？”欲要也撞将进去，奈他是个虚气幻成的，怎生着脚？欲待不进去，又无处打听消息，只得又跳到空中，绕着那城池、楼阁查看踪迹，却又人烟凑集，与世间无异。正忍不住打算落下去看看时，不期那城池、楼阁又渐渐消磨，仍是一片白地。要寻个人问，却又远近并无人家，只得念一声“唵”字真言，叫道：“山神、土地何在？”叫了几声，并不见有神出来。心下焦躁，取出金箍铁棒来攥在手中，大喝道：“什么大胆的毛神，怎敢不听我的使唤？”喝声未绝，只见西南角上，一个白须短老儿拄着条拐杖，拐着脚飞一般跑将来，朝着小行者跪下道：“小神不知小圣到来，迎接来迟，万望恕罪。”小行者大怒道：“好毛神！你倚着那个妖怪的势儿，不服我使令？”土地道：“但是天上的仙佛就可役使天下的土神。小神多大的职位，怎敢不服小圣使令？”小行者道：“既服我使令，为何连呼两次方来？”土地道：“这地方广阔，一望无涯，又没有人家田舍，小神直住在西南上，离此甚远，故此来迟。”小行者道：“你既路远赶来，也还可恕。怎么山神并不见影？”土地道：“这地方周围数十里一片平洋，并无尺寸之山，从来没有山神，故无人迎接。”小行者道：“自从乾坤定位，便高者为山，深者为川，哪有个没山之理？”土地道：“小圣有所不知，这地方原不是天地自然生成的，都是人心造出来的一重孽海，是非冤孽终日播弄波涛，世人一堕其中，便沉沦不出。后来我佛过此，怜念众生堕落，大发慈悲，遂将恒河沙填平了，故俱是一片平洋，没有高山。”小行者道：“自古有人斯人土，有土斯有财，既孽海填成平地，自当有人民居住，田地耕种，为何竟作一片荒郊旷野？”土地道：“当年地土初平时，人民田地原也十分茂盛，只因我佛填恒河沙中误带了许多雉种在内，不意年深月久，那雉种受了孽海的余戾，竟化成一片蜃气。那蜃气月久日深遂成了精灵，竟将这些人民、田舍都吞吸在肚中吃了，故此止存了一片平地。”小行者道：“那蜃气怎样吞吸人？”土地道：“那蜃气有时结作城池、市镇、人物、草木，与世间无二，人不知道，走了进去，便一口气吸入肚中去充饥了。”小行者听了大惊道：“据你这等说起来，我唐师父与猪、沙二弟，行李、白马，定是被他吞吃了。”土地道：“唐圣僧既有小圣护持，为何容他吞吃？”小行者道：“我因初来，不知地方深浅，跳在空中去观看，见他吐气甚凶，急急下来报知，他师徒三人已不知去向，岂不是被他吞吃？必然死了。”土地道：“若是这等，想来吞吃是有所不免，只怕还未必死。”小行者道：“既吞吃了，怎么不死？”土地道：“这蜃妖喉咙大，肚腹宽，吃在肚里的东西常整个月还是活的，小圣须急急去救，也还不妨。”小行者道：“他起初现出城池、市井，虽是虚气，也还就他虚气揣度，哪里是口，哪里是腹，也好设法去救取。如今一片平洋，连虚气也没了，叫我从哪里下手起？毕竟还是你土地在此为一方之神，知道他的来踪去迹，快快说来，免我动手。”土地道：“小圣差矣！土地，土地，只管地上的事情。他若有巢穴在我土地之上，将唐圣僧窝藏，我做土地的不报，便应受责罚。如今连这蜃妖也是有影无形的精怪，何况他弯弯曲曲的肚肠，知他放你师父在何处？怎生责罚起小神来！”小行者道：“既与你无干，饶你去吧。”那土地得放，就一闪不见了。小行者拿着条铁棒，在那一片白地上东边寻到西边，南头找到北头，虽远远看去象有一团黑气，及赶到面前那一团黑气又远远在别处去了，并无一毫踪影。自家孤孤凄凄，一时苦上心来，止不住痛哭起来，道：

一自从师西土来，如影随形未分开。
何期半路遭奇祸，不料中途受妄灾。
实实虚虚何处觅？生生死死费疑猜。
痛思聚散须臾事，怎不教人泪满腮。

小行者寻师痛哭，不题。

且说唐半偈，正在路中打发小行者跳到空中去观望，忽前面现出一座城池，市井街道，宛然一个冲繁郡县。猪一戒看见大笑道：“师父，我们眼花了！这等一个热闹去处，又叫师兄去看些什么？他看了来又要夸是十大功劳。莫若我们先进去，寻个大丛林歇下，叫他收拾起斋来，等他来同吃，也显得我们大家有用，不单单靠他一人。”唐长老道：“我看这城中十分热闹，倘我们进去坐在丛林里面，他来时错了路寻不着，岂不费力，不如还是等他同去的好。”猪一戒道：“今日过午不久，若是吃斋快些，还走得三五十里路，倘痴痴的等他，那猴子有要没紧的，知他几时才来？只好在这地方宿了。”唐半偈西行心急，听见说吃了斋还有三五十里路走，便就统口道：“吃了斋再赶行些程途固好，只怕你师兄回来寻我们错了路。”猪一戒道：“老师父忒过虑！我们进城只在大街上寻个丛林进去，却叫沙弥牵着马站在寺门口等地，那猴子好不贼滑，怎生会错！”唐半偈道：“既是这等说，我们就先进去吧。”便把马一拎，师徒三人相赶着竟入城来。进得城门，先是一座长桥，过了长桥才看见城圈。师徒们到了城圈边往里一望，只见里边黑洞洞也不知有多少深远。唐半偈心下着忙道：“徒弟呀，这城门怎这等黑暗，与别处不同，莫不有甚厉害？不如还等你师兄来同进去吧。”猪一戒道：“各处风俗不同，我们来了几万里路，怎能够都是一般？这城池高大，故城圈深远，有甚厉害？就等了师兄来，这是西行的路，也少不得要进去。师父若怕黑暗，等我牵着马慢慢走，叫沙弥挑行李紧紧贴着师父的身子同走，怕些什么？这瓮城就深远也不过半箭一箭，难道里面大街都是这等昏暗不成？”唐半偈的马已到城圈边，无可奈何，只得听猪一戒牵了进去。不期才走进去三五步，忽飕飕的一股腥气，就是三十三天上的罡风一般，往内一吸，将他师徒三人并龙马竟吸了进去。一霎时身不由己，竟吸去有数十里之遥，撞着了一间房屋方才挡住。幸得师徒三人牵连在一处，还未曾失散，虽一路来跌跌倒倒，却喜撞着的墙壁还都柔软，并未损伤。此时，师徒们都吓呆了，定了半晌神，唐半偈方才醒转来，问道：“徒弟呀，我们还是死了还是活着？”猪一戒吓得身子只是发抖，哪里答应得出？沙弥勉强应道：“我们进了这座城来，活是莫想活了！但此时尚有气说话，还象是未曾死的。”唐半偈道：“既未曾死，你可细细访问这是什么所在？”沙弥道：“大家跌得昏天黑地，叫我哪里去访问？”唐半偈道：“猪一戒为何不做声？”沙弥道：“他要赶进城来吃斋，想是斋吃多了，说不出话来。”猪一戒睡在地下，听见沙弥说他，没奈何，咕咕唧唧的说道：“兄弟，莫要取笑我了，我也是好意要赶路，谁知造化低，忽被孽风吹到此处，睁着眼看不见天，莫非此处又是一个罗刹鬼国？”沙弥道：“若是鬼国也还该齐整些，怎这所在摸了去龌龌龊龊，不成个世界，莫非走到地狱里来了？”

大家猜疑了许久，沙弥忽然看见猪一戒闭着眼揉腿哩！忙踢他一脚道：“二哥，快开眼！你看有些亮影了。”猪一戒听得，急睁开眼看，果然看见师父盘脚坐着，白马立在旁边，满心欢喜道：“造化，造化！想是哪个善人积阴骘，开个天窗了。”唐半偈想了想道：“不是开天窗，还是你我元神充足，坐久了发的慧光，古人谓虚室生白，即此意也。既有亮光，可细细看这是什么所在。”猪一戒听见，连忙爬将起来，东张西望，方看见挡住他的那间房屋却不是房屋，乃是一座小庙儿，心下暗喜道：“既有庙宇，就不是僧家也是道家，且进去告诉他一番失路的苦楚，问他化些饭大家吃了，也可遮饰前言，免得沙弥笑我。”忙走到庙前一看，只见庙门上横着一个匾额，一时亮光模糊看不明白，心下想道：“多分是个土地庙儿，若不是土地庙定是个火神庙儿。”又走近一步，定睛细看，方看见庙匾上写的是“五脏之神”四个大字，再揉一揉眼睛看得分明，方着慌道：“我听见说人肚里方有五脏庙儿，难道我师徒三人这等命苦，竟吃到人肚里来了？”忍不住大哭起来道：“师父，不好了！我们已被人当鱼肉吃在肚里了。”唐半偈道：“你怎么知道？”猪一戒道：“这靠着的不是个五脏庙儿！若不是吃在人肚里，如何有五脏庙儿？”唐半偈想了想道：“你说得不差，我们果被妖精吃了。”沙弥道：“二师兄的话也还是揣摩，怎师父就信了真？”唐半偈道：“不是我轻易信真，细细将情理揣度，其实一毫也不差。”沙弥道：“怎见得？”唐半偈道：“我们在岭上就望见城池，走了一二十里反看不见，又叫孙履真去探望，忽又现出城池，或有或无，自然是妖精变化迷人的了！后来我们进城，先过了一条长桥，岂非妖精之舌？后到城圈边，黑洞洞一望无际，岂非妖精之喉？绕入城圈，就被一口气直吸到这里，这里又有五脏庙儿，岂不是明明在妖精肚里？再有何疑！”猪一戒听见，一发大哭起来道：“罢了，罢了！我们师徒三人前生前世不知作了什么孽障，今世里受此冤报！”唐半偈道：“死生梦幻，哭之何益？”猪一戒哭道：“我们今日还嘴巴巴是三个讲经说法的和尚，再过几日就要变做妖精的臭粪了！叫我如何不哭？”沙弥道：“二哥，不要这等脓包！我三人虽被妖精吃在肚里，却又不死，尚有大师兄在外面，他若晓得了自然前来救护。”猪一戒道：“救是来救，只是这遭有些难救哩！”沙弥道：“这遭为何难救？”猪一戒道：“往常间师父被陷，或是藏在山中，或是捆在水里，皆有个窝巢可以访问，如今被妖精吃在肚里，叫那猴子哪里去打听？若是打听得知我们被妖精吃了，只道我们死了，一发不想救护了，怎不繁难？”沙弥听了也着惊道：“是呀！这却怎处？除非央人寄个信儿与他才好。”猪一戒道：“你说话一发好笑，一个妖精肚里有谁人来往寄信？”唐半偈沉吟道：“要寄信倒也不难，只是要叫履真受些痛苦，我心不忍。”沙弥道：“师父呀！我们如今在九死一生之时，若有人寄信，便叫大师兄受些痛苦也顾他不得。”猪一戒道：“师父原来也会说谎，他在那里，我们在这里，谁人寄信？”唐半偈道：“我倒不是说谎，当初他寻到我处来皈依的时节，他住在傲来国花果山，隔着两大部洲，毫无因缘，多感唐玄奘佛师传授了我一篇定心真言，叫我三时默念。但念时，你大师兄便头痛欲裂，所以寻声来归，做了我的徒弟。”猪一戒笑道：“师父既有这样灵咒儿，怎不时常念念弄这猴子头痛耍子？”唐半偈道：“他一路吃辛受苦，百依百顺，怎忍再念？今在死生断绝之时，也是没奈何，只得硬着心肠念一两遍，使他知我性命尚存，好设法来救护。”沙弥道：“师父既具此神通的妙理，须快快念咒，不可迟了。”唐半偈不得已，只得盘膝而坐，默默念将起来。

正是：

鳖中菩萨能趺坐，蛤里观音善诵经。

莫道传闻部是谎，须弥芥子具精灵。

唐半偈在妖精肚里，默默念定心真言不题。

却说小行者在一片白地上找寻不着踪迹，满心只道师父被妖精吃在肚里死了，正凄凄惶惶没处做道理，忽微微头疼起来，大惊道："我的头从来无故再不晓得疼痛，怎这会子忽然痛将起来！莫非师父还未曾死，念咒咒我？"正在踌躇，头痛忽又住了，心下无限狐疑。过了半晌，忽又疼痛起来，方大喜道："这头忽痛忽止，止而又痛，定是师父未死，通信与我，叫我救他。但你陷在妖精肚里，比不得寻常有个巢穴可寻，况此时连妖精的形影也无，却叫我哪里去用力？"正在寻思无计，忽白地上又现出一座城池来，与前一样。小行者看见，知道城门是妖精的口齿，不敢进去，忙跳到空中，取出金箍铁棒，叫声："变！"变得有数丈长，把腰一躬也变做金刚一般，遂低了云头，照着城池、楼阁一路打来。只听得东边响亮一声，倒了城墙，西边豁喇一阵，塌了寺壁，宝塔九层，一霎时倾颓了七八，居民万室，顷刻间扫荡了千家。

原来这城池果是一个蜃妖吐气结成的。这蜃妖结此城池吞吸人物是他的常事，原未尝有意要吃唐长老。不期唐长老晦气，恰恰送入他口中吞在肚子里，连蜃妖也不知道。今忽被小行者铁棒一顿乱打，直打得落花流水。幸喜城池、楼阁大半是虚气结成。妖精本身却不曾损伤，只打落了几个牙齿，急得他暴躁如雷，和身一摆，将一腔墨黑的毒气都吐了出来。一霎时，乌云满布，腥臭难闻，冲得那小行者立身不住，忙收了法身跳到空中，再往下看，见明明一片白地忽成了一重黑海。心下想道："这妖精若现了真形，便三头六臂也可以力拿他，如今象乌龟一般，不知将头缩在何处，但以此恶气加人，就象方才打他这一顿棒，他似有如无，料不至伤残性命。况师父已吃在他肚中，倘救迟了，有些不测，却如何区处？我想蜃妖原系海中之物，龙王为水族之长，自然有个制他之法，莫若去寻龙王来要他驱除，不怕他不为我出力。"算计定了，遂一筋斗云竟到西海而来。到了海中，巡海夜叉看见，认得是孙小圣，忙去报与龙王知道。龙王慌忙出来，迎接进去，分宾主坐下。龙王先问道："近闻小圣奉唐圣僧已近西天，功行将满，不知有何事故又蒙垂顾？"小行者道："西天功行却也差不多了，不期行到一处，遇着一个蜃妖作怪，口吐毒气，幻作城池、市镇，将师父师弟三人并龙马、行李哄入去，都吞在肚里。我要与他厮杀，他有影无形，没处用力。我闻蜃乃海中之物，原属贤王管辖，为何纵容他到平地上去陷人？故特来请问。”龙王听了就分辩道：“小圣莫非访差了？蜃虽雉鸟所化，不是鱼龙之属，却毕竟以水为生，非大海不有，如何平地上得有蜃妖为害之理？”小行者道：“贤王辩得亦自有理，但据那方土地说起来，此地原是一重孽海，因我佛慈悲，以恒河沙填平，沙中误带雉种，故酿成此物，虽非贤王放纵，然毕竟是贤王管下族属。今也不与你讲那些闲话，只要贤王用些神通，捉住了他，救出师父，便大家全了情面。”龙王道：“原来有这些委曲，小龙如何得知？要拿他也不难，小龙只消将金肺珠把他的毒气敛尽，小圣自会捉他了。”小行者道：“如此妙甚！便求贤王速行，恐怕迟了误事。”龙王不敢迟留，忙进宫去取了金肺珠带在身边，遂同小行者走出水晶宫，上了海岸，驾云前往。

不多时到了孽海旧地，只见蜃妖吐的黑气雾沉沉、密匝匝，还未曾消歇。龙王看了，大怒道：“就是海中蜃鱼幻化楼阁、树木，不过吞吸些鸟雀充饥，怎这孽障竟吐些无边毒气，将此千里居民都吞吸尽了，真罪不容于死矣！”遂取出金肺珠托在掌中，低下云头，在黑气上面团团转了一遭，真是理有相生相克，物有能制能从。不一时，那些黑气就如雪消冰解的一般，顷刻间散个干净，忽露出一条不象龙，不象鱼，又不象黿，又不象鼍的一件怪物来，在地下游行。龙王看见，忙对小行者道：“小圣，此时不下手更待何时？”小行者遂取出金箍铁棒迎风一晃，有碗口来粗细，忙赶上前照着怪物劈头便打道：“好妖精！你的城池哪里去了？你的楼阁哪里去了？你的市镇人家哪里去了？你还能吐气吸人么？”那蜃妖虽是精灵，却尚不能言语，见小行者铁棒打来，料当不起，只得没命的往阔处奔去。小行者哪里肯放，大踏步随后赶来，七八赶上，那蜃妖急了，忙回过头来张开城门般的一张大口，要吞小行者。小行者恐遭毒口，急急退回数步，正打算要跳在空中用棒下捣，忽见那怪物陡然跃起，山摇地动的叫了一声，便跌倒在地，动弹不得。小行者看见，犹恐有诈，反不敢上前。谁知却是猪一戒与沙弥在肚里被那妖怪奔来奔去，颠簸得跌跌倒倒，又听见外面吆喝之声，谅是小行者与他赌斗。沙弥忽然醒悟道：“我们好呆！师兄既往外面厮杀，我们何不内外夹攻？”猪一戒被沙弥点醒，啐了一口道：“我真真呆了！”就提起钉耙，先将他的五脏庙儿一钉耙筑倒，沙弥便竖起禅杖乘势往上将脊梁骨一捣，不期用力太猛，不但将脊梁骨捣断，连皮都捣通了。那蜃妖忍痛不过，故跌倒在地，死了。

猪一戒见脊梁上捣通，透进亮来，满心欢喜，忙叫道："师父，造化了！妖精脊梁上开了个不二法门了。"沙弥笑道："师父，不要听他！妖精脊梁怎称得法门？只好算做个方便门罢了。"唐半偈此时跌得颠颠倒倒，正闭着眼在昏聩之际，忽听得两个徒弟欢喜说话，睁开眼见旁边一个窟窿透进亮光，看见天日，也自欢喜，便道："徒弟呀！既有门就该出去了。"猪一戒忙到透亮处钻出头来一张，叫声："惭愧！"但见小行者手拿着金箍铁棒，正在那里审看妖精，猪一戒大叫道："大哥，不消疑惑着了，妖精已被我们捣断脊梁筋，断送了他的五心三脏了。"小行者猛然看见，满心欢喜，忙问道："师父怎么了？"猪一戒道："师父好好的。只是洞门小，被妖精皮裹了头，却出来不得。"小行者道："这不打紧！"遂将金箍铁棒迎风一晃，变做一口风快的屠刀，照着妖精脊背豁喇一声划做两半，沙弥用禅杖撑开。一霎时，他师徒四人依旧都在光天化日之下。猪一戒忙搀了唐长老，沙弥挑了行李，欢欢喜喜的走了出来。唐半偈问起缘由，方知亏西海龙王收了他的毒气，才能成功，遂向空拜谢。龙王辞别了小行者，自回海去。师徒四众正打点行程，忽西南上蜂拥的赶了百十余人，围绕着他师徒四众拜谢说，亏他们除了地方大害。小行者道："妖精方才打死，你们偌远，怎生得知？"众百姓道："是土地公公显灵，先报我们得知的。"定要请了回去过夜。唐长老却不过众人好意，只得看着众百姓去安歇了一宿，次日方脱身早行。正是：

最轻者死生，最重者功行。
死生惟一身，功行在万姓。

不知唐长老此去又何所遇，且听下回分解。

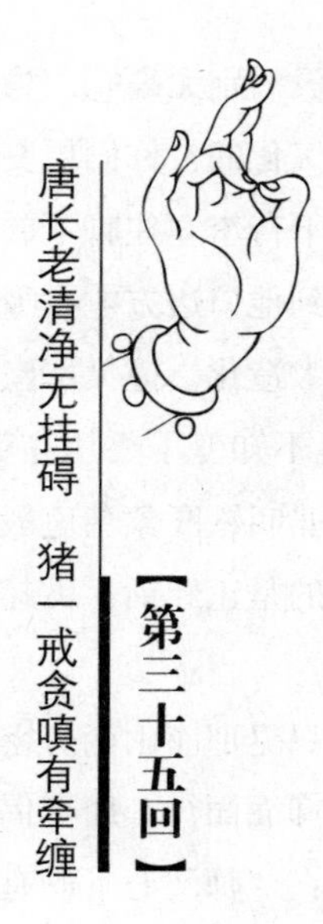

【第三十五回】

唐长老清净无挂碍 猪一戒贪嗔有牵缠

语云：

善自善，恶自恶，善恶分途难假托。怎奈人心雕凿深，故令世界多舛错。持斋便认是菩提，诵经便道是活佛，谁知尽是贪嗔痴，种出众生毛与角。须知我佛清净心，色色空空都不着；一念天堂已上登，但思地狱便堕落。纵有灵明大辩才，转念如圜费揣度。我愿真修自证盟，莫向他人觅衣钵。

话说唐半偈师徒四人脱离了餍腹之苦，辞了众百姓，欢欢喜喜又复西行。又行了月余程途，忽远远望见一座高山拦路。唐半偈问道："徒弟呀，你看前面又见高山拦路，不知是凶是吉，须要仔细。"小行者先已看见，听得师父问他，又细细观望了一回道："师父，灵山这条路我虽不常常来走，那窍脉相通之处也曾来过几遭，还依稀记得。此去与灵鹫不远，除了灵鹫别无高峰，为何忽又有此陡峻之山？”唐半偈道：“既是往常没有，莫非又是蜃气化的？你们更要小心！”猪一戒听见说是蜃气化的，恐怕又被他吸到肚里去，便放下行李立住脚不敢走。小行者笑道：“好呆子，怎这样胆小！就是蜃气化的，也须走到他口边方才吞吸得去，怎隔着许多路便害怕起来？”猪一戒道：“哥哥呀，前日是大造化，撞见那蜃妖没牙齿留得性命，若遇了有牙齿的妖精，嚼碎了吞下去，此时也不知变了粪压在哪块田地上去了。”沙弥听了笑道：“二哥若是这等小心害怕，除非叫铁匠象乌龟般的打一个铁壳与你套在身上，方敢大胆走路。”猪一戒道：“我说的是正经话，你却当取笑。”只得挑起行李来捂着嘴往前又走。

走到山脚下，大家一看，只见那座山两旁密匝匝都是松林，惟正当中一条岭路，却又十分陡峻，要上岭去必须仰面而行。唐半偈看见光景异常，却有几分胆寒，便勒住马与小行者商量。小行者道：“师父心下既有些狐疑，且住在山脚下，寻个人问问路再走不迟。”遂带转唐半偈的马头，绕着山脚下寻人家。正没寻处，忽左手松林里一声磬响，大家听见欢喜道：“有人问路了。”就沿着那条曲路儿寻到松树林中来，果见一个小庵儿十分幽雅，庵门上题着是“猛省庵”三字，庵门半开半掩。唐半偈吩咐小行者三人在外面立住，自己却轻轻推开庵门走了进去。走到佛堂前，只见佛堂中一个老和尚正烧完了午香，忽看见唐半偈立在佛堂外，慌忙走出来迎接道：“老师父从何处来？请堂里坐。”唐半偈进到堂中先拜了佛，然后与老和尚行礼道：“贫僧乃东土大唐国奉钦命差往西天雷音寺见我佛如来拜求真解的，路过宝方，因见前面山岭高峻，不知是甚地方，又不知岭上可好行走，未敢轻易过去，故寻至宝庵，求老师父指教。”那和尚看了看道：“从东土到我西域也不容易，怎只老师一人独行？”唐半偈道：“贫僧还有三个小徒在外面，恐怕惊动禅栖，故不敢进来。”老和尚道：“老师既要问过岭难易，说起来话长，令高徒在外面立着不便，请进来同坐了好讲。”唐半偈遂起身，在庵门前叫了小行者三人进去同坐。

老和尚看见三人相貌丑恶，便道：“师徒同道，为何不同貌？”小行者道：“你晓得什么？貌若相同，道就不广了。只问你这条岭可是一向有的？闲事不要你多管。”老和尚听见小行者说话蹊跷，惊问道：“这位师父象是西天曾走过一两遭的。”小行者道：“你怎生晓得？”老和尚道：“若不是走过一两遭，为何开口就问这条岭一向有无？”小行者道：“走是走过几遭，因是云来云去，记得不真，细细想来，恰象是这条岭一向没有，故此问你。”老和尚听了，连连点头道：“果是这话，不是说谎。”唐半偈道：“自开辟天地便有山川，况这条岭参天插地，又不是一丘一壑，人力能培，为何说个一向没有？”老和尚道：“老师父有所不知，我这西方佛地从来平坦，不立关防，不设机械，莫说贤愚贵贱、老少男女，洗心涤虑，尽可皈依，便是沙场战卒、市井屠儿，一念真诚，亦不妨立地便入，故西天成极乐之国，我佛著万善之名。从后汉到今，就是孔仲尼儒教圣人，李老聃道教之祖，也莫敢与我佛并尊。不期后来佛教日盛，为性命真修者少，贪善名假托者多，往往挂榜修行，招摇为善。念两卷经文便道是莫大慧根，吃几日善斋便以为无边善果，烧一炷香便希冀冥中保佑，舍一碗饭便思量暗里填还，甚至借修桥补路科敛民财，假赛会迎神贪图己利。这还是无知的百姓所为，还有一等不肖的和尚，满口胡柴，充做高僧，登坛说法，哄骗得愚夫愚妇金钱供献，奔走如狂。还有一等痴心的和尚，一窍不通，寸善未立，妄想成佛作祖，躲到深山穷谷中，白说苦修，不知修些什么？把那父母的遗体冻饿，至死不悟。还有那些焚顶燃指，沿街绕巷敲梆撞钵要求布施的，一时也说他不尽。总之，贪嗔痴欲，奸盗诈伪，无所不有。遂将我佛清净法门、慈悲愿力，弄做个口舌是非之场，万恶逋逃之薮。故我佛如来深悔将道法流传中国，误了众生，是以近来一字一言不肯妄传，又恐怕还有不知耻的僧人又来缠扰，故将灵鹫后岭中分了一支移于此地，就叫做中分岭，以为界限，隔绝东西的这些孽气。故说个一向没有，这位师父果看得不差。”唐半偈道：“世尊既移此岭隔绝东西，为何又留岭路与人往来？”老和尚道：“终是我佛慈悲，因念慧灯不灭，恐有真正佛器皈依，不忍一概谢绝，故留此岭路。”唐半偈道：“既存岭路，与不移岭何异？”老和尚道：“岭路虽存，岭头上却造了一座中分寺，请了一位大辩才菩萨住在里面，凡是过岭善信，都要请大辩才菩萨照验。菩萨容过去，便轻轻过去了，若是菩萨不容过去，你便是神仙也飞不过去。”唐半偈听了，忙立起身来称谢道：“多蒙老师父指教，我们须早早上岭去求请大辩才菩萨照验。”猪一戒听了就去牵马，沙弥就去挑担，小行者就打算扶师父出门。老和尚看了看，忍不住对唐半偈说道：“老师父自家上岭照验照验也还使得，这三位师父倒不如在小庵坐坐，不消上去吧。”小行者道：“我三人为何不消上去？”老和尚道：“你方才三位进庵来，可曾看见庵门上有菩萨亲笔题的三个字？”小行者道：“是‘猛省庵’三个字，怎不看见？”老和尚道：“既见，这三个字是菩萨题的，这三个字的深意就该知道了。”小行者道：“也无甚深意，不过是叫人把自家身心善恶检点检点。”老和尚道：“恰又来！你三位师父的身心善恶可曾检点检点？”小行者道：“这些小事，才出世的时节就检点过了，还要等到今日！”老和尚听了，连连摇头道：“你这些游方的大话只好哄骗我老僧，你若见了大辩才菩萨，他目如皎日，舌似青莲，须哄骗他不得。”小行者又笑道：“你这老和尚坐井观天，也只认得个辩才菩萨罢了，只怕你那辩才菩萨还是我本来灵明中曲曲弯弯生出来的学问哩！”老和尚没得说，只得勉强道：“既是这等，请上去，只是不要又走了下来就没趣了。”小行者道：“我大唐到灵山是十万八千里，今差不多走了十万里。却喜得从不曾走回头路，但请放心，不要你替古人担忧。”唐长老见小行者言语唐突，恐怕老和尚没趣，只得周旋道：“小徒顽蠢胡谈，老师父不要介意。”又拱拱手作别，方才上马，大家簇拥着望岭头而来。正是：

> 青天轰霹雳，了不碍闲云。
> 饶尽老僧舌，定心如不闻。

唐半偈师徒四众相逐着奔上岭来，他们一层一级约走了千层万级，方才到得岭头。到了岭头一看，果然有一座大寺，匾额上题着“中分寺”三个大字，十分庄严精洁，却静悄悄无一人往来出人。唐长者只得下了马叫沙弥牵着，又吩咐小行者与猪一戒在寺外等候，不许罗唣。自己却整一整偏衫僧帽，端端肃肃走了进来。直走到二正门里，方看见一个小沙弥，在一株优婆树下闲立着看白鹤理翅。唐长老走上前打一个问讯道：“贫僧稽首了。”那小沙弥看见，忙答礼问道：“老师父是哪里来的？”唐半偈答道：“弟子乃东上大唐国钦差往西天雷音寺见我佛如来拜求真解的，路过宝刹，自恐善根浅薄，道念不深，无缘见佛，不敢经过。闻知大辩才菩萨慈悲接引，故特匍伏莲座之前，敢求垂恩照验。倘有片念可矜，开放西行，庶不负远来善果。”小沙弥听了道：“老师父既是要照验过关的，请少待，待我与你禀知菩萨。”唐半偈又作礼道：“多感，多感。”说罢，小沙弥就进去了。去不多时就出来回复道：“菩萨说，若是要见佛求解的，不必照验，去不得了，请回吧。”唐半偈着惊道：“怎么求解的就去不得？”小沙弥道：“菩萨说，昔年有一个陈玄奘，是世尊徒弟，也来求经，因一念慈悲，就将三藏真经慨然付与他取去。不期自取了经去，至今二三百年，不但未曾度得一人，转借着经文败坏我教，世尊至今尚时时追悔。你求解与求经一般，如何肯再蹈前辙？故说不必照验，去不得了。”唐半偈道：“菩萨金论固自不差，但弟子此来求解，若论形迹实与昔年唐玄奘佛师求经一般；若论求解的本念，却与求经有天渊之隔。”小沙弥道：“这是为何？”唐半偈道：“我佛慈悲造作真经，原望度人，何心误世？所以误世者，皆东土愚僧不得真解，转转差讹，渐至度入邪魔，有辜如来至意。今弟子愿斶顶踵，不惜勤劳，远诣灵山拜求真解，正欲救求经之失，慰造经之心，所以说个有天渊之隔。”小沙弥道：“既是这等说，待我再与你禀知菩萨。但此时菩萨正趺坐视空，你且退出寺外听候法旨，不可妄动。”说罢，依旧走进去了。

唐长老不敢违小沙弥之言，只得退出寺外。小行者三人迎着问道：“菩萨照验得如何了？”唐长老道：“菩萨尚未见面，怎生照验？”小行者道：“菩萨因甚不见面？”唐半偈就将从前言语细细说了一遍。小行者道：“小沙弥既应承再禀，菩萨自然就出来照验，我们略等等过岭，还不晚哩！”大家东张张，西望望，等了半晌，并不见一个人影儿。猪一戒等得心焦，便道：“我们师徒四人原来都是呆子。”小行者道：“怎么都是呆子？”猪一戒道：“这岭上明明一条大路，又无关隘阻隔，又无兵将拦挡，又无绳索绑缚，为什么听信那老秃驴的胡说要照验？我们又不伏他管，又无符节，照验些什么？怎只管痴痴的在此瞎等！”沙弥道：“那老和尚还不象个说谎的，或者有这样事也不可知。”猪一戒道：“你一发呆得可怜，倘或我们方才不找到他庵里去问路，不晓得什么照验不照验，此时也不知走到哪里去了！这叫做问着医生便有药，向着师娘便有鬼。依我说，不如大家早早的走他娘吧。”小行者听了便也心活起来道：“这呆子倒也说得有三分中听。”便对着唐长老道：“师父，你心下还是要等还是要走？”唐半偈道：“徒弟呀，怎你也说此话？方才若不问路，不知菩萨的规矩，糊糊涂涂走了过去，便抚心无罪；今老僧既已讲明，小沙弥又入去禀知菩萨，岂有个不俟命之理！猪守拙是个野人，不知礼法，你们切不可听他胡讲。”小行者听了，连连点头道：“毕竟还是师父说的是大道理，连我也几乎被这呆子惑了。”

师徒们正议论不了，忽清磬数声，大辩才菩萨已登堂升座，着侍者出来唤他师徒进去照验。唐半偈忙带了三个徒弟整衣而入，到了堂中合掌顶礼道：“弟子大颠，奉大唐天子钦命，往西天拜求我佛真解，虽求解有类求经，深犯我佛追悔传经之戒，然求真解以解真经，实大慰如来无始造经之心。伏乞菩萨慈悲，垂鉴弟子禁正清净真修之诚，怜悯弟子历受山水磨难之苦，曲赐照验放行，则慈恩无量。”大辩才菩萨道：

“求解这段因缘原是旃檀请命，我已尽知，再无不成全之理。只是照验，新奉如来佛旨，也要应应故事。”唐半偈闻命，又合掌顶礼道：“弟子大颠，身心性命俱投诚莲座之下，伏乞菩萨照验。”菩萨道：“你道念真诚，慧根清净，我已照验明白，准放西行。但你随行几众，也要报名照验。”唐半偈道：“弟子随行共有三人，一个是大徒弟叫做孙履真，一个是二徒弟叫做猪守拙，一个是三徒弟叫做沙致和。此处止有马匹、行李，并无别物。”说罢，就回头叫小行者三人道：“你们快过来拜见，求菩萨照验放行。”他三人见师父叫他，只得走了进来。

唐半偈恐怕他三人不拜，恼了菩萨，便先跪下禀道：“三徒皆山野顽蠢之人，不知礼节，求菩萨宽囿。”他三人见师父先跪在地下，没奈何只得趴在地下，磕了一个头就站起身来。菩萨道：“礼节可不苛求，但不知身心可能干净？”便问：“哪一个是孙履真？”小行者忙上前一步答应道：“小孙便是。”菩萨道：“我看你尖嘴缩腮，不象人种，你可自供是哪里出身，何人后嗣，平生有何功行，我好照验。”小行者道：“菩萨请竖起耳朵来，待我供与你听。”

花果山是故土，水帘洞是旧府。
斗战佛是我先天祖，山前石是我后天母。
阴阳灵气豁心胸，日月精华充脏腑。
自性家传道易成，不用坎离与龙虎。
手持铁棒撞天门，身坐瑶池索酒脯。
只因强横大招愆，罚我为僧立功补。
若问西来立甚功？打死妖精不可数。
菩萨之前不敢夸，只此便是我家谱。

辩才菩萨听了道：“据你这等供称，原来果不是人种，就是孙斗战仙石中的遗胤。虽前面有些罪过，既后面肯改悔立功，也不消问，只是当照验过了，可站半边伺候，开关放你过去。”小行者走过一边。

菩萨又问道：“哪一个是猪守拙？”猪一戒听见，只推不听见，不就答应。菩萨又问道：“猪守拙为何不答应？”猪一戒方才走出来道：“菩萨叫我么？我就是猪守拙。”菩萨道：“你既是猪守拙，你若是方才见过去了，不要求我照验，我却也罢了，你如今既来求我照验，也须自供是哪里出身，何人后嗣，平生有何功行，我好照验。”猪一戒道：“我三人总是师父的徒弟，大师兄供称的就是一样了，我们何必琐琐碎碎又供？”菩萨笑道：“好胡说！一人有一人的立身行己，怎么将他人的家世装你的体面？还不快实实供来！”猪一戒没奈何，只得摇头摆脑的供道：

高老庄是故土，云栈洞是旧府。
猪天蓬是我嫡亲父，高翠兰是我生身母。
阴阳浊气结成胎，耳大嘴长太粗鲁。
幸喜遗精不待修，生来行力大于虎。
手握钉耙到处行，拿着野人当酒脯。
只因强横大招愆，罚我为僧立功补。
若问西来立甚功？奔走程途不可数。
菩萨之前不敢瞒，只此便是我的苦。

菩萨听了道：“原来你也是猪净坛遗嗣。自供倒也老实，且站在一边待我照验。”猪一戒走开。

菩萨又问道：“沙致和是哪一个？”沙弥答应道：“小和尚就是沙致和。”菩萨道：“你既要我照验，也须自供哪里出身，何人后嗣，平生有何功行。”沙弥道：“我小和尚出身虽还记得，委实比不得两个师兄。”遂供道：

流沙河是故土，出身微没旧府。
父母双亡总不知，金身罗汉是我老师父。
生身虽也赖阴阳，骨硬皮糙气如蛊。
虽然愚蠢不足观，却会拿龙并捉虎。
手持禅杖但降妖，不吃人间酒与脯。
只因老实懒修行，罚我为僧立功补。
若问西来立甚功？挑担跟着马屁股。
只此便是我真供，伏望菩萨照验放行莫拦阻。

菩萨听了道："原来也是沙罗汉弟子。都有些来历，我也不好留难哪一个，都一概开关放行。但你们也要有些缘法过得去便好。若是善根浅，孽障深，挂碍过不去，却莫要怪我。"一面说一面起身走下莲台来道："你们都跟我来去开关。"阖堂侍者听见菩萨吩咐，便一齐簇拥着出来。唐半偈师徒四众也跟在后面，猪一戒低低说道："这菩萨也会拉阔，精空的一条岭，关在哪里？"小行者道："莫做声，跟他去看便知。"大家走出寺门。

不知菩萨走在前面弄些什么法力，忽岭头西边突然现出一座关来，十分高峻雄壮。猪一戒看见，惊得呆了，暗暗与小行者说道："我们方才在此立了多时，并未曾看见，怎转转身就有？就是鲁班盖造也无此神速，莫非又是蜃气结成的？"小行音道："一个菩萨，怎说蜃气？还是我们方才不曾留心看得。"正说不了，只见菩萨又将唐半偈叫到面前吩咐道："这关外虽也有条捷径路儿转得去，却不是两天去的大路，你还是要关内行关外行？"唐半偈忙作礼道："弟子已蒙菩萨慈悲照验，慨许放行，怎敢不由大道？还望菩萨开关。"菩萨道："非我不肯开关，但我开关甚易，你们过关却有些繁难。"唐半偈道："不知有甚繁难？"菩萨道："你要知过关繁难，可抬起头看看这关额的三个字。"唐半偈忙抬头一看，却是"挂碍关"三字，便道："弟子万念皆空，有甚挂碍？望菩萨开关放行。"菩萨点点头道："唐圣僧可称佛器。"又叫小行者三人到面前吩咐道："你三人还是关内走关外走？"小行者道："菩萨这句话是多问的，师父哪里走，我们自然跟着师父哪里走，岂有师弟分途之理！"菩萨道："据你说来似乎有理，只怕走到中间有些挂碍，那时节师父却顾你不得。"猪一戒对着小行者道："大哥，你不要任性！菩萨说的是好话，大家也要熟商量，不然等我在关外转吧。"小行者喝道："呆狗才，不要没志气。"菩萨道："既你们主意定了，我也难强。"随叫侍者揭去封皮，将关门豁然洞开，道："你们去吧。"唐半偈又作礼拜谢，然后叫小行者扶他上马，沙弥挑行李，猪一戒跟随，大家欢欢喜喜竟出关望西而行。谁知他师徒才出得关来，菩萨已叫人将关门紧闭。正是：

进修道力须当猛，接引婆心莫惮烦。
不猛前程何日到？不婆妙义几时宣！

唐半偈师徒四人出得关来，只道是坦平大路，清净风光，不期关门外沙尘滚滚，雪霰霏霏，一条路高低曲折，两旁树延蔓牵缠，十分崎岖难走。却喜得唐长老是个久历艰辛之人，一心只思量着前进，并不问险阻倾圯，竟策马向前，全不在意。小行者见师父马去了，也跟着就走。沙弥挑着重沉沉担子，低着头只住前奔，并无心去看长看短。惟猪一戒看见道路歪斜，树木丛杂，又加满天雪霰，遍地沙尘，心下懊悔道：“起初上岭来何曾见有关门？依我径走，也不知走到哪里！老师父假至诚，信人胡言乱语，偏要等菩萨照验起来。照验得好，如今却照验出一座关来。就是有关，依菩萨说关外转去，平平路儿何等不好？老和尚强要关内走，那贼猴子又呵卵脬附和着要过关，这沙弥蠢货大不知世事，一哄过关来，你看关门外这等沙尘、雪霰，劈头劈脸吹来，地下又高低不平，树枝又抓手抓脚，叫人怎生行走？”急抬头看时，只见唐长老、小行者、沙弥三人在前面，其去如飞，心虽怨恨，却恐怕迟了失群，只得放步赶来。不期雪霰下得路上石滑如油，走不得三五十步，早扑通的滑跌了一跤，跌得腿脚生疼，坐着揉了一会，急急爬起来要走，这衣裳又被道旁荆棘刺抓得紧紧的，扯也扯不开，忙忙挑开了上边，下边又抓成一片，急理清了左边，右边又搅做一团。焦躁得他性子起，遂尽着蛮力一挣，虽然挣脱，不但衣裳扯破，脸都擦伤，挣得力猛了些，又撞在一块尖石上，将头上的鲜血都撞出来，心下愈加恼恨道：“这都是老和尚与贼猴头害我，怎么他们倒平平安安的走去？”再抬头看时，只觉影影的唐长老师徒三人还在前面走，要赶又赶不上，便大叫道：“师父慢慢跑，等我等。”叫了数声，并不听见有人答应。忙转过山嘴往前去望，忽一阵风来，吹起沙灰，又将眼睛迷了，开看不得，只得立住脚，揉了半晌渐渐张开，方才又走。走便走，眼睛终是半开半闭，不提防一条老树根当路，又绊了一跌。这一跌跌得重了，直跌得头昏眼花。又见天色傍晚，不敢停留，没奈何只得一步一跌的赶来。又不期下的雪霰，一缕缕就如乱丝，扑头扑脸飘来，一霎时就挂了一身。方在头上掸去了几条，那两只大耳朵、一张长嘴又都挂满了。初还觉轻，后面渐渐重起来；初犹软弱，后渐渐硬起来，就如绳索缚在身上一般，走路好不费力。不料，唐长老马去如飞，全不知猪一戒落在后面好苦，一心只往前进。行了半晌，忽又看见前面一条大岭，岭上一座大寺，因问小行者道：“面前又有岭寺，不知又是何处？”小行者道：“师父不消问得，走到自知。”唐长老慢慢的走上岭来，到了寺前下马，定睛一看，见那寺额上又是“中分寺”三字，吃了一惊道：“为何又有一座中分寺？”再细看时，却与先前的门径一样，只是岭头西边不见了那座挂碍关。心下正狐疑不决，只见岭下的那个老和尚忽从寺里走出来，看见唐长老师徒三人立着，因笑嘻嘻说道："你们说不走回头路，为何去了又来？"一面说一面笑下岭去了。唐长老一发狐疑。不多时，又见起先那个小沙弥忽也走出来，看着唐长老道："老师父，既已照验放行，怎不西行却又转来？"唐半偈听了，方悟这座寺就是原先的那座中分寺，知是菩萨显灵，慌忙朝着山门下拜道："弟子大颠想是存心怠惰，故去来反复，尚望小师父引见菩萨，求为忏悔。"小沙弥道："老师父请起，不必又见菩萨了。菩萨已有法旨在此。"便在袖中取出一个柬贴儿递与唐长老。唐长老接来一看，只见上面是八句颂子写得分明，道：

> 寺前寺后同一寺，关无关有总非关，
> 真修不挂何曾碍？慧性常明可恕顽。
> 独有野心贪狡甚，故出荆棘道途难。
> 须教湔洗从前意，一体灵山拜佛颜。

唐半偈领受了菩萨法旨，再拜称谢，方知猪一戒挂碍在后面尚未走来，复向小沙弥恳求道："猪守拙虽贪嗔未净，也是弟子一手一足，万望转达菩萨，赦其前愆，容后改过。"小沙弥道："唐师父不必求了，菩萨已恕其罪容他赶来了，快领众西行吧，我要回缴法旨去了。"说罢，竟进寺去了。唐半偈折转身方看见，猪一戒满身沙霰，头破血出，跌跌倒倒奔来，口里只抱怨路不好走，又怪大家不等，口内咕哝个不了。唐半偈大喝道："蠢才！不悔自家贪嗔，生出许多挂碍，转怨道路难走。若果道路难走，为何我们平平安安走了过来？"遂将菩萨的颂子递与他看。猪一戒看了，方知是菩萨显灵。再看时，见依旧走到寺前来，惊得哑口无言，只是朝着寺门叩头道："弟子从今以后只随佛天吩咐，再不敢欺心抱怨了。"唐半偈道："既知改悔，可快起来收拾走路。"正是：

> 魔障坦平路，牵缠清净心。

唐半偈师徒四众收拾停当，依旧西行，不知又何所遇，且听下回分解。

【第三十六回】

莲化村思食得食　从东寺避魔逢魔

语云：

> 佛佛佛，非异物，原是人心人性出。
> 弗同人处是慈悲，人弗同他因汩没。
> 灵根慧性虽本来，清净无为实道法。
> 大千世界只此中，莫认灵山在西域。
> 自成自度须自修，莫望慈航与宝筏。
> 嫡亲骨肉本分明，一体看承休鹘突。
> 若教走得路儿差，差之毫厘千里失。

话说唐半偈师徒四众过了挂碍关，又复西行，一路上虽也有高山大水，只觉山光秀媚，水色澄清，全无险恶之气，师徒们欢心乐意而行。忽一日，行到一个地方，唐半偈在马上远远望见前面有人家，叫一声："徒弟呀，行了许多路，腹中觉得有些饥了，前面有善信人家，须去化一顿饱斋吃了再行方好。"猪一戒道："阿弥陀佛！师父一般也说饿了，我若说饿，你们又要道我是馋痨。"小行者道："饿原不同。师父的饿是三餐饮食之常，你的饿是馋心涎口贪饕无厌之求，怎么比得？"猪一戒道："偏我要吃就是贪饕！师父不消讲，只是过一会化了斋你不要吃，我就信你不是贪饕。"小行者笑道："既有斋怎的不吃？但吃便吃，却不象你身心性命都专注在吃上。"弟兄们说不了，早已走到一个村口。唐长老抬头一看，只见那村坊：

> 街坊洁净，道路修齐。鳞鳞瓦屋，全无倾敧之象；寂寂门墙，殊多安辑之风。分明村落，却不见有鸡彘牛羊出入；宛然田野，实全无禾苗菽麦生成。四境不闻诵读声，孰是求名之客？百逵了无奔走迹，谁为觅利之人？衣冠古朴，不披剃而了不异于高僧；视履端详，纵蠢愚而亦知其为善士。家家清净，登其室疑入丛林；处处清闲，履其域俨然佛国。静忽闻香，任鼻端受用却不见人焚；空常现色，使眼界光明始知乃天设。观草木而祇树成林，优婆待坐，睹人间所未有；问山水而峰悬灵鹫，波滴曹溪，悟佛道之至精。故进而观境，总是无尘；虚以问心，大都不染。

唐半偈在马上看见这村坊风光清净，气象无为，惊讶不已。遂跳下马来对小行者道："履真呀，这是什么去处？怎这样吉祥如意！定有大圣贤在内，须细细访问，不可轻易造次。"小行者道："佛法微妙宏深，这地方虽然清净却无造就，止不过得些皮毛，师父看见怎便这等大惊小怪起来？"唐半偈道："徒弟呀，不是我大惊小怪。你看这地方不沾不染，其实难得。"小行者道："这都是师父在中国看厌了那些邪魔外道，故才挹真风便生欢喜。其实佛法庄严何所不有，也不是一味枯寂，老师父见过我佛自然知道。"正说着，只见一个人家开了两扇板门，走出一个老者来，须眉皓然，手拄着一条过头竹杖，伸着鼻孔向空间嗅道："今日莲花这等香得极，莫非又有法侣化来？"小行者看见，忙上前叫一声："老官儿，我们师徒是化斋的。"那老者误听了，只当做他说是化"来"的。急低头一看，见小行者尖嘴缩腮，形容古怪，着了一惊。再一看时，又是猪一戒长嘴大耳，沙弥晦气颜色，一发丑陋，愈加惊慌道："怎今日这样香骨香胎，却化出许多恶种来？"不觉连打两个寒噤道："诧异，诧异！”小行者道：“化斋常事，有什么诧异？”老者道：“我这地方化来虽是常事，却从不见有此异种！莫非不是红莲、白莲？只恐怕来得性急错投了胎，还是莲叶下龟蛇化的哩！怎好到我村里来同居共住？”小行者听了半晌，全不知他说些什么，叫声：“老官儿，不必唠唠叨叨，我们乃过路僧人，肚中饥了，只化你一顿饱斋吃了就行，哪个同你同居共住？”那老者方听明白是化斋的，微微笑道：“是我老拙听差了。既是过往师父要化斋，请到寒舍去供养。”猪一戒听见老者叫请，就报与唐半偈道：“那老施主请我们去吃斋哩！师父快过去相见。”唐半偈忙走上前打一个问讯道：“多蒙老菩萨布施了。”那老者看见唐半偈一表人物，笑嘻嘻的道：“怎老师父法容这般端伟，这三位高徒又大相悬绝？”唐半偈道：“外貌虽然悬绝，中间却相去不远。”老者连连点头道：“老师父见教的是。”一面说一面就邀他师徒四人入去。

到得客堂上，尚未施礼逊座，早看见堂正当中设着一桌盛斋。汤饭、素菜、点心、馒头，无所不有，俱热气腾腾，就似才整备完的。老者一一见过了礼，就请他师徒们坐下受用。唐半偈与小行者心下还惊惊疑疑道：“大家一齐同进门来，又不曾见他吩咐人整治，就是现成有的叫人搬出来，也要一会工夫，怎这等安排得停当！莫非这老儿能未卜先知的么？”猪一戒看见米面精美，素菜新鲜，又烹调可口，冷热称心，便不管三七二十一，放开肚皮，直吃得风卷残云，落花流水。却又作怪，吃了一碗，转转眼又是一碗，满桌上的饮食，任你饱食再吃不了。猪一戒只吃得个撑肠拄肚，无可奈何，方放下碗箸抹抹嘴坐着。唐长老看见猪一戒住手，才起身向老者作礼道：“多谢老菩萨布施。”老者道：“佛天衣食，各人的缘法，怎么谢起我来？”唐半偈听见老者说话跷蹊，心下一发狐疑，忍不住问道：“贫僧偶尔化斋，虽蒙老菩萨慨然见惠，就是一茶一饭，也须炊爨而后齐备，怎才一登堂，便罗列满案？况滋味如甘露醍醐，绝不似人间烟火。此中必有妙义，万望老菩萨剖示。”老者道：“老师父想是远方来的，还不知敝村之事。我这敝村叫做莲化村，村坊虽小，也不止有上万人家，居民虽也老少不同，面庞各别，却都不是父母精血交感生成，乃是四方善信积功累行，投托莲花化生而来者。生既不假父母精血，则饮食自不取人间烟火，故我这地方从来不知耕种，人家并无井灶。”唐半偈道：“既不耕种，又无井灶，似方才这些斋供却是哪里来的？”老者道：“多感佛天保佑，但一动念，便随念而集。方才老师父一说化斋，自然备具。故我这地方从无贪求争夺之事。”唐半偈听了大生欢喜道：“常闻西方佛地思衣得衣，思食得食。愚蠢之人，多不深信，今日身经目击，方知一字不虚。”又回头攒着眉对小行者说道：“西方佛地果是极乐世界，只可怜东土沉沦苦海，不知何日方能度脱。”老者听见唐半偈说东土沉沦，因问道：“老师父念及东土沉沦，莫非与东土有甚相干？”唐半偈道：“贫僧实乃东土大唐国所生，因念东土口舌是非牵缠不了，故奉天子钦差往天竺国雷音寺见我佛如来，拜求真解，以求济度。今路过空方，见宝方风土无荣无辱，无是无非，谓之极乐，真可谓名实相副。偶忆及本乡，不胜动念。”老者道：“据老师父这等说来，还是见得东土不如西天了！就是我老拙前世也是东土人，不知在前世怎生苦修，方得在莲花中化生于此。自生于此，思衣得衣，思食得食，已感佛天不尽。不期这莲花西乡忽来了一个和尚，自号冥报，生得眉浓如败帚，眼大若弹丸，面黑如泥，皮相似癞，十分恶相，自创一个高论说佛法庄严富丽，当以东土为正。若是东土出了一个高僧，不但入山龙降虎伏，就是居市也鬼敬神钦。讲起经来，每每龙女献供，天女散花；说起法来，往往王侯听信，天子皈依。行处有旌幡宝盖为之拥护，坐处有香花灯烛为之供养。开一丛林，参禅学道动辄数千人；作一善事，舍帛施钱必以百万计。故金人兴教于汉明之梦，志公显道于梁武之朝，其余传灯立教，不一而足。如此者方足尊荣。佛法开导众生，象西方这样寂寂寞寞，居无室家琴瑟之乐，出无君臣鱼水之欢。略动一念，便叫做妄想；但行一事，便以为贪嗔。有时而有，踪迹若空花；有时而无，行藏如浮云。虽说化生不死，然痴痴蠢蠢，如木如石，却与不生何异？怎如东土，梵宇过于王宫，缁流半于天下。南堂北院，诵礼不休，大刹小庵，鼓钟不绝。施财者，贫儿忽生富贵；悭吝者，荣华一旦销沉。昭佛教之无边，彰报应于不爽。今新立一教叫从东教，朝夕与许多弟子诵经拜忏，望生东土。一时间将这莲化西村的居民都哄骗得心摇情动，妄想富贵繁华，不肯自甘冷淡。他的教法渐渐行开，这几日连我东村也立脚不定，也有人道他说得有理。我老拙正在狐疑之际，请问，老师父既生于东土，自知东土的受用，为何转到西方来求解？又为何转又说东土沉沦？又为何见我们寂寞转生欢喜？万望见教。”唐半偈听了，叹息道：“佛法从来清净，岂待贫僧饶舌。若东土道胜西天，贫僧又何苦跋涉？此僧妖言惑众，罪不待言。但宝方相近灵山，日瞻我佛慈云，况托身莲花必具本来慧性，岂容妖僧于此颠倒是非，搅乱道法？”老者道：“就是村中居民，也有几个高明的在背后议论他的破绽，不肯信从，怎奈力量浅薄，驳他不倒。这冥报和尚又有些幻术，最会持咒咒人，咒得人昏迷不醒，登时跌倒。人要害他，又有丈六佛光，结成楼阁，以为护身之宝，若有急难，将身遁入，任是刀剑如林，也不能伤。我这阖村居民，虽说化生佛地，却没有神通手段，如何与他做得对头？故只得凡事依从。老师父若要往天竺国雷音寺去，必要打从西村经过，须悄悄瞒了他过去方妙。若使他知道，定道你东土人不自尊东土，转来西方求解，是个败类，怎肯轻轻放过？”唐半偈道：“贫僧既为佛家弟子，佛法是非敢畏祸而不辨明？承老菩萨指教，且到前途，再作区处。”遂起身辞别了出来。老者送至门外，又叮嘱道：“闻得那冥报和尚十分惫懒，老师父须要仔细。”唐半偈点头作谢，方才上马而行。正是：

妖人偏幻佛，佛地也生妖。
毕竟谁妖佛？人心所自招。

唐半偈坐在马上行了数步，对着小行者说道：“据这位老善人说来，那冥报和尚定是个妖僧。我们此一去须要留心防范。”小行者道：“千魔百怪，虎穴龙潭，也都过来了，个把妖僧怕他怎的？”唐半偈道：“徒弟呀，不是这等说，俗语说得好，明枪易躲，暗箭难防。你不听见方才这老善人说他有妖术，又会咒人，倘不预防，三不知被他咒倒，却如何区处？”小行者笑道：“我只晓得刀能砍人，枪会刺人，从不知念一个咒儿便能咒得人倒。”猪一戒道：“师兄莫要说嘴。若说咒儿咒不倒人，怎师父念起紧箍咒来你就头痛？”小行者道：“师父是明明有个箍儿套在我头上，我服他管，故念动咒语箍儿便束得头疼。这妖僧我与他皮毛既不连属，痛痒又不相关，如何咒得我动？”师徒们在路闲论，不觉又走了一两日程途，忽到了一个乡村，细看那风土景物，虽也与莲化村相去不远，但只觉来往的人民熙熙攘攘，不象莲化村的安静。师徒们知是西乡，唐长老回头对小行者道：“进村去须要小心。”小行者点头道：“师父只管放心，有甚事都在我。”一面说一面大家走入村来。

走到村中热闹之处，猪一戒想起莲化东乡思食得食，吃得快活，便对小行者道：“这西乡人家比东乡又多，料想风俗也是一般，斋是现成的，何不再化一餐吃了好走？”小行者道：“一村有一村的风俗，怎定得他是一般？此时才过午不久，肚中也还不饿，况这村中又说有那妖僧在此，莫若悄悄过去，赶到前村再去化斋也不迟。”唐长老听了道：“履真说的最是，快快走过去吧，不要又化斋耽搁了。”猪一戒见师父说不化斋，便咕哝道：“挑着这样重担子走山路，不化斋吃，人就是铁做的也挨不去。”唐长老道：“哪个说不化斋？只说这地方有妖僧在内，恐怕化斋耽搁，惊动他又要惹出事来。莫若悄悄过去，到前面街坊去化岂不安静？”猪一戒道：“现放着这样大乡村富厚人家不化斋，转要到前面三家村冷巷中败落人家破灶前一碗半碗去求人。你看这村有百里远近，几万人家，那妖僧知在哪里？我们化斋不消半个时辰，吃了就走有甚耽搁？怎能够惊动他？你们不要忒小心过分。”小行者道：“师父，这呆子的馋虫又爬动了，若不与他化些噇噇，莫说琐絮不了，就是走路也没心肠。”唐半偈道：“既是这等，你们三个就去化些吃吃吧。我腹中尚饱，还不消吃得。”猪一戒道：“既是师父不要吃，我们三个多少化些吃了就走。”小行者道：“都去了谁伴师父？我也不饿，你两个去吧。”沙弥道：“我也还不饿，我要看马，二师兄自去吧。”猪一戒听见大家都不去，遂发急道：“我晓得你们都是一路神祇，单单算计我，化斋是大家的事，怎叫我一个独去？我若独去，明日又要说我害馋痨贪嘴了。罢罢罢！拼着死在你们眼里，你们才快活。”便翘着嘴，挑起行李往前直奔。小行者笑道：“呆子不要恼！你不肯化，待我化与你吃何如？”猪一戒也不答应，往前一发奔得快。唐长老看见，对小行者道：“履真呀，你看猪守拙发急往前跑，想是他食肠大，肚里实实饿了，故作悻悻之状。总是佛门广大，各人有各人的本来面目，不必强他。我们到前面去看有甚大户人家，化些与他吃吧。”小行者道：“化斋容易，单怪他为了饮食动不动就要变嘴变脸，师父莫要惯了他，等他饿饿着，料还饿不死，看他跑到哪里去。”唐长老听了便不言语，将马缰一拎，远远随着猪一戒赶来。

猪一戒为是大家不化斋一时着了气，往前直跑，跑到一个十字路口，再要跑时，怎奈无数人一阵一阵的拥挤而来，将街都塞满了，肩上又挑着行李，东抓西碍十分难走，只得歇下担子立在半边。遂走上一个香烛纸码店内，问道：“街上怎这样人多？”店主答应道：“你不看见墙上贴的报帖？今日是十五，从东寺的冥报禅师普请十方贤圣赴斋，阖村人都要去，故此拥挤。”猪一戒道：“我们过路僧人也去得的么？”店主道：“普请是遍天下人皆可去，你怎么去不得？”猪一戒道：“普请人多，就是去也只好一两碗白饭罢了。”店主道：“你过路僧人原来不知，这寺里钱粮最多，素菜极其丰盛，烹疱美不可言，莫说口尝滋味五脏长生，就是立在旁边闻些馨香之气，连馋虫都要成仙哩！怎说白饭？”猪一戒听了，不觉口里粘涎都流出来，因又问道：“这斋一到就有得吃呢？还是要等齐了人耽搁工夫的呢？”店主人道：“斋是现成的，随到随吃。赶斋的从朝至暮络绎不断，哪里去等？”猪一戒又问道：“寺中离此多远？”店主用手一指道：“前面高幡竿里不是！不上一两箭路。”猪一戒暗想道："又是便路，又是现成斋，不吃了去真是呆子了。"及回头一望，又见师父的马还不曾来，心里想道："我且先去吃他一饱，就是他们走过去也还赶得上哩！"遂挑起行李乱闯，闯得人跌跌倒倒他都不管。闯到幡竿前看时，果然是一座大寺，他也无心看那寺是甚光景，竟往那里走。到二山门。果望见大殿前月台上一个形容古怪的和尚据着一张高座，在那里点头合脑的讲说，四周围围绕着无数僧俗人等观看，十分热闹。猪一戒不知是讲经说法，竟认做吃斋，上前分开众人道："你们住得近，须让我远路僧人先吃了，还要赶路哩！"众人被他推得东倒西歪，都打算要嚷，及回过头看见猪一戒蒲扇耳，莲蓬嘴，十分丑恶，都吓得心惊胆战，不敢做声，只得闪开路让他进去。他挤到里面先将法座上一看，只见排列的都是香花灯烛，并无一毫饮食，口里乱嚷道："满街贴报子请人吃斋，怎汤饭、馒头不见，却打团团在此说清话？"众执事僧人忽然看见，俱吃一惊，忙上前拦住道："哪里来的野和尚？你既入了佛门，怎一毫规矩也不知道？这是什么所在，却大惊小怪的乱叫！"猪一戒道："乱叫乱叫！却是渴饮饥餐。真道象你们这样做势装腔，只怕转是假钞。"那冥报和尚在法座上瞪目一观，见猪一戒行径粗鲁，言语唐突，大喝一声道："孽障，你是初得人身的野彘，只管你压肩奔走作牛马罢了，晓得些什么？怎也要充做和尚败坏佛门？"猪一戒道："什么佛门？怎生败坏？我都不管，只是你普请十方贤圣，我东方贤圣到此，快快拿出斋来请我吃了，也好算你分毫善果。"冥报和尚道："你要吃斋不难，只要你有本事吃得去。"猪一戒道："我有嘴，有牙齿，有肚皮，怎么吃不去？快拿来，我还要赶路哩！"冥报和尚便不答应，遂合掌瞑目，口中默默的诵，也不知念些什么。只见猪一戒正吵嚷要吃斋，忽一个头晕，扑通的跌倒在地，将行李用甩半边，口流白沫，人事不知。众侍者看见，齐合掌念一声："阿弥陀佛！"冥报和尚方开眼说道："非我佛门不广，是他自来寻死。"遂吩咐执事人役："抬到后院廊下安放，行李也收了进去。待他有人来找寻，我自有处。"众执事依言，扛到后院放下不题。

却说唐长老马到村中，见人多挨挤，只得缓缓而行，行了半晌方出村口。往前一望，不见猪一戒，便说道："猪守拙如何不见？不知还在前在后？"沙弥道："他挑着担子在前面，着了气好不会跑，怎得落后？"唐半偈道："只怕村中人挤难走。"沙弥道："虽是人挤，你想哪个挤得他过？"小行者道："你们不消猜疑，等我一看便知。"将身一纵，跳在空中往前观看，却是一条大直路，并无影响，复落下来对唐长老道："呆子前面不见，定然还在后头。"唐半偈道："他在后面做甚？莫非路上人多，挑着行李不好走？”小行者道：“也不是不好走，我才听得人说什么从东寺里斋僧，多分呆子听得，躲去吃斋了。”唐长老道：“若果是吃斋，他嚷了这半日肚饥，让他去吃些倒也罢了，只恐错走了路头，便找寻费力。”沙弥道：“一条直路如何得错？他若果是赶斋吃，定然在方才我们走过来竖着高幡竿的那个大寺里，离此不远，师父慢慢走着，等我去寻了他来。”唐半偈道：“寻了他来固好，莫要他来了又要等你。”沙弥道：“我不管寻得着寻不着即便赶来，如何要等。”说罢，竟踅转身复走入村来。沿路问人，方知果是那寺里斋僧，心下暗想道：“那呆子若是吃完了斋，叫他走便容易；若是等斋未吃，如何肯走？只好先挑了他的行李报知师父，等他吃了赶来。”不一刻到了寺前，见赶斋的人出出入入，络绎不断，便跟了众人挤将入去。到了大殿前，只见众人先朝着一个大和尚磕了无数的头，方有人指点到斋堂里去吃斋。沙弥在人丛里混了一阵，也随着众人到斋堂里来找寻猪一戒。斋堂虽有一二十处，处处寻遍，并不见一戒影儿，心下狐疑道：“难道他不曾来？莫非吃饱了躲在哪里睡觉不成？”又走到各处找寻。忽找寻到东廊下，只见两个和尚在那里开看他的行李。沙弥认得是真，心中大怒，遂走上前一把扯住，嚷道：“这是我们的行李，你们如何擅自盗来开看？我那挑行李的师兄哪里去了？”那两个和尚道：“这不干我二人之事，乃是你那长嘴大耳朵的师兄自不知礼，冲撞了大和尚，惹祸伤身。”沙弥着急道：“他惹甚祸？怎么伤身？难道被人害死了？”两个和尚道：“就不死也不活了。”沙弥听说不活，一发大怒，左手将两个和尚一齐抓住，舒开右手劈面就打道：“他一个好端端的人，进寺来吃斋，为甚就不活？快还我人来便罢，若无人，直打死了你两个偿命！”两个和尚被打急了，乱喊道：“这是大和尚做的事，与我何干？”一时喊叫声高，早惊动了许多和尚来看。见沙弥扯着两个打，都不愤道：“哪里走来的野和尚？怎敢在寺里打人！快拿去见大和尚。”遂不由分说，将沙弥与两个和尚并行李，都推推搡搡的拥到大殿前来，早有小侍者报知冥报和尚。

不一时，沙弥拥到面前。冥报和尚大声喝道：“你是哪里来的野僧？怎敢恃蛮擅自打人！”沙弥被推搡急了，也大嚷道：“好不明白道理的和尚！这是讲经说法的寺院，又不是深山险谷强盗巢窝，怎打杀人夺了行李，还怪人查问？”冥报和尚道：“谁打杀人夺你行李？”沙弥道：“若不是打杀人，行李在此，那挑行李的人哪里去了？”冥报和尚道：“这是那挑行李的长嘴和尚不识规矩，犯了佛法，故遭活佛之谴死了，遗了行李在此，谁夺他的？”沙弥听说死了，急得暴跳道：“胡说！我那师兄他从东土大唐走到此处，差不多有十万多路，三头六臂的妖怪也不知逢着多少，并无损伤，什么活佛就能将他遣死？快还我人来，免我动手。”冥报和尚笑道：“你既是东方来的，定有些法力，不要这等性躁，自取其死。”沙弥道：“我的性儿要算极温柔的了，若是我大师兄知道你如此作恶，一条金箍铁棒此时已将这寺都擀平了。”冥报和尚大怒道：“这是你自来寻死，却与我无干。”遂又合掌瞑目，默默念了几句。沙弥不知不觉又扑通一跤跌倒在地，不省人事。众侍者看见，又齐念一声：“阿弥陀佛！”冥报和尚方开眼微笑道：“孽障！为何直到这样田地方不言语？”众侍者上前问道：“此二人是何因缘？”冥报和尚道：“自取耳。”众侍者又问道：“自取云何？”冥报和尚道：

吾道从东，胡为西举？
作之受之，故曰自取。

众侍者问言，俱合掌赞叹，以为希有。冥报和尚说毕，方命执事人复将沙弥扛到后院放下，又命侍者将行李打开，检出通关文牒细细观看，方知是僧人大颠奉大唐天子之命差往西天求解的，心下暗想道：“我嫌西方寂寞，正在此兴从东之教。他东土繁华，转来西天求解，这是明明与我作对头。若容他过去，见了释迦，求了清净无为之解回去，流传东土，我这从东之教岂不被他破了？断乎不可！他师徒们虽说有些手段来了十万里程途，却未遇敌手。你看方才两个和尚，只用几句咒语便已自倒，那两个料想也不打紧，莫若叫人去邀了他转来，一发咒倒，率性断除了他的根儿，岂不美哉！”主意定了，遂叫两个侍者先将行李搬入禅堂，又唤两个能事的侍者，吩咐他到西村外去请两个东土大唐来的师父到寺吃斋。二僧领命而去。正是：

四天同一佛，何必异东西？
若道全清醒，其中已着迷。

不知二僧去请唐半偈吃斋还能咒死否，且听下回分解。

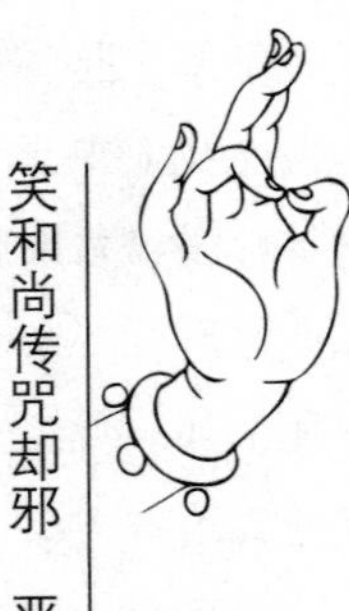

【第三十七回】笑和尚传咒却邪　恶阎罗授方超生

诗曰：

大道虽天定，人心实主持。
道家修性命，佛氏重慈悲。
儒者立名教，敦崇伦与彝。
各说各有理，各行各相宜。
虽亦各有短，短苦不自知。
若云不是道，千古已如斯。
若云都是道，大道何多歧？
乃知道一天，人心如四时。
人心与天道，须臾不可离。

话说两个侍者领了冥报和尚之命，忙忙走出西村来寻请大唐僧人不题。却说唐半偈下了马，与小行者立在西村口等待沙弥去寻猪一戒，原说是走去便来，不道等了一两个时辰，不但猪一戒不来，连沙弥也无踪影，心下着急，便对小行者道："沙弥去了许久，为何不来？定有缘故。"小行者道："有甚缘故？决是寻着了呆子，大家同等斋吃。方才师父拿定生意，不放他去便好，既放了去须等他吃个得意方得回来。如今急也无用，且寻个稳便所在略坐一坐方妙。"唐半偈没法，只得依言，就在路旁一个草庵门前石上坐下。坐不多时，只见草庵里走出一个浓眉广额、圆头圆脸的笑和尚来，将唐半偈看了两眼，笑嘻嘻说道："东来的和尚，你的死期到了！"唐半偈听了，忙起身合掌道："死既有期，敢不受命。但不知还在何时？乞老师明示。"那笑和尚又嘻嘻的笑道："只怕就在今日。"小行者在旁听了大笑道："和尚莫要油嘴！你这些撮空的话儿只好恐吓乡村里的愚人，我师父历功累行七八证果之人，莫说没有死的道理，就是命里该死，阎王知是我孙小圣的师父，哪个敢来勾他？"笑和尚又笑嘻嘻说道："既是阎罗王怕你，不敢来勾你的师父，为甚两个师弟又被他勾了去？"说罢，竟笑嘻嘻走进草庵去了。唐半偈听说两个师弟勾了去，大惊道："履真呀，莫要唐突！这位师父说话有因，不是凡人，况一戒、沙弥久不见来，莫非果被人暗害了？"小行者道："他两个纵没用，也还粗粗鲁鲁，青天白日怎生害他？要害他，除非自家贪嘴吃的饮食多，胀坏了。"唐半偈道："你怎就忘了，那莲化东村老善人曾说西村有个冥报妖僧，专会咒人，莫非被他咒倒？"小行者道："妖僧咒人或者有之，若说咒死了他两个，我还不信。"唐半偈道："天下事奇奇怪怪，宁可信其有，不可信其无，也难执一而论。但方才这位佛师说话似有机旨，你看着马，待我进庵去问个明白方见端的。"小行者不敢拦阻，唐半偈遂抖抖衣服步入草庵中来。

到了庵中，只见那笑和尚坐在一张禅床上，笑嘻嘻问道："你在外边守死罢了，又进来做甚？"唐半偈拜伏于地道："弟子进庵来不是要求佛师免死，但请问弟子之死还是天命该绝？还是有人暗害？"那笑和尚又笑嘻嘻说道："虽是暗害，暗害死了便就是你的天命该绝了。但念你求解远来，跋涉许多道路，今去灵山不远，一旦被人暗算，岂不前功尽弃？我传你一个法儿与你躲过吧。"唐半偈闻言又再拜道："非弟子贪生，既蒙佛师念此求解善缘为弟子消愆灭罪，敢求指示因缘。"笑和尚道：

佛法犹水，孽风其魔。

有风有水，安得无波？

唐半偈闻言未能了悟，又再拜道："弟子愚蠢，佛法微言，一时不悟，伏祈明示。"笑和尚又笑嘻嘻说道：

你既西来，他自从东。
相逢狭路，安肯放空！
直道易避，暗曲最凶。
倘然失手，劳而无功。

唐半偈再三拜谢道："既蒙佛师慈悲，敢求趋避之方。"笑和尚道："这恶秃怨恨结成，最会咒人，你两个徒弟都被他咒倒，你若不知提防，未免也遭毒手，我传与你四句偈言，等他念咒时你朗朗对众宣扬，他自咒不倒。"唐半偈又伏地拜求，那笑和尚方笑嘻嘻念道：

毒心为仇，毒口为咒。
嚼烂舌头，虚空不受。

笑和尚念完又吩咐道："此乃解毒真言，可牢记在心，包管你无事。你去罢，前途再会。"唐半偈受教，留心记了，伏地拜谢。拜完抬起头来看时，那笑和尚已不见了，心下不胜惊讶。正在惊讶不定，忽小行者引了两个侍者入来。两个侍者看见唐长老，一齐上前作礼道："从东寺冥报大和尚闻知老师父乃东土活佛，飞锡过此，希世难逢，愿求一会。特命两弟子拜逆，伏望同扬教法，即赐俯临。"唐半偈忙答礼道："贫僧初过此地，虽闻冥大和尚道法高妙，思欲一叩洪深，因王命在身，不敢羁滞，今不幸失了两个弟子没处找寻，闻得大和尚乃此方教主，自知踪迹，正欲进谒以求指示，复蒙召晤，想是因缘，即此便行可也。"两侍者见唐长老肯行，满心欢喜，遂怂恿着同出庵来。小行者心知冥报和尚夙有冤愆，料躲不过，便不拦阻，任凭唐长老前行，自却牵马随后。

不多时到了寺前，只见那些赴斋的僧俗尚拥挤不散，两侍者忙分开众人，引唐长老入去。此时，冥报和尚已下了台，在禅堂中等候。忽报东土师父到了，遂迎下堂来，将唐半偈细细一看，只见：

> 面无色相，身不挂丝。了了见大智大慧，落落如不识不知。无无不有，空体固不可测；有有全无，妙心匪夷所思。果然是一灯不昧，真不愧半偈禅师。

唐半偈走上堂来，也将冥报和尚细细一看。只见：

> 双眉分扫，一鼻垂钩。两只眼光突突白多黑少，一颔髯短簇簇黄猛红稀。色相庄严，不知者定以为活佛；行藏古怪，有识者方认出妖僧。以杀为生，持毒咒是其慈悲；天人有我，报冤仇以彰道法。

冥报和尚迎唐半偈到堂，大家问讯了，各设高座，分席坐定。此时，吃斋的僧俗听见说东土来了一个圣僧与大和尚讲法，都拥挤了来看，不一时将禅堂挤满。唐半偈先说道："贫僧才入境，就闻知冥大师道法高妙，为一方宗主。昨忽忽而往，只道无缘，今荷蒙召见，得睹慈容，实为万幸。"冥报和尚道："贫衲西域鄙人，久慕东土佛教之盛，每形梦寐，无计皈依。适闻老师飞锡西来，不胜庆幸，故求请一见，以快夙心，但尚未及请教法号。"唐半偈道："贫僧法名大颠，又蒙大唐天子赐号半偈。"冥报和尚道："这等，是颠大师了。大师既处东土佛国，自知东方佛国之事。我闻中国自汉明入梦，梁武舍身，后来六祖相传，万佛聚会，讲经说法，天散花，地涌莲，昭昭可考，不一而足，丛林之盛，四大部洲从无及者。大师名高尊宿，自宜倡明道法，大阐宗风。不知又何所闻，反弃兴隆之地，来此寂寞之乡以求真解。若灵山别有真解，岂中国三藏灵文俱无足信乎？"唐半偈闻言，叹息道："呜呼！是何言欤？三藏灵文何可当也。冥大师只知其一不知其二。我佛立教，流传此三藏灵文，非博名高，盖悯众生沉沦，欲以此度人度世也！然度人度世之道在清净而扫绝贪嗔，正性而消除恶业。谁知愚顽不解，只知佞佛，不返修心，但欲施财以思获报，是欲扫贪嗔而贪嗔愈甚，要除恶业而恶业更深，岂我佛立教之初意哉！故贫僧奉大唐天子之命，不惜远诣灵山，拜求真解，盖念东土沉沦之苦而发此大愿。前至莲化东乡，见其清净无为，思衣得衣，思食得食，始信佛法自有真风，不胜羡慕，昨至贵村，不意大师转欲从东，不知是何妙义？既蒙赐教，望乞开示。”冥报和尚笑道：“度人度世固我佛之慈悲，然受享人天供养，菩萨亦何尝自苦？施财望报虽或堕入贪嗔，而普济功深，善根自立，岂得以一人愚妄而令天下生悭吝心！若说莲化村不生不灭，无乐无辱，以为佛家之正，则灵蠢同科，圣凡无二，木石与人有何分别？莫说天地劳而无功，即老师开关求解亦属多事矣！”唐半偈道：“立教贵乎穷源，源清尚恐流浊，若胥溺流以求澄清，乌可得也！今栖心清净，尚不能少救奢华，若妄想庄严，则天下金钱尽供缁流之费，犹恐不足也，将来何所底止？大师不可逐其末至忘其本。”冥报和尚道：“佛法洪深，一时也难为粗浅者显言，但立教者必具神通，若不具神通，即言言至道，亦属虚浮。请问老师，不远万里而来，欲展清净宗风，不知具何神通敢于立教？”唐半偈道：“贫僧来便来了，教便立了，只晓得一心清净，别无片善可言，何况神通？”冥报和尚道：“若无神通，救死且不暇，敢争口舌之利以与至人相抗乎？”唐半偈道：“若果至人，抗之何害？倘薄其无能，而罪其相抗，此非至人，邪人也！从来邪不胜正，虽不具神通而自具神通也！”冥报和尚笑道：“据老师这等说来，则老师不具神通之神通更大，这话也难全信。喜今日斋期，大众俱集于此，可作证盟，老僧请与大师小试一试道法，以定东西之是非，不识老师以为何如？”唐半偈道：“贫僧毫无所长，焉敢与老师试法？”冥报和尚大笑道：“道法既无可试，怎敢擅自高标与吾作对？”

小行者在旁听见冥报和尚出言无状，大怒道：“老和尚莫要夸嘴！我师父一个做佛菩萨的正人，岂弄这些小伎俩！你有什么道法？且先与我孙老爷试试看。若多寡晓得些窍脉，比得过我孙老爷一二分，再容你向师父求道也还不迟。倘香臭不知，一味大言不惭在此愚民惑众，便须剥去袈裟，快开后门逃去了还是造化；若要勉强支持，出丑还是小事，只怕性命也难保哩！”冥报和尚正要欺压唐长老，不意小行者突然钻出来发话，着了一惊，忙定睛将小行者一看，见他火眼金睛，尖嘴缩腮，形容古怪，心下也噤了一噤，因问唐半偈道：“此是甚人？”唐半偈道：“这老大小徒孙小行者。”冥报和尚道：“老师善信，怎容恶刹相随？”唐半偈道：“借此降妖伏怪耳！”冥报和尚就对着小行者道：“你既不怕死，敢挺身出来要与我比道法，自然是个不知死活之人。且问你，你晓得些什么道法？且数一两件与我听听。”小行者笑嘻嘻说道：“若论起道法来，老祖家传的虽止有七十二变，若说自家心上经纶，就是十万八千毛孔也还比不尽哩！叫我从哪里数起？”冥报和尚道：“你既具许多妙法，敢听我指摘两端试试么？”小行者又笑笑道：“我又不是假文士要求人代笔，这几日到西天来路上平稳，遇着的都是老实人，不消改头换面去应酬，殊觉淡而无味。今日撞着老和尚这样刁钻古怪，便虚虚实实有有无无做两个戏法儿耍耍，也不差什么！但请出题，无不领教。”冥报和尚想了想道：“我看你虽然人相，尚带兽形，我若以断臂吞针大菩萨的道法试你，便道我有意刁难。也罢，且小试你一试。我闻古之高僧说法每每有天女散花，你师父既称尊宿，抱道西来，今日在此论谈了这半晌，怎不见一朵儿飘飘？还是古语荒唐？还是你师父讲说不妙？”小行者道：“我老师父言言无上，滴滴流溪，散花何足为奇。只因我师父一心清静，不留色相，痛扫庄严，故天女不敢现形。既你们一班凡僧不识真空至妙，只得破了师父之戒，散几朵儿开开你们的俗眼吧。”却暗暗伸手在屁股上拨下一根毫毛，放在口中嚼得粉碎，望空一喷，叫声：“变！”不多时只见半空中先起了一阵香风，吹得人七窍皆馨香，风过处忽霏霏微微飘下一天花雨来，十分可爱。怎见得？但见：

纷纷细蕊，簇簇柔葩。纷纷细蕊漾去随风，簇簇柔葩飘来似雪。起处无端，忽然到眼；落时有意，故尔当头。高似瞻，下似拜，高下结莲花之座；东如烟，西如雾，东西散旃檀之香。有几瓣斜挂袈裟，似拈来而笑；有几团背飞檐网，似散去无情。红一片，白一片，红白成团，谁能辨桃李姿容？淡几朵，浓几朵，淡浓作队，俱弄作牡丹颜色。桂子黄娇，疑分月窟；杏枝红艳，恍坠日边。天际三春，明点出花花世界；空中五色，暗织成锦绣乾坤。飞舞片时，莫认作月娥剪彩；忽开顷刻，方知是天女散花。

那一天花雨在半空中飞来飞去，俱发奇香异彩。大众僧俗人等看见，无不合掌赞叹称扬，以为两师说法之妙，冥报和尚便也欣然居之不辞。小行者看见道：“老和尚不要无耻胡赖！这天花是为我老师父散的，与你何干？”冥报和尚道：“有何分别？”小行者道：“怎么没分别！”却把手一招，只见那一天花雨都飘飘荡荡落在唐半偈面前，堆积如花山一般，冥报和尚面前并无半片。大众人等看见都信心欢喜，哪里还顾冥报和尚体面，皆围绕着唐半偈磕头礼拜，以为活佛，羞得个冥报和尚满脸通红，一时气得暴躁如雷道：“这哪里是真正天女散花，止不过妖人邪术哄骗愚人，殊可痛恨。”唐半偈看见冥报和尚羞惭发怒，便说道：“此皆小徒游戏，实于大道无关，老师不必介意。”因呵斥小行者道：“此弦歌村伎俩，我何等教戒，如何复作？还不快快解去，还我清净！”小行者见师父发话，只得将身一抖，收去毫毛，霎时间那些堆积的花雨忽然不见。那些大众人等看见，一发信心唐半偈，以为佛法无边。

冥报和尚愈加不快，指定着小行者说道：“佛门道法有浅有深，似你这些幻术只好动愚。我的道法便关人死生，若主持佛教，要害你师徒二人性命亦有何难？只是叫你糊糊涂涂死了，你虽做鬼，也不知我道法厉害！今且与你个榜样看看，你若害怕，皈依我，还别有商量，你若愚而不悟，那时我再下毒手，你方死而无怨。”小行者笑道：“说得有理！快快将榜样来与我看。”冥报和尚道：“看便与你看，只不要害怕。”遂吩咐侍者叫人将猪一戒与沙弥两个尸首都扛了出来，放在禅堂门外，道：“请看榜样。”唐半偈忽然看见，认得是猪一戒、沙弥，不觉吃了一惊，不觉大声嚷道：“我两个徒弟正找寻不见，却原来是被你谋害死了。这个了不得！”冥报和尚微笑道：“老师父且慢为他二人发怒，若不如早早受教，只怕顷刻之间也要如此。”唐半偈道：“死有何妨！只是青天白日之下，都市善门之中，怎敢杀人？纵无佛法，也有王法！”小行者不做一声，慢慢的走出禅堂外，将二人身体摸了一遍，叫声：“师父，不要嚷伤了和气！他两个又不曾死，不过是连日辛苦，贪懒躲在此睡一觉儿。”冥报和尚听了哈哈大笑道：“他既是睡着了，你何不唤醒了叫他起来？”小行者道：“老和尚不要着忙，难道不叫他起来，就是这等罢了？”冥报和尚又笑道：“我不忙，让你慢慢叫，若是叫他不起，我便请你师徒二人也睡睡好走路。”小行者竟不答应，身子虽抚摩着两个尸首，早已跳出元神，一径直奔到森罗殿来。夜叉小鬼通报不及，飞跟着小行者跑上殿来。

十王看见，忙起身拱问道：“小圣有何事故，来得这等急迫？”小行者哪里有工夫诉说原由，只问：“我猪一戒、沙弥两个师弟在哪里？快请出来。”十王齐道：“他二位现跟着唐圣僧往西天求解，正在历功累行之时，如问来此？”小行者道：“明明被你们勾来，如何胡赖？这是胡赖不得的！”十王道：“若是命绝勾来，此乃大数，小王无罪，如何要赖？实实不曾勾来！”小行者道：“你们既不曾勾，他却如何死了？”十王道：“死也有几等。若是命尽被勾，魂便来了，气便断了，便是真死。倘或是不达天命怨恨死了，或是不明道理糊涂死了，或是性子暴戾气死了，或是贪得无厌巴死了，或是思前想后愁死了，或是欠债无偿急死了，或是口嘴伤人被人咒死了，此等之死皆人自取，并不干小王之事。”小行者道：“死已死了，又不干你们之事，他的魂灵却在何处？”十王道：“这样人虽说死了，他的魂灵尚淹淹缠缠不肯离合，若遇着至亲好友还有生机。”小行者道：“生机却是怎样？”十王道：“生机种种不同，说起来话长，须请小圣坐了，待小王们细细指陈。”小行者道：“我有事要去得急，也不耐烦管这些闲事，你只说被人咒死的当如何解救？”十王道：“这个不难。被人咒死的，他本来元气不伤，不过被毒言毒语的毒气冲入七窍，填塞满了，一时散不出，故闷晕而死。若要解救，只消将肚皮一顿揉，揉通窍脉，放一阵响屁，将毒气泄去，便可回生矣！”小行者听了，满心欢喜，拱拱手道：“承教了。”又一径奔回，复了原身。只听见冥报和尚正在那里取笑他道：“那和尚只管抚摸些什么？怎不叫他起来！”小行者也不答应，只将左手插在猪一戒肚皮上，右手插在沙弥肚皮上，用力狠揉，揉不多时，只听得两人肚里渐渐肠鸣。小行者看见有些灵验，又紧揉一阵，忽然豁喇喇就象放连珠炮一般，放了无数响屁，一阵臭恶之气，冲得满堂人多掩着鼻子，几乎站立不住。猪一戒忽然先醒，一骨碌爬起来，望着冥报和尚高声嚷道：“怎斋不见面，倒叫我睡了这半日？”正嚷不了，只见沙弥醒转，也是一滑碌爬起来，见唐长老与小行者都在面前，便大叫道：“师父，这寺里和尚都不是好人，劫了行李，将二师兄谋死，我看见了与他理论，转又将我咒倒。这样恶和尚怎容他在此讲经说法，败坏佛教？”猪一戒听了大怒道：“原来为劫行李将我谋死的，快偿我命来。”冥报和尚忽见二人活了，着实吃了一惊，及闻猪一戒索命，乃大笑道：“你又不死，怎为谋害？”猪一戒道：“行李却在哪里？”冥报用手一指道：“那壁边不是！”沙弥看见，忙走到壁边取出禅杖，大叫一声道：“人虽不死，情理难容，却饶你不得。”猪一戒见沙弥动手，也跑去掣出钉耙，一齐望着冥报和尚打来。冥报和尚笑一笑道：“两个孽障！才得超生，怎又寻死？”忙将毗卢帽挺起，褊袒两肩，任他二人打筑。不道钉耙、禅杖才打筑下去，空中就现出丈六红光，将他身子罩住，比着铜墙铁壁还坚硬些，莫想动他分毫。冥报和尚却笑嘻嘻在光艳中说道：“东土愚僧，何不快拜活佛？”猪一戒与沙弥见他装腔作势，一发恶狠狠的努力交攻。小行者看见不是头路，忙上前止住道：“呆兄弟，不要乱动手替他装门面。”二人惊讶道：“怎么替他装门面？”小行者道：“你不知，这些玄虚都是妖僧的电光石火，愈打筑，愈激剥，愈迸了出来，只不睬他，便自然消灭，要露出丑来。”二人点头，遂缩了钉耙，收回禅杖，在旁观看，果见冥报和尚满身的光艳一霎时消灭无踪。二人拍手打掌的大笑道："好活佛！你的佛光到哪里去了？还不快下来皈依我老师父的清净！"冥报和尚听了满心怒恨道："你这班贼秃！怎破我道法，毁我宗风？你道我咒你不死么？我初时之咒是传示警戒，故留你一线回生之路。你既不知好歹，故肆强梁，我如今下个狠手，将狠毒神咒念动，叫你师徒四人顷刻而亡，贬魂到阿鼻地狱。你等不要怨恨我不慈悲。"小行者道："老和尚不要说大话，你那放屁的咒儿就是弄他两个下根蠢汉，也只好放两个响屁还你，怎我老师父一个上善至人也要一例看承？莫说我孙老爷遍体虚灵，一尘不受，不知你从哪里咒起？"冥报和尚也不回言，竟愤愤的合掌瞑目努嘴努舌的念诵。唐半偈知是咒他，他自恃身心清净，欲以正胜邪，不动声色。默默听冥报和尚念了两遍，只觉耳目有异，恐怕被他咒倒，忙将笑和尚传他的偈言高声对大众宣诵道：

毒心为仇，毒口为咒。

嚼烂舌头，虚空不受。

唐半偈一时诵了三两遍，便觉身心安泰，高坐不动。冥报和尚恶狠狠的咒了几遍，以为必然咒倒，微微的开眼偷看，只见他师徒四人说也有，笑也有，安然无恙，心下着惊道："这样恶咒，怎咒他不倒？真也作怪！"便将舌尖咬破，喷出一口血来，又恶狠狠的念诵。猪一戒看见，笑说道："老和尚不要痴心了，你不听见我师父的偈子已明明说过，'嚼烂舌头，虚空不受'。你又咬出血来做甚？"沙弥接说道："想是念得口干了，要些血儿润润喉咙。"冥报和尚见神咒不灵已急得没法，又被两人言三语四的讥诮，只见大众围绕看的一发多了，急得他满脸通红，不能言语。小行者走上前道："老和尚，你的咒念了这半日，毫厘无验，想是不灵了，倒不如我念几句与你听听吧！"冥报和尚哪里答应得出。小行者又道："你不答应，想是不要听了，你不听，待我念念与大众听，看谁是谁非。"大众闻言，俱拥挤上来拱听。小行者乃高声念道："冥公冥公，肚里不通，既做和尚，要识真宗。从来佛重西方，如何却愿从东？立教已悖，赋性又凶。放光惑世，便是道法；持咒害人，便是立功。咒非微义，念也不验；光非慧发，一瞬而空。但聚敛金钱，炫丛林茂盛；复猖扬异说，坏佛祖家风。几年造化，任你胡行邪魔伎俩；今朝晦气，被我看破野狐行踪。一时间降心不可，硬气不可，急得浑身是汗；百忙里遮饰无计，逃走无门，讪得满面通红。大众前既已出乖露丑，法堂上怎好击鼓鸣钟！倒不如一筋斗归去来，重换皮毛；可免十八层钻不出，埋没英雄。此虽是孙小圣讥嘲戏语，实可当大和尚勘问口供。”

小行者念罢，大众尽皆点头叹息。冥报和尚听了，急得心上油煎，眼中火出，知道收拾不来，因指定唐半偈师徒四人大骂道：“孽障，我与你虽然道不同，亦何相逼之甚也！罢罢罢！我且弃此皮囊让你前去，倘再来相遇，也必不容你求解成功。”一面说一面已低眉合眼，奄然而逝。唐半偈看见，好生不忍。小行者忙说道：“老师父不要假慈悲！这样妖僧不死了，还要留他做甚？”唐半偈道：“留他可知无益，只可怜他死便死了，尚迷而不悟。”阖寺僧人原有许多有道行的，久知冥报和尚是个邪人，只因拗他不过，不敢倡言。今见他与唐圣僧斗法不过，自愧死了，大家欢喜无尽。遂将冥报和尚火化了，合齐大众出来礼拜唐半偈，愿留他在寺作主。唐半偈说明身系钦差，不敢久留，见那众僧中一位老僧叫做不惹，为人甚是定静，就请他为了寺主，又替他将从东寺改叫做莲化寺，又替他讲明佛法当以清净为主，大众一一皈依。他师徒四众方才辞别大众，收拾行李，上马西行。正是：

莫虑牵缠，休愁束缚。
一念空虚，自能摆脱。

未知此去何如，且听下回分解。

【第三十八回】

从肝脾肺肾以求心 历地水火风而证道

诗曰：

佛法甚微妙，人心要善参。
风幡都不着，月指偶相关。
设像无非影，忘言始见端。
胡徐信心易，真实点头难。
退藏虽点点，幻出便般般。
不具庄严相，谁能生喜欢。
不标清净理，岂不堕嗔贪。
忽无还忽有，愿作如是观。

话说唐半偈在莲化西乡以道法辟正了冥报和尚从东之谬，遂辞别众人，依旧上马西行。行出村口，想着那笑和尚语言灵验，定是一尊佛，还打算到草庵里来叩问前程，谁知连草庵都不见了，方知是佛师指点，愈加惊喜，大家努力向前。朝山暮水，不知不觉又走了数日程途。唐半偈心无挂碍，在马上观看，见山浮瑞气，水现祥光，一路上树木不是琼花便是瑶草，深树中不是鹤舞便是鸾飞，十分乐意，便对着小行者说道："果然西方佛地风景不同。"小行者笑道："老师父怎又生起分别心来？依我看来，哪块不是佛地？何处不是西方？到得心明性见，总都是本地风光。"唐半偈闻言有悟，连连点头，又往前行。

忽行到一座乱山之下，往上一望，又无陛级可登，左右找寻，又无径路行走，上上下下都是草木塞满。唐半偈只得勒住马与三个徒弟商量道："此处路径甚是从杂崎岖，不知该走哪条？须要寻个土人问明白了，方可放胆前行。"小行者忙走上前东张西望，看不分明。正没理会处，只听得山里头隐隐有吹笛之声。不一时，忽见岩树中一个牧童儿，倒骑着一只黄牛走过岭来。小行者忙招手叫声："牧童哥，这里来。"那牧童听见有人叫，连笛也不吹，带一带黄牛走下岭来，到了唐半偈马前，嘻嘻笑道："老师父，我看你立马不行，想是认不得路要问我了。"唐半偈连连点头道："正是要问你，前去哪一条是路？"牧童笑嘻嘻答道："条条都是路。"小行者听了接他道："小村牛不要油嘴！可老实说这山叫做什么山？周围有多大？过去有多远路径？好走不好走？"那牧童就变了脸道："你这个和尚也忒惫懒，你既不识路要求我指教，怎倒尖着嘴骂人？我方才说条条都是路，怎见得是油嘴？怎见得不老实？"唐半偈忙忙安慰他道："小哥，他是个粗鲁之人，你不要怪，且说这是什么地方。"那牧童见唐长老说话和气，方又笑嘻嘻说道："老师父，我这地方乃是大天竺国管下。这座山叫做云渡山，周围象羊肠一般，左一弯，右一曲，盘盘旋旋足有千里。若是识得路，一直去也只有百里之遥。"唐长老道："这百里路也还平稳好走么？"牧童道："这却定不得，若是心猿不跳，意马驯良，不疾不徐的行去，便坦坦平平顷刻可到；倘遇着肝火动，烧绝了栈道，脾风发，吹断了天街，肾水枯，载不得张骞之棹，肺气弱，御不得列子之车，就从小儿走到头白，也只好在皮囊中瞎闯，若要出头，恐无日子。"小行者听了，忍不住笑将起来道："师父，此去灵山不远了。"唐半偈道："你怎么晓得？"小行者道："此地若不与灵山相近，怎乡下放牛小厮也会谈起禅来？也罢！小村牛你既知道说这些蹊跷话儿，我且捉你一个白字。有水方有渡，山又不是水，云又不是船，这山什么意儿叫做云渡山？"牧童又笑嘻嘻说道："你既要捉我的白字，必定也读过几句书。岂不闻孔夫子说的‘知之为知之，不知为不知’，你又不是我这里人，又不知我这里事，怎就尖着嘴楂着耳朵逞能儿抢白人！”唐半偈见牧童说话有因，忙笑说道：“小哥不要理他，且对我说这‘云渡’二字是个什么意思？”牧童道：“若象这个人自作聪明，耻于下问，我怎肯对你说！因老师父是个好人，我只得说了。这座山虽看去腌腌臜臜，龌龌龊龊，内中却实干干净净，倒是个成佛作祖的关头，任是仙佛菩萨，少不得要往此中经过。此中却有两条路：有一等没用的，安分守己，不敢弄玄虚，又怕伤天理，只得在山脚下一步一步挨了过去，虽磨脚皮，劳腿膀，也有走得到，也有走不到，却未尝跌倒，就是跌倒也还爬得起来；后来又有一等有本事有手段的能人，看见这条路走得辛苦，不肯去下功夫。又访知山顶上有三点点小峰头，紧紧与灵山相对，去来不过方寸，每每仙佛往来。这些人不揣自家根基浅薄，也思量要学仙佛过去，却不知这方寸中虽然不近不远，另有实地可行，只管在那隔别中思量寻渡。你想山顶上又没水，如何容得渡船？不意这班人左思右想，机巧百出，遂将天下金银之气聚敛了来，炼成一片五色彩云，系在两山渡来渡去，所以流传下来叫做个云渡山。”猪一戒听了忙插问道：“这云渡有人渡么？”牧童道：“怎没人渡？”猪一戒道：“渡得过去么？”牧童道：“怎渡不过去？只要小心防跌，若跌倒便性命难保。”猪一戒道：“不妨事，我走得极把稳。牧童哥，这渡在哪里？就央你领我们去。”牧童笑嘻嘻说道：“这个渡乃圣凡交界，你四人寻不着渡口，在这边踏破铁鞋还只是四个失路的和尚；若指引你窥见源头，一脚踏去便立地成四尊活佛了。怎看得这般容易！就要我指引，也须将些银钱谢我。”猪一戒道：“你这牧童终是乡下人，小眼薄皮！便领我们走过去，少不得还要走过来。据你说，这边是和尚到那边是佛，依我看来，和尚也只是我，佛也只是我，差些什么就要诈人的钱财？”牧童笑嘻嘻说道：“是你不是你，我都不管，只是没有钱谁肯引路？”猪一戒见牧童口紧，便对唐半偈说道：“师父，你不要不言语。这山脚下的崎岖路，这边倾，那边圮，草也不知多深，是最难走的。且有百余里路，高一步，低一步，莫说挑行李，就是空身也觉费气力，你不要不知人痛痒倒转远路。”唐半偈道：“非我不知痛痒要转远路，但为僧之义须要脚踏实地，若夫空来巧去，实不愿托足，况从前甘苦已经十万八千，至此百里勤劳，又何足惮？”小行者听了踊跃道：“到底师父是个圣人，说的是大道理。快走快走，不要被这牧童惑了！”猪一戒听见叫走，发急道：“且问你，路在哪里？要走你们自走，我是走不动，只好央牧童哥领了过渡去。”沙弥道："你且不消与师父、师兄争得，只问你，这牧童要钱财，你将什么与他，他肯领你过渡？"猪一戒道："他一个乡村人能要多少？被囊里老师父有件破衫子，丢与他便够了，若不肯，还有个瓦钵盂，前日因取水，口上碰缺了些，也没甚用，再与了他，敢道也肯了。"牧童听见又嘻嘻笑道："我又不做和尚，要传你的衣钵做甚？我自去也！你们不许跟我来。"说罢，带转牛头，竟往西山一直去了。初向路时，满山都被茅草塞满，没处寻路，及自牛去，随着牛的去处一望，忽隐隐现出一条路来。小行者心知牧童是个异人，忙叫道："师父，前面有路了，何不快跟我来！"唐半偈抬头一看，果见一条大路，满心欢喜。遂将龙马加上一鞭，相逐着小行者一路赶来。猪一戒还迟迟疑疑的观望，沙弥早挑起行李来说道："二哥，走吧！十层梯子已上了九层，不要又生怠惰。"猪一戒听了，不敢言语，跟着赶来。正是：

道只有身心，力从无懒惰。
主人努力行，岂容奴坐卧！

却说唐半偈追逐着小行者，若断若续，远随牛迹赶过西山来，约赶有十余里，望不见牧童，却喜有路可走，便放下身心缓缓而行。不一时，沙弥、猪一戒也赶了上来，赶到面前，见唐半偈在马上低着头，也不知是念佛，也不知是观心，就象不看见的一般，任那马东一步西一步游衍而行。二人看见便不说甚的，竟急斗斗的奔向前去。又奔了有十余里路，觉到有些吃力，猪一戒叫声："师弟，且把担子歇歇！那老和尚全不知人的艰苦，他坐在马上跑了一阵，跑得辛苦也就不耐烦，在马上东统西统的打盹，我与你挑着这样重担子跑山路，便歇歇儿何妨？"沙弥道："哥哥呀，各人走的是各人的路，各人走到了是各人的前程，莫要看样。"猪一戒才不言语。略歇一歇，猪一戒又埋怨道："这旷野又没人家，今日还不知要走到哪里哩！"沙弥道："你且莫慌，你看前面柳树下白亮亮的象是一条河，莫不有水路？"猪一戒听见，忙爬起来往前一望，满心欢喜道："果然是一条河路，快去寻船。"便抢了行李挑到河边，见果然是一条河，又恰有一只大船泊在岸边，便不管好歹，竟放下行李跳上船，连连用手招沙弥道："快来，快来！造化，造化！"沙弥走到，看一看道："哥呀！好便好了，是便是了，你且上岸来，还有事与你商量。"猪一戒又跳上岸道："还有什么商量？难道现成船儿不自自在在坐去，转奔奔波波的挑着重担子跑山路，自寻苦吃！”沙弥道：“这不消说，但也要访访这条河可是往西的大路，倘或不是路，到不得灵山，见不得佛祖，求不得真解，成不得正果，便快活一时也无用。”猪一戒听见，哑着口商量了半晌，因又咕哝道：“想将起来，这都是这些害了佛痨的识见，执著不化。若依我的主意，有这样的好船儿坐在上面，一任本来，随他淌到哪里是哪里，便不是大路，便到不得灵山，便见不得佛祖，便求不得真解，便成不得正果，也未尝不是佛。何必定要自缚束定了转移，不是弄做个一家货！”沙弥道：“二哥莫说呆话，自古成人不自在，自在不成人。”猪一戒道：“自在怎的不成人？我闻观世音人都称他是观自在菩萨，难道他也不成人？”沙弥笑道：“自在也有分别，人称菩萨的自在是如如之义，你说的自在，乃是痴心肠，怎么比得！我若不是随着金身罗汉窃听得些绪论，今日拙口钝腮也要被你盘驳倒了。闲话慢说，且去访问要紧。”二人一同沿着河岸寻人访问。人却不见一个，忽见河岸旁竖着一片碑石，碑石上写着“通圣河”三个大字，下边又有三行小字，一行是“上接须弥”，一行是“东至昆仑”，一行是“西至灵山”。二人看得明白，满心欢喜，忙走回船边，才将行李搬了上去，唐长老的马已到了，见二人乱着上船，忙问道：“这是什么所在？这河通哪里？这船是谁人的？也要访问明白，怎就胡乱上去！”猪一戒道：“师父，不消狐疑，我们已访问明白了，这河叫做通圣河，往西去就是灵山，现有碑石。这船虽不知是哪家的，既在河里，自然是舍了渡人的，就借他的送我们一程，也不叫做欺心。”唐半偈便不言语。小行者道：“师父，不用踌躇，既来之则安之，且上了船再作道理。”唐半偈到此进退两难之际，也只得懒懒的走上船来，小行者将龙马也牵了上去。猪一戒见师父上了船，恐怕又生别议，急急的寻着一根篙子，将船放到中流，对着渡口一直撑去。

船一开，恰乘着倒流之流溜，霎时就去了有七八里。猪一戒快活不过，就对着小行者夸嘴道：“我寻的这船儿何如？莫说师父的马走不及，只怕比牧童说的云渡还快些哩！”小行者听了笑一笑道：“且看。”不期那条河涌过了一个急滩，水便渐渐浅了，水浅船便去得慢了。猪一戒恐怕师父说什么，忙拿了篙子走到船头上去撑，自家撑了二三里，觉船大吃力，因又寻了一条篙子递与沙弥，叫他帮撑。两人又撑了里余路，怎奈河里的水一发浅了，那船一发撑不动了。两人东一篙，西一篙，呵嗳呵嗳的，只撑得满身臭汗。小行者笑道：“水浅船大，两根篙子如何撑得他动？依我说倒不如上岸去扯纤。”猪一戒听了道：“师兄说得是。”因竖起桅头，寻了两根纤绳，同沙弥没过水到岸上去扯纤。初扯时，水虽浅，还在水里，好扯，扯了一会，渐渐不见水都是泥了，哪里扯得动！猪一戒又恐师父嚷，又恐怕小行者笑，没奈何只得弯着腰，象狗一般死命往前扯。沙弥扯得没气力，只管站着沉吟。猪一戒发急道："你不帮扯倒沉吟些什么？"沙弥道："想我们真是呆子，要图安逸才上船，上了船若似这等趴在地下挣命，转觉挑行李走路又是神仙了。"猪一戒忽然想回意来，遂直起腰来将纤板往地下一甩，道声："啐！真呆子！"忙忙的跑回将船扯到岸边，乱叫道："师父，上岸吧！圣河里水枯，去不得了。"唐半偈听了便大骂道："好畜生怎捉弄我？我方才不要上船，你又再三撺掇我上船，及上了船怎又叫我上岸？"骂得猪一戒不敢开口。亏小行者在旁劝解道："师父，嚷他也没用。你方才不曾听见那牧童说，只怕是肾水枯，泛不得张骞之棹。如今果然圣河水枯了，只得要上岸。"唐半偈听了默然，没奈何只得听小行者牵马上岸，又骑了西行。

猪一戒脱了撑船扯纤，身体轻松，挑起行李，就是登仙的一般快活，赶上唐长老道："师父，天将晚了，快些走，赶到个乡村好去借宿。"唐半偈埋怨道："若不上船耽搁工夫，此时也去远了，却撑篙扯纤弄到这时节，再赶也迟了。"猪一戒道："日色还高，马走得快，不迟，不迟。"就用手在马屁股上狠狠的打了一下，那马乃是龙马，从来不遭十分鞭策，今被猪一戒用蛮力打了一下，一时负痛，忽长嘶一声，就似奔云掣电一般往前跑去。唐长老不曾留心，三不知马往前跑，一时收勒不住，被马颠了几颠，闪了几闪，几乎跌将下来，虽狠命将缰绳扯住，两腿夹紧，全身伏倒，一霎时就跑去有一二十里。忙忙左扯右拽收得住时，已惊得面如金纸，汗如雨下，腰已蹬痛，腿已夹酸，两只手俱扯得通红。那马将要住，又听见后面一人声，又跑一阵方才徐徐立定了。唐半偈见马住方滚鞍下来，弄得手足无力，竟跌倒在地，一时没有气力，爬不起来就坐在地下喘气。喘了半晌，三个徒弟方才赶到，看见师父已喘做一团说不出话来，大家慌得只是跌脚。小行者埋怨着猪一戒道："该死的夯货，龙马可是狠打得的？还是师父骑惯了会骑，若是坐不稳跌下来，岂不连性命都被你害了！"猪一戒哪里还敢做声，沙弥忙忙将马牵开。唐半偈喘定了，方恨恨的指着猪一戒大骂道："你这畜生怎这等大胆捉弄我？岂不闻一日为师，终身为父。我与你有何仇？捉弄我跌得这等狼狈！"猪一戒道："我也不是有心捉弄师父，只因要赶路，轻轻的打了这忘八一下，不想这忘八禁不起，便奔命的乱跑，带累师父着惊。如今师父下来了，等我再打他两下，出出师父的气。"唐半偈喝一声道："不知事的野畜生！你惊了马跌我，怎不自家认罪，反要打马？打伤了马，前去还有许多程途，却叫他怎生走？论起理来，该痛打你这畜生几下才是。”猪一戒道：“师父，不要不公道，打伤了马愁他走不得路，打伤了我，前面还有许多路，却叫我又怎生走？”小行者听见猪一戒顶嘴，恐怕更触了师父之怒，便大喝一声道：“夯货，还不走路！若再胡说，我先打你二十铁棒。”猪一戒被师父嚷骂，巴不得走开，听见小行者喝他走路，便假不做声，挑起行李竟往前奔去。小行者见猪一戒去了，方来搀唐半偈道：“我才望见，过了这乱草岗就有人家，师父须挣起来，赶过去好借宿。”唐长老道：“我被马跑急了，控御的气力全无，如何爬得起来！”小行者道：“这又被牧童说着了。”唐半偈道：“怎被他说着？”小行者道：“他曾说，肺气弱御不得列子之车。师父还须努力。”唐半偈听了，只得勉强爬了起来。沙弥见师父起来，忙将马牵到面前，轻轻的扶了上去，一只手拢着，慢慢而行。

唐半偈虽然骑在马上，终觉有些吃力，因说道：“我满身骨头都被马颠痛，不知到有人家处还有多远？”小行者道：“不远了，过岗就是。”唐半偈无奈，只得听沙弥牵走。又走了半晌，只不见到，腰眼里闪闪的一发痛起来难熬，忍不住又恨恨的骂道：“都是这夯畜生害我！”正恨骂不了，只见小行者忽从旁走拢来将马约住道：“师父，且慢些走！你看前面岗子上怎一派红光？莫不又有甚古怪！”唐半偈忙抬头观看道：“果然红得诧异！倒象是失火一般。”沙弥用手指着道：“是失火，是失火！你看，一闪一闪的，火焰都有了！”唐半偈道：“这空山中有谁放火？”小行者道：“师父你不知，近日的人心愈恶了。若是明明烧诈不得，就暗暗放野火了。”师徒们说着话，将走近岗边，只见猪一戒乱卷着一身火草，直从岗顶上连人连行李的红焰笼头，急跑到面前，掸去旺蓬蓬的火草，再看时，脸上的毛发已烧光了，便问道：“这是什么缘故？”猪一戒被烧得疼痛，只是哼，一个字也说不出。沙弥见行李上也有火，又急急抖落，寻扁担挑了，又扶着猪一戒同走到唐长老面前。小行者先骂道：“你这呆牛夯货！越越呆越越夯了。这样大火，我们远远的就望见，你走到面前，眼又不瞎，为何竟钻进去烧得这等模样？”猪一戒已烧得满身疼痛，又见小行者不问原由骂他，气得乱跳道：“一个火可是顽的！我怎的钻进去？我就呆，就夯，也呆夯不到这个田地。”唐半偈道：“既不呆不夯，为何被烧？”猪一戒道：“我初上岗时，哪里见有星星火种儿？一望去，满岗都是干枯的茅草，走到上面软茸茸的，好不衬脚好走。走到中间，竟不知哪里火起，一霎时满岗都烧着了。若不是我为人乖觉手脚活溜跑了回来，此时已烧杀在火里了。”沙弥道：“你既逃出性命来就是万幸，这起火根由且慢慢查究。只是这火一发旺了，岗子上烧得路绝人稀，却怎生过去？”唐半偈看了，愈加焦躁。小行者道："师父不要焦躁，我们的行事一一应了牧童儿之口，他说，只怕肝火动，烧绝了栈道。你看这岗子一时间烧得走不得，难说不是老师父动了肝火！"唐半偈听了，低着头自忖，忽然悟了："徒弟呀，你这话说得深有意味。我方才因猪一戒惊马跌我，一时恼怒，也只认做七情之常，谁知就动此无明，真可畏也！今幸你道破，我不觉一时心地清凉，炎威尽灭。"猪一戒听了道："原来这火是师父放了烧我的。烧我不打紧，只怕放火容易收火难。你看焰蓬蓬一条岗子都烧断了。岗子的树木又多，知他烧到几时才住，我们怎生过去？"小行者道："呆子莫胡说！你且看火在哪里？"猪一戒道："莫要哄呆子，难道就熄了？"及抬头一看，哪里见个火影儿？喜得个呆子只是打跌道："这样妙义真不曾见，怎么烧得遍天红的大火一时就消灭无遗？"小行者道："你下根的人哪里得知！这座山乃灵山支脉，老师父是佛会中人，呼吸相通，故如此灵验。"沙弥道："我们既同在佛会下，定然有缘。不消闲讲，快赶过岗去凑合。"唐半偈见真修有验，弟子们精进猛勇，也自喜欢，便将马一带奔上岗来。沙弥挑起行李，跟着就跑。猪一戒被火烧时满身疼痛，及岗上的火灭了，他身上竟象不曾烧的，一毫也不疼不痛，一发快活，摇着两只蒲扇耳朵，就象使风的一般，走得好不爽利。

大家走上岗头一望，只道树木都要焦头烂额，谁知竟安然无恙，不但草深如旧，连烧痕也没半点，大家十分赞叹。及走过岗来，早望见缥缥缈缈许多楼阁相去不远，大家一发喜欢，说也有，笑也有，追随着如雀跃鸟飞，好不燥皮。不期走下岗来，沿着石壁转有一个林子边，忽然刮起一阵狂风，十分厉害。怎见得？但见：

> 突然而起，骤然而吹。突然而起，似不起于青苹之末；骤然而吹，霎时吹遍黄叶之间。虽不见形，寒凛凛冷飕飕宛然有像；咸知是气，倏聿聿豁喇喇无不闻声。一阵穿林，或飞花，或震叶，扑簌簌乱落如雨；一阵入岭，或推云，或卷雾，乌漫漫昏不见天。不是枪，不是刀，刮杂杂偏能入骨；尖如锥，快如箭，直立立最惯刺心。翻红搅海，水面上弄波涛作势；播土扬沙，道路中假尘障为威。无门可躲，难免车颠马倒；有谁敢走？果然路绝人稀。

唐长老师徒们正然乐意前行，忽遇着这阵大风，直刮得东倒西歪，立脚不定。沙弥挑着行李被风一刮，直卷到半边，几乎连人都带倒了。沙弥见不是势头，忙忙歇下担子，抱着头蹲倒了坐在上面。唐长老马上招风坐不稳，竟一个倒栽葱跌了下来，喜得小行者见风起得有些古怪，忙帮在旁边一把接住，不曾跌倒，一顶毗卢帽铳下来被风不知刮到哪里去了。风骤起时，猪一戒还装硬好汉，吆吆喝喝道："好风！率性再大些，竟将我们吹到了灵山，也省得走路。"当不得一阵一阵只管急了，就象推搡的一般，挣不上前，只得退回来靠着山坳里那带石壁。不期石壁土刮倒，一株松树连土连泥滚了下来，几乎打在头上，吓得他魂不附体，只得趴倒了钻到一带深草丛中躲着，声也不敢做，气也不敢吐。大家躲了半晌，风方少息。唐半偈定定性，因问小行者道："这又是什么意思？"小行者道："没甚意思，总是牧童说的脾风发吹断了天街。"唐长老听了，连连点头道："一字不差。原来这牧童是个圣人来点化我们，可惜我们眼内无珠，当面错过。"小行者道："前面的错过不要追悔，他少不得还要来，只是再来时不要又错过了。"唐半偈又连连点头道："贤徒说得是。但要不错也甚难，只好存此心以自警可也。"沙弥坐在行李上听见唐长老与小行者说话，知道是风息了，方站起身来叫道："师父不曾着惊么？怎好好的天儿忽起这样大风？"唐长老道："我已被风刮倒，亏你大师兄扶住不曾吃跌，但吹去了一顶帽子，光着头如何行走！不知可有寻处？"沙弥道："这样大风，连石头都吹得乱滚，莫说这虚飘飘的帽子，知他吹到何处，哪里去寻？"唐长老没法，只得光着头走，起身打点上马，因跌了两次，恐怕又有他变，要叫猪一戒笼马头，左右一看，并不见影，便问猪一戒为何不见。大家东张西望，尽惊讶道："这又作怪！虽然风大，难道连人都吹不见了？"大家乱了半晌，方见猪一戒从深草里钻出个头来道："这样大风，你们怎么不躲？"小行者看见大笑道："呆子，江猪儿还要拜风，怎么这等害怕！"沙弥也笑着接说道："他如今弄做个草猪了，怎不怕风！"唐半偈道："风已息了，天色将晚，还不出来快走。"猪一戒方爬了起来，抖去身上的乱草，看看天，果然风住了，不敢多言，四众一齐相逐而行。果然是：

肝脾肺肾，地水火风。
一寸半寸，千重万重。
步步是难，步步是功。

师徒们此去不知又何所遇，且听下回分解。

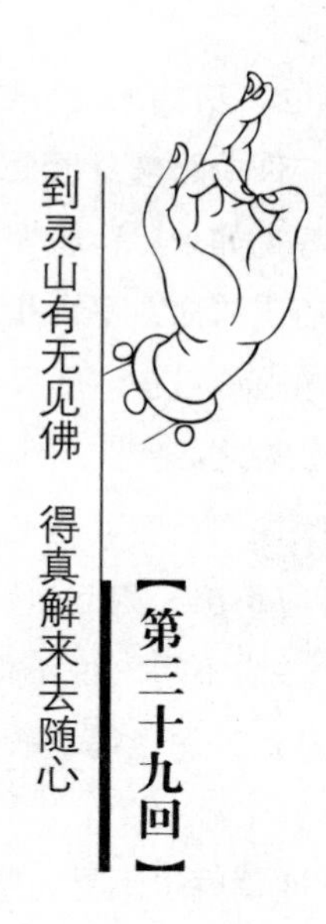

【第三十九回】

到灵山有无见佛　得真解来去随心

诗曰：

清升浊降自高低，岂可容人截补齐。
善恶有谁能假借，死生无处讨便宜。
看明佛地原无佛，行尽西天更有西。
多少参求称大慧，此中尚有一尘迷。

却说唐半偈师徒四众历过了地水火风，便觉胸中豁然，满前佳境，坦平大路，一霎时猿熟狮驯，缓缓的转过林子要寻宿处。不觉的路旁闪出一个草庵儿来，大家看见，不胜欢喜，忙忙赶到近前，正打算进去，只见莲化西乡的那个笑和尚忽从里面走将出来，手里拿着毗卢帽子笑嘻嘻的说道："你来了么？光着头怎见如来！一个帽子送你。"唐半偈看见，不胜惊喜，慌忙滚鞍下马，接了帽子戴在头上，拜伏于地下道："前遭毒口，蒙佛师解厄，功德无量。今遑遑失路，怎又劳接引？真莫大善缘。"笑和尚又笑嘻嘻说道："你一路来舟楫艰难，鞍马劳顿，又风风火火，也辛苦了，快进庵去歇息歇息，明日好见如来。"唐半偈听见说明日就见如来，满心欢喜，因又拜问道："弟子大颠，蒙唐王钦命，不惜几万里驱驰，来求真解，不知明日果有缘得见如来否？"笑和尚即笑嘻嘻说道："咫尺灵山，怎么不见？但见有几样，不知你是要见如来之面，还是要见如来之心？"唐半偈道："下根人得一睹佛容足矣！安敢妄要见心？"笑和尚又笑嘻嘻说道："就是见面也有两样，不知你是要见色面，还是要见空面？"唐半偈一时答应不出，因问道："色面云何？空面云何？求佛师指示。"笑和尚又笑嘻嘻说道："说不得，说不得。"唐半偈再三苦问，笑和尚方说道："见佛自知，你们且去歇息。"唐半偈不敢再问，只得叫徒弟牵马挑担进庵，取些干粮吃了，摊个草铺去睡。

睡醒一觉，天亮了起来，连草庵也不见，笑和尚也不见，知是佛师显灵，忙望空拜谢，重复上马西行。行过的境界，遇着的花草，看见的禽鸟，只觉与尘世不同。有时见长松下法侣谈经，有时见白石上幽人共语，有时见高僧飞锡过，有时见老衲捧经来。唐半偈不敢怠慢，下马步行，行不数步，早望见一带高楼，几层杰阁，小行者道："这一定是个佛境，可访问个明白。"小行者道："此是玉真观。"唐半偈道："若果是玉真观，便已到灵山脚下了，你看，有金顶大仙在内，不可不进去参礼，烦他指引。"小行者道："不差，不差！我们就去。"不一时，走到阁下。唐半偈看那庙额，果是玉真观，不胜大喜道："不期今日已到灵山了。"便轻轻走了进去。走到丹合之上，望见殿中一位大仙立着。师徒正行间，那殿中大仙早问道："那僧人是哪里来的？"唐半偈忙向前问讯道："弟子大颠，乃东土大唐差来，要见我佛如来求真解。今幸得到宝观，欲参谒金顶大仙，故敢进来。"大仙听见，忙笑欣欣迎将出来道："原来就是颠圣僧！那年唐玄奘奉旨求经，哄我等了他十余年方才来到。今颠师父求解，我定道也须七八年工夫，怎才过了四五个年头就到？莫非贪近便走了捷径？"唐半偈道："弟子若走捷径，此时不知堕落何方。幸步步实历，所以来得快。"大仙听了欢喜道："颜圣僧直截痛快，果是解人，明日见佛，定得真诠。"遂邀进殿中相见，又命小童看茶摆斋，留他师徒饱餐。斋罢，唐半偈谢了，就要求大仙指示上灵山的道路。大仙道："灵山虽有路，不必远求，若在依门傍户之人，小仙即指点一二也不妨；颠圣僧既信步行来不差一步，今灵山咫尺，小仙又何须饶舌？"唐半偈遂不敢再问，竟谢别了出来，叫沙弥牵马，一戒挑担，自却同小行者徐徐望着灵山步来。

不期那灵山看着似近，走了半晌只是不到。猪一戒道："这路多分走错了。"沙弥道："看着山走如何得错？"猪一戒道："你不知这山中的路，前后左右都可走得的，要近就近，要远就远，比不得大道是直去的没有委曲。这大仙说话跷蹊，我故动疑。"唐半偈道："只要有路，远近总是一般，疑他怎的？"小行者道："师父说得是，走走走。"大家相逐着又过了几个峰头，又上了几层磴道，早望见一座大寺。小行者指与唐长老道："这不是雷音古刹？"唐半偈抬头望见，不敢怠惰，遂一层层拜了上来。到了寺门，却静悄悄不见一人，惊讶问道："我闻佛会下有优婆塞、优婆夷、比丘僧、比丘尼三千大众，今日为何一个也不见？"小行者道："这是时常有的，近日想是佛在哪里讲经说法，大众一齐都去听了，故此冷静。"猪一戒道："若果是佛讲经，我来得凑巧，且去听听也是大造化！"遂一齐都拥上山来。不期到了二山门下，竟不见金刚守护，又到了三山门下，也不见金刚守护，一发惊讶。小行者道："不要惊讶，且走到大殿上去，自有分晓。"一齐走到大雄宝殿上，也是静悄悄不见一人。唐半偈惊得默默无言，只瞪着眼看小行者。小行者道："师父不消看我，我想，佛家原是个空门，一向因世人愚蠢要见佛下拜，故现出许多幻象引诱众生。众生遂从假为真，以为金身法相与世人的须眉无异。今日师父既感悟而来，志志诚诚要求真解，我佛慈悲，怎好又弄那些玄虚？所以清清净净，显示真空。"唐半偈听了，低头不语。猪一戒插嘴道："若依师兄这等说来，西方竟无佛了。"小行者道："怎的无佛？"猪一戒道："佛在哪里？"小行者道："这清清净净中具有灵慧感通的不是？"猪一戒笑道："师兄不要口头禅耍呆子，若说这样，哪里没有，何必辛辛苦苦远到西天来求？我只不信。"唐半偈方说道："履真说的倒是真实妙谛，守拙却不可不信。"猪一戒摇头道："师兄这张油嘴，听他不得！"唐半偈道："这不是履真一人之言，你不记昨夜那位好笑的佛师他也说有色面，有空面，这想是空面了。他又说有如来之面，有如来之心，这想是如来之心了。差是不差，只是我奉唐王之命而来，不见得如来金面，不领得如来法旨，怎好复命？"小行者道："有我在此，若必定要见佛也不难。"猪一戒道："师兄说话也要照前顾后，莫要不识羞，惹人笑。你又不是佛，怎说见佛不难？"小行者笑道："兄弟呀，你不晓得，人心只知舍近求远，我与你整日在一处，看熟了，便不放在心上。不知我佛却平平常常，还没有我的神通哩！”猪一戒听了笑个不了道：“罪过，罪过！羞死，羞死！你且说你哪些儿是佛？”小行者道：“我说与你听：佛慈悲，我难道不慈悲？佛智慧，我难道不智慧？佛广大，我难道不广大？佛灵通，我难道不灵通？佛虽说五蕴皆空，我却也一丝不挂；佛还要万劫修来，我只消立地便成。若说到至微至妙之处，我可以无佛，佛不可以无我！你去细想想，我哪些儿不如佛？”猪一戒摇着头，只是笑道：“这些捕风捉影的鬼话且莫说起，只我佛的慈容妙相，或者比你这副尊猴子脸略略差些。”说罢，连沙弥也笑将起来。小行者道：“俗语说，呆子看脸。你真是个呆子，只晓得看脸。也罢，既是你们定要见佛也不打紧，你们且退出山门外伺候，等我进去请世尊出来相见。”唐半偈没法，只得同了猪一戒、沙弥真个走到二山门外。小行者便在身上用手在肩上拔了一把毫毛，嚼碎了喷在空中，叫一声：“变！”一霎时就变做八菩萨、四金刚、五百阿罗、三千揭谛、十二大曜、十八伽蓝，两行排列，自却变做如来至尊释迦牟尼佛并坐于莲台之上。

一时间钟鼓齐鸣，檀烟缭绕。唐半偈在山门外听见，不胜惊异，因对猪一戒、沙弥说道：“你大师兄果有些手段，你听，殿上鸣钟击鼓，多分是请了世尊出来了。”正说不了，只见内中走出六个金刚，两个是管三门的，两个是管二门的，两个是管大门的，看见唐半偈师徒三人立着，便问道：“僧人是哪里来的，到此何干？”唐半偈忙作礼答应道：“弟子乃东土大唐国奉钦差要求见世尊拜求真解的。”金刚道：“既要见世尊，怎么不言不语立在这里？”唐半偈道：“因不见人，故立此拱候。”金刚道：“是了，方才世尊在灵山顶上优婆树下讲无穷妙法，大众俱去窃听，故半日无人。你既候见世尊，我须与你通报。”说罢，竟走了进去。不多时，又出来说道：“世尊有金旨，宣你们进去。”唐半偈听了欢喜，忙整整衣容，领着猪一戒、沙弥走进去。将到大殿前，正打算下拜，忽传出金旨来道：“东土僧人，且着他在贝叶墩少坐，先叫他徒弟进见。”唐半偈领旨去坐，早有伽蓝将猪一戒、沙弥带到殿前。世尊开口道：“你二人叫甚名字？”猪一戒道：“弟子叫做猪守拙。”沙弥道：“弟子叫做沙致和。”世尊道：“你既随师远来求解，我一时不在，只该恭恭敬敬等候，怎敢枉口拔舌，议论我的长短？”猪一戒道：“弟子从来信心，虽不晓得佛爷妙处，却时常念两声阿弥陀佛，怎敢议论长短。”世尊道：“我方才以慧耳听之，明明听见你说你可以无我，我不可以无你。”猪一戒辩道：“佛爷爷听错了，这样犯上的话，弟子就烂了舌头也不敢说！”世尊道：“你既不说，却是何人说来？”猪一戒道：“这都是我师兄孙履真说的。”世尊道：“我闻你那师兄也是一尊现在的活佛，如何肯说我？”猪一戒道：“佛爷爷你不知道，他是一个猴子出身，为人贼头贼脑，最刁钻，最狡猾，也捉他不定。他虽慈悲也是有的，智慧也是有的，好起来热突突，赤律律，还象个人儿；若是恼了他，他便千思量万算计，或是坑人，或是害人，哪一件堕地狱的事儿不是他做的，怎说个活佛？”世尊听了勃然大怒，大喝一声道：“你师兄我久知他是个好人。你这野猪精，人身还不曾变全，怎敢花言巧语毁谤他！他与我同体共性，你毁谤他就是毁谤我一般。”叫道：“金刚，快将他押到泥犁地狱，拔出舌头。”说不完，早有四个金刚来捉拿，吓得猪一戒魂不附体，着了急乱叫道：“佛爷爷，不看僧面也看佛面，饶了吧。”世尊笑起来道：“我罪你，怎么倒要看我面饶你？”猪一戒道：“不看佛面还看师兄的面，饶了吧。”世尊道：“你既毁谤师兄，师兄必定恼你，怎么又替你讨情面？”猪一戒道：“师兄不肯，可看师父面，饶了吧。”世尊道：“你师父又不来求我，我怎看他面？”又吩咐金刚道：“只是快快拔出舌头吧。”猪一戒见说师父不求他，只得乱喊道：“师父，快来救我！”唐长老听见也着了忙，只得走近前，将要跪下去求饶。小行者看见师父要跪，慌了手脚，忍不住大笑一声，现出原相，忙跪下来扶住道：“师父莫要听这呆子耍。”急将身一抖，收去毫毛，一霎时金刚、菩萨并三千大众俱寂然不见。呆子看见，忙跳起身乱骂道：“贼猴子耍得我好！几乎连胆都吓破了。”小行者笑道：“该死的，一个佛爷爷怎敢乱骂。”唐半偈定了性说道：“你们这等顽皮，不知何时见佛？”小行者道：“师父不要性急，顽皮恰也是见佛。”说不完，只见那笑和尚立在山门外招手道：“你们游戏够了，快来跟我去见如来佛。”唐半偈看见，大生欢喜，忙上前拜问道：“弟子大颠，不知前劫中有何因缘，屡蒙指引。”笑和尚又笑嘻嘻说道：“有因缘，有因缘，且去见佛要紧。”踅转身便先领路。猪一戒忙上前一把扯住道：“你且不要走，我被人耍怕了，你须说个明白，我方跟你去。这灵山乃万佛之地，为何一个也没有？”笑和尚笑嘻嘻说道：“你岂不闻万佛皆空？”猪一戒想想道：“这也罢了！怎么一个佛地容我师兄变做世尊捉弄我？”笑和尚又笑嘻嘻说道：“也不是捉弄你，这叫做心即是佛，你哪里晓得！”唐半偈言下有悟，便要随行，猪一戒又拦住道：“师父，还有话说，这是灵山不见佛，却到哪里去见佛？”那笑和尚又笑嘻嘻说道：“你岂不闻俗语说，除了灵山别有佛。不要迟疑，快跟我来！”四众方死心塌地跟定笑和尚前行。正是：

哑哑不无情，嘻嘻不无味。

除却下士心，都是拈花意。

笑和尚笑嘻嘻引着唐半偈师徒四人东一转，西一踅，直走到一个去处。又不是山，又不是水，又不是寺，又不是院；也有树木，也有禽鱼，也有楼阁，也有烟霞，远远望去，但见一道白光罩定。笑和尚又笑嘻嘻用手指定道："那白毫光内有一个须弥园芥子庵，即世尊的极乐世界，世尊无事只在此中，快去拜见求解。我去也！"唐半偈再三拜谢道："蒙佛师指示，敢求佛号，以识洪深。"笑和尚笑嘻嘻说道："向后自知，不必说也。"唐半偈还要拜问，他竟笑嘻嘻去了。唐半偈不胜感激，便依着他的言语，望白光一步步拜来。拜到园前，见两扇门半开半掩，唐半偈不敢轻易进去，忽见走出一位菩萨来问道："外面立的想是东土求解僧人，有金旨着你进去。"唐半偈方循规蹈矩领着三个徒弟，又一步一拜拜了进去。拜到面前，只见世尊褊袒着右肩坐在一块盘陀石上，唐半偈恭恭敬敬绕佛三匝，膜拜作礼。礼毕，方长跪佛前启说道："二百年前，东土大唐皇帝曾蒙我佛慈悲，造了三藏灵文，许流传中国，度人度世。又蒙观世音菩萨指示因缘，故差圣僧唐玄奘经十四年岁月，历十万八千程途，远诣灵山，辛勤求去，这是天大的善缘，海深的福恩。无奈流传日久，愚僧不知真解，渐渐堕入贪嗔，诬民惑世。玄奘佛师不胜悲悯，故又启请世尊，愿再颁真解，以救沉沦。复蒙世尊慈悲，允其所请，又蒙玄奘佛师亲至中国封经显示，故大唐皇帝复差弟子大颠，继玄奘佛师之志，重诣灵山，再求真解。今喜众生有幸，大颠有缘，仅五遍寒暑即达灵山，伏望世尊念众生苦恼，慨赐真诠，宣扬中土，唤醒贪痴，庶不负从前造经洪恩，流传善果也！"世尊闻言，三复叹息道："这些因缘我已尽知，但我既造真经，岂惜真解？只可怜你那中国人心欺诈，世事偏颇，杀生害命，造下无边恶业。前冤未解，后孽又生；往障才除，新仇又结。纵有灵文，止可是暂消一瞬；任传真解，也难开释多生。不如削去言诠，使他渐忘知识，倒是返本还原的妙义。"唐半偈又拜求道："世尊昔年造经开导，总是慈悲；今欲泯灭见闻，无非救度。但弟子下根固执，止辨一心，不知转念，求解因缘，先希成就。"世尊点头道："既是这等说，就与你几卷去也无妨，只恐中国的孽重魔深，自生嫉妒，求去也与不求去一般。"唐半偈又拜求道："孽障由他孽障，慈悲不失慈悲，还望世尊怜悯。"世尊闻言，又点点头叫阿傩、伽叶问道："昔年唐玄奘取去真经的数目，你可记得？"阿傩道："只记得共是三十五部，五千零四十八卷，各经名色俱注在珍楼之下，须去查看。"世尊道："既是这等，你可领他四众到珍楼下查看，有一部真经须付他一卷真解，不必定要又合藏数。"网傩、伽叶问道："从来佛门九九归真，三三行满，昔年唐圣僧经数、难数、时数皆令相合，今日颠圣僧为何一切扫除？"世尊道："你有所不知，昔年唐玄奘乃我第二个徒弟金蝉子，为因听经怠惰，故我罚他身受八十一难，以完功行。今唐半偈自超凡入圣，故难由心造，一妄一魔，心之妄定由他魔之妄定，至经之卷数即解之卷数，若要减增拼凑，解又非真了。"阿傩、伽叶与唐半偈拜受佛言，皆大生欢喜，合掌以为希有。拜罢，阿傩、伽叶就领了唐长老四众同到珍楼下，细查前付藏经数目。却是：

《涅槃经》四百卷

《菩萨经》三百六十卷

《虚空藏经》二十卷

《首楞严经》三十卷

《恩义经大集》四十卷

《决定经》四十卷

《宝藏经》二十卷

《华严经》八十一卷

《礼真如经》三十卷

《大般若经》六百卷

《大光明经》五十卷

《未曾有经》五百五十卷

《维摩经》三十卷

《三论别经》四十二卷

《金刚经》一卷

《正法论经》二十卷

《佛本行经》一百一十六卷

《五龙经》二十卷

《菩萨戒经》六十卷
《大集经》三十卷
《摩羯经》一百四十卷
《法华经》十卷
《瑜珈经》三十卷
《宝常经》一百七十卷
《西天论经》三十卷
《僧祇经》一百一十卷
《佛国杂经》一千六百三十八卷
《起信论经》五十卷
《大智度经》五十六卷
《正律文经》十卷
《宝威经》一百四十卷
《本阁经》五十六卷
《大孔雀经》十四卷
《维识论经》十卷
《贝舍论经》十卷

阿傩、伽叶与唐半偈细细查数，果是三十五部五千零四十八卷。查明了，阿傩因与伽叶暗暗的商量道："还是与他去不与他去？"伽叶道："佛祖吩咐，怎敢违拗？"阿傩道："不是违拗佛祖，白手传经，世尊原不欢喜，怎好轻易与他？"伽叶道："昔年唐玄奘虽说不沾不染，还有一个紫金钵盂藏在身边苦苦不舍，我恐他贪嗔不断，故逼了他的出来。你看这个穷和尚，清清净净，一丝也不挂，就勒逼他也无用，转显得我佛门中贪财。况求解与求经不同，经是从无造有，解是扫有还无，着不得争争论论，莫若做个好人情，与了他吧。"阿傩没法，只得又转身对唐半偈说道："圣僧既为唐王来求解，也该叫唐王尽个人情。今见圣僧到此，四大皆空，不好开口，只是太便宜了些。"唐半偈忙合掌称谢。小行者道："我们虽然便宜，解又不是你的，你们也没甚吃苦，落得做人情，快付与我们去吧。"阿傩、伽叶只得上楼去开了宝藏，照账于三十五部中将三十五种真解都查出，搬下楼来交与唐半偈道："真解在此，圣僧可点明白收拾了。”唐半偈先跪受了诸解，放在案上，又合掌向二人称谢了一番，然后叫小行者三人上前相帮查点。

原来真解没甚繁文，多不过一卷两卷，少只好片言半语，拢总收来仅有两小包袱。收拾完了，就叫猪一戒、沙弥各捧了一包，同随着阿傩、伽叶到极乐世界来见佛，拜谢缴旨。拜罢，世尊说道：“我这真解热似洪炉，冷如冰雪，灵明中略参一点，便可起永劫沉沦；机锋上少识些儿，亦可开多生迷锢，诚失路金丹，回头妙药也！此去虽东天孽重，无福能消，但你坚意西来，其功不浅，且去完此因缘，归来受职。”唐半偈又启请道：“前玄奘遵承金旨显圣封经，至今尚然锢识，今既蒙颁解流传，理合开经重讲。又木棒一根，传蒙恩赐，一路驱邪助正，大赖帡幪。今已归西，不知还该缴上还该随行？均乞金旨定夺。”世尊道：“真经暂封，原因失解，真解既至，则真经岂可仍封？即着汝将封皮揭去，敷宣妙义。倘有野狐须加棒喝，木棒听汝择人传付，以代传灯，不必回缴。我观唐运将微，你去吧，莫误善因。”唐半偈领旨，又绕佛三匝，拜谢了洪恩，又谢了众圣，方叫猪一戒、沙弥仍将两个真解包袱捧出，到了园外收拾好，放在龙马身上驮了，叫沙弥牵着，行李仍叫猪一戒挑着，自却与小行者缓缓随行。

行不上数步，唐半偈忽自惊讶欢喜，看着小行者道：“徒弟呀，我这一会只觉性如朗月，心似澄江，满身的血肉都化做虚空一般，来往可以自如，不似从前沾滞。”小行者道：“师父，恭喜！你初来时，未得真解，五官皆障，如今见了我佛，得了真解，妙义熏心，灵文刺骨，自然遍体通灵游行无碍也！”遂叫住猪一戒、沙弥道：“师父身体轻松，已成佛了，我们大家商量驾云去吧。”猪一戒听见欢喜道：“造化，造化！省得走路。”沙弥道：“师父若能驾云，龙马倒是个赘货了。”小行者道：“不消虑得，人到灵山既能成佛，马过佛地岂不成龙？且试试看。”把手在灵山石上一招，却招出一片慈云来，请唐师父立在上面，又招一片驾了龙马。大家驾起云头，回首望着极乐世界，齐念一声：“阿弥陀佛！弟子们去也！”忽一阵香风将慈云吹去，竟往东来。正是：

千山万水来西土，一片慈云又转东。
莫笑世人忙不了，圣贤成佛也匆匆。

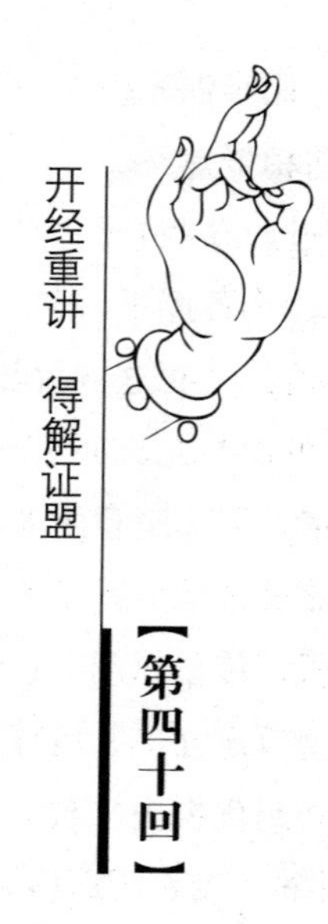

【第四十回】

开经重讲　得解证盟

诗云：

文字休拘儒释玄，但能有补即真诠。
六经不碍于三岁，一书何妨又五千。
游戏现身良有以，荒唐说法少无边。
劝君此际求真解，不证菩提也证仙。

话说唐半偈师徒四人并龙马五众，自到灵山见了如来，得了真解，便都身体轻松，一霎时驾云而起，大家欢欢喜喜，保护着真解竟往东来。猪一戒见游行无碍，十分快活，笑着说道："师父，前日在云渡山说要步步实地，怎今日也走到空里来？"小行者道："贤弟，你已承佛诲，怎还说此呆话？前未成佛，步步实地还虑空虚；今已成佛，游行空中尽皆实地。"猪一戒方醒悟道："有理，有理！"自此归并一心，不生乱念，竟回东土不题。

却说唐宪宗自元和十四年唐玄奘佛师显圣封经，特遣大颠诣西天求解后，生有和尚虽承恩宠，然无经可讲，也觉渐渐淡了，各寺院的佛事也渐渐灭了，四方的施舍也渐渐少了。生有法师原是个热闹中人，一旦冷落，满心只怀恨大颠，又恐怕他求解成功，朝廷宠幸，欲要痛加毁谤，又因宪宗亲见封经显灵，浮言不入，熬煎了几时就抑郁死了。宪宗皇帝既没了生有，又望大颠不来，无人议论佛法，就被一个方士叫做柳泌诱哄他好仙，一旦服了金丹，忽然暴崩在中和殿上。穆宗嗣位，改元长庆，将这方士柳泌杖了四十处死。自此之后，佛法与方士互为煽惑不题。

却说唐半偈师徒四众云行快，不数日便到了长安大国，不敢露出真相，仍照旧叫龙马驮解，沙弥挑担，自领着小行者、猪一戒同步入长安城来。行到热闹之处，有人看见小行者尖嘴缩腮象个猴子，猪一戒长嘴大耳是个猪形，沙弥的脸晦晦气气，都惊异道："哪里来了这三个怪物？"都打团团围上来赶着看。猪一戒见人多不好走，便伸出长嘴，将两只蒲扇耳朵一顿摇，吓得那些人跌跌倒倒，唐半偈恐怕惹事，只叫斯文些。一霎时，遍城乱传，也有说妖怪的，也有说番僧的，也有说外国进贡的。有几个认得的方说道："这是那年求解的师父回来了。"不一时，走到朝门，正值早朝未散，唐半偈只认做还是昔年光景，有人认得，奏一声便可直入九重，不意才到朝门，早有多官拦住。唐半偈再细细访问，方知宪宗皇帝已于元和十五年晏驾，今日乃是他长子穆宗皇帝在位，已是长庆四年。唐半偈闻知，不胜感叹，只得将昔年奉旨求解情由细细对传宣使者说知，求他转奏。使者不敢怠慢，即时启奏道："朝门外有一个僧人，带着三个奇形异貌的徒弟，称是奉旨求解回来，要面圣缴旨。"穆宗天子闻奏，遂问宰臣道："此事有无？"宰臣回奏道："闻昔年唐玄奘佛师显圣封经时，先帝曾遣僧求解，但未闻有奇异徒弟，乞陛下召见，即知端的。"穆宗闻奏，即降旨召见。唐半偈承旨，即带着三个徒弟捧着真解，同进朝门。到了殿前，叫三人站在玉阶之旁，自却走到丹墀中，山呼万岁毕，一面将昔年所领通关文牒双手献上，奏道："臣僧大颠，于元和十四年奉先帝宪宗钦差，往西域天竺国大雷音寺见我佛如来，拜求真解。幸蒙世尊慈意，不灭善缘，允从先帝之请，慨颁真解，以解真经。今因至阙下，理合奏闻。现有向日通关文牒，伏乞照验定夺。"近侍接了，放在龙案之上，穆宗细细展看，见上面情由与来僧口奏相同，满心欢喜道："你去了几时？历了多少程途？今日求了多少真解回来？"唐半偈奏道："臣僧去时是先帝元和十四年，今日归来是陛下长庆四年，共计有五个年头。自大唐长安至灵山佛地，共计有十万八千里路。求来真解共三十五部，配合真经，但有真经即有真解，现在玉阶，候呈御览。”穆宗传旨取看，唐半偈忙在猪一戒、沙弥手中亲自捧近龙案，近侍接了上去。穆宗御手打开，一卷一卷观看，见那诸解都是金镶玉裹，异锦装成，内中皆龙文梵字，云汉之章。圣情大悦，即召唐半偈上殿，赐坐，赐茶，细细访问，一路上是何来去，灵山是何风景，如来是何行藏？唐半偈就将一路收了三个徒弟，如何降妖，如何伏怪，如何见世尊，如何付真解一一细陈，喜得个穆宗皇帝手舞足蹈，几忘了天子之尊。即召小行者、猪一戒、沙弥当面，见果是奇形异貌，点头说道：“若不具此法身，如何得能降妖伏怪！”又问：“这真解果是如来所造么？”唐半偈道：“言言微妙，非出佛口，谁能阐发？”穆宗道：“既属真诠，理当造楼珍供，今且敕洪福寺暂贮。”即召洪福寺住持僧请去。

原来这洪福寺住持叫做不空，就是生有和尚徒弟，知道师父怀恨大颠抑郁而死，今见大颠求了解来，朝廷恩礼，心下嫉妒。因穆宗命他请解收贮，就乘间献谗道：“昔年先帝差大颠到西天求解，原为要解真经，但思真经既讲错，为我佛封了，我佛又安肯将真解流传？若说此解的系传来，真经既封而不讲，要此真解何用？此中恐有奸人伪造，伏乞陛下查究。”穆宗听了，便沉吟不语，眼看唐半偈。唐半偈奏道：“陛下不必沉吟，此事臣僧曾启请如来，已蒙如来金旨，敕臣僧揭去封皮，开经重讲。”穆宗听了，便回嗔作喜道：“果有此事么？”唐半偈道：“臣僧焉敢假佛诳君？”穆宗道：“颠师既奉佛旨，不知几时可以开经？”唐半偈道：“开经日期当听圣恩选择，臣僧焉敢擅主！但开经之日须令各寺仍置一台，以使好揭封皮。”穆宗大喜道：“既是如此，天下望讲经久矣，不可再迟！”即命钦天盟选择了二月初八日上吉之期，仍命各寺置讲经台，以便好开。不空听见说开经，便不敢再奏，即承旨将真解情到寺中暂贮。穆宗打发完了，方降旨颠师师徒四人着光禄寺赐斋，候开经日另加升赏。

唐半偈吃了斋，谢恩辞出，依旧回到半偈庵来。懒云和尚迎着叙说前情，不胜欢喜，闲话中说到封经不讲，便教邪魔也扫除了一半。懒云道：“老师不知，一向经虽不讲，至长庆三年，忽来了一个胡僧，生得浑身墨黑，自称为乌漆禅师。知道封了经讲不得，就另立一个教叫做宗门，与人谈佛，只吐一言半语，要人参对。有人参对了，投着机便以为是，合不着意便以为非。今日东三，明日西四，糊糊涂涂，到底不知参对了些什么！怎奈东土的愚夫愚妇偏喜在他乌漆桶子里讨生活，他宗门一教又沸沸扬扬兴于天下。”唐半偈听了，又蹙着双眉道：“何东土之不幸也！”便问：“这个乌漆禅师如今住在哪里？待我去与他辨明大道，免他遗害。”懒云道：“他住无定处，大半在贵官长者之家，哪里去寻？”唐半偈道：“纵寻不着，也可表我正道之心。”懒云道：“这也说得是。”次日，便向各寺各院去寻访。原来那乌漆禅师已知唐半偈是个正人，不敢相见，故意东西遁去。唐半偈寻了数日不见，就将如来赐的木棒交付与懒云，叫他留镇在半偈庵中，倘宗教盛行，流入野狐，可将此木棒镇之。又闻得韩昌黎已升了侍郎，因王庭凑围了深州，奉旨解围，已不在京了。

倏忽之间，已是二月初八日开经之期，那不空和尚见唐半偈许了开经，心下终有些疑惑，暗暗与心腹商议道：“经封久矣，粘做一团，他一个凡僧怎能揭开？莫非是唐半偈的诈言？”心腹道：“若是诈言，到临期揭不开，定然要走。我们须多埋伏些人，留心防范，待他走时捉住了，以正其诳君之罪，便可与老师父报仇。”不空大喜。到了二月初八这日，已在大殿前搭起一座十余丈的高台，将揭不开的经文并求来的真解尽皆供在上面，又传城里城外各寺院，俱是如此。当日长安城中已传遍洪福寺奉佛旨开经，都闹轰轰来看，真是人山人海。

不一时，天子御驾带领着文武百官亲幸寺中，坐在大殿之上。唐半偈忙上殿朝见。穆宗问道：“这三藏经文锢成一片，虽说佛封，又不见封识，不知圣僧怎生揭开？”唐半偈道：“佛法不可等闲思议，到开时自有神通。”穆宗听了，欣然就令阖寺僧人鸣钟击鼓，请唐半偈上台。唐半偈谢了圣恩，就命小行者、猪一戒、沙弥三人在台下侍立，自身却现一道霞光飞坐于高台之上，台下观看的人都欢喜赞叹。只见唐半偈在台上先将封锢经文捧在手中，向西默默祝赞了一回，然后放在经桌上，高声宣扬道：“我佛如来自无始以来，悯念南瞻部洲人心贪诈，是个口舌凶场，是非苦海，万劫沉沦，不能度脱，故造此三藏真经，一藏谈天，一藏说地，一藏度鬼，要流传中国，超度群生。喜得大唐太宗皇帝一心好道，于贞观十三年遣陈玄奘佛师求请归来，信心流传。不意流传日久，渐入邪魔，陈玄奘恐违心祸世，复请佛旨封经，又幸宪宗皇帝一心好道，于元和十四年复遣臣僧大颠远诣灵山，拜求真解，以解真经。又蒙我佛慈悲，慨颁真解，又敕臣僧大颠开经重讲，又蒙当今圣上皇帝一心好道，乐行善事，择日开经。今正当开经之日，臣僧大颠不敢怠缓，谨命弟子孙履真现身，将大唐国各寺封经俱一时开了，揭回封皮赴灵山缴旨。”小行者在台下听得师父叫他开经，忙将身一纵，跳到空中答应道："谨领佛旨开经。"又将身在空中团团一转，霎时间就现出百千亿个小行者，都对着唐半偈答应道："谨领佛旨开经。"唐半偈吩咐道："速去，速来！"忽一阵香风，众小行者东西南北而去，就散了一天，正小行者方落近案前，将封锢的经文上用手一揭，早不知不觉揭起一张金字封皮来，向空中一漾，然后放在经座之上。才放下，那些散去的小行者早都各手持金字封皮一条，纷纷嚷嚷的争到唐半偈座前交纳。交纳完，小行者将身团团一转，霎时间仍合成一身，落下来在台旁侍立。

穆宗天子与文武百官大众人等尽行看见，无不大喜神钦，都称扬赞叹道："佛法果是无边！"有许多好佛的，也不顾皇帝在前，尽倒身跪拜，口称活佛。穆宗也欢喜不禁，传下圣旨道："既蒙佛恩开经，又值圣僧登座，且万姓齐集，请略讲一二义，指示群迷，也不负圣僧远来之意。"唐半偈领旨，任手即在真经内取出一卷，却是《金刚经》，又在真解中检出《金刚经解》来，同放在经案上，重爇坛烟，再添净水，朗朗将如来妙义细细敷陈。敷陈的是：

甚深般若，无上菩提。

三乘妙典，五蕴楞严。

妙义如皎月一轮，精言如长天万里。

不即不离，非空非色。

言言心上佛，字字性中天。

唐半偈讲到微妙之处，只见半空中瑞霭祥光一时罩满，天子点头赞美，大众合口称扬。须臾，讲完了《金刚经解》，穆宗着大众迎下台来，见他师徒各具神通，十分尊礼，不空慌得只是磕头。唐半偈下台，即请命要回灵山缴旨，穆宗哪里肯放，苦留着要他讲完了三十五部。唐半偈因我佛原有敷宣之旨，便不推辞。遂日登台，一连讲解了数日。只讲得：

一切有俱非有，一切无惧非无。

一切色俱非色，一切空俱非空。

一切心俱非心，一切佛俱非佛。

又讲了数日。只讲得：

不有中见有，不无中见无。
不色中见色，不空中见空。
无心中见心，无佛中见佛。

这一日，正讲到第三十五部《楞严经解》，讲解得真是微妙。天子并文武大众一霎时俱悟大地灵明方是真佛，无不踊跃欢喜。唐半偈还要讲解，忽人丛中闪出一个笑和尚来，看着台上哈哈大笑道："那和尚，讲够了去吧，莫只管在热闹处卖弄精神！"唐半偈定睛一看，见是笑和尚，吃了一惊，忙飞身下台，上前拜谒道："弟子怎敢卖弄精神，因圣旨敕讲，不敢不略宣大义也。"笑和尚又笑哈哈的说道："你既会讲经，须知这经是甚人求来的？"唐半偈道："久知是唐玄奘佛师求来的。"笑和尚又笑道："你认得我是谁？"唐半偈道："实不认得，正要拜请佛号。"笑和尚道："怎不认得？你且再细看看。"当有护驾官员看见笑和尚数说唐圣僧，忙上前喝道："唐圣僧奉旨讲经，你是哪里来的野和尚，敢胡言乱语的阻挠，取罪不小！"笑和尚又笑哈哈说道："你说他会讲么？这经我也会讲，待我讲与你们听，看比他讲的何如？"一面说一面就飞上高台端坐，一霎时现出古佛真容。唐半偈忙举头瞻仰，方知是陈玄奘旃檀功德佛显化，忙连连拜谢道："我说屡蒙示现，必有因缘，原来就是佛师始终成就，恩德无量！"旃檀佛道："不是成就你，原是成就我。今经已开了，解已来了，讲已明了，功已完了，快随我去缴金旨。"唐半偈道："弟子非敢久留，但虑求解不解，不如无求。"旃檀佛道："慧根不断，自有妙心。你一人一口一舌，能解得几何？"二人正说未了，忽半空中又现出一位火眼金睛的菩萨来，乱招手道："此何地只管留连？快来，快来！"旃檀佛听得，便不顾众人飞身而起。唐半偈虽急急要去，还打算要拜谢天子。小行者早已收拾了封皮，叫猪一戒、沙弥牵着龙马，道："两佛已在空中，要去缴旨，迟不得了！"唐半偈只叫得一声："万岁，臣僧去也！真经真解，万惟珍重。"一霎时彩云如绮，六圣俱投西去了。

穆宗与众文武臣宰亲眼看见佛法如此灵验，俱各尽心敬信。天子又降旨，另造楼供贮真解，又选天下有道高僧精心讲解，不许堕入邪魔，一时佛法清净至于不可思议。不期穆宗晏驾，敬宗即位，不知留心内典，就有不肖僧人附和着乌漆禅师高扬宗教，败坏言诠，虽间有智慧高僧讲明性命，却又隐遁深山，不关世俗，所以渐流渐远，渐失其真。这是后话不题。

且说旃檀佛与斗战胜佛率领着唐半偈师徒四众西来缴旨。到了灵山，旃檀佛本是如来弟子，来往惯的，不须传禀，竟一同进到大雄宝殿上。旃檀佛先将前事细细禀明，唐半偈方捧了揭的封皮上前缴旨。世尊看见，满心欢喜，将封皮收了道："求去真解，以解真经，或因经悟解，或缘解明经，这场功行却也非轻。虽起于玄奘悯世慈心，也亏了大颠师徒远来志力，今既成功，可前来受职。"唐半偈忙率了小行者、猪一戒、沙弥长跪佛前。世尊道："大颠汝原系凡胎，并非夙器。喜汝自能有悟，一味清修。闻佛骨之妄言，即上正教之表；见求贤之皇榜，遂任远行之劳。寸心独得，不暇旁求，诚常清常净者也。即升汝为清净喜佛。孙履真先为天获罪，后除怪立功，立身行已，殊有祖风。然先天后天总属一体，不必异者，即仍升小斗战胜佛。猪守拙无父之夙业，有父之后功，未脱畜胎，皆缘种累，受其累宜食其报，亦授净坛使者分应天下。沙致和原系金身罗汉侍者，代师立功，师之功即汝之功，亦宜证果金身。龙马曾为伏羲献瑞，久树儒风，今虽立功西域，事近逃禅。若径收为狮象，名实有乖。今升孜为在天飞龙，常随在世帝王。各各受命精修，另有升赏。"唐半偈、小行者、沙弥闻升职时，俱欢欢喜喜拜谢佛恩，惟猪一戒不言语。世尊道："猪守拙不谢恩，莫非嫌净坛职小？"猪一戒道："职位大小于我何加？这倒不论，只是我父亲曾说，净坛乃受馨香之气，恐充不得饥肠，故不愿受。"世尊道："未成佛不知此味，成佛后，则馨香之气胜似甘露醍醐，汝去享用自知。"猪一戒听了，方欢欢喜喜拜谢佛恩。一时，法座下金刚、菩萨、罗汉、伽蓝并旃檀佛、斗战胜佛，闻世尊论功升职、善恶分明，俱大生欢喜，绕佛三匝，一齐合掌念佛道：

南无燃灯上古佛。

南无药师琉璃光王佛。

南无释迦牟尼佛。

南无过去未来现在佛。

南无智慧胜佛。

南无毗卢尸佛。

南无宝幢王佛。
南无弥勒尊佛。
南无阿弥陀佛。
南无无量寿佛。
南无接引归真佛。
南无金刚不坏佛。
南无宝光佛。
南无龙尊王佛。
南无精进喜佛。
南无宝月光佛。
南无现无愚佛。
南无娑留那佛。
南无那罗延佛。
南无功德华佛。
南无才功德佛。
南无善游步佛。
南无旃檀光佛。
南无摩尼幢佛。
南无慧炬照佛。
南无海德光明佛。
南无大慈光佛。
南无慈力王佛。
南无贤善首佛。
南无广庄严佛。
南无金华光佛。
南无才光明佛。
南无世静光佛。
南无日月光佛。
南无日月珠光佛。

南无慧幢胜王佛。

南无妙音声佛。

南无常光幢佛。

南无观世灯佛。

南无法胜王佛。

南无须弥光佛。

南无大慧力王佛。

南无金海光佛。

南无大通光佛。

南无才光佛。

南无旃檀功德佛。

南无斗战胜佛。

南无清净喜佛。

南无观世音菩萨。

南无大势至菩萨。

南无文殊菩萨。

南无普贤菩萨。

南无清净大海众菩萨。

南无莲池海会佛菩萨。

南无西天极乐诸菩萨。

南无三千揭谛大菩萨。

南无五百阿罗大菩萨。

南无比丘夷塞尼菩萨。

南无无量无边法菩萨。

南无金刚大士圣菩萨。

南无净坛使者菩萨。

南无八宝金身罗汉菩萨。

南无八部天龙广力菩萨。

诸佛念毕，忽世尊眉间放出一道白毫光，照得三千太平世界一时雪亮，观见东土沉沦俱归极乐世界。正是：

前西游后后西游，要见心修性也修。
过去再来须着眼，昔非今是愿回头。
放开生死超生死，莫问缘由始自由。
嚼得灵文似冰雪，百千万劫一时休。

【全书完】